Die Heilerin von Alexandria

Das Buch

Alexandria, 106 n. Chr. In den Hafen läuft ein Sklavenschiff mit kostbarer Fracht ein. Die junge Thalia, Tochter eines Philosophen aus Kleinasien, ist preiswert, und so kauft sie der schöne griechische Arzt Leptinos, damit sie ihm bei seinem medizinischen Gewerbe zur Seite steht. Während sich Leptinos – von Ehrgeiz getrieben – als Gefolgsmann des römischen Oberrichters Trimalchio und als Geliebter von dessen Erzfeindin Afrania in ein gefährliches Doppelspiel verstrickt, vertieft sich Thalia wißbegierig in die Schriften des berühmten Arztes Soranos von Ephesos – und erwirbt sich schließlich unschätzbare Kenntnisse als Ärztin und Hebamme.
Als der geheimnisvolle Ring eines phönizischen Gladiators einen Mord auslöst, versetzt das ganz Alexandria in Angst und Schrecken. Auch Thalia ist in Gefahr, denn unbemerkt haben sich auch über ihrem Kopf die Fäden eines feingesponnenen Intrigennetzes zusammengezogen. Doch dann kommt von völlig unerwarteter Seite Hilfe ...

Die Autorin

Kari Köster-Lösche, 1946 geboren in Lübeck, verbrachte ihre Jugend teils in Schweden, teils in Frankfurt a. M. Als Tierärztin hat sie zahlreiche wissenschaftliche Bücher veröffentlicht, bevor sie mit ihren spannenden Erfolgsromanen ein begeistertes Publikum gefunden hat. Heute lebt und arbeitet sie als freie Autorin in Nordfriesland.

In unserem Hause ist von Kari Köster-Lösche bereits erschienen:
Das Deichopfer
Die Hexe von Tondern
Hexenmilch
Die Reeder
Die Raubritterin
Tod allen Leichen!

Kari Köster-Lösche

Die Heilerin von Alexandria

Roman

List Taschenbuch Verlag

List Taschenbuch Verlag 2000
Der List Taschenbuch Verlag ist ein Unternehmen der
Econ Ullstein List Verlag GmbH & Co. KG, München
2. Auflage 2000

Umschlagkonzept und -gestaltung: HildenDesign, München – Stefan Hilden
Titelabbildung: Scala, Firenze, Wandgemälde Poetessa di Pompei
Druck und Bindearbeiten: Clausen & Bosse
Printed in Germany
ISBN 3-612-65003-3

Inhalt

Teil 1: SKLAVIN

Teil 2: SCHÜLERIN DER METHODE

Teil 3: DAS NETZ

Teil 4: ROM

TEIL 1
SKLAVIN

KAPITEL 1
DER PHAROS

Die Männer hinter der unteren Balustrade des Leuchtturms der Insel Pharos sahen dem Segler neugierig entgegen. In der schon tiefstehenden Sonne glänzte die graublaue Farbe des Schiffsrumpfes, die den Piraten die meiste Zeit des Tages ausreichend Tarnung und Schutz gegen die römischen Galeeren bot.

Der schnelle Segler gierte schwer in den mitlaufenden Wellen. Aber kaum hatte er den Wellenbrecher passiert, richtete er sich auf und glitt elegant in das ruhige Gewässer des Haupthafens von Alexandria. Der Pirat auf dem Achterschiff neben dem Steuermann grüßte lachend das Wachpersonal auf dem Turm, während auf Deck Geschäftigkeit ausbrach. Die nackten Füße der Seeleute klatschten auf dem nassen Deck. Kurz danach hob sich das schwere Tuch des Rahsegels.

Kein lautes Wort fiel, und jeder Handgriff saß. Die Leuchtturmwärter nickten anerkennend. Pompejus der Kilikier konnte es sich leisten, die Römer zu verhöhnen – ob mit seinem Namen, den er sich zum Spott des römischen Oberbefehlshabers und Piratenjägers Pompejus zugelegt hatte, oder mit seinem Schiff, das stets schneller verschwand, als der Alarm der Römer bis zu ihren Militärstützpunkten gelangte.

Der Hafen war brechend voll. Vor der Mole des Palastviertels lagen unzählige Schiffe an Bojen und warteten auf einen Platz zum Entladen am Emporium. Pompejus verzog spöttisch seine dicken Lippen. Er hatte verderbliche Ware geladen. Er beanspruchte bevorzugte Abfertigung wie der Kapitän eines Getreideschiffes in Rom.

Während das Piratenschiff in den Wind schoß, ließ Pompejus seinen Blick über den Kai zwischen Emporium und Schleuse streifen, wo die einstöckigen Verkaufshallen standen.

Das Piratenschiff trieb zwischen den Ankerleinen anderer Schiffe achteraus auf das Heptastadion zu. Pompejus wartete noch eine Schiffslänge. Dann brüllte er seinen Befehl. Der Mann am Heck fischte die nächste erreichbare Ankerleine am Haken aus dem Wasser und begann sie durchzusäbeln.

Kurz danach erreichte auf dem Kai ein blauer Wimpel die Spitze einer Stange.

»Na also«, brummelte Pompejus und schlug seinen hocherhobenen Arm nach unten.

Wenige Augenblicke später stieß das blaugraue Heck zwischen die buntgestrichenen Rümpfe der anderen Boote am Heptastadion.

Im Nu vergrößerte sich der Kreis neugieriger Leute, bis der Durchgangsverkehr nach Pharos blockiert war. Nicht alle Tage bekam man ein Sklavenschiff von Übersee zu sehen. Seeräuber waren seltener geworden, seitdem die Römer sie entschlossen bekämpften; den Alexandrinern war es ein Vergnügen mitanzusehen, wie Pompejus der Kilikier den Römern ein Schnippchen schlug.

Einer der Seeleute schlug den Riegel der Ladeluke zurück und brüllte einen Befehl nach unten. Ein Sklave nach dem anderen kletterte an Deck. Die Zuschauer johlten vor Vergnügen. Die Sklaven waren weißhäutig und barbarisch schmutzig. Kot und Erbrochenes hingen an ihren zerfetzten Kleidungsstücken; die Thraker trugen sogar Schafwolle auf der Haut.

Erwartungsvolles Schweigen machte sich breit, als der Seemann an der Luke einen Fluch ausstieß und in den Schiffsrumpf abtauchte. Danach kroch widerwillig der letzte Sklave heraus. Er hatte safrangelbe kurze Haare, die ihm wie eine Bürste vom Kopf abstanden, und eine gespaltene Oberlippe wie ein Hase. Als er sich aufrichtete, seufzten die Alexandriner vor Erstaunen.

Der ungehorsame Sklave war eine junge Frau.

Die Gefangenen wurden einzeln über die Planke vom Heck auf den Kai geschubst. Zwei Männer mit scharfen krummen Nasen und noch schärferen Waffen paßten auf, daß keiner weglief. Ein dritter fädelte eine Kette durch den Ring, der den Sklaven bereits während der Überfahrt um einen Fußknöchel gelegt worden war.

»Was machen wir mit diesem Trugbild von Weib, mit dieser lieblichsten Gorgo zwischen Alexandria und Bithynien?« spottete der Seemann, der an Bord für die Sicherheit der Sklaven verantwortlich war. »Über den Bug oder über die Planke?« Seine Hand grub sich schmerzhaft in Thalias Schulter, während er auf die Entscheidung des Schiffseigners wartete. Sie bemühte sich, ihm nicht zu zeigen, wie unangenehm ihr die Berührung seiner rissigen Fingerkuppen war.

»Bei Sabazios' Stößel«, schrie Pompejus über die ganze Länge des Schiffs, eher erstaunt als wütend, »sie hat den Platz eines Mannes eingenommen, und sie wird den Preis eines Mannes bringen! Ich verkaufe sie als wundersame Ausgeburt eines Frühlingsfestes. Sie soll dem Käufer Glück bringen.«

»Wünsch es ihm nur – aber die im Bett, und sein Stößel wird schrumpfen, bis er sich selbst für einen neugeborenen Säugling ansieht, mag er noch so tapfer sein!« Der Seemann lachte schallend und gab Thalia einen Stoß, der sie taumeln ließ. Ihre Schienbeine stießen gegen die Planke, und sie unterdrückte einen Schmerzensschrei.

»Glaub mir, Pompejus«, fuhr der Mann fort, während er scharf aufpaßte, daß die minderwertige Sklavin sich nicht ins Hafenwasser stürzen konnte, um ihrem Leben ein Ende zu machen, »die nimmt niemand. Sie wird dir die Haare vom Kopf fressen wie eine Bergziege, während du auf den Käufer wartest. Völlig überflüssig, sie aufzubewahren, wenn du mich fragst.«

»Wer fragt schon einen Ziegenhirten!« knurrte Pompejus.

Panik erfaßte Thalia, während sie sich bemühte, unter den Stößen des Sklaventreibers in ihrem Rücken nicht das Gleichgewicht auf der schmalen Planke zu verlieren. Ihre Hoffnung, an eine einsichtige Herrin verkauft zu werden, von der sie sich freikaufen konnte, sank.

Aber dann betrat sie den Boden von Alexandria. Es ließ ihr Herz klopfen, und dies hatte nichts mit den Seeräubern zu tun.

»Ein Bordell ist ausgeschlossen«, fuhr der Kilikier hartnäckig fort, dessen Stimme Thalia allmählich zu hassen begann. Sie widerstand mit Mühe der Versuchung, ihn mit scharfer Zunge zurechtzuweisen. »Und selbst als Hüterin von Kindern kommt sie nicht in Frage. Daß eine Sideterin sich in einer menschlichen Sprache verständlich machen kann, wird kein Käufer rund ums römische Meer dir glauben.«

»Ich werde sie an die Priester des Krokodilgottes verkaufen«, entschied Pompejus, bevor er den Kopf in den Nacken legte und einen Strahl aus dem Bocksbeutel in seinen offenen Mund laufen ließ.

Thalia fuhr herum und starrte den Kapitän entsetzt an.

Während Pompejus sich die Weintropfen aus dem Bart wischte, ruhte sein Blick nachdenklich auf ihr. »Die Krokodile verstehen deine Hilfeschreie nicht«, erklärte er grinsend. »Wenn du überhaupt reden kannst.«

Aber Thalia hatte sich wieder gefangen und zitterte nicht einmal, als sie dem Mann mit der Kette ihren Fuß hinhielt.

Die Kunde von der Ankunft eines kilikischen Sklavenschiffes breitete sich wie ein Lauffeuer in der Stadt aus. Dem Arzt Leptinos kam sie wie gerufen. Sein ehemaliger Lehrmeister hatte seine Praxis nach Rom verlegt. Die meisten Instrumente hatte Soranos von Ephesus mitgenommen, seine Sklaven verkauft.

Leptinos hatte das *iatreion* übernommen, das Soran nach eigenen Plänen hatte bauen lassen, und benötigte nun alles mögliche gleichzeitig, vor allem aber einen jungen Mann, den er als Helfer anlernen konnte, am besten einen Griechen. Die griechischen und römischen Patienten hatten kein Zutrauen zu Ägyptern, die sich meistens nur mit Zauberei befaßten.

Der junge Arzt räkelte sich auf der Liege in seinem Speisezimmer und wartete darauf, daß der kleine Küchensklave ihm das Essen auftrug. Die Auktion würde erst beginnen, wenn der Gnomon am Poseidontempel die fünfte Stunde anzeigte. Versonnen strich er über seinen sauber geschnittenen Bart. Seine Zukunft sah er glänzend vor sich liegen. Ein vernünftiger Arzt begrub seine unvermeidlichen Toten irgendwo in der Provinz und ging nach Rom, wenn er sich einen guten Ruf erworben hatte.

Das Tappen von nackten Füßen störte ihn in seinen Gedanken; er stützte den Kopf in die Hand und sah dem Ägypter entgegen. Tjelptah mochte zwölf oder dreizehn Überschwemmungen erlebt haben. Er trug einen Hocker aus schwarzem Ebenholz mit einem Krug darauf, und mit der Zunge zwischen den Lippen brachte er es fertig, ihn abzusetzen, ohne den Wein zu verschütten.

Leptinos fing lächelnd Tjelptahs schüchternen Blick auf. Er hatte ihn und seine Mutter Wernero erst vor wenigen Tagen gekauft.

»Es sind Kroketten von Tintenfischen, Gebieter«, meldete Tjelptah mit leiser Stimme. »Meine Mutter würde sie nächstes Mal gerne mit Kümmel und Asantwurzel würzen, wenn es dir recht ist. Sie sind dann noch köstlicher, meint sie.«

»Ich mag keinen Fisch«, sagte Leptinos und kostete vom Rosenwein. Soran hatte ihm die Vorräte überlassen, weil die Fracht teurer war als der Neuerwerb. »Und Pfeffer reicht. So feurig wie möglich.« Er lächelte dem erschrockenen Tjelptah ermutigend zu und schickte ihn mit einem Klaps auf das Hinterteil hinaus.

Es war unangenehm still im *iatreion*, totenstill. Leptinos schob sich hastig einige Kroketten in den Mund und ging in den Behandlungsraum hinüber.

Wenigstens waren die Körbe mit Verbandsmaterial gefüllt, mit Schwämmen und Schienen. Aber die bestellten Instrumente waren noch nicht geliefert worden. Er seufzte unlustig bei dem Gedanken, daß viele Patienten von Soran ihren Arzt jetzt wechseln würden. Wenn er es genau betrachtete, hatte er keinen einzigen übernommen.

Endlich war es Zeit, zu den Verkaufshallen am Hafen zu gehen. Leptinos legte sorgfältig die Chlamys über den Chiton und verließ sein Haus, Tjelptah dicht auf den Fersen. Er konnte es sich nicht leisten, sich auf der Straße ohne Sklaven zu zeigen; außerdem mußte der Junge ihm den Hut nachtragen.

Außerhalb des stillen *iatreions* schlug ihm der Lärm der Großstadt wie eine Flutwelle entgegen. Nach wenigen Schritten im Gewühl von Wagen und Passanten auf der Canopisallee, die das Mondtor mit dem Sonnentor verband, war er in Schweiß gebadet. Die schmalen Gassen, die vom großen Hafen senkrecht auf die Allee stießen, schluckten den größten Teil des Nordwindes.

Eine Wolke von Staub signalisierte römische Ritter, und Leptinos wich unter die Arkaden aus. Die Soldaten hatten ihre eigenen Ärzte und benötigten seine Dienste nie. Gerade noch rechtzeitig bemerkte er seinen Irrtum und sprang wieder auf die Straße. Der Vizekönig des römischen Kaisers ließ sich von der kaiserlichen Garde geleiten. Wollte er auch zur Sklavenauktion? fragte sich Leptinos, während er emsig den Zeigefinger zum Gruß in die Höhe hielt und zufrieden konstatierte, daß Lucius Valerius Poplicola ihn immerhin zur Kenntnis genommen hatte. Als der Staub sich gelegt hatte, setzte Leptinos seinen Weg fort. Der Morgen ließ sich vielversprechend an.

Bis zum Beginn der Versteigerung war zwar noch Zeit, aber die Halle am Kai begann sich mit interessiertem Publikum zu füllen. Leptinos hielt sich nur kurz bei einigen Bekannten auf und schlenderte dann zum Podest, auf dem die nackten Sklaven schon zur Besichtigung freigegeben waren.

Er zupfte sich am Bart, während er seine Augen über die Gruppe der Männer schweifen ließ. Alle waren frisch gewaschen und eingeölt. Die Freiwilligen spannten die Brust und ließen die Armmuskeln spielen. Zurückhaltender waren die Männer, die die Sklavenhändler auf ihren Feldern eingefangen oder in Fischerbooten gekapert hatten.

Als ihm die einzige Frau ins Auge fiel, brach Leptinos in ein erheitertes Lachen aus. Sehr helle Haut und strohgelbes Haar, die unästhetische Farbzusammenstellung des fernen Nordens. Dazu eine Lippenmißbildung, die ihr ein kamelartiges Aussehen gab.

Er beugte sich vor und faßte die rosigen äußeren Schamlippen ins Auge, die glatt und feucht im Flaum der krausen blonden Haare lagen. Nein, die Sklavin war kein Hermaphrodit, sondern ein gewöhnliches weibliches Wesen ohne weitere Verbildungen, die seine ärztliche Neugier gereizt hätten.

Thalia preßte erbittert die Lippen zusammen. Einen Augenblick geriet sie in Versuchung, dem jungen Mann auf den Kopf zu spucken. Aber möglicherweise konnte er es sich leisten, sie zu kaufen, um sie im Hafenbecken zu versenken. Seine schmale gerade Nase und die hohe Stirn über den grünen Augen ließen ihn geradezu schön wirken, und an seiner Barttracht erkannte sie, daß er ein Grieche war. Ein reicher, intelligenter Grieche mit dem rohen Gemüt eines Römers.

»Was stimmt dich so vergnügt, Herr?« fragte Tjelptah, der ganz allmählich Vertrauen zu seinem neuen Herrn faßte.

Leptinos beachtete ihn nicht. Vom Eingang zwischen den Säulen flüsterte eine heisere Stimme: »Werden auch Säuglinge verkauft? Wo ist der Besitzer?« Der Mann konnte die Lautstärke seiner Rede nicht kontrollieren.

Böser Halskatarrh, dachte Leptinos und drehte sich um. Sein Blick fiel auf eine korpulente Frau, die sich durch die inzwischen angewachsene Menge von Interessenten hindurchstieß. Ihre prallen Brüste strafften die Falten des dünnen Gewandes, das über den Brustspitzen naß war. Hinter ihr her drängte ein dürrer Mann.

In unmittelbarer Nähe von Leptinos packte der Mann die Frau am Arm und fauchte tonlos in ihr Ohr: »Halte dich hier heraus, Melissa, Süße! Wenn er Säuglinge hat, so sind sie mein! Ich habe meine eigenen Ammen. Du weißt es.«

»Du hast doch schon genug Prostituierte, Barnabas«, schnaufte die Dicke erregt. »Sieh mich an! Ich brauche dringend einen Säugling!«

Barnabas musterte sie kühl aus Augen, die so schwarz waren wie seine langen Schläfenhaare und das Käppchen auf seinem Kopf. »Ich sehe, daß du gemolken werden willst. Aber nicht von meiner Ware.« Er hüstelte.

Der Amme stieg das Blut in den Kopf. Leptinos konnte ihre Wärme neben sich fühlen. Zuviel Wein? Oder das Herz. Unauffällig schnupperte er an ihrem Atem. Er war rein, wie es sich bei einer Amme gehörte. Dann dachte er an den Halskatarrh. Die Juden hatten ihre eigenen Ärzte, ganz gewiß auch der bekannteste Händler der Stadt, aber ein Versuch war es wert.

»Mute dir nicht zuviel zu, Melissa«, sagte Leptinos ernst. »Mir scheint, daß dein Fleisch sich im *status laxans* befindet, in der Erschlaffung. Du solltest jetzt kein Kind nähren, damit sich keine weitere Krankheitsmaterie in dir ansammelt und abgelagert wird, verstehst du?«

Melissa stieß einen spitzen Schrei aus. Ihre Gesichtsfarbe wechselte von rot zu weiß, und Schweiß trat auf ihre Stirn. »Ich habe dich schon gesehen«, stammelte sie. »Du arbeitest doch beim Arzt Soranos am Mondtor, oder nicht?«

Leptinos schüttelte den Kopf. »Soran hat Alexandria den Rücken gekehrt. Wenn du in mein *iatreion* am Mondtor kommen möchtest, so bist du willkommen.«

»Ich werde darüber nachdenken«, murmelte Melissa und bewegte sich rückwärts, den Säulen entgegen. Nur kein Aufsehen jetzt. Wenn ihr erst einmal der Ruf anhaftete, krank zu sein, würde kein Bordellbesitzer ihr jemals wieder einen Säugling zum Aufziehen anvertrauen.

Leptinos sah ihr nach. Er spürte, wie Barnabas an ihn heranrückte. »Danke, Grieche. Vielleicht hast du Lust, mich mal aufzusuchen?«

»Vielleicht, Herr der Säuglinge und Prostituierten«, versprach Leptinos mit leisem Spott.

Barnabas lächelte hintersinnig. »Mein Handelshaus am Sonnentor kann dir jeder zeigen.« Er schob sich zur Bühne vor.

Thalia, die am Rand der Sklavengruppe stand, hatte das Gespräch verfolgt und für einen Augenblick sogar ihre Lage vergessen. Daß der Grieche Arzt war, erklärte sein beleidigendes Verhalten nicht, wohl aber seine Neugier.

In diesem Augenblick erschienen der griechische Versteigerer und der römische Prokurator für Handelsangelegenheiten. Der Auktionator wartete, bis das Publikum sich beruhigte und still wurde. »Salve«, sagte er. »Ich biete heute Sklaven des kilikischen Händlers Pompejus feil: achtzehn bullenstarke, arbeitsgewohnte Männer, eine Jungfrau von der kilikischen Küste, ungefähr achtzehn Winter alt, einen kleinen Jungen von sieben Wintern und zwei fette, gesunde weibliche Säuglinge.«

Der römische Beamte in der Tunica des Ritters eröffnete die Versteigerung mit einem Nicken.

Leptinos betrachtete begehrlich zwei bildschöne Jünglinge. Intelligente Gesichter und unbeschnitten. Jeder von ihnen würde als Gehilfe das Herz der griechischen Patienten höher schlagen und die Zahl der Hilfegesuche in die Höhe schnellen lassen. Und die Geldbörsen öffnen.

»Dreitausend Asse«, sagte der Versteigerer und hielt den Arm des Thrakers wie den eines Siegers in die Höhe.

O ihr Götter, dachte Leptinos und zog seine Hand vom Beutel. Der römische Beamte bot mit und würde sie bekommen. Der Auktionator würde sich beeilen, ihm die Männer zuzuschlagen. Gelegentlich würde es sich für ihn auszahlen.

Die hageren Ziegenhirten aus den Bergen, die danach an der Reihe waren, interessierten Leptinos nicht. Am ganzen Körper behaart wie Pan – ihre Bocksfüße hatte der Auktionator mit Fußlappen umwickelt und sie im übrigen in Lavendelöl getränkt –, würden sie keinen Gewinn für ein *iatreion* darstellen.

In dem Maße, wie das Häufchen attraktiver Sklaven schmolz, verdünnte sich auch Leptinos Zuversicht. Schließlich waren alle Männer verkauft, die meisten an begüterte Alexandriner. Die Säuglinge gingen an Barnabas.

Verärgert und enttäuscht begann Leptinos, sich seinen Weg zum Ausgang zu bahnen. Er hatte das Ende der Halle erreicht, als ihn die Worte des Versteigerers aufhielten. »Eine kräftige junge Frau, geeignet für alle Arbeiten, die in einem römischen oder griechischen Haushalt anfallen. Sie ist unberührt.«

Die Leute ringsum kicherten, aber niemand bot. Leptinos drehte sich um und schob sich erneut bis zum Rand des Podests durch. Sie sieht immerhin kräftig und belastbar aus, dachte er, ohne den vom Versteigerer angepriesenen Vorzügen zuzuhören. »Spricht sie Griechisch?« fragte er mitten in die berufsmäßige Litanei hinein.

Der Auktionator drehte sich mit hochgezogenen Augenbrauen zu Pompejus dem Kilikier um, der in seiner Nähe stand. »Ihr Jungfernhäutchen ist anscheinend weniger gefragt als ihre Zunge. Welche Sprache spricht sie?«

Der Pirat zupfte an seinem Ohrläppchen, an dem ein großer Goldring baumelte. »Tja, um genau zu sein, weiß ich es nicht«, bekannte er. »Könnte auch sein, daß sie stumm ist. Aber sie versteht, was man ihr sagt.«

»In welcher Sprache versteht sie, du Tölpel«, herrschte Leptinos ihn an.

Thalia entschied sich. Besser der Arzt als die Krokodile. »In Griechisch, Lateinisch, Kilikisch und Sidetisch«, antwortete sie beherrscht.

Leptinos wandte sich verblüfft zu ihr um. »Wieso denn das?« fragte er verärgert in das schallende Gelächter hinter seinem Rücken hinein.

»Mein Vater ist in dieser Hinsicht Epikureer. Er ließ mich nicht anders als meinen Bruder erziehen«, sagte Thalia leise und versuchte, ihre Tränen zurückzuhalten. Sie hätte besser gesagt: Er war Epikureer. Bei dem nächtlichen Überfall auf sein Haus hatte ihr Vater Frau und Kinder tapfer verteidigt. Aber was konnte einer, der sonst mit der Zunge kämpft, schon gegen Schwerter ausrichten? Als man Thalia aus den Armen ihrer Mutter gerissen hatte, lag er auf dem Boden, und sein schwarzer Philosophenmantel schwamm im Blut.

Leptinos starrte die in jeder Hinsicht merkwürdige junge Frau an; als Sklavin würde sie niemanden in Versuchung führen. Die Römerinnen würden sich den Händen einer derart verunstalteten Gehilfin anvertrauen, ohne ein argwöhnisches Auge auf die eigenen Ehemänner haben zu müssen. Und selbstverständlich brauchte er auch weibliche Patienten. »Ich kann sie eigentlich nicht gebrauchen«, sagte er abweisend. »Mit einer solchen Erziehung wird sie nie fügsam wie andere Sklaven sein.«

Das war auch die persönliche Meinung des Versteigerers. Aber seine Dienstleistung bestand nicht darin, einem Käufer das Interesse auszureden. Er hatte außerdem das Zögern des Griechen wahrgenommen. »Andererseits kommt sie dich nicht teuer, edler Grieche«, sagte er eifrig. »Wenn du die reife Frucht einem Bordell zum Anstechen überläßt, hast du den halben Kaufpreis schon wieder eingenommen. Es sei denn, natürlich, daß du selbst ...«

»Sie ist garantiert Jungfrau«, fiel Pompejus ein, der die Chance ebenfalls witterte. »Ich habe mich selber davon überzeugt, aber dir steht es selbstverständlich frei, es zu überprüfen.«

Thalia trat zurück, bis die Wand ihre unwillkürliche Flucht aufhielt. Immer noch schauderte sie, wenn sie an die Finger des Seeräubers dachte. Der Arzt winkte ab. Da sich kein weiterer Interessent meldete, schob der Auktionator den kleinen Jungen vor, den er aufgespart hatte, um die Aufmerksamkeit des Publikums bis zuletzt wachzuhalten. Thalia atmete auf.

Die kühle Wand im Rücken trug dazu bei, daß ihr Verstand wieder anfing zu arbeiten. Dieser Römer auf dem Podium mußte aus amtlichen Gründen anwesend sein, obwohl er zwei Männer gekauft hatte. »Ich bin frei geboren«, unterbrach sie den Versteigerer kühn. »Ich bin die Tochter des bekannten Philosophen Athenagoras in Side, das zum Römischen Reich gehört. Ich spreche den Männern, die meine Familie grausam ermordet und mich geraubt haben, jegliches Recht ab, mich zu verkaufen.«

Da sie das fehlerfreie Latein von Gebildeten sprach, zog sie augenblicklich die Aufmerksamkeit des römischen Beamten auf sich. Sein humorloses langes Gesicht ließ keine Regung erkennen, obwohl er ihre Bemerkung über die Zugehörigkeit von Side zum Reich zutiefst mißbilligt hatte. Da erlaubte sich ein Weib, die römische Schutzmacht zu tadeln, noch dazu vor den Ohren anderer. »Kannst du den Nachweis deiner angeblich freien Geburt erbringen?«

Thalia stieß sich von der Wand ab. »Wie denn?« fragte sie heftig. »Mein Vater ist tot!«

»Also keine Zeugen und keine Freilassungsurkunde. Dann hättest du besser geschwiegen«, bemerkte der Prokurator kühl.

Hinter ihrem Rücken krampfte Thalia die Hände zusammen. Dieser Römer war möglicherweise für römisches Handelsrecht zuständig, aber nicht für Gerechtigkeit.

Während des nutzlosen Wortwechsels hatte der Versteigerer den Griechen beobachtet. Er kannte viele Tricks. Mittlerweile war er davon überzeugt, daß der Mann sehr wohl interessiert war und den Preis zu drücken versuchte. Er wandte sich an den Kilikier. »Dann kannst du sie jetzt zum Syrer Tatian bringen. Er war bereit, fünfhundert Asse zu geben.«

Pompejus kannte keinen Tatian, aber er nickte bedächtig. Der Versteigerer war ein Fachmann, dessen Können sich im Preis für seine Dienste sehr fühlbar niederschlug. Er mußte wissen, warum er einen Käufer Tatian ins Spiel brachte.

»Vielleicht kann ich dir den Weg ersparen«, fiel Leptinos ein. »Für vierhundertfünfzig.«

Das Weib war wirklich nicht mehr als dreihundert Asse wert. Wenn überhaupt. Pompejus lächelte in seinen struppigen Bart hinein.

Der Auktionator sah Leptinos gequält an. Ein Dilettant, obwohl Grieche. Aber das schnelle Ende des Handels kam ihm entgegen. Er hatte heute noch eine weitere Versteigerung zu leiten. Er hielt dem Käufer seine offene Handfläche hin.

Gleichgültig klatschte Leptinos drauf. »Tjelptah, du bist dafür verantwortlich, daß sie auf dem Heimweg nicht davonläuft«, knurrte er, mit einemmal schlecht gelaunt, während er die Münzen aus dem Beutel zusammenzählte. Plötzlich hatte er das Gefühl, daß der Kauf dieser Frau ihn irgendwann reuen könnte. Es war ein Jammer um die schönen Thraker. Sie würden als Fackelträger vor dem Porticus des Procurators ad Mercurium Alexandreae enden. Welche Vergeudung!

Tjelptah sprang auf das Podium und ging mit der Neuen nach hinten. Er sah ihr genau auf die Finger, als sie ihren zerfetzten, schmutzigen Chiton anzog und die Sandalen schnürte. Thalia beachtete ihn nicht. Ihre Gedanken schlugen Purzelbäume. Sie hatte sich eine Frau als Herrin vorgestellt und Dienstleistungen, die sie hassen würde: kämmen, baden, einölen und wieder kämmen. Aber immer war da ein wenig Hoffnung gewesen, daß sie auch hätte vorlesen dürfen, vielleicht sogar die Korrespondenz erledigen. Aber was konnte ein Mann schon von ihr wollen? Thalia stöhnte leise.

Als sie in die Halle zurückging, verschwand der große Grieche gerade hinter einer der Säulen, die das Vordach stützten. Jenseits des schattenspendenden Daches flimmerte der Kai im grellen Sonnenlicht. »Ist dein Herr ein freundlicher Herr, Tjelptah?« fragte Thalia.

Der Junge mit dem dichten schwarzen Haar, das nur neben der Schläfe eine lange Haarlocke bildete, betrachtete Thalia abweisend. Sein Gebieter hatte Anspruch darauf, daß nicht über ihn geklatscht wurde. Er schob die Unterlippe vor und schwieg.

Wie Hermas, ging es Thalia durch den Kopf, aber sie verbot sich, gerade jetzt immer wieder an ihr Elternhaus zurückzudenken. Ihr kleiner Bruder war im Getümmel des Überfalls erschlagen worden.

Tjelptah sprang auf den gestampften Lehmboden hinunter und trabte seinem Herrn nach. Thalia ging zögernd hinter ihm her, dann blieb sie in der Sonne stehen. Am frühen Morgen hatte sie das Hafenbecken als widerrechtlich Geraubte betrachtet. Jetzt sah sie es als Sklavin und wunderte sich, daß das Wasser noch die gleiche schmutzige, stinkende Brühe war wie am Morgen. Der Pharos warf trotz der Mittagssonne Lichtblitze auf die See.

Der Gott Poseidon auf seiner Spitze nahm keine Notiz von einer jungen Frau, die erwartet hatte, ihn und die berühmten Tempel Ägyptens als Reisende zu besichtigen, und statt dessen an seinen Füßen vorbei in Ketten zum Sklavenmarkt befördert worden war. Thalia rieb sich verzweifelt die Wange trocken, über die eine Träne rollte. Sie haßte diesen Gott, der Seeräuber beschützte.

Der Ägypter scheuchte die neue Sklavin mit dem Hut des Gebieters vorwärts. Natürlich hatte er es nicht wirklich eilig. Aber sein Herr hatte ihm die Aufsicht über sie übertragen. Als sie sich endlich bewegte, übernahm er mit hochmütiger Miene die Führung.

Thalia staunte über die Höhe der Häuser, die Menschenmassen und den Lärm. Mit ihrer Mutter hatte sie Athen, Ephesos und Tarsos besucht, aber diese Städte konnten sich mit Alexandria nicht messen. Durch diese Straßen waren Pharaonen getragen worden, die zu Göttern geworden waren. Sie vergaß ihr Elend und wurde ganz stumm vor Ehrfurcht.

»So komm endlich!« schnauzte Tjelptah sie an. »Wenn du dich nicht beeilst, darfst du dich gleich vor dem Gebieter auf den Bauch strecken.«

Thalia erschrak. Der Herr schien sehr streng zu sein. Und er hatte sie eigentlich nicht haben wollen. Wenn sie sich nicht willig zeigte, würde er sie wahrscheinlich verkaufen. Selbst an der Brücke über einen Kanal hielt sie sich jetzt nicht mehr auf, obwohl er sie an ihre Heimat erinnerte.

Tjelptah war mächtig stolz darauf, daß sie so viel Respekt vor ihm hatte. Er setzte sich in Trab.

Schnaufend langten sie am Eingang zum *iatreion* an, das inmitten von Büschen und Bäumen lag. Thalia starrte verwundert in den kleinen Teich, der durch Fische und einen Reiher belebt war, im Gegensatz zur Liegehalle, die ganz leer war. Ein Anwesen wie dieses hatte sie nicht erwartet; es war wie ein kleines griechisches *asklepieion*. Aber sie sah weder Priester noch Ärzte noch Kranke.

Ihr Herz beruhigte sich langsam, während Tjelptah sie auf der Suche nach dem Gebieter durch das Haus führte.

Leptinos saß in einem fast leeren Raum auf einem Hocker und las. Er sah auf. »Wie heißt du?«

»Thalia«, antwortete sie.

»Gut, bleiben wir bei dem Namen«, sagte Leptinos. »Du wirst das *iatreion* als Helferin in Ordnung halten.« Er runzelte mißmutig die Stirn, weil sie sich mit einem Anflug von Erstaunen umsah, nachdem sie endlich aufgehört hatte, in den Buchspind zu starren. »Du wirst dich über Mangel an Arbeit nicht zu beklagen haben. Auch an Blut, Ausscheidungen und amputierten Gliedmaßen wird kein Mangel sein. Aber ich verlange peinlichste Sauberkeit in diesen Räumen, an meinen Instrumenten und in der Liegehalle bis hin zu den Aborten für die Ratsuchenden. Du bist allein für alles verantwortlich.« Er winkte sie mit dem Handrücken fort und vertiefte sich wieder in den Text.

Die Erwähnung des Blutes erschreckte Thalia. Dennoch wurden ihr die Knie nicht deswegen weich, sondern vor Erleichterung. Wenn sie ihn richtig verstanden hatte, waren hier die ärztliche Praxis und das Haus scharf voneinander getrennt.

Und sie sollte im *iatreion* arbeiten. Es blieb ihr erspart, seinen Rücken und seine Füße zu waschen.

Tjelptah warf ihr einen hämischen Blick zu. »Abgeschnittene Hände, Beine, Köpfe. Blut. Freu dich nicht zu früh.«

KAPITEL 2
ALEXANDRIA

Es wäre sinnlos, die Tür zu verbarrikadieren. Thalia wußte, daß sie zu ihrem Herrn gehen mußte, wenn er sie rief. Er hatte einen rechtlichen Anspruch auf ihren Körper.

Aber die erste Nacht ging vorüber, und nichts geschah. Beschwingt und zuversichtlich sprang sie früh am nächsten Morgen von der Kline, durchstreifte das Anwesen und stellte sich selbst einen Plan für ihre Pflichten auf. In der Liegehalle waren Ameisen, und auf dem Dach fehlten Ziegel. Die Taue für einen der Schaukelsessel mußten auch ersetzt werden. Sie spähte gerade nach oben, als sie das Geräusch von laufenden Füßen hörte.

Ein braunhäutiger kleiner Bursche warf ihr eine Briefrolle vor die Füße und schoß davon, bevor sie ihn halten konnte. Thalia brachte sie zu Leptinos hinein und blieb bei ihm stehen, während er die Botschaft las. »Man verlangt nach Soranos von Ephesos«, murmelte er. »Genauer: Der neue römische Oberrichter verlangt nach ihm. Na, wir werden sehen.«

Wenige Augenblicke später schleppte Thalia den Instrumentenkasten und den Arzneikasten hinter ihrem neuen Herrn her, ohne zu verstehen, warum er ein so eigenartiges Gesicht gemacht hatte. Er war Arzt und besuchte einen Patienten. Worin bestand seine Sorge? Ihre bestand jedenfalls darin, die beiden Kästen heil durch die Menge zu transportieren. Es war noch früh, die Luft war frisch, und anscheinend hatten es sich alle Alexandriner in den Kopf gesetzt, ihre Geschäfte jetzt zu erledigen. Leerer wurde die Straße erst, als sie in das römische

Viertel kamen mit breiten Straßen, Palästen zu beiden Seiten und wenigen Männern in weißen Togen mit prachtvollen Mustern.

Im Haus, das sie nach dem schnellen Marsch erreichten, befand man sich in heller Aufregung. Der Sklave riß die Pforte weit auf, als er in dem Griechen den Arzt erkannte. »Schnell, Herr!« sagte er gepreßt. »Der Stratege Gaius Cornelius Trimalchio liegt im Sterben.«

Sklaven eilten mit Schüsseln durch das Atrium, angetrieben vom Händeklatschen einer älteren Matrone, deren purpurverzierte Stola die Knöchel auf altmodische Art bedeckte. Die braunroten Haare waren straff gekämmt und zu einem Dutt zusammengefaßt. Ihre befehlerische Stimme klang hart und scharf.

Leptinos' Versuch, sie zugunsten des sterbenden Kranken zu unterbrechen, wischte sie einfach beiseite. Er hatte zu warten, bevor sie sich ihm widmen konnte. Er hatte auch zu schweigen, bis sie ausgesprochen hatte. »Ich halte nichts von griechischen Ärzten, um dies gleich klarzustellen. Aber Gaius Cornelius Trimalchio, Römer und Herr dieses Hauses, fürchtet, daß die bewährten römischen Mittel in einem fremden Land zu schwach sind. Er beharrt auf der Behandlung durch den Arzt Soran.« Sie rümpfte mißbilligend die Nase.

»Es gilt, hier ein Mißverständnis auszuräumen, Herrin des Hauses«, sagte Leptinos ohne Unterwürfigkeit. »Soranos, der an der ganzen Küste über einen ausgezeichneten Ruf als Arzt verfügt, hat seine Tätigkeit nach Rom verlegt. Der römische Stratege Trimalchio ist gut beraten, nach der Behandlung von Soran zu verlangen. Ich war mehrere Jahre sein Schüler und führe nun die Praxis weiter.«

»Unter dieser Voraussetzung hättest du gar nicht zu kommen brauchen. Ein römischer Arzt oder Soranos!« Ihr hochmütiges Gesicht wurde noch eine Spur abweisender.

»Dein Bote verschwand, bevor ich den Brief gelesen hatte. Im übrigen sollte man dem Hausherrn die Wahl seines Arztes überlassen. Vielleicht möchte er einfach nur gesund werden.«

Sie setzte zu einer scharfen Erwiderung an, als eine klagende Stimme durch die offene Tür in einem der Seitenflügel ertönte. »Cornelia Tertia, mische dich nicht ständig in meine Angelegenheiten. Der Soranschüler soll kommen, bevor mein Inneres ausläuft wie ein geplatzter Wasserschlauch.«

»Weinschlauch, meinst du wohl«, versetzte Cornelia merklich zurückhaltender.

Leptinos trat ohne ein weiteres Wort am Wasserbassin vorbei in das Schlafzimmer. Der Kranke ruhte mit geschlossenen Augen auf einer schmalen Liege, seine Hände hingen bis zu den Löwentatzen hinunter. Er ähnelte der Frau im Atrium wie eine überalterte Pflaume der anderen, jedoch bewies das schlaffe Gemächt unterhalb der hochgeschobenen Tunica zweifelsfrei, daß er ein Mann war. Ein süßlicher Geruch lag in der Luft, der auch nicht verschwand, als ein schmächtiger junger Mann die Schüssel mit dünnen, stinkenden Exkrementen entfernte. Seine Augen waren voll Sorge und seine Hände bebten derart, daß die bräunliche Flüssigkeit wie im Seegang schwappte.

Thalia sah ihm mitfühlend nach. Sie hatten Angst um ihren Herrn.

»Man hat mich bereits am ersten Tag nach meiner Ankunft in Alexandria vergiftet«, stöhnte Trimalchio. Jetzt sah Thalia die roten Adern im Weißen seiner Augen, die im übrigen hellbraun waren. Und darunter bläuliche Tränensäcke, die ihn im großen und ganzen zu einem farbenprächtigen Kranken machten. »Meine Schwester ist unfähig zu begreifen, daß ein alexandrinischer Arzt alexandrinische Gifte besser kennen muß als ein römischer. Ich brauche ein Gegenmittel des Landes.«

»Zweifellos, Stratege. Aber laß mich nun die Diagnosen stellen.« Mit in sich gekehrtem Blick ertastete Leptinos die Stelle am Handgelenk des Kranken, an dem der Puls zu fühlen sein mußte. Er fand ihn hart und pochend und legte den schweißbedeckten Arm behutsam neben den Leib zurück, während er den Atem des Römers tief in sich einsog und geübt seinen Widerwillen verbarg. »Hast du etwas von dem Gift in deinen Speisen geschmeckt?«

»Wie denn? Nach einem Schluck von diesem schweren ägyptischen Wein? Ein Getränk, in dem Dionysos sich suhlen könnte! Warum hat mich niemand gewarnt?« Trimalchio fuhr hoch und erbrach sich in eine weitere Schüssel, die ihm der Sklave hastig unter den Mund schob. Während der Mann mit dem säuerlich riechenden Inhalt davoneilte, wischte ihm ein junges Mädchen den Schweiß aus dem Gesicht.

Thalia registrierte, daß der Hausherr trotz seiner Schwäche noch kräftig genug war, um sich ohne zu zittern auf den Ellenbogen zu stemmen. Wie ein Sterbender sah er nicht aus. Vielleicht war Leptinos noch zeitig genug eingetroffen, um ihn zu retten.

Als der Ausbruch vorüber war, beugte sich Leptinos über den Leib des Römers und legte sein Ohr auf dessen nackten Bauch. Thalia starrte ihm weiterhin in das faunartige Gesicht, um dem Anblick des Gemächts auszuweichen. Als Leptinos sich wieder aufrichtete, strahlte er maßvolle Zuversicht aus. »Das Gift in deinem Körper hat zum *status laxans*, einer Erschlaffung im Gedärm geführt, Trimalchio. Zweifellos ein sehr ernster Zustand.«

»*Status laxans!* Unsinn!« unterbrach ihn Cornelia, die sich mittlerweile in der Tür aufgepflanzt hatte. »Es ist nichts als ein Status des Kotzens nach zuviel Wein.«

»Hingegen ist der Spannungszustand deiner Adern wegen des Kampfes gegen die Giftwirkung schon fast zu stark. Wir haben es mit einem aus *status laxans* und *status strictus* gemischten Zustand zu tun«, fuhr Leptinos fort, ohne sich um die Hausfrau zu kümmern, während der Blick des Kranken beunruhigt an ihm hing.

»Und der Zustand seiner Säfte?«

Diese Römerin ließ sich nicht einmal durch Ignorieren in ihre Schranken weisen. Leptinos drehte sich gelassen um und bedachte sie mit einem feinen Lächeln, das nur knapp an Verächtlichkeit vorbeiging. »Cornelia Tertia, ich gehöre zur Schule der Methodiker. Wir halten nichts von der Säftelehre. Solltest du der Meinung sein, daß dem Körper des Strategen das Gift durch einen tüchtigen Aderlaß entzogen werden muß, so laß nach einem Eristrateer senden. Gewiß wird Trimalchio dir für die schmerzhafte Behandlung in seinem Hause, in dem anscheinend du zu bestimmen hast, danken. Wäre er bei mir im *iatreion*, würde ich vorziehen, seinen Körper mit meinen sanften Methoden umzustimmen.«

Der Oberrichter fuhr wieder hoch, hielt sich den Kopf mit beiden Händen und sagte mit fester Stimme: »Sei dankbar, Schwester, daß ich bereit war, dich in meinem Hause aufzunehmen. Es würde mir nicht schwerfallen, dich zu verheiraten, wenn ich es wollte. Unter der *manus-Klausel.*«

Cornelia preßte die Lippen zusammen und ging mit raschen Schritten davon. Sie glaubte nicht an ein Gift, an die Heirat noch viel weniger, und der griechische Arzt machte sie wütend.

Leptinos wechselte mit dem Strategen einen verständnisinnigen Blick. Trimalchio winkte dem Jungen an der Wand, und dieser schaffte eilig einen Faltstuhl für den Arzt herbei.

»Ich werde dir ein stärkendes Mittel mischen«, sagte Leptinos, indes er sich bemühte, seine langen Beine in würdiger Haltung unter dem Hocker unterzubringen. »Während es seine Wirkung entfaltet, werden deine Sklaven nach meinen Anweisungen ein Bad bereiten. Als dein Arzt empfehle ich, nach demjenigen zu suchen, der dir in deinem eigenen Haushalt nach dem Leben trachtet, Stratege. Beim nächsten Mal könnte ich möglicherweise weniger schnell zur Stelle sein.«

Trimalchio stemmte sich auf seiner Liege hoch. »Du stimmst mir zu, daß es ein Gift war, Arzt? Ich werde Boten zu allen drei Prokuratoren senden und einen nach Nikopolis zum Präfekten. Wenn außer mir niemand, der am Gelage beteiligt war, krank ist, galt der Anschlag mir allein. Was hältst du davon?«

Leptinos nickte. »Zu wissen, wie viele Personen vergiftet wurden, bestimmt den Kreis der Täter genauer. Vielleicht wird man nicht allzu viele Sklaven verhören müssen, um die Wahrheit zu erfahren.«

Der Stratege ließ sich wieder auf den Rücken zurücksinken und starrte auf die weißgetünchte Zimmerdecke, die schmuckloser war, als es einem römischen Beamten zustand. Alexandria! Er haßte es jetzt schon. Aber man hatte ihm nur die Position eines alexandrinischen Oberrichters anbieten können, niedriger im Rang als jeder andere kaiserliche Oberbeamte.

Während sich Trimalchio den Träumen über seine Karriere hingab, widmete sich Leptinos der Heilung seines ersten wichtigen Kranken. Eine einfache Magenverstimmung nach einer durchzechten Nacht war ausreichend mit einer Abkochung aus

Pfefferminzblättern zu behandeln; sein Hantieren mit dem Bleitöpfchen, das *Lykion* enthielt, war reine Optik, um den Kranken zu beeindrucken. Er schickte Thalia mit der fertigen Mischung im Tiegel hinaus, damit sie sie auf dem Herdfeuer erhitzte.

Nachdenklich drehte Trimalchio den Kopf zu seinem Leibsklaven, der mit übereinandergelegten Händen und leerem Blick an der Wand stand. Es würde ihm leid tun, ihn zu verlieren, er war ein brauchbarer Bursche. Aber sein Tod würde ein Baustein in seiner eigenen Karriere sein. Möglicherweise könnte auch der Arzt nützlich sein. Der Grieche schien ein gutes Gespür für die Bedürfnisse eines ehrgeizigen Römers zu besitzen.

Thalia fand die Küche mit Hilfe ihrer Nase; der feine Faden eines duftenden Holzfeuers leitete sie in den gegenüberliegenden Flügel des Hauses. Eine ältere Sklavin sah ihr händeringend und mit vor Angst geweiteten Augen entgegen. »Wird der Herr sterben?« flüsterte sie.

Thalia, die Zeit genug gehabt hatte, den Strategen zu beobachten, schüttelte spontan den Kopf, bevor ihr einfiel, daß sie gewiß nicht befugt war, den Gesundheitszustand von Kranken zu beurteilen. Aber es war zu spät.

Die Küchensklavin schlug die Hände vor ihr faltiges Gesicht. »Gaius wird leben, Ceres, Herrscherin über Leben und Tod, sei Dank.«

Thalia fühlte sich sofort mit ihr verbunden. Ceres war der römische Name für Demeter, der sie selber anhing. »Ihr hängt sehr an eurem Herrn«, sagte sie staunend. »Er muß ein guter Herr sein.«

Die alte Frau ließ verwundert ihre Hände nach unten sacken. »Gaius ein guter Herr? Wenn auch nur ein Krümelchen von Verdacht auf Gift zurückbleibt, läßt er uns alle foltern. Und weißt du, was dann passiert? Jeder schiebt einem anderen die Schuld in die Schuhe. Die meisten aber meinem Sohn Fabianus, denn der mischt dem Herrn den Wein.«

»Ist dein Sohn ein junger Mann mit auffallend schmalen Schultern, der im Schlafzimmer Dienst tut?«

Die Frau nickte. »Sein Leibsklave. Er ist nicht der Kräftigste, aber er hat einen hellen Kopf. Deswegen hat er auch die meiste Angst.«

»Wenn es so ist«, sagte Thalia, »will ich euren Römer lieber nicht auch noch verbrühen.« Sie nahm den Tiegelgriff mit einem Zipfel ihres Chitons und trug ihn am Wasserbecken vorbei ins Krankenzimmer.

Leptinos sah Thalia ungeduldig entgegen, entriß ihr den dampfenden Sud, blies darüber, stützte selber den Römer hoch und hielt ihm die Schale an die Lippen. »Indisches *Lykion* gilt als das Wirksamste«, plauderte er, indes Trimalchio die Lippen spitzte und geräuschvoll schlürfte. »Es wirkt sehr schnell.«

Trimalchio schlug die Augen auf und sah den Arzt dankbar an. »Ich bin sicher, daß die Bäder den letzten Rest der Giftwirkung verschwinden lassen werden.«

»Eine Decke«, befahl Leptinos und bellte: »Eine römische aus Wolle, keine ägyptische!«

Fabianus schrak zusammen und rannte los. Nach einer Weile kam er mit einer Decke zurück, die einen Ziegenhirten im Taurusgebirge gewärmt hätte.

Behutsam wickelte Leptinos den Römer bis zum Hals ein. Dann ging er in den Patio und erteilte laute Befehle, daß man ihm Wasser erhitzen möge. Seine Stimme wurde leiser, als er in die Küche trat, und Cornelia Tertia mischte sich wieder ein. Der Stratege lauschte und nickte allmählich ein.

Er atmete regelmäßig und sah überhaupt nicht sterbenskrank aus. Eher wie ein Faun im Schafspelz, der erfolgreich Nixen geärgert hat. Aber er glaubte an ein Gift. Thalia holte tief Luft. Ihr Blick ging zu Fabianus hinüber, der wieder an der Wand stand und nervös auf seiner Unterlippe nagte. Er wußte Bescheid.

Nach einiger Zeit klatschten Füße auf den Steinen, und vier Haussklaven schleppten zwei schmale Wannen herein. Leptinos folgte ihnen.

»Hierhin, schnell!« befahl der Arzt und ließ die Wannen auf zwei Scherenhockern abstellen und zurechtrücken. »Merke dir die Wärme, die ich für diese Anwendung benötige, Thalia.«

Willig hielt Thalia ihren Finger ins Wasser, bevor Leptinos behutsam die Füße des Römers anwinkelte und ins Heilbad stellte, dem ein Duft verschiedener Arten von Kräutern entströmte.

Nach genau bemessener Zeit ließ Leptinos die Wannen und die Hocker entfernen, trocknete nach dem Rhythmus einer Musik, die nur er hörte, die Füße des Römers und deckte sie anschließend sorgfältig zu.

Als sie sich auf Zehenspitzen aus dem Raum stahlen, schlief der Oberrichter schon wieder. Thalia sah als letztes, wie sein Sklave ihm mit einem gewaltigen Strauß von Vogelfedern Luft vor die blubbernden Lippen fächelte.

Die ungewohnte Mittagshitze draußen trieb Thalia den Schweiß auf die Haut, zumal die Kästen ziemlich schwer waren. Dankbar sah sie, daß Leptinos auf den schattigen Arkadenbogen eines prächtigen griechischen Gebäudes zusteuerte. Er warf einem kleinen Ägypter eine Münze zu, und Thalia setzte die Kästen auf einem Sims ab.

»Wenn es wirklich Gift war«, begann sie nachdenklich, »warum läßt man dann den Sklaven mit dem Herrn allein, den er angeblich vergiften will?«

Leptinos machte eine angeekelte Grimasse, was den ägyptischen Wasserverkäufer zu einem lautstarken Protest veranlaßte. Sein Wasser war frisch und der Kunde nur Grieche. Leptinos gebot ihm mit einem unwilligen Knurren Schweigen. »Der Römer leidet an nichts außer an den Nachwirkungen eines dionysischen Gelages«, sagte er zu Thalia.

»Warum hast du ihn dann in seiner Meinung bestärkt, er sei vergiftet worden?« fragte Thalia betroffen.

Leptinos trank in kleinen Schlucken. Das Wasser war angenehm kühl und ohne jeden Beigeschmack. Wernero würde der kleinen Wilden beibringen müssen, daß eine Sklavin von ihrem Herrn keine Rechenschaft fordert. Er betrachtete Thalia halb verärgert, halb amüsiert.

Als sie die Hoffnung auf eine Antwort aufgegeben hatte und die Kästen wieder in die Arme nahm, antwortete Leptinos.

»Es war nicht die Meinung des Strategen. Es war die für die

Öffentlichkeit bestimmte Erklärung für ein Besäufnis. Ich habe ihm beigepflichtet. Er und das Römische Reich werden es mir danken.«

Thalia ließ um ein Haar die Kästen wieder fallen. »Dafür wird der junge Mann sterben müssen«, stammelte sie.

»Welcher junge Mann? Ein Sklave wird sterben«, versetzte Leptinos. Blinzelnd trat er auf die schattenlose Straße. Es wurde höchste Zeit, das *iatreion* zu erreichen. Niemand von Rang ließ sich jetzt noch draußen sehen.

Nach einigen Wochen hatte Thalia sich eingelebt. Das große Anwesen mit Wohn- und Behandlungsräumen, Liegehalle, Küchenhaus, Teich und Laubhütte vereinte alle Annehmlichkeiten einer griechischen Tempelanlage mit denen eines begüterten ägyptischen Privathauses. Allerdings gab es nach Thalias Meinung Arbeit für mehr Hände, als vorhanden waren. Der einzige ägyptische Gärtner kroch wie eine Schnecke durch den Garten, mit viel Liebe zu einzelnen Pflanzen und einer unendlichen Geduld, wenn es galt, eine Blume zum Blühen zu bringen. Aber für Hunderte andere fehlte ihm die Zeit. Nur Thalia schien es aufzufallen.

Warum Leptinos nicht mehr Sklaven besaß, wagte sie ihn nicht zu fragen. Als Grund vermutete sie Geldmangel und fehlende Kreditwürdigkeit bei den Verleihern. Oder fehlendes Interesse.

Thalia hatte inzwischen festgestellt, daß Leptinos ziemlich unordentlich war. Es mangelte an vielem, vor allem an chirurgischen Instrumenten. Dagegen waren Schüsseln in Hülle und Fülle da, in denen Aderlaßblut aufgefangen wurde. Sie hatte schon zweimal Gelegenheit gehabt, sie auszuleeren und zu putzen, und sie fand es gräßlich.

Beim ersten Aderlaß ihres Lebens starrte sie fassungslos in den Schaum, dessen Rot sich mit dem Kupfergrün des Gefäßes vermengte. Als Leptinos die schwarze Manschette zum Abbinden der Ader versehentlich hineinrutschte, tauchte die schwarze *palla* ihres Vaters aus ihrer Erinnerung auf.

»Verzeihung, o ihr Gesegneten!« brüllte Tjelptah, so laut er konnte.

Als nächstes spürte Thalia einen gewaltigen Fußtritt in ihrem Hinterteil. Sie lag auf dem Boden inmitten von Blutklumpen, und Tjelptah blickte strahlend auf sie herunter.

»Sie befleckt den Marmor. Beseitige sie«, befahl Leptinos mit kalter Stimme.

»Wegfegen?« fragte der Ägypter entzückt.

Aber Thalia rappelte sich von selber auf und machte sauber. Da sie fortan weder die Scham des Versagens zu empfinden noch Tjelptahs kräftige ägyptische Zehen in ihrem rückwärtigen Körperteil zu spüren wünschte – ganz zu schweigen davon, daß sie das gerinnende Blut aufwischen mußte –, gelang es ihr, beim zweiten Aderlaß mit zusammengebissenen Zähnen und bebenden Händen an der Abfallgrube anzulangen.

Trotz dieser Schüsseln und trotz des Blutes war ihr der Behandlungsraum der liebste des *iatreions*. Keinem außer Leptinos stand es zu, sie daraus zu verjagen. Sobald er sich abends zu seinem Privatleben außer Haus begab, mindestens an einem Abend in der Woche, setzte Thalia sich vor das Regal mit den Buchrollen.

Es waren hauptsächlich Abschriften der Werke von Soranos. Ganz unten lagen die Anleitungen zur Geburtshilfe und Säuglingspflege. Diese nahm Thalia sich am liebsten vor, knabberte dabei stibitzte Sonnenblumenkerne und klapperte hin und wieder mit den Schüsseln. Sie kannte nur einen Menschen, der vor Blut größere Abscheu als sie selber hatte: Tjelptah.

Seine Mutter wagte sich nie ins Haus, und Thalia war froh darüber. Aus Wernero wurde sie nicht schlau. Sie verfolgte sie aus dem Küchenhaus heraus mit verbissener, tückischer Miene. Sicherheitshalber machte Thalia einen weiten Bogen um die Ägypterin.

Manchmal, meistens mittags, wenn die Hitze am größten war und die Kranken zu Hause ruhten, lief sie zum Kanal, der, wie sie inzwischen wußte, den Hafen mit dem Mareotis-See verband. Hier segelten oder wurden die kleinen Schiffe getreidelt, die Dinge des täglichen Lebens aus Ägypten und Äthiopien nach Alexandria brachten. Einmal sah sie ein Floß, das aus lauter Töpfen und Krügen bestand; sechs Männer balancierten auf darübergelegten Brettern und lenkten das ungefüge Ding mit Baumästen. Ein anderes Mal kam eine ganze Flotte von Schiffen mit Bienenkörben vorbei. Sie waren waagerecht gestapelt, und um ihre Enden summten Bienen.

Eines Tages fing eine Gruppe von Ägyptern ihre Aufmerksamkeit ein. Mit langen Röcken bekleidet, trugen sie ihren Gott zum Kanal hinunter, angeführt von ihrem Priester, der rückwärts einherschritt. Von Zeit zu Zeit erhob er seine Stimme zu einem tragenden Gesang, dessen Text er von einer Papyrusrolle ablas. Fasziniert starrte Thalia hin, bis das letzte Fädchen der Räucherfeuer neben dem Treidelpfad verweht war. Erschrocken merkte sie, daß sie sich verspätet hatte.

Als sie sich wieder in den Behandlungsraum zurückschlich, war sie auf eine Bestrafung gefaßt, weil sie die gewaschenen Leinenstreifen noch nicht zusammengerollt hatte. Aber Leptinos stand mitten im Raum, betrachtete die leeren Wände mit den unbenutzten Haken und knetete gedankenvoll seine Fingergelenke. »Wir müssen meine Instrumente holen. Die alten sind jämmerlich. Mach dich fertig und rufe auch Tjelptah.«

Thalia nickte erleichtert und machte sich auf die Suche nach dem Jungen. Als sie in das Küchenhaus hineinschaute, war dort nur Wernero, die Maische durch ein Sieb in den Bierbottich preßte.

»Was willst du, Rote?« knurrte die Ägypterin, deren Sicht zwar durch den herabhängenden Zipfel eines schwarzen Kopftuches eingeschränkt war, die sich aber trotzdem Thalias Anwesenheit bewußt war. Um die Ausländerin schnell wieder loszuwerden, sprach sie Griechisch, obwohl darauf nur der Gebieter Anspruch hatte. Diese Mißgestaltete ließ den Ärger ansteigen wie das Wasser des Nils: Sie lenkte die Gunst des Gebieters von ihrem Sohn ab. Obendrein sollte sie auf seine Anordnung auch für die Rote kochen und Bier brauen. Nun, sie würde ihr nur das schäumende, schlechte zukommen lassen. Wernero öffnete ihren breiten Mund mit den vollen Lippen und lachte unbekümmert.

»Leptinos braucht Tjelptah«, sagte Thalia, als Wernero endlich das Kopftuch auf den Rücken warf und sie aus ihren dunklen, mandelförmigen Augen ansah. An einem Ohrläppchen baumelte ein breiter Goldring.

Wernero liebte zwei Männer auf dieser Welt: ihren Sohn und den Gebieter. Sie konnte wie ein oberägyptischer Panther werden, wenn sie in Wut geriet. »Für dich ist der Herr der Gebieter, du, du …« Sie verschluckte den Rest ihrer Beschimpfung. Womöglich würde die Rote sich rächen.

»Hier bin ich«, rief Tjelptah und tauchte mit einer lebenden Gans unter dem Arm hinter Thalia auf. Das Tier war groß und fett und sein Schnabel mit den Füßen zusammengebunden.

»Der Herr braucht dich, um seine Instrumente zu tragen«, erklärte Thalia geduldig.

»Aber er hatte mir erlaubt, heute im Tempel ein Brandopfer zu entzünden.« Auf dem großflächigen Gesicht des Jungen zeichnete sich Enttäuschung ab. Er sah seiner Mutter sehr ähnlich; auch bei ihm lagen die Wangenknochen weit auseinander, und das Kinn lief spitz zu; seine Haut jedoch war heller als ihre.

Wernero schüttelte verstört den Kopf und mied es ängstlich, der Roten auf den Mund zu schauen. Seitdem sie da war, geriet alles durcheinander, selbst fromme Handlungen störte sie. Sie war bösartig wie eine Gazelle und eine wandelnde Verhöhnung des Hasengottes von Werneros Heimat in Mittelägypten. »Du mußt gehen, wenn der Gebieter ruft«, sagte sie in ihrem heimatlichen Dialekt und strich ihrem Sohn zärtlich die einzelne Locke glatt, die ihm bis auf die Schulter hinunterreichte. »Beachte die Rote einfach nicht.«

Unter halb geschlossenen Augenlidern spähte sie den beiden auf ihrem Weg zum Vorderhaus nach. Sie war sehr stolz auf Tjelptah und dankbar für die Liebe, die der Gebieter ihm entgegenbrachte. Und der Roten würde sie zeigen, wo ihr Platz war.

An diesem Tag ging es auf den Straßen noch lebhafter als sonst zu. Auf einem kleinen Platz, an dem sich zwei Straßen kreuzten, mußten sie sich ihren Weg durch eine Volksmenge bahnen, die einem griechischen Rhetor lauschte. Er stand auf der leeren Ladefläche eines Karrens und warf zu seinen Worten abwechselnd die Hände und die Zipfel seines langen Gewandes in die Höhe. Seine scharfe Zunge in heimatlich klingendem Griechisch richtete sich gegen die Römer. Thalia hätte ihm gerne zugehört.

»Gefährliches Geschwätz«, murrte Leptinos und schob die Leute mit beiden Armen beiseite, um sich Platz zu verschaffen.

»Beeile dich, du Eselin«, zischte Tjelptah hinter Thalia. »Der Gebieter schaufelt nicht wie ein Wasserrad von Faijum, damit du dich ausruhst.« Er schob Thalia vorwärts. Sie spürte die harte Spitze seines Knüppels zwischen den Schulterblättern.

Aber sie kümmerte sich nicht um ihn. Das Gemurmel der Griechen hinter ihnen ging im Rattern von zweiräderigen Wagen auf dem holperigen Boden unter, als sie in das ägyptische Alexandria eintauchten.

Männer mit nackten braunen Oberkörpern feuerten mit ihren Rufen die Esel an und klatschten ihnen auf die Hinterbacken. Ägypterinnen schritten mit Wasserkrügen auf den Köpfen an ihnen vorbei. In den Seitengassen standen Hütten aus luftig geschichteten Lehmziegeln mit Dächern aus Stroh; kleine nackte Kinder hockten in den Türöffnungen und richteten ihre staunenden Augen auf die hellhäutige Frau.

Thalia blieb stehen, um ein Taubenhaus mit vielen offenen Tonröhren zu betrachten, das wie ein Kegel in einem winzigen Garten aufragte.

Tjelptah legte ihr seine Hand auf die Schulter. »Du brauchst dich nicht zu fürchten, auch wenn der Gebieter nicht mehr zu sehen ist. Er erwartet, daß ich dich beschütze wie ein älterer Bruder, und das werde ich tun.« Er genoß die Achtung und die Bewunderung, die ihm von den herbeilaufenden Kleinen entgegengebracht wurde. Thalia ließ ihm seinen dummen Triumph. Er war noch ein Kind.

Plötzlich warf Tjelptah das Bündel, das wie ein Futtersack am Knüppel über seiner Schulter hing, auf die Erde. Er ließ sich auf den Knien in den Staub fallen und die ganze Kinderschar mit ihm. Thalia sah verdutzt auf die wolligen Köpfe hinunter, bevor sie sich umdrehte.

Ein kahlköpfiger Priester näherte sich mit langen, gleitenden Schritten. Ihm folgten Männer und Frauen in tiefer Andacht, die einem in weißes Leinen gehüllten Gegenstand galt. Tjelptah sagte mit seiner hellen Stimme: »Danke dem Schöpfergott Chnum, er lebe, sei heil und gesund, damit er dich liebt. Deine eigenen Götter haben hier keine Macht.«

Es gab keinen Grund, einem fremden Gott die Achtung zu versagen, und so sank Thalia neben Tjelptah auf die Knie. »Tragen sie den Gott Chnum mit sich?« flüsterte sie und fügte respektvoll wie Tjelptah hinzu: »Er lebe, sei heil und gesund«, damit der Junge keinen Grund fand, ihr die Antwort wieder zu verweigern.

Erstaunt riß Tjelptah bei ihrer Frage die Augen auf und versuchte vergebens, sein Kichern zu unterdrücken. Thalia ließ sich davon anstecken, während sie das längliche Bündel auf den Schultern der Frommen neugierig betrachtete. Hinter sich hörte sie unbestimmbare Geräusche, näher an Lachen als an Weinen.

Der Priester strebte unberührt davon den wuchtigen Eingangssäulen eines Tempels entgegen; aber sein Gefolge war wegen der kindlichen Respektlosigkeit tief bestürzt. Der Mann mit dem heiligen Gegenstand zischte Tjelptah in loderndem Zorn eine Beschimpfung ins Gesicht. Sein Kopf war wie der des Priesters geschoren, aber seine Kopfhaut war blau eingefärbt. Thalia sah ihm erschrocken nach.

Erst als die Gläubigen das Heiligtum durch einen schmalen Eingang zwischen den hohen Säulen betreten hatten, konnte Tjelptah sein krampfartiges Lachen beenden. Er brach in Tränen aus, die ihm zwischen den Fingern hindurchtropften, während Thalia ihn fassungslos beobachtete. »Du bist roh und ohne Sitte wie das Meer, hinter dem dein Elternhaus steht«, preßte er schließlich schluchzend heraus. »Du weißt nichts. Chnum, er lebe, sei heil und gesund, verläßt sein Heiligtum nur an seinem Fest. Sein Priester beerdigt heute einen Widder, der Chnum heilig ist. Aber du lachst in der Gegenwart des unsichtbaren Gottes!«

Tjelptah hatte zuerst gelacht, aber Thalia hatte nicht das Herz, ihn darauf aufmerksam zu machen. Schweigend erhob sie sich und strich sich den gelben Sand von den Knien.

Leptinos' weiße Chlamys leuchtete an der nächsten Ecke, und für kurze Zeit sah Thalia seine winkende Hand. Sie packte Tjelptah am Rockbund und zog ihn mit sich, bis sie in eine Straße einbogen, die vom blechernen Lärm der Metallhandwerker widerhallte.

»Wo bleibt ihr nur?« fragte Leptinos ungehalten. »Der Instrumentenmacher verliert jeden Respekt vor mir, wenn ich ohne meine Sklaven ankomme, und jedes Zutrauen zu meinem Geldbeutel, was für ihn vielleicht viel entscheidender ist.«

»Aber Gebieter«, sagte Tjelptah und blickte strahlend zu ihm auf, »dein Ruhm macht Unterägypten hell. Er wird sich hüten, dir minderwertige Messer anzudrehen!«

»Meinst du?« fragte Leptinos, lächelte zärtlich und drückte einen schnellen Kuß auf Tjelptahs Stirn. Dann überquerte er die Straße, um einige Häuser weiter unter den beschatteten Bogen einer Werkstatt zu treten.

Thalia drängte sich neben ihn in das Gewölbe. Draußen mußte Tjelptah die Fragen des benachbarten Handwerkers beantworten; als sie das Wort für rot verstand, wußte sie, daß der Mann sich als erstes nach ihr erkundigt hatte. Die Roten, das waren alle weißhäutigen Fremden.

»Hast du die Instrumente endlich fertig, Mose?« Leptinos ließ seine Unzufriedenheit deutlich heraushören.

Der Handwerker, ein dünner Mann mit sehnigen kräftigen Armen, ließ sich nicht nervös machen. »Schon lange, ehrwürdiger Leptinos, Herr des Unwohlseins«, sagte er in beschwichtigendem Ton und brachte mit den verwirrenden Gesten eines Magiers mehrere Kästen zum Vorschein, deren Deckel er aufschlug. »Genau, wie du sie bestellt hast«, sagte er, nicht ohne Stolz.

Leptinos holte einen spatelförmigen Messergriff aus einer paßgenauen Aussparung in dem dunklen Edelholz des Kastens. Das Gold und Silber der Einlegearbeit funkelten, als er den Griff in seiner Hand wog und ihn dann prüfend mit ganzer Handfläche umschloß. »Ausgezeichnet«, lobte er und sah erneut in den Kasten. »Brustförmige Klinge, schmale gerade, schmale gekrümmte, einschneidig, zweischneidig, myrtenblattförmig... Ich sehe, du hast alles berücksichtigt.«

Der Handwerker nickte zufrieden und legte Leptinos wortlos ein weiteres Kästchen vor.

Leptinos runzelte beim Anblick des sichelförmig gebogenen Schneidwerkzeuges mit ganz glattem Griff die Stirn. »Das habe ich nicht bestellt«, sagte er in abweisendem Ton. »Ich beabsichtige nicht, ungeborene Kinder zu zerstückeln. Ich befasse mich nicht mit Frauenangelegenheiten.«

Mose nickte. »Der gelehrte Soranos von Ephesos hatte es bestellt, aber es war vor seiner Abreise nicht fertig geworden. Es hätte sein können, daß du ...«

»Dann schicke es ihm nach«, unterbrach Leptinos ihn kurzangebunden. »Ich verwende auch keine Instrumente, die aussehen, als könnte ich mir keine ordentlichen leisten.«

Der alte Mann zuckte zusammen. »Meister Soranos wollte sie so ...« murmelte er und strich zärtlich über das polierte Holz.

Leptinos wandte sich gleichgültig von ihm ab und rief Tjelptah herein. Während der Junge die Kästen zwischen sich und Thalia aufteilte, feilschte Leptinos beleidigend kurz um den Preis und verließ wenig später die Werkstatt mit Tjelptah auf den Fersen.

Thalia zögerte auf der Schwelle und kehrte zu Mose zurück. »Warum wollte Meister Soranos die Griffe so und nicht anders haben?« fragte sie leise.

Der Mann betrachtete das fremdartige junge Mädchen mit Scheu. Es war leicht zu erkennen, daß sie unter dem Schutz des Hasengottes vom fünfzehnten Gau stand, dessen Hauptstadt von Toth, dem Gott des Heilwesens, regiert wurde. Ganz gewiß war es ihr vorbestimmt, mehr über die Instrumente des Soranos zu erfahren, der ein Liebling von Toth war. Er neigte ehrerbietig seinen Kopf. »Meister Soranos verlangte, daß seine Instrumente makellos glatt und blank sein sollten. Griffe mit Bändern und Rillen warf er durch meine Werkstatt, daß ich um mein Leben fürchten mußte. Einmal ...« Mose verstummte und lächelte vor sich hin.

»Einmal ...« drängte Thalia.

Mose lachte sie an. »Mein Nachbar hatte gerade einen Fisch abgewogen und ihn mir hingelegt. Da schlug Meister Soranos die Schneide bis zum Heft in den Karpfen. *Siehst du, was ich meine?* brüllte er und zeigte auf die Einlegearbeiten, als er es wieder herausgezogen hatte. *Willst du, daß deine Gedärme zwischen Elfenbein und Silberfäden hängenbleiben*? Das war das einzige Mal, daß ich Meister Soranos habe laut werden hören. Damals war ich zu Tode erschrocken … Ich glaube, er hatte gerade bei der Ärzteversammlung versucht, den anderen das auszureden, was er als Eitelkeiten bezeichnete. Er war schon wütend, als er hier ankam.«

Thalia nickte. Irgendwie verstand sie die Bewunderung des alten Handwerkers für einen Mann, der mit Leib und Seele Arzt war.

»Aber noch wichtiger war ihm die Schneide selbst«, fuhr Mose fort und zwinkerte sich die Erinnerung aus den Augen. Mit Soranos war auch ein Teil seines Lebens vergangen. »Er fand immer noch eine Unregelmäßigkeit, die man nur mit dem geschliffenen Smaragd erkennen konnte, den er am Hals trug. Ich mußte sie bearbeiten, bis er zufrieden war. *Altes Fleisch ist giftig*, sagte er immer. *Es bleibt in den Scharten liegen, ohne daß man es sieht.*«

Thalia stellte die Kästen vorsichtig auf den Boden. Sie konnte der Versuchung nicht widerstehen, die kühle Glätte des Stahls selber unter den Fingern zu spüren. »Ich verstehe, was er meint«, murmelte sie nachdenklich. Das Gedärm konnte sich in den Scharten der Säuberung entziehen, dort faulen und zu Gift werden. Laut sagte sie: »Ein wunderschönes Instrument. Deine Hände muß Asklepios geführt haben.«

Mose lächelte wie über ein kostbares Geschenk, das sie ihm gemacht hatte. »Dein Gebieter weiß meine beste Arbeit nicht zu schätzen; ich dachte es mir schon vorher. Aber ich würde mich freuen, wenn du das Messer von mir als Geschenk annehmen würdest.«

Das Messer wurde schwerer in Thalias Hand, je länger sie es betrachtete. Eine Kostbarkeit, die er für viel Geld verkaufen konnte. Mit einem tiefen Seufzer war sie drauf und dran, es ihm zurückzugeben. Und dann sah sie ihm in die Augen. »Ich danke dir«, stammelte sie.

Verwirrt grübelte sie darüber nach, warum er sich so tief verbeugte. Sie war reich beschenkt worden, aber Mose schien es umgekehrt zu sehen.

Immer noch in Gedanken, befand sie sich auf einmal neben der Abzweigung eines gewundenen Gäßchens, als sie bemerkte, daß die eben noch lebhafte Straße der Schmiede jetzt wie leer gefegt war. Leptinos und Tjelptah waren fort.

Beunruhigt sah sie sich um. Gebannt folgte sie mit den Augen einer Hand, die aus der Schwärze eines Gewölbes heraus eine kräftige Kette um ein hölzernes Gatter legte. Alle anderen Werkstätten waren bereits gesichert. Als die Hand verschwand, merkte sie, daß auch das metallische Klingen von Kupfer und das Klopfen von Holzschlegeln auf Papyrusmark verstummt waren.

Über die Häuser legte sich statt dessen wie Rauch ein unbestimmbares Geräusch, das unaufhaltsam näher kroch und irgendwie bedrohlich war, aber Thalia konnte nicht feststellen, aus welcher Richtung es kam. Sie schlüpfte in die Gasse, die gerade breit genug für einen Esel mit Tragekörben war. Auch ohne die spielenden Kinder schien sie mehr Sicherheit zu bieten als die breite Straße.

KAPITEL 3
DER WIDDERAUFSTAND

Am Rand eines der beiden jüdischen Viertel von Alexandria wurde an diesem Tag ein hohes Fest gefeiert. Mittelpunkt der Feierlichkeit war ein uralter Granatapfelbaum, dessen Zweige mit bunten Bändern und Fäden geschmückt waren. Auf dem kleinen Platz *Zu den Drei Tempeln* drängten sich die Gläubigen.

In ihrer Mitte tanzten die Ältesten.

Der langsame Tanz der dunkelhäutigen Männer mit einem Stab über der Schulter und einem Sistrum in der anderen Hand machte einen schwermütigen Eindruck. Nebeneinander traten sie vor und wieder zurück, und die Sistren rasselten klirrend zum Lob des einen Gottes, der im Baum und auf dem Altar unsichtbar gegenwärtig war.

Plötzlich verstummten die Musikinstrumente, und eine Trommel setzte ein. Die Tänzer stützten ihre Gebetsstäbe vor sich auf den Boden und begannen, sich im Rhythmus eines Wechselgesangs vor und zurück zu wiegen.

Wie aus dem Nichts tauchte am Altar der Priester der Gläubigen auf. Der Kahen trug ein Schultertuch mit einem himmelblauen Faden an einer Ecke. Seine Aufmerksamkeit galt dem Widder, der von zwei Männern herangeführt wurde. Es war ein makelloses Tier mit langen gebogenen Hörnern, weißem Stirnschopf und schwarzer Nase. Das Schaf blökte kräftig. Es würde ein würdiges Opfer sein.

Als seine Helfer das Schaf auf den viereckigen Altar hochgehoben hatten, schnitt der Kahen ihm sorgfältig die Kehle durch, fing das Blut in einer Steinschale auf und sprengte einige Tropfen über zwei aufrechtstehende Steinsäulen und an den Fuß des Baums. Den Rest des Blutes goß er behutsam in die napfförmigen Mulden der Säulen.

Ein Gebrüll wie von tausend Dämonen störte seine fromme Handlung. Als er sich erzürnt umdrehte, entdeckte der Kahen einen jungen Ägypter mit blaugefärbter Kopfhaut, der sich mit wutverzerrtem Gesicht durch die schwarze Gemeinde Bahn brach und auf ihn zukam.

Im Hintergrund erkannte er den Priester des Chnum, der regungslos stehenblieb, während er seine Hände in der Geste des Schmerzes auf den Kopf legte. Fassungslose fromme Ägypter umgaben ihn.

Der schwarze Kahen wagte nicht, dem rasenden Ägypter entgegenzutreten, der einen seiner Helfer niederschlug, bevor er den Sündenbock liebevoll in die Arme nahm.

»Ihr seid wie Hundsfliegen auf unserer ägyptischen Haut, lästiger als die Sandbewohner und die Räuber der Deltasümpfe«, sagte er zu dem Kahen. »Die haben es nur auf unsere Besitztümer abgesehen, ihr aber auf unsere Götter! Toth, der Ibisköpfige, er lebe, sei heil und gesund, hat verkündet: Wer tötet, wird wieder getötet. Wer gewaltsamen Tod befiehlt, dessen Untergang wird wieder befohlen.«

Die Schwarzen antworteten mit Hohngeschrei. Als der ägyptische Hilfspriester sich anschickte, ihnen das Opfer mit einem hochmütigen Lächeln auf den Lippen zu rauben, flogen erste Ziegelbrocken.

Die Verehrer des Chnum, die ihren Gott auf ihrem Weg zum Friedhof der Widder auf solch drastische Art verhöhnt sahen, lasen die Geschosse auf, schafften aus einem Garten Dungfladen herbei, rissen Steine aus Mauern und warfen sich auf die Schwarzen. Ihre Herzen glühten in Verehrung für den Gott und sein heiliges Tier, und jeder einzelne Stein traf. Bald lagen Verletzte und Tote auf dem Platz.

Thalia wünschte sich, eine Maus zu sein, als sie die gewundene Gasse entlanglief; die Häuser waren verriegelt wie Schatzkisten. Die Instrumentenkästen waren schwer, aber sie wurde vom Geräusch klirrender Waffen und hart klappernder, nagelbeschlagener Sohlen vorwärts getrieben.

Vor Thalia schimmerte im engen Spalt zwischen den Hütten grünes Laub. Gerade als sie mit rückwärts gewandtem Kopf die erste Reihe von Legionären hinter sich sah, wichen die Häuser zurück, und sie stürmte keuchend in eine Ansammlung von Menschen auf einem kleinen Platz.

Ein Stein prallte wie ein Felsbrocken auf ihren Kasten. Die römischen Soldaten erreichten den Platz und schoben schwarze und braune Menschen vor sich her, die schreiend in alle Richtungen flüchteten.

Am Eingang zu einer der Gassen sah Thalia über den Köpfen der anderen den hochgewachsenen blaubemalten Ägypter. Er war über und über blutbesprenkelt und versuchte fanatisch, einen Widder mit baumelndem Kopf vor wütenden Schwarzen zu retten. Sie konnte sich leicht zusammenreimen, was hier geschehen war.

Sie kämpfte gegen den Menschenstrom an, verbissen und zornig erreichte sie endlich den Baum, wo ein freier Raum um einen toten Mann und eine blutige Opferschale entstanden war. Sie setzte ihre Kästen auf einer Steinsäule ab. Entgeistert sah sie, daß viele schwarze Hände den Ägypter in die Knie zwangen, bis er auf dem Boden lag, ohne das Schaf loszulassen. Ein Steinhagel fuhr auf ihn hinunter, und dann flutete die Menge über ihn und das Opfertier hinweg.

»Auseinander, ihr Gesindel!« donnerte eine Stimme.

In Thalias Gesichtsfeld befanden sich plötzlich die Füße von Römern und ein Pferd, auf dem ein Reiter saß. Sie zitterte wie Espenlaub. Die Römer würden keine Unterschiede machen zwischen den Alexandrinern und ihr.

Noch hatte der Reiter sie nicht entdeckt. Aber die Legionäre waren überall. Sie schlugen mit den Spitzen ihrer Wurfspeere an Tore und verschlossene Fensterläden, und einen von ihnen sah sie Anlauf nehmen, um sich mit einem Klimmzug an einer Mauer hochzuziehen und jenseits hinunterzublicken.

Einige Fußsoldaten kehrten auf den Platz zurück.

»Aufräumen!« schnauzte der Centurio, der mit ihnen kam, und wies ihnen eine Ecke an, in der sie die Toten sammeln sollten. Nach einer Weile schlenderte er zwischen Dung und Ziegelsteinen auf Umwegen zu dem römischen Beamten, dessen Purpur auf der Tunica Thalia zwischen den Blättern schimmern sah.

»Sei gegrüßt, Stratege«, sagte er herablassend. »Deine Sorge in Ehren, aber es gibt keinen Grund für einen Oberrichter, hier zu erscheinen. Du kommst direkt aus Rom, hörte ich?«

Thalia erschrak. Es mußte sich um den gräßlichen Römer handeln, den sie neulich behandelt hatten.

»Ich komme direkt vom Kaiser, Centurio«, erwiderte Trimalchio scharf, »und ich kann dir in seinem Namen mitteilen, daß der Schlendrian von Alexandria auf der Stelle ein Ende haben muß.«

»Dies ist unser Handwerk, Stratege, nicht deines. Wir haben alles im Griff. Ich selber habe mehrere Jahre Erfahrung in den Provinzen. Wie man dir vielleicht gesagt hat, sind die Alexandriner gewalttätiger als die Antiochier. Aber eine echte Gefahr für das Römische Reich ist aus diesen Aufständen noch nie entstanden. Es reicht, die Ratten in ihre Löcher zurückzujagen.«

»Jeder Aufstand ist für Rom eine Gefahr. In diesem Teil der Welt entscheiden ab sofort nicht mehr die Legionen, was gefährlich ist und was nicht. Es wäre zweckmäßig, wenn sich die ägyptischen Hilfstruppen darauf einstellen würden, Centurio. Wo ist der Präfekt?«

Der Offizier hakte gemächlich seine Daumen in den Gürtel ein, bevor er sich dazu herabließ zu antworten. »Um diese Tageszeit pflegt er in den Thermen zu sein. Du solltest ihm dabei Gesellschaft leisten.«

»Du willst damit sagen, daß der Kommandeur nicht zugegen ist, wenn Aufstände niedergeschlagen werden müssen? Wer befiehlt denn hier?«

»Ich befehle hier, Stratege«, antwortete der Centurio hitzig.

Thalia wünschte sich inbrünstig, daß der Oberrichter den Soldaten für seine Frechheit zur Rechenschaft ziehen würde, am besten weit weg von hier. Aber die beiden Römer blieben hartnäckig stehen und schwiegen sich feindselig an. Und sie konnte nicht fort.

Plötzlich bemerkte sie eine Hand, die aus dem schmalen Spalt eines geöffneten Tors winkte. Ihr? Demeter sei Dank, die zierliche weiße Hand winkte heftiger.

Thalia packte die Instrumentenkästen und trat entschlossen aus dem Baumschatten. Sie nahm ihr Kinn hoch und heftete den Blick ganz fest auf das Brustamulett des Offiziers. Mit der selbstverständlichen Sicherheit von jemandem, der einen wichtigen Auftrag ausführt, ging sie am Oberrichter vorbei.

Als sie die Hälfte der Entfernung zum Tor bewältigt hatte, ohne verhaftet zu werden, ließ sie ihren angehaltenen Atem hinaus. Sie mußte sich zusammenreißen, um nicht zu rennen.

Die Hand zog Thalia in die Dunkelheit hinein und drückte das Tor hinter ihr zu. Mit dem Einrasten des Querbalkens in seine Halterung stieß ihre Retterin einen gellenden Schrei aus und sank Thalia vor die Füße.

Als sich ihre Augen an die Dunkelheit gewöhnt hatten, sah sie, daß die junge Frau hochschwanger war und sich in den Wehen befand. Thalia packte sie unter den Achseln und schleppte sie auf eine Lagerstatt an der Längswand des Raumes. Außer der Bastmatte gab es noch eine Ecke mit Hausgeräten und ein glimmendes Kochfeuer.

Sie löste die Spange des Chitons und befreite die Frau von einengendem Stoff. Die Frau war kaum älter als sie selber und keine Ägypterin; solche olivbraune Haut kam häufig an der nördlichen oder östlichen Küste des römischen Meeres vor.

Eine starke Wehe lief durch den Körper der Frau, die Beine streckten sich, und sie bäumte sich auf. Plötzlich fiel Thalia alles ein, was sie über Geburten gelesen hatte, und ihre Aufregung verschwand. »Sei ganz ruhig, das schaffen wir schon«, sagte sie in zuversichtlichem Ton und schob die verrutschten Kissen zurück.

»So habe ich also recht gehabt. Gott sei gelobt«, keuchte die junge Frau, als der Krampf vorüber war. »Er hat dich zu mir geschickt.«

»Das ist wohl so«, stimmte Thalia zu, denn Soranos war der Meinung, daß man Kranke und gebärende Frauen um des Heilerfolges willen nicht aufregen dürfe.

Der Kopf des Kindes war bereits zu sehen, und danach ging alles sehr schnell. Thalia band die Nabelschnur zweifach ab und schnitt sie durch. »Klein ist er, aber kräftig«, stellte sie fest und legte ihn in die Arme der Mutter. Ihre Wärme und ihr Herzschlag waren für das Neugeborene in seinen ersten Lebensstunden wichtiger als Sauberkeit.

»Ein Junge«, flüsterte die Frau glücklich und schlief ein, als die Nachgeburt mit der letzten Wehe herausgepreßt war.

Thalia säuberte das Lager, so gut es ging. Dann setzte sie sich neben die Frau, verwundert, erleichtert. Und stolz. Draußen lärmten die römischen Soldaten, die Flüchtige verfolgten. Thalia lauschte und ballte die Fäuste. Sie hatte die Verantwortung für diese zwei Menschen übernommen. Römer würde sie nicht an sie heranlassen.

Erst nach Einbruch der Dunkelheit erwachte die Frau wieder. Da der kriegerische Lärm inzwischen abgeebbt war, hatte Thalia eine Lampe entzündet.

In ihrem flackernden Schein betrachtete die Hausherrin ihre Hebamme erstmals genauer. »Ich danke dir für deine Hilfe. Ich wußte einfach, daß du Ärztin sein mußt. Ich bin Perpetua, die Frau des Presbyters Symmachus, des Schusters.«

»Ich bin Thalia, die Gehilfin von Leptinos, dem Arzt am Mondtor«, erklärte sie ausweichend. »Bist du selber auch Christin?«

Perpetua lächelte glücklich und nickte. »Und mein Sohn ist bereits als Christ geboren. Der Glaube an unseren Gott wird siegen.«

Thalia schwieg. Nicht überall hatten die Christen einen so guten Ruf, wie Perpetua anzunehmen schien. »Die Frommen da draußen schienen mir blutrünstig und ekstatisch wie Sabazios' Jünger«, bemerkte sie, um Perpetua abzulenken. »Weißt du, was vor deiner Tür gefeiert wurde?«

»Natürlich«, antwortete Perpetua ein wenig schnippisch. »Die schwarzen Hebräer feierten das Passaopfer, und die Wilden, die an Götzen glauben, wollten es verhindern. Die Schwarzen sind unsere Glaubensbrüder, wenn sie auch die volle Wahrheit noch nicht angenommen haben. Von unserer eigenen Gemeinde, die ihr Passafest in der kommenden Nacht feiern wird, waren einige Brüder und Schwestern anwesend. Sie werden nun nicht mehr teilnehmen können, denn sie sind unter den Schwertern der Römer gestorben«, fügte sie traurig hinzu.

»Ich habe ausschließlich Schwarze und Ägypter unter den Toten gesehen.«

Perpetua brach in Tränen aus. »Lüge mich nicht an!« verlangte sie schluchzend.

Frauen verhielten sich nach Geburten manchmal eigenartig. Aber ob solche Vorwürfe auch dazugehörten? Thalia schwieg ratlos. In der Stille, die sich mittlerweile über den nächtlichen Platz gelegt hatte, war ein leises Kratzen auf Holz zu hören. »Ratten?« fragte sie argwöhnisch. »Das ist nicht gut für das Kind.«

»Symmachus«, antwortete Perpetua und lachte unter Tränen. »Könntest du ihm die Tür öffnen? Wir sind aus Gewohnheit vorsichtig. Er hat sich wohl verstecken müssen, während er unterwegs war, um die Hebamme zu suchen.«

Der Mann, den Thalia hereinließ, war jedoch allein. Seine buschigen Augenbrauen wölbten sich mißtrauisch, während er sie von oben bis unten betrachtete. »Ist das Kind da?«

Thalia ließ sich von ihm nicht einschüchtern, obwohl er mindestens doppelt so alt war wie seine Frau. Schließlich war er fortgegangen, als die Wehen kamen, und sie hatte Perpetua beigestanden. »Ja, ein Junge, und er ist gesund.«

»Ein Junge«, wiederholte Symmachus triumphierend und nahm Perpetua seinen Sohn aus den Armen. Er trug ihn zur Lampe, um ihn zu besichtigen. »Gesund ist er auch. Ich lade dich ein zur Feier der Beschneidung am achten Tag.«

»Danke«, murmelte Thalia. Sie spürte, daß sie entlassen war.

Mit den Kästen im Arm schlüpfte sie auf die Straße, die jetzt dunkel und verlassen dalag. Schreie waren in der Ferne zu hören, aber Thalia wußte nicht, ob von Nachttieren oder von Menschen, die unter römischen Schwertern starben. Zitternd vor Aufregung hoffte sie, daß sie den Weg zum *iatreion* finden würde.

Im Morgengrauen des folgenden Tages wurden beide Legionen aus Nikopolis nach Alexandria verlegt. Ab Mittag wurden die beiden Prachtstraßen von je einer Kohorte bewacht. Durch die übrigen patrouillierten in den nächsten Tagen Zenturien oder zumindest kleinere Kommandos von acht Mann.

Die Römerinnen der besseren Gesellschaft plauderten in den Salons über die Ereignisse und ließen sich von Sklaven über deren Fortgang berichten. Der neue Oberrichter Gaius Cornelius Trimalchio stellte sich als interessanter Mann dar. Erst hatte er mit der Hinrichtung seines Leibsklaven Fabianus für Aufsehen gesorgt, indem er die vermeintliche Tat als Angriff auf einen römischen Beamten in kaiserlichem Dienst ausgelegt hatte. Und jetzt war es ihm gelungen, den Präfekten der kaiserlichen Garde davon zu überzeugen, daß es sich beim Widderaufruhr um den Beginn eines römerfeindlichen Aufstandes handelte. Oder hatte er etwa geheime Anweisungen vom Kaiser mitgebracht? Jedenfalls war alles sehr spannend, denn in seinem Palast saß der Vizekönig von Ägypten und schmollte, weil man ihn bei der Entscheidung übergangen hatte.

Die korpulente Wernero kam aufgebracht von ihrem Marktgang zurück. Anklagend hielt sie Leptinos beide leeren Körbe vor die Nase. »Gebieter, der Gemüsemarkt findet heute nicht statt! Niemand kann sich erinnern, daß es das jemals gegeben hätte! Womit soll ich dich denn ohne frisches Gemüse ernähren? Du fällst mir ja vom Fleische.«

»Irgend etwas wird sich wohl finden. Sah ich nicht eine Gans im Verschlag? Thalia wird übrigens zur Strafe zwei Tage nichts essen.« Ohne Wernero weiter zu beachten, wanderte Leptinos nachdenklich zur Liegehalle hinüber. Für gewöhnlich pflegte der Präfekt diese kleinen Querelen zwischen Ägyptern, Griechen und Juden für Auswirkungen zu langer Hitzeperioden oder zu starken Nordwindes zu halten und zu ignorieren. Trimalchio schien von anderer Art zu sein.

»Haben die Schmerzen schon abgenommen, Lysis?« fragte er, ohne sich eigentlich für die Antwort zu interessieren, und setzte seinen Weg nach einem höflichen Nicken fort. Er kraulte sich bedächtig den Bart. Es war möglicherweise keine schlechte Idee, in diesen kaiserlichen Beamten zu investieren.

Er kannte keinen einzigen, dessen Karriere in Alexandria geendet hätte.

Durchdringendes Geschrei unterbrach seine Überlegungen. Als er sich zum Küchenhaus umdrehte, sah er Thalia mit zusammengekniffenen Lippen herauskommen. Hinter ihr tauchte Wernero in der Türöffnung auf, die Arme in beide Seiten gestemmt. Sie spuckte hinter Thalia her.

Leptinos packte Thalia am Arm, als sie an ihm vorübereilte. »Soll Tjelptah dir einen Knebel verpassen? Du störst den Heilschlaf unseres Kranken.«

Thalia schüttelte seinen Arm ab. »Wernero verweigert mir das Essen«, erklärte sie mit finsterem Gesicht. »Sie sagt, ich entweihe die Opfergans.«

»Es war nicht Werneros Entscheidung, sondern meine Strafe für dich. Sei dankbar, daß sie nicht härter ausfällt. Verdient hättest du jedenfalls mehr als zwei Tage Essensentzug. Ich hätte leicht vierhundertfünfzig Asse verlieren können.«

»Ich weiß nicht, wofür du mich bestrafst, Leptinos. Ich bin noch nie Sklavin gewesen«, versetzte Thalia störrisch.

»Du hast dich nach Einbruch der Dunkelheit draußen herumgetrieben. Wer dich aufgegriffen hätte, hätte dich als entlaufene Sklavin erschlagen dürfen – du hattest keine Erlaubnis, dich ohne Begleitung in Alexandria aufzuhalten. Weder ich noch Tjelptah wußten, wo du warst.«

Thalias Hand fuhr zu dem schmalen, harten Riemen hoch, den ein ägyptischer Blechschmied ihr am ersten Tag um den Hals gelegt hatte. »Ich hatte mich verlaufen«, stotterte sie und verschluckte den Rest ihrer Erlebnisse aus einem Instinkt heraus. »Als ich aus dem Laden trat, wart ihr nicht mehr zu sehen.«

»So?«

»Ja, bestimmt«, beteuerte Thalia und rang sich ein Lächeln ab. »Laß mich jetzt gehen. Ich muß das Schwebebett für den Strategen Trimalchio herrichten. Er kommt gleich.«

Leptinos las im Gesicht seiner Sklavin wie in einem Buch. Sie war widerspenstig und selbstbewußt und würde nie eine verlaßliche Sklavin sein. »Eine Sklavin geht nicht, bevor ihr Herr sie entläßt. Trimalchios Bett hat Zeit. Übrigens nennst du ihn in Zukunft Gaius. Das unterscheidet dich und mich. Du kannst eine Schriftrolle aus dem Museion abholen, die ich zum Abschreiben ausgeliehen hatte. Frage dich zum Archiv durch.«

Spontan beschloß er, zum Gerichtsgebäude zu gehen. Es war eine günstige Gelegenheit, sich unter Römer zu mischen, denn wer Rang und Namen hatte, würde bei der Aburteilung der Aufrührer anwesend sein.

Wütend starrte Thalia ihm nach. Jetzt erst begriff sie, in welcher Gefahr sie in der Nacht des Widderaufruhrs gewesen war. Daß Perpetua nicht auf ihren Beistand hatte verzichten wollen, war verständlich. Aber Symmachus hatte ihr Halsband doch bestimmt gesehen. Und nicht einmal gefragt, ob er sie begleiten sollte.

Die Gerichtshalle, die ganz neu gebaute Basilika des Trajan, war römisch, aber bei den Ägyptern unter den Alexandrinern hieß sie *Horus vor den Hörnern*.

Die Ägypter standen in einem verlorenen Häufchen an der Wand, bewacht von einem einzigen Legionär, der zuweilen lässig mit seinem kurzen Spieß fuchtelte. Die Festgenommenen zitterten vor der Macht des Himmelsgottes Horus, der so sichtbar eine Verbindung mit den Römern eingegangen war. Im Namen von Horus würde Re, die Sonne, Vergelter unter den Göttern, ein schreckliches Strafgericht über sie bringen.

Die übrigen Festgenommenen, Einheimische aus den griechischen und den jüdischen Vierteln, zitterten wegen der Kühle in der hohen Halle. Zuversichtlich war allein der griechische Redner Autolykos, der an dem Aufruhr gar nicht beteiligt gewesen war. Er erfreute sich eines zunehmenden Rufes als Gegner der römischen Stadtherren, war schon fünfmal denunziert und immer freigelassen worden. Die römischen Zuschauer deuteten verstohlen auf ihn, und er setzte eine überhebliche Miene auf.

Der Oberrichter ließ die Angeklagten und die Zuhörer warten, aber als er kam, bot er ein sehenswertes Schauspiel auf dem langen Weg zwischen der Richterpforte und der Tribüne. Ihm voraus schritten seine Gehilfen in golddurchwirkter Amtstracht: der Stockträger in einer griechischen Chlamys und der

Geißelschwinger im langen ägyptischen Rock. Hinter ihm folgten vier römische Legionäre, deren Nagelschuhe im Gleichschritt nachhallten. Trimalchio trug die schlohweiße *Toga praetexta* des kaiserlichen Beamten mit Purpurstreifen, in makellose Falten gelegt.

Die Römer tuschelten beeindruckt; würdevoller konnte auch ein Senator in Rom das Ehrenkleid nicht tragen. Plötzlich wehte ein Hauch republikanischer Tugenden durch die Gerichtshalle.

»Geschickt inszeniert«, flüsterte eine Römerin. Auf Vorschlag ihres Schwagers, des obersten Verwaltungsbeamten von Ägypten, hatte sie ihre Wallfahrt zum Isistempel von Philae für einige Tage in Alexandria unterbrochen und seine Einladung zur Gerichtsverhandlung angenommen.

Der Vizekönig Lucius Valerius Poplicola, in der vordersten Reihe der Sitzplätze unter den Säulen, lehnte sich zu seiner Schwägerin Afrania hinüber. »Er ist ein Emporkömmling, aber – du hast recht. Was immer Cornelius Trimalchio anfängt, hat Hand und Fuß. Man könnte auch sagen, er tut nichts ohne Absicht. In dieser kurzen Zeit hat er sich bereits einen kleinen Kreis von Anhängern aufgebaut. Lächerlich, wenn man bedenkt, wo er herkommt – aber er macht damit Eindruck.«

Poplicola zupfte nachdenklich an seinem Doppelkinn, ohne den neuen Richter aus den Augen zu lassen. Ein Römer in dieser Position behagte ihm nicht besonders; er hätte nach dem Tod des vorigen wieder einen einheimischen Griechen bevorzugt, aber Trajan hatte den Mann selber eingesetzt. Trimalchio mußte Protektion aus höchsten Kreisen genießen, und er fragte sich, wer der Gönner war.

»Ach ja? Erzähle. Wer gehört dazu? Lohnt es sich, sie zu kennen?« Afrania sah sich interessiert um.

Der dunkelhaarige kleine Sklave, der den Vizekönig stets wie ein Schatten begleitete, legte seinen Mund an ihr Ohr. »Keinen, außer dem *lanista* der kaiserlichen Gladiatorenschule. Hinter dem Schurz ist er stark wie ein afrikanischer Elefant. Soll ich dich mit ihm bekannt machen? Ich kann dir aber auch selber einen geschickten Gladiator aussuchen. Sag mir, auf welche Merkmale du Wert legst!«

Afrania warf dem Spottknaben ein Küßchen zu. Reizender Bengel, dieser Chai, und ganz schön durchtrieben, obwohl erst zwölf Jahre alt.

Poplicola beachtete seinen Ägypter nicht; es war seine Aufgabe zu schwatzen. Er lachte leise und mißgestimmt. Die exzentrische Schwester seiner verstorbenen Frau interessierte sich stets für Männer, ohne Rücksicht auf die Konvention und mit noch viel weniger Rücksicht auf die Gefühle anderer. Es war noch nicht lange her, daß er ihr Favorit gewesen war. »Einige. Wenn du Ratschläge brauchst, ob du ein Neugeborenes aussetzen sollst, zum Beispiel ... Der Arzt Leptinos ist sehr geschickt in allem, sagt man.«

Afranias Blick folgte Poplicolas Finger bis zu einem jungen, sehr gutaussehenden Griechen. »Ich passe schon auf mich auf«, sagte sie atemlos. »Ein Kind reicht. Aber es ließe sich gewiß eine andere Beschwerde finden. Er sieht hinreißend aus.«

»Und ist für Frauen so zugänglich wie die Statue eines griechischen Athleten«, bemerkte der Vizekönig trocken.

»Daß es immer die schönsten Männer sein müssen ...« Afrania zupfte eine tizianrote Haarlocke an ihren Platz. »Ich werde meine Haarteilbewahrerin auswechseln«, ergänzte sie ohne jeden Zusammenhang.

Der Vizekönig sagte nichts, aber er sah die kurze Anspannung ihrer Nackenmuskeln. Die Grube zwischen ihrer kurzen süßen Nase und der ausdrucksvoll geschwungenen Oberlippe bildete sich stets, wenn sie entschlossen war, sich etwas zu verschaffen, was unmöglich war. »Vergiß ihn, Afrania«, sagte er zärtlich und berührte ihre Hand mit der Spitze seines kleinen Fingers.

»Mich könntest du überreden, Afrania«, fuhr Chai mit seiner hellen Stimme dazwischen. »Wir Ägypter sind berühmt als Liebhaber ...«

Der kurze Augenblick der Erinnerung an aufregende Zeiten war vorbei. Poplicola drohte Chaius amüsiert mit dem Finger und lenkte Afranias Aufmerksamkeit auf die Tribüne.

Der Oberrichter, Ankläger und Gericht in einer Person, erläuterte kurz, nach welchen Grundsätzen er Recht sprechen würde. In Gedanken zupfte er einen unsichtbaren Fussel von seiner Toga und kam dann zum Urteil. »Die Angeklagten sind für schuldig befunden worden, einen Aufruhr gegen das Römische Reich angezettelt zu haben. Die Anführer werden mit dem Tode bestraft, die übrigen mit Stock oder Geißel, entsprechend ihrer Klasse. Einspruch kann nicht eingelegt werden. Die Strafe wird an Ort und Stelle vollzogen.«

Afrania starrte ihn an. Als sie sich von ihrer Überraschung erholt hatte, flüsterte sie: »Unglaublich! Kann der Strafvollzug noch verzögert werden, Lucius?«

Poplicola schüttelte den Kopf. »Bei Aufrührern gegen das Römische Reich nicht.«

»Prächtig«, sagte Afrania und lehnte sich erwartungsvoll zurück.

Die Soldaten der Garde stiegen bereits die Stufen hinunter, um die einzelnen Gruppen voneinander zu trennen und die Todeskandidaten auszusondern, während die Römer noch darauf warteten, daß die Rädelsführer benannt wurden.

»Zum Tod durch das Kreuz werden der griechische Hetzredner Autolykos, der Priester des Chnum und der Kahen der schwarzen Hebräer verurteilt.« Trimalchio setzte sich, unberührt von dem lauten Klagen der Ägypter und dem drohenden Murren der Schwarzen, denen mittlerweile das lateinische Urteil übersetzt worden war.

Der Vizekönig nickte. Sehr richtig. Und sollte dieser Neuling in Ägypten aus Unkenntnis verschiedene Bevölkerungsgruppen verärgern – um so besser. Er konnte dann dafür sorgen, daß man ihn schnell wieder loswurde.

Die Legionäre stellten in der Mitte des Raumes einen Bock auf. Mit geübten Griffen warfen sie den ersten der vier Griechen über den Querholm und streckten ihm die Beine. Der Mann stieß unter den sausenden Schlägen der Palmblattrispe auf seine nackten Sohlen schrille Schreie aus.

Poplicola lächelte verächtlich. Alle Griechisch sprechenden Einwohner von Alexandria waren die geborenen Aufwiegler. Er konnte sie noch weniger ausstehen als die Ägypter, die meistens hinnahmen, was die Römer verfügten.

»Weichlinge, diese Griechen«, sagte Chaius, als der Mann sich kriechend davonmachte.

»Nicht alle«, widersprach Afrania und verschlang den Arzt mit den Augen. Allein die Konturen seiner Oberarmmuskeln – köstlich. In ihren eigenen Kreisen in Rom war es verpönt, Sport zu treiben, aber sie ließ sich von niemandem ausreden, daß selbstgestählte Muskeln besser aussahen als vom Masseur aufgeblähte.

Das Geschrei der ägyptischen Eingeborenen unter den Nilpferdriemen begleitete Afranias Träumereien von einem durchtrainierten Griechen.

Danach wurden die weißen Hebräer an den Bock geschoben. Die meisten von ihnen unterschieden sich nicht von den Griechen; nur wenige trugen lange schwarze Mäntel und Schläfenlocken. Ein Mann, dessen weißer Bart ihm weit über die Brust hinunterreichte, erhob seine vor Alter und Kummer zitternde Stimme. »Stratege Cornelius Trimalchio, ich erbitte Gerechtigkeit für meine Brüder. Laß wenigstens die Ältesten der Gemeinden mit dem Stock züchtigen und nicht mit der Geißel!«

Trimalchio zog die Augenbrauen nach oben. »Gemeinden?«

Der alte Mann sah ihn furchtlos an. »Wir und die Christen haben getrennte Gemeinden.«

»Christen sind also auch dabei?« Der Stratege betrachtete jeden einzelnen der Männer mit großem Interesse, ohne jedoch ein kennzeichnendes Merkmal an ihnen zu entdecken. »Ihr Aberglaube gehört nicht zu den anerkannten Religionen des Römischen Reiches. In den Augen Roms sind die Christen eine Sekte der Juden, und ob sie einen Ältesten haben, interessiert Rom nicht«, sagte er und nickte dem Mann mit der Geißel zu. »Im übrigen ist das römische Gesetz für alle gleich, ob weise oder dumm, alt oder jung. Juden werden mit der Peitsche bestraft; es ist so festgelegt.«

Die Männer nahmen die Entscheidung schweigend hin.

»Gut so«, flüsterte Afrania ihrem Schwager ins Ohr. »Diese Christen sind der reinste Pöbel. Du solltest nur mal sehen, wie raffiniert sie es umgehen, die Büsten des Kaisers zu ehren! Und trotzdem haben sie es geschafft, in den alten römischen Familien zu missionieren. Einer von den Senatoren soll heimlich Christ sein. Und dann die Sache mit den Getreidezuteilungen. Da haben plötzlich Christen, die gar keine römischen Bürger sind, massenhaft Getreidemarken. Man denkt, daß der Senator sie ihnen zuspielt. Ganz Rom rätselt, wer der Verräter ist.«

Poplicola lockerte vorsichtig seine Beine. »Tacitus, der sich gegenwärtig auf sein Prokonsulat in Asia vorbereitet, schrieb mir, daß die Christen dort allgemein verhaßt sind. Er hat beobachtet, daß es viele Verbrecher unter ihnen gibt. Aber Trajan sieht die Gefahr nicht«, murmelte er. »Da muß ich gewissen Kreisen recht geben.«

»Ach, diese eingetrockneten Konservativen, die der alten Republik nachjammern!« schnaubte Afrania. »Wer schert sich um sie?«

Poplicola bedachte Afrania mit einem bitteren Blick. Sie war immer noch die aufregendste Frau Roms – und er durfte nicht einmal an sie denken. »Bei allen Göttern, sind diese Sitze hart«, ächzte er. Die Abstrafung langweilte ihn, und er litt entsetzliche Schmerzen auf dem Lederhocker. Aber immer wieder kehrten seine Gedanken zu diesem neuen Mann Roms zurück. Er gestand sich ein, daß er seine Anwesenheit beunruhigend fand.

»Komm jetzt, Poplicola«, befahl Afrania ungeduldig, kaum daß die letzte Bastonade dieses Tages beendet war. Amüsiert nahm sie hin, daß Chai ihrer Sklavin den Sonnenschirm entriß, um ihn ihr nachzutragen.

Der Vizekönig folgte ihr steifbeinig im Pulk der Römer, die sich im Schatten der Säulen aufstellten, um pflichtbewußt der Hinrichtung zuzusehen.

Afrania richtete es so ein, daß sie neben dem Arzt zu stehen kam. Während die Arme der Todeskandidaten an die Querbalken gebunden wurden, ergriff sie die Gelegenheit beim Schopf. »Man sagte mir, daß du der Grieche Leptinos bist, der die römischen Kranken behandelt?«

Leptinos' Augen blitzten. Er verneigte sich vor ihr, was Afrania apart fand. »Mir sagte man, daß eine strahlend schöne Römerin erwartet wird. Willkommen, Afrania Agricola.«

»Ich sehe schon, die Provinz ist gar nicht so unkultiviert, wie man sie meistens schildert«, erwiderte Afrania geschmeichelt.

»Wenn Rom zu uns kommt, gewinnt auch Alexandria an Charme.«

»Gut gesprochen, mein Freund«, ließ sich die Stimme des Oberrichters durch den Lärm kräftiger Hammerschläge hindurch vernehmen. »Und wir werden noch viele Ladungen Mist hinausschaffen müssen, bevor Alexandria im eigenen Glanz erstrahlen kann.«

Von oben antwortete eine verzerrte Stimme, der die Römer kopfschüttelnd zuhörten. »Nur ist dies kein Augiasstall, Trimalchio, und du bist nicht der Held Herkules. Gegenwärtig bist du nichts als ein Ritter, der versucht, ein zu hohes römisches Roß zu besteigen. Sieh nur zu, daß du dabei nicht einen ägyptischen Esel aus dir machst.«

Der Oberrichter strafte ihn mit stummer Verachtung.

Poplicola beschattete seine Augen und sah eine Weile hoch, bevor er antwortete. »Er sitzt drauf, Autolykos, er ist oben. Während du soeben heruntergefallen bist. Alexandria wird angenehmer werden ohne deine Gegenwart.«

Der griechische Rhetor spitzte den Mund und zielte, aber der Speichel traf einen Legionär, der mit einem Fluch beiseite sprang. Autolykos brachte es fertig, über ihn zu grinsen, obwohl die Seile an seinen Handgelenken zerrten und das Gewicht seines Körpers ihm fast die Armgelenke auskugelte. Von den dicken Nägeln, die in den Fußrücken staken, tropfte Blut über die Zehen. Seine Kräfte schwanden zusehends, und sein Atem reichte nur noch zu einem Flüstern, das keinen interessierte.

Trimalchio überwachte mit verschränkten Armen den geordneten Ablauf der Prozedur. Seine Augen folgten dem schwarzen Delinquenten, der als letzter von den Legionären in die Höhe gezogen wurde. Er und der ägyptische Priester starben still, bevor die Nägel ihre Haut geritzt hatten. Während die Hebräer stumm trauerten, rief ein junger Ägypter verzweifelt: »Er ist zu den Westlichen eingegangen!« – worauf die übrigen in Klagen ausbrachen.

Afrania betrachtete angewidert die blutunterlaufenen Beine des Chnumpriesters, als ihr der Stratege galant den Arm bot, um sie zu ihrer Sänfte zu geleiten.

»Um den Sieg des römischen Kaisers am heutigen Tag angemessen zu feiern«, sagte Trimalchio, »möchte ich euch zum Gastmahl einladen. Mein Koch bereitet den besten Schweinseuter-Feigendrossel-Brottopf von Rom zu.« Er wandte sich zum Vizekönig um, der ihnen folgte. »Meine Schwester Cornelia Tertia hält sehr auf römische Tradition, müßt ihr wissen.« Mit einem belustigten Lächeln kniff er ein Auge zu und fuhr fort: »Der Arzt Leptinos wird sich sicherlich bereit erklären, die Güte des Kolobi-Weins persönlich zu überwachen. Damit kein weiterer Giftmischer die römische Rechtsprechung zu gefährden versucht.«

»Darüber mußt du mir mehr erzählen, Stratege«, sagte Afrania schnell, bevor ihr Schwager unter einem Vorwand ablehnen konnte. »Ein Giftanschlag ist ja wahnsinnig aufregend.«

Genau wie ein schöner Grieche, dachte Trimalchio und küßte seine Fingerspitzen, als die Sänfte sich schaukelnd in Bewegung setzte. Ihm war nicht entgangen, was sich zwischen den beiden prominenten Römern und dem griechischen Arzt abgespielt hatte. Eine einmalige Gelegenheit, den Vizekönig von Ägypten unter seinen Gästen zu haben. Die Katze jagte die Maus, und der alte Kater schnurrte um die Katze herum.

Mitten zwischen den Galgen brach er in herzhaftes Lachen aus. Unscheinbare Ehefrauen von Händlern und Weiber von römischen Söldnern, der ganze Rattenschwanz von römischen Angehörigen und Abhängigen, die neugierig herumstanden, um auf die letzten Atemzüge der Verurteilten zu lauern, sahen ihn erstaunt an. Einige wagten vorsichtige Lacher.

Trimalchio ging in die Gerichtshalle zurück, ohne sie zu beachten.

KAPITEL 4
Das Museion

Zum Archivar für Abschriften solle sie sich durchfragen, hatte Leptinos befohlen. Thalia schnaubte abschätzig durch die Nase, während sie vor der Tafel mit den Wegweisern stand und die Hinweise studierte. In Griechisch, Lateinisch und Demotisch, das sie allerdings nicht lesen konnte. Sie brach in leises Lachen aus. Durchfragen! Leptinos wußte nicht, daß sie inzwischen sechs Rollen seiner Soranschriften so gut wie im Kopf hatte.

»Wahre die Würde des Hauses«, befahl hinter ihr die geschulte Stimme eines Redners.

Nun ging es in der Eingangshalle des riesigen Komplexes der zum Museion gehörigen Gebäude zu wie in einem alexandrinischen Taubenschlag, und trotzdem mußte jemand ausgerechnet an ihr seinen Ärger auslassen. Thalia drehte sich um und entdeckte zu ihrem Entsetzen, daß das Gerenne des Publikums aufgehört hatte und viele Augen sich auf sie richteten. Ein alter Mann im Pallium und mit rund geschnittenem Bart betrachtete sie mißbilligend. Anscheinend war er eine Respektsperson, und sie hatte sich hier irgendwie als Fremdkörper kenntlich gemacht. Sie beschloß, ihm die Zähne zu zeigen.

»Warum *störst du sie dann wie Stentor mit der ehernen Stimme?*« gab sie zurück. »Im übrigen steht es einem gelehrten Mann nicht an, jede *Sklavin als Null zu betrachten, geboren allein zum Essen der Feldfrucht.*«

Der Gelehrte zuckte zurück. Sein Gesicht nahm eine beleidigte Miene an, während jemand in die Hände klatschte, und dann fielen andere ein und machten daraus einen rhythmischen Beifall wie im Circus.

»Homer und Horaz in einem Satz; das machst selbst du ihr so leicht nicht nach, Pantanos, ehrwürdiger Lehrer«, spottete der junge Mann mit brandroten Haaren, der als erster geklatscht hatte.

»Es sind merkwürdige Zeiten, in denen kilikische Sklavinnen Homer zitieren und ungebildete Sportler zum Mitglied der philosophischen Klasse ernannt werden«, giftete der Alte und begann die Treppe hochzusteigen. Auf halber Höhe drehte er sich nochmals um. »Und die römische Plebs aus der *regio libertinorum* von Rom ihren Söhnen griechischen Schliff verleihen will! Vergeblich! O ihr Götter, wie weit ist es doch mit uns gekommen!«

Während der rote Römer die Augen zur hohen Decke der Halle verdrehte, machten seine Anhänger in römischen Togen spöttische Grimassen.

Thalia verkniff sich das Lachen. Die jungen Leute waren nicht viel älter als sie, und sie amüsierten sich eben über alles und jedes, weil sie Geld hatten und frei waren. Sie gaben es auf, den Gelehrten zu reizen, als er keine Miene machte, sich noch einmal umzudrehen, und rannten lärmend aus dem Haus.

Sie sah dem gelehrten Mann nach. Er tappte mit einer Falte des Philosophenmantels in der Hand nach oben; seine mageren Beine waren schwarz von Haaren, und schwarz waren sicherlich auch seine Gedanken. Selbst von hinten sah er unzufrieden aus.

Thalia wandte sich wieder der Anzeigetafel zu und fand endlich die Abteilung, die sie suchte. Trotzdem verlief sie sich mehrmals, bis sie den großen Saal fand, in dem auch das Archiv für die Schriftenrollen war, die nach dem Abschreiben wieder abgeholt werden durften. Vorsichtig spähte sie hinein.

Bei allen Göttern der Gelehrsamkeit! Deckenhohe Regale mit Hunderten oder Tausenden von Rollen reihten sich hier aneinander. Es roch nach Papyrus und Staub. Sie hörte Geräusche wie von einer hingestellten und wieder versetzten Leiter. Der Archivar war irgendwo zwischen den Regalen.

Während sie sich auf die Suche nach ihm machte, versuchte sie ihn sich vorzustellen. Wahrscheinlich sah er aus wie zerknittertes altes Pergament. Zusammengerollt und mit einem Schildchen am Hals: *Rollenbewahrer, gestiftet im Jahre 1 von Alexander dem Großen. Äußerste Zurückhaltung bei intensiver Betrachtung*! Sie nieste heftig und erschrak, als sie um eine Ecke bog. Auf einer hohen Leiter balancierte der alte Mann, der sie gerade eben getadelt hatte.

Er drehte sich um, blickte hinunter und erkannte sie ebenfalls. Seine ärgerliche Geste endete damit, daß er mehrere Sprossen hinunterrutschte und sich mit schmerzverzerrtem Gesicht an einem Trittbrett festhielt.

Thalia lief hin, um ihn zu stützen. *»Fehltritte haften den sterblichen Menschen an«*, sagte sie tugendhaft.

»Theognis«, schnappte Pantanos sofort nach dem Köder und rieb sich wütend das Schienbein. »Laß gefälligst das Zitieren von Sprüchen, die du nicht verstehst. Weise Sätze sind das Vorrecht des Alters.«

»Das ist von dir, geehrter Pantanos. Griechische Philosophen interessieren sich mehr für den Gehalt der Worte als für das Alter des Weisen, der sie ausspricht.«

»Weise? Naseweis! Hochnäsig!«

»Hochform«, ergänzte Thalia spielerisch.

»Falsch! Was bist du doch für eine überhebliche und boshafte kleine Kilikierin!« versetzte Pantanos erzürnt. »Was willst du von mir?«

»Ich wollte dich nicht beleidigen«, sagte Thalia und half dem Philosophen zu einem Hocker hinüber.

Als Pantanos den unteren Rand des Palliums lüpfte und besorgt sein blutunterlaufenes Schienbein betrachtete, beugte sie sich mit berufsmäßiger Neugier vor.

»Die Haut des Knochens ist empfindlich, ehrwürdiger Pantanos. Aber es ist nur eine Schramme. Du mußt dir keine Sorgen machen.«

»Ich mache mir Sorgen, wo ich will«, schnaubte er. »Und was machst du dir für Sorgen? Vor allem: warum ausgerechnet hier?«

Thalia seufzte leise. Es ging alles schief, obwohl ihr Vater sie auf Diskussionen mit gelehrten Männern vorbereitet hatte. Ihre Mutter hatte recht gehabt. Die meisten Männer mochten belesene Frauen nur in den Gesellschaftskreisen, in denen sie sie erwarteten. Bei Sklavinnen war Bildung Frechheit. »Ich soll eine Rolle abholen, die dem Arzt Leptinos gehört.«

»Das wird aber auch Zeit«, brummte Pantanos und humpelte auf den Mittelgang hinaus. Sein Nacken war wie bei einem wütenden Bären zwischen die Schultern gezogen.

Thalia folgte ihm still.

Plötzlich drehte er sich so abrupt um, daß sie ihm auf die Zehen trat und entsetzt zurückfuhr. »Attisch gefärbte Philosophie und sidetische Haussprache. Außerdem Kilikisch als Umgangssprache, jedenfalls für einen, der genau hören kann! Wieso?« bellte er und bohrte seinen Daumen in ihr Brustbein. »Und wieso drückt eine Sklavin, die als Botin herumgeschickt wird, sich differenzierter aus als mancher römische Nichtsnutz, der hier Schriften studiert?« Pantanos schüttelte mißbilligend den Kopf und zog sich einen Faltsessel heran. Als er saß, schlug er die Beine übereinander und sah Thalia auffordernd an.

Eigentlich hatte sie keine Lust, ihm Rechenschaft abzulegen. Dann dachte sie an ihren Vater. An das Pallium. Sie erzählte ihm von der Manschette im Blut.

Sie sprach und erklärte. Vor ihren Augen wandelte der Rollenbewahrer sich zu einem Menschen. Irgendwann hörte sie sich selber das Gemetzel in ihrem Elternhaus beschreiben und ihre ersten Wochen als Sklavin. Da war es längst zu spät, um aufzuhören. »Und jetzt bin ich hier, um eine Schriftrolle abzuholen, die dem Leptinos gehört«, endete sie schließlich verlegen.

»Ja, jetzt bist du hier«, wiederholte er gedehnt. »Ich danke dir für dein Vertrauen. Ich war ungehobelt zu dir, weil ich mit der durch das Museion tobenden Jugend nicht mehr zurechtkomme und auch nicht mit der römischen Gewohnheit, die besoldeten Plätze an auswärtige Männer zu vergeben, die nicht einmal Gelehrte sind.«

Thalia nickte. »Ich verstehe das. Ungerechtigkeit läßt einen am Sinn der Götter zweifeln, manchmal sogar daran, daß es sie gibt.«

Der Archivar zog belustigt die Augenbrauen nach oben.

»Das Zweifeln ist das Vorrecht der Jugend. Es wird abgelöst vom Wissen. Und jetzt will ich die Rolle von Leptinos suchen.« Er erhob sich und ging im Mittelgang bis zum Regal, das mit lamda für L gekennzeichnet war.

»Das Wissen wovon?« fragte Thalia, während Pantanos die Schilder studierte.

»Vom Verschwinden der Götter«, antwortete er.

»Ah ja. Ist das wahr?« murmelte sie überrascht. »Und gibt es wirklich einen Stadtteil der Freigelassenen in Rom?«

Pantanos wandte sich mit der Rolle in der Hand um. »Ja, warum fragst du?«

»Es muntert irgendwie auf«, sagte Thalia und rollte das Buch auf. »Ruhe bewahren!« las sie. »Das ist ja das achte Buch von Soran! Das über die Kindslagen!«

»Ist es wichtig?« Der Alte sah sie fragend an.

»Das wichtigste von allen! Pantanos, wer dieses Wissen verstanden hat, kann Frauen im Kindbett retten. Du weißt, wie viele sterben. Es gibt weniger junge Frauen als junge Männer.«

»Aber mehr als genug!« versetzte der Philosoph griesgrämig. »Frauen machen nur Ärger. Ich war lange verheiratet.«

»Du beleidigst mich. Ich bin auch eine Frau.«

Pantanos lächelte flüchtig. »Nein, das bist du nicht. Eine Sklavin ist ein Neutrum, ein Objekt; nach römischem Recht eine *res mobilis* – wie Tiere eine bewegliche Sache.« Seine buschigen Augenbrauen trafen sich über der Nasenwurzel, während er sie scharf ins Auge faßte. »Du erwartest doch nicht, daß die Römer dich nach deinen Fähigkeiten behandeln, Thalia? Kenntnisse sind nützlich, und es ist eine Freude, sich ihrer bedienen zu können. Es ist sogar ein philosophischer Grundsatz, daß Freiheit mit dem Wissen kommt – ein römischer aber ist es nicht.«

Thalia nickte und schluckte.

»In einem Soldatenvolk suchst du vergeblich nach Geist. Glauben an was auch immer, ja – Geist nicht.«

Pantanos hatte sie wieder daran erinnert, daß sie sich ihre Freiheit erkaufen mußte. Es gab viele Menschen, die für das Wissen anderer bezahlten. »Wieviel kostet es, ein solches Buch abschreiben zu lassen?« fragte sie gepreßt.

Pantanos schüttelte mitleidig den Kopf. »Du willst es trotzdem versuchen, ich sehe es dir an. Du wirst scheitern. Du kannst unser Exemplar jederzeit ausleihen. Du brauchst es nicht abschreiben zu lassen, das ist zu teuer für dich.«

»Ich werde es schaffen! Und die Rolle darf ich wirklich jetzt gleich mitnehmen?«

»Ja, natürlich. Leptinos soll nicht wissen, daß du medizinische Schriften studierst?«

Thalia schüttelte den Kopf. »Möglicherweise weiß er auch, daß Freiheit mit dem Wissen kommt, und verhindert, daß ich mir noch mehr aneigne.«

»Wahrscheinlich«, stimmte der Philosoph zu. »Zumal du ja schon versucht hast, ihm zu entlaufen.«

»Was habe ich?«

»Da du jemand bist, der zu entlaufen pflegt, wird er dich besonders scharf bewachen«, erklärte Pantanos.

Thalia sah ihn empört an. »Pantanos, dein eigenes Urteil ist ebenfalls ungerecht. Vielleicht werde ich es einmal müssen. Aber bisher habe ich es noch nicht versucht.«

Der Philosoph runzelte die Stirn. Seine Menschenkenntnis sagte ihm, daß sie die Wahrheit sprach. Ihr Herr mußte ihr Tollkühnheit zutrauen – oder einen sehr unangenehmen Charakter haben. »Halsbänder sind nur für notorische Flüchtlinge gedacht«, sagte er leichthin und beschrieb ihr lächelnd den Weg zu den medizinischen Büchern der Bibliothek von Alexandria. »Komm einmal wieder«, sagte er leise.

Mit den Rollen im Bündel begann Thalia zu rennen. Vereinzelte Hummeln flogen noch, aber es konnte nicht mehr lange dauern, bis die Dunkelheit über Alexandria einbrach. Es war schon fast zu spät für die Schüttelkur des Trimalchio. Das Schlimmste war, daß sie womöglich mit weiterem Essensentzug bestraft würde. Ihr Magen rumorte vor Hunger.

Die Fledermäuse sausten bereits zwischen den Bäumen hindurch, als sie ins *iatreion* einbog. Der dünne Klang einer Flöte kroch ihr entgegen. Ihr fiel ein Stein vom Herzen. Wenn Leptinos Gäste hatte, würde er sich nicht zu der versäumten Therapie äußern.

Ungesehen gelangte Thalia außerhalb der Fackelreihe längs des Weges bis ins Haus. Erst als sie in das *Hinterste* zu schlüpfen versuchte, wo zu Soranos Zeiten die Frauen des Hauses gewohnt hatten und jetzt außer ihr niemand schlief, entdeckte Tjelptah sie.

»Herr, deine Sklavin Thalia ist endlich da!« schrie er. »Und es ist schon dunkel!«

Thalia, die gehofft hatte, unbemerkt zu bleiben, machte eine wütende Geste in seine Richtung. Der Junge grinste sie unverschämt an.

»Herein mit ihr!« befahl Leptinos' Stimme.

»Ich sehe die Christen als überflüssige, wenn nicht sogar schädliche Religion an«, erläuterte gerade der Stratege. Bequem auf der Seite liegend, erholte er sich im Gespräch mit Leptinos bei Näschereien und Wein von den Strapazen der Schüttelkur. »Es gibt mehrere Senatoren in Rom, die mit mir darin einer Meinung sind.«

Tjelptahs Stoß ließ Thalia vor die Kline torkeln, auf der Trimalchio lag, vor sich Käsewürfel und Oliven auf Weinblättern, Datteln, Rüben in Essig, eingelegte Malven und auf dem Rost gebratene Nilweißlinge. Sie konnte kaum die Augen davon abwenden.

Der Stratege hob den Kopf und atmete Thalias jungen Körpergeruch ein. Sie war erhitzt vom Laufen, und ihr Busen hob und senkte sich sichtbar. Er zwang seine zitternde Hand, nach der Schale und nicht nach ihren entblößten Waden zu greifen. »Mit anderen Worten«, fuhr er fort, »ich halte sie für Feinde des Kaiserreiches. Ich bin entschlossen, in Alexandria hart gegen sie vorzugehen. Trajan ist falsch beraten, sie zu schützen.« Plötzlich unterbrach er sich und deutete mit dem beringten Daumen in die Ecke, in der der Flötenspieler saß. »Kann der mit seinem Katzengejammer nicht einmal aufhören? Er stört mich beim Denken.«

Leptinos winkte dem Künstler ab, den er von der Straße weg engagiert hatte; zugegebenermaßen war er nicht besonders gut und beherrschte nur griechische und ägyptische Weisen, für die römische Ohren offenbar kein Verständnis besaßen. Verärgert über die Geldverschwendung preßte er die Lippen zusammen.

»Herr?« fragte Thalia, unfähig, ihre Ungeduld ganz zu verbergen.

»Das ist es!« polterte der Stratege und versuchte ungeschickt, die Schale auf dem Tablett abzusetzen. »Genau das! Sie erlaubt sich, dich zu mahnen, hörst du es? Sklaven verlieren jeden Respekt vor ihren Herren, wenn sie erst einmal in die Fänge der Christen geraten sind. Abgesehen davon, daß die Christen die Hälfte ihrer Bräuche aus dem Mysterium der göttlichen Matrone Kybele und ihres Sohnes Attis gestohlen haben und Andersgläubige trotzdem verachten. Und es scheint mir makaber, sich seine Wiedergeburt durch das Blut des Menschen Jesus aus Nazareth zu sichern; das Blut eines Stieres ist da doch weniger, wie soll ich sagen – blutrünstig.«

Der Römer war ziemlich betrunken, weil er den Wein unverdünnt trank. Und empfindlich, was seinen eigenen Glauben anging. Leptinos hütete sich, ihm zu widersprechen. »Du hältst sie also für eine Christin?« Skeptisch betrachtete er Thalia.

»Ich habe sie in ein Haus flüchten sehen, in dem Christen wohnen, wie der Centurio sagte. Am Tag des Aufruhrs! Du beabsichtigst hoffentlich nicht, die Beobachtungen eines römischen Strategen in Zweifel zu ziehen, Arzt.«

Dieses Weib hatte seine Zukunft aufs Spiel gesetzt. Da wäre als Helfer ja noch einer von den behaarten Thrakern besser gewesen. »Ich übergebe sie dir, Oberrichter«, sagte Leptinos mühsam beherrscht. »Bestrafe sie wegen Aufruhrs oder was immer. Als Sklavin ist sie sowieso untauglich.«

Thalia wurde von jäher Panik erfaßt. Sie saß in der Falle. »Ich bin keine Christin!« stieß sie hervor.

»Halt den Mund!« schrie Leptinos erbittert.

Trimalchios Oberkörper schwankte, während er Thalia genau ins Auge zu fassen versuchte. »Glaubst du denn, daß sie als Frau taugt? So etwas wie sie würde man mir nicht einmal im schäbigsten Hurenhaus von Rom anbieten. Na ja, hier mag es angehen. Aber in mein Haus nehme ich sie nicht, das würde meine Schwester nicht überleben.« Er lachte meckernd.

Leptinos zuckte die Schultern. Er hatte an ein Gerichtsverfahren gedacht. Andererseits war ihm das Interesse des Oberrichters an Thalia nicht entgangen. »Wie du willst«, sagte er.

»Aber nur an den Abenden, an denen ich im *gymnasium* trainiere.«

Thalia starrte die Männer abwechselnd an und wünschte sie in den Hades.

Ihr Gespräch wurde durch Stimmen im Garten des *iatreions* unterbrochen. Während Leptinos horchte, überlegte er sich, daß er den Weinkonsum des Legaten einschränken mußte. Er beabsichtigte nicht, selber Opfer einer Anklage wegen Giftmordes zu werden.

Trimalchio bemühte sich, das schnelle Griechisch der Gassen und Gossen Alexandrias zu verstehen. Als es ihm nicht gelang, nahm er mit griesgrämigem Gesicht einen ausgiebigen Schluck.

Einen Augenblick später erschien Tjelptah in der Türöffnung. Er wartete auf den Gruß seines Gebieters, bevor er sprach. Leptinos, der schon lange keine Mühe mehr darauf verwendete, einen Ägypter ändern zu wollen, tat ihm den Gefallen. »Ich grüße dich, Tjelptah.«

»Ich dich auch, Gebieter. Da ist ein Mann vom Sonnentor, der Thalia holen will. Die Hebamme Thalia, die zusammen mit dem Arzt Leptinos arbeitet, sagt er.«

Leptinos verzog wie im Schmerz das Gesicht. »Hebamme?«

Tjelptah nickte und schielte zu Thalia hinüber.

»Was soll das heißen?« fuhr Leptinos Thalia an.

»Bist du sicher, daß du es jetzt hören willst?« fragte Thalia spitz. »Vorhin wolltest du nicht. Am Nachmittag des Aufstands habe ich einer Frau beigestanden, deren Mann wegen der Unruhen die Hebamme des Stadtteils nicht finden konnte. Ein kleiner Junge, gesund und munter. Das hatte mit dem Aufstand nichts zu tun.«

Leptinos schwenkte seinen Wein sachte, ein Schweizer Veltliner aus Sorans Bestand. Er schimmerte grünlich durch das Glas, sehr ungewöhnlich. Dann entschloß er sich zu einer Änderung seiner Strategie. Am Sonnentor wohnten die Juden. Seine dortige Klientel war leider noch sehr mager. Dabei waren viele von ihnen begütert, und sie trugen in römischen Augen nicht den Makel der Christen. Er nahm einen Schluck und ließ ihn genießerisch über die Zunge rollen, während er seinen Schachzug vorbereitete.

»Du dummes Ding«, tadelte er Thalia, »warum hast du dem Strategen nicht gesagt, daß du bei einer Gebärenden warst? Und jetzt beeile dich und folge dem Ruf!« Er scheuchte sie mit dem Handrücken fort und gab gleichzeitig Tjelptah verstohlen einen Wink.

Tjelptah trabte sofort zu seinem Herrn, und Thalia drückte sich an ihm vorbei. Sie wagte gar nicht daran zu denken, daß sie um ein Haar Eigentum dieses alternden Römers mit dem Faunsgesicht geworden wäre. Sie achtete darauf, im weitestmöglichen Bogen um den angetrunkenen Oberrichter herum das Speisezimmer zu verlassen.

Während Trimalchio Thalia lüstern nachsah, zog Leptinos das Ohr des Jungen zu sich herunter. »Verdünne den Wein so, daß er ihm nicht mehr schmeckt. Er muß mein Haus auf seinen eigenen Beinen verlassen können.« Wie üblich verabschiedete er Tjelptah mit einem zärtlichen Klaps.

Trimalchio schob sich Oliven in den Mund und spuckte den Kern unter den Tisch, während sein trüber Blick zum Hausherrn zurückkehrte. »Ich dachte, sie wäre deine Helferin.«

»Auch«, beeilte sich Leptinos zu sagen und sah mit Erleichterung, wie Tjelptah einen noch halbvollen Krug gegen einen neuen austauschte. »Auch, wie gesagt. Sie hat jedoch schon einige Erfahrung als Hebamme.«

»Aber das Haus ist von Christen bewohnt. Sie könnte der Sekte angehören und sich jetzt herausgeschwindelt haben«, beharrte der Oberrichter.

»Laß einfach überprüfen, ob sich dort ein Neugeborenes befindet, Trimalchio«, schlug Leptinos vor, ohne sich anmerken zu lassen, daß er der Diskussion überdrüssig war. »Sie ist übrigens unberührt. Trotz des Irrtums, dem wir beide unterlagen, überlasse ich sie dir, zur Niesnutzung, sozusagen. Ich bin nicht interessiert.«

»Ich habe es mir schon gedacht«, antwortete der Stratege und lachte träge. »Warum nicht? Wer beachtet schon den Mund einer Frau? Ich will ja nicht mit ihr reden.«

Leptinos nickte und beobachtete Trimalchio, der seine riesige Serviette auf dem Schoß ausbreitete und eine Handvoll von den gefüllten Datteln hineinhäufte. »Mein neuer kleiner Leibsklave macht mir eine Szene, wenn ich ihm nichts mitbringe«, erklärte er, um übergangslos zu brüllen: »Meine Schuhe!«

Die Toga verwirrte sich um die Beine des Oberrichters, als er sich auf der niedrigen Seite des Speisesofas hinunterbemühte, und Tjelptah stürzte mit den Sandalen in der Hand herbei, um ihm aufzuhelfen. »Bitte, Gaius«, flüsterte er.

Der Oberrichter schüttelte mißbilligend den Kopf. Unter den unbeholfenen Versuchen des Sklaven, die Toga in Falten zu legen, fühlte er sich wie ein Hahn im Teigmantel. Er riß schließlich das Gewand an sich und schlurfte hinaus.

»Die Sänfte, Tjelptah«, sagte Leptinos und beeilte sich, den Legaten hinauszugeleiten. Es lag ihm sehr viel an diesem Gast.

Als er ihm kurze Zeit später auf den Sitz half, sagte er zur Erklärung: »Du mußt den Jungen entschuldigen. Er ist den Umgang mit der Toga nicht gewohnt.«

Trimalchio antwortete gähnend aus der Tiefe seiner Kissen heraus. »Noch schlimmer als Sklaven, die den Faltenwurf nicht beherrschen, sind römische Neubürger, die ihn nicht beherrschen. Leb wohl, Leptinos, bis heute abend.«

»Leb auch wohl, Stratege«, murmelte Leptinos und sah keinen Anlaß, seine Wut zu verbergen. Die flackernden Fackeln waren nicht hell genug, um den Säulenbereich auszuleuchten. Das werden wir ja sehen, dachte er, als er zum Gruß die Hand hob und der unter den allmählich heller werdenden Sternen Alexandrias davonschaukelnden Sänfte nachblickte. Das werden wir noch sehen, ob ich die Toga anlegen kann!

Thalia wurde während des eiligen Marsches durch Straßen, die sie nicht kannte, von Gewissensbissen geplagt. Schließlich hatte sie so gut wie noch keine Erfahrung, und ihr Wissen über Geburtshilfe war vollkommen theoretisch. Aber besser Hebamme als Aufrührerin. Irgendwie würde sie zurechtkommen.

Unter dem blassen Leuchten des Mondes nahm sie schemenhaft ein Stadttor wahr, vor dem Legionäre postiert waren, dann wurde sie in einen Hausgang geführt und durch einen spärlich erleuchteten Hof, wo sich ein Wasserbüffel regte, in ein hinteres Zimmer. Ein Säugling schrie.

Die Mutter, mit dem Neugeborenen im Arm, sah ihr froh entgegen. »Du hast mir Glück gebracht, Hebamme Thalia. Ich wußte es! Es ist ein Junge, hübsch und munter, und er trinkt schon. Ganz das Gegenteil seiner runzeligen Schwester, die gleich nach ihrer Geburt starb. Aber da hatte ich auch die alte Zauberin gerufen.«

»Wir haben halben Mond«, wehrte Thalia das unverdiente Lob geniert ab und war heilfroh über den guten Ausgang der Sache. »Er macht die Geburtswege schlüpfrig und die Wehen kräftig.«

Die Frau schüttelte eigensinnig den Kopf. »Ich weiß, was ich weiß. Das Glück haftet an dir.«

»Wir feiern das *Amphidromion* am fünften Tag.« Der Mann, der Thalia geholt hatte, sah sie hoffnungsvoll an. »Wenn du kommen möchtest? Ich bin mir allerdings klar darüber, daß du begehrt bist und vielleicht lieber ablehnen würdest ... Fühle dich frei in deiner Entscheidung.«

Diese netten Menschen feierten die Namengebung nach altem griechischen Brauch, bei dem die Hebamme eine wichtige Rolle spielte. Sie konnte sich ihr nicht entziehen. »Ich komme gern«, beteuerte sie mit einem leisen Seufzer. »Wenn ich nicht gerade gerufen werde ...«

Der junge Vater lachte zufrieden und schüttelte Münzen aus dem Schlitz einer kleinen Spardose. Anschließend holte er blühende Oleanderzweige herein und schob sie ihr in den Arm.

Mit den ersten selbstverdienten vier Assen ihres Lebens und den Blumen verließ Thalia das Haus. Summend wanderte sie das menschenleere östliche Ende der Canopisallee entlang. Es war längst Schlafenszeit.

Je mehr sie sich dem Zentrum näherte, in dem die Kneipen, Herbergen und Bordelle die ganze Nacht geöffnet hatten, desto mehr Lichter sah sie, Laternen in den Händen der Nachtschwärmer oder Fackeln, die ihren Herren vorangetragen wurden. Trabende Reiter und Sänftenträger im Laufschritt belebten den mittleren Teil der Allee kaum weniger als bei Tage. Ihr war, als trieben sie den Duft von Zitronen, Apfelsinen und einem Gemisch von Blüten vor sich her.

Thalia schnupperte in die Luft. Eine wunderschöne Nacht für reiche Römerinnen. Für Sideterinnen auch, sofern sie sich als Besucherinnen in Ägypten aufhielten, mit einem zuverlässigen thrakischen Knecht zu ihrem Schutz.

Aber sie war keine Besucherin. Ihr Ansehen war geringer als das der Frauen, die sich vor dem elegantesten Bordell der Stadt mit dem Türsteher stritten. Sie konnte sich denken, was los war. Frei, aber bettelarm, versuchten die Huren, vor der Tür zahlungskräftige Römer abzufangen.

Niemand zwang sie, sich diesen Anblick anzutun. Thalia steckte ihre Nase zwischen die Oleanderzweige und überquerte schnuppernd die Fahrbahn.

Nur um an der Hauswand vor sich einen riesigen Phallus zu entdecken, der beleuchtet war, ebenso wie die Inschrift *Hier wohnt das Glück*. Der Eingangsbereich unter Säulen war dagegen stockdunkel, und von dort ertönte ein vielkehliger Gesang, der so schaurig war, daß er nur römisch sein konnte. Aber bevor sie umkehren konnte, strömte eine lärmende Horde heraus und nahm sie in die Mitte.

Thalia fühlte sich untergehakt und mitgerissen in einem Strom lachender junger Leute.

»Halt, Freunde!« schrie plötzlich einer von ihnen. Thalia erkannte ihn an den roten Haaren wieder. »Ist das nicht unsere Muse aus dem Museion, von deren Lippen Horaz perlte?«

»Bei allen Göttern, du hast es dem alten Pantanos nett gegeben!«

Zustimmendes Gelächter kam auf, und Thalia wurde auf die Schultern zweier kräftiger Männer gestemmt. Einer tätschelte ihr den Oberschenkel. »Sing weiter, Muse, sing auch Liebeslieder von Ovid! Oder beherrschst du vielleicht sogar moderne Schlager, gebildet wie du bist?«

Das war das Stichwort für die jungen Männer, einen Ohrwurm anzustimmen, den auch Thalia kannte. Im Takt dazu tanzten sie mitten auf der Fahrbahn, zwei Schritte vorwärts und einen Schritt zurück. Selbst römische Reiter lenkten ihre Pferde kopfschüttelnd beiseite.

»Muse der Nordmeere, warum bist du uns noch nicht früher untergekommen?«

»Untergekommen!« kreischte einer und begann, seinen Körper stoßend zu bewegen. Ein anderer formte mit den Fingern einen Kreis. In abgestimmtem Rhythmus schaukelten sie lachend aufeinander zu.

Die Ausgelassenheit der Römer drohte gefährliche Ausmaße anzunehmen. Thalia hatte keineswegs die Absicht, auf den Schultern toll gewordener römischer Studierender von Legionären festgenommen zu werden. Sie stemmte die Hände auf die lockigen Köpfe und rief: »Laßt mich hinunter! Bitte!«

Inmitten der Gruppe, zu Füßen seiner Beute, sprang und tanzte der rothaarige Spötter vom Vormittag. Er drehte sich zu Thalia um. Seine Augen weiteten sich überrascht, als er Thalia ins Gesicht sah, das gerade von einer flackernden Fackel erhellt wurde.

Dramatisch wie ein deklamierender Tragöde hob er die Arme mit den gespreizten Fingern. Er wartete, bis seine Freunde gemerkt hatten, daß eine neue Variante von Unterhaltung ihren Anfang nahm, und still wurden.

»Wißt ihr, wen wir hier haben? Ratet!«

»Eine Sphinx?«

»Viel besser!«

Sie schwiegen. Einige schüttelten die Köpfe; andere schlossen die Augen.

»Eine Hure!« schlug einer schließlich vor und streckte den Mittelfinger aus der Faust empor.

Wie auf Kommando verhüllten sie voll Abscheu ihre Gesichter mit den weiten Ärmeln der Togen. Ihr Anführer grinste breit.

Sie spielen ein Spiel, dachte Thalia entsetzt, das Spiel der reichen Römer, die *auf griechische Art in Saus und Braus leben*.

»Sie ist eine Sklavin«, erklärte der Rothaarige im feierlichen Stakkato.

»Und was noch schlimmer ist, sie ist eine entlaufene Sklavin.«

Lauter feuchte Zungen streckten sich Thalia entgegen.

»Und was am allerschlimmsten ist«, fuhr der rote Römer

geheimnisvoll fort: »Sie ist eine entlaufene griechische Sklavin, die unser hochverehrter griechischer Lehrer Pantanos höher schätzt als uns, seine römischen Schüler! Was sagt ihr dazu?«

Die Jünglinge hielten sich die Ohren zu und schrien dabei: »Uuuh!«

Der Rote spuckte durch den Mundwinkel zielsicher auf Thalias Zehen. Während sie sie verstohlen sauberwischte, holte der Römer zu einem letzten Triumph aus. »Es ist unsere vaterländische Pflicht, diese entlaufene Sklavin ihrem rechtmäßigen Herrn zurückzuerstatten.«

»Richtig! Wem gehört sie denn?« fragte einer im gewöhnlichen Gesprächston.

Thalia wurde von den Schultern abgeworfen und prallte hart auf den Boden. Sie unterdrückte einen Schmerzensschrei und warf sich über das Bündel mit den Arzneimitteln, um es vor den Sandalen der jungen Männer zu retten. Die Oleanderzweige brachen mit vernehmlichem Knacken. »Ich bin im Auftrag meines Herrn unterwegs gewesen«, rief sie.

Niemand beachtete sie. Das Spiel war zu Ende, aber der Spaß ging weiter. Irgend jemand griff nach ihrem Halsband und zerrte sie wie einen Dorsch am Haken unter den Schein einer Fackel vor einer Schenke. *»Thalia, Sklavin des Leptinos, des Arztes«*, las er vor. *»Bring mich zurück zum iatreion am Mondtor.«*

»Das ist so weit«, maulte einer.

Wieherndes Gelächter kam von einem schmächtigen Jüngling. »Außerdem ist der Arzt heute abend beim römischen Strategen für Justizangelegenheiten zu Gast! Gut, was?« kreischte er und wischte sich die Lachtränen aus den Augen.

Bei den anderen lockte er ein Triumphgeheul hervor. Es würde ein gigantischer Spaß sein, seine Pflicht als römischer Bürger zu erfüllen, indem man den tugendhaften Oberrichter mitsamt seiner säuerlichen Schwester und einer Versammlung illustrer Gäste beim Gastmahl störte.

Arm in Arm untergehakt, zogen sie grölend durch die Straßen. Thalia torkelte hinterher. Das dünne Riemchen, an dem der Rothaarige sie festhielt, war an ihrem Halsband befestigt. Die entgegenkommenden Passanten betrachteten die ausgelassenen Römer belustigt.

Die Stimmung beim Gastmahl befand sich auf dem Höhepunkt, als Trimalchio den Kitharakünstler mit seinem Händeklatschen zum Solovortrag bat. Ganz im Gegensatz zu Leptinos war er ein glänzender Organisator und hatte sich schon lange vorher auf ein Ereignis wie das eines Gastmahls mit hochrangigen Gästen vorbereitet. Seine Musikanten waren erstklassig, wie ihr dezentes Spiel im Atrium während der ersten beiden Gänge bewiesen hatte. Und er selber war fast wieder nüchtern.

Der Kitharoede erschien im goldbestickten langen Gewand und einem Purpurmantel in der Türöffnung. Noch bevor er sein Plectrum ansetzte, verstummten die Gespräche der Tischrunde. Ein derart auftretender Künstler lohnte das Zuhören.

Die Gäste speisten im *Triclinium,* das der Oberrichter auf modernste Weise mit Wandgemälden und einem sigmaförmigen Speisebett um einen runden Tisch hatte ausstatten lassen. Leptinos war auf einen der mittleren Plätze verwiesen worden und war es zufrieden. Vor einigen Wochen noch hätte er nicht davon träumen dürfen, gemeinsam mit dem römischen Vizekönig von Ägypten im Haus eines römischen Beamten zu speisen. Verstohlen betrachtete er den ihm unbekannten Römer Primus Regulus Lactucius, der einen der Ehrenplätze auf dem Seitenflügel erhalten hatte. Er war mit der Tunika und dem goldenen Ring des Ritters geschmückt; er hatte durchblicken lassen, daß er sein Vermögen als Zeltfabrikant gemacht hatte.

Leptinos ließ sich auf das Rückenpolster sinken, lauschte und dachte nach. Zelte! Warum machte ein Mann mit dem Beinamen Kopfsalat mehr Vermögen als Männer mit Kopf und ohne Salat? Der Mann war ihm unsympathisch. Und ihm war fürchterlich heiß; der Schweineutertopf war ein Gericht für kalte Gegenden. Er grinste in seinen Bart: Auch Poplicola zupfte an seinem grellen lila Seidengewand, um unauffällig Luft an die Beine zu lassen. Aber die Matrone Cornelia huldigte streng der römischen Tradition und nicht der Vernunft. Das einzig Gute an der Tradition war, daß sie am Essen nicht teilnahm. Sie hätte Afrania Agricola nicht das Wasser reichen können.

Der Solist verstummte, und die Gäste klatschten in die Hände, außer dem Vizekönig, der sich vulgärer Gesten enthielt.

Der Musiker verneigte sich und machte einem Haussklaven Platz, der eine Schale mit kleinen Geschenken für die Gäste hereintrug.

Afrania, die auf einem Stuhl zwischen beiden Flügeln der Kline saß, griff mit einem affektierten Jauchzer nach der für eine Dame bestimmten Glasphiole aus der Pharaonenzeit. »Echtes Rosenöl, entzückend«, seufzte sie nach einem tiefen Atemzug und stöpselte wieder zu.

Die Männer erhielten Parfümflakons in unterschiedlichen Formen mit Balsamöl. Leptinos strich über die Rückenflossen seines Fisches und bedankte sich mit einem Gedicht aus dem Stegreif. Er bemerkte sehr wohl, daß die Römerin ihm wie berauscht lauschte. Sie versank in seinen Augen, solange er es zuließ. Wenn sie wie eine Hetäre zwischen den Männern gelegen hätte, wäre jetzt ihre Hand über seine Schenkel gewandert. Dafür hatte er ein Gespür.

Poplicola, der auf dem anderen Flügel lag, räusperte sich. Leptinos ärgerte sich ein wenig. Auch ein Vizekönig hatte nicht das Recht, sich in die Privatangelegenheiten anderer zu mischen. Selbst wenn die Sippen Valerius und Agricola verwandtschaftlich verbunden waren. Demonstrativ verlagerte er sich und konzentrierte sich auf Afrania, die köstliche kleine Geschichten aus Rom zum Besten gab.

»Übrigens«, sagte sie, »noch etwas muß ich euch erzählen, das sich bis hierher vielleicht nicht herumgesprochen hat. Den Senator Gnaeus Flaccus Pulcher kennt ihr doch, nicht? Er wurde gerade zum nächsten Praetor für das Geschworenengericht gewählt. Nun gut. Er organisierte also eine Bootspartie, und die endete in seinem Privatbad, weil sie angeblich alle unterkühlt waren, und dabei wurden sie bei einer ungeheuren Orgie erwischt. Drei Männer und sieben Frauen, und alle nackt und erhitzt! Könnt ihr euch das vorstellen? Jetzt droht zweien der Jungfrauen der Feuertod. Der Senator behauptet, sie hätten sich sehr willig hingegeben; die jungen Mädchen sagen, sie hätten geschrien, was das Zeug hielt. Spannend, nicht?«

»Und wem glaubt man?« fragte Poplicola lächelnd. Er war es gewöhnt, ihr zuzuspielen, damit sie sich effektvoll in Szene setzen konnte.

Afrania kicherte. »Offiziell dem Senator; er ist ein einflußreicher Mann. Inoffiziell keinem: Der Senator ist alt und verfettet. Und die Mädchen hat niemand gehört, obwohl sie alle wie ein Knäuel von Schlangen miteinander verwickelt waren.«

»Es gab einen Skandal«, bemerkte Lactucius knurrig und zerrte an der Toga, die sich über einem unästhetisch spitzen Kugelbauch wölbte. »Aber im Sommer ist er vergessen, und dafür gibt es einen neuen. Diese Dinge sind nicht wirklich wichtig.«

Poplicola zwinkerte ihm zu. Der Mann war Neuritter und neureich, offensichtlich eine Bekanntschaft von Trimalchio aus der Plebs von Rom, aber es war sinnlos, den Wandel zu beklagen. »Was ist denn wichtig, Lactucius? Das Geschäft?«

Der kurzbeinige Römer warf sich in die Brust und hob sein energisch gekerbtes Kinn. Das Roßhaarpolster beförderte Leptinos ein Stückchen in die Höhe. »Ganz gewiß«, antwortete er. »Ich bin froh, daß ich kein Senator bin. Der Handel wird die Zukunft bestimmen. Vor allem mit Getreide. Die Römer brauchen immer mehr Getreide. Zelte nicht. Es ist alles erobert, und die Legionen verkommen. Ich bin hergekommen, um eine der kaiserlichen Domänen zu kaufen, die Trajan jetzt verkauft. Ich werde Getreide produzieren. Und vielleicht noch anderes, wenn es sich ergibt. Ich denke an Häuser.«

Der Oberrichter, dessen Aufmerksamkeit zum Teil durch die unauffällige Überwachung der Organisation in Anspruch genommen wurde, lauschte nach draußen und fragte dann: »Erwartet jemand von euch seinen verspäteten Schatten? Er soll es nur zugeben. Wie viele Stühle brauchen wir?«

Während der Gastgeber diese mehr technische Frage klärte, wandte sich Afrania mit erhöhter Lautstärke an den Geschäftsmann. »Sind die Domänen dort, wo die Priester den berühmten Krokodilen zur Belustigung der Besucher die Zähne putzen?«

Sie ist es gewohnt, die Aufmerksamkeit der gesamten Gesellschaft zu haben, dachte Leptinos bewundernd. Ihre makellose Schönheit, ein Fresko auf einer Alabastervase, betörte ihn mehr, als er sich eingestehen wollte.

»Dort will ich nämlich hin«, erzählte Afrania und drehte sich wegen der ungewöhnlichen Geräusche in ihrem Rücken um, wo in ebendiesem Augenblick eine griechisch gekleidete Sklavin in die Türöffnung gesetzt wurde, wie ein entlaufener Hund am Halsband gehalten. Die Hand gehörte einem sehr ansehnlichen rothaarigen jungen Römer.

Afrania nahm den schmachtenden Blick des Rotschopfs wie einen Tribut entgegen und brach in hellklingendes Lachen aus. »Das hast du dir aber entzückend ausgedacht, Gaius Cornelius Trimalchio!« jubelte sie. »Sklavenjagd als unterhaltsames Spiel beim Gastmahl – die hat noch keiner veranstaltet, nicht einmal der Göttliche Nero. Ich werde überall in Rom erzählen, daß ich es mit eigenen Augen gesehen habe.«

Trimalchio lächelte geschmeichelt und suchte nach einer gescheiten Antwort.

Bevor er sie fand, klimperte der Vizekönig mit den im Licht blitzenden ringbesetzten Fingern und zog mit ihnen Afranias Augenmerk auf sich. »Danke, Schwägerin Afrania«, sagte er, »wir Römer in Alexandria geben uns viel Mühe mit unseren Besuchern, wie du weißt.«

Der Oberrichter schloß verdrossen seinen Mund. Ein *Venuswurf* für den Vizekönig. Den Umgang mit dem römischen Altadel würde er erst noch lernen müssen.

»Thalia«, fragte Leptinos etwas lahm, »wie kommst du denn hierher?«

Thalia hatte sich dem entwürdigenden Abtransport durch die Jugendlichen fügen müssen. Die Bemerkung der Römerin aber ließ sie vor Zorn glühen. »Diese römischen Flegel haben mich auf meinem Heimweg abgefangen«, schnaubte sie. »Und ich kann dir etwas erzählen, was dich noch mehr belustigen wird als eine Sklavenjagd, Afrania, Besucherin aus Rom: Diese Priester putzen Menschenfleisch aus den Zähnen ihrer Lieblinge! Fleisch von freien Menschen, deren erste Begegnung mit der römischen Schutzmacht darin besteht, daß sie versklavt werden. Römische Legionen zu meinem Schutz waren nicht in der Nähe, als der Seeräuber beschloß, mich an die Krokodile zu verkaufen. Mitten in Alexandria! Aber klatsche du nur Beifall!«

Leptinos ächzte wie ein vom Speer getroffener Stier und drückte sich mit geschlossenen Augen noch tiefer in seine Kissen.

Die Römerin sprang von ihrem Stuhl auf. »Das würde ich auch tun«, sagte sie eiskalt. »Strohgelbe Stoppeln zwischen Krokodilszähnen müssen hübsch anzusehen sein. Aber was nicht ist, kann ja noch werden.« Ihr Haß gegen diese kleine Sklavin loderte auf wie eine Feuersbrunst. Mißtrauisch fuhr ihr Blick zwischen dem schönen Leptinos und dem Monster mit der Spaltlippe hin und her. Aber sie konnte kein Anzeichen geheimer Verständigung ausmachen.

»Aber, aber, so beruhigt euch doch.« Poplicola hob beschwichtigend seine Hand. »Es scheint, daß es hier ein Mißverständnis aufzuklären gibt. Vor allem dankt dir sicherlich Leptinos, daß du seine Sklavin hierhergebracht hast, obwohl es bestimmt nicht nötig war. *Bene tibi*, Quintus Aemilianus Rufus!« Er trank dem rothaarigen Jüngling zu, der mit der Gebärde seiner leeren Hände deutlich machte, daß eine Erwiderung nicht möglich sei.

»Ich will, daß sie wegen Widersetzlichkeit bestraft wird!« Afrania stampfte mit dem Fuß auf. Eine Haarnadel fiel klirrend auf den Fußboden, und Afrania tastete vorsichtig über ihre ondulierte Hochfrisur. »Auch daran ist sie schuld«, fauchte sie, bebend vor Wut.

»Natürlich, Afrania«, sagte der Vizekönig nachgiebig. »Leptinos ist bestimmt damit einverstanden, daß du sie bestrafst. Und was Rufus und seine Freunde betrifft, so bin ich ganz sicher, daß unser Gastgeber sie als Gäste willkommen heißen wird.«

Thalia stockte der Atem, als sie Tjelptah hinausrennen sah. Sie suchte den Blick ihres Herrn. Er schob sich Nüsse in den Mund und wechselte leise Worte mit einem kleinen Mann neben ihm. Er tat, als ginge ihn die Angelegenheit nichts an. Er würde gegen eine Bestrafung keinen Einspruch erheben.

Der Oberrichter trat den neuen Gästen lächelnd entgegen. Er war auf alles vorbereitet. Kränze lagen in Hülle und Fülle schon auf einem Tischchen bereit. Aus dem Atrium schleppten zwei Sklaven eine noch versiegelte Amphore herein. »Ich grüße dich, Rufus, mitsamt deinen Freunden. Setzt euch und trinkt mit.«

»Ich schlage vor, daß wir einen Trinkkönig auswürfeln, wenn ich mit ihr fertig bin«, meinte Afrania erhitzt. Die Bestrafung der Sklavin vor aller Augen durch ihre Hand würde ein wundervoller Auftakt zum Trinkgelage werden.

Sie streckte ihre Hand nach der Peitsche aus, die der hübsche ägyptische Knabe von Leptinos ihr bereitwillig reichte. Die Männer erhoben sich und bildeten einen Kreis, während die Sklaven die Kline an die Wand schoben. Afrania triumphierte. Dieses war eine Situation, die sie aus tiefstem Herzen genoß. Die Blicke aller ruhten auf ihr, und sie wußte, daß sie schön war. Der Glimmer auf ihren zartrot getönten Wangen würde glitzern und ihre Augen unter dem grünen Lidstrich im Licht der Öllämpchen schimmern.

Hinter den Männern sah sie die herbe Gestalt von Cornelia Tertia, die ihre Sklaven mit mißmutigem Gesicht vom Patio aus überwachte. Auch für die mürrische Schwester des Hausherrn eine Lehrstunde: Eine moderne Römerin ließ sich von keinem Vergnügen ausschließen.

Leptinos war von Afranias Anblick hingerissen. In seiner Vorstellung glitten seine Hände über ihre Schultern bis zur Taille, öffneten den Gürtel ihrer Tunica und den Verschluß ihres Busenbandes. Ob sie überhaupt eines trug? Sie war so prachtvoll gebaut, daß sie es nicht nötig hatte.

Er schob seine Schultern vor, um zu verbergen, daß sich sein Chiton hob. Seine Wangen brannten, und in seinen Augenbrauen perlte Schweiß. Ihm gegenüber stand der Vizekönig und beobachtete ihn. Die flackernden Flammen der Öllämpchen verzerrten sein Lächeln, aber Leptinos hätte schwören können, daß in ihm Schmerz und Wut lagen.

Ihm war höchst unbehaglich zumute, als die schöne Afrania seiner Sklavin winkte, und das hatte nichts mit Thalias entblößtem Rücken und ihren zusammengebissenen weißen Zähnen zu tun.

KAPITEL 5
DAS *IATREION*

Drei Tage nach dem Gastmahl ersuchte der Legat Trimalchio den Legionskommandanten in Nikopolis um militärische Unterstützung bei der Ausübung seiner Pflichten in kaiserlichem Dienst.

Der griechische Vorgänger des Oberrichters hätte nicht einmal darum zu bitten gewagt. Er hatte aber auch nie mit dem Vizekönig zu Tisch gelegen. Der Präfekt knurrte vernehmlich, als er das Schreiben mit der kaiserlichen Ermächtigung aufgerollt und gelesen hatte, und schickte die kleinste Einheit von acht Mann auf den Weg.

Trimalchio war zufrieden für den Anfang. Eine *contubernia* reichte voll und ganz aus, um ein kleines Widerstandsnest der jüdischen Sekte auszuheben. Er selbst ritt vorneweg und nahm zur Kenntnis, daß die Ägypter in den Seitenstraßen untertauchten und die Griechen mit geballten Fäusten höflich grüßten. Das gefiel ihm schon besser als der minimale Respekt, den man einem Oberrichter mit Stockträger erwies.

Vor dem Granatapfelbaum auf dem Platz sprang er vom Pferd und ging den Legionären nach, die die Pforte des verdächtigten Hauses bereits eingetreten hatten. Im Inneren des Hauses schrie eine Frau.

Sein blutjunger Centurio stand in der Mitte eines einfach eingerichteten Raums und durchstach über den Köpfen von zwei braunhäutigen Einheimischen die rauchige Luft mit seinem Kurzschwert. Der Ägypter und seine Frau lagen mit ausgestreckten Händen auf dem Boden. »Barbaren«, sagte er verächtlich, »leben wie die Tiere im Nilschlamm. Es wird lange dauern, sie zu Menschen zu machen.«

»Wohnt ihr hier schon lange?« fragte Trimalchio barsch auf griechisch. Latein konnte keiner von den Eingeborenen, wie er inzwischen wußte.

Die beiden preßten ihre Nasen auf den Boden. Das Geschrei der Frau wurde noch schriller, als die Schwertspitze ihren Nacken berührte.

»Ruhe!« brüllte Trimalchio.

Ein altgedienter Legionär mischte sich ein. »Stratege, wenn sie nicht einmal die Sprache der Waffe verstehen, brauchst du einen Übersetzer. Ich werde mich draußen mal umhören.«

Trimalchio nickte und verfiel in mürrisches Schweigen. Mit den Händen auf dem Rücken wanderte er zwischen den Verdächtigen und dem ratlos dreinblickenden Centurio umher. Nach einer Weile schob der Legionär einen Mann ins Haus, dem man nicht ansah, ob er Grieche oder Jude war.

»Womit kann ich dir behilflich sein, Stratege?« Der Übersetzer lachte breit und verbeugte sich beflissen. Als sich seine Augen an die Dunkelheit gewöhnt hatten, verschwand das Lächeln.

»Kennst du diese Leute hier?« fragte Trimalchio.

Der Mann leckte sich verunsichert die Lippen. »Nein, die sind neu hier, Stratege.« Er trat dem Mann in die Rippen und bellte seine Frage heraus. »Wo kommst du her, du Wüstenhund?«

Der Ägypter wagte es nicht, den Kopf zu heben, aber eintöniges Gemurmel erklang zwischen seinen Armen.

»Aus Tarrana, sagt er. Wo Hathor, die Herrin von Mefket, herrscht. Außerhalb von Alexandria, Stratege.«

Sofern der Dolmetscher nicht log. Jedoch, welches Interesse sollte er daran haben? »Kanntest du die, die vorher hier lebten?«

Der Grieche kratzte sich an der Nasenwurzel. »Freilich, Symmachus und Perpetua, seine Frau, die freigiebige Fromme.«

»Freigiebig! Sind sie Christen?«

»Ich meinte mehr ihre Reize«, sagte der Grieche ausweichend und deutete mit den Händen üppige Brüste an.

»Beantworte meine Frage. Sind Symmachus und Perpetua Christen?«

Der Alexandriner war inzwischen zu der Auffassung gelangt, daß dieser Römer einfach grenzenlos unerfahren war. Ihn leitete nicht raffinierte Tücke, sondern eine gewisse Beschränktheit. Er stemmte die nackten Arme in die Seite und starrte den Oberrichter verblüfft an. »Du willst mich doch nicht auf den Arm nehmen, Stratege, oder? Symmachus ist der Presbyter der christlichen Gemeinde, und das ist bekannt. Für den Fall, daß du nicht weißt, was ein Presbyter macht: Er belehrt die Laien und tauft die Bekehrten nach christlichem Brauch.«

Trimalchio atmete ganz flach. »Leugnet er die Götter Roms und treibt Zauberei?«

»Er hat mal einen Toten aufgeweckt. Und manchmal beschwört er die bösen Geister im Namen des Jesus Christus, der unter Pontius Pilatus gekreuzigt worden ist. Ich glaube aber nicht, daß er zaubert.«

Der Oberrichter lächelte grimmig. Das reichte aus. Dieser Symmachus, der jetzt noch Hetzreden gegen einen von den Römern eingesetzten Statthalter führte, war verdächtig. »Wann verschwanden er und seine Frau?«

»Wenn du mich so fragst ...« Er dachte nach. »Seit dem Tage des Aufruhrs habe ich sie nicht mehr gesehen.«

»Gut, du kannst gehen. Ich brauche dich nicht mehr«, sagte Trimalchio. Er schickte den griechischen Dolmetscher fort und entließ die Einheit.

Auf Umwegen ritt Trimalchio zu seinem Haus zurück. Er war im Eingeborenenviertel von Alexandria noch nicht gewesen.

Hier verliefen die Gassen wie Spinngewebe; Wege endeten vor Mauern; Derwische tanzten vor geschmückten Altären unbekannter Götter; braunhäutige Bettler und Schwarze mit Goldringen in der Nase starrten ihn an, weil sie noch nie einen Römer in Toga gesehen hatten.

Als der Stratege nach Einbruch der Dunkelheit sein Haus gefunden hatte, war er überzeugt, daß sich die Urzelle der christlichen Verschwörung am Platz *Zu den Drei Tempeln* befand. Dort würde er mit der Säuberung beginnen.

Von den Christen wurde behauptet, daß sie Kinder schlachteten und verzehrten. Und wer wäre geeigneter, Kinder ausfindig zu machen, als ein Arzt und eine Hebamme? Trimalchio lächelte schmal, ging wortlos an seinem Türsteher vorbei, der ihn besorgt einließ, und durchquerte das Peristyl. Er fuhr zusammen, als er an der Brunnengrotte eine Bewegung sah. »Wer ist da?« fragte er barsch und legte die Hand an sein Schwert.

»Ich, Gaius«, antwortete der neue Sklavenjunge mit vor Furcht zitternder Stimme. »Bitte töte mich nicht jetzt; es ist so dunkel, du würdest mich nur verletzen.«

»Blödsinn! Besorg mir Wein«, knurrte Trimalchio und setzte seinen Weg fort. »Und Licht!«

Er warf sich auf die Speiseliege und brütete dumpf vor der Schale Wein, die ihm der Knabe brachte. Dieses Alexandria hing ihm wie ein Mühlstein am Hals. Hier gab es Scharen von Staatsfeinden und niemanden, der sich um sie scherte. Das Militär war schlecht geführt und der Vizekönig ein träger Dummkopf. Was hier gebraucht wurde, waren Beobachter und Informanten. Mit anderen Worten: organisierte Spione wie in Rom, um erst einmal eine Bestandsaufnahme zu machen. Danach würde man weitersehen.

Trimalchio trank, beobachtete eine Eidechse an der Decke und lachte leise. Sein eigener Venuswurf würde ihm eine bessere Belohnung bringen als das Lächeln einer verwöhnten Römerin. Wenn es ihm gelang, das Drecknest Alexandria aufzuräumen, wäre die Dankbarkeit des Kaisers ihm sicher. Hier ging es um den Machtanspruch Roms.

Thalia verabscheute den Vizekönig und seine gesamte Sippschaft von Herzen. Sie war wenig davon angetan, als sie die blaue Sänfte mit dem Beil innerhalb eines Rutenbündels und der roten und der weißen Krone Ägyptens am Teich des *iatreions* heranschaukeln sah.

Afrania Agricola konnte es nicht sein, die war glücklicherweise schon vor Wochen abgereist, nachdem sie Leptinos wegen einer Belanglosigkeit aufgesucht hatte. Thalia war, statt Leptinos zur Hand gegangen zu sein, mit einem zeitraubenden

Auftrag durch Alexandria geschickt worden. Als sie zurückgekehrt war, hatte der ägyptische Schmied auf sie gewartet, um ihr das Halsband abzunehmen.

Die Erniedrigung nagte immer noch an ihr. Afrania war eine Spinne, die versuchte, Leptinos in ihr klebriges Netz einzuwickeln, und er hatte weder bemerkt, daß er die große schmackhafte Beute darstellte, noch, daß Afrania vor seinen Augen kleine, sperrige Bissen verzehrte, um seine Aufmerksamkeit zu erwecken.

Der Vizekönig stieg aus der Sänfte, und Thalia stand wie festgenagelt. Es war ihr unmöglich, sich aus dem Staube zu machen. Leptinos war weit und breit nicht zu sehen, und der Römer war der vornehmste Klient von ganz Ägypten.

Höflich ging sie ihm entgegen.

Lucius Valerius Poplicola beachtete sie nicht. Er stakste steif und mit gespreizten Beinen an ihr vorbei in die Vorhalle.

Thalia folgte ihm. Die Hüften können es nicht sein, dachte sie, dafür ist sein Gang zu gleichmäßig. Aber was ist es dann? Das Steißbein?

Leptinos war nicht im Behandlungsraum; Thalia bat den Vizekönig trotzdem einzutreten. »Möchtest du dich schon auf die Kline legen, geehrter Lucius?« fragte sie mit einem Blick auf den rindsledernen Falthocker. »Nicht jedermann mag so harte Sitze wie Leptinos.«

Poplicola ließ sich ächzend auf die Liege nieder. Er seufzte erleichtert, als er sich nach hinten fallen lassen konnte.

Nach einer Weile kam Leptinos herein. »Sei gegrüßt, Valerius Poplicola«, sagte er. »Es ist schön, daß du dich mir anvertrauen willst.« Er zog sich einen Stuhl heran und setzte sich neben die Kline.

Der Vizekönig stöhnte mit zusammengebissenen Zähnen. »Es freut mich, daß du es zu schätzen weißt«, sagte er. »Schick deine Hebamme hinaus. Meine Beschwerden sind delikater Natur.«

»Sie geht mir bei allem zur Hand«, wandte Leptinos ein und drehte sich verblüfft zu Thalia um. »Eine Sklavin wie alle.« Aber natürlich mußte man die Sorgen des römischen Vizekönigs ernst nehmen.

»Ich möchte lernen«, erklärte Thalia unerschrocken. »Ich beabsichtige nicht, Leptinos' wachsende Bekanntheit als Arzt durch meine gleichbleibende Ungeschicklichkeit zu schmälern. Ich habe vor zu bleiben, ehrenwerter Lucius.«

»Eine Sklavin wie alle, sagst du?« knurrte Poplicola.

Leptinos rollte verärgert die Augen, und seine Kopfbewegung deutete zur Tür. Aber weder Poplicola noch Thalia beachteten ihn.

»So versteh doch«, sagte Poplicola ungeduldig.

In Thalias Ohren hörte es sich wie ein Appell an ihr Mitgefühl an. Ach, er war derjenige, der nicht verstand. »Was immer du für Symptome hast, Poplicola, die Untersuchung wird für dich leichter zu ertragen sein, wenn Leptinos sich nicht nur seiner, sondern auch meiner Hände bedienen kann.«

»Das stimmt allerdings, ehrenwerter Poplicola«, flocht Leptinos gewandt ein, als die Stimmung zu Thalias Gunsten umzuschlagen begann.

»Meinetwegen«, knurrte der Römer und schlug die Toga zurück, während er sich auf die Seite drehte. »Ich habe Blutungen wie eine Frau. Man sagt, das sei zur Reinigung des Körpers nötig, aber ich habe starke Schmerzen und kann gut darauf verzichten.«

»Ich gebe dir völlig recht«, sagte Leptinos, während er vorsichtig die schlaffen Gesäßbacken des Römers auseinanderzog und in den Spalt spähte. »Blutungen beim Mann sind nicht lebensnotwendig, und die Schmerzen beweisen, daß der Spannungszustand der Porenwände in deinen Adern außerhalb der Norm liegt.«

»Außerhalb der Norm liegen auch meine Möglichkeiten als Mann«, murrte der Vizekönig. »Ich muß keusch wie ein Säugling sein, sogar in Gedanken.«

»Das ist hart«, sagte Leptinos mitfühlend und betrachtete die Körperöffnung mit gerunzelter Stirn. »Ich kann nichts erkennen. Ich werde dir ein entspannendes Mittel geben, und bis es wirkt, wirst du mir beschreiben, wann die Blutungen auftreten, wie stark sie sind, von welcher Farbe und von welchem Geruch. Pocht, brennt oder juckt dein After? Das Siegel, Thalia!«

Die verkrampften Schultern des Römers lockerten sich unter der sachlichen Aufzählung, und Thalia sah, daß er allmählich Vertrauen faßte.

»Wird es bald!« sagte Leptinos in ungewöhnlich scharfem Ton.

Thalia schrak zusammen und eilte schuldbewußt hinaus. Das Siegel war ein teures Arzneimittel für Patienten, die Leptinos teuer waren. Glücklicherweise war an diesem Morgen die frische Ochsengalle schon geliefert worden.

Als sie mit zwei Zäpfchen zurückkam, unterhielt sich Leptinos bei einem Becher Wein mit seinem Patienten. Poplicola lachte laut und entspannt.

Die Zäpfchen waren schnell eingeführt. Zwei Becher später schritt Leptinos zur Untersuchung mit dem kleinen Speculum, dessen zwei eingefettete Backen er behutsam auseinanderdrückte. Über seine Schulter hinweg sah Thalia im Enddarm einen apfelsinenkerngroßen schwarzverfärbten Knoten, den Leptinos mit einem stumpfen Löffelchen abtastete.

»Mit zusammenziehenden Medikamenten ist hier nichts auszurichten«, sagte er. »Diese Erschlaffung deines Darms ist vermutlich schon vor Jahren eingetreten. Ich nehme an, daß du nie einen Arzt aufgesucht hast oder höchstens einen Hippokratiker.«

»Das stimmt«, murmelte der Römer. »Er erklärte meine Blutungen mit zu häufigen Verstopfungen der Säfte und versuchte sie auf vierwöchige Abstände einzuschränken.«

»Eine Erklärung für die Symptome ist ohne Nutzen und die Behandlung verantwortungslos«, sagte Leptinos mit leiser Verachtung und stand auf. »Ich werde kauterisieren. Du wirst von mir zwei Mittel bekommen, die dich schläfrig und gleichgültig und schmerzfrei machen. Du wirst nichts spüren, ich verspreche es dir.«

Thalia versetzte Wein nach eigener Abschätzung mit Mohnsaft und hielt Poplicola den Becher an die Lippen. Das Schmerzmittel aus Mandragorawurzel, das Leptinos selbst mischte, wurde mit Wein und Honig schmackhaft gemacht. Der Blick des Römers war bereits verschleiert, als er es schluckte.

»Im allgemeinen fürchten sich die Kranken vor dem Brennen«, erklärte Leptinos, während er Poplicolas Augendeckel ein wenig in die Höhe zog, um die Pupille zu betrachten. »Seitdem wir die Alraune anwenden, hat die Angst abgenommen, in Alexandria jedenfalls – bei begüterten Kranken. Ich nehme an, daß Soran sie in Rom bekanntmachen wird. Es ist soweit«, fügte er hinzu.

Am Kohlenfeuer, das Tjelptah hereinbrachte, erhitzte Leptinos eine linsenförmig gestaltete Sonde, bis sie glühte. Thalia hielt die Backen des Speculums, während Leptinos die Linse auf die schwarze Ausbuchtung setzte. Es zischte und roch nach verbranntem Fleisch.

Der Ägypter zog sich mit entsetztem Gesicht bis an die Tür zurück.

»Bleib hier, Tjelptah«, befahl Thalia. »Nicht du, sondern dein Herr beurteilt, wann du das Schüren beenden kannst. Jetzt braucht er ein gleichmäßiges Feuer.«

Der Junge hockte sich mit widerwilliger Miene vor das Kohlenbecken und fächelte so heftig Luft an die Glut, daß die Asche wirbelte.

Leptinos arbeitete konzentriert, um eine winzige Öffnung zu verschorfen. Schließlich legte er die Sonde aus der Hand. »Sieh genau hin«, sagte er zu Thalia. »Überzeuge dich, daß keine Bluttropfen austreten. Gewissenhafte Spreizung durch einen Gehilfen und ausreichend tiefer Schlaf sind die Voraussetzung für den Erfolg. Es hat schon manchen Kranken gegeben, der mit einer kleinen Hämorrhoide kam und mit einer großen Fistel zwischen Darm und Damm ging.«

Thalia nickte, und Leptinos entfernte das Speculum. Er lächelte nachsichtig, als er bemerkte, daß Tjelptah immer noch den Kohlen Luft zufächelte. »Du wirst ab jetzt die Schüsseln waschen und die Spucknäpfe ausleeren, Tjelptah. Jetzt bist du der Handlanger. Ich habe seit heute eine Schülerin.«

Tjelptah ließ vor Schreck den Federfächer in die Glut fallen. Das Feuer loderte auf und verzehrte ihn stinkend. Leptinos fuhr ihm über den Kopf und verließ das Behandlungszimmer. Dem Jungen liefen Tränen über die Wangen.

Thalia starrte wütend auf seinen schwarzen Haarschopf hinunter, während in ihr die Eifersucht wuchs. Sie war diejenige, auf die Leptinos sich verließ. Für das Arbeitsfeld und den Schlaf war ganz allein sie verantwortlich gewesen.

Tjelptah ballte die Faust und hielt sie ihr unter die Nase.

Als *pater familias* war der Oberrichter zwar Herr in seinem Haus, aber das Regiment führte Cornelia Tertia. Wenn Trimalchio sich mit Frauen amüsieren wollte, mußte er das Bordell aufsuchen; eine Hure hätte sie im Haus nicht geduldet. Sie hatte auch durchgesetzt, daß die einflußlosesten Männer seiner Klientel – hauptsächlich kleine Kaufleute und Seeleute – bei der frühmorgendlichen *salutatio* mit einem Körbchen Lebensmittel abgefunden wurden, damit sie nicht das Atrium füllten.

Männer, deren Wert bereits abgeschätzt war und feststand, waren Trimalchio selbstverständlich willkommen. Suillius, der Leiter der kaiserlichen Gladiatorenschule beispielsweise, ein angesehener römischer Beamter, konnte mehr als ein knappes Salve erwarten. Nachdenklich knetete der Oberrichter seine knollige Nase, als der letzte Klient der morgendlichen Aufwartung das Haus verlassen hatte. Suillius hatte eine Andeutung über ein mögliches Geschäft gemacht, das ihn sehr interessierte. Seine Barschaft schmolz bei dem üppigen Lebensstil, den Alexandria ihm aufzwang, schnell dahin.

Verärgert sah er auf, als seine Schwester sich erlaubte, in sein Arbeitszimmer hereinzurauschen.

»Wie viele Gäste erwartest du heute abend?« fragte Cornelia mit dem gekränkten Tonfall, den Trimalchio so haßte.

»Gar keine«, antwortete er mürrisch. »Ich gehe aus.«

»Hast du eine neue Schlampe gefunden?« höhnte Cornelia. »Wage ja nicht, sie hierherzubringen! Deine Frau hätte es nicht geduldet, und ich werde ihr Andenken in Ehren halten, wenn du es schon nicht tust.«

Trimalchio betrachtete seine unscheinbare Schwester demonstrativ gelangweilt. Er hätte ihr mitteilen können, daß für die Befriedigung seiner Bedürfnisse gesorgt war und selbst seine verstorbene Frau daran nichts auszusetzen gehabt hätte. Da es in Alexandria kein Luxusetablissement wie zu Caligulas Zeit gab, in dem man sich blicken lassen mußte, sofern man Karriere machen wollte, hatte er keinen Grund, Teil einer Laufkundschaft in einem Bordell zu werden.

Aber alle diese Informationen hätten Cornelia nur unnötig beruhigt. Er wartete, bis sich ihre Nasenspitze wie üblich zunehmend nervös bewegte. »Ich gehe in die Thermen, wo ich auch speisen werde, und anschließend in das Haus des Arztes Leptinos.«

»Schon wieder!« unterbrach Cornelia ihn. »Was suchst du immer bei den Griechen? Deren Ansehen liegt nur knapp über dem der Schwarzen!«

»Es gibt dort Hinweise auf die christliche Sekte, die ich klären werde.« Trimalchio sprach leise. Seine Schwester mußte näher treten, um ihn zu verstehen. Er sah es mit Vergnügen. »Mische dich nicht in mein Amt. Deine Tätigkeit erschöpft sich darin, meinen Haushalt zu führen.« Er lächelte in ihre verlegene Miene, stand auf und verließ sein Arbeitszimmer.

Er war Cornelia oft leid. Aber er brauchte eine Vertrauensperson, die die Rolle der Hausherrin übernahm und gleichzeitig absolut verschwiegen war. Sie war die Voraussetzung für einen Teil seiner Arbeit in Alexandria.

Ungeduldig wartete er vor seiner Tür auf den Stockträger und die zwei Legionäre, auf die er Anspruch hatte und die ihn zu den Thermen begleiten würden. Und danach die Frau. Er hatte schon lange nicht mehr bei einer Frau gelegen.

Thalia war mit sich sehr zufrieden, als jedes einzelne Instrument blank gescheuert und trocken an seinem Nagel hing, die bronzenen Schröpfköpfe glänzten, die Kline abgewischt und die Buchrollen geordnet waren. Es war ihr eine Genugtuung, erstmals anzuordnen, daß Tjelptah das Speibecken ausgewaschen wiederzubringen habe.

Der Ägypter trug das Becken angeekelt mit weitvorgestreckten Armen und abgewandtem Kopf hinaus. Thalia las in seinen Augen die Versuchung, es ihr vor die Füße zu werfen. Aber er ging, und sie sah ihm grimmig nach.

Danach konnte sie ihre Gedanken endlich wichtigeren Dingen zuwenden. Da war beispielsweise der Bote von Barnabas am Osttor, der mit dem Bescheid zurückgeschickt werden mußte, daß Leptinos am Abend kommen würde – sie fragte sich allmählich, woran Barnabas litt und warum weder sie noch Tjelptah bei diesen Besuchen erwünscht waren. Und da war der neue Wäscher, der schon seit längerer Zeit geduldig darauf wartete, daß Thalia zusammen mit ihm die Tücher und Bandagen zählte und die ordnungsgemäße Ablieferung bestätigte.

Thalia ging in die Halle, wo der Mann auf dem kühlen Fußboden saß. Er war sauber wie ein ägyptischer Priester und die Haut seiner Arme rot von Lauge. Die Wäsche roch frisch, und Thalia war ganz sicher, daß sie keine Beanstandungen haben würde. Sauberkeit war eine Forderung, die Leptinos von Hippokrates übernommen hatte; aber für eine sidetische junge Frau, die sorgfältig auf die Ehe vorbereitet worden war, reichte Leptinos' Verständnis von Sauberkeit nicht aus. Sie hatte sich umgehend nach einem besseren Wäscher umgesehen.

Nachdem sie den Mann bezahlt hatte, kehrte Thalia in den Behandlungsraum zurück und begann, die unterschiedlich geschnittenen Tücher zu sortieren und an ihre neuerdings festen Plätze zu legen. Die gerollten Bandagen warf sie zu anderen in einen Korb. Kopfschüttelnd bückte sie sich, weil sie meinte, einen braunen Flecken gesehen zu haben.

Ein dreieckiger Kopf schnellte plötzlich aus den Tüchern hervor, dessen Zähne eine der Bandagen aufspießten, bevor sie nach Thalias nacktem Arm hackten.

Thalia fuhr so schnell zurück, daß sie sich auf den Boden setzte. Sie schrie gellend, als sie auf ihrem Unterarm zwei nebeneinanderliegende Löcher in der Haut sah, kaum größer als Nadelstiche.

Leptinos schoß zur Tür herein. Thalia zeigte wortlos auf die Schlange, die sich wie eine blaßbraune Welle zur offenen Gartentür hinauswälzte und im Gebüsch verschwand.

»Wo?« fragte Leptinos und kniete neben ihr nieder, das Skalpell bereits in der Hand. Rasch schlug er zwei tiefe kreuzförmige Schnitte in die Bißstelle.

Jetzt erst spürte Thalia den Schmerz. Während sie dem fließenden Blut nachsah, rannen ihre Tränen.

Leptinos' Augen funkelten ärgerlich. Er richtete sein Augenmerk auf den Fluchtweg der Schlange: ein wenig Feuchtigkeit auf dem kühlen Boden in zwei parallelen Spuren. »Eine Viper«, stellte er fest. »Hast du ihren Kopf gesehen?«

»Er war dreieckig wie eine Pfeilspitze und hatte Wülste an den Seitenkanten«, antwortete Thalia müde. »Ihr Rücken war dunkelbraun und nicht länger als mein Unterarm.«

»Gut beobachtet. Eine Puffotter aus der Wüste. Die gibt es nicht in Alexandria.«

Thalia fror plötzlich und zog die Schultern zusammen. Leptinos betrachtete forschend die Wunde und dann das blasse Gesicht seiner Helferin. »Keine Verfärbung, kein Aufquellen der Bißstellen, nur gewöhnliche Wundränder wie alle Tage beim Schneiden. Das ist noch keine Giftwirkung, sondern Angst. Wovor fürchtest du dich?«

»Die Schlange war unter dem Verbandmaterial. Ich bin die einzige, die es zur Hand nimmt.«

Leptinos stand auf. »Unsinn! Wer sollte einer Sklavin nachstellen? Du nimmst dich viel zu wichtig. Ich erlaube dir trotzdem, dich auszuruhen. Du wirst wahrscheinlich einige Stunden schlafen.« Er lachte ein wenig. »Kürzer als die Kranken, denen du einen Schlaftrunk gibst. Ich glaube, du hast unverdientes Glück gehabt.«

Er ging. Thalia zog sich mühsam am Buchregal in die Höhe, verband die Wunde und taumelte in ihre Kammer zwischen den Frauengemächern.

Thalias Träume waren wild, und der Mann neben ihrer Liege nahm sich nicht absonderlicher aus als die Krokodile und Schlangen, die sich in ihrem Bett tummelten. Aber dann erkannte sie, daß der Oberrichter Trimalchio keine Ausgeburt eines Traums war, denn ihn umgab eine Wolke von Badeessenzen und duftendem Salböl.

Er schwankte und zerrte verärgert an der Wolldecke, in die sich Thalia eingehüllt hatte, als sie mit klappernden Zähnen zu Bett gegangen war. »Jeder Käufer hat ein Anrecht darauf, seine Ware zu sehen. Verhülle meinetwegen dein Gesicht damit!«

»Ware?« flüsterte Thalia voll Angst.

»Du bist der Preis für mein Schweigen über deinen Glauben«, antwortete der Oberrichter undeutlich und ließ sich neben Thalia auf die Liege sinken. »Er hat dich mir zwar geschenkt, aber ich bezahle. Ein römischer Richter läßt sich nicht bestechen.«

Er faselt, weil er betrunken ist, dachte Thalia. Er hatte sich nicht mehr vollständig unter Kontrolle und war schwer, und es war klar, was er von ihr wollte. »Mein Herr wird dich anklagen, weil du dich an seinem Eigentum vergreifst«, sagte sie und versuchte kraftlos, seine Hand von ihrer Brust abzuhalten. »Ich werde schreien.«

»Ich auch, ich bin immer sehr laut. Und unersättlich.«

»Ich meine, ich werde nach Leptinos rufen.« Panik überkam Thalia. Sie fühlte sich auf eine so merkwürdige Art schwach, und ihre Beine spürte sie kaum.

»Leptinos hat andere Interessen. Er ist im *gymnasium* und übt den Ringkampf, oder wie immer sie das nennen, wenn sich Männer auf einer Matte wälzen«, spottete Trimalchio. Thalia war zu betäubt, um anderes herauszuhören, als daß Leptinos weit weg war. »Er hat mir aufgetragen, dir nicht so viel Vergnügen zu bereiten, daß du nicht mehr arbeiten willst.«

Thalia konnte sich nicht wehren, als er sie unter seinem Gewicht begrub. Die Pomade in seinen Haaren verströmte Moschusduft.

»Das ist Magie«, jammerte Wernero, als ihr Sohn ihr am späten Abend berichtete, daß die Schlange kaum von Nutzen gewesen war.

»Ja«, bestätigte Tjelptah aufgeregt, »sie hat auch Magie angewandt, um mich vor den Augen des Priesters von Chnum, er lebe, sei heil und gesund, zum Lachen zu bringen. Das Lachen ist über alle gekommen, die um mich herumstanden, während ich vom Gott und seinem Lieblingstier sprach.«

»Sch!« sagte Wernero und legte einen Finger über ihre Lippen. »Die Fremde ißt nichts als das Schweigen des Re.«

Tjelptah machte große Augen. Der Gebieter war aus dem Haus, und die Rote wurde durch einen Freier beansprucht. Obwohl ihre Ohren jetzt vom Fleisch römischer Oberschenkel bedeckt waren, fürchtete seine Mutter, daß die Rote ihn hören könnte.

»Man sollte ein Krokodil für sie rufen lassen!«

Da verstand Tjelptah endlich, daß seine Mutter aufgegeben hatte. Er schloß seine Hände zu Fäusten und dachte daran, wie die Rote auch dafür gesorgt hatte, daß er Blut schleppen mußte. Er erhob sich mit der Würde eines erwachsenen jungen Mannes aus dem Schneidersitz. »Es ist Zeit, den Zopf abzunehmen, Mutter. Ein Krokodil ist nicht mehr nötig. Ich werde die Angelegenheit in meine Hände nehmen. Du hast nun genug getan.«

Wernero glitt ein Lächeln der Freude und Dankbarkeit über das Gesicht. Ihre Angst, daß der Hasengott ihrer Heimat sich an ihr rächen würde, war von Tag zu Tag gewachsen. Aber nun würde Tjelptah sein Mannesdasein damit beginnen, eine große Gefahr zu beseitigen. Er würde den Hasengott versöhnen.

Thalia versah ihre Arbeit in den nächsten Tagen still und blaß. Leptinos reagierte ungehalten. »Du läßt dich gehen«, sagte er scharf. »Deine schlechte Laune springt auf die Ratsuchenden über, und sie glauben dann nicht an den Erfolg meiner Behandlung. Wenn du nicht bereit bist, das zu ändern, mache ich dich wieder zur Latrinenputzerin und Tjelptah zum Schüler. Und versuche gar nicht erst, mir zu erzählen, daß du noch unter dem Gift leidest! Das meiste wurde von den Verbänden aufgesaugt.«

»Ich leide an Schlimmerem als an Schlangengift«, sagte Thalia knapp.

Leptinos legte den Finger an die Stelle, an der er beim Lesen unterbrochen hatte, und sah auf. Sein medizinisches Interesse war geweckt. »So?«

»An dem Römer, an den du mich ausgeliefert hast.«

»Ach so, an gekränkter Eitelkeit.« Leptinos versenkte sich gleichgültig wieder in seinem Text.

Trotzdem meinte Thalia, eine gewisse Verlegenheit in seinem Gesicht zu erkennen, und plötzlich hatte sie den Wunsch, ihm die Erniedrigung zurückzuzahlen. »Anscheinend hat er vor, jedesmal zu mir zu kommen, wenn du in die Übungshalle gehst. Bezahlt er dich wenigstens wie einen Zuhälter?«

Leptinos zuckte mit den Schultern. »Pah! Ich hätte dich auch an ein Bordell vermieten können. So, wie du aussiehst, allerdings …« Er grinste sie von unten an. »Nicht ein Mann für zwei Asse!« rief er im Ton eines Marktschreiers. »Nein! Drei Männer gleichzeitig für nur vier Asse! Drei für drei Öffnungen! Kommt, ihr Männer, kommt zur glücklichen Großzügigen! Wäre es dir lieber gewesen?«

Thalia verzog angewidert ihr Gesicht. »Du müßtest inzwischen gemerkt haben, daß ich nie eine Sklavin war«, sagte sie mit rauher Stimme. »Du verstößt gegen das Recht und die Moralvorstellungen zivilisierter Völker.«

Er lachte spöttisch. »Ich habe gemerkt, daß du in meinen Büchern liest, obwohl ich es dir nie erlaubt habe. Aber auch das unterscheidet dich nicht von Tausenden von Sklaven. Und vergiß nicht, daß du zumindest jetzt Sklavin bist. Das ist ein Schicksal wie schwarze oder gelbe Hautfarbe. Niemand auf dieser Welt außer mir kann dieses ändern.«

»Ich glaube dir gerne, daß du das römische Recht des Stärkeren anerkennst. Ich nicht. Für mich zählt die Ethik. Ich werde dir eines Tages davonspazieren, weil ich frei bin wie jeder Mensch. Warum sollte ich mich nach den niedrigen Instinkten der Römer richten? Sie kennen nicht einmal Moral. Ich glaube nicht, daß die Römer das Wort überhaupt buchstabieren können«, sagte Thalia anzüglich. »Ich werde dir einen einfachen Beweis liefern. Ein Rätsel. Kennst du den Unterschied zwischen einer vornehmen Sideterin und einer vornehmen Römerin? Die Antwort: Eine adelige Sideterin würde nie auf die Idee kommen, sich als Prostituierte registrieren zu lassen!«

Leptinos warf die Buchrolle auf den Boden und verließ den Raum. Thalia lachte triumphierend hinter ihm her. Jetzt war ihr schon etwas besser. Er wagte nicht, die Römer zu kritisieren, ja, noch nicht einmal, Kritik anzuhören. Er hatte nach Luft geschnappt, als sie behauptete, sie fühle sich frei. Warum erwartete er eigentlich, daß sie sich als das fühlte, wozu ein Seeräuber sie bestimmt hatte?

Kurze Zeit später hörte sie, wie Leptinos draußen nach Tjelptah rief und gleich darauf einen Patienten begrüßte. Plötzlich zauberte er Wärme in seine sonst so unterkühlte Stimme. Mit frisch erwachter Neugier huschte Thalia in die Vorhalle und spähte zwischen den Säulen hindurch nach draußen. Sie traute ihren Augen kaum.

Vor Leptinos saß hoch zu Roß der Vizekönig, hinter ihm scharrten unruhig die Pferde zweier bewaffneter Legionäre im Sand der Auffahrt. Poplicola, gekleidet in eine modische, kurze Tunica, hielt sich sportlich straff im Sattel und zeigte keine Neigung abzusteigen, obwohl Tjelptah bereits die Hand am Zügel hatte. »Du siehst, es geht mir gut, Leptinos.«

»Ich habe nicht daran gezweifelt.« Leptinos lächelte nach oben. »Ich kenne die Wirkung meiner Methoden.«

»In der Tat. Säfte! Bei allen römischen Göttern, ich wußte doch, daß auf diese griechischen Ärzteschulen kein Verlaß ist.« Der Vizekönig sprang aus dem Sattel und landete federnd auf dem Kies.

Thalia legte ihre Hand auf den Mund, damit sie sich nicht durch ihr Lachen verriet. Beide Männer sah sie plötzlich ganz anders als vorher. Der eine hatte die Augen niedergeschlagen, als sie ihn mit seiner eigenen Niedertracht konfrontierte, und der andere, dem sie in ein vom Alter runzeliges, bräunliches Afterloch gespäht hatte, spielte sich jetzt als Jüngling auf. Wie lächerlich, alle beide.

Der Römer drückte freundschaftlich Leptinos Arm. »Du hast gute Arbeit geleistet, Leptinos. Ich möchte dich belohnen. Ich ernenne dich zum Arzt der kaiserlichen Gladiatorenschule.«

Gemächlich setzten sie sich zum Hauseingang in Bewegung. Thalia schlüpfte um die Säule herum. Aufsässig zählte sie die Schritte mit, die Leptinos sich Zeit ließ, bevor er antwortete. Nur fünf Schritte Ergriffenheit, nicht überaus viel für einen Griechen, der gerade römisch belohnt wurde.

»Nichts wünschte ich mir mehr als eine solche Auszeichnung aus römischer Hand«, sagte Leptinos. »Und dir sage ich aufrichtigen Dank, Lucius Valerius Poplicola.«

»Bei Gelegenheit werde ich beim Kaiser deinen Namen

erwähnen«, fuhr der Vizekönig freundlich fort. »Trajan soll wissen, daß wir uns auch in der Provinz um gute Männer bemühen. Selbst wenn sie Griechen sind.«

Leptinos zerfloß vor Dankbarkeit. Thalia kräuselte die Oberlippe. Heuchler, dachte sie.

»Dein erster Kampf, oder vielmehr, der nächste Kampf deiner Gladiatoren ist zu den Iden des September angesetzt«, fuhr Poplicola fort. »Meine Schwägerin wird auch da sein, sie hat mir ihre Rückkehr gerade brieflich angekündigt. Dich möchte sie bei der Gelegenheit konsultieren – eine Kleinigkeit, schreibt sie, aber sie will nicht versäumen, die Meinung des bekanntesten Arztes von Alexandria einzuholen. Sie wird doch nicht in anderen Umständen sein? In ihrem Alter?« Der Vizekönig brach in ein falsches Gelächter aus.

Leptinos hielt für einen Moment den Atem an. Bei der Hure Afrania war alles möglich, er machte sich keine Illusionen. Aber ihr Wohlwollen konnte von unschätzbarem Wert für ihn sein. Ihm schwindelte geradezu von der berauschenden Geschwindigkeit, mit der er sich mit ihrer Hilfe an die Spitze der alexandrinischen Ärzte gesetzt hatte. Er legte seine Hand auf die Brust und verneigte sich.

»Ich habe einen Ausritt gemacht. Auf einem Pferd sieht man mehr als aus einer Sänfte. Gegen eine kleine Erfrischung hätte ich nichts«, sagte der Vizekönig und sah sich um.

»Ich auch nicht«, sagte Leptinos und klatschte in die Hände. »Leider beharren Sklaven zu oft darauf, nicht zuständig zu sein.«

In der Tat, dachte Thalia und klebte an der Säule. Hatte er sie gesehen, oder nicht? Sie fühlte sich sehr zufrieden.

»Vielleicht solltest du ihnen nachdrücklicher zeigen, wer Herr im Haus ist. Auch der Umgang mit Sklaven will gelernt sein«, versetzte der Vizekönig und beobachtete den kleinen Sklavenjungen, der einem der Soldaten den Zügel zuwarf und beflissen herbeirannte. Die zärtlichen Blicke von Leptinos entgingen ihm nicht. »Liebe unter Männern ist übrigens in Rom verpönt. Wer dort Karriere machen will …«

»Alles zu seiner Zeit. Rom hat entzückende Frauen«, sagte Leptinos.

Die Hand, die einen streichelt, beißt man nicht, dachte Poplicola eifersüchtig und bezähmte seinen Wunsch, dem Arzt die Drohung heimzuzahlen. Mit dem Mann mußte man rechnen. Vorher unscheinbarer Schüler von Soranos, begann er plötzlich, bemerkenswert gegenwärtig zu werden.

Als sich die Aufmerksamkeit beider Männer auf die Auswahl der Weinsorte und das Mischungsverhältnis konzentrierte, stahl Thalia sich auf leisen Sohlen davon.

TEIL 2
SCHÜLERIN DER METHODE

KAPITEL 6
Die Kanäle

Schülerin eines Arztes, dachte Thalia und war stolz auf sich selbst. Irgendwie hatte der Besuch dieses widerlichen römischen Vizekönigs doch sein Gutes gehabt.

Leptinos hatte akzeptiert, daß sie lernen wollte. Und sie wußte, daß sie sich besonders um die Frauen bemühen mußte, denn für Leptinos hatte diese zweite Seite der Menschheit wenig Bedeutung. Aber die Geburtshilfe war ihr nicht genug. Soran schrieb, daß für Frauen eine umfassende Ausbildung in allen Sparten der Krankenbehandlung nötig sei. Jetzt durfte Thalia auch in Leptinos' Anwesenheit in den Rollen lesen. Dafür verbot sich leider die heimliche Nascherei von Sonnenblumenkernen, Feigen und Trauben von selbst.

Trimalchio, der sich als Hausgast an jedem Trainingsabend von Leptinos einstellte, empfand sie als arge Belästigung, aber nicht als Bedrohung. Meistens schlief er ein, entweder weil er angetrunken war, oder weil es ihm an Interesse für Frauen mangelte. Er war nie bösartig, Demeter sei Dank. Thalia belohnte ihn mit Kolobi-Wein, den sie mit einigen Tropfen Mohnsaft anreicherte. Die optimale Dosierung hatte sie nach einigen Versuchen heraus, wie ihr überhaupt der Umgang mit Arzneimitteln leichtfiel.

Wenn Trimalchio im Morgengrauen ging, beschwerte er sich nicht, bemerkte nur einmal lachend, daß er in ihrem Bett immer seltsame Träume habe. Thalia nickte. Sie hatte auch Träume. Die fünfundzwanzig Asse im Lederbeutel unter ihrer Kline waren das Fundament dazu. Bis sie das Geld für die Mauern gespart hatte, blieb eine Menge zu lernen. Von Leptinos und von den Hebammen Alexandrias.

Die Hebammen waren anfänglich ein Problem. Thalia galt als Glücksbringerin bei Geburten; sie wurde zusätzlich zu der gewöhnlichen Hebamme des Bezirks bestellt und wie ein Amulett am Hals der Gebärenden verwendet. Aber ihre Fragen brachten ihr meistens nichts als ein Schulterzucken der Hebamme ein.

Dann begegnete sie zufällig Niunachte. Die Ägypterin war gefürchtet wegen ihrer Schroffheit, aber sie war weit und breit die beste Hebamme. Thalia beschloß, zu schweigen wie ein Grab, damit sie wenigstens nicht hinausgeworfen wurde.

Sie erkannte schnell, daß etwas nicht stimmte. Niunachte untersuchte den Geburtsweg, brummelte verärgert, sprach mit der stöhnenden Gebärenden und untersuchte nochmals.

Thalia hockte sich neben sie, machte jeden einzelnen Handgriff nach, wie sie es von Leptinos' Unterweisungen gewohnt war, und versuchte, in ihrem Kopf die Griffe und Sorans Beschreibungen miteinander in Einklang zu bringen.

Niunachtes abweisende Miene verlor angesichts der Bemühungen der Roten ein wenig an Schärfe. Sie machte mit dem Daumen ein Zeichen. »Ein Fuß nur?« fragte Thalia erschrocken. Die Hebamme antwortete nicht. Nach einer Reihe von komplizierten Bewegungen, an deren Ende sie erleichtert schien, bedeutete sie Thalia, selber zu fühlen.

Thalia holte tief Atem, ölte sich schnell, aber sorgfältig die Hände und Unterarme ein, begleitet von den unergründlichen Blicken der Ägypterin, und tastete sich vorsichtig in einen feuchten Geburtskanal hinein. »Jetzt sind es Zehen von zwei Füßen«, berichtete sie.

Niunachte nickte.

Ihr bedächtiges Entgegenkommen machte Thalia mutig. »Das Kind kann nun nicht mehr gedreht werden. Wird es trotzdem gut gehen?«

»Warum fragst du mich? Für das Glück bist du zuständig.« Niunachte lächelte zahnlos. Dann zeigte sie Thalia, wie weit die Beckenknochen der Ägypterin auseinander standen. »Es ist ihr elftes Kind. Alle lebend geboren.«

Die Chancen standen also allein deshalb gut, auch wenn das Kind falsch herum geboren werden wollte. Als es endlich da war, half Thalia der Hebamme, die Wöchnerin sauberzumachen und bequem zu lagern. Zum Schluß bedankte sie sich und wurde wortlos entlassen.

Nach diesem Tag ließen die jüdischen, griechischen und ägyptischen Hebammen sich nicht mehr lange bitten. Sie führten Thalias Hände und gaben ihr Wissen großzügig weiter.

Nicht ihr Wissen, sondern Leptinos' Erwartung, daß Thalia für ihn Patienten in den östlichen Vierteln von Alexandria gewann, brachte ihr mehr persönliche Freiheit. Sie nutzte sie, um die Märkte, Häfen und Tempel zu erforschen, die Sportanlagen und die weitläufigen Anlagen des Museion.

Tjelptah, als Ersatz für Thalia in seinem Behandlungsraum, war eine Katastrophe, aber Leptinos ertrug sie gelassen. An dem Tage allerdings, als eine purpurfarbene Toga in der größten Nachmittagshitze im Tor zum *iatreion* aufleuchtete, ließ er nach Thalia suchen. Sie war zur Stelle, als die Sänfte von vier kräftigen Sklaven abgesetzt wurde und ein markantes Gesicht zwischen den flatternden Vorhängen sichtbar wurde.

Thalia hatte den Ehrwürdigen bereits einmal im Museion gesehen, aber natürlich nur von weitem und über die Köpfe anderer hinweg. Sie hatte sich damals gewundert, daß ein so kleiner Mann über eine so große Anhängerschaft verfügte.

Aber jetzt erkannte sie, daß der Präsident der alexandrinischen Akademie der Wissenschaften und gleichzeitig Alexanders oberster Priester zwar uralt war, aber wache und sehr kluge Augen hatte. Seine Gesichtshaut war zart und fast durchscheinend. Als er ausgestiegen war, sank Thalia auf die Knie und drückte ehrfürchtig seine Hand an ihre Stirn.

»Das brauchst du nicht, meine Tochter«, sagte er milde. »Hier suche ich Rat und Hilfe. Vielleicht bist du diejenige, die ihn gibt.«

Thalia schüttelte mit brennenden Wangen den Kopf, während die Sklaven den Alexanderpriester behutsam in den Behandlungsraum brachten. Ihr stand Bescheidenheit an, nicht ihm.

»Es sind die Beschwerden des Alters«, seufzte der Priester, als er sich mit zitternden Gliedern auf einem Stuhl niedergelassen hatte. »Beschwerden in der Jugend habe ich nie gekannt, und meine jetzigen zu ertragen fällt mir schwer. Die langen Knochen schmerzen ohne Anlaß und die kurzen, wenn ich sie bewege.« Er hob die Hände und ließ sie wieder auf die Knie fallen.

Thalia betrachtete seine steifen Fingergelenke.

Leptinos, der vor dem Priester saß, nickte teilnahmsvoll und nahm die blaugeäderte alte Hand zwischen seine eigenen Hände. »Verehrter Präsident, Krates«, sagte er, »du bist nicht krank. Du bist älter als jeder, den ich kenne, und der große Alexander darf sich glücklich schätzen, daß ein Mann wie du seinen Schlaf, sein Grab und die Gebäude des Grabmals so viele Jahre überwacht hat. Der einzige Ratschlag, den ich dir geben kann, ist, daß du dich nunmehr zur Ruhe setzen solltest.«

Die Augen des Priesters funkelten, und sein Mund verzog sich verärgert. »Um das zu erfahren, hätte ich meinen Sklaven den Weg nicht zumuten müssen. Ich will mich nicht meiner Aufgaben entledigen, ich will ein Mittel haben, das mir hilft, sie zu erfüllen!«

»Ich wollte dich nicht kränken«, erwiderte Leptinos ruhig. »Ich merke, du mutest deinem Körper zu viel zu. Von mir möchtest du, daß ich dir helfe, ihm noch mehr zuzumuten?«

Krates legte den Kopf schief und betrachtete den jungen Mann vor sich mit skeptischer Miene. »Genau das! Leider gibt kein einziges der Handbücher in meinem Hause Auskunft darüber, wie man einen alternden Grabmalwächter durch Ernährung und Massage für seinen täglichen Marathonlauf trainieren könnte.«

Leptinos zuckte erschrocken zusammen, weil ihm diese aus dem *gymnasium* stammende Sprache für einen Präsidenten der Akademie zu respektlos erschien, aber Thalia lachte heimlich hinter ihrer Hand. Einen Augenblick später machte sie sich darüber Gedanken, ob der ehrwürdige Mann ihr daraufhin wirklich zugeblinzelt hatte.

»Massage ist ganz und gar falsch«, widersprach Leptinos

streng und schüttelte den Kopf. »Deine schon schlaffen Muskeln und Adern würden unter den Händen jedes Masseurs auseinanderfallen. Sanfte Bewegung dagegen kann dein Fleisch wieder festigen und die Gelenke beweglich machen. Ich schlage für dich die leichte Bewegung eines geschaukelten Wasserbettes vor, einen über den anderen Tag. Sie wirkt gleichzeitig besänftigend; du wirst einschlafen und dich gut erholen.«

Die Hand des alten Mannes hob sich wieder und deutete in den Garten hinaus. »Meinst du etwa, ich soll Stunden in deiner langweiligen Liegehalle verbringen?« fragte er. »Zusammen mit geschwätzigen römischen Matronen? Nie!«

»Es würde dir guttun«, beteuerte Leptinos. »Man könnte dir vorlesen, bis der Schlaf dich übermannt.«

Krates kniff die Lippen zusammen und schüttelte den Kopf. »Ich sehe schon, ich bin zu jung für deine Methoden. Ich komme in zwanzig Jahren wieder.« Er streckte die Arme vor, und seine Sklaven stürzten herbei, um ihm aufzuhelfen.

»Ich wüßte eine Lösung«, warf Thalia bescheiden ein. Krates erstickte Leptinos' Widerspruch mit einer Geste und wandte ihr seine Aufmerksamkeit zu. »Die Kanäle der Stadt sind jetzt überall sauber, habe ich gesehen.«

»Aber ja. Wenn römische Legionäre für irgend etwas nützlich sind, dann zum Säubern von Nilkanälen«, sagte der Alte bissig.

Thalias Herz flog ihm plötzlich entgegen. Wer so sprach, konnte kein Römer sein. »Wenn man das Wasserbett durch die trockenen Kanäle trüge«, schlug sie mit klopfendem Herzen vor. »Da ist Platz, und was man von dort sehen kann, ist wahnsinnig aufregend. Alexandria von unten, nicht das langweilige römische und das gelehrte griechische ...«

»Was meinst du, hochverehrter Leptinos?« Der Priester beugte sich vor und sah den Arzt sehr ernsthaft und respektvoll an. Seine Augen waren sogar blau, stellte Thalia überrascht fest. Wie von einem Nordgriechen. Oder einer Sideterin. »Würde es mir guttun, den Alexandrinern in die Kochtöpfe zu spähen? Als Anregung für den Geist?«

Leptinos kratzte sich nachdenklich neben seiner geraden Nase und blickte zu Boden.

Und da sah Thalia es wieder: ein rascher Seitenblick von Krates und ein kurzes Blinzeln zu ihr hinüber. Sie preßte die Lippen zusammen, um nicht zu lachen.

»Wenn du versprichst, es bei den Kochtöpfen zu belassen«, stimmte Leptinos zögernd zu.

Krates lachte herzlich. »Wo darf ich denn nicht hinsehen? In die alexandrinischen Pißpötte?« Dann verlangte er ohne Umschweife: »Aber ich will meine Therapie täglich haben. Und deine Sklavin wird mich begleiten, ich benötige ständige Betreuung, wie du siehst.«

Das Wasserbett aus gefüllten Tierschläuchen war durch die geschickten Sklaven des Museionpräsidenten schnell aus seinem Rahmen ausgebaut. Während sie es in eine der Sänften des *iatreions* einpaßten, wagte Leptinos nicht fortzugehen, um den berühmten Gelehrten nicht zu brüskieren. Er plauderte mit ihm, während Thalia stumm wartete und spürte, daß er sich über sie ärgerte, ohne daß sie wußte, warum.

Die Sonne hatte merklich an Kraft abgenommen, bis es soweit war. Der Greis setzte sich beherzt mitten zwischen die gluckernden Schläuche, ließ sich die Vorhänge weit zurückziehen und hielt sich mit beiden Händen an den Holmen fest, während seine bulligen Sklaven die umgebaute Sänfte behutsam aufnahmen.

Thalia ging verunsichert nebenher. Sie wußte nicht, warum sie den Präsidenten begleiten sollte, und Leptinos hatte es auch nicht gewußt.

Als sie außer Hörweite von Leptinos waren, sagte Krates: »Du bist also die Sideterin Thalia. Ich war neugierig, ich muß es zugeben.«

»Pantanos? Ich meine, hat der ehrwürdige Pantanos ...?«

»Ja, Pantanos. Wir unterhalten uns oft miteinander. Wir sind die letzten von der alten Art«, sagte der Präsident mit einem Seufzer. »Wenn wir gestorben sind, wird das Museion ein anderes sein. Meine Stelle wird ein Römer oder ein Boxer einnehmen. Nach links«, rief er den Trägern zu.

Der Archivar hatte etwas Ähnliches angedeutet. Thalia nickte. »Aber der Mondkanal führt Wasser«, sagte sie hastig, weil sie der Meinung war, der Präsident führe sie geradewegs dorthin, und sie nicht schuld an der Enttäuschung sein wollte.

Aber er lächelte. »Natürlich. Ich sehe ungefähr siebzig Jahre schon, wie sein Wasser anschwillt und abnimmt und er doch nicht leer läuft.«

»Ja, natürlich«, sagte Thalia beschämt.

»Aber die Götter zürnen mit uns Alexandrinern, und das macht mir angst«, fuhr Krates fort, während er sich nach hinten lehnte und festklammerte, weil die Sklaven die Treppen zu einem der schmalen, jetzt trockenen Kanäle hinunterstiegen. »Es wird die Zeit kommen, da auch der Mondkanal kein Wasser mehr hat. Was dann wohl aus Alexandria wird? Aber jetzt wollen wir unseren Spaziergang genießen! Schluß mit den trüben Gedanken. Das Kanalvergnügen dauert nur wenige Tage.«

Thalia nickte. »Heute tanzen sie sogar«, sagte sie.

»Gewiß«, sagte Krates und sah sich mit frischer Neugier um. »Und wenn der ehrwürdige Leptinos wüßte, daß wir spornstreichs zum *Kanal zu den nächtlichen Freuden* geeilt sind, würde er uns den auch noch verbieten. Er ist etwas engstirnig, glaube ich.«

Thalia lächelte und nickte.

Die Museionsklaven drängten sich mit der Sänfte zwischen die festlich gestimmten Alexandriner und schoben sich mit ihnen an Garköchen, fliegenden Händlern und Gauklern vorbei. Der Lärm war an dieser Stelle ohrenbetäubend, und an den Wänden des Kanals prallten Hitze und Gerüche zurück.

Als sie sich wieder verständigen konnten, zupfte Krates an Thalias Gewand. »Osiris, der Herr der Nahrung, wird bald wieder die große Überflutung spenden, sagen die Ägypter. Sie haben recht, sich darüber zu freuen. Ich aber würde später gerne noch das Serapeion aufsuchen; ich hoffe, du bist über ein ernstes Ende des Festtages nicht enttäuscht.«

Thalia schüttelte den Kopf und wischte sich den Schweiß von der Stirn. Sie beobachtete Tänzerinnen, die von zwei Musikern mit einer saitenbespannten Kokosnuß und einem Tamburin begleitet wurden. Neben ihnen spielte ein Schlangenbeschwörer auf einer Flöte, und sie wäre gern stehengeblieben, um die Schlange aus dem Korb kommen zu sehen.

Aber Krates hatte ein anderes Ziel im Auge. Sie kamen bei den Stockfechtern gerade rechtzeitig an, um den Höhepunkt und das Ende des blutigen Kampfes mit Stöcken von mehr als Manneslänge zu sehen.

»Ich glaube, diese Art Massage hatte Leptinos nicht gemeint«, sagte Thalia schüchtern, als sie erkannte, daß die Stockfechter vor allem nach dem Kopf des Gegners schlugen. »Weder für den Körper noch für die Seele.«

Die Augen des Alten funkelten vergnügt. »Nein, aber mir gefällt es. Abgesehen von der gelegentlichen Überschreitung des Zuträglichen und dem etwas häufigeren Verstoß gegen die Ästhetik. Es erinnert mich an meine Jugend. Außerdem ist es lehrreich. Es zeigt, daß nicht der technisch Bessere einen Kampf gewinnt, sondern der Einfaltspinsel ihn verliert.«

Der Favorit hockte benommen auf dem Boden und preßte die Hand auf das rechte Ohr, von dem Blut auf seinen langen Kittel troff. Sein Gegner, ein junger Bauer, ließ sich von seinen Anhängern mit strahlendem Gesicht auf den Rücken klopfen.

»Er hatte noch nie einen linkshändigen Gegner«, sagte Thalia. Ihre Augen begegneten denen von Krates, der zufrieden nickte.

»Das gilt übrigens für alle Kämpfe.« Krates brach ab, als seine Sklaven sich unaufgefordert in Trab setzten. Thalia schürzte ihren knöchellangen Rock und lief mit. Über eine weite Strecke war der Kanal wie leer gefegt. Das Gemisch von Gerüchen aus Rosen, Zimt, Moschus und Ambra wurde plötzlich überlagert von Verwesungsgestank.

Am schlimmsten stank es an der Einmündung eines schmalen Seitenkanals. Krates ließ anhalten. »Weißt du, wohin der Kanal führt?« fragte er Thalia.

»Nein, ehrwürdiger Präsident, Krates.« Thalia hielt sich die Nase zu und stellte sich auf die Zehenspitzen.

Hinter einer Barriere aus Sand und Ziegelschutt faulten in Pfützen von stehengebliebenem Wasser Tierkadaver, Exkremente und tote Fische. Schwärme von Fliegen stiegen auf, als undefinierbare Brocken aus einer Hütte auf dem Kanalufer flogen und in den Abfällen landeten.

Krates schüttelte erzürnt den Kopf. »In die ältesten Straßen von Rhakotis, wo Zuwanderer aus den unterschiedlichsten Ländern leben, die Ärmsten dieser Stadt. Aristoteles empfahl dem großen Alexander einst, die Hellenen als Freunde und Genossen zu behandeln, die Barbaren aber wie Tiere und Pflanzen zu nutzen. Mir scheint, die Römer zählen die Einwohner von Rhakotis nur zur unbelebten Materie.«

Thalia mußte an ihren Vater denken. Sie holte tief Luft und hoffte, daß ihre Stimme wie gewöhnlich klang. »Darf ich dich fragen, Krates, ob du Epikureer oder Stoiker bist?«

»Dein Vater, nicht wahr?« Als sie nickte, sagte Krates seufzend: »Ich bin Stoiker. Das ist einer der Gründe, weshalb ich mit dem Kommandanten der Legionen über diese Zustände werde reden müssen. Ein Epikureer würde sich in seine Laube zurückziehen und die Römer ignorieren. Magst du über deinen Vater und deine Mutter mit mir sprechen?«

Thalia wischte sich verstohlen über die Augen und schüttelte den Kopf. »Bitte nicht hier. Ich kann mich ohnehin nicht mehr an alles erinnern«, sagte sie gequält. »Etwas fehlt, das Wichtigste. Ich habe es erst gemerkt, als ich dem geehrten Pantanos davon erzählte.«

Krates nickte. »Wenn die Götter es beschließen, kommt die Erinnerung wieder. Habe Vertrauen zu ihnen.« Er verfiel in Schweigen, bis sie sich der nächsten Gruppe näherten. Dort verfinsterte sich sein Gesicht. »Es gibt gefährlichere Dinge als ägyptische Stockschläger.«

Thalia sah nichts Gefährliches, nur schäbig bekleidete Rücken vor einem Redner auf einer Tonne.

Der Prediger mit der Statur eines Bären sprang hinunter und legte seine Hände über die Augen einer Frau, die vor ihm niederkniete. Gerade als Thalia an ihnen vorbeiging, sagte er: »Ich beschwöre die bösen Geister, die dich befallen haben, im Namen des Jesus Christus, der unter Pontius Pilatus gekreuzigt worden ist.«

»Wäre hier eine Treppe«, sagte Krates in die andächtige Stille der Gläubigen hinein, »würden wir den Kanal jetzt verlassen. Für den Evangelisten Quadratus und mich gibt es keinen Platz auf dieser Welt, an dem wir uns gemeinsam aufhalten könnten.«

Die Frauen, die die Mehrheit der Gläubigen stellten, drehten sich um. Der Anblick der offiziellen Purpurtoga erschreckte sie. Thalia erkannte unter den wenigen Männern Symmachus, der sich abwandte und sein Gewand vor das Gesicht zog. Krates ließ sich vorwärts tragen, ohne rechts und links zu blicken, jetzt ganz römischer Staatsdiener. Die offene Gasse der Christen schloß sich hinter ihr mit einem Scharren von vielen Füßen. Und sie hörte, wie die Frauenstimme ausrief: »Ich kann wieder sehen! Der barmherzige Herr hat mir mein Augenlicht wiedergeschenkt.«

»Sie machen es sehr dreist«, bemerkte Krates. »Und das Schlimme ist: Damit haben sie Erfolg bei den ungebildeten Massen.«

»Meinst du, sie führen ein Schauspiel auf?« Thalia drehte sich um und sah das Staunen im Gesicht der Frau, die aufgesprungen war und sich die Augäpfel betastete. »Die blinde Frau zählt die Finger des Predigers. Sie sieht sie!«

»Es gibt viele Scharlatane«, antwortete Krates brüsk, »aber die Christen sind diejenigen mit den meisten angeblichen Heilerfolgen. Kaum sind die Geheilten getauft, treiben sie schon selber Geister aus. Was sagt dein philosophisch geschulter Verstand dazu?«

Thalia dachte einen Augenblick nach. »Jesus Christus heilte. Alle Geheilten werden in seinem Namen getauft. Also können auch die Getauften heilen.«

»Im Sinne von Aristoteles ist dies richtig«, bemerkte Krates lächelnd, der sich inzwischen wieder beruhigt hatte. »Von Pantanos höre ich, daß du Fortschritte in deinen Kenntnissen im Heilen machst, indem du die medizinischen Werke der Bibliothek verschlingst. Glaubst du, daß die gleiche Heilkunst zugleich aus den Büchern und vom Gott der Christen kommen kann? Warum können Menschen heilen, die nicht Christen sind? Wenn sie aber heilen können, ohne Christen zu sein, wodurch zeichnen sich dann Christen aus, die heilen? Dadurch, daß sie getauft sind oder dadurch, daß sie heilen?«

Thalia schwieg verblüfft. Bisher hatte sie über solche Zusammenhänge nicht nachgedacht. »Durch die Taufe.«

»Eben«, versetzte Krates. »Ihre Heilkunst ist bestenfalls

Zufall. Oder sie ist Absicht – und die Christen verfolgen damit ein bestimmtes Ziel. Da ich alt bin, glaube ich letzteres.«

»Die Bekehrung!« sagte Thalia empört. »Dann wäre ihre Heilkunst ja nur Mittel zum Zweck!«

»Der Köder«, warf Krates ein. »Wie Geldzuteilungen vor römischen Wahlen. Ja, das denke ich. Und da es viele Kranke gibt, werden die Christen viele Anhänger bekommen. Sie sind klug genug, die Heilung nicht zu versprechen – dafür aber die Erlösung im Tod und das ewige Leben. Von den unzähligen Glaubensformen, die mir bekannt sind, wagt keine einzige, so dreist so viel zu versprechen. Deswegen werden die Christen von den Gebildeten ausgelacht, vor allem von jenen, die sich mit Philosophie befassen. Die weisen Gedanken der Philosophen und der blinde Glaube der Christen schließen einander aus.«

»Ich habe das Gefühl, daß du mir dieses alles zu einem bestimmten Zweck sagst«, meinte Thalia verlegen.

»Ich möchte, daß du dich nicht bekehren läßt«, erklärte Krates. »Frauen und Sklaven sind überall die frühesten Opfer dieser Sekte. Du könntest dann leicht vergessen, daß die erfolgreiche Heilung von Krankheiten deinem eigenen Wissen und deiner Erfahrung entspringt.«

Thalia schüttelte bedächtig ihren Kopf. »Das wird nicht passieren. Meister Soranos schreibt ausdrücklich, daß die Heilung vom Arzt abhängig ist, nicht von Naturheilkräften. Er folgt damit der Lehre der Methodiker.«

»Es ist gut, daß du dir dessen bewußt bist. Die Christen werden versuchen, auf der Existenz von Naturheilkräften zu bestehen und diese als Beweis für die Macht ihres Gottes umdeuten. Sollten sie irgendwann alle anderen Glaubensformen verdrängt haben, werden sie die Wissenschaft der Medizin sogar ganz leugnen.«

»Du beschäftigst dich anscheinend sehr intensiv mit diesen Leuten, Krates?«

Er seufzte. »Ja, das stimmt. Ich habe Angst vor den Christen. Die Einförmigkeit ihres Denkens und die Primitivität ihres Glaubens werden siegen. Aber die Vormachtstellung ihres Gottes wird ihnen nicht genug sein, sie werden alle anderen

Religionen zerstören. Die Welt der Christen wird eine andere sein als unsere.«

»Glaubst du, es wird bald geschehen?« fragte Thalia.

Krates hob die Schultern und die weißen Augenbrauen in die Höhe. »Die christlichen Gemeinden tauschen regelmäßig Nachrichten aus. In Rom, Antiochia, Alexandria, Ephesus, Tarsos, Korinth und Karthago sind sie auf dem laufenden über alles, was ihre Glaubensbrüder betreffen könnte. Einer ihrer Apostel namens Paulus, ein O-beiniger Zwerg, der an der Seele krank ist, hat ein System entwickelt, mit dem die Christen die Machthaber dieser Welt auf ihre Seite ziehen. Wenn sie zurückgewiesen werden, verschwinden sie eine Weile. Aber sie kommen wieder. Zwei Schritte vor, einer zurück. Das ist die intelligente Strategie eines Krieges.«

Thalia sah ihn betroffen an.

»Daß all dies für länger als für ein Menschenalter angelegt ist«, fuhr Krates fort, »macht die Christen zu einer äußerst gefährlichen Glaubensgemeinschaft. Sie sind aggressiver als die Juden, die dem gleichen Gott anhängen.«

»Die Besiegten haben den Siegern Gesetze gegeben«, murmelte Thalia. »Seneca.«

»Seneca über die Juden, die erfolgreich unter den Römern missioniert haben, ja. Was würde er erst über ihre militante Sekte sagen?« murmelte Krates und klatschte in die Hände, damit die Sklaven die Sänfte absetzten. »Paulus hat auch gesagt, daß die Frau der Abglanz des Mannes ist, und gemeint hat er wohl: nur. Denn nach seinem Verständnis ist der Mann der Abglanz ihres Gottes. Dein Vater wäre damit nicht einverstanden, Thalia. Ich auch nicht. Ich fürchte, es handelt sich um Männer, die die Hoffnungen von Tausenden von Frauen und Sklaven mißbrauchen, um Macht mit Hilfe eines Gottes zu erlangen.« Krates legte behutsam seine Hand auf Thalias Arm und sah ihr ins Gesicht. »Ich wollte dich nicht mit meiner eigenen Beunruhigung ängstigen, nur sicherstellen, daß du nicht zu ihrem Opfer wirst. Und jetzt habe ich Hunger. Du auch, hoffe ich.«

Thalia nickte erleichtert. Sie sah dem Schwarzen nach, der sich zum nächsten Garkoch aufmachte.

Der Ägypter rührte in einem riesigen Kupferkessel, aus dem der Dampf und der Geruch von Fleischbrühe aufstiegen. Sie überlegte, ob den römischen Strategen Trimalchio möglicherweise andere Gründe als Hunger bewegt hatten, seinen gerösteten Lämmerschwanz in der Nähe des christlichen Predigers zu verzehren. Lässig an die Kanalwand gelehnt, hatte er anscheinend für nichts anderes Augen gehabt, und das Fett war an seinem Kinn heruntergelaufen und auf die billige Tunika getropft, die einem Sklaven angestanden hätte.

Trotz des appetitanregenden Geruchs war Thalia froh, daß der Schwarze mit Fladenbrot, Lauchzwiebeln und weißem Käse zurückkehrte, die Krates mit ihr teilte. »Sieh mal, die Akrobaten«, bemerkte er kauend.

In ihrer Nähe stellten Gaukler eine Art menschlicher Pyramide dar. Der oberste Mann balancierte auf den Schultern von zwei fast nackten Männern, die ihrerseits auf vier Untermännern standen. Der Spitzenmann warf eine Kugel in die Luft. Als er sie wieder eingefangen hatte, bewegte sie sich. Die Kugel war ein winziger Affe. Er huschte auf die Schulter des Mannes und verbarg seinen Kopf in dessen langem Nackenhaar.

»Er weint«, sagte Thalia mitleidig. »Er hat Angst.«

Krates runzelte nachdenklich die Stirn, während er das Zeichen zum Aufbruch gab. Seine Männer warfen sich die letzten gebratenen Kugeln aus Knoblauch, Minze und Bohnen in den Mund und packten die Trageholme. Nach Aristoteles hatten Tiere niedrigere Eigenschaften als Menschen. Ein Affe konnte demnach nicht weinen. »Wenn man es vom philosophischen Standpunkt betrachtet …« Krates unterbrach sich. Er hatte nicht das Herz, Thalia zu widersprechen. »Es sieht so aus.«

Beim nächsten Wurf verfehlten die Pranken des Mannes den Affen, der auf dem Arm eines der Untermänner aufschlug. Er schrie jämmerlich, schüttelte sich und floh auf einen braunen Haarschopf. Und dann von Kopf zu Kopf. Die Gaukler sahen ihm mit langen Gesichtern hinterdrein.

Thalia wußte später nicht, wie es gekommen war: Aber als einer der Gaukler mit der Statur eines Athleten schwerfällig auf sie zustapfte, entdeckte sie, daß sie den Affen an ihre Brust drückte. Er wimmerte und schmiegte sich an sie.

Krates murmelte etwas. Plötzlich standen seine Männer wie eine griechische Phalanx vor der Sänfte. Der Gaukler prallte mit einem Fluch auf den Lippen zurück und betrachtete sie mißtrauisch. Die Zuschauer wichen besorgt auseinander.

Die Sprache des Gauklers war Thalia unbekannt. Unter ihren Fingern spürte sie das rasende Herz des Äffchens. »Du bist in Sicherheit«, flüsterte sie.

»Meine Adoptivtochter im Geiste möchte, daß ich dir den Affen abkaufe«, sagte Krates in der Sprache der Gaukler. »Wieviel willst du dafür haben?«

Der Schwarze warf einen Blick hinter sich. Sie waren sieben kräftige Kerle. Aber wenn es zu einer Auseinandersetzung kam, würden sie den kürzeren ziehen. Ein Römer würde immer gewinnen, auch wenn ein Windhauch ihn umwerfen konnte. »Eintausend Asse«, antwortete er. »Der Affe hat lange lernen müssen.«

»Er wird länger brauchen, bis er euch vergessen hat. Einhundert Asse.«

Der Gaukler hielt Krates die Hand hin und trollte sich, als er die Münzen eingesteckt hatte. Erleichtert sah Thalia seinem Stiernacken nach. Dann begegnete ihr Blick dem des Krates.

»Vielleicht irrt sich sogar Aristoteles hin und wieder«, sagte er nachdenklich. »Vielleicht irrt sich auch unsere Wahrnehmung. Möglicherweise ist diese Meerkatze ein ganz kleiner Mensch.«

Thalia kraulte dem Äffchen das weiße, flauschige Fell am Hals und spürte, wie sein Herzschlag sich allmählich beruhigte. Es blickte sie aus großen braunen Augen an, in denen Kummer und Schmerz lagen. »Er heißt Aristoteles«, sagte sie fest.

Krates schüttelte in mildem Verständnis für die Torheiten der Jugend den Kopf.

Zum riesigen, von einer Ziegelmauer umschlossenen Gelände des Serapeion strömten die Menschen in Scharen. Das weltberühmte Heiligtum zog Fremde aus allen Teilen der Welt an, vor allem fromme römische Pilger, aber auch Reisende, für dic das Serapeion zu den Attraktionen von Ägypten zählte.

Thalia hielt sich an der Sänfte fest, als sie in das Gedränge im Tor geriet. Sie hing dem Osiris zwar nicht an, aber zugleich mit ihm wurde in seinem Tempel die Göttin Isis verehrt, die wie eine Schwester von Demeter war.

Der zweite Gottesdienst des Tages hatte bereits begonnen, als sie den Tempel betraten. Der Anblick von Krates' Toga ließ die Gläubigen zurückweichen, als ob er ein Teil der Liturgie sei. Thalia folgte ihm mit Unbehagen und bemühte sich, Aristoteles unter einem Bausch ihres Schleiers zu verstecken. Aber er benahm sich vorbildlich, als ob er wüßte, was sie von ihm verlangte.

Krates blieb erst vor dem Tau stehen, das die Gläubigen vom Innersten des Tempels fernhielt. In dem freigebliebenen Raum befand sich der Altar mit dem heiligen Feuer. Hinter ihm führte eine breite Treppe nach oben, die sich im Halbdunkel eines Gewölbes verlor. Auf jeder Stufe standen zwei weißgekleidete Priester.

Unter ihrem leisen Gesang verflüchtigten sich die Aufregungen des Tages aus Thalias Sinn. Aristoteles, der ihren Zeigefinger fest umklammerte, kuschelte sich in den Schleier und schlief ein.

»*Regina coeli*, Himmelskönigin Isis«, betete der Oberpriester auf der untersten Stufe mit schöner, klarer Stimme. Ihm zur Seite standen eine Priesterin mit dem Ölkrug und ein dunkler Äthiopier mit einem Sistrum. Der Chor wiederholte die Anrufung, und der Isispriester zeigte der Gemeinde das Gefäß mit dem heilkräftigen Nilwasser.

Thalia fühlte sich eingehüllt in Wärme und Liebe. Die Worte und die Töne perlten über ihre Haut, und sie spürte, wie Isis unsichtbar zwischen den Priestern die Treppe herabstieg. Als sie unten angekommen sein mußte, verstummte der Chor.

Hinter Thalia räusperten sich die Gläubigen oder husteten. Das Mysterium der Gottnähe war zu Ende.

Der Oberpriester faßte eine kleine Gruppe von Gläubigen in dunklen Trauergewändern ins Auge. »*Osiris Novatian Maximinus wird nicht im finsteren Tal wandern, er wird keinen Augenblick in der Hitze verbringen und nicht zu Fall kommen*«, sagte er in lateinischer Sprache.

Die Verwandten des Verstorbenen dankten dem Oberpriester, der zu ihnen herunterstieg und leise mit ihnen sprach. Novatian Maximinus genoß nun an der Seite von Osiris die Freuden des Jenseits. Es war ihnen ein Trost, dieses zu wissen.

Die Priester formierten sich zu einem Zug und schritten schweigend die Treppe herunter. Während sie zu den hinteren Räumen des Tempels unterwegs waren, kam der ägyptische Oberpriester auf Krates zu. Krates streckte ihm beide Hände entgegen.

Thalia trat scheu zurück, um die beiden mächtigsten Priester von Alexandria nicht in ihrem Zwiegespräch zu stören. Möglicherweise würde der Isispriester an Aristoteles Anstoß nehmen, der Hände und Füße wie ein lebhaft träumender Mensch hin und her warf.

Eine Säule in Thalias Rücken hielt sie auf. Der Ruck weckte Aristoteles, der sich aus dem Schleier herauszukämpfen begann. Plötzlich erschien sein kleines Gesicht zwischen den Falten; seine Augen wanderten neugierig in die Runde. Sie schirmte ihn schnell mit der Hand ab. Als sie aufsah, begegnete ihr Blick dem der gehaßten Römerin.

Afrania Agricola erfaßte sofort die Situation. Anklagend richtete sie ihren Zeigefinger auf Thalia. »Ein Affe, der vor kurzem noch Spielball von gottlosen schwarzen Gauklern war«, flüsterte sie vernehmlich.

Die Priester unterbrachen ihr Gespräch und drehten sich zu ihr herum. Der kahlköpfige Ägypter runzelte die Stirn.

Afrania fuhr außer sich vor Erregung fort: »Sie verhöhnt Osiris und Isis in ihrem eigenen Hause. Bin ich dazu den weiten Weg als Pilgerin aus Rom gekommen, um am eigenen Leibe zu erfahren, daß in Alexandria der Tempel von einer unwürdigen Sklavin entweiht wird?«

Thalia war wie gelähmt vor Angst. Das glatte Gesicht des Priesters war das eines jungen Mannes, aber seine Augen spiegelten die göttliche Berufung wider, der er mit Inbrunst folgte. Und er schickte sich an, den Angriff auf seinen Gott niederzuschlagen.

Krates sah es auch. »Hent«, griff er in begütigendem Ton ein. »Ein Mißverständnis! Thalia würde nie die Götter verhöhnen. Sie hat vielmehr gerade ein Tier vor dem sicheren Tod gerettet. Und da sie mir vom Arzt Leptinos als Begleiterin für den Notfall zugewiesen wurde, mußte sie mir folgen, als ich beschloß, dich aufzusuchen. Kreide es meiner greisenhaften Torheit an, daß ich nicht an den Affen, sondern an die Begegnung mit dir dachte!«

Die Angespanntheit des Isispriesters verlor sich.

»Bestimmt gibt es auch einen Gau, in dem man Thalia für die Rettung eines Affen belohnen würde. Willst du sie dafür bestrafen, daß sie es am falschen Ort tat?« Krates' blaue Augen beschworen Hent, keine Affäre aus einer Nichtigkeit zu machen.

Hent nickte besänftigt. Er glaubte Krates natürlich. Es sah ihm nicht ähnlich, sich mit zweifelhaften Personen zu umgeben.

Aber Afrania Agricola konnte Stimmungen wittern wie ein Schmetterling den Blütenduft. »Ich will mir gar nicht ausmalen, was das für einen Skandal in Rom verursachen würde«, fuhr sie besorgt fort. »Selbst der Vizekönig von Ägypten, der Mann meiner verstorbenen Schwester, wäre wohl kaum in der Lage, die frommen Römer daran zu hindern, sich einem anderen Tempel des Osiris zuzuwenden.«

Hents Gesicht zeigte wachsende Bestürzung.

»Hent vom Serapistempel zu Alexandria, der sich vom Affen von Heliopolis zum Narren halten ließ«, flüsterte Afrania. »Wie entsetzlich, daran auch nur zu denken!«

Krates' Hände zitterten. Nach diesem Hohn war es gleichgültig, ob Hent auch den Tonfall der Römerin als Spott wahrgenommen hatte.

Der geschorene Kopf des Priesters glänzte im Schein der Öllampen. Sein Blick fand den des obersten Tempelsklaven, der ihn von einer Seitentür aus nie aus den Augen ließ. Hent hob die offene Hand und schloß sie quälend langsam zur Faust.

Der Mann in der Tür nickte und schob vier halbnackte Sklaven in den Tempelraum. Leise wie eine Raubtiermeute tappten sie barfuß neben ihm her, während seine Sohlen klatschend auf dem Steinboden aufschlugen.

Thalia sah ihnen vor Angst wie gelähmt entgegen.

KAPITEL 7
Die Cholera

»O ihr Götterolymp, ihr eifersüchtiges Gelump! Warum legt sie sich denn ausgerechnet mit den Göttern an? Sie wird lernen müssen, auf sich acht zu geben«, sagte Leptinos und zog verärgert seine schmalen Augenbrauen in die Höhe. Die Wassersänfte mit Krates war mit vielen Stunden Verspätung zurückgekehrt, und er hatte sie mit Unruhe erwartet.

»Es waren nicht die Götter, es war ein Priester«, sagte Krates erschöpft. Er hatte wie Ion, der Sänger mit der Lyra, insistiert, um Thalia auszulösen. Vergeblich. Auf dem Heimweg, der so lang war wie der Erdumfang, hatte er vergebens über einer Lösung gegrübelt. Zusammengesunken saß er auf den schwankenden Schläuchen und sammelte Kraft für den Ausstieg aus der Sänfte. Leptinos' Gleichgültigkeit lähmte ihm die Zunge und die Beine.

»Bis sie abgeurteilt ist, werden Wochen vergehen. Ein Glück, daß Tjelptah wenigstens oberflächlich Bescheid weiß. Wenn du willst, kann er dich morgen begleiten.«

»Ich werde mich erst erholen müssen, bis meine Muskeln deiner Therapie wieder gewachsen sind«, sagte Krates. »Und du? Willst du nicht versuchen, Thalia zu helfen? Du weißt, in welchem Ruf die ägyptischen Gefängnisse stehen. Und wie viele Gefangene spurlos verschwinden, ohne jemals dem Richter vorgeführt zu werden!«

Leptinos' Lächeln zeigte nichts als Ehrerbietigkeit. »In einem Fall, in dem die gesamte Reputation eines Alexanderpriesters und Präsidenten des Museion nicht ausgereicht hat? Nein, Krates, Ehrwürdiger. Es würde die Verärgerung des Priesters Hent nur verstärken. Und sein ganzer Zorn würde dich treffen, weil du zugelassen hast, daß sie den Tempel betrat. Möglicherweise würde er sich an den Kaiser wenden.«

Krates sah den Arzt mißbilligend an. Ein skrupelloser Aufsteiger. Ein Grieche, der nach der Toga strebte.

»Schließlich – wenn ich es schaffte, würde es dich herabsetzen«, fügte Leptinos hinzu. Er griff behutsam unter Krates' Arm, um ihm herunterzuhelfen.

»Deine Aufmerksamkeit gleicht der des Priesters gegenüber dem Opferlämmchen«, murmelte Krates in seinen Bart.

Leptinos führte den taumelnden Präsidenten ins Haus, ohne auf dessen Worte zu achten. »Eine Sklavin ist die ganze Aufregung nicht wert. Sie werden sie schon freilassen«, sagte er überzeugt.

Die uralte Gerichtshalle *Feld der Binsen* war für die Aburteilung ägyptischer Verbrecher bestimmt. Sie lag außerhalb der Stadtmauern, einstmals am Mareotis-See, der jedoch seit langem austrocknete und die Gerichtsstätte innerhalb einer weiten Fläche von Sumpfgras zurückgelassen hatte. In unregelmäßigen Abständen wurden hier Gefangene durch einen ägyptischen Richter abgeurteilt und auf der Stelle gestraft.

Viele Tage hatte Thalia im Gefängnis gesessen, in einem unterirdischen Gangsystem, das aus weichem weißem Felsen geschnitten war. Sie wußte nicht mehr, wie oft sie die Säulen gezählt hatte, die den Fels trugen, und wie viele Tautropfen sie von den Wänden geleckt hatte, um den Kämpfen der anderen um die Wasserkrüge aus dem Wege zu gehen.

Geblendet von der Sonne und in der plötzlichen Hitze im eigenen Schweiß gebadet, folgte sie dem Zerren der Kette, an der sie mit vielen anderen zusammen fortgebracht wurde, zur Gerichtshalle, wie es hieß. Mit geschlossenen Augen sog Thalia die frische Luft ein und bekam nur Gestank in die Nase. Entsetzt öffnete sie sie wieder: Verwahrlost waren sie alle, aber einige auch verstümmelt. Eitrige Tropfen fielen von Armstümpfen und wurden unter den schleifenden Füßen vom Staub aufgesogen.

Sie waren lange unterwegs, während der karge Felsboden in sumpfiges Grasland überging. Im Hintergrund blinkte die Sonne über einem See.

Die Aburteilung verlief so, wie anderswo Lohn ausgezahlt wird: Aufruf eines Namens, kurze Ansprache, Verkündung des Strafmaßes. Dem Verbrecher stand nur zu, das Urteil anzunehmen.

Die Halle war an drei Seiten bis in Schulterhöhe mit Ziegelmauern versehen. An der vierten, offenen, vollzogen die Knechte die Bestrafung. Blutgeruch, Schreie, beiseite getragene Hände, Ohren, Köpfe; es gab kein Entrinnen. Thalias Augen irrten umher, blieben an Spinnennetzen und Vogelfedern unter dem Strohdach hängen. Bis sie an der Reihe war, klapperten ihr unbeherrscht die Zähne.

Als sie vor den ägyptischen Richter trat, hatte sie nur noch Aristoteles, auf den sich ihre Gedanken fixierten. Und er sie. Er bebte unter ihrer Hand. Vielleicht war es auch nur ihre Hand, die bebte.

Der schlanke Ägypter sah hochmütig auf Thalia hinunter. »Re, die Sonne, der Vergelter unter den Göttern, liebt die Hasenschartigen. Er hat dich unter seinen Schutz genommen«, sagte er in mühsamem Griechisch.

Die Knechte schubsten Thalia gleichgültig beiseite. »Rehanemba«, oder so ähnlich, hörte sie den Richter den nächsten aufrufen.

Erst als Thalia im gleißenden Licht einen Fuß vor den anderen setzte, sich auf dem Pfad, den sie gekommen war, immer weiter von der Gerichtshalle entfernte und niemand sie zurückholte, wußte sie, daß sie wie durch ein Wunder dem Tod entgangen war.

In weiter Ferne sah sie die Mauern und Tempel von Alexandria und seine hohen Dattelpalmen.

Leptinos ärgerte sich, als er Thalia den Weg zum *iatreion* herbeitrödeln sah. In ihrer Abwesenheit war manches vernachlässigt worden; von Tjelptah konnte man schließlich nicht verlangen, daß er Thalias Aufgaben ohne Lehrzeit perfekt erledigte. Aber das dumme Ding reagierte nicht einmal auf sein

Handzeichen, sich gefälligst zu beeilen. »Bei allen Huren unter den Göttinnen, wo kommst du denn jetzt erst her? Aus dem Hades?« rief er erzürnt, als Thalia vor ihm stand.

»Genau«, antwortete sie erschöpft. »Aus der Kammer, in der sie die Exkremente anrühren.«

»Das rieche ich! Ab in die Thermen mit dir! Du verpestest mein *iatreion.*«

Thalia nickte und versuchte ein Lächeln der Dankbarkeit für ihre Befreiung, aber es mißlang kläglich. Ohnehin war Leptinos bereits auf dem Weg nach drinnen. Sie wankte hinter ihm her, um frische Kleidung zu holen, und ging dann in die Küche.

Wernero schoß wütende Blicke, als Thalia sich wortlos aus dem Kessel bediente, in der sie Suppe mit Kaninchen kochte, die bereits schleimig war: ein Leckerbissen für alle Menschen im Lande Chemi. Kein Roter mochte das Gericht, und trotzdem fraß die Spaltlippige wie ein Schakal. Sie beschloß, nicht zu protestieren. Irgend etwas lag in der Luft; vielleicht würde der Gebieter ihr heute nicht recht geben.

Die Thermen hatten gerade ihre Tore geöffnet, als Thalia ankam. Sie war die erste Besucherin. Der Türsteher blähte vielsagend die Nasenflügel. »Du siehst aus, als wärst du durch die Abwasserkanäle von Alexandria gekrochen«, sagte er und betrachtete sie mißtrauisch. »Bist du deinem Herrn abgehauen?«

Thalia schüttelte verdrossen den Kopf. Glaubten denn alle, daß sie nicht wußte, daß sie stank? »Durch Götterscheiße gekrochen. Aber mein Herr steht auf gutem Fuß mit den Göttern. Deshalb entließen sie mich.« Sie zeigte das Bündel sauberer Kleidung unter ihrem Arm vor.

Der Türsteher wischte sich mit der flachen Hand mehrmals über die Augen. »Ich verstehe. Ein As. Und mach schnell. Ich hab' dich nicht gesehen.«

»Ich möchte auch ein Stück gallische Seife«, sagte Thalia. »Und nein, ich bin nicht verrückt.«

Der Türsteher riß die Augen auf. »Macht noch zwei As«, sagte er, während er ihr die Luxusseife hinschob. Er befaßte sich umständlich mit dem Siegel eines Weinkruges, bis Thalia im Inneren des Bades verschwunden war.

Apathisch merkte Thalia, daß Frauen, die nach ihr eintrafen, von ihr abrückten und sie zum geflüsterten Gespött wurde. Erst als sie ihre kurzen Haare zum dritten Mal eingeseift und ihren Körper tausendmal geschrubbt hatte, verflog allmählich der Gestank der Gefangenschaft. Gegen die Erniedrigung half die Seife nicht.

Und der Pulk von Frauen, die von mehreren Sklavinnen bedient wurden, hatte Witterung aufgenommen. Im Massageraum wurden sie unverschämt. »Wo hast du deine Haare gelassen, Thrakerin? Verstehst du uns überhaupt?«

Eine von denen, die sich in der Gruppe stark fühlen. Den Kopf in den verschränkten Armen vergraben, während ihr der Rücken massiert wurde, antwortete Thalia gleichgültig: »Wahrscheinlich auf dem Kopf einer Römerin.«

Das Schweigen der Frauen bestätigte ihren Verdacht. Sie gehörten zum römischen Troß.

Danach ließen sie Thalia in Ruhe. Für ihr Leben gern wäre sie nach der Massage im Ruheraum geblieben. Tagelang. Aber Leptinos hatte von einem wahren Ansturm von Kranken gesprochen. Ächzend kam sie auf die Beine. Wer hätte gedacht, daß in einem einzigen Körper so viele Muskeln wie Feuer brennen konnten?

»Warum muß ich mit?« fragte sie in einem schwachen Versuch von Aufbegehren, als Leptinos ihr vor dem *iatreion* ungeduldig entgegeneilte. Hoffentlich wurde es nicht zu einer Gewohnheit von ihm, ihr hinterherzulaufen.

»Zwei Frauen haben ihr Kind verloren«, antwortete er schlecht gelaunt. »Es muß mit dem Brechdurchfall zusammenhängen, aber mir macht man Vorwürfe. Und zwar, weil ich dich nicht mitgebracht habe. Sie bilden sich ein, du hättest es verhindern können.«

Thalia zuckte zusammen. Ihr guter Ruf war wie ein Kleidungsstück, in das sie noch hineinwachsen mußte. Aber sie kannte immerhin den Inhalt der Bücher, während Leptinos …

»Wir warten auf einen Tragsessel«, erklärte Leptinos knapp. »Damit ich nicht noch den Vorwurf der Tötung einer Schülerin über mich ergehen lassen muß. Frauen!«

Ja, Frauen, dachte Thalia dankbar, als sie kurze Zeit später neben Leptinos saß, ihren Oberschenkel dicht an seinen gepreßt. Ohne Frauen hätte sie nie die Möglichkeit erhalten, sich in der medizinischen Kunst zu üben. So gesehen traf es sich gut, daß er kaum Frauen behandelte.

Die Träger setzten sich sofort in einen eiligen Laufschritt. Sie rannten gleichmäßig wie Kamele, und von ihren Nacken liefen die Schweißtropfen. Sie verließen die Canopisallee nach Süden. Bis dahin war Thalia genügend erholt, um zu registrieren, daß das römische Viertel hinter ihnen zurückblieb, jedoch auch das griechische. Und die jüdischen lagen im Osten. Die Träger bahnten sich ihren Weg in den ältesten Teil Alexandrias.

Alarmiert richtete sie sich auf.

Das Blut kam, aber es tröpfelte nur noch. Stevocatus, einer der vielen griechischen Ärzte von Alexandria, erweiterte den Schnitt. Das Blut versiegte ganz, obwohl nicht einmal der Boden der Schüssel bedeckt war.

Bei einem Mann mit der Statur eines Taurosbären hätte die Ader wie eine Quelle sprudeln müssen. Stevocatus klopfte energisch mit der Handkante gegen die Wade seines Patienten. »Wäre es möglich, daß du dich zu sehr verausgabt hast? Die Kanäle sind heiß und zehren an einem Mann, der den ganzen Tag darin stehen und sprechen muß. Wahrscheinlich sind Saugnäpfe oder Blutegel für dich besser.«

Aber der Wanderprediger antwortete nicht. Sein Mund war trocken wie Wüstenstaub, und die Stimme, die ihn beständig quälte, kam aus weiter Ferne und ging ihn nichts an. Die Leiden der Welt blieben hinter ihm zurück. Er brachte nicht einmal mehr die Kraft auf, seine Hände zum Gebet zusammenzulegen. Bald würde er Gottes Angesicht schauen.

Aus einem letzten Instinkt heraus streckte er den Kopf nach vorne, um einen neuen Strom von Flüssigkeit aus seinem Mund zu lassen, einen von den unzähligen, die nach des Allmächtigem Ratschluß seit dem Vortag wie eine Quelle aus ihm heraussprudelten.

Die Augen des Wanderpredigers brachen, während Stevocatus ihm Saugnäpfe auf den Rücken klatschte und deren Rand gefühlvoll in die Haut eindrehte. Er brauchte gar nicht hinzusehen; die leichte Reibung, unter Sachkundigen als *Krepitation* bezeichnet, sagte seinen Fingerspitzen, daß die Näpfe hervorragend saßen. Die Blutentleerung würde das stockende Blut wieder zum Zirkulieren durch den Körper bringen.

Stevocatus ließ seine Finger die Luft zupfen, wie die unsichtbaren Saiten einer Lyra, um sie für weitere Näpfe geschmeidig zu machen. Er war ein Künstler in seinem Fach. Nicht jeder Arzt beherrschte die Kunst des optimalen Plazierens, weil die meisten die Anatomie für zu gering erachteten.

Ein kaum sichtbarer Ruck, eher noch ein Beben, ging durch den Körper seines Patienten. Stevocatus beugte sich über ihn. Mit einem gewissen Bedauern schloß er dem Mann die Augen. »Du hast mich zu spät gerufen«, sagte er zu der Frau, die ihn hatte holen lassen und die neben ihm am Krankenbett saß. »Dein Ehemann ist am gestockten Blut gestorben. Es tut mir leid für dich.«

Theano schlug ihre Hände vor das Gesicht. »Was soll denn nun aus mir werden?« wimmerte sie. »Gestern hat er noch den Heiden gepredigt, und jetzt hat er mich verlassen.«

Stevocatus zuckte mit den Schultern und erhob sich. Es war nicht seine Aufgabe, für die Hinterbliebenen von Fremden zu sorgen. Seine Besorgnis konzentrierte sich darauf, ob die Frau ihn für seine Hilfe bezahlen konnte. Verwundert sah er ihr zu, als sie in einer dunklen Ecke herumtastete und schließlich mit einem Beutel ankam, aus dem er sich selbst herausnehmen sollte, was ihm für die Behandlung zukam. Geld hatte er noch nie abgelehnt, und er bediente sich reichlich.

Und dann machte er, daß er aus diesem ärmlichen Viertel davonkam.

Heruntergekommene Lehmziegelhütten, Verschläge, Behausungen, die aus nichts als einem Strohdach oder überhaupt nur aus den Schlafmatten und dem Kochfeuer bestanden. Unzählige Menschen drängten sich auf den Gassen; barfüßige, bartlose Ägypter ebenso wie Männer mit Bärten und Hautfarben aller Schattierungen von weiß bis dunkelbraun.

Ein Eselkarren, der kaum ausreichende Breite fand, um hindurchzukommen, zog Thalias Aufmerksamkeit auf sich. Zwei verhüllte längliche Pakete wurden aus einer Hütte herausgetragen und auf die Ladefläche des Karrens gelegt. Handelsware vermutlich.

»Leichen.« Leptinos zeigte auf die Pakete. Thalia sah, daß er beunruhigt war. Wenige Sessellängen weiter sprang er aus dem Sitz. Die Träger blieben schwer atmend stehen, der eine streckte seine Handfläche aus. Aber der Arzt war erfahren genug, um die Träger nicht zu entlassen, bevor er sicher sein konnte, daß es sich um die angegebene Adresse handelte.

Es war das einzige richtige Haus in der gesamten Straße, mit gemauerten, weißgestrichenen Wänden. Oben auf dem Dach erschien hinter der Balustrade ein Gesicht mit ordentlich geschnittenem Bart. Der Arzt schirmte seine Augen ab. »Bist du Kleon, der Wollarbeiter?« rief er hinauf.

»Das möchte ich meinen. Bist du der Arzt Leptinos vom Mondtor?« Der Hausherr kippte die Enden einer Leiter über die Kante, während Leptinos bezahlte.

Als sie hinter Kleon die Stufen in das Innere des Hauses nahmen, hörte Thalia eine eigentümlich heisere und hohe Stimme nach Wasser rufen.

»Wie ich es mir dachte«, stellte Leptinos fest, noch bevor er den Kranken zu Gesicht bekommen hatte. »Sie haben alle die gleiche Krankheit.«

Kleon allerdings wirkte sehr gesund, ebenso wie die Hausfrau, die ihnen von unten entgegenblickte. Die Frau zog erstaunt die Augenbrauen hoch, als sie Thalia entdeckte. Als sie hinter den Männern in den benachbarten Raum gingen, sagte sie: »Der Durst läßt sich überhaupt nicht löschen. Man könnte einen gefüllten Eimer in sie hineinschütten.«

Ein Mann und eine Frau, zwischen sich ein Kind, lagen auf einer niedrigen Bettstatt, deren Leintuch von Nässe troff. Thalia erschrak beim Anblick des verschrumpelten Säuglings, dem sie auf die Welt geholfen hatte. Und seine junge Mutter hatte jetzt das Gesicht einer Greisin.

Leptinos hockte sich neben Symmachus. Thalia machte wie immer seine Handgriffe nach. Als sie an Perpetuas eiskalter

Hand nach dem Puls tastete, fand sie ihn nicht. Doch Perpetua atmete, langsam und unter beschwerlichen Seufzern.

»Fasse deine Beobachtungen zusammen«, befahl Leptinos, als er seine gründliche Untersuchung beendet hatte.

Thalia zuckte zusammen, weil Leptinos entschlossen schien, diesen Besuch trotz der Todesnähe der Patienten zu einer Lehrstunde zu machen. »Die Haut der Kranken ist runzelig, klebrig-feucht und kalt«, sagte sie mühsam. »Die Zunge ist blaß, wie mit Kreide bedeckt und ebenfalls kalt genau wie die Atemluft der Kranken. Alle Ausscheidungen aus dem Darm und aus dem Mund sind geruchlos, geschmacklos und enthalten weiße Flocken. Sie müssen sehr reichlich gewesen sein.«

»Genau«, fiel die Hausfrau mit einem trotzigen Seitenblick auf ihren Mann ein. »Als hätte man einen Kanal geöffnet! Ich wollte sie nicht aufnehmen. Diese Krankheit geht im ganzen Viertel um, und ich habe Angst davor. Außerdem können wir uns zwei Esser mehr eigentlich nicht leisten.«

»Sie essen nichts, und den Platz zum Liegen wirst du ihnen wohl gönnen.«

Die zusammengepreßten Lippen der Hausfrau wurden blaß. Aber sie war weder eingeschüchtert noch überzeugt. »Hast du eine Ahnung, wie viele Körbe mit dreckiger Wäsche ich schon zum Kanal geschleppt habe? Hast du mir ein einziges Mal dabei geholfen? Du läßt dir die Barmherzigkeit von deinem Gott anrechnen, und ich habe die Arbeit.«

»Welcher Grieche wäscht Wäsche? Ich würde mich lächerlich machen, Hipparchia. Möchtest du einen Ehemann, der zum Gespött der Gegend wird?«

Sie streiten sich oft, dachte Thalia.

»Ich möchte vor allem nicht ständige Arbeit durch deine Gäste haben. Ich brauche eine Sklavin.«

Kleon grinste breit. »Sklavinnen essen auch. Und sie werden schwanger.«

»Wenn, dann im allgemeinen vom Herrn des Hauses«, spottete Hipparchia. »Oder hat mit eurer Art jetzt ein neues Geschlecht mit wundersamen Jungfrauengeburten seinen Anfang genommen? An denen die Männer keinen Anteil haben?«

Kleon entfaltete seine Arme und ballte die Fäuste.

»Was folgt daraus, Thalia?« fragte Leptinos laut und bedachte die Hausfrau mit einem finsteren Blick. Unter seinem stillen Beistand beruhigte sich Kleon wieder.

»Es handelt sich um einen extremen Zustand der Erschlaffung des Darmes und der Adern, die die *signa passionis* darstellen.« Thalia schlug das Herz bis zum Hals. Sie konnte sich völlig verrannt haben. »Die Kälte und die Blässe halte ich dagegen für nachrangige Symptome.«

»Ja«, sagte Leptinos knapp. »Was schlägst du vor?«

»Wir werden die Erschlaffung bekämpfen. Die Patienten brauchen außerdem Wärme, ein trockenes Lager und Wasser.«

Leptinos wandte sich an die Hausfrau. »Du hast es gehört. Kannst du dort drüben frisches Stroh aufzuschütten?«

Hipparchia sah ihren Mann auffordernd an. Kleon schüttelte gemächlich den Kopf. »Ich gehe Wasser holen. Bis ich vom Gericht zurück bin, bist du längst fertig.«

»Holst du etwa täglich von so weit das Wasser? Oder nur jetzt?« fragte Leptinos neugierig.

Der Hausherr kraulte sich den Bart. »Eine Gewohnheit von mir«, meinte er schließlich. »Was geht dich das an? Der kleine Ägypter bei der römischen Gerichtshalle hat das frischeste Wasser von Alexandria. Frisch wie vom Olymp.«

Hipparchias spitze Nase hob sich schon wieder kampfbereit. »Er geht nicht zum Brunnen oder zum Kanal, nein, er muß Wasser kaufen. Wir sind eben etwas Besseres als die Nachbarn.«

»Wasser von der Gerichtshalle.« Leptinos lachte ein wenig und schüttelte den Kopf.

Thalia hatte angefangen, den Säugling von seiner nassen Kleidung zu befreien. Seine dünnen Arme und Beine hingen schlaff herunter. Die Wunde an seinem winzigen Glied war verheilt. Die Beschneidung hatte also stattgefunden. Sie dachte an das merkwürdige Verschwinden der Familie zurück.

»Wenn die Ansprüche deines Hausherrn so hoch sind«, sagte Leptinos, »hast du vielleicht auch guten Essig. Einen Becher voll für jeden Kranken; du mischst ihn mit fünf Bechern Wasser und flößt ihnen die gesamte Menge löffelweise ein. Der Säugling bekommt nur einen Löffel voll.«

»So einen sauren Essig wie bei mir findest du nirgends«, antwortete Hipparchia. »Aber die Prozedur dauert ja bis zum Abend. Gibt es nicht ein Mittel, das besser wirkt?«

»Es ist das beste«, antwortete Leptinos ungehalten. »Wir werden außerdem die Unterschenkel der Kranken mit kaltem Wasser waschen, warm reiben und sie anschließend einhüllen. Und jetzt solltest du dich sputen, wenn du nicht weiter Wäsche waschen willst!«

Auch Kleon fiel es plötzlich ein, daß er fortwollte. Er nahm zwei Treppenstufen auf einmal und war kurze Zeit später verschwunden. Sie hörten nur noch die Leiter an der Dachkante schaben. Seine Frau sah ihm verärgert hinterher.

Thalia tupfte den wunden Po des Jungen behutsam mit einem Baumwollappen trocken und ölte ihn ein. Sie konnte den Ärger der Hausfrau verstehen. Offensichtlich war Kleon Christ. Ob er versuchte, Hipparchia zu bekehren? Sie schien eine sehr vernünftige Frau zu sein, höchstens ein wenig schroff. Schroff aus ständiger Ungerechtigkeit.

Im Innenhof mischte Hipparchia klappernd das Essigwasser. Leptinos rief Thalia zu sich. Sie wuschen und massierten Symmachus. »Er bekommt bereits etwas Farbe«, stellte Leptinos fest.

»Meinst du?« fragte Hipparchia verdrossen, setzte das Essiggetränk ab und schob einige Halme in das frisch aufgeschüttete Strohlager zurück.

»Sie leben nicht immer bei euch im Hause?«

»Nein, nein! Sie leben mal hier, mal da. Sie schleppten sich zu uns herein, und wir konnten ihnen die Aufnahme nicht gut verweigern, weil... Nun, mein Ehemann hat den gleichen Glauben wie sie.«

»Seid ihr Christen?« fragte Leptinos mißtrauisch.

Hipparchia stieg Röte ins Gesicht. »Sie sind Christen, ich nicht. Ich bin beim Glauben meiner Väter geblieben, allerdings habe ich nie einen Messias erwartet. Wir Juden von Alexandria wünschen keine Befreiung von den Römern wie die in Jerusalem.«

»Warum konntet ihr dann keinen jüdischen Arzt hinzuziehen?« Leptinos bändigte seinen Zorn nur mit Mühe.

»Es war keiner da. Sie sind alle unterwegs. In unserem Viertel sind in jedem Haus Kranke, mußt du wissen. Außerdem kennt Perpetua Thalia.«

»Aha! Und warum hast du nicht gesagt, daß du weißt, wer sie sind, Thalia?« schnaubte Leptinos.

Thalia hob verständnislos die Schultern.

Die Hausfrau stemmte die Arme in die Seite und sah den Arzt unter ihren zusammengezogenen schwarzen Augenbrauen aufgebracht an. »Macht es für dich einen Unterschied, welchen Glauben der Kranke hat? Behandeln nicht auch jüdische Ärzte Kranke, die einem anderen Gott folgen?«

Leptinos mäßigte unter ihrem Blick seinen Zorn. »Es macht keinen Unterschied.« Er drehte sich auf dem Absatz um und betrachtete den Säugling. »Die Krankheit heißt Cholera. Wir meinen damit die gewaltsame Ausleerung des Körpers – wie Wasser in einer Dachrinne nach einem Gewitterregen. Die römischen Ärzte verwechseln unseren Namen mit *chole*, Galle. Aber jeder kann sehen: Da sind keine Spuren von Gallenerbrechen. Thalia, wie würde die Kleidung der Kranken in diesem Fall ausgesehen haben?«

»Gelb«, antwortete Thalia überrascht. »Gelb wie der Dotter einer Möwe.«

Leptinos seufzte. »Genau.«

Thalia verzieh ihm stillschweigend vieles. Er war ein guter Lehrer. Als sie sich um Perpetua kümmerten, spürte sie mit einem Anflug von Staunen, daß sie eine gemeinsame Sorge hatten. Eine von Arzt und Ärztin, die gegen den Tod kämpfen. »Soranos schreibt, daß manche Ärzte die Gabe von Opium für gut halten. Was meinst du dazu?«

»Nein, Opium wirkt eher schädlich bei Cholera. Ich weiß nicht, warum«, antwortete Leptinos. »Aber ich glaube, daß es zur weiteren Erschlaffung beiträgt. Dagegen gibt es andere Durchfälle, die mit Opium zum Stillstand zu bringen sind. Auch Eis soll gut sein. Ich habe noch nie Eis gesehen.«

»Aber ich«, sagte Thalia stolz. »Es ist so kalt, daß dir die Hände schmerzen, wenn du es festzuhalten versuchst. Aber wenn man es auf einen verstauchten Knöchel legt, verschwindet der Schmerz. Man müßte ausprobieren, wofür es noch gut ist.«

Leptinos sah sie nachdenklich an.

Als sie nach mehreren Stunden aufbrachen, hatten sie Hoffnung, daß die Kranken überleben würden. Kleon erschien am Fuß der Leiter, während sie hinunterkletterten. Er sah ihnen mit einem schweren Krug auf der Schulter entgegen. Sein Esel stand daneben, weitere Krughälse lugten oben aus den Packkörben heraus. »Ich komme in drei Tagen wieder«, erklärte Leptinos kurz.

Kleon nickte. »Vielleicht. Vielleicht auch nicht.«

»Zweifelst du etwa an mir, Christ?«

Der Wollarbeiter verzog spöttisch die Lippen. Er hatte sich schon gedacht, daß der Arzt ihm seinen Glauben vorwerfen würde. »Nicht an dir«, sagte er. »An den Umständen. Auf dem Rückweg sah ich viele Legionäre. Zu viele für gewöhnliche Umstände.«

»So?« Leptinos runzelte die Stirn und machte sich grußlos auf den Weg. In dieser Gegend gab es keine Sänften, die man mieten konnte. »Wahrscheinlich gibt es wieder einmal aufsässige Ägypter. Wir werden ihnen aus dem Wege gehen.«

Sie folgten einem schmalen Kanal, der viel Wasser führte. Es war schlammig und braun. Der Kanal mündete dort, wo Thalia mit Krates über den Damm aus Unrat geblickt hatte. Sie wollte Leptinos schon davon erzählen, aber dann fiel ihr ein, daß sich Leptinos mit dem Philosophen nicht so besonders gut verstand. Und sie hatte nicht die Absicht, ihr neugewonnenes Verhältnis zueinander aufs Spiel zu setzen.

Unterwegs sahen sie keine Soldaten, aber der Lärm in der Nähe des *iatreions* war beängstigend. Leptinos begann zu laufen, als ihm blutende Männer entgegenkamen, die erkennbar auf der Flucht waren.

Aber der Eingang zum *iatreion* und der Garten lagen in einsamer Stille. »Nichts passiert«, sagte Leptinos mit einem erleichterten Seufzer.

»Es scheint im Gegenteil eine Menge passiert zu sein«, widersprach Thalia und trat einem Mann in den Weg, dessen Chiton von Blutflecken übersät war und der einen anderen stützte. »Willst du den Verletzten nicht zu uns hereintragen?«

»Fort mit dir Ärztin!« sagte der Grieche barsch. »Das kann dein Ernst nicht sein! Wo werden die Legionäre wohl zuerst nach Männern suchen, die ihnen entwischt sind?«

»Komm, Thalia«, befahl Leptinos.

Zögernd folgte sie ihm, aber sie sah sich verstohlen um. Immer wieder liefen griechisch oder ägyptisch gekleidete Männer am großen Tor vorbei. Leptinos ergriff schließlich ihren Arm und zog sie hinter eine Säule. »Jetzt reicht's. Wir haben damit nichts zu tun. Mach dich an deine Arbeit.«

Wenig später, als Thalia Medikamente auf ein Bord zurückstellte, bekamen sie sehr wohl damit zu tun. Römer trugen einen Soldaten ins *iatreion* und luden ihn auf einer Kline ab. Er stieß einen Schrei aus, der Thalia herbeirief.

»Richte ihm das Bein ein, Arzt, damit er transportfähig ist. In Nikopolis kümmert sich unser eigener Arzt um ihn.« Der junge Centurio, der die einfachen Soldaten begleitete, sprach auf eine so herablassende Weise lateinisch, daß selbst Leptinos keine Lust zu einer Erwiderung hatte.

»Hole Schienen«, sagte er statt dessen zu Thalia.

Sie rannte in den Nachbarraum hinüber, wo sie entdeckte, daß einer der Legionäre ihr gefolgt war. Ob er sie bewachte oder ob er nur neugierig war, gab er nicht zu erkennen. »Vor wem habt ihr uns denn gerettet?« fragte sie ihn, während sie Bandagen zurechtlegte. »Wieder mal vor Steinewerfern?«

Er hielt sich mit beiden Händen an den Türlaibungen fest, beugte sich herein und sah sich mißtrauisch in allen Ecken des Raums um. »Dein Affe?« fragte er.

»Er gehört sich selbst. Aber er lebt bei mir.«

Der Legionär kräuselte verächtlich die Oberlippe. »Hoffentlich ist er der einzige Affe hier. Die anderen wollten das römische Getreide von den Schiffen klauen. Aber es ist ihnen gründlich vergangen; entweder sie sind tot oder verletzt. Ich nehme an, dein Herr ist klug genug, keinen zu behandeln. Auch wenn wir fort sind.«

»Mein Herr verhält sich gegenüber Römern immer klug«, erwiderte Thalia höflich. »Im Gegensatz zu mir. Ich würde dich ohne zu zögern darauf aufmerksam machen, daß es ägyptischer Weizen ist. Und daß die Leute ihn gern essen würden. Sie ernähren sich hauptsächlich von Getreide und anderen Feldfrüchten.«

»Na, hör mal! Rom braucht das Getreide«, sagte der Soldat verblüfft.

»Rom könnte sich sicher ernähren, wenn es seine Männer auf die eigenen Äcker und nicht als Soldaten in andere Länder schicken würde.«

»Thalia!« erklang die mahnende Stimme von Leptinos. »Was hält dich so lange auf?«

»Ein Römer, der alles über Getreide weiß, Herr. Ich komme.« Thalia raffte das Polstermaterial, die Binden und die Schienen zusammen und schob den Legionär vor sich her in den Gang.

Während Thalia das Verbandszeug ablud, meldete ihr Bewacher mit mißmutigem Gesicht: »Nichts gefunden, Centurio. Aber seine Sklavin mag die Römer nicht.«

Der Centurio betrachtete Leptinos abschätzig. »Wir werden sie schon erwischen, wenn es etwas zu erwischen gibt. Der Stratege Cornelius Trimalchio kennt bei Aufrührern aller Arten keine Gnade. Auch ohne euch werden sie morgen eine Menge Holz für Kreuze brauchen. Zumal die Alexandriner sich erlaubten, unseren Vizekönig heftig zu schmähen. Wegen Ausplünderung des Landes.« Er lachte leise.

»So etwas Ähnliches sagte sie auch, Centurio.« Der drahtige Soldat lümmelte in der Tür, zerpflückte gemächlich eine Weizenähre und schien auf einen Befehl zu warten. Aber sein Vorgesetzter hatte keine Lust, sich noch eine weitere Verantwortung aufzuladen, und zuckte mit den Schultern.

»Los, Thalia« sagte Leptinos scharf, »deinen Finger auf die Bruchstelle! Und du mußt dich auf seine Schultern stemmen.« Der stille Legionär am Kopfende der Kline nickte und verstärkte seinen Griff. Der Verletzte brüllte auf, als die Knochenenden auseinandergezogen wurden und knirschend ihre richtige Position fanden. »Hast du es gefühlt?«

Thalia stand der Schweiß auf der Stirn, was hauptsächlich dem Mitgefühl für den Mann auf der Liege entsprang, der zwar nicht das Bewußtsein verloren hatte, aber vor Schmerz die Zähne aufeinandermahlte. »Die Krepitation, ja«, sagte sie und holte mit zitternden Knien einen Becher Wein, den sie dem Legionär an die Lippen hielt, obwohl sie ihn am liebsten selber getrunken hätte. Danach half sie Leptinos, den Unterschenkel zu polstern und die Schienen anzulegen.

Der Centurio begann, ungeduldig im Raum umherzuwandern.

»Ich empfehle eine Sänfte oder mindestens einen Tragstuhl«, sagte Leptinos zu ihm.

»Für einen Alexandriner, ich weiß. Aber er ist Römer. Er wird reiten.« Der Centurio schnaubte und sah aus, als ob er auf den Boden spucken wollte.

»Dies ist ein Behandlungsraum, kein Übungsplatz«, bemerkte Thalia leise hinter seinem Rücken. Ob er es gehört hatte, erfuhr sie nicht.

Der Centurio trat beiseite, um seinen Leuten Platz zu machen, die den Verletzten unter den Schultern packten und hinausschleppten. Jemand hatte für ihn einen alten Maulesel aufgetrieben, auf den er wie ein Sack hochgewuchtet wurde. Die zwei Fußsoldaten warteten, bis ihr Centurio aufgesessen war und anritt, dann führten sie den Maulesel mit dem stöhnenden Mann hinter ihm her.

Leptinos schüttelte ärgerlich den Kopf. »Muskeln, die vor Schmerz verkrampft sind, und ein Reittier ohne Steigbügel hält die beste Schiene nicht aus. Die Mühe war vergeblich.«

»Bedanken hätten sie sich auch können. Man müßte etwas Festeres nehmen als Holz«, überlegte Thalia übergangslos. »Warum nicht römischen Zement? Könnte man ein gebrochenes Bein in Zement einpacken, Leptinos?«

»Nein. Das habe ich noch nie gelesen«, sagte er und wandte sich ihr mit finsterem Gesicht zu. »Aber ich werde mich genau informieren, wie man dämlichen Sklavinnen die Lippen vernäht.«

Thalia zuckte schuldbewußt zusammen.

Früh am nächsten Morgen wurde Thalia von Tjelptah aus einem tiefen Schlaf der Erschöpfung geholt. Er rüttelte an ihrer Schulter und zischte ihr ins Ohr.

Thalia verstand nichts, nickte aber und taumelte zum Wasserkrug, um sich zu erfrischen. Etwas wacher ging sie in den Behandlungsraum hinüber. Dort kauerte eine Frau an der Wand, bewacht von einem argwöhnischen Tjelptah.

»Wie sollen wir dir helfen?« fragte Thalia freundlich.

Die junge Frau fuhr mit einem Schreckensschrei in die Höhe und drehte ihren Kopf nach der Stimme. Thalia erkannte sie. Sie war die Blinde, die vom Wanderprediger Quadratus geheilt worden war.

»Komm, setz dich auf den Hocker«, sagte Thalia und nahm ihre Hand, um ihr aufzuhelfen. »Ich bin Thalia, die Gehilfin des Arztes Leptinos. Wie heißt du?«

Die junge Frau war völlig verängstigt. Erst Thalias teilnahmsvolle Stimme gab ihr ein wenig Mut. »Theano«, flüsterte sie, während sie mit beiden Händen nach den Holzkanten des Hockers suchte.

»Ich habe dich bei den Christen gesehen, die dem Wanderprediger Quadratus lauschten«, sagte Thalia behutsam.

Plötzlich brach die junge Frau in Tränen aus, heulte und trommelte mit den Fäusten gegen ihre Brust wie ein Klageweib.

»Ruhe! Du darfst doch den Gebieter nicht wecken!« rief Tjelptah ärgerlich. Sein Blick fuhr immer wieder zur Tür.

Eine jähe Ahnung erfaßte Thalia. »Ist Quadratus vielleicht gestorben?«

»Er ist in das Reich des Himmlischen Vaters und seines Sohnes eingegangen«, jammerte Theano. »Und ich wünschte, Quadratus hätte mich mitgenommen! Ganze Familien sind an der Krankheit gestorben. Warum ich nicht?«

»Und du bist also seine Frau?«

Doch Theano schüttelte den Kopf. »Sein Leben als Wanderprediger gestattete ihm nicht, mich zu heiraten. Aber er erlaubte mir trotzdem, ihm bei seinem frommen Werk zu helfen. Ich habe ihm immer treu zur Seite gestanden, in allen Städten. Wir sind weit herumgekommen.«

»Und nun? Was wirst du nun tun?« fragte Thalia.

Theano begann wieder zu schluchzen. »Ich weiß es nicht. Er hat mich verlassen, bevor er mich heilen konnte, und nun muß ich blind bleiben.«

Über Thalias Nasenwurzel bildete sich eine tiefe Falte. »Aber er hatte dich doch geheilt. Ich hörte, wie froh du warst. Das war im *Kanal zu den nächtlichen Freuden.*«

Die Blinde machte eine wegwerfende Handbewegung. »Das ist doch schon lange her. Er hat mich bei jeder seiner Predigten sehen gemacht. Aber gestern ist er gestorben; heute sollte er predigen.«

»Wie wirst du denn immer wieder blind?«

»Oh, das ist einfach«, antwortete Theano zutraulich. »Zwei Tage vor der Predigt gibt er mir ein Mittel in die Augen. Er sagt, es ätzt meine Sehkraft fort, bis der Herr sie mir wieder verleiht.«

»Und jetzt kann der Herr dir die Sehkraft nicht mehr zurückgeben«, sagte Thalia, fassungslos vor Empörung über diesen Quadratus.

Theano nickte kläglich.

»Wenn ich wollte«, donnerte von der Tür her die Stimme von Leptinos, »könnte ich selbst so tun, als ob ich dir die Sehkraft zurückgäbe. Ich nehme an, daß du deswegen hierhergekommen bist. Aber ich bin ehrlicher als dein Wanderprediger. Ich sage dir, daß du in einigen Tagen wie immer sehen wirst, ganz ohne Behandlung oder Beschwörung.«

Theano wandte ihren Kopf zu der Männerstimme, die von einem hellen Flecken in ihrer verschwommen dunklen Welt herzurühren schien. »Das kann nicht sein!« stammelte sie.

»Spürst du nicht eine große Trockenheit des Mundes?« fragte Leptinos scharf. »Rennt dein Herz nicht, während du blind bist?« Während Theano stumm blieb, trat er an sie heran und zog ein Augenlid ein wenig herab. »Deine Pupillen sind groß wie nach der Anwendung ägyptischer Schminkkunst. Und doch wirst du morgen deine Hand wieder sehen können; die Wirkung klingt bereits ab.«

»Woran erkennt man das, Leptinos, Herr?« fragte Thalia eilig. Er wollte weg, sie merkte es. Es verstieß gegen sein Prinzip, die Patientin hinauszuwerfen.

»Ihre Haut wäre gerötet, wenn das Mittel noch seine volle Wirksamkeit zeigen würde.«

»Und das Mittel ist ...?«

Leptinos schnaubte durch die Nase. »Tollkirsche, Bilsenkraut oder Stechapfel, vielleicht auch eine Mischung von allem. Vielleicht hat man sogar die günstigste Wirkung vorher an ihr getestet. Es gibt überall Magier, die einem wißbegierigen und zahlenden Menschen bei solchen Dingen zur Hand gehen.«

Thalia sah ihm nach. Ihr war plötzlich sehr leicht ums Herz. »Dann, Theano«, sagte sie, »kann dich dein Führer nun wieder nach Hause bringen. Du mußt nur warten, dann zählst du wieder die Finger.«

Ein bitteres Lächeln erschien im Gesicht von Theano. »Bestimmt nicht mehr. Ich habe verstanden, daß Quadratus mich betrogen hat. Aber was deinen Herrn angeht, so ist er womöglich noch schlimmer. Er hat mein Leben ohne Grund in wenigen Augenblicken zerstört. Er hätte mir meinen Glauben lassen sollen.«

»In seinen Augen, Theano, gehörst du zu denjenigen, die sich dazu hergeben, die Heilkunst zu mißbrauchen«, sagte Thalia ernst. »Das sieht er als Verbrechen an, denn die Heilkunst soll allen Menschen dienen. Diese Schuld, die du und der Wanderprediger auf euch geladen habt, wird er euch nicht vergeben.«

»Vergebung kommt nur von Gott, dem Herrn«, erwiderte Theano aufgebracht, »genau wie Krankheit und Heilung.«

»Ja, warum bist du dann überhaupt hierhergekommen?« fragte Tjelptah schnippisch und packte die Frau am Ellenbogen, um sie hinauszubringen.

»Ganz genau«, murmelte Thalia hinter ihnen her, einmal von Herzen einig mit Leptinos und sogar mit Tjelptah.

Dem römischen Oberrichter Trimalchio kam eine Krankheit wie die Cholera sehr gelegen. Besonders zuversichtlich stimmte ihn die Tatsache, daß sie hauptsächlich in den ärmsten Vierteln umging, wo nach seinen Informationen die meisten Christen lebten.

Er nahm eine neue Schreibfeder aus dem Etui, tauchte sie in

die schwarze Tinte und begründete schwungvoll die Notwendigkeit der Übersendung weiterer Geldmittel. Er hatte sein Limit schon überschritten – aber die Cholera verschaffte ihm eine absolut narrensichere Methode, Christen ausfindig zu machen.

Als er fertig war, rollte er das Papyrus zusammen und siegelte. Das Schreiben würde bereits am nächsten Tag auf einem militärischen Schnellsegler, der nach Rom bestimmt war, Alexandria verlassen.

Zufrieden lehnte Trimalchio sich im Sessel zurück, legte die Füße auf seinen Schreibtisch und wackelte mit den Zehen. Und wunderte sich nicht, daß seine Schwester ausgerechnet diesen Augenblick wählte, um hereinzuspähen. Wenn es etwas zu tadeln gab, war sie zur Stelle.

»Aber Gaius! Wenn dich jemand sieht!«

Er grinste. »Niemand außer dir ist da, liebe Schwester. Und meine Füße haben sich die Ruhe verdient nach all der Plackerei im Bergwerk.«

Cornelia wirkte wie üblich beunruhigt, wenn er von der Vergangenheit sprach. Trimalchio winkte ab und starrte demonstrativ an die Decke, bis sie die Tür wieder zudrückte. Dann erst nahm er den Faden seiner Gedanken wieder auf.

Auf der Straße konnte man die Mitglieder der Sekte nicht erkennen. Aber was wäre geeigneter zur Unterscheidung als ein Begräbnisritual? Verbrennen, einbalsamieren, begraben, Urnen, Geier, Särge, nackt – es gab unendlich viele Möglichkeiten, den menschlichen Leib den Göttern zu übergeben.

Am engsten mit dem Tod verbunden waren Ärzte. Trimalchio zog die Beine an und stellte die Füße mit einem Knall auf den Boden. Er hatte sich entschlossen, es mit dem griechischen Arzt Krescens zu versuchen, den seine Berichterstatter für ihn ausfindig gemacht hatten. Er sollte einen aufwendigen Lebensstil haben, für den er viel Geld benötigte; aber Christ war er nicht.

Trimalchio rief nach seinem Leibsklaven und ließ sich eine unauffällige Alltagstunika mit blauen Streifen an den Ärmeln herauslegen. Dann machte er sich zu Fuß auf den Weg zum Museion.

Zwei Tage später sprang Thalia vor dem Haus von Kleon aus dem Tragsessel. Ihr Herz klopfte vor Aufregung, weil Leptinos ihr die drei Cholerakranken gewissermaßen als eigene Patienten übergeben hatte. Gedankenlos sah sie dem Tragsessel nach, der sich schnell entfernte, während die Beine der Träger wirbelten wie die von Pferden beim Wagenrennen. Sie hatten es so eilig, daß sie mit Männern zusammenstießen, die ein weißes Paket auf einen Ochsenkarren luden. Bis zu der Biegung der Straße sammelten diese Männer allein an fünf verschiedenen Stellen Tote ein. Die Schafshörner an den Haustüren hatten sie vor der Cholera nicht geschützt.

Thalia war so erschrocken, daß erst der zweite Stein aus ihrer zitternden Hand auf Kleons Dach landete. Aber in seinem Haus schien alles zum Besten zu stehen. Der Hausherr half ihr von der Leiter aufs Dach und stieg dann pfeifend in die Wohnräume hinunter. Thalia geduldete sich mit ihren Fragen und folgte ihm.

Perpetua saß auf einer Strohmatte und stillte ihren Sohn. Thalia setzte sich erleichtert zu ihr. Symmachus tauchte in der Türöffnung auf, schnitt eine Grimasse und verschwand wieder.

»Er trinkt noch nicht ganz so gut wie vor unserer Krankheit«, sagte Perpetua in zärtlichem Ton. »Vielleicht brauchen Säuglinge längere Zeit, um sich zu erholen?«

Thalia nickte unbestimmt und beobachtete den Jungen. Seine greisenhaften Züge hatten sich wieder geglättet, aber mitten im Saugen schlief er ermattet ein. »Seine Wangen sind sehr rot. Bist du mit ihm in der Sonne gewesen?«

»Ich war überhaupt nicht draußen!«

Thalia fühlte die Wärme seiner Hände und seiner Stirn, und beides gefiel ihr nicht. Aber sie beabsichtigte nicht, die junge Mutter zu beunruhigen. »Wenn er sich richtig heiß anfühlt, machst du ihm Wadenwickel. Weißt du, wie man sie macht?«

»Aber sicher«, sagte Perpetua und schien nicht besonders beunruhigt. »Hipparchia hat uns erzählt, daß sie Kleon zum Arzt Leptinos geschickt hatte. Das wäre nicht nötig gewesen, aber ich danke euch für die Mühe des Kommens.«

Thalia zog verblüfft ihre Augenbrauen in die Höhe.

Perpetua lächelte überheblich. »Wir sind alle in Gottes Hand und leben und sterben nach seinem weisen Ratschluß.«

»Ach so«, sagte Thalia lahm. Sie stand auf. »Ich hatte nach euch sehen wollen, und jetzt weiß ich, daß es euch gut geht.«

»Ja, ja«, sagte Perpetua uninteressiert und streckte ihre Hand nach einer sauberen Windel aus, die ihr Hipparchia brachte.

»Sterben viele Menschen in dieser Straße, Hipparchia?« fragte Thalia.

Die Hausfrau wandte sich ernst zu Thalia um. »O ja, viele. Der Ochsenkarren kommt täglich zweimal.«

»Aber euch geht es gut?«

Verlegenheit mischte sich in Hipparchias Lächeln. Sie zuckte die Schultern. »Ja«, sagte sie einfach. »Ich weiß nicht, warum.«

»Kleon hat an Hipparchia noch eine Aufgabe zu erfüllen! Gott, der Herr, wird ihn vorher nicht sterben lassen«, verkündete Perpetua voller Selbstgerechtigkeit.

Thalia blickte erstaunt auf sie hinunter. »Sterben nach dem Willen deines Gottes die Menschen, weil sie an ihn glauben oder weil sie nicht an ihn glauben?«

Um Hipparchias Mundwinkel spielte der Spott, und sie wechselte einen Blick mit Thalia, während Perpetua es vorzog, die Frage zu ignorieren. Schließlich wußte jeder, daß Perpetua und ihr Ehemann zu den besonders Unbeugsamen der christlichen Gemeinde gehörten. Ebenso wie Quadratus.

Thalia holte tief Atem. »Es muß einen Grund dafür geben, Hipparchia, und ich werde ihn herausbekommen.«

»Meinst du wirklich?« fragte Hipparchia. Ihr Zweifel mischte sich mit Staunen über diese zielstrebige junge Ärztin. »Ich wünsche dir Glück dabei. Solltest du ihn finden… Ich würde ihn gerne erfahren.«

Perpetua gab ein gehässiges Lachen von sich. Thalia kümmerte sich nicht mehr um sie, aber Hipparchias freundlich ausgestreckte Hand ergriff sie und drückte sie fest zum Abschied.

Es war kurz vor Einbruch der Dunkelheit, und Thalia beeilte sich, um sich in dieser Gegend nicht zu verirren. Aber sie fand die Gasse, die zum Kanal führte, ohne Schwierigkeiten, und von dort aus wußte sie den Weg.

Das Wasser des Kanals war noch gestiegen, und der Gestank, der von ihm ausging, hatte entsprechend zugenommen. Thalia sah an den bröckelnden Fassaden hoch. Billige Quartiere für Menschenmassen. Und für Ratten. Sie zog den Schleier tiefer in die Stirn und beschleunigte ihr Tempo noch.

Gelegentlich trieb ein Kadaver vorbei, der sich in Hölzern verfing und an den steinernen Wänden rieb und drehte. Die Stufen für die Wäscherinnen waren bis auf die oberste vom Wasser bedeckt. Eine große Sykomore gab ihnen bei Tage Schatten.

Wäscherinnen ... Thalia blieb stehen. Ob die Frauen keine Angst vor den Ratten hatten und Ekel vor dem Schmutz?

Auch Trinkwasser wurde hier geholt.

Trinkwasser, in dem faulende, aufgeblähte Kadaver schwammen. Und in dem die Wäsche und die Kleidung von Hunderten von Cholerakranken gewaschen wurde. Die flockigen weißen Ausscheidungen wurden in dieses Wasser gespült.

Und die Menschen dieses Viertels tranken das Wasser.

Nur Kleon nicht.

Der eigenwillige Kleon holte beim kleinen Ägypter am römischen Gericht das frischeste Trinkwasser von Alexandria. Er war gesund geblieben und seine Frau auch. Und Symmachus und Perpetua waren krank angekommen und gesund geworden – nachdem sie nur noch das frischeste Trinkwasser von Alexandria tranken.

Thalia schloß die Augen und hörte Krates über die Römer schimpfen. Die Römer, die den kleinen Querkanal vernachlässigt hatten, der das Viertel mit den Cholerakranken durchfloß. Konnte die Cholera etwas mit dem Wasser zu tun haben?

Sie öffnete die Augen wieder und rannte los, bis sie atemlos vor dem Tor zum *iatreion* stand. Es brannten noch die Lichter, die für Leptinos' Heimkehr angelassen worden waren.

Thalia ging leise in ihre Kammer, um Aristoteles nicht zu wecken. Aber dann schlug er schläfrig die Augen auf und legte sich auf ihren Schoß, während sie über die Cholera und das Kanalwasser nachdachte.

Für die Methodiker gab es keine Ursache von Krankheiten, nur Symptome. Aber Philosophen kannten keine Folge ohne seine Ursache. Konnte nicht auch Cholera eine Folge sein?

Thalia beschloß, Krates das Problem vorzulegen.

KAPITEL 8
WAGENRENNEN

»Wir müssen vom Allgemeinen zum Speziellen kommen«, sagte Krates. In seinen blauen Augen leuchtete die Freude über das philosophische Problem, das Thalia ihm vorgelegt hatte. Er trug heute nicht seinen schwarzen Mantel, sondern einen kurzen Chiton, der seine Knie frei ließ, und griechisch geschnürte Schuhe. Thalia hatte es sich auf einem Marmorsofa mit dünnen Kissen bequem gemacht, während der Greis rastlos durch den Raum lief, die Stirn konzentriert gefurcht.

Thalia zog ihre gekreuzten Beine an sich. Ohne lange zu zögern, war sie mit ihrem Problem ins Museion gestürzt. Erst recht spät war ihr eingefallen, daß man seinen Leiter nicht einfach mit irgendwelchen Dingen überfallen konnte, die ihm unwesentlich erscheinen mußten. Aber er hatte sofort Zeit für sie gehabt.

»Und wenn du sagst, daß die Cholera ein vom Normalzustand des Darms abweichender, also krankhafter Zustand ist – vergleichbar dem gebrochenen und dem gesunden Knochen ... Was folgt daraus?«

Sie diskutierten schon eine Weile. Allein diese Tatsache gab Thalia das Gefühl, recht zu haben. »Die Veränderung der Zustände hat eine Ursache: Beim Knochenbruch ist sie beweisbar – für die Cholera muß man sie vermuten. Und ich glaube, daß für die Entstehung der Cholera der Kanal dieselbe Bedeutung hat wie der Felsen für den Knochenbruch. Wenn ich beispielsweise diese besonders stattliche Vase auf deine Zehen ...«

»O nein, vergleichende Experimente sind nicht nötig, jedenfalls nicht mit dem Mobiliar des Museions«, sagte Krates energisch. »Deduktion, die Ableitung also, ist ohnehin in den Augen von Aristoteles kein ausreichender Beweis.«

»Nein«, gab Thalia zu und biß sich hinter ihrer vorgehaltenen Hand auf die Lippen, um nicht zu lachen. Das häßliche Ding hätte man gut für die Heilkunde opfern können. »Aber wenn ich die vielen Kranken, die Wasser aus dem Kanal tranken, als Einzelfälle aufzeige, so erhöht sich die Wahrscheinlichkeit eines Zusammenhangs beträchtlich. Insbesondere als wir auch zwei Gesunde mitten unter den Kranken kennen, die dieses Wasser eben nicht tranken.«

»Dein induktiver Weg ist reizvoll, besonders weil er so möbelschonend ist«, sagte Krates, »und die Deduktion und die Induktion zusammen ergeben schlüssig, daß du recht hast. Zumindest ist die Wahrscheinlichkeit, daß du recht hast, größer als die, daß du dich irren könntest.«

Thalia klatschte in die Hände, und Aristoteles, der gerade einen tatzenähnlichen Tischfuß untersuchte, machte es sofort nach.

Krates lächelte beim Anblick des Affen flüchtig. »Aber selbst Aristoteles, der andere, meine ich natürlich, hielt es für nötig, den Grad der Gewißheit zu erhöhen, indem er untersuchte, wie viele Autoritäten vor ihm die gleiche Behauptung aufgestellt hatten. Mit anderen Worten: Welcher Gelehrte hat vor dir beobachtet, daß verdorbenes Kanalwasser Cholera erzeugen kann?«

Thalias frohe Miene verschwand. Sie sah auf ihre nackten Zehen und bedeckte sie umständlich mit dem Rand des bodenlangen Chitons. »Ich weiß es nicht. Vielleicht keiner.«

»Ich glaube es auch nicht«, sagte Krates grübelnd. »Meines Wissens kümmert sich keine philosophische Schule um Kanäle. Dies scheint mir ein Mangel zu sein.«

»Es muß aber eine Möglichkeit geben, etwas Neues zu beweisen, ehrwürdiger Krates«, beharrte Thalia, »einen neuen Gedanken, den noch keiner hatte.«

Krates nickte und betrachtete ein Wandgemälde, das Griechen beim Disput auf einer Agora zeigte. »Ich verstehe dich. Aber die gibt es nach der herkömmlichen Verfahrensweise nicht. Um zu einer Übereinkunft zu gelangen, sind Generationen von Gelehrten nötig. Immerfort werden die einen auf die Fülle der Einzelfälle verweisen und die anderen auf die Ausnahmefälle, und sie werden nie zu einem übereinstimmenden Ergebnis kommen. Es bleibt eine Glaubensfrage, und es kann gut sein, daß die Allgemeinheit der Autoritäten plötzlich etwas glaubt, was sie einige Jahre davor noch ablehnte.«

»Eine Glaubensfrage alter Männer«, schnaubte Thalia und zeigte auf die Szene, an der keine einzige Frau beteiligt war. »Entschuldige bitte, aber es ist so. Infolgedessen werde ich mich um einen Beweis gar nicht bemühen. Ich werde es einfach nur behaupten! Die Gewißheit ist manchmal sogar wichtiger als der Beweis.«

Krates betrachtete sie zweifelnd. »Ich sehe dir an, daß es dir hauptsächlich um Gewißheit zu tun ist. Die Cholera ist für dich also kein philosophisches Problem, jedenfalls nicht nur. Du hast etwas vor, gib es zu.«

Thalia machte ein Gesicht, als hätte er sie ertappt. »Ich dachte, ich könnte mit Hilfe der Philosophie einen Beweis finden«, sagte sie heftig. »Aber nun muß es eben ohne Beweis gehen.«

Krates blieb endlich stehen. Er verschränkte die Arme und hob die Augenbrauen. »Was muß gehen?«

»Vom Besonderen zum Allgemeinen zurück«, sagte Thalia. »Der Kanal mit dem krankmachenden Wasser im Rhakotisviertel vermischt sein Wasser mit anderen Kanälen. Das muß verhindert werden.«

Krates holte tief Luft. Jetzt erst begann er sie zu verstehen. »Mein Gespräch mit dem Kommandanten der kaiserlichen Garde war nutzlos. Er behauptete, alle Kanäle seien ausreichend gesäubert worden. Er war nicht bereit, sich das Gegenteil beweisen zu lassen. Die Frage ist, was man jetzt noch tun könnte, nachdem es zu spät ist.«

»Soviel ich weiß, kann man jeden ägyptischen Kanal sperren oder öffnen.«

Krates rieb sich nachdenklich seine Nase. »Mit Hilfe von Philosophie zu einem verwendbaren Ergebnis zu gelangen ist durch und durch römisch. Du, kleine Sideterin, bist weniger griechisch, als ich dachte. Deine praktische Vernunft scheint mir römisch zu sein oder aus ganz anderen Quellen zu stammen. Wahrscheinlich haben die Gelehrten recht, die sagen, daß das Sidetische von allen bekannten Sprachen abweiche. Die Bewohner von Side sind auch anders.«

»Was immer du willst, Krates«, rief Thalia. »Aber nicht römisch!«

»Das soll keine Beleidigung sein, Thalia. Es gibt viele Gebiete, auf denen die Römer uns Griechen überlegen sind, in der Systematisierung des Rechts, zum Beispiel, beim Straßenbau, beim Kanalbau …«

»Wenn sie so vernünftig sind«, warf Thalia ein, »wird der Vizekönig ganz schnell begreifen, was du ihm heute noch über die Gefahr erzählen wirst.«

»So viel Vernunft ist allerdings fast schon unerträglich«, murmelte Krates. »Hinzu kommt, daß es nicht ganz ungefährlich sein dürfte, sich für dich einzusetzen.«

»Für die Alexandriner.«

»Für wen auch immer. Auch bei den Alexandrinern weiß man nie, was im nächsten Augenblick geschehen wird, vor allem im Sommer.« An der Tür blieb Krates stehen. »Gut, ich werde es versuchen. Aber du gehst inzwischen nicht mit Aristoteles in das Archiv hinüber. Den Gefahren, die von den Römern ausgehen, werde ich tapfer ins Auge blicken, nicht jedoch einer solchen Gefahr, die ein Affe zwischen Büchern darstellt. Irgendwo habe auch ich meine Grenzen.«

Thalia versteckte ihre Nase in der Halskrause des Affen. »Wenn Aristoteles wüßte, daß er in der Bibliothek von Alexandria Hausverbot hat!« sagte sie verschmitzt. »Und das unter deiner Präsidentschaft!«

Die Schultern von Krates bebten wie bei einem, der herzlich lacht, bevor die Tür hinter ihm zufiel.

Ungeachtet der Sommerhitze hatte die Saison der Wagenrennen begonnen, und der Circus war begehrter als das Amphitheater, weil gelegentlich ein Lüftchen durch das langgestreckte Oval der Arena fuhr. Die Arena war kürzer als die üblichen, doch die Freude der Alexandriner an Rennen dadurch nicht geringer als anderswo. Die Zuschauertribünen waren dicht besetzt, selbst auf den Säulen der *spina*, die die Bahn teilte, hockten einige, die den Aufsehern entgangen waren.

Mißtrauisch musterte Afrania die hoch über ihr gespannten Sonnensegel, kaum daß sie sich gesetzt hatte. In Rom gab es für die hochrangigen Persönlichkeiten eine feste Loge mit gemauertem Dach. »Hoffentlich sind sie nicht mürbe«, meinte sie. »Warum duldest du diese Zustände, Lucius? Dieser Circus entspricht wohl kaum der neuesten Mode. Warum schreibst du nicht an Trajan? Überall läßt er bauen.«

»Nur hier nicht, wolltest du sagen, liebe Afrania?« entgegnete Poplicola und ließ verstohlen erkennen, wenn der Gruß eines Römers ihm genehm war. »Doch auch hier wird gebaut, denke nur an den Kanal zwischen dem Roten Meer und dem Mittelmeer. Ausschlaggebend ist natürlich der Nutzen, den Rom von all den Bauwerken hat. Aber ich gebe dir recht. Ich gehe davon aus, daß der Glanz Alexandrias bald wieder aufpoliert wird, mit einigen neuen Gebäuden und einigen renommierten Gelehrten. Von mir aus könnte der alte Zausel Krates endlich das Zeitliche segnen, damit wir frischen Wind in das Museion bekommen. Der Ruhm unserer Lehrstätte ist nicht mehr der, der er einst war.«

»Wie wäre es mit Leptinos?« fragte Afrania und lehnte sich vor, um zu beobachten, was sich im Winkel zwischen der Längsseite und den Wagenhallen tat. Dort sprangen die Zuschauer nacheinander wie eine Woge auf, schwenkten rote Tücher und Wimpel und brüllten Unverständliches.

Poplicola schüttelte den Kopf. »Der nächste Alexanderpriester wird ein Römer sein. Aber etwas Besseres als das Amt des Gladiatorarztes könnte ich ihm sicher verschaffen, wenn du das möchtest. Ich wollte seinen Namen ohnehin gelegentlich bei Trajan erwähnen.«

»Ich könnte die Botschaft persönlich überbringen«, schlug Afrania vor. Sie rümpfte ihre Nase, als die Roten ein gemeinsames Gebrüll anstimmten. »Dieses Rot! Bei allen Göttern, wer sitzt dort, Poplicola?«

»Die *russata* sind Anhänger eines Securdulus aus Utica in Numidien. Der Mann gehört zur alten phönizischen Aristokratie, nicht zu den italischen Neusiedlern. Seine Anhängerschaft ist klein, aber angriffslustig, und so stolz, als hätten wir Karthago nie erobert und zerstört. Da kommen seine Pferde; man muß ihm zugestehen, daß sie bildschön sind! Und teuer!«

Drei Rotschimmel wurden in diesem Augenblick aus der Halle gelassen, die einen rotgestrichenen Wagen zogen. Der Fahrer signalisierte durch sein rotes Leibchen über dem kurzen Chiton, für wen er fuhr.

»Plebejisch!« schnaubte Afrania. »Ich werde für die weiße *triga* klatschen.«

»Die *albata* ist aber syrisch. Für Rom fahren die Blauen.«

»Einerlei«, entschied Afrania. »Ich bin immer für die Weißen. Weiß wie die Toga der Senatoren. Man muß seiner Herkunft treu bleiben. Warum kannst du deine Gunst nicht auch den Weißen geben?«

»Wie könnte ich denn anders als für Rom sein?« Der Vizekönig hob die Hand, und der hinter ihm stehende Sklave beugte sich über seine Schulter. »Schließe für meine Schwägerin für die Weißen ab, für mich für die Blauen. Je tausend Denare.«

»Wie du es befiehlst, Lucius.« Der Sklave drängte sich auf dem Weg zur Wettannahme durch die immer noch auf die Ränge strömenden Zuschauer, während Afrania ein mürrisches Gesicht machte.

»Die Türsteher nehmen sich heute aber besonders viel Zeit! Wir warten jetzt nicht länger«, entschied Poplicola, als er nach einer Weile bemerkte, daß sein Sklave auf dem Rückweg war. Er hob das Tuch des Spielgebers und ließ es fallen.

Unter ohrenbetäubendem Geschrei der Zuschauer stürmten die Dreiergespanne aus den Boxen, in dieser kleinen Bahn nur ein einziges für jede Farbe. Grün fuhr für einen Griechen aus Alexandria.

Blau schoß vom Start weg nach vorn und lag die ganze erste Runde um eine Wagenlänge vorn. Die Alexandriner gossen Schmährufe über den Lenker aus, als er den Abstand zu den anderen auf der zweiten Längsbahn vergrößerte. Allein Weiß schien eine Chance zu haben. Der Römer ging die Wendemarke schnittig an, um ihm zu entkommen.

»Ja!« schrie Afrania. »Er touchiert!«

Die Radnabe prallte gegen den hölzernen Pfahl und riß den Wagen mitsamt der Pferde wie um die eigene Achse herum. Der Römer flog im hohen Bogen auf die Fahrbahn und den Pferden des weißen Wagens vor die Hufe.

»Der Römer ist gefallen!« Afrania schwenkte voller Begeisterung am gestreckten Arm einen weißen Schal.

Der Vizekönig zog seine Schwägerin zu sich heran, aber sie wischte ihn beiseite und stimmte in die feurigen Rufe der Alexandriner auf den oberen Rängen ein. »Rom ist gefallen! Rom ist gefallen!«

»Du närrische Person«, zischte Poplicola.

Afrania achtete nicht auf ihn. Sie biß sich auf die Lippen, während ihr Favorit sich bemühte, sein Gespann vor dem Durchgehen zu bewahren. Ein Rad machte einen Hopser über den Römer. »Der wäre erledigt«, sagte sie zufrieden, als der Weiße eine elegante Kurve um die Wendemarke fuhr und wieder beschleunigte.

Die Bahnsklaven zogen den Leichnam des Römers an die Seite und bändigten seine Pferde.

Afrania sah sich um. Die Alexandriner kreischten und tobten. Ihre Augen begegneten denen des Arztes Leptinos, der nicht weit von ihr entfernt saß und eine weiße Fahne schwenkte. Der leichte Baumwollstoff schmiegte sich wie eine Liebkosung an ihre Wange. Plötzlich schlug ihr das Herz bis zum Hals. Einladend deutete sie zwischen sich und ihren dürren Nachbarn.

Leptinos stockte einen Moment der Atem. Dann stützte er sich auf eine Schulter in der Reihe vor ihm, sprang und sank mit glühenden Wangen neben Afrania. Sie bot ihm lachend einen Schluck Wein aus ihrem Becher an. Er legte seine Hand über ihre und blickte ihr tief in die Augen. In diesem Licht schimmerten sie golden und versprachen ihm Rom.

»Ein spritziger Import«, sagte er und bemühte sich, nicht zwischen die hochgeschnürten Kugeln ihrer Brüste zu starren. Verlegen lehnte er sich zurück. Aber er fühlte Afranias Hand auf seinem Oberschenkel.

Hinter dem weißen Lenker fiel der Delphin mit hörbarem

Geräusch nach unten. Afranias Hand verschwand unter dem Rand von Leptinos Chiton. »Wenn er noch sechsmal gefallen ist, gewinnt unser Favorit«, murmelte sie.

»Aber er fällt nicht«, flüsterte Leptinos, selber bestürzt über seine plötzliche Begierde.

»Wir werden ihn gemeinsam bezwingen.« Afranias Hand glitt auf und ab wie die einer flinken Wäscherin auf dem Brett. Während die drei Gespanne Runde um Runde fuhren, trieb Afrania Leptinos an, nahm ihn an die Zügel und schickte ihn wieder los. »Weiß, weiß, weiß!« brüllte sie und zwickte unter einem Bausch von Stoff die bloßgelegte Eichel mitleidlos.

Leptinos sank seinem Hintermann auf die Knie. »Weiß«, stöhnte er. »Weiter! Der Delphin fällt!«

Im gleichen Augenblick, als der Syrer das Rennen gewann, preschte Leptinos durch die Ziellinie. Afrania fühlte die kraftvollen Spritzer zwischen den Fingern. Das Pulsieren hörte erst auf, als das grüne Gespann zwischen die Pfosten trottete.

Die roten Phönizier in ihrer Ecke tobten vor Wut, weil ihr Fahrer nur sehr knapp hinter dem Syrer eingefahren war. Die Griechen schlugen sich auf ihre Seite, während die Römer erbittert schwiegen.

»Weiß!« kreischte Afrania schon wieder, als es in den Wagenhallen für den Start des nächsten Rennens unruhig wurde, und roch an dem würzigen Duft an ihren Fingern.

»So halte wenigstens den Mund«, rief Poplicola wütend. »Spürst du nicht die Gefahr für das Römische Reich? Die syrische Front mit der griechischen Stoßbewegung in der Flanke könnten gefährlich werden!«

»Stoßbewegung! Poplicola, du bist doch sonst nicht so prüde!« Afrania amüsierte sich köstlich. »Laß lieber meinen Gewinn abholen, während ich mich vergewissere, daß die Griechen keine Gefahr mehr darstellen!«

Leptinos war vom Wein, der Hitze und Afrania wie berauscht. »Wir haben immer noch Entsatztruppen«, sagte er und lachte zusammen mit Afrania.

Poplicola verzog schmerzlich den Mund und konzentrierte sich auf das Einfahren der Lenker des zweiten Rennens in die Boxen. Er war eifersüchtig und hatte nicht die Absicht, es zu verbergen. Es entging ihm nicht, daß die Hand des Griechen sich zwischen die losen Gewänder seiner Schwägerin stahl. Aber er saß hier auch und vor allem als Vizekönig.

»Halt dich da raus!« knurrte er, als er den Finger von Chai auf der Schulter spürte und dessen Kinnbewegung sah. Er setzte sich seitwärts, um sich den Anblick seiner Schwägerin zu ersparen, und brachte nur ein schwächliches Winken zustande, als Blau gewann. »Mußte das hier vor allen Griechen sein, Afrania?« flüsterte er. Mit der Mißbilligung eines Mannes, der seine Geliebte besser kennt als der neue Liebhaber, sah Poplicola strafend zu Leptinos hinüber, der entschuldigend mit den Schultern zuckte.

Es hagelte Unmengen von Steinen in das Oval der Rennbahn. Die Pferde des Syrers waren unschlagbar und hatten zu Recht gewonnen; daß aber danach zwei Römer gewannen, überschritt die Leidensfähigkeit der Alexandriner. Poplicola erhob sich und breitete die Hände in dramatischer Geste aus, damit sie sich beruhigten.

Aber der römische Vizekönig hatte den Alexandrinern gerade noch gefehlt. »Rom ist gefallen!« schrien sie.

Poplicola erbleichte unter der Beleidigung, die, wie er zugeben mußte, der Exzentrizität seiner Schwägerin entsprang, und sank auf seinen Sessel zurück. Sein Herz trommelte ihm in der Brust, während er sich darüber klarwurde, daß der Schlachtruf seine Karriere zerstören konnte. Auf keinen Fall durfte er dem Kaiser zu Ohren kommen. Eher schon, daß er eine Krise elegant gemeistert hatte. »Der Oberkommandierende der Legionen zu mir!« keuchte er.

Der Präfekt war innerhalb eines Wimpernschlages zur Stelle. Er war als Soldat Roms weit herumgekommen und dabei grau geworden, und ihm behagten seine Sonderstellung ohne Zugriffsmöglichkeit durch den Senat und der leichte Dienst in Ägypten. Wider alle Vernunft hoffte er, dort bis zum Lebensende bleiben zu dürfen.

Poplicola winkte ihn zu sich hinunter. »Die Stimmung eska liert«, rief er in das Ohr, das sich seinem Griff wie altes Pergament darbot.

»Bei Jupiter, das tut sie«, meinte der Präfekt und sah sich um. Obwohl die Rennen beendet waren, glich der Circus einem Hexenkessel. »Prächtige Stimmung heute. Erinnert mich an die Schlacht unter Trajan in ... Wie hieß es denn noch?«

»Ganz gleich, wie es hieß«, schnaubte Poplicola, der sich über ihn zu ärgern begann. »Ich nehme an, der Kaiser hat gewonnen. Heute wird er wieder gewinnen müssen.«

»Wird es denn eine Schlacht geben?« fragte der Kommandant ungläubig.

Der Vizepräsident deutete mit dem Kinn in die Ecke, wo die Roten sich wie auf Kommando auf ihre Nachbarn warfen. »Die verläßlichste Hundertschaft gegen die Anhänger des Securdulus«, befahl er.

»Wie du meinst«, seufzte der Präfekt. »Aber welches ist in diesem Fall die verläßlichste Hundertschaft?«

Poplicola zog zornschnaubend die Augenbrauen in die Höhe.

»Ich meine«, stotterte der Kommandierende der ägyptischen Truppen verlegen, »die Weiber meiner Legionäre stammen aus Libyen, Syrien und Griechenland, die wenigsten aus Rom. Mit welcher Partei werden es also meine Männer halten?«

Der Vizekönig sah ihn stumm drohend an.

»Mit ihren Frauen! Alles andere wäre ja lebensgefährlich«, sagte der Präfekt und enteilte, indes er den in den Wagenhallen wartenden Truppen winkte.

Poplicola sah ihm verärgert nach. Die Zuschauer warfen bereits mit Steinen, und der Präfekt merkte es nicht einmal. Nicht nur das Museion war in schlechtem Zustand, sondern auch die römische Streitmacht von Ägypten. Aber wer hätte schon gewagt, dem Kaiser einen Wink zu geben? Seine Legionen unterstanden ihm schließlich persönlich. Und für ihn selber als Zivilisten war es ausgeschlossen, sich zum Militär zu äußern; genaugenommen hätte er dem Präfekten gar keine Befehle geben dürfen. Aber dieser Trottel wälzte gar zu gerne die Verantwortung auf ihn ab.

Poplicola drehte sich um und flüsterte einem seiner Sklaven etwas zu. Die beiden Thraker rückten dicht aneinander und nahmen hinter Afrania Stellung.

Afrania, die sich angesichts der eskalierenden Ereignisse mit frischem Interesse umsah, schlug dem, der ihr am nächsten war, mit ihrem Fächer auf die Wange. »Verstellt mir nicht die Sicht«, sagte sie ungehalten. »Besorgt mir lieber etwas zu trinken!«

Gehorsam eilte der Jüngere zum nächsten fliegenden Händler. Diese waren unermüdlich zwischen den Sitzreihen unterwegs, um von Wasser bis zum Sonnenschirm alles zu verkaufen, was benötigt wurde.

Die erste Hundertschaft quoll zwischen den Säulen bei den Wagenunterständen hervor. Die Legionäre klapperten die Laufgänge nach oben und kesselten die Roten ein. Mit scheppernden Geräuschen trafen die Geschosse auf ihre Helme und Schilde und richteten im übrigen kaum Schaden an. Poplicolas Sklave schirmte den Becher mit der Hand ab und rannte geduckt in den Schutz seines Herrn zurück.

»Es ist Zeit, sich in Würde zurückzuziehen.« Poplicola erhob sich und schlug gemächlich die Toga an seinen Beinen zurecht. Mit ihm an der Spitze schritten die Rennbesucher, die unter dem Schutzdach gesessen hatten, hinunter in das Oval, quer über die Sandbahn zu den Wagenhallen.

Schweigend schlossen sich die Zuschauer aus den für Römer reservierten drei Reihen des Mittelbereichs an. Die Griechen blieben demonstrativ sitzen.

Afrania hängte sich gut gelaunt bei Leptinos ein. »Spannend, nicht? Sind die Alexandriner immer so widerspenstig?«

»Nur wenn die Hitze unerträglich ist.« Die Pfiffe und Schmährufe, die den Römern galten, verebbten. Beunruhigt schob Leptinos das blaue Tuch zurück, das er sich gegen die Sonne über den Kopf gelegt hatte, und blickte sich um.

Poplicola hatte soeben mit wehender Toga den Eingangsbogen zu den Hallen erreicht, als sich eine gelassene Stimme bei den Roten erhob, in deren Ecke ebenfalls Ruhe eingetreten war.

»Die Römer als Gladiatoren im Circus? Eine ausgezeichnete Idee, L Punkt Valerius Poplicola. Mit welcher Waffe beabsichtigst du denn heute zu kämpfen? Mit der lasterhaften Zunge oder deiner Siegessäule?«

Der Vizekönig blieb abrupt stehen. Sein sonnengebräuntes Gesicht färbte sich dunkelrot, während er nach dem Präfekten Ausschau hielt. Eine schneidende Antwort wurde durch das Gelächter unmöglich gemacht, das sich in der phönizischen Partei erhob und wie eine Feuersbrunst durch die Sitzreihen der Griechen fortpflanzte.

Die Alexandriner bogen sich vor Lachen. Diese Art Spott liebten sie. »*Hoc habet! Hoc habet!*« deklamierten sie im Chor, den flinke griechische Arme zu dirigieren begonnen hatten. »*Hoc habet*, jetzt hat er's!«

Der junge Mann, dem der Siegesruf des Gladiatorenkampfes galt, saß plötzlich auf den Schultern seiner zwei Nachbarn, die ihn wie den Gewinner des Rennens präsentierten. Das Lachen ging in Jubelschreie über, als der Phönizier provokant seine Füße vorstreckte, die in roten Schuhen steckten.

Poplicola geriet außer sich vor Zorn. Wo, bei Jupiter, war der saumselige Präfekt? Aber bevor er seinen Befehl an den einzigen Legionär in seiner Nähe hinausbrüllen konnte, sah er den Rotschopf Quintus Aemilianus mit steifem Nacken über den Sand stapfen. Rufus' vorgeschobener Unterkiefer zeigte, daß er stellvertretend für Präfekt und Ädil Rechenschaft von einem Phönizier fordern würde. Der Vizekönig atmete auf. Wenigstens ein Römer unter den Männern.

Der Phönizier hörte, wie sich die Parteigänger in seinem Rücken geräuschvoll erhoben. Er sah dem Römer mit spöttisch verzogenen Lippen entgegen.

»Der Junge hat Mut«, sagte Afrania bewundernd, »ganz allein gegen diese aufsässigen Rüpel.«

Der vorlaute Phönizier war nur eine halbe Portion, und der Römer Rufus konnte darauf vertrauen, daß ihm eine Hundertschaft Legionäre gegen den Winzling beistehen würde. Aber Leptinos drückte zustimmend Afranias Hand.

Rufus blieb in sicherer Entfernung vor den Phöniziern stehen. »Zieh die Schuhe aus, du Strichjunge mit dem Wortschatz einer alten Hure!« brüllte er, und die Zuschauer wurden leise, als sie merkten, daß es hier etwas zu hören gab. »Bevor ich dir zeige, wie ein Römer Beleidigungen einer Wüstenratte beantwortet!«

Der Phönizier grinste, als er den ländlichen Dialekt des Jünglings hörte. »Bist du ganz sicher, daß du sie haben willst, Römer? Daß du sie haben darfst? Du bist doch weder Ritter noch Senator«, rief er und genoß das erneute Gelächter von den Sitzreihen, bevor er Rufus einen Schuh entgegenschleuderte. Er traf den Römer an der Oberlippe, die sofort anschwoll.

Rufus leckte sich versonnen das Blut von der Lippe und griff in seine Tunika. Ein blitzender Gegenstand wirbelte durch die Luft und bohrte sich in einen Mann, der sich ausgerechnet in diesem Augenblick zwischen die Kampfhähne begab.

Der Phönizier kippte um; auf seinem roten Leibchen breitete sich ein dunkler Fleck aus. Die phönizischen Parteigänger knieten mit erschrockenen Gesichtern bei ihm nieder und schüttelten ihre Köpfe.

»Leider war er der Falsche«, stellte Afrania fest. »Aber was für ein Rennen! Großartig!«

Leptinos schob Afrania energisch vorwärts. Der Vizekönig hatte anscheinend beschlossen, das verbotene Messer zu ignorieren, und war bereits unter den Arkaden verschwunden. Er selber war am Eingang auf Waffen abgetastet worden wie alle anderen, die keine Römer waren.

Hinter ihnen tobten die Ränge. Leptinos war erleichtert, als er mit der widerstrebenden Afrania endlich im Schutz der Überdachung anlangte. Legionäre drängten sich zwischen den flüchtenden Römern hindurch und deckten ihnen den Rücken.

»Ich möchte aber zusehen«, schmollte Afrania.

Leptinos schüttelte den Kopf. »Es wird blutig. Nichts für Frauen.« Als er auf der anderen Seite wieder ins Tageslicht trat, stellte er fest, daß der Circus von Truppen umstellt war.

Die Legionäre trampelten auf das Signal ihres Centurios geräuschvoll rückwärts und machten eine Gasse für den Vizekönig und seine Gesellschaft frei. Als die Römer hindurch waren, sahen sie sich aufgebrachten Alexandrinern gegenüber.

Die einfachen Leute, die keinen Einlaß in den Circus bekommen hatten, ließen den Präfekten stehen und bedrängten den Vizekönig mit ihren Fragen.

»Die Ordnung wird wiederhergestellt«, antwortete jemand.

Poplicola beabsichtigte nicht, den Eingeborenen Rechenschaft abzulegen. Er faßte eine Sänfte ins Auge, die von Legionären durch die Menge geleitet wurde. Er stöhnte verdrossen. Es gab keine Möglichkeit, dem Priester des Alexandreions zu entkommen. Die Purpurtoga signalisierte Dienstgeschäfte.

»Ich muß mit dir sprechen, Poplicola«, sagte Krates, noch bevor die Sänfte abgesetzt worden war, und streckte den Kopf aus dem Fenster. Er war nicht gerade unglücklich darüber, daß sich so viele Römer in Hörweite befanden. Vor ihnen konnte der Vizekönig unmöglich ablehnen, ihn anzuhören. »Es geht um die Cholera im Rhakotisviertel.«

Poplicola machte ein gelangweiltes Gesicht. »Mach es bitte kurz, Krates«, sagte er, »wir sind gerade dabei, einen Aufstand niederzuschlagen.«

»Auch die Cholera muß niedergeschlagen werden. Es besteht die Möglichkeit, daß diese Krankheit wandern kann. Auf dem Wasser. Und mit dem Wasser wird sie auch die Häuser der Römer erreichen«, behauptete Krates kühn.

»Das kann sich doch nur ein Herophiliker ausgedacht haben. Oder ein Empiriker ohne theoretische Kenntnisse«, protestierte Leptinos und drängte sich zum Vizekönig durch. »Krates, Ehrwürdiger, ich bin wirklich um deine Gesundheit besorgt. Und es wäre ihr förderlicher, wenn du nicht die Ärzte dieser Sekten konsultieren würdest. Aus ihrem Mund kommt nichts als Unsinn.«

Der Vizekönig winkte ihn unwillig beiseite.

»Leptinos, es geht nicht um mich«, entgegnete Krates mit einem Anflug von Verärgerung.

»Was ist angeblich mit den Häusern der Römer?« wollte Poplicola wissen.

»Das Gift der Cholera wird möglicherweise mit dem Wasser transportiert und könnte auch die Römer über die Wasserleitungen erreichen. Wahrscheinlich ließe sich die Gefahr beseitigen, wenn der *Kleine Querkanal* an beiden Enden gesperrt würde. Er ist am stärksten vergiftet, weil er in diesem Jahr nicht gereinigt wurde.« Krates sah sich um. Die Mienen waren ausnahmslos abweisend.

Als der Präfekt seine Sandalen vor dem Vizekönig auf den Erdboden knallen ließ und stramme Haltung einnahm, ahnte Krates, daß er die Situation falsch eingeschätzt hatte.

Poplicola nickte.

»Lucius Valerius Poplicola«, begann der Präfekt mit beleidigter Stimme, »der ehrwürdige Krates beharrt anscheinend darauf, die Beschuldigungen gegen die Legion fortzusetzen, indem er sie auch vor deine Ohren trägt. Wohldurchdacht führt er Gründe an, die einen Zivilisten mehr interessieren als einen Soldaten. Laß dich nicht einwickeln. Die Römer haben ihre Pflicht in Alexandria erfüllt!«

Der Vizekönig nickte. Das geradlinige Wort eines Ritters und römischen Soldaten schätzte er höher ein als das eines griechischen Querulanten mit verschrobenen, sektiererischen Ansichten. »Von wem stammen überhaupt diese Gerüchte?« fragte er grollend.

Das war der schwache Punkt in der Argumentation. Hätte der Vizekönig die Botschaft geglaubt, wäre der Name Thalia weniger entscheidend gewesen. So, wie die Dinge nun lagen, erledigte sich mit ihrem Namen sein Vorstoß wahrscheinlich von selbst. Krates seufzte leise. »Es sind keine Gerüchte. Dank Leptinos' unermüdlicher Belehrung hat die angehende Hebamme Thalia diese Entdeckung gemacht. Eigentlich also ist es das Können des Arztes Leptinos ...«

Leptinos unterbrach den alten Mann unbeherrscht. »Aber auf gar keinen Fall hat sie diese unrömischen Ansichten veralteter Ärzteschulen von mir übernommen. Die können nur den Quellen des Museion entstammen. Man hätte sie längst vernichten sollen!«

Poplicola nickte einverständlich. Der Präfekt verschränkte seine Arme und starrte den Alexanderpriester finster an.

»Ich habe mit eigenen Augen Berge von Dreck und Abfall im *Kleinen Querkanal* gesehen«, beharrte Krates, »beim Spaziergang im *Kanal zu den nächtlichen Freuden*. Zusammen mit Tausenden von Alexandrinern, römischen Pilgern und Gauklern aus aller Welt.«

»Merkwürdig!« fuhr Afrania dazwischen. »Niemand sonst hat etwas davon erwähnt. Aber du und die Sklavin Thalia seid auch als einzige auf die Idee gekommen, mit einem Affen eine heilige Handlung zu stören. Man könnte leicht meinen, daß ihr es darauf anlegt, Unfrieden in Alexandria zu stiften. Und wenn du uns unbedingt glauben machen willst, daß diese Krankheit im Kanalwasser beginnt, so seid am Ende ihr es, die eine Magie anwendet.«

Krates betrachtete die Römerin flüchtig. Eine hohle Nuß. Sie gehörte zu denen, die an der Oberfläche von Strömungen wie Krokodile dahintreiben – hinterhältig und mordlustig. Aber sie war nebensächlich. Wichtiger war, was der Vizekönig tun würde, außer mit seiner dicklichen Hand auf das Sänftendach zu patschen. Er zog sich ein wenig zurück, als sich Poplicola zu ihm herunterbeugte und Weindunst in die Sänfte hauchte.

»Ich sagte dir, wir hätten es mit einem Aufstand zu tun«, erklärte Poplicola mit gepreßter Stimme. »Ich werde alle, die diesen Aufstand schüren, willentlich oder unwillentlich, festnehmen lassen. Hast du mich verstanden?«

»Aber Poplicola ...«

»Präfekt!« schrie der Vizekönig und stieß mit dem ausgestreckten Zeigefinger direkt neben sich auf die Erde hinunter. Der Widerstand eines hohen römischen Amtsträgers ausgerechnet in diesem Augenblick war ihm unerträglich.

Bis der heraneilende Soldat zur Stelle war, hatte Poplicola seine Stimme wieder unter Kontrolle. »Dieser Mann, Krates, Wächter des Alexandreions, wird unter Hausarrest gestellt!«

»Bei allen Göttern Roms! Er ist des Kaisers Oberpriester«, wagte der Präfekt verblüfft einzuwenden.

»Der Kaiser wird mir recht geben. Schließlich bin ich sein Vertreter, der Vertreter des Königs von Ober- und Unterägypten und des Auserwählten der Landesgötter und des Großkönigs«, antwortete der Vizekönig wortreich. »Und diese Sklavin des Arztes Leptinos hat ihr Leben verwirkt.«

Nein! wollte Leptinos hinausbrüllen. Ich brauche sie! Ein Blick auf Afrania ließ ihn innehalten. Die Römerin gierte geradezu danach, Thalia bestraft zu sehen. Widerspruch hätte sie nur gereizt. Er schlang den Arm um ihre Mitte und legte seinen Mund an ihr Ohr. Als er sanft hineinblies, lächelte Afrania und schloß die Augen, während sie sich seine Lippen an einem ganz anderen Ort ihres Körpers vorstellte. »Wie sollte ich für dich Zeit finden, wenn Thalia nicht da ist, sich um die Kranken zu kümmern?« hauchte er in ihre Ohrmuschel hinein.

Afrania schlug die Augen auf. »Ich werde deine Schulden einfordern.«

Leptinos nickte. Er wollte sie um jeden Preis.

In einer fließenden Bewegung schob Afrania den Arzt von sich und sah ihren Schwager streng an. »Lucius, diese Sklavin ist eine wichtigtuerische Gans. Gänse haben das Kapitol gerettet, und sie meint wahrscheinlich, eine solche Heldentat ließe sich wiederholen. Aber daß du dich um Federvieh kümmerst, ist unter deiner Würde.«

»Deine Schülerin hat uns eine Menge Ärger eingebrockt«, bemerkte Poplicola verdrossen, aber innerlich schon auf dem Rückzug. Er würde sich Afranias Wünschen nie widersetzen.

»Meine Sklavin«, berichtigte Leptinos erleichtert.

Afrania schmiegte sich an ihren Schwager. »Sei doch nicht so hart mit ihm, Poplicola! Sie ist sein größter Irrtum, aber ganz brauchbar, um Sklaven zum Nutzen Roms auf die Welt zu bringen. Du solltest Größe zeigen und Milde walten lassen.«

Der Vizekönig holte tief Luft und hob seinen Blick in den hellen, harten Sommerhimmel von Alexandria. Er dachte an Afranias Hände und ihr göttliches Zungenspiel. Er setzte an, um seine Milde im Namen des Kaisers und der römischen Götter zu verkünden.

In diesem Augenblick brach Afrania zusammen. Ausgestreckt auf dem Boden, verdrehte sie die Augen wie eine Fallsüchtige.

Am gleichen Abend kam Trimalchio wie üblich in das *iatreion*. Leptinos war vom Wagenrennen noch nicht zurück, und Thalia nahm an, er sei direkt vom Circus in das *gymnasium* gegangen.

Trimalchio wirkte irgendwie nachdenklich, aber auf eine Art, die sie an ihm nicht gewohnt war. Er schob den Becher mit Wein, den sie ihm hinstellte, von sich. »Keinen Trunk des Vergessens mehr«, sagte er.

Thalia zuckte zusammen.

»Deine Dosierung wurde zweifellos genauer mit der Zeit. Keine Kopfschmerzen, keine wilden Träume, aber sorgenfreier Schlaf. Zu auffällig, um nicht bemerkt zu werden. Als ich sah, daß ich mich auf dich verlassen konnte, war ich es zufrieden«, sagte der Oberrichter mit einem Seufzer.

Wozu die ganze Zeit dieses Komödientheater? Thalia setzte sich auf ihre Kline und zog mürrisch die Beine an.

Es war, als hätte er ihre Gedanken gelesen. »Eine in guten Zeiten aufgebaute Fassade schützt vor Fehlern in schwierigen Zeiten. Einst war sie gut, um mir die albernen Fragen meiner spitznäsigen Schwester vom Halse zu halten. Jetzt ändere ich den Inhalt. Nach außen bleibt alles, wie es war.«

»Soll ich dir nicht doch unverdünnten Wein geben?« fragte Thalia ernüchtert. »Du kannst dir auch selber eingießen. Mir scheint, du hast es nötig.«

Trimalchio lächelte flüchtig und nickte. »Na gut. Aber gieße ruhig, ich vertraue dir.« Während Thalia eifrig aufsprang, erleichtert und sehr neugierig, überdachte er, wieviel er ihr sagen würde. Er benötigte ihre Mitarbeit. »Es sind Umstände eingetreten, die mich veranlassen, gelegentlich in diesem Haus mit jemandem zu sprechen, der mich aus diesem oder jenem Grund aufsuchen muß. Die Verbindung dieser nächtlichen Besucher zu mir darf nicht bekannt werden. Für dich ändert sich nichts. Du gehst im Nebenraum schlafen wie bisher.«

Sie besaß den Anstand zu erröten. Vor Scham, aber noch mehr vor Ärger, weil Trimalchio sie anscheinend trotz seines betäubten Schlafes überwacht hatte. Er wußte auch, was sie dachte. Er trank ihr mit dem überlegenen Lächeln eines römischen Siegers zu. »Tjelptah ist sehr neugierig. Was ist, wenn er jemanden sieht?«

»Ach, der kleine Ägypter«, sagte er gleichgültig. »Schlimmstenfalls wirst du Leptinos erklären, daß der Mann eine Hebamme benötigte.«

»Was ist, wenn ich ablehne?«

»Du bist zu klug, um das zu tun. Es gibt so viele Arten, dich gefügig zu machen, kleine Thalia«, antwortete Trimalchio mit sanfter Stimme. »Zweifelst du daran, daß der Ägypter dich hätte hinrichten lassen, wenn ich mich nicht um dich gekümmert hätte?«

Thalia zitterte plötzlich. Es war so viel logischer als das andere. »Leptinos widersprach mir nicht, als ich ihm dankte«, brachte sie heraus. »Ich dachte, er hätte mich herausgeholt ...«

»Er hat nichts im Kopf als Rom«, sagte Trimalchio abfällig. »Krates, der Präsident, kam zu mir. Die Bezahlung für dein Schweigen wird darin bestehen, daß ich dich in Ruhe lasse.« Ohne auf Thalias Zustimmung zu warten, wischte er sie von der Kline und warf sich darauf. »Verlaß dich nie auf Leptinos«, murmelte er, bevor er einschlief.

KAPITEL 9
Die Anatomie der Gladiatoren

Bis spät in die Nacht kämpfte Leptinos im Palast des Vizekönigs um das Leben von Afrania. Sie verbreitete eine Hitze, die ungewöhnlich hoch war, aber er wußte nicht, welche Krankheit sie befallen hatte.

Stunden später kehrte Leptinos entmutigt ins *iatreion* zurück. »Sie liegt immer noch ohne Bewußtsein«, sagte er zu Thalia, die ihm mit vielen Fragen auf den Lippen entgegeneilte, und öffnete die Tür zu seinem Schlafraum. »Eine Fügung der Götter.«

Thalia fühlte sich in der Schuld von Afrania, die für die Umwandlung ihrer Todesstrafe in Hausarrest gesorgt hatte. Tjelptah hatte ihr alle Ereignisse des Tages brühwarm erzählt und dabei aufreizend gegrinst. Seitdem machte sie sich Gedanken um den Zusammenbruch der Römerin. Außerdem ärgerte sie sich über Leptinos. Sein Interesse an ihr war auch persönlich.

»Warum bestrafen die Götter sie denn für das Zuschauen beim Wagenrennen?« fragte sie aufsässig und mußte ihn an einer Falte seiner Chlamys festhalten, damit er ihr überhaupt zuhörte. »Die römischen Kaiser, die selbst Götter sind, richten sie ja sogar aus! Müßte nicht eher Poplicola umfallen als Afrania?«

»Lucius für dich. Ich weiß es nicht«, knurrte Leptinos. »Die Götter teilen mir ihre Ratschlüsse nicht mit.« Er schwankte vor Müdigkeit und riß sich mit einem Ruck von Thalia los. Nachdrücklich warf er die Tür hinter sich zu.

So schnell gab Thalia nicht auf. Sie legte ihren Mund dicht an den Türspalt. »Sind noch mehr Menschen umgefallen?«

»Laß mich in Ruhe«, fauchte Leptinos. Sie verbiß sich ständig in ihre Überzeugungen wie ein tollwütiger Hund in ein Bein. Er wußte genau, daß ihr immer noch diese vollkommen idiotische Idee im Kopf herumspukte, mit der sie den alten Philosophen zum Vizekönig geschickt hatte. Und ihn blamiert hatte. Sklavinnen!

Er richtete sich auf. Ihre Atemzüge hinter der Tür waren immer noch zu hören – unwirklich wie ein Blasebalg in der Unterwelt. Sie beunruhigten ihn auf merkwürdige Weise. Leptinos rang sich zu einer Antwort durch, damit sie endlich ging. »Niemand. Durchfälle und Erbrechen gab es, aber keine Ohnmacht. Vielleicht erwartet sie ein Kind.«

Leptinos warf sich auf den Rücken und verschränkte die Arme hinter dem Nacken. Ein Kind war die wahrscheinlichste Erklärung. Von wem es wohl stammte? Von Poplicola? Er hatte sehr wohl bemerkt, wie eifersüchtig der Vizekönig auf ihn war. Aber Afrania hatte eine Art, die jeden Mann willenlos machte. Auch ihn. Er ging ein Risiko ein – aber sie konnte ihm Rom zu Füßen legen.

Es klopfte an der Tür. »Leptinos, kann es sein, daß Afrania während des Rennens Wasser getrunken hat?« hörte er Thalias verzerrte Stimme.

Leptinos drehte sich gähnend auf die Seite. Zwei Sklaven würde er mindestens noch kaufen, jetzt konnte er es sich endlich leisten. Und einer von ihnen würde vor seiner Schwelle hocken und neugierige Weiber davonjagen. Natürlich hatte sie Wasser getrunken. Warum auch nicht? Jeder Alexandriner, der von der Sonne Ägyptens beschienen wurde, trank auch das Wasser Ägyptens. Es war der Reichtum des Landes. Er schlief ein.

Thalia hatte noch ihr Ohr an der Tür. Sie ballte die Fäuste, als sie sein leises Schnarchen hörte. Warum begriff er denn nicht, wie wichtig seine Antwort war? Seine Therapie der Cholera war die beste, die es gab, aber er würde sie nur anwenden, wenn er Cholera diagnostizierte. Wenn er an eine Schwangerschaft glaubte, würde er sich in die nächste Taverne setzen, auf Afranias Wohl trinken und den gesetzmäßigen Vater bedauern. Und sich selbst vielleicht auch.

Ihr Hämmern bewirkte nichts.

Am nächsten Morgen stolperte Leptinos über Thalia, als er das *iatreion* verlassen wollte. Sie hockte an eine Säule gelehnt, das Gesicht zwischen den Armen vergraben. Als sie ihn bemerkte, faltete sie die Hände und sah zu ihm auf wie zu einem Gott. Er mußte über sie lachen.

Sie kümmerte sich nicht darum. »Bitte, Leptinos, behandle die Römerin wie eine Cholerakranke. Mein Gefühl sagt mir, daß sie Wasser aus dem Querkanal getrunken hat. Vielleicht reagiert ihr Körper anders, weil sie eine Römerin ist. Der Vizekönig wird dich hart bestrafen, wenn du seine Schwägerin an einem Kind sterben läßt, das sie nicht erwartet!«

Griesgrämig stieg Leptinos in die Sänfte des Vizekönigs. Als er auf das Polster sank, fiel ihm auf, daß Thalia Angst um ihn zu haben schien. Eifersucht. Er drückte sich in das Polster und lachte. Sie griff nach den Sternen. Ein Kamelmaul trat gegen die schönste Frau Roms an.

Das Lächeln lag noch in seinem Gesicht, als er bei Afrania anlangte, aber bei ihrem Anblick gefror es. Ihr sichtbarer Verfall erinnerte ihn an die beiden Christen. Er setzte sich neben sie und rieb ihr sanft die kalten Hände. Soweit sie bei Sinnen war, las er in ihren Augen Todesangst, zuweilen aber schien sie schon die Schwelle zur jenseitigen Welt zu überschreiten. Ihr Zustand war sehr ernst.

Leptinos murmelte tröstliche Worte, dann ging er zu Gesängen aus der griechischen Mythologie über. Der regelmäßige Rhythmus hatte eine beruhigende Wirkung, ohne daß sich ihr Zustand änderte.

Als Afrania wenig später wach wurde, versuchte er, ihr ein warmes Getränk einzuflößen, er hätte nicht gewußt, was sonst tun. Sie schluckte gehorsam, und plötzlich hörte er Geräusche von Luft in ihrem Inneren.

Ein dünnflüssiger Durchfall setzte ein, der das Bett im Nu überschwemmte. Er roch an den Ausscheidungen: weißliche, geruchlose Flocken. Leptinos dankte den Göttern für die

Lehrstunde bei den Christen. Aber noch konnte Afrania sterben.

In Sorge um sie und aus Furcht um sich selber brüllte er die Sklaven an, die sich in der Tür zum Krankenzimmer drängelten. Sie flogen in verschiedene Richtungen auseinander; in den nächsten Minuten war in allen Gängen des Palastes das Patschen von Füßen zu hören.

»Die charakteristischen Krankheitssymptome haben soeben eingesetzt. Deine Schwägerin Afrania hat die Cholera«, berichtete Leptinos, als der Vizekönig ins Zimmer schaute, den sein Spottknabe geholt hatte.

»Bei allen Göttern! Gestern war sie doch noch gesund. Und ich dachte, es gibt diese Plage nur im Rhakotisviertel«, entgegnete Poplicola voll Erbitterung gegenüber dem Mann, den Afrania ihm vorzog. Er hatte keinen Grund, an ihm als Arzt zu zweifeln, aber mehr als genug, um ihn zu verabscheuen. Wehleidige Wut erfaßte ihn, als ihm klar wurde, daß er gegen einen jungen Rivalen nichts mehr außer Bosheit einzusetzen hatte. »Bist du sicher? Sollten wir nicht noch jemanden hinzuziehen? Einen Empiriker vielleicht?«

Leptinos verzog keine Miene. Am liebsten hätte er Poplicola seine erste Diagnose ins Gesicht geschleudert. Aber er kannte das Verhältnis zwischen ihm und seiner Schwägerin zu wenig, um nicht selber in Verdacht zu geraten. »Die Götter haben ihre Meinung geändert«, sagte er karg. »Die Cholera breitet sich aus. Die Empiriker werden es in fünf Jahren auch zugeben.«

»Die Stoßbewegungen haben sie entkräftet«, flötete Chai unter Poplicolas Arm hindurch.

»Fort mir dir«, bellte der Vizekönig.

Leptinos sah den schwarzhaarigen Kopf verschwinden. Er haßte das kleine Scheusal. Aber sein Widerwille versperrte ihm nicht die Einsicht, daß wahrscheinlich etliche Römer die private Darbietung als gelungene Zutat zum Rennen genossen hatten. Er war nicht bei Sinnen gewesen; Afrania auch nicht, aber ihre gesellschaftliche Stellung schützte sie. Ihn schützte niemand. Er machte sich auf die Rache des Römers gefaßt.

»Tue alles, was möglich ist. Sag mir, was ich tun soll.« Tränen liefen dem Vizekönig die faltigen Wangen entlang, und er schämte sich ihrer nicht.

Leptinos blinzelte verlegen. »Ein Bittopfer an Juno…« schlug er vor, in der Hoffnung, die Spuren ein wenig zu verwischen.

»An Osiris, wolltest du wohl sagen«, murmelte Poplicola schmerzlich. »Ich sah euch zusammen im Serapeion. Haltet eure Andacht dort oder anderswo, wenn du sie mir nur rettest.«

Leptinos hörte ihn auf dem Gang davoneilen. Er war nicht sicher, ob er Poplicola richtig verstanden hatte.

Poplicola ließ bis zum Abend keinen anderen Arzt holen. Leptinos summte das Siegeslied der Schlacht von Issos, während zwei Sklaven eine Kline für ihn in das Krankenzimmer hereintrugen. In dieser Nacht blieb er im Palast.

Er schonte die Sklaven nicht, und dabei war auch viel Kalkül. Afrania wurde in regelmäßigen Abständen gewaschen und wieder trockengerieben, massiert und gerollt, ihre Arme und Beine wurden zwangsweise bewegt, und löffelweise wurde ihr ein verdünnter Kräuterabsud eingeflößt. Als sie schon sehr erschöpft war, ließ Leptinos ihre Liege an Ketten aufhängen und durch Sklaven schaukeln.

Im Morgengrauen bettelte Afrania darum, sterben zu dürfen.

Leptinos verweigerte es ihr. Und im Verlauf der nächsten Stunden ließ die große Angst in Afranias Herz nach und wich einer gesunden Müdigkeit. Drei Tage später war sie auf dem Wege der Besserung.

Afrania blieb die nächsten Tage im Bett. Sie fühlte sich wunderbar schwach und leicht und genoß es, daß ihr jeder Wunsch noch schneller als sonst von den Augen abgelesen wurde. Poplicola und Leptinos wetteiferten um ihre Gunst. Und irgendwie mußte sie sich ja die Zeit bis zum ersten Gladiatorenkampf der Saison vertreiben.

Wenn Leptinos nicht da war, vergnügte sie sich damit, die Sklaven mit einer unerschöpflichen Fülle von Aufträgen auszusenden. Wenn er aber da war, gab sie sich sanft und geduldig und sonnte sich in seiner Bewunderung.

Ruhig saß er bei ihr, betrachtete ihr Gesicht und ließ es zu, daß sie zärtlich an seinem Chiton nestelte, in Gedanken weit fort, vielleicht bei Charon, der ihr bereits entgegengerudert war, um sie über den Styx zu bringen.

»Noch einige Stunden, dann hat sie ihn ganz im Bett.« Eine ältere Sklavin hielt ein junges Mädchen auf, das zu Afranias Zimmer flog, weil sie ein Räuspern gehört hatte. »Sei vorsichtig und sieh nach, was sie treiben, bevor du das Zimmer betrittst. Am Ende mußt du büßen. Und du verschwinde«, herrschte sie Chai an, der seine Ohren wie üblich überall hatte.

Doch Afrania gefiel es, jedermann zu beweisen, daß eine Römerin keinerlei Schranken kannte. Als sie sich schon gut bei Kräften fühlte, ließ sie ihre neue Haarteilbewahrerin rufen.

Das gehorsame junge Mädchen konnte es gar nicht vermeiden, Afranias Lippen über einem prallen und senkrecht stehenden männlichen Glied zu erblicken. Die Sklavin floh mit einem erschrockenen Aufschrei aus dem Raum.

»Das dumme Ding«, tadelte Afrania und legte ihre Hand zärtlich über die Spitze, die Leptinos zu spät mit Stoff abgedeckt hatte.

Aber Leptinos schüttelte den Kopf und zog sich außer Reichweite zurück. »Nicht hier und jetzt, Afrania«, flehte er. »Stell dir vor, Poplicola käme herein!«

»Sein Fleisch ist etwas schlaff geworden«, sagte Afrania und warf sich mit träumerischem Gesicht auf den Rücken. »Aber hättest du etwas dagegen? Wir und er, meine ich? Soviel ich weiß, hast du doch nichts gegen Männer.«

Leptinos machte ein schockiertes Gesicht.

Afrania stützte sich auf ihren Ellenbogen und betrachtete ihn forschend. »Ich verstehe nicht, daß Trimalchio deine Sklavin nicht bestrafen läßt! Sie hat einen Aufruhr gegen Rom geschürt. Das ist Hochverrat. In der Regel wird er mit dem Tod bestraft.«

»Aber Afrania«, sagte Leptinos verwirrt, »du hast doch selber erwirkt, daß ihre Strafe in Hausarrest umgewandelt wurde.«

»Beim Vizekönig. Und das geschah um deinetwillen. Aber was hat der Oberrichter damit zu tun? Er müßte doch wenigstens den Versuch machen, römisches Recht durchzusetzen.« Sie rümpfte mißbilligend ihre kleine wohlgeformte Nase. »Ich glaube nicht, daß er Rom besondere Ehre macht. Im Gegensatz zu dir, mein römischer Grieche.« Sie lächelte ihn unschuldig an, und Leptinos' Herz flog ihr wieder entgegen.

Er ergriff ihre Hand und küßte andächtig jede Fingerspitze. Er liebte ihre Schönheit, die wie von einem Bildhauer gestaltet schien. »Wahrscheinlich, weil Thalias Körper nach der Bestrafung nicht mehr so ansehnlich wäre«, mutmaßte er zwischen den Küssen. »Ungeeignet als Objekt der Liebe.«

»Du meinst ... er und sie?« fragte Afrania und lachte schallend, als Leptinos nickte. »Ausgerechnet sie mit ihrem Kamelmaul! Bezahlt er sie wenigstens?«

»Mm«, brummte Leptinos zustimmend und ließ seine Lippen an Afranias Arm nach oben gleiten, bis er auf die kleine Grube unterhalb ihres Halses traf.

»Das bestätigt meine Vermutung«, flüsterte sie in seine Haare hinein. »Poplicola wollte es nicht glauben.«

Leptinos sah hoch. »Du besprichst solche Sachen mit dem Vizekönig?«

»Alles. Er interessiert sich für Ägypten. Er regiert es, mußt du wissen«, spottete sie. »Er kennt seine Untertanen, ihre Fehler, ihre Qualitäten, ihre Schönheit, ihren Nutzen ...«

Sie brauchte keinen Nachdruck in ihre Worte zu legen, Leptinos stockte der Atem. Jetzt wußte er, welche Andacht Poplicola gemeint hatte. »Ägypten ist bei ihm in guten Händen«, bestätigte er und ließ den Chiton zu Boden gleiten, so daß er nackt vor Afrania stand. Sie empfing ihn mit ausgestreckten Armen.

Der Oberrichter hatte ein gutes Verhältnis zum Vizekönig. Trotzdem war er erleichtert, daß Poplicola ihm sein Fernbleiben beim Wagenrennen nicht nachtrug. Sie saßen in einem kleinen intimen Raum des Palastes und plauderten halb dienstlich, halb privat. Der kleinen Bitte des Vizekönigs, die gefangengenommenen Phönizier der kaiserlichen Gladiatorenschule zu überantworten, stimmte Trimalchio gerne zu. Es war leicht einzusehen, daß sie es in Alexandria mit dem Nachschub für die Schule schwerer hatten als in Rom. Poplicola hätte es ihm auch befehlen können. Als der Zeitpunkt der Übergabe vereinbart war, wollte Trimalchio aufstehen, um sich zu verabschieden.

Aber Poplicola befahl einem Sklavenjungen, frische Trinkschalen aus einem kostbaren ägyptischen Krug aufzufüllen. Trimalchio roch den süßen Duft eines honighaltigen Aperitifs. Er hob das Gefäß an den Mund und wartete gespannt. Der Vizekönig ließ einem seiner Beamten nicht ohne Grund ein so edles Getränk vorsetzen.

»Wir in der Provinz sehen manches nicht so eng wie die Römer von Rom«, meinte Poplicola nach einer klug berechneten Pause. »Was hältst du davon, bei den nächsten Spielen als Spielgeber aufzutreten, Stratege?«

Trimalchio fehlten im ersten Augenblick die Worte. In Rom erwiesen die Kaiser dem Hochadel zuweilen die Gnade, Spiele ausrichten zu dürfen. Die Namen der Spielgeber waren über Wochen in aller Munde. Welche Chance für seine Karriere!

»Spiele, die unser würdig sind!« betonte der Vizekönig. »Billig dürfen sie nicht sein.«

»Die Götter sind meine Zeugen, daß ich die Spiele von Alexandria würdig ausrichten würde!« beteuerte Trimalchio.

»Ich glaube dir. Du bist klug genug, um zu wissen, daß der Erhabene zur Kenntnis nimmt, wer den Ruhm Roms in den Provinzen vermehrt. In seinem Alexandria. Richte sie also aus.« Der Vizekönig hob seine Schale. »Trinke, Trimalchio! Lebe stets gut!«

»Lebe viele Jahre, Poplicola!« erwiderte Trimalchio fast mit Andacht. Schon sah er seine Rückkehr nach Rom greifbar vor sich, als Richter ohne Tadel, gerühmt als stiller Retter römischer Macht und als glänzender Organisator von Spielen.

Poplicola betrachtete seinen Gast, dessen hastige Schlucke seine Aufregung verrieten. Er gab dem Trinksklaven einen verstohlenen Wink nachzuschenken.

Nach zwei weiteren Schalen verabschiedete sich Trimalchio. »Die Götter mögen mit dir sein, Poplicola.« Seine Zunge stieß schon leicht an.

»Und mit dir«, gab Poplicola den Gruß zurück und folgte der etwas schwankenden Gestalt des Oberrichters durch den schmalen Türausschnitt mit den Augen. Seine immer kühlen und etwas feuchten Fingerspitzen tupften aufeinander.

»Eine Falle?« flüsterte der Chai, der ihm wie meistens zu Füßen saß, mit funkelnden Augen.

»Das ist Politik«, antwortete Poplicola sanft. »Für Rom.«

»Du bringst uns an den Rand des Ruins«, warf Cornelia Tertia ihrem Bruder in bitterem Ton vor. »Jetzt – wo wir es endlich geschafft haben.«

»Ich habe es geschafft, nicht wir«, berichtigte Trimalchio träge. Außerdem würde diese Sache ihm neue Einnahmequellen eröffnen. Aber die gingen seine Schwester nichts an.

Gut gelaunt begleitete er wenig später zu Pferde die Gefangenen bei ihrem Marsch zur Gladiatorenschule. Der verantwortliche Centurio hatte ihm fünfunddreißig Aufwiegler gemeldet, die seine halbe Hundertschaft schwer bewaffnet bewachte.

Es paßte ihm ausgezeichnet, daß der *lanista* ausreichend Zeit haben würde, die Männer zu trainieren, damit sie wußten, wo ein Schwert begann und wo es endete. Nicht allzuviel allerdings. Aus eigener Erfahrung als Zuschauer wußte er, daß es aufregend war, Zivilisten kämpfen zu sehen, weil sie manchmal mit Überraschungen aufwarteten, die routinierten Profis einfach nicht einfielen.

Die Schule lag jenseits der Ostmauer am Rand der Stadt. Trimalchio pfiff einen frechen Gassenhauer aus der *subura* von Rom, als er in das weitläufige Gelände einritt. Er war nicht erstaunt, als der kurzbeinige Suillius Clodius Flaccus ihm selbst das Pferd abnahm. »Es sind zähe Männer dabei«, sagte er grußlos und sprang ab.

»Danke, danke, Stratege, ich weiß, was ich dir zu verdanken habe«, sagte Suillius unterwürfig. »Es wäre ausgesprochen schade gewesen, junge Galgenvögel am Galgen enden zu sehen. Solche Männer sind als Spießbraten besser geeignet, nicht wahr?« Er kicherte und nahm den Zug der Neuen, die in diesem Augenblick mit strammen Schritten durch das Tor marschierten, in Augenschein. »Nicht schlecht, nicht schlecht, ich sehe schon.«

Der *lanista* warf einem der Haussklaven den Zügel zu und eilte mit kurzen, hüpfenden Schritten zu den Gefangenen. Was er aus der Nähe sah, stimmte ihn wirklich zufrieden. Bis auf wenige ältere Männer, deren Gesichter auf Literaten und Philosophen schließen ließen, waren sie drahtige Jünglinge, reich und verwöhnt zwar, aber lernfähig.

Suillius' munteres Schreiten beim Umrunden der neuen Gladiatoren teilte sich seinem Schmerbauch in einer wippenden Auf- und Abbewegung mit. Die Augen der Männer folgten ihm, der *lanista* sah ihr verstohlenes Lachen. Kein Zweifel, sie kannten seinen Beinamen: Suillius, das Schweinchen. Er sah noch etwas: die Verachtung der Elite für Männer aus dem Volk. Er merkte sich die Gesichter.

Mit dem Instinkt eines Mannes, der aus den Gossen Roms zum kaiserlichen Beamten aufgestiegen war, wußte Suillius sofort, daß der schmächtige Phönizier in der Mitte der Rädelsführer sein mußte. Mit seinen kurzen fetten Fingern bahnte er sich einen Weg durch die störrischen Männer, bis er vor dem in Ketten gelegten Mann mit dem aufreizenden Lächeln stand.

»Nun, mein Lieber. Hast du schon einmal vom Römer Fadius gehört?« wollte er wissen. Der Phönizier gab sich nicht die Mühe einer Antwort. »Natürlich nicht«, fuhr Suillius beiläufig fort. »Er wurde in der Fechterschule bei lebendigem Leib verbrannt, weil er nicht kämpfen wollte. Ein sehr grausamer Tod. Aber ich sage dir, was noch grausamer ist: das langsame Pfählen, durch den After bis zum Kinn. Beim ersten Mal mit einem Stock, nicht dicker als ein Rohr. Beim zweiten Mal – sofern du dich noch nicht totgeschrien hast ... Nun, du wirst schon sehen, mein Lieber.«

Der Phönizier schluckte schwer.

»Aber es muß ja nicht sein«, ergänzte Suillius freundlich. »Wie wirst du genannt?«

»Mutumbal.«

»Herr.«

»Mutumbal, Herr«, wiederholte der Phönizier mit belegter Stimme.

»Aus?«

»Aus Utica im afrikanischen Proconsulat, Herr.«

»Siehst du? Es geht, wenn man sich nur Mühe gibt«, sagte Suillius jovial und ging seiner Wege in einer breiten Gasse, die seine künftigen Gladiatoren ihrem neuen Herrn im Nu bahnten.

Mutumbal starrte ihm haßerfüllt nach, auch noch, als zahllose Sklaven herbeistürzten und anfingen, die Ketten aus den Fußringen zu fädeln. Seine Gedanken kreisten um die Rache, die sein Vater, einer der mächtigsten *Sufeten* der Stadt, an den Römern üben würde. Er mußte nur noch einen Weg finden, ihn zu benachrichtigen.

Am Eingang zu seinen Privaträumen erwartete Trimalchio den *lanista*. Suillius zählte zwar zu seiner eigenen Klientel, aber Geschäftsbesprechungen dieser Art gehörten für gewöhnlich nicht zu einem Morgenempfang. »Nun zur Abrechnung«, sagte der römische Oberrichter gut gelaunt.

Suillius' verschwitztes Gesicht strahlte in der Morgensonne vor Zufriedenheit. Sein Instinkt hatte ihn nicht getrogen. Als Römer besaß Trimalchio den unschätzbaren Vorteil größerer Unabhängigkeit als sein griechischer Vorgänger.

Er tauchte in den kühlen Schatten seines Büros ein und hob eine Geldkassette auf den Tisch. Ihm entging der gierige Blick des Oberrichters nicht, während er die Münzen abzählte. Der Mann gab sich wie einer vom hohen Adel, dabei war er süchtig nach Gold wie ein Spieler. »Fünftausend Sesterze«, verkündete Suillius schließlich und knallte dem Richter das prall gefüllte Säckchen vor die Nase.

»Fünftausend«, flüsterte Trimalchio und konnte es nicht lassen, den Beutel zu befingern.

»Vielleicht gibt es noch mehr Aufrührer in dieser Stadt?« fragte Suillius lauernd.

»Wer weiß?« entgegnete Trimalchio atemlos. »In dieser Stadt gibt es alles mögliche. Götter, Christen, Phönizier ...«

»Und Geld«, ergänzte der *lanista*.

Thalias blaue Augen sprühten Funken vor Zorn. Immer öfter war Leptinos verhindert, seine Patienten im *iatreion* zu betreuen, und sie wußte auch, wie das Hindernis hieß: Afrania. Aber Ursache ihres Zorns war etwas anderes: Wenn er fort war, geschahen merkwürdige Dinge im Haus.

Erbittert starrte sie in den Korb mit den blutverschmierten Binden und fragte sich, ob darunter wieder eine Schlange lauerte. Sie stieß ihn mit dem Fuß um. Nichts. Aber das Verbandszeug war nicht mehr verwendbar. Tjelptah mußte eine Schüssel mit Aderlaßblut in den Korb gekippt haben, statt in die Grube. Sie war entschlossen, ihn zur Rechenschaft zu ziehen, als sie seine helle Stimme vor der Tür hörte.

»Du kannst gleich anfangen«, sagte er auf ägyptisch, und Thalia hörte an seinem hochnäsigen Ton, daß er sich dem neuen Sklaven weit überlegen fühlte. Er zerrte ihn in das Behandlungszimmer.

Thalia sah auf und hielt den Atem an.

Der Neue war ein junger Mann, schwarz wie die Nacht. Breitbeinig lehnte er sich an die Wand. Die Augen fielen ihm zu.

»Dieser Mann, Djeballah, wird ab sofort dein Blut schleppen«, sagte Tjelptah mit kaum verhüllter Gehässigkeit und entschwand.

Vermutlich verstand er sie kaum, wenn sie ihm Anweisungen geben wollte, wie sie es gewohnt war. Thalia betrachtete ihn genauer. Er sah erschöpft aus, krank sogar. »Was ist mit dir?« fragte sie in unbeholfenem Ägyptisch.

Es dauerte eine Weile, bis sie seine Erklärung begriffen hatte. Man hatte ihn in seinem Heimatdorf eingefangen und zusammen mit anderen auf dem Sklavenmarkt von Alexandria verkauft. Sein neuer Besitzer hatte ihn kastrieren lassen, aber irgend etwas war schiefgegangen.

Thalia zeigte auf die Instrumente an der Wand, um ihm begreiflich zu machen, daß er sich in einem *iatreion* befand, wo er behandelt werden konnte. Djeballah nickte zögernd, als sie ihn fragte, ob er sich ihr anvertrauen wolle. Auf seiner Oberlippe perlten Schweißtropfen. Sie zweifelte nicht, daß er ohne die fürchterlichen Schmerzen ihre Hilfe abgelehnt hätte.

Sie wusch die entzündete Wunde, deren Ränder nach dem Abschneiden der Hoden dick aufgequollen waren. Als sie die Haut trockengetupft hatte, bat sie ihn liegenzubleiben. Er nickte und schloß ermattet die Augen.

Während sie im Vorbereitungsraum eine Salbe rührte, ging ihr durch den Kopf, daß Leptinos den Sklaven wahrscheinlich billig bekommen hatte. Wenn Djeballah erst gesund und als Helfer angelernt war, würde er einen beträchtlichen Wert darstellen, zumal er kräftig und intelligent wirkte. »Du kannst meinen Patienten gleich festhalten«, befahl sie.

Tjelptahs Augen verschwanden blitzschnell aus dem handbreit offenen Türspalt. Das klatschende Geräusch seiner nackten Sohlen entfernte sich im langen Gang zum Küchenhof. Er suchte immer bei seiner Mutter Schutz, wenn er unangenehmen Dingen aus dem Wege gehen wollte.

Erleichtert, daß sie Tjelptah jetzt eine Weile nicht in der Nähe vermuten mußte, ging Thalia zu Djeballah hinüber. Sie trug die sehr flüssige Salbe mit arabischer Myrrhe behutsam mit dem Spatel auf. Trotzdem knirschte Djeballah mit den Zähnen. Als sie fertig war, zitterten seine Oberschenkel vor Anstrengung.

»Du bist sehr tapfer. Ich werde dir noch ein Mittel gegen die Schmerzen geben, Djeballah«, sagte sie mit einer Spur von Trotz, der Leptinos galt. Alraune und Myrrhe waren teuer. Der Schwarze trank den Absud widerspruchslos und sank dann wieder auf die Liege zurück.

Während Thalia beobachtete, wie sein Atem ruhiger wurde und er allmählich in den Schlaf hineinglitt, hörte sie auf dem Gang Flüstern.

Leptinos rauschte herein mit Tjelptah auf den Fersen. »Wer hat dir befohlen, den Sklaven zu behandeln?« fragte er in scharfem Ton.

Thalia sah bestürzt auf. »In diesem Zustand kann er nicht arbeiten, Leptinos«, sagte sie. »Tjelptah hat ihn mir als neuen Helfer vorgestellt.«

»So habe ich es ihm gesagt – aber nicht, daß du die teuersten Medikamente an ihn verschwenden sollst. Verdünnter Wein wäre völlig ausreichend gewesen!«

»Siehst du nicht, wie Djeballah leidet?« fragte Thalia empört.

»Wirklich?«

Als Thalia sich umdrehte, starrte der Schwarze Leptinos mit wutverzerrtem Gesicht an. Seine Augen waren glasig, aber er hatte sich halb aufgerichtet und ein Bein schon außerhalb der Liege. Thalia schüttelte den Kopf und schob es mit sanftem Nachdruck zurück.

»Ich glaube, er sollte sofort unseren kleinen Halsschmuck bekommen«, sagte Leptinos. »Tjelptah, du kümmerst dich darum.«

Der Junge nickte eifrig.

»Meinetwegen laß ihn liegen«, fuhr Leptinos fort. »Aber putze nachher das Leder gründlich. Und du kommst jetzt mit mir, Thalia.«

Thalia atmete tief ein. Zuweilen mußte eine Sklavin für alles dankbar sein, was der Tag brachte. Auch für das Ausbleiben einer Bestrafung. »Wohin, Herr?« fragte sie und gab sich besondere Mühe, nicht süffisant zu klingen.

»Zur Schule der Gladiatoren. Sie haben Arbeit für uns.«

»Bediene dich«, sagte Suillius und wies mit großzügiger Geste über das Gelände der Gladiatorschule. »Ihr Fleisch steht dir zur Verfügung. Ich muß mir nur ausbitten, daß du sie nicht auseinandernimmst, solange sie als Gladiatoren noch brauchbar sind. Im übrigen freue ich mich, daß der beste Arzt von Alexandria von nun an für meine Männer sorgen wird. Ich heiße dich willkommen, Leptinos, die Götter mögen deine Finger lenken.«

Das schmierige Lächeln des *lanista* war Thalia auf Anhieb unsympathisch, ebenso wie seine von Öl glänzenden schwarzen Haare. An den Händen trug er mindestens so viele Ringe wie der Vizekönig beim Gastmahl.

Leptinos trank Suillius zu. Über dessen Kopf wurde an der Wand in roter Schrift der nächste Kampf angekündigt: »Zwanzig Paare Gladiatoren des Strategen Gaius Cornelius Trimalchio werden zu Alexandria an den Iden des September fechten. Es wird eine Tierhetze sein und ein Zeltdach für alle aufgespannt werden.« Wahrscheinlich waren es die Gladiatoren, deren Namen sie schon am Eingang der Schule gelesen hatte.

»Ich würde mich gerne etwas umsehen«, meinte Leptinos. »Die Anlage ist verwirrend groß, und ich bin noch nie hier gewesen.«

»Du wirst nichts an ihr auszusetzen finden, Arzt«, bemerkte Suillius hochmütig. »Dein Vorgänger wurde erdrosselt aufgefunden, aber wir haben aufgrund der Aussage der Haussklaven den Schuldigen ausfindig gemacht und hingerichtet. Du hast nichts zu befürchten.« Er knallte den Becher auf den Tisch und erhob sich. »Gehen wir.«

Thalia schloß sich Leptinos an. Am liebsten wäre sie in diesem Raum zurückgeblieben. Aber vermutlich würde die Behandlung der Gladiatoren das Ende der Besichtigungsrunde darstellen.

Sie verließen das mittlere der drei Gebäude, in dem sich die Verwaltung befand. Thalia sah Sklaven mit Schreibtafeln unter dem Arm, und sie hörte durch offenstehende Türen, daß Zahlenkolonnen heruntergeleiert wurden.

»Dort ist das Gefängnis.« Suillius deutete zum einen Flügelgebäude, dessen Fenster des oberen Stockwerkes vergittert waren. »Darunter liegen die Küche und die Schlafräume der Gladiatoren.«

»Warum hat das Stockwerk nur halbe Höhe?« fragte Leptinos und betrachtete interessiert die ungewöhnliche Gebäudeform.

Der *lanista* grinste. »Sparsamkeit des Kaisers. Wer gefangen ist, sitzt oder liegt.«

Leptinos brummelte zustimmend und folgte dem Römer in den anderen Flügel. Thalia hörte Lärm von Waffen aus weiter Ferne, aber in dem Saal, den sie betraten, ging es leise zu. In fünf Reihen gestaffelt standen hier Klinen, auf denen die Athleten bearbeitet wurden.

Die Masseure kneteten, walkten und klopften, ohne ihre Tätigkeit zu unterbrechen. Aber die Gladiatoren hoben die Köpfe und starrten die Besucher ungläubig an.

Als einer der Gladiatoren mit ungewöhnlich breitem Brustkorb und einer entstellenden rosa Narbe im sonst dunkelhäutigen Gesicht seinen Masseur einfach beiseite wischte und sich aufsetzte, wurde Suillius aufmerksam. Er sah sich um und entdeckte Thalia.

»Bei Jupiter! Was macht denn das Weib hier?« schrie er aufgebracht. »Alarm! Alarm!«

Plötzlich befand sich die ganze Halle in Aufruhr. Die Gladiatoren sprangen von den Klinen und erwarteten mit geballten Fäusten die Legionäre, die durch mehrere Türen hereinstürzten. Als Hunde von den Ketten gelassen wurden, zogen die Sklaven sich einer nach dem anderen auf ihre Klinen zurück.

Die Molosser liefen mit den Nasen am Boden durch die Reihen. Gleichgültig schnupperten sie am Leder von Riemen und Schuhsohlen. Thalia fühlte mit angehaltenem Atem eine schrundige Hundenase über ihre Füße hinwegstreifen.

Suillius' wachsame Augen überflogen die Reihen. Zu seiner Genugtuung saßen inzwischen alle Gladiatoren auf den Liegen. Nur sein stärkster Mann zeigte Mut und blieb auf dem Boden, obwohl einer der Molosser mit der Nase vor seinen nackten Zehen stand, in der Kehle ein tiefes, gefährliches Knurren.

»Hoch mit dir!« bellte der *lanista*. »Das Weib verläßt den Raum. Ein Freiwilliger zur Bestrafung wegen Aufruhrs!«

Die Gladiatoren blickten schweigend auf ihre gekreuzten Beine, kneteten die Wadenmuskeln oder zupften an den Härchen.

»Es ist doch nichts passiert«, sagte Leptinos beschwichtigend. »Sie ist doch nur eine Sklavin.«

Thalia warf einen vorsichtigen Blick auf den Schwarzen, der den Aufruhr verursacht hatte; als ginge ihn die Angelegenheit nichts an, stierte er an die Decke der Halle, während der kurze Zeigefinger des *lanista* unentschlossen in der Luft kreiste und schließlich wie ein Spieß auf eine beliebige Kline zustieß. »Du, mein Lieber«, sagte er.

Ein Centurio packte Thalias Arm und führte sie wortlos zum Eingang des Verwaltungsgebäudes, wo sie in Sicherheit war. Sie sah ihm verwirrt nach, als er eilig umkehrte, das entsetzliche Heulen noch im Ohr, das der Gladiator ausgestoßen hatte, der zur Bestrafung vorgesehen war.

In diesem Augenblick wurde er von zwei Legionären auf den Hof gestoßen. Noch bevor die Reihen der hinter ihm antretenden Gladiatoren geordnet waren, blitzte das kurze Schwert des Centurio in der Sonne auf. Dem Mann fielen gelbe Gedärme aus dem Leib. Blut spritzte aus dem Hals und aus der Brust, bevor der zuckende Körper in den geröteten Sand sackte.

Thalia schlug die Hände vor das Gesicht und zog sich verstört in den dunklen Gang zurück. Von draußen hörte sie die zornige Stimme des *lanista*.

»Die Männer sind Gladiatoren und keine Liebhaber, und sie wissen das! Affären mit Frauen wie in Rom dulde ich nicht. Und so fangen sie an!«

»Thalia ist nur Sklavin, wie ich dir schon sagte, außerdem haben deine Gladiatoren sie nur angesehen«, entgegnete Leptinos mit tiefer Stimme.

»Sie wurden von ihr angesehen!« schnauzte Suillius. »Diese Männer werden tagelang nur von deiner Sklavin träumen und sprechen, sie werden beim Üben einen Steifen bekommen und die Waffen fortwerfen! Weißt du, was du mir damit angetan hast? Abgesehen davon, daß der Kaiser durch dein Verschulden einen ausgebildeten Kämpfer verloren hat!«

Von der Sonne geblendet, betraten die beiden den Gang. Thalia drückte sich an die Wand und hoffte, daß sie nicht gesehen wurde.

»Die Gladiatoren werden sich an Thalia gewöhnen müssen«, sagte Leptinos fest. »Hat dir noch niemand gesagt, daß ein Arzt seinen Schüler für gewöhnlich mitbringt?«

»Für gewöhnlich ist der Schüler ein Mann!«

»Ein Schüler ist weder Mann noch Frau, sondern angehender Arzt. Finde dich damit ab, Suillius, daß der römische Statthalter mich im Namen des Kaisers zu meinen Bedingungen zum Gladiatorarzt bestellt hat, nicht zu deinen!«

Suillius schob den Unterkiefer vor, und seine Eckzähne erinnerten Thalia an die geifernden Molosser. Aber anscheinend hatte er beschlossen nachzugeben.

»Nachdem du uns den Nutzen deiner Anatomiekenntnisse vorgeführt hast, Suillius, möchte ich nun gerne meine Schülerin in die Grundlagen der Anatomie einführen«, fuhr Leptinos unnachgiebig fort.

Der *lanista* grinste tückisch. »Aber gewiß doch, mein Lieber. Ich habe auch Männer, die langsamer sterben. Folgt mir.«

Thalia blieb Leptinos dicht auf den Fersen, als der *lanista* ihnen in dem schmalen Gang vorausging, an dessen Ende sie auf einen Innenhof traten, wo Männer mit klirrenden Waffen übten. Jenseits des Platzes war die Krankenstube, in der drei Körper auf Strohsäcken lagen.

»Ich lasse dich mit diesen Leichnamen allein«, sagte Suillius spöttisch. »Rufe dir einen der Haussklaven, wenn du willst, daß Arme oder Beine beseitigt werden sollen. Oder der ganze Kadaver.«

Für einen kurzen entsetzlichen Moment dachte Thalia, daß er es ernst meinte. Aber dann stöhnte einer der Gladiatoren. Erleichtert stellte sie ihren Arzneikasten neben ihm ab.

»Ich bezahle dich gut, wenn du mich heilst«, keuchte der Mann. Vom Kinn bis zur Brust war er mit einem blutdurchtränkten Lappen abgedeckt, den Thalia kurzerhand zu entfernen begann. Sie hielt erschrocken inne, als Suillius dem Gladiator von der anderen Seite in die Rippen trat.

Fast zärtlich sagte er: »Ach was, mein Lieber, mach dem Arzt nichts vor. Du hast doch gar kein Geld.«

Der Schwerverletzte schloß die Augen und schwieg. Vielleicht hat er vergessen, daß er Eigentum des Kaisers ist, dachte Thalia und sah fragend zu Leptinos hoch.

Aber Leptinos folgte dem Leiter der Schule in die gegenüberliegende Ecke des Raums.

»Was sagst du zu dem? Er kämpft als *Myrmillo* und ist fünfzehntausend Sesterze pro Kampf wert. Einer meiner besten. Er kann von Glück sagen, daß Poplicola ein wenig knauserig ist und ihn nicht in aller Öffentlichkeit abstechen ließ, nachdem er so schwer verletzt war.«

Leptinos beugte sich zu dem Mann hinunter, der regungslos auf dem Bauch lag.

»Was meinst du, hältst du den Oberrichter für großzügig? Bist du nicht öfter bei ihm zu Gast?«

Leptinos schüttelte unbestimmt den Kopf. »Es kommt darauf an. Er hält sich streng an die römische Tradition.«

»Oh, dann legt er bestimmt Wert auf gute *Myrmillonen* wie der göttliche Domitian«, sagte Suillius beunruhigt. »Ich lege einiges drauf, wenn du diesen Mann bald wieder auf die Beine stellst.«

»Warum ist eigentlich sein Rücken von einem Krummschwert aufgeschlitzt? Sollte nicht vielmehr seine Brust Spuren eines Dreizacks tragen?« fragte Leptinos nachdenklich.

Suillius zuckte mit den Schultern. »Ach, seinen Kampf hat er gewonnen. Aber während Poplicola auf die Entscheidung der Zuschauer wartete, ob der Mann seinen Gegner töten sollte, drehte einer der anderen Netzfechter plötzlich durch und ging mit dem Schwert eines Thrakers auf alle los, die sich in seiner Umgebung befanden. Vier Leute habe ich auf diese Weise verloren.«

»Fünf, seit eben«, verbesserte Leptinos.

»Hoffentlich bist du wirklich besser als dein Vorgänger. Daß ein Gladiator tot ist, sehe ich selber.« Suillius machte ein düsteres Gesicht und ließ sie allein.

»Unverschämter Bursche«, murmelte Leptinos. »Komm her, Thalia.« Er zog einen langen, gebogenen Haut- und Muskellappen von den Rippen des Toten und hob ihn in die Höhe.

Thalia fing die bestürzten Blicke der beiden anderen Gladiatoren auf, die mühsam die Köpfe gedreht hatten und den Arzt beobachteten, den man ihnen versprochen hatte. »Sollten wir uns nicht erst um die Lebenden kümmern?«

»Heute betreiben wir nur anatomische Studien.« Zwei Knochen wurden sichtbar, die Leptinos kräftig mit dem Finger drückte, bis sie sich bogen.

»Ich will Ärztin werden, nicht ägyptische Leichenausnehmerin«, sagte Thalia fassungslos.

»Leichenausnehmer haben die besten Kenntnisse der Organe des Menschen. Sieh in diese Öffnung hinein! Der Mann ist erstickt, weil seine Rippen durchtrennt und die Lunge freigelegt wurde. Was machst du, wenn du jemanden mit einer oder zwei gebrochenen Rippen zu versorgen hast? Wie stellst du es überhaupt fest?«

Oh, er konnte so unglaublich kaltschnäuzig sein! Sie antwortete widerwillig. »Ich palpiere. Wenn ich unter meinen Fingern Krepitation spüre, sind die Rippen gebrochen. Ich würde einen festen Verband anlegen und den Patienten anweisen, sich einige Wochen vorsichtig zu bewegen.«

»Gut. Dann schließe jetzt die Augen und versuche, die Trennstelle zu finden. Zwänge deine Fingerspitzen hinein.«

»Nein!« rief Thalia. »Nicht bei einem Toten, Leptinos!«

Leptinos, der neben dem Gladiator in die Hocke gegangen war, zog seine Augenbrauen in die Höhe. »Wäre dir ein Lebender lieber? Zum Beispiel der Römer mit dem Beinbruch? Willst du ein pochendes Herz beiseite schieben, um eine Lunge zu sehen?«

»Schon gut«, stieß Thalia hervor, warf sich auf die Knie und zwang sich, mit ihren Fingerspitzen auf dem auskühlenden Fleisch entlangzutasten. Schweißperlen standen auf ihrer Nase. »Meine Finger spüren es jetzt.«

»Die Finger sind nur Werkzeuge. Der Kopf muß es spüren. Aber deiner will nicht. Du wirst es so oft machen, bis er will.«

O Demeter! Thalia hoffte verzweifelt, daß irgend etwas sie vor der Wiederholung bewahren würde.

Erst als sie den jetzt leeren Übungsplatz überquert hatten, wagte Thalia zu protestieren. »Wann wollen wir die Gladiatoren behandeln?«

»Diese überhaupt nicht«, antwortete Leptinos. »Ich behandele nur, wenn Aussicht auf Besserung besteht. Heute ging es um die Organe des Brustkorbs.«

»Sind wir nur deswegen gekommen?« fragte Thalia mit zitternder Stimme.

Leptinos nickte kühl. »Sklaven haben einen Marktwert, der sich nach ihren Kenntnissen richtet. Für Suillius hatte nur der *Myrmillo* einen Wert, die anderen nicht mehr. Djeballah hat für mich noch keinen.«

»Du steigerst also lediglich meinen Wert als Sklavin, indem du mich möglichst viel lernen läßt?«

»Ja. Dafür solltest du mir dankbar sein.« Leptinos verstand ihre Aufregung nicht.

In Thalias Hals staute sich ein Klumpen von Wut, den sie erst hinunterschlucken mußte. »Vielleicht solltest du mich dann auch zu Barnabas mitnehmen. Ich frage mich schon lange, welche Krankheit ihn plagen könnte, daß du ihn mit einer solchen Geheimniskrämerei abschirmst. Hat er vielleicht den Aussatz?«

Verachtung glitt über Leptinos' Gesicht. »Du weißt gar nicht, wovon du sprichst, du dumme Gans!«

Thalia kam sich selber wie eine Idiotin vor. Sie kaute auf ihrer Unterlippe, fiel drei Schritte zurück und ging hinter ihm, wie es sich für eine Sklavin eines Römers gehörte.

An diesem Abend war Thalias Stimmung so schwarz, daß sie sich einen Becher von Leptinos' schwerstem Wein holte und ihn unverdünnt trank. Nach dem zweiten Becher warf sie sich trotzig auf eine Kline. Auf Leptinos' Kline. Ihre Gefühle ihm gegenüber stürzten sie in immer tiefere Verwirrung.

Bei einbrechender Dunkelheit weckte sie ein Geräusch. Trimalchio vermutlich. Nicht übel, wenigstens jemand, mit dem sie reden konnte. Er hielt sich tatsächlich streng an sein eigenes Versprechen.

Zum Glück bemerkte sie noch rechtzeitig, daß er den heimlichen Besucher heute gleich mitgebracht hatte. Thalia sprang auf, schob den Becher unter die Kline und schlich in den Innenhof. In Gedanken pries sie die Vernunft der griechischen Baumeister, die der menschlichen Neugier durch Aufstellen von Säulen entgegenkamen.

Der Fremde hatte rote Haare. Sieh an, der unverschämte Römer, dachte Thalia, Rufus der Freche. Auf Zehenspitzen erreichte sie den Nebenraum, den sie stets während Trimalchios Besuchen benutzte. Sie legte das Ohr an die Wand. Das Murmeln der beiden Männer schwoll an und erstarb, aber zuweilen konnte sie ganze Sätze verstehen.

»Der Sold ist der übliche; ein As für jede Nachricht«, sagte Trimalchio. »Du kannst deine Bezüge mit besonders wichtigen Informationen erhöhen.«

Der andere erwiderte etwas Unverständliches, wonach der Oberrichter fortfuhr. »Ich brauche eine Übersicht über alle Christen, die die Stadt verlassen oder sie betreten. Sie müssen einen regelmäßigen Kurierdienst haben; ich will wissen, wer dazugehört und wie häufig sie ihre Männer losschicken.«

»Glaubst du wirklich, sie ließen ihre Kuriere christliche Ringe tragen oder das Kreuz schlagen?« fragte der Besucher skeptisch. »So unvorsichtig können sie doch wohl nicht sein.«

»Sie tragen sie. Sie sind Fanatiker. Du wirst sie erkennen, vor allem, wenn du selber einen solchen Ring trägst. Wenn du jemandem wegen mangelnder Kenntnisse auffällst, bekenne reuig, daß du erst vor kurzem getauft wurdest und es dir ein bißchen an allem fehlt. Außer an Neugier, natürlich.«

Danach gab es eine Pause im Gespräch. Wahrscheinlich probierte Rufus den Ring an. »Ein netter Fisch!« sagte seine Stimme.

Trimalchio lachte. »Einen erfolgreichen Fischzug wünsche ich. Und nun geh. Du wirst regelmäßig Bericht erstatten.«

Thalia lauschte Rufus nach, aber nicht einmal eine Tür knarrte. Er mußte für die Spitzeltätigkeit begabt sein, auch wenn er erst heute angeworben worden war. Und sie wußte jetzt, was Trimalchio plötzlich so viel wichtiger war als die Entsorgung seiner Säfte: die Überwachung der Christen vom *iatreion* aus. Wie raffiniert.

Beinahe hätte sie über ihrer Bewunderung vergessen, daß Trimalchio durch Wände und Mauern zu schauen pflegte. Hastig löste sie ihren Gürtel, warf sich neben Aristoteles auf die Liege und zog das dünne Bettuch über sich.

Kurze Zeit später wurde die Tür behutsam geöffnet. Thalia atmete dem Römer regelmäßige Atemzüge vor, worauf sich die Tür wieder schloß. Sie lachte lautlos in den buschigen Fellkragen von Aristoteles hinein.

KAPITEL 10
SPIELTAG

Bis zu den Iden des September verblieben nur noch zwei Wochen. Leptinos war oft weg und überließ Thalia die Patienten. Wenn sie nicht wußte, woran sie litten, bestellte sie sie ohne zu zögern zu einem Termin, an dem Leptinos im Haus war.

Er behauptete, in der Gladiatorenschule zu sein. Um die Männer während der Übungen zu überwachen. Sie ahnte, daß es nicht stimmte. Denn Afrania Agricola hielt sich in Alexandria auf. Überhaupt sammelten sich derzeit die Römer in der Stadt. Viele Ägyptenreisende kamen wegen der Spiele, die bei den römischen Truppen Tagesgespräch waren und an Häuserwänden annonciert wurden. Der Vizekönig setzte sich sehr für den Neuling Gaius Cornelius Trimalchio als Spielgeber ein.

Gegenüber römischen Patienten erwähnte Leptinos des öfteren seine verdienstvolle Betreuung der Gladiatoren, die gesund zu erhalten waren und gut genährt sein mußten. Er führte ein langes Gespräch mit Trimalchio, der über alles informiert sein wollte.

Trimalchio, Besitzer von Gladiatoren; Leptinos, Betreuer von Gladiatoren; Afrania, die für Gladiatoren schwärmte. Es war einfach zuviel.

»Hast du nicht auch den Wunsch, Gladiator zu werden«, fragte Thalia Tjelptah knurrig, als er ihr an dem Tag über den Weg lief, an dem im Theater die Zeltbahnen von Seeleuten geriggt wurden und weithin sichtbar waren.

»Wenn der Gebieter es möchte«, sagte Tjelptah und grinste

von einem Ohr zum anderen. »Und wieso auch? Willst du Gladiatorin werden?«

»Ich wünsche sie alle miteinander zum Hades«, antwortete Thalia aus tiefstem Herzen.

»Du wirst sie dorthin begleiten«, sagte Leptinos hinter ihr.

Trotz der Hitze zitternd, saß Thalia unter den Steinbögen, wo Gladiatoren, Tiere und Helfer versammelt waren. Ihre Geräusche vereinigten sich zu einem unerträglichen Lärm. Vor ihr breitete sich das Halbrund des Amphitheaters aus, das bis in die obersten Ränge gefüllt war. Ihr gegenüber lag die Ehrenloge, in der soeben der Vizekönig Platz genommen hatte, neben sich den ehrenwerten Oberrichter Gaius Cornelius Trimalchio.

Thalia betrachtete ihn grimmig. Diesen Mann kannte sie von seinem schlaffen Gemächt bis zu seiner heimlichen Überwachung der Christen. Und jetzt sonnte er sich im Glanz des Vizekönigs, als Spielgeber verkleidet in die Toga eines Römers von höchstem Adel. Vielleicht wollte er selber Vizekönig werden. Er war ehrgeizig und skrupellos. Die Treffen in ihrem Zimmer allerdings dürften wohl kaum die römisch-kaiserliche Politik darstellen, die der Vizekönig vertrat.

Während sie über die Ungerechtigkeiten der Welt nachdachte, kündigten die Trompeten mit schrillen Signalen den Beginn des Spieltages an. Die ersten Tiere trotteten in die Arena. In den Verliesen hinter ihr sprangen die Gladiatoren auf und preßten ihre Gesichter zwischen die Gitterstäbe.

Thalia schaute sich um. Leptinos war nirgends zu sehen. Aber vor den Gesichtern der Gladiatoren erschrak sie. Sie waren so ... so gierig. Wie die der Zuschauer draußen, obwohl mindestens die Hälfte von ihnen am Ende des Tages tot sein würde. Einer von ihnen war der Mann mit der Narbe, der in der Gladiatorenschule den Alarm ausgelöst hatte. Seine Haut war heller als die der Schwarzen, die sie sonst als Sklaven kannte, und seine Nase war schmal und gerade. Er sah auf seine Weise gut aus. Die anderen hielten respektvollen Abstand zu ihm.

Draußen ebbte der Lärm ab, und hier in der Halle hörten

die Trainer und Aufseher endlich auf, wie die Narren umherzurennen. Sie stellten sich mit verschränkten Armen unter die Steingewölbe und sahen nach draußen.

Thalia verzog sich mit ihrem Klappstuhl weiter nach hinten, setzte sich und lehnte sich an die Wand. Sie mochte nicht ansehen, wie die schönen Stiere aus dem Ostdelta unter den Pranken der großen afrikanischen Katzen starben.

Ein leises Zischen ließ sie aufhorchen. Sie sah sich unauffällig um. Nichts Besonderes. Dann machte sie sich auf den Kontrollgang, zu dem sie verpflichtet war.

»Geh mir aus dem Weg, Weib«, knurrte der Mann mit der Narbe.

»Nimm dich in acht vor dem«, murmelte ein Gladiator zu einem anderen, gerade als Thalia vorbeikam. »Der macht dich ganz brutal fertig. Schlimmer als nur tot.«

Thalia schlenderte weiter, hinüber zu den abgesonderten Abteilen der Aufrührer. Diese Männer waren von anderer Art als die Berufsgladiatoren. Die älteren machten sich Sorgen; nur unter den jüngeren gab es Durchtrainierte, die sich auf einen Sieg Hoffnung machen konnten. Sie lächelte schüchtern. Ein junger Mann nickte und deutete verstohlen mit dem Daumen auf die andere Gangseite.

Der Mann war allein in der Zelle. Seine schwarzen Augen konzentrierten sich auf sie; er wirkte gehetzt. Er war ihr sofort sympathisch. »Junge Frau, kannst du mich verstehen?« flüsterte er auf griechisch.

Thalia nickte.

Draußen brach mit Gebrüll ein Löwe über die Rinderherde herein. Der Gefangene nutzte die gesteigerte Aufmerksamkeit der Zuschauer. »Kannst du meiner Familie eine Nachricht schicken? Ich hoffe, du kannst schreiben?« Bei aller Eindringlichkeit klangen seine Fragen höflich und gebildet.

Schreiben, selbstverständlich. Thalia starrte auf seine weiß gewordenen Handknöchel und nagte auf ihrer Unterlippe. Es war ihr verboten, Kontakt mit Gefangenen aufzunehmen. Aber sie war wahrscheinlich die einzige Möglichkeit, die er hatte. Sie wußte, was es bedeutete, getrennt von seinen Angehörigen in Gefangenschaft zu geraten. Zögernd nickte sie.

»Ich bin Mutumbal aus Utica in Numidien«, murmelte der Gefangene. »Ich bin dort bekannt. Teile der Familie der Barkiden nur folgende Namen mit: Lucius Valerius Poplicola, Gaius Cornelius Trimalchio und Suillius Clodius Flaccus.«

»Das ist alles?« fragte Thalia erstaunt und wiederholte zur Sicherheit die Namen.

»Als Nachricht, ja. Schicke bitte zwei Kopien auf anderen Wegen.« Mutumbal schob ihr einen Siegelring in die Hand. »Das Siegel bestätigt ihnen, daß die Botschaft von mir kommt. Wenn du die Briefe abgeschickt hast, laß den Ring einschmelzen und behalte das Gold als Dank. Da ich heute sterben werde, kann ich mich nur auf diese Weise bedanken.«

Thalia umklammerte den Ring und ging zu ihrem Platz zurück, während die Trompeten den Abschluß der Tierkämpfe verkündeten. Kurz darauf knallten die hohen hölzernen Tore zu den Wagenunterständen an die Wände. Schwarze Sklaven zerrten Kadaver herein und stapelten sie mit Schwung übereinander: Rinder, Antilopen, Paviane, Löwen und große Katzen. Breite Blutlachen blieben zurück, die mit Sand abgedeckt wurden.

Mit der zunehmenden Tageshitze verbreitete sich Blutgeruch in den Hallen, und die Fliegen kamen. Draußen dudelte eine fröhliche Musik von Flöten, die zu dem bewundernden Ah- und Oh-Geschrei der Zuschauer paßte. Jetzt waren die dressierten Tiere an der Reihe, ihre Kunststücke vorzuführen.

Thalia betrachtete verstohlen den Ring. Ein Fisch mit offenem Maul und am Rand eine Schrift, die sie nicht lesen konnte. Die Botschaft kam ihr seltsam vor, etwas dürftig für einen Abschied, aber der junge Mann hatte auch nicht viel Zeit gehabt.

Als das Geschrei draußen wieder einen anderen Klang annahm, steckte Thalia den Ring fort und ging zu den Trainern an der Gladiatorenpforte. Gerade wurden die beiden Verbrecher in die Arena gestoßen, die zur Hinrichtung vorgesehen waren. Die Querbalken waren schon auf ihren Nacken festgebunden. Schwerfällig versuchten sie den Peitschenschnüren des Aufsehers zu entkommen, der sie zu den Pfählen trieb. Während die schwarzen Sklaven die Verbrecher packten und nach oben zerrten, machte sich der Aufseher davon.

Auf den oberen Rängen fingen die Zuschauer an zu zählen: »Eins und zwei und ...«

»Öffnen!« brüllte einer.

Die Sklaven nahmen Reißaus. Der eine prallte mit dem Kopf an die Mauer und blieb im Sand liegen. Der andere fand die Pforte, die hinter ihm zugeschlagen wurde. Zwei schwarze Panther schossen wie Kugelblitze über den Platz.

Die Begeisterung der Zuschauer kannte keine Grenzen. Die Verbrecher hingen hoch genug, daß die Panther ihre Kehlen nicht erreichen konnten, und die Tiere waren hungrig genug, um tollkühn zu springen. Knurrend rissen sie Fleisch aus den Oberschenkeln der Männer und verwickelten sich in den herabhängenden Gedärmen.

Thalia hörte über dem Lärm die gellenden Schreie der Männer. Sie schubste die erstaunten Trainer beiseite und wankte an die Mauer, wo sie auf den Boden sackte. Ihr war schlecht, aber sie brachte es fertig, sich zu bezwingen.

Als sie die Augen wieder öffnete, sah sie eine Gruppe von Gelehrten mit Chlamys oder Palla in das Theater schreiten, an den inzwischen erlegten Panthern vorbei. Sie sammelten sich mit ernsten Gesichtern um die Pfähle und ließen sich durch einzelne Pfiffe von den Rängen nicht stören, als sie nacheinander in die geöffneten Rippenbögen spähten.

Leptinos war der eifrigste Anatom. Thalia konnte sich sein Gesicht vorstellen, kühl, neugierig und sachlich. »Wie würdest du feststellen, ob das Herz des Mannes noch schlägt?« hörte sie ihn so deutlich fragen, als ob er neben ihr stünde. Sie preßte die Hände auf ihre Ohren und versagte sich die Antwort, die ihn als einzige zufriedengestellt hätte: Ich nehme das Herz in die Hand und spüre, wie es klopft und zuckt. Verzweifelt wünschte sie, der Tag wäre bald vorüber.

Und dieser Blutgeruch. Er hatte auch über der Straße von Side gelegen, in der die Räuber am schlimmsten gehaust hatten. Am stattlichen Anwesen ihrer Eltern waren sie zuletzt angekommen. Die Knechte, die der Vater in aller Eile bewaffnet hatte, wurden bereits am Tor erschlagen. Danach alle Menschen im Haus. Nur sie selber hatte ein Rohling gepackt und nach draußen geprügelt und getreten. Und danach wußte sie nur von einer großen Schwärze, die sich über Side gelegt hatte. Mitten auf See war sie erwacht, eingepfercht zwischen fremden Menschen, vom schweren Seegang hin- und hergeworfen.

Thalia nahm ihre Hände vom Gesicht. Die Erinnerung war nicht erfreulicher als die Gegenwart. Vermutlich war jetzt der kleinste Zwerg der Welt damit beschäftigt, die blonde Hünin aus dem Norden zu begatten. Die Aufseher, jetzt zahlreicher als bei den Tierdarbietungen, machten ihre anzüglichen Kommentare. Als endlich die nackten Knaben unter dem Zeltdach erschienen und als Pausenfüller obszöne Pantomimen aufführten, stahl sie sich hinaus.

Die Verkäufer waren umlagert, aber nach einiger Zeit gelang es ihr, ein Viertel einer Wassermelone zu erstehen. Thalia suchte sich ein Plätzchen, das ein wenig ruhiger war, und biß in das Fruchtfleisch. Der Saft troff an ihren Händen herunter, und sie kaute, spuckte die Kerne auf den Boden und stillte endlich ihren gewaltigen Durst. Und dann erblickte sie plötzlich Leptinos. Wie der Leibarzt eines Kaisers saß er neben Poplicolas ägyptischem Knaben hinter Afrania und flüsterte ihr ins Ohr.

Sie starrte entgeistert hin. Leptinos war ganz bestimmt Afranias Liebhaber, mit voller Billigung des Vizekönigs, der es ebenfalls gewesen sein sollte. Oder schon wieder war.

Kaum war Thalia zurück im Gewölbe, wurde es in den Zellen der Berufsgladiatoren laut. Die Männer begannen zu prahlen und einander mit Androhungen zu übertrumpfen. Andere konzentrierten sich still.

Kurz darauf schleppten Legionäre die Kisten mit den scharfen Waffen herein, gefolgt von Sklaven mit blinkenden Helmen und prachtvollen Umhängen. Die Käfige wurden aufgeschlossen, und die Legionäre begannen, Schienen, Bandagen und Wadenbinden anzulegen.

Zusammen mit den Legionären kam Leptinos. Ein schwacher Duft von Afranias Parfüm umgab ihn, aber er hatte schlechte Laune.

Als sie wenig später nebeneinander den Aufmarsch der Gladiatoren in der Arena beobachteten, schimpfte er los. »Diese Herophiliker! Sie haben keine Ahnung von Krankheiten – aber uns werfen sie vor, wir seien Stümper in Anatomie. Was nützt ihnen die Anatomie, frage ich dich, wenn sie mit ihr nichts anfangen können? Man sollte ihnen den Zugang zu den Leichen verbieten.«

Thalia schnaufte entsetzt. Sie haßte die Anatomie. Und ihre Hoffnung, er möge sich über Afrania geärgert haben, war Narretei gewesen.

»Na ja. Immerhin hat der Vizekönig mir das Amt anvertraut und nicht einem Herophiliker.« Leptinos verschränkte die Arme und betrachtete wohlgefällig die bunten Uniformen der kaiserlichen Fechter und die Gesichtshelme, auf denen Pfauen- und Straußenfedern wippten.

Thalias Herz schlug für die phönizischen Gefangenen, die hinter den Gladiatoren einherschlurften wie eine Schafherde auf Wanderschaft, wofür sie verächtliche Pfiffe von den Rängen ernteten. Als letzter kam Mutumbal, halbnackt wie alle Netzkämpfer. Aber seine herablassende Kopfbewegung wurde von allen verstanden. Die Pfiffe verstummten, und für einen Augenblick lag der Circus in tiefem Schweigen.

Die Gladiatoren lösten ihre militärische Marschordnung auf und trampelten sich vor der Ehrentribüne geräuschvoll ein lebendes Viereck zurecht. Zugleich hoben sie ihre Waffen und grüßten rasselnd den Vizekönig und den Spielgeber.

Gaius Cornelius Trimalchio raffte seine Ehrentoga mit der Hand und stieg gemächlich die Stufen hinunter, die ihn von der Sandbahn trennten. Er sah sich um, bis Hochrufe laut wurden, die in echten Jubel übergingen, als er begann, die Waffen der Gladiatoren mit aller Sorgfalt zu überprüfen. Zwei Schwerter waren ihm zu stumpf und mußten ausgewechselt werden. »Gegen *Drususschwerter*«, sagte er vernehmlich.

Man dankte ihm mit rauschendem Beifall.

Der Vizekönig betrachtete ihn unter seinen schütteren Augenbrauen, ohne eine Miene zu verziehen. Afrania hatte in Rom nicht viel über Trimalchio in Erfahrung bringen können. Der Sippe Cornelius' gehörten große Besitztümer in Kilikien, und von dort stammte auch der Kult der Kybele, dem der Oberrichter als Eingeweihter angehören sollte. Aber selbst das war nicht genau bekannt; er und seine Schwester waren schweigsam wie eine Gruft. Allein der Gedanke an sie verursachte ihm Unbehagen. »Man erzählt sich, daß Trimalchio kurz vor dem finanziellen Ruin steht«, sagte er leise und legte zärtlich seine Hand auf Afranias Arm.

Plötzlich befanden sich die Wangen von Chai zwischen den Schultern von Poplicola und Afrania. »Unser guter Gaius fängt an, ein wenig über die Stränge zu schlagen, fürchte ich«, flüsterte er. »Aber dem Volk gefällt es.«

Der Vizekönig brach in ein leises Lachen aus. »Etwas Ähnliches wollte ich auch gerade sagen. Ich werde deshalb heute dem Strategen zeigen, wie er sich einen noch größeren Dank des Volkes sichern kann«, sagte er spöttisch.

Afranias Augen leuchteten erwartungsvoll auf, doch sah sie sich daran gehindert, ihren Schwager auszufragen, denn schon kehrte der Oberrichter auf seinen Sitz neben dem Vizekönig zurück und erteilte die Erlaubnis zum Beginn des Kampfes.

Die Trainer schrien ihre Befehle, damit die Phönizier dem ersten Gladiatorpaar Platz machten.

Aber die Phönizier blieben wie eine Mauer stehen. Aus ihrer Mitte erhob sich, auf zwei waagerecht gehaltenen Schilden, ihr Anführer Mutumbal. Unter dem kurzen Hemd stachen seine lächerlich schmächtigen Beine hervor. Wer sein Gesicht beobachten konnte, lachte nicht.

Mit nicht besonders lauter Stimme wandte er sich an die Zuschauer in der Ehrenloge. »Meine Verachtung für euch, ihr römischen Barbaren, ihr Aufsteiger aus einem Volk italischer Schafhirten!« grüßte er, indes die Zuschauer auf den Rängen selbst das Knabbern von Nüssen vergaßen. »Eure Legionen machen euch zu erfolgreichen Beutejägern, aber nicht zu einem hochentwickelten Volk. Ihr habt euch alles zusammengeraubt: eine Geschichte, eine Schrift und technische Kenntnisse. Von mir sollt ihr totes Fleisch bekommen. Rom wird sich nicht rühmen können, mich unter seinen Willen gezwungen zu haben! Mich, Mutumbal aus der Familie der Barkiden von Karthago, die euch Römer einst das Fürchten lehrte!«

»Die Akustik ist ausgezeichnet«, bemerkte Leptinos verblüfft. Thalia hielt den Atem an.

Die Römer waren wie gelähmt. Keine Hand rührte sich, als Mutumbal von den Schilden sprang und sich in den Sand kniete, um den Schwertstreich seines Gefährten zu erwarten.

Sein kopfloser Körper kippte nach vorne. Während sich das Hemd über den Torso stülpte, zeigte Mutumbal noch im Tod dem Vizekönig sein blankes Hinterteil, bevor er langsam auf die Seite sank.

»Die Inszenierung des Gladiators Mutumbal stellt die des Spielgebers Gaius in den Schatten«, spottete Chai, während sich die Protestrufe zum allgemeinen Hohngeschrei steigerten.

»Feigling!« schrie auch Afrania böse. »Laß die Mittäter zerfleischen, Lucius!«

»Das hatten wir heute schon.« Poplicola breitete gelangweilt seine Arme über die Rücklehnen der beiden benachbarten Sessel aus und schlug die Beine übereinander. Er war neugierig, wie Trimalchio sich aus der Klemme ziehen würde. Da das Publikum sich geärgert hatte, mußte man ihm jetzt einen Ersatz bieten, der es entschädigte.

Der Oberrichter stand auf und gebot Schweigen. »Die Bewaffnung wird geändert«, rief er. »Alle Phönizier werden zur Strafe als *Retiarier* kämpfen, und zwar jeweils zu zweit mit aneinandergefesselten Beinen gegen einen Schildträger.«

»Das gleicht einen Nacktarsch aus«, schrie der Spottknabe schrill und traf damit die allgemeine Meinung. Keine ehrenvolle Bewaffnung für Spielverderber!

Laute Diskussionen brachen auf den Rängen los, während die Fechtmeister, Trainer und Aufseher in der Arena umherwirbelten, unterstützt vom Leiter der Gladiatorenschule. Es galt jetzt, alles unter Kontrolle zu behalten. Eine Situation wie diese forderte tollkühne Fechter leicht zum Aufstand heraus.

»Anderswo schlachten Männer Schweine. Hier ist der einzige Ort, an dem Schweine Männer schlachten.«

Die Ehrenloge bog sich vor Lachen, und Afrania tätschelte dem Jungen zärtlich die Wange. »Ich möchte auch so einen haben«, sagte sie zu ihrem Schwager. »In Rom wird man um einen echten Alexandriner beneidet.«

Der Vizekönig, der das Geschehen in der Arena mit gewisser Beunruhigung verfolgte, antwortete nicht.

Doch die Phönizier waren keine Berufskämpfer. Soweit sie ursprünglich zu *Samniten*, *Thrakern* oder *Galliern* trainiert worden waren, ließen sie sich widerstandslos die scharfen Waffen und Rüstungen abnehmen. Unterstützung bekamen die Waffenmeister von den Berufsgladiatoren, die den Strafgefangenen Netze und Dreizacke johlend vor die Füße warfen und die besseren Waffen an sich rissen.

Poplicola lehnte sich erleichtert zurück. »Mal sehen, was sich machen läßt«, sagte er und kniff ein Auge zu. »Nicht jeder Knabe ist für die Ausbildung geeignet, und man hat nicht die Auswahl wie bei Eseln und Gänsen.«

Afrania lächelte verheißungsvoll zurück, und Poplicola verzieh ihr vieles und bedeckte ihre Hand mit der seinen. An diesem Tag vibrierte er vor Unternehmungslust; noch vor dem Ende der Spiele würde seine Stunde kommen.

Inzwischen waren die Aufseher mit ihren Vorbereitungen fertig. Sie stießen zwei Netzkämpfer mit aneinandergebundenen Beinen in die Mitte der Arena, wo bereits ein schwerbewaffneter *Myrmillo* auf sie wartete. Es zeigte sich schnell, daß zwei *Retiarier* nicht gefährlicher als einer waren. Beim Werfen ihrer Netze behinderten sie sich gegenseitig. Kurz nachdem ein Gewirr von Maschen neben dem Schildträger auf den Boden geklatscht war, ohne Schaden anzurichten, schlitzte dieser beiden zugleich die Kehlen auf.

Auch die nächste Paarung gewann ein Berufsgladiator.

»Nicht schlecht, aber es könnte langweilig werden«, stellte Afrania fest und sah sich um.

Das dritte Phönizierpaar schlug eine andere Taktik ein. »Zu alt zum Kämpfen«, sagte Leptinos nüchtern. Thalia nickte beklommen.

Die grauhaarigen Männer, die sich auf den Boden gesetzt hatten, ließen den Gegner kommen, der mit dem Langschild über dem Kopf geduckt um sie herumschlich. Er zuckte hin und wieder zurück, wenn einer der *Retiarier* sich bewegte. Er war auf der Hut.

»Wie ein tapferer Löwe, der zwei hundsgemeine Mäuse zur Strecke bringen soll«, murmelte Thalia.

Die Phönizier warfen ihre Netze fort.

Endlich begriff der Gladiator, senkte Schild und Schwert und trat zurück. Er schüttelte demonstrativ den Kopf, und so viel Berufsehre quittierte man auf den Rängen mit Wohlwollen. Nicht aber das feige Verhalten der Phönizier. »Warum stürzen sie sich nicht in das Schwert? Warum sterben sie so verdrossen?« schrie man. »Peitscht sie!« forderten andere.

»Was wird nun aus ihnen?« fragte Thalia. Leptinos zuckte die Schultern.

Die Trainer schnauzten die ihnen unterstellten Sklaven an, die auf die Phönizier einschlugen, bis das Blut von ihren Schultern und Armen herabtroff.

»Brennt ihnen den Kampfgeist ein«, befahl der inzwischen stehende Oberrichter scharf, und nach einer Weile hetzte ein Schwarzer mit dem rotglühenden Eisen herbei.

Das Stöhnen der Gebrandmarkten war bis zum obersten Rang zu hören. Die Zuschauer heulten auf vor Wut, denn in den Männern war noch Leben, und sie wurden um ihr Recht betrogen, für das sie bezahlt hatten. Ein Wald von nach unten gerichteten Daumen streckte sich dem Vizekönig entgegen. Er und der Oberrichter senkten gleichzeitig die Daumen.

Der Gladiator warf die Phönizier mit einem Fußtritt um und schnitt ihnen die Kehlen durch. Als die Zuschauer murrten, weil die Feiglinge nicht einmal ihre Hälse freiwillig darboten, schleuderte er deren Köpfe durch die Arena.

Der Vizekönig machte sich erneut Sorgen. Einer der erfahrenen Trainer fing seinen Blick auf und rannte zu den beiden jüngsten Phöniziern hinüber; der eine hatte Mutumbal den Kopf abgeschlagen, der andere war ein Hüne von Mann. Beide hatten eine Weile miteinander geflüstert.

»Zeige deinen Widerwillen nicht so deutlich«, befahl Leptinos barsch. »Es würde auf mich zurückfallen.«

Thalia riß erschrocken die Augen auf und starrte gehorsam in die Bahn. »Ein Linkshänder auf der linken Seite und ein Rechtshänder rechts«, stellte sie mit erhobener Stimme fest und fragte sich, wie die Männer diesen Umstand nutzen würden.

»Dein Sinn für Details kennzeichnet die Hausfrau«, bemerkte Leptinos kritisch. »Eigentlich ist es Unsinn, daß Frauen Kämpfen zuschauen, bei solch beschränktem Verständnis für das Wesentliche.«

»Beschränktes Verständnis, aha«, wiederholte Thalia.

Der Trainer sah den *Retiariern* mit fast väterlichem Stolz zu. Sie hatten sich, bei Jupiter, tatsächlich in aller Geschwindigkeit eine Kampftechnik ausgedacht.

Ihre Netze flogen abwechselnd und in einem solchen zeitlichen Abstand, daß es dem Gladiator leicht möglich war, sie an seinem Langschild abgleiten zu lassen. Schnell fand er seinen Rhythmus und fing die Netze abwechselnd rechts und links mit eleganter Körperbewegung ab. Das Publikum klatschte im Takt mit.

Plötzlich sausten beide Netze fast gleichzeitig auf den Gladiator zu. Seine Augen rollten irritiert, als das eine Netz sich über den riesigen Kamm seines Visierhelms senkte, sich in den Barschzacken verhedderte und ihm die Sicht nahm. Das andere legte sich um die Schildkante. Mit einem Ruck wurde er von den Füßen gerissen.

»Sie haben es geplant!« Thalia lächelte grimmig. »Krates hatte recht.«

»Was versteht denn ein Philosoph von Kämpfen?« schnaubte Leptinos. »Und wieso überhaupt er?«

»Er versteht eine Menge von Einfaltspinseln«, antwortete Thalia. Zum ersten Mal an diesem Tage hatte sie Grund zur Freude. Sie sah Leptinos strahlend an.

»Meint er etwa mich?« fragte Leptinos, ohne eine Antwort zu erhalten.

Die Netzkämpfer schlachteten ihren Gegner ab wie einen großen Hai, der ihnen nach dem Leben getrachtet hatte. Die wenigen Zuschauer, die auf die Sieger gesetzt hatten, stießen ein lautes Freudengeheul aus. Ihr Gewinn würde ganz außerordentlich hoch sein.

Der Sieg der zwei jungen Männer machte den übrigen Phöniziern Mut. Sie starben nicht, ohne sich tapfer gewehrt zu haben. Leptinos bekam Arbeit. In einem kühlen Raum auf der Nordseite des Amphitheaters behandelte er die leichtverwundeten Berufsgladiatoren.

Bisher hatte Thalia seltener mit Wunden zu tun gehabt. Jetzt lernte sie, daß die Stichwunden der Dreizacke nicht verschlossen wurden, ganz gleich, wie tief oder zerfetzt sie waren. Leptinos sondierte sorgfältig, ohne sich darum zu kümmern, ob die Verletzten mit den Zähnen knirschten. Wenn der Stich bis an einen Knochen führte, war er skeptisch bei seiner Prognose; wenn er nur oberflächlich war, dagegen zuversichtlich. Aber er spülte alle Verletzungen bis in die letzte Verzweigung mit Wein aus und verband sie sorgfältig.

»Manche Ärzte gießen solche Wunden mit siedendem Öl aus«, erläuterte er. »Ich bevorzuge frischgekochtes Mus aus scharfen Zwiebeln oder Knoblauch, das auf Körperwärme abgekühlt ist. Eine solche Packung muß mit Hilfe eines Verbandes an Ort und Stelle gehalten werden. Am nächsten Tag wird die Packung gewechselt. Ein Wundbrand ist mit dieser Behandlung eher selten. Nur gegen Wundknistern hilft er nicht.«

Thalia strich dem Gladiator vorsichtig den Brei mit einem Spatel auf die Wunde, die sich über einer Rippe befand. Der Verletzte hielt den Atem an. »Was ist Wundknistern?« fragte sie, als sie fertig war, und er die Luft langsam hinausließ.

»Verletzte Muskeln bekommen die Beschaffenheit von luftgefüllten Lungen und sind dabei außerordentlich heiß und schmerzhaft«, erklärte Leptinos nachdenklich. »Wenn man draufdrückt, knistern sie, und es bleibt eine Delle zurück. Ein Mann mit Wundknistern stirbt.«

Thalia überlegte, während sie beide den Gladiator beobachteten. Er sah nicht übel aus, was ihr Gelegenheit gab, ihren Einwand vorzubringen. »Wenn das Symptom dasselbe ist, Leptinos, und die Behandlung auch, aber der Ausgang trotzdem verschieden – dann müssen sich doch die Fälle in irgend etwas voneinander unterscheiden. Mit anderen Worten: Es muß eine Ursache geben.«

Leptinos zog verdrossen die Stirn kraus. »Wenn du dich disziplinierter an das halten könntest, was die alten Ärzte aufgeschrieben haben, würdest du eine ganz passable Ärztin abgeben. So aber wird aus dir nie eine. Beschränke dich auf die Hebammentätigkeit.«

Nach einigen Stunden waren bis auf vier alle Phönizier tot. Die siegreichen Gladiatoren waren auf dem Platz geblieben, um sich in ihrem Ruhm zu sonnen. Mancher spekulierte auf ein Briefchen mit Angeboten. In der Gladiatorenschule wurden sie scharf überwacht, aber in der Arena konnte das Schweinchen seine Augen nicht auch noch auf sämtlichen Frauen haben. Vorübergehend wurde es still im Stadion.

»Ist es endlich vorbei?« fragte Thalia, die auf einer leeren Waffenkiste kauerte, die Hände fest um ihre Knie geklammert.

Leptinos schüttelte den Kopf. »Suillius sieht sich in der mißlichen Lage, einen frischen Gladiator einem abgekämpften gegenüberstellen zu müssen. Er wird sich bald zu entscheiden haben, wen er nehmen will.«

Suillius entdeckte seine Perle unter den Gladiatoren mit dem Rücken zur Arena an der Bande. Frauen, natürlich! Der Schwarze war geil wie ein Ziegenbock.

Das Narbengesicht kaute versonnen auf einem Thymianzweig herum, während er die Ränge inspizierte. Heute hatte er seinem Gegner einen schönen Tod zelebriert, und als Dank waren zwei steinbeschwerte Tücher und eine Rose neben ihn in den Sand geflogen. Ein Briefchen hatte er sich gerade vorlesen lassen.

Er dehnte seine Muskeln ein wenig; heute war er noch gut in Form. Bei Mithras' Bocksbeutel, er hatte schon mehrmals gehört, daß einer mit diesen Weibern sein Glück machen konnte, vor allem, wenn sie aus Rom waren. Und dann: ab nach Rom, Geld, Karriere, sogar wenn man schwarz war. In seine Hoffnung fiel ein Pfiff, den er kannte. Er drehte sich um.

Suillius nahm die Finger aus dem Mund und winkte ihm.

Gemächlich spuckte der Schwarze den sperrigen Zweig auf den Boden und setzte sich in Laufschritt. Wie er es sich gedacht hatte: ein zweiter Kampf. Aber er war bereit.

Es wurde der längste und tückischste Kampf des Tages, und als er beendet war, hatte der Narbige das Herz des Publikums gewonnen. Schwer atmend hob er die Hände und drehte sich, während es ihn bejubelte.

Thalia sah dem Leichnam nach, der am Haken aus der Arena in die Leichenkammer geschleift wurde. Neben dem Sklaven ging der Totendämon mit dem Hammer, und vor seinen Füßen wieselten bereits die Jungen mit den Sandkörben und den Reisigbesen herum. Während sie die Arena für die Siegerehrung säuberten, nahm der Held des Tages seinen Helm ab und dankte den Zuschauern ein zweites Mal.

Die Sonne senkte sich, als Trimalchio sich erhob, um die Feierlichkeiten zu beschließen. Es war ein großartiger Spieltag gewesen, mit unerwarteten Sensationen, gerechten Hinrichtungen, Strömen von Blut und tapferen Kämpfern – und nicht von schlechterer Qualität als in Rom selbst. Sein immenser Einsatz hatte sich gelohnt, auch wenn er dafür sein Landgut hatte verpfänden müssen. Sein Name würde dem Kaiser genannt werden.

»Danke, danke«, rief er geschmeichelt angesichts der flatternden weißen Tücher, die ihm galten. Erst seine ausgestreckten Hände brachten die anerkennenden Rufe zum Verstummen. Als auch die siegreichen Gladiatoren mit erwartungsvollen Gesichtern in einem Halbkreis zur Ruhe gekommen waren, sprach Trimalchio weiter.

»Bevor ich die Siegerehrung vornehme, habe ich ein besonderes Geschenk für das Volk von Alexandria. An diesem denkwürdigen Tag übergebe ich, römischer Oberrichter von Alexandria in des Kaisers Auftrag, euch vier unbelehrbare Feinde des Römischen Reiches. Ihr sollt sie richten!« Trimalchio deutete anklagend auf die Phönizier, die die Aufseher schon von den Berufsgladiatoren getrennt hatten.

Die Römer senkten die Daumen.

»Laßt sie laufen«, schrien die griechischsprachigen Alexandriner, die die Mehrheit des Publikums stellten. Weiße Tücher flogen in die Höhe, und die Daumen stellten sich.

Der Oberrichter machte es spannend. Sein eigener Daumen schwebte für ein paar Atemzüge waagerecht und senkte sich dann.

»Das ist nicht gerecht«, flüsterte Chai empört. »Nicht wahr, Lucius, den Tod haben sie nicht verdient?«

Der Vizekönig verschränkte schmunzelnd seine Arme. »Nein, verdient haben sie ihn nicht.« Der Emporkömmling war in eine Falle gelaufen, die ein vornehmer Römer gemieden hätte. Man forderte nicht das Publikum heraus, um es anschließend zu ignorieren. »Aber verlangst du von einem plebejischen Richter Gerechtigkeit?«

Der Kleine sah ihn verblüfft an und lachte dann schrill. »Das hätte von mir sein können!«

»Süß«, sagte Afrania entzückt.

Während die Phönizier von den Aufsehern abgestochen wurden, kostete der Vizekönig den ersten taktischen Fehler von Trimalchio aus. Trotz des Widerhalls zwischen den Mauern blieb der Beifall erkennbar dünn. Er selber schlug träge einige Male in seine Handfläche.

Der Oberrichter zeigte für einen Augenblick eine Spur von Unsicherheit, bevor er sich wieder fing: »Und jetzt die Ehrung der siegreichen Gladiatoren, die tapfer zum Ruhme Roms gekämpft haben.«

Trimalchio stieg feierlich in die Arena hinunter, gefolgt von Sklaven, die mit Ehrenzeichen beladen waren. Der an ihn ausgeliehene *nomenklator* des Vizekönigs begann, ihm die Namen der Sieger ins Ohr zu flüstern. Trimalchio wiederholte jeden einzelnen schallend, reichte dem Mann den römischen Palmzweig und setzte ihm den griechischen Kranz auf den Kopf.

Dem letzten, dem Tagesbesten Hegesippus, legte er zum Dank die Hand auf die Schulter, drehte sich mit ihm um seine eigene Achse und wartete auf den Sturm von Jubel, der das Amphitheater gleich zum Erzittern bringen mußte.

Keine Hand klatschte. In der Stille konnte Trimalchio die Sonnenschirme rascheln hören. Seine Beine waren wie Blei, als er sich umdrehte und langsam die Stufen zu seinem Platz hochstieg. Irgendwo hatte er einen fürchterlichen Fehler gemacht. Sein fragender Blick suchte den des Vizekönigs.

Poplicola hatte sich in den letzten Augenblicken mehr amüsiert als in den vorangegangenen Stunden. Der zweite Fehler des Oberrichters spielte ihm auf geradezu göttliche Weise einen

Trumpf in die Hand: Trimalchio hatte übersehen, daß das Publikum seinen Helden wollte, überschüttet mit Reichtum, zum Gott gemacht – nicht einfach nur mit dem Leben davongekommen.

Gemächlich erhob er sich und bekam dafür einen dankbaren Blick vom Oberrichter, der auf seinen Sessel sank. Für den Augenblick fühlte Trimalchio sich erleichtert. Aber schnell wich die Erleichterung einem unbehaglichen Gefühl, ohne daß er gewußt hätte, warum.

Der Vizekönig wartete, bis die Unruhe sich gelegt hatte. »Die Bescheidenheit des römischen Strategen Trimalchio hat ihn veranlaßt, mich zum Verkünder seiner eigenen Ruhmestat zu machen. Noch nie verließen die Sieger diesen Circus ohne Geldgeschenk – und noch nie wurde in Alexandria dem Helden eine größere Belohnung zuteil. In Trimalchios Namen: Zehntausend Sesterze für jeden Sieger! Ein Haus und die Freiheit für den Helden!« Unter tosendem Beifall lief Poplicola in die Arena hinunter, den Stab, der einem Gladiator die Freiheit bringen würde, über seinem Kopf schwenkend.

Als er vor den bekränzten Gladiatoren stand, trat Stille ein.

»Verdient gemacht hat sich heute Hegesippus«, verkündete der Vizekönig, als die Spannung nicht mehr zu überbieten war, und überreichte ihm das Rapier.

Die Narbe in Hegesippus' Gesicht fing an zu glühen, als er die Arme in die Luft warf und frenetisch in die Hochrufe des Publikums einstimmte. Und die ganze Zeit dachte er dabei an die unbekannte Verehrerin, die ihm solches Glück gebracht hatte. Als er in einen der Wagen einstieg, die die Sieger aus der Arena abholten, um sie im Triumph zur Gladiatorenschule zu bringen, suchte er sie vergebens unter den Zuschauerinnen, die hartnäckig ihre weißen Tücher flattern ließen.

Die Wagen ratterten nach der Ehrenrunde hinaus. Niemand beachtete die drei begnadigten Gladiatoren, die durch das Tor der Verlierer hinausschlichen. Nur Suillius sah ihnen nach, bis die Porta Sanavivaria sich hinter ihnen schloß. Am Abend würde er hinter ihren Namen die Begnadigung verzeichnen. Und sie dann loszuwerden versuchen.

Noch schlimmer aber war für Suillius die Freilassung von

Hegesippus. Diesen herben Verlust würde er seinem Gönner nicht vergessen. Sein Blick schwenkte hinüber zu Trimalchio.

Der Oberrichter hockte mit gekrümmtem Rücken und bleichem Gesicht auf seinem Ehrensitz. Die Preisgelder würden ihn ruinieren. In Alexandria besaß er wegen seiner hohen Verschuldung kaum mehr Kredit. Das Schlitzohr von Vizekönig mußte es erfahren haben; er hatte die Gelegenheit beim Schopf gepackt, um ihn fertigzumachen. Er war in eine gut vorbereitete Falle gelaufen.

Afrania stützte ihr Kinn in die Hand und betrachtete Trimalchio ungeniert. Er war der Handlanger eines der Mächtigen in Rom. Sie hatte keinen Beweis, aber ihr Verdacht richtete sich gegen die Flavier. Diese erzkonservative Sippe hintertrieb im Stillen Trajans Politik. Aber wer auch immer der Gegner war, diese bemerkenswerten Spiele waren durch einen Sieg der Sippen Valerius und Agricola über ihn gekrönt worden. Irgendwann würde sie erfahren, gegen wen sie gekämpft hatten.

Der Alexandriner grinste seinen Herrn an. »Blamiert und ruiniert«, flüsterte er in das Ohr von Lucius.

Sein Herr zwinkerte ihm zu und drückte ihm eine Münze in die Hand. »Das Ansehen des Römischen Reiches ist unter allen Umständen zu wahren.«

»Jetzt weiß ich, was du mit Politik gemeint hast.« Der Kleine kicherte.

Poplicola schmunzelte gönnerhaft und fing einen zugeworfenen Kuß seiner Schwägerin scherzhaft mit der Hand auf. Er erhob sich, um die Sänfte persönlich herbeizurufen und dabei die Glückwünsche etlicher Römer entgegenzunehmen. Mit einem Senator, der auf der Durchreise nach Afrika war und sich einige Tage privat in Alexandria aufhielt, plauderte er eine Weile.

Afrania ließ sich auf ihr bequemes Polster zurücksinken. Sie interessierte sich nicht für Verlierer, aber um so mehr für Gewinner. Seine Muskeln hatten unter der Haut wie bei einem Löwen gespielt. Ein Mann der Savanne, frei und wild. Sie überlegte, wie sie Hegesippus nach Rom holen konnte.

»Die Sänfte ist da«, sagte Lucius dicht neben ihrem Ohr. Afrania schrak hoch und legte ihre Hand auf seinen ausgestreckten Arm. Eng nebeneinander stiegen sie die Treppe hinunter und verließen, in ein heiteres Gespräch vertieft, die Arena.

Wie ein Liebespaar, dachte Thalia, die allein unter einem der Bögen stand und auf die Rückkehr von Leptinos wartete. Über ihr hatte sich der Circus längst geleert, aber die erregten Zuschauerstimmen hallten noch in ihren Ohren. Als sie endlich verklungen waren, lag das Amphitheater lautlos vor ihr, aber zum Bersten gefüllt mit den Gerüchen des Todes. Und gegenüber saß der Mann, dessen triumphaler Tag in einer persönlichen Katastrophe geendet hatte, so daß sie gegen ihren Willen Mitleid mit ihm empfand.

Plötzlich fror sie und fing an zu zittern, und so fand Leptinos sie vor, als er kam, um sie zu holen.

TEIL 3
DAS NETZ

KAPITEL 11
ARISTOTELES

Thalia starrte auf Trimalchio hinunter. Es war schon Tag, aber der Römer lag in seinem Weindunst und kämpfte mit Lemuren. So hatte sie ihn noch nie gesehen. Seit dem denkwürdigen Tag vor einem halben Jahr als Spielgeber hatte er sich verändert. Sie wich seinen Händen aus, die in die Luft schlugen, und versuchte, seine Worte zu verstehen.

»Hechte«, murmelte er.

Hechte.

Jedermann wußte, daß die Römer wegen ägyptischer Hechte nervös waren. Eine Hundegemeinde in einem nilaufwärts liegenden Gau hatte einen Hecht verzehrt, um die Hechtverehrer zu provozieren. Es war zu einer Schlacht gekommen, und die römischen Truppen hatten eingreifen müssen. Aber das war schon im Winter gewesen, die hier Saatzeit hieß, und seitdem herrschte in Alexandria und den angrenzenden Gauen wieder Ruhe.

Thalia bezweifelte, daß Trimalchio diese Hechte meinte. Seit seiner Schmach im Circus machte er einen Bogen um römische Angelegenheiten, die nicht zu seinem Amt gehörten. Er mußte andere Hechte meinen. Und eigenen Lemuren ausgeliefert sein, die sie nicht kannte.

Eine mißliche Situation. Thalia wußte genau, womit Leptinos den Alpträumen des Römers abhelfen würde. Ihr widerstrebte es, zu Zaubermitteln zu greifen. Aber sie wußte, wo Wernero die schwarzen Bohnen aufbewahrte.

Sie hatte Glück, die Köchin war nicht im Küchenhaus.

Kurze Zeit später war sie in ihrer Kammer zurück, warf eine Handvoll Bohnen über ihre Schulter hinter sich und murmelte Unverständliches.

Die römischen Lemuren aber mußten verstanden haben, Trimalchio atmete tiefer und irgendwie leichter. Thalia verließ beruhigt ihre Kammer und ging in die Behandlungsräume hinüber. Leptinos konnte sich schon längst nicht mehr über einen Mangel an Patienten beklagen. Sie drängten sich zwischen den Säulen und auf den Stufen; sogar am Teich saßen einige und fütterten die Fische, während sie warteten. Die Sonne stand senkrecht, als der letzte behandelt war.

Thalia eilte für kurze Zeit an ihren geliebten Kanal. Während sie über das Wasser sah, fielen ihr die Flotte mit den Bienenkörben und der Getreideaufstand ein. Es war lange her.

Die Schiffe, die jetzt kamen, hatten wieder Getreide für Rom geladen. Ihr Blick blieb auf den zu einem Berg im Laderaum angehäuften Körnern liegen. An dem Tag, an dem die erste alexandrinische Getreideflotte des Jahres Rom erreichte, gab man in Puteoli ein Fest, hatte ihr eine Legionärsfrau im Bad erzählt. Thalia sah mit geschlossenen Augen die Römer vor sich in den Straßen tanzen und hörte ihren Jubel. Sie hatte sich noch nicht entschieden, ob sie jemals in dieses Rom fahren würde, das sich von der übrigen Welt aushalten ließ.

Als sie die Augen wieder aufschlug, war der Getreidekonvoi verschwunden, und in ihrer Umgebung drängten sich Leute, Esel und Karren. Obendrein sagte ihr der Sonnenstand, daß sie spät dran war. Und ihre Pflichten warteten; Leptinos brauchte sie. Sie konnte sich gar nicht vorstellen, daß er jemals ohne sie ausgekommen war. Inzwischen war sie sich sicher, ihn zu lieben. Und jeden Tag hoffte sie aufs Neue zu sehen, daß er ihre Gefühle erwiderte. Afrania Agricola hatte sich schon lange nicht mehr in Alexandria sehen lassen, und er sprach nie von ihr.

Mit einem Seufzer trennte sie sich vom Kanal und rannte mit langen Schritten los. Um im *iatreion* nicht einem frühzeitigen Patienten in die Hände zu laufen, nahm sie den Hintereingang. Im Küchenhaus zischelte Wernero aufgeregt. Thalias Gewissen erwachte. Die Bohnen?

Tjelptah stürmte plötzlich aus der Küche. Als er Thalia bemerkte, schlug er verlegen die Augen nieder. Sie konnte sich denken, warum. Mittlerweile verstand sie Ägyptisch ganz gut, und er hatte wohl Angst, daß sie gelauscht hatte, was ihr natürlich nicht im Traum einfiel. Die Handvoll Bohnen konnte Wernero wohl auch gar nicht bemerkt haben.

Thalia ging mit hocherhobenem Kopf zu ihrem Zimmer. Sie machte sich auf den Sprung gefaßt, mit dem Aristoteles gleich auf ihrer Schulter landen würde. Doch als die Tür aufschlug, kam er nicht. Sie lief zum Fenster und rüttelte am Gitter. Es saß fest. Jemand mußte Aristoteles zur Tür hinausgelassen haben.

Erst als sie sich umdrehte, bemerkte sie das Blut unter der Türkante. Fetzen von Fleisch, an denen braune Haare hingen, waren im Raum verteilt. Ein Raubtier hat Aristoteles erwischt, dachte sie entsetzt und schlug die Tür zu.

Aber es war kein Raubtier. Es war eine Kreuzigung nach römischer Art. Aristoteles hing ausgeweidet an einem Pfahl, den man an die Wand gelehnt hatte.

Thalia streichelte dem Äffchen die flache Nase und den dichten, weichen Haarschopf und versuchte, die Beweise der sadistischen Quälerei nicht zu genau anzublicken. Flüsternd nahm sie von ihm Abschied. Er war wie ein ganz kleiner Bruder für sie gewesen.

»Betreibst du wieder anatomische Studien?« fragte hinter ihr eine freche Stimme. »Das wird den Gebieter aber freuen. Er denkt, daß du Anatomie nicht leiden kannst.«

Thalia drehte sich verstört um. Ihre Augen wanderten an braunen nackten Unterschenkeln hoch. Tjelptah stand breitbeinig und mit lässig verschränkten Armen in der Mitte des Raums und blickte auf sie hinunter.

Er lächelte, überlegen und sehr erwachsen. Und unter seinem Arm lugte Wernero hervor, obwohl sie im Haus nichts zu suchen hatte, schon gar nicht in Thalias Schlafraum.

»Den Affenköpfigen wird nicht freuen, was du einem seiner Schützlinge angetan hast«, bemerkte Wernero in zufriedenem Ton. »Er wird sich rächen.«

Thalia wurde es beinahe übel vor Empörung. Aber bevor sie

sich verteidigen konnte, erschien Leptinos in der Türöffnung. »Wo bleibst du denn, Thalia?« fragte er scharf. »Was macht ihr überhaupt alle hier? Es ist nicht eure Sache, den Tod eines Römers zu diskutieren, und wenn er noch so bestialisch war. Geht gefälligst an eure Arbeit!«

Wernero drängte sich mit gesenktem Kopf an ihm vorbei, aber Tjelptah, der sich alles herausnehmen durfte, blieb stehen. Er sah die gerade erlebte Sensation eines Tages schon von einer neuen abgelöst. »Welcher Römer, und was ist ihm denn passiert, Gebieter?«

»Der römische *lanista*«, antwortete Leptinos, abgelenkt durch den Anblick des Affen. »Er wurde geschlachtet und nach allen Regeln der Herophiliker zergliedert – jedenfalls das, was von ihm noch übrig war.«

Tjelptahs Augen funkelten.

Leptinos betrachtete mißbilligend das verstreute Fleisch und die Blutflecken auf dem Leintuch.

Thalia kam mit zitternden Knien auf die Beine. »Zwinge mich nicht zu anatomischen Studien«, brachte sie mühsam hervor.

Leptinos hob seine Augen zur Decke. »Mithras, Lichtbringer! Hier sieht es aus, als hätte jemand das Tranchieren für einen römischen *lanista* geübt. Und sie spricht von anatomischen Studien! Beseitigt diese Schweinerei auf der Stelle!«

Thalia zuckte zusammen. So außer sich vor Wut hatte sie ihn noch nie gesehen. Aber er hatte recht. Der Stratege Trimalchio würde am Abend kommen. Ein erschlagener *lanista* würde seinen regelmäßigen Tagesablauf nicht umwerfen.

Leptinos senkte seinen Kopf, bis seine Nase fast die ihre berührte. »Ein Römer wurde bestialisch ermordet. Gaius Cornelius Trimalchio braucht jetzt einen Schuldigen, und das schnell«, flüsterte er.

Thalia legte ihre bebenden Hände vor den Mund. Für den Oberrichter zählten Sklaven weniger als eine Amphore Wein. Und Leptinos hatte ihn in letzter Zeit spüren lassen, daß er nicht mehr willkommen in seinem Hause war. Was, wenn Trimalchio beschloß, ihn an seinen Sklaven zu bestrafen?

»Ich gebe dir frei, bis deine Kammer sauber ist wie eine

polierte Kupferschale. Tjelptah wird dir helfen«, befahl Leptinos.

»Gebieter«, jammerte Tjelptah. »Du weißt, ich kann kein Blut sehen, und Schweine sind unreine Tiere.«

»Ich sagte nicht Schwein, sondern Schweinerei!« herrschte Leptinos ihn an. »Hol jetzt einen Besen und Wasser!«

»Und alles nur für einen Affen, deren List jedem Schwarzen abscheulich ist.« Tjelptah umklammerte den Talisman an seinem Hals und ging betont langsam und mit mürrischer Miene.

Thalia sah ihm erbittert nach und überlegte, ob er Aristoteles auf dem Gewissen haben könnte. Dann merkte sie, daß Leptinos sie aus schmalen Augen musterte, als ob er sie verdächtigte.

Aber dann schob er die Tür hinter Tjelptah mit dem Fuß zu und erzählte ihr mehr über den Tod des Suillius. Sie spürte aus jedem Wort, daß er sich Sorgen machte. »Man denkt an einen Racheakt der Gladiatoren, weil der *lanista* als grausam galt. Und weil die Römer panische Angst vor einem Sklavenaufstand haben, glauben sie, daß dies nur der Anfang war. Sie haben schon Eilmelder ins Delta geschickt, um ihre Truppen zurückzuholen. In römischen Augen ist die Gefahr durch Gladiatoren in Alexandria größer als die durch Räuber im Delta. Die Hundertschaft in Nikopolis reicht ihnen nicht aus, wenn sie mit aller Härte vorgehen müssen. Sie werden die Gladiatoren entwaffnen und unter der Folter befragen.« Er strählte sich seinen lockigen kurzen Bart eine Weile. »In nächster Zeit kann es in der Nähe der Römer für Nichtrömer ungemütlich werden«, murmelte er. »Trimalchio wird bei der Suche nach dem Täter nach jedem Strohhalm greifen, vor allem, wenn es kein römischer ist. Er wird um jeden Preis versuchen, sein Ansehen wieder aufzupolieren. Verstehst du mich?«

Thalia nickte. Leptinos verließ das Zimmer.

Sie zuckte zusammen, als die Tür zufiel. Er hatte also auch um sich Angst. Was geht mich ein Römer an, dachte sie trotzig. Suillius hat sein Schicksal hundertfach verdient.

Sie machte eine Bestandsaufnahme in ihrem kleinen Raum. Der Attentäter hatte Muskel- und Hautfetzen im ganzen Zimmer verteilt, offensichtlich, um der schlimmen Tat noch eine besonders bösartige Note zu geben. Im Gang lärmte Tjelptah. Mit seinen kräftigen Zehen beförderte er ihr den Bottich vor die Füße und warf den Besen hinterdrein.

»Wir müssen alles putzen.« Thalia rollte ein Buch auf.

»Wenn du meinst«, stimmte Tjelptah träge zu und hockte sich an die Wand.

Jedes weitere Wort blieb Thalia aus Erbitterung im Halse stecken. Das Papyrus enthielt blutige Fingerabdrücke; die zweite Rolle, die dem Museion gehörte, war bis zum Nabel blutverschmiert. Das Herz schlug ihr bis zum Hals, während sie das Buch entgeistert auf ihren Leinenchiton sinken ließ. Hier hatte sich nicht ein Tierschänder gegen einen Affen ausgetobt. Das auch, aber nicht nur.

Der Anschlag galt ihr.

Nachdem Djeballah ihr Helfer geworden war, hatte Thalia eine Zeitlang Ruhe gehabt. Sie hatte gehofft, für immer. Aber sie hatte sich geirrt.

»Geh, Tjelptah«, sagte sie leise. Als sie aufsah, war er fort, und sie machte sich an die Arbeit. Sie schlug einen Korb mit Verbandstuch aus und legte den verstümmelten Körper von Aristoteles hinein. Der Gärtner würde ihn begraben.

Sie untersuchte ihre Truhe. Das Messer des Soranos und Mutumbals Ring waren dem Täter entgangen. Sie wickelte das schmale Päckchen aus und rieb versonnen das runde Fischmaul blank.

Und dann fiel ihr etwas Schreckliches auf. Hieß nicht dieser Suillius mit seinen anderen Namen Clodius Flaccus? Sie hatte seinen Namen mit eigener Hand auf drei Briefe geschrieben und sie an Mutumbals Familie in Utica geschickt. Das alles war ein halbes Jahr her, und doch bekam der Mord am *lanista* plötzlich einen Zusammenhang mit einem Geschehen, das sie fast schon vergessen hatte.

Ohne sich lange zu besinnen, sprang sie auf und rannte den Gang entlang zum Behandlungsraum, in dem sie Leptinos allein vorfand. »Leptinos, ich glaube, ich weiß, wie es gewesen ist. Mit dem *lanista*, meine ich«, stammelte sie.

Leptinos schlug mit der Faust auf den Tisch. »Du mischst dich schon im Haus in alles ein. Aber nicht in römische Politik, das sage ich dir!«

»Ja. Nein. Aber es wäre möglich, daß die Familie von Mutumbal seinen Tod an dem Römer gerächt hat!«

Die Falten auf Leptinos' Stirn vertieften sich. »Wer ist Mutumbal?«

»Der Phönizier, der sich im Circus enthaupten ließ, statt als Gladiator zu sterben!«

»Woher weißt du überhaupt davon?« fragte Leptinos scharf. »Woher kennst du den Namen eines Aufrührers und Römerfeindes?«

»Ich habe mit ihm gesprochen, als er im Käfig wartete«, sagte Thalia ungeduldig. »Verstehst du denn nicht? Es bedeutet, daß die Gladiatoren überhaupt nicht rebellieren werden. Der Totschläger ist jemand anders, man kann sich Folterungen und all das sparen. Ich schenke dir die Nachricht, und du kannst dir mit ihr römisches Wohlwollen erwerben.«

»Deine Nachricht ist ein Trojanisches Pferd«, entgegnete Leptinos trocken. »Man wird wissen wollen, woher meine intime Kenntnis einer phönizischen Aufrührerfamilie stammt. Und dasselbe will ich jetzt von dir wissen.«

Thalia wurde es unbehaglich zumute. »Es war kurz bevor er starb. Er bat mich, seine Familie zu benachrichtigen.«

Leptinos sah, wie Thalia sich auf die Unterlippe biß. Was sie vor ihm zu verbergen suchte, mußte außerordentlich wichtig sein. »Und wie lautete die Nachricht, Thalia?« fragte er streng.

»Lucius Valerius Poplicola, Gaius Cornelius Trimalchio und Suillius Clodius Flaccus.«

»O ihr allwissenden Götter ohne Weitblick! Warum laßt ihr solche Mißgeburten nicht sterben, solange es Zeit ist?« fluchte Leptinos unbeherrscht. »War dir denn nicht klar, was das für eine Nachricht war?«

»Damals nicht«, bekannte Thalia kleinlaut. In einem Wirbel einander widersprechender Gefühle war sie bleich geworden. Seine Verachtung verletzte sie tief. »Heute schon.«

»Trimalchio ist der nächste, das würde nicht nur phönizischer, sondern auch römischer Logik entsprechen«, überlegte Leptinos mit düsterer Miene. »Die gehen geschickt vor. Das Zerlegen des Schweinchens war meisterhaftes Fleischerhandwerk.«

»Wirst du ihn warnen? Man muß ihn warnen! Wenn du dich nicht traust, tue ich es.«

Leptinos brach in ein ungläubiges Gelächter aus. In Thalias Gesicht las er, daß ihr schlechtes Gewissen mit dem Bekenntnis getilgt war. Und jetzt schien sie entschlossen, frisch und munter in den eigenen Tod zu schreiten. Und ihn mitzureißen. Sie würden beide als Beteiligte an einer phönizischen Verschwörung am römischen Kreuz sterben. Sie kannte die Römer nicht.

Leptinos packte Thalias Schultern und legte seinen Mund an ihr Ohr. »Und wenn ich deinen Mund eigenhändig versiegeln müßte«, flüsterte er, »du wirst schweigen wie ein Grab. Hier geht es nicht um Ethik und Moral, sondern um Verschwörung, Verrat und Tod. Darin verstehen die Römer keinen Spaß. Und verlier keinen Ton darüber, zu wem auch immer!«

Über Thalias Rücken lief ein Schauder, als sie seine Lippen an ihrer Wange spürte. Ihre Beine wurden schwach vor Verlangen. Sie schmiegte sich an ihn.

In Leptinos' Nase kroch ein Hauch von Jasmin, vermischt mit ein wenig Lavendelduft aus ihren Haaren. Ohne nachzudenken legte er seine Arme um ihren Körper. Er spürte, wie sie zitterte. Ein verlorener Vogel im fremden Land ... Sein eifersüchtiger Tjelptah hatte ihm längst erzählt, daß Thalia verliebt sei. Er hatte recht gehabt. Um so besser. Ihre Schwäche ermöglichte ihm umzudisponieren. »Ich werde ihn versiegeln, Liebste«, flüsterte er zärtlich, nahm ihr Gesicht zwischen beide Hände und küßte sie sanft und erfahren.

Während seine Lippen sich zu ihrem Nacken vortasteten, erstarrte Thalia. Was hatte sie nur getan?

Leptinos spürte ihre Angst. Er durfte nicht zu eilig sein. Er trat zurück und blieb etwas linkisch mit ihrer schmalen Hand in seiner kräftigen stehen. »Tu es nicht, Thalia«, bat er. »Um unseretwillen nicht. Laß unsere Zuneigung wachsen. Römer sollen sie nicht stören dürfen. Was du vorhast, ist gefährlich.«

Thalia nickte unter Zweifeln. Tränen stiegen ihr in die Augen. »Laß mich darüber nachdenken, bevor ich mich entscheide, Leptinos«, flüsterte sie.

»Entscheide dich bald, Liebste.« Leptinos zog Thalia an sich und küßte nochmals ihre Lippen. Verwirrt entschlüpfte sie ihm und stürmte wie ein Kind aus dem Raum.

Leptinos lauschte ihren leichten Schritten hinterher. Merkwürdig war das rauhe Gefühl, das ihre gespaltene Lippe an seiner Zunge hinterlassen hatte.

Trimalchio war betrunken, als er am selben Abend zu Thalia kam. Aus seinen wenigen konfusen Bemerkungen hörte sie heraus, daß er Angst hatte. Angst vor einem Attentat durch Phönizier? Auf jeden Fall machte er es ihr leicht zu schweigen, da er schon Bescheid wußte.

Noch zur Hahnenschreizeit band der Oberrichter sich benommen und schwerfällig seine Sandalen. »Ich glaube nicht, daß es ein Gladiator war. Aber ich werde ihn finden, und wenn ich die ganze Stadtbevölkerung foltern muß«, sagte er grimmig und warf ihr wie üblich eine Münze hin.

Thalia nickte und ließ ihn hinaus in die Dunkelheit. Ein zärtliches Gefühl für Leptinos erfaßte sie. Er traf jetzt die Entscheidungen. Sie würde bei ihm Halt finden, während sie sich sorglos ihren Studien widmen konnte. Wie lange hatte sie sich danach gesehnt, sich bei jemandem anzulehnen.

Am Vormittag machte sie sich beschwingt auf den Weg. Perpetua hatte sie wegen ihres Kindes rufen lassen, und vorher würde sie im Museion vorbeigehen, um die beschädigte Rolle abzuliefern. Sie wußte jetzt schon, daß es ihr schwer werden würde, Pantanos und Krates die Wahrheit zu bekennen. Letzten Endes hatte ihre eigensinnige Zuneigung zu einem Affen ein Buch zerstört. Ihre Schritte wurden immer kürzer, je näher sie dem Museion kam.

Ihre Fröhlichkeit verdunstete wie nächtliche Kälte in der Morgensonne, als sie die Tür zum Archiv aufzog. »Pantanos«, rief sie zaghaft.

»Komm nur herein, Thalia«, hallte es zurück, »aber nicht

mit deinem Aristoteles. In diesen heiligen Räumen der Wissenschaft hat nur meiner Zutritt.«

Sie biß sich auf die Lippen und suchte schweigend nach dem alten Rhetor. Als er sie kommen sah, flog ein warmes Lächeln über sein Gesicht, und er streckte die Hand nach den Rollen aus. »Du warst lange nicht hier, Thalia«, meinte er. »Ich habe dich vermißt.«

»Ich hole mir oft Bücher, aber dann gehe ich sofort wieder. Wir haben viel zu tun im *iatreion*«, erklärte sie verlegen und zog rasch einen Beutel aus dem Chiton, den sie Pantanos in die Hand drückte.

»Was ist das? Münzen? Warum?«

Thalia nickte beklommen. »Mein Verdienst. Ich hoffe, es reicht für den Abschreiber dieser Rolle. Aristoteles ...«

»Ich höre die Nennung von Aristoteles«, brummelte eine Stimme hinter dem Regal. »Das freut meine alten Ohren.«

Auch das noch, dachte Thalia verzweifelt und drehte sich um. Während Krates mit schlurfenden Füßen um die Ecke bog, spann er einen Gedanken aus, und sie wagte ihn nicht zu unterbrechen.

»Thalia ist der einzige Mensch mit Verstand, der freimütig einen Philosophen, was sage ich, *den Philosophen*, mit einem Affen durcheinanderwirbelt und den einen nicht für geringer hält als den anderen. Glaubst du immer noch, ein Affe könnte weinen wie ein Mensch, Thalia?« Krates streckte ihr mit offensichtlicher Freude beide Hände entgegen.

Thalia brach in ein klägliches Schluchzen aus und schlug die Hände vor ihr Gesicht, während die beiden Gelehrten sie betroffen ansahen. Sie wischte die Tränen fort, ohne daß es weniger wurden. »Er hat sich gefreut und geärgert wie ein Mensch. Und er hat ebenso gelitten«, sagte sie leise. »Ich bin sicher, er hat laut geschrien vor Schmerz, während ihn jemand an das Kreuz schlug und ausweidete. Und seine Würde wurde nicht geringer verletzt als die der Männer im Circus. Ich konnte es an seinem Gesicht ablesen, wie ich es bei meinem Bruder konnte. Und wieder konnte ich es nicht verhindern.«

Die Philosophen nickten still, und Krates strich ihr sachte über die Haare. »Die Römer sind keine leichte Bürde für die

Welt«, murmelte er. »O, wenn sie doch aus der Geschichte zu verschwinden vermöchten, ohne daß die Menschen allzu viele ihrer brutalen Sitten übernehmen!«

»Und was ist nun mit den Rollen?« fragte Pantanos nach gebührender Pause.

Wieder zitterte Thalias Oberlippe. »Aristoteles' Blut wurde benutzt, um zwei Bücher unbrauchbar zu machen. Das eine gehört dem Museion.«

Der Archivar geriet in sichtliche Erregung, aber Krates hob beschwichtigend seine blaugeäderte Hand, um mögliche Vorwürfe zu verhindern. »Rege dich nicht auf, mein Freund, wir werden sie in schöner Handschrift abschreiben lassen und wollen danach das schreckliche Unglück vergessen. Nicht ganz, allerdings. Ich habe nun von einem jungen Mädchen gelernt, daß eigene Beobachtungen nützlich sind, wenn gesichertes Wissen fehlt. Und manchmal halten wir das, was schon geschrieben steht, für gesichert, wenn es nur mit einem altehrwürdigen und berühmten Lehrer verbunden ist.«

Thalia lächelte unter Tränen. Schöner hätte er ihr gar nicht mitteilen können, daß er ein Gelehrter war, der sich überzeugen ließ.

»Und die Cholera? Zu welchem Schluß bist du gekommen?« fragte Krates. »Du hast uns wirklich vernachlässigt.«

»Es war das Wasser, ganz bestimmt! Ich habe aus Leptinos herausbekommen, daß die Römerin Afrania während des Wagenrennens zuerst Wein über den Durst trank und ihn dann mit Wasser vom Wasserträger löschte. Am Tag danach gab es bei Griechen Krankheitsfälle, die gar nicht in Rhakotis wohnen, wohl aber beim Rennen gewesen waren. Merkwürdig ist nur, daß die Cholerafälle weniger wurden. Plötzlich hörte die Cholera auf. Das verstehe ich nicht.«

Krates betrachtete sie aufmerksam. »Du giltst inzwischen als Ärztin. Manche allerdings reden lieber von Zauberei, wenn es um deine Erfolge geht. Sagtest du nicht, daß du den Methodikern anhängst?«

Thalia nahm das Lob zur Kenntnis. Sie wußte nicht, auf was er hinauswollte.

»Gleichzeitig bist du entschlossen, Lehrmeinungen über den

Haufen zu werfen, wenn sie mit deinen Beobachtungen nicht übereinstimmen, richtig?«

»Ja, das stimmt«, gab Thalia selber überrascht zu.

»Du wirst mit den Methodikern kollidieren, mein Kind«, sagte Krates in warnendem Ton. »Vor allem, was die Cholera angeht. Es ist gefährlich, jenseits des Vorstellungsvermögens der anerkannten klugen Köpfe zu denken. Oder vielmehr, über solche Gedanken zu reden.«

»Nur kluge Menschen sind tolerant, Thalia«, warf Pantanos ein. »Und das sind die wenigsten.«

Krates nickte. »So viel zur medizinischen Seite. Aber bei der Cholera gibt es auch eine staatspolitische, vor allem, wenn es um ein Versäumnis wie die Kanalsäuberung geht. Du könntest die Römer noch nervöser machen, als sie schon sind, Thalia. Ein toter Leiter der Gladiatorenschule und Gerüchte über die Cholera sind möglicherweise zuviel für ihre einfachen kriegerischen Gemüter...«

»Sei behutsam und versuche nicht zu belehren. Wende deine Erkenntnisse lieber im stillen an und warte auf deine Erfolge. Die Zeit wird dir recht geben. Oder den anderen.«

Ein sonniges Lachen ging plötzlich über das faltige Gesicht von Krates. »Ende der Lehrstunde, Pantanos. Ich glaube, sie versteht unsere Sorgen, wenn sie in aller Stille darüber nachdenkt.«

Thalia schrak zusammen und reichte Pantanos die Rollen. Zusammen mit Krates blickte sie dem Rollenbewahrer über die Schulter, als er sie ausrollte.

Während Krates fassungslos den Kopf schüttelte, bemerkte Thalia erstmals, wie breit die Blutbahn auf dem Papyrus war, die sich bis zum inneren Stab zog, auf den die Blätter gewickelt waren. Wie ungefähr vier Finger nebeneinander. »Das kann nicht das Blut von Aristoteles sein! Es ist viel zu viel.« Verblüfft starrte sie hin.

»Läßt ein Methodiker eigentlich zur Ader?« erkundigte sich Pantanos.

»Eher selten«, antwortete Thalia. »Leptinos tut es nur, wenn ein Kranker darauf besteht. Gestern ist kein Blut von einem Patienten geflossen, wir hatten nicht einmal eine Verletzung.

Aber...« Sie schluckte. »Eine Schlachtung! Es wurde eine Ziege geschlachtet.«

»Wer schlachtet im *iatreion*?« Krates streckte neugierig seinen Hals vor.

»Wernero«, antwortete Thalia atemlos. »Wernero, die Mutter von Tjelptah. Und ich habe gehört, wie sie sich gestritten haben. Ich hatte immer Tjelptah in Verdacht.«

»Dann besteht gute Aussicht, daß du in eurem Küchenhaus die Täter finden könntest.« Krates hob den Finger. »Aber denke daran, daß du nichts als Indizien und Schlußfolgerungen vorweisen kannst. Ein Beweis ist es nicht.«

»Nein, aber ich habe eine Hypothese als Grundlage für meine Nachforschungen«, wandte Thalia ein. »Eine Hypothese brachte mich auch auf das Wasser als Ursache für die Cholera. Hypothesen sind sehr praktische Erfindungen.«

»Woraus sich wieder einmal ergibt, daß die Philosophie die wahre Grundlage menschlichen Lebens darstellt.«

Thalia lächelte unbestimmt und verabschiedete sich. Noch auf der Treppe sah sie das Bild der beiden Philosophen, die ihr eng beieinander stehend mit gebeugten Rücken nachgeblickt hatten, vor sich. Wie zwei liebe Uhus auf den Abhängen des Tauros, dachte sie.

Um ein Gewicht von mehreren Talenten erleichtert, eilte Thalia durch die Straßen des Römerviertels, bis sie auf die Canopisallee traf. Perpetua hatte wieder eine neue Adresse angegeben, aber wenigstens würde das römische Haus am Sonnentor leicht zu finden sein. Die meisten Häuser in dieser Gegend waren zweistöckige Quader mit Flachdächern, auf denen Bretterverschläge und Zelthütten standen; zwischen den Zinnen lugten zuweilen Ziegenköpfe heraus.

Das römische Haus dagegen war ein Mietshaus für viele Parteien mit mehreren Stockwerken, schnell hochgezogen und unfertig geblieben. Im Eingang kam der Mann ihr entgegen, der in der Sklavenhalle Säuglinge gekauft hatte. Thalia bedeckte ihr Gesicht mit dem Schleier.

Sie fragte eine ältere Frau, die die Treppe herunterstieg, nach der Christin Perpetua. »Der gehörnte Säugling bewahre mich vor diesen Leuten«, versetzte die Griechin übel gelaunt und ging weiter.

Thalia zuckte die Schultern. Endlich begegnete ihr eine junge Frau mit einem Kind auf dem Arm, die ihr helfen konnte. Als sie im düsteren und nach allen Garküchen Alexandrias duftenden oberen Ende des Treppenschachts im fünften Stockwerk nach Perpetua rief, stürmte die junge Frau mit erwartungsvollem Gesicht aus der einzigen Wohnungstür. Dann erkannte sie Thalia, und ihre Miene verfinsterte sich.

»Geht es deinem Kind so schlecht?« fragte Thalia erschrocken.

»Wieso schlecht?« fragte Perpetua. »Ich will, daß du dir meinen Sohn ansiehst.«

War das nicht in etwa dasselbe? Thalia folgte der Hausfrau in ein kleines, unaufgeräumtes Zimmer, in dem der Junge auf dem Boden lag. Er mußte jetzt etwa ein Jahr alt sein.

»Da, bitte!« sagte Perpetua voll eiskalter Wut.

Thalia beugte sich über den Kleinen. Seine mageren Händchen schlossen und öffneten sich. Über den braunen Augen wölbte sich der Schädel besonders hoch, aber seine Augen blieben leer. »Kann er mich nicht sehen?« fragte sie bekümmert, als sie erkannte, daß das gesunde Kind von damals jetzt mit einem sehr schweren Schaden lebte.

»Nein, ich glaube kaum. Genausowenig wie mich oder seinen Vater, der mich aus diesem Grund verlassen hat. Einen solchen Sohn kann er nicht zum Nachfolger in seinem Amt als Presbyter erziehen! Ich werde dich verklagen. Du bist Gott, dem Herrn, in den Arm gefallen und siehst ja selbst, was du angerichtet hast.«

Thalia erschrak. »Ist das Fieber doch gestiegen? Warum hast du mich nicht gerufen?«

Perpetua machte eine wegwerfende Bewegung. »Welches Kind hat nicht einmal Fieber? Das reinigt den Körper. Wer ruft denn dafür einen Arzt? Ich sagte dir doch schon, daß der Herr selbst unser Arzt ist.«

Der Junge drehte den Kopf suchend nach der Stimme seiner Mutter. Vielleicht war es doch nicht so hoffnungslos. Thalia streckte die Arme aus, um ihn aufzunehmen.

Aber Perpetua zerrte sie von ihm weg und scheuchte sie aus dem Zimmer wie eine unerwünschte Gans auf fremder Weide. »Ich wollte nur, daß du ihn gesehen hast, damit du nicht etwa deine Schuld leugnest«, sagte sie gehässig. »Ich werde mir mein Recht verschaffen. Du wirst dieses Unglück meines Lebens büßen!« Perpetua schmetterte die Tür hinter ihr zu.

Thalia starrte zurück und wurde endlich auf den wachsenden Lärm im Treppenhaus aufmerksam. Stiefel trampelten auf den Holzstufen, Türen schlugen auf und zu, und die Stimmen von Bewohnern hallten in den Gängen. Einen Augenblick später tippte ihr jemand auf die Schulter.

»Du bist festgenommen«, sagte ein gedrungener Legionär. »Ist dies hier deine Wohnung? Wie viele Leute sind noch drin?«

»Es ist nicht meine Wohnung, und ich kenne die Leute nicht«, antwortete Thalia mit fester Stimme. »Ich wurde als Ärztin hierhergerufen.«

Der Legionär zog seine Hand zögernd zurück.

Sie war hellbraun und gehörte keinem Römer oder Italiker, eher einem Verbündeten. Einem Besetzten, dachte Thalia aufsässig. »Ich bin Schülerin der Methode vom *iatreion* am Mondtor, Legionär.«

Der Soldat hatte Befehl, alle griechisch gekleideten Bewohner zu verhaften. Es war nicht an ihm zu entscheiden, ob die Leute Griechen, Juden oder thessalische Gespenster waren. Die ganze Stadt mußte durchkämmt werden, nachdem die peinliche Befragung der Gladiatoren nichts erbracht hatte. Trotzdem war er versucht, sie gehen zu lassen. Wenn die Frau so vornehm war, wie sie auf ihn wirkte, würde sein Centurio ihn hart strafen.

In diesem Augenblick schlug die einzige Wohnungstür in diesem letzten Ende der Bienenwabe auf. Der Legionär fuhr herum.

Perpetua lehnte sich an den Türholm und streckte die Brust herausfordernd vor. »Nimm sie nur mit, die Ziege hält sich für was Besseres.«

»Ist sie, du Schaf. Und du kommst auch mit«, befahl der Soldat.

Perpetua lächelte aufreizend. »Könntest du nicht eine kleine Ausnahme machen?« flüsterte sie, trat dicht an den Legionär heran und schmiegte ihre Wange an seine schwärzlichen Bartstoppeln.

Der Soldat grinste und kniff ihr kräftig in die Brustwarzen, die sich unter dem schleierartigen Gewand deutlich abzeichneten. »Was denkst du denn von mir, Weib? Ich bin weder römischer Bürger noch Centurio.«

Perpetua quiekte vor Schmerz und verstand es gleichzeitig, ihrer Stimme schnippische Verächtlichkeit zu verleihen, während sie Sohn und Umhang holte.

Der Soldat zeigte ein breites Lachen und deutete mit dem Kinn hinter ihr her. »Die hat die Halskrankheit. Ich dachte immer, sie käme vom Lagerbrot.«

Thalia lächelte schwach. Ein Friedensangebot von ihm, aber sie dachte gar nicht daran, darauf einzugehen. Er schien von der Art zu sein, die nach unten tritt. Sie machte sich keine allzu großen Sorgen. Sie war in Leptinos' Auftrag hier, er wußte, wo sie hingegangen war, und würde ganz bestimmt auch von der Razzia erfahren.

»Wer von euch ist Sklavin, he?« fragte der Legionär mit bauernschlauem Gesicht, während er die beiden Frauen mit dem waagerecht gehaltenen Spieß an die Treppe schob.

»Sie«, antwortete Perpetua sofort. »Ich bin frei geboren.«

»Frei geborene Hure, was? Und du kleines Miststück wolltest mich übertölpeln?« fragte er böse, an Thalia gewandt. Mit seinem Respekt war es vorbei. »Nach Sklaven suchen wir besonders.« Seine Handkante schlug an Thalias Hals, und sie konnte ihren Kasten nur mit Mühe festhalten, während er an der unverputzten Wand entlangschrammte.

Aus allen Stockwerken wurden ängstliche Bewohner von befehlenden und schnauzenden Legionären zur Treppe getrieben, die unter den vielen Füßen knarrte und bebte. Thalia und Perpetua waren die letzten aus diesem Eingang, aber auch aus anderen wurden Bewohner herausgescheucht und von einem Centurio mit Brustschild in Gruppen eingeteilt.

Der Soldat packte Thalia am Oberarm. Er schob sie nachdrücklich zu seinem Vorgesetzten hinüber, der Thalia verdutzt in Augenschein nahm. »Diese hier steht unter besonderem Verdacht«, schnarrte er. »Womöglich ist sie obendrein Christin, Centurio. Sie hat mich betrachtet wie ein Christ die Eier von Attis' Stier.«

»Das hast du ganz falsch verstanden, Erbschen. Das war die reine Hoffnung.« Der zweite Legionär brüllte vor Lachen, während Thalia errötete.

»Maul halten«, knurrte der Offizier und unterzog die junge Frau einer Musterung. Sie klagte nicht, das machte ihn unsicher. Und sie war aus gutem Haus; es umwehte sie ein ähnlicher Hauch von Vornehmheit wie seine Mutter daheim im etrurischen Landhaus. »Ich weiß nicht recht«, sagte er unschlüssig.

»Das kann ich mir denken. Ich habe noch keinen Centurio bei den ägyptischen Hilfstruppen getroffen, der sich dadurch ausgezeichnet hätte, daß er etwas wußte.« Der Centurio fuhr entrüstet um seine eigene Achse, während die gefangenen Hausbewohner dem Strategen Trimalchio eine Gasse freimachten.

»Dakischer Hurenbock«, murmelte Pisulum. Er spürte, wie sich eine Hand auf seine Schulter legte.

»Dieser Mann hier ist *signifer*«, sagte sein Centurio. »Kein Grund, ihm nicht zu glauben, wenn er einen Verdacht äußert.«

Trimalchio lächelte schmal und sah von einem zum anderen. Wahrscheinlich Anhänger des Mithras wie viele Soldaten, fast eine Art Geheimbund für Legionäre. Außerdem war der Offizier irgendwie weibisch. »Die Ärztin Thalia aus dem *iatreion* am Mondtor darf gehen. Ich glaube kaum, daß sie an einem Mord an einem *lanista* beteiligt ist. Zumindest ist bekannt, wo sie zu finden ist.«

Thalia unterdrückte einen Seufzer der Erleichterung, während für den Oberrichter ein Klappstuhl aufgestellt wurde und der Centurio sein Verhör in eisigem Ton begann.

Ein Legionär hob den Strick an, mit dem Gänge wie bei Wahlen für die Verdächtigen abgeteilt worden waren, und Thalia bückte sich hindurch. »Du Erbschen!« sagte sie, so kühl sie konnte, zu dem Mann, der sie gehen lassen mußte. »Du bist selber eine Halskrankheit. Solltest du mal an etwas Ernstem leiden, kannst du mich ja rufen lassen.« Zu ihrer Genugtuung grinsten die anderen Soldaten bis zu den Ohren.

Das Erbschen schnalzte mit den Lippen und ließ seinen Blick beziehungsvoll zwischen Thalia und dem Strategen hin und her wandern. Irgend etwas ging ihm durch den Kopf. Aber sie kümmerte sich nicht mehr um ihn. Sie sah auch mit voller Absicht über Perpetua hinweg, als sie an ihr vorbeikam.

Die kurze Gefangenschaft und die überraschende Freilassung stärkten Thalias Selbstbewußtsein für den Heimweg. Überall waren Römer in Zivil und in Uniformen, Verhöre fanden in der ganzen Stadt auf offener Straße statt. Wenn sie von einem Legionär angehalten wurde, hielt sie ihm den Instrumentenkasten vor die Nase. »Es ist eilig! Willst du die Verantwortung dafür übernehmen, daß der Kaiser einen Steuerzahler weniger hat?« fragte sie patzig. Nur ein einziges Mal mußte sie darüber hinaus erklären, daß der Stratege Trimalchio sie gerade überprüft und nach Hause geschickt hatte.

Trotzdem fiel sie wie ein angestochener tympanischer Bauch auf ihre Kline, als sie glücklich im *iatreion* angelangt war. Wenn Trimalchio gewußt hätte, daß sie die einzige aus dieser Masse Menschen war, die ihm eine vernünftige Auskunft über den Totschlag des *lanista* hätte erteilen können! Ihr Gewissen schlug Alarm. Zweimal hatte er sie schon gerettet.

Tjelptah riß ihre Tür auf. Seine freche Grimasse paßte zu seinen Worten, aber nicht zu ihren Gedanken. »Irgendwann kriegen sie dich!« rief er. »Oder die Krokodile.«

Thalia winkte ihn hinaus. »Stör mich nicht«, sagte sie ungnädig. »Ich denke nach.«

»Womit?« Er knallte die Tür wieder zu.

»Wenn du wüßtest«, sagte sie ungnädig. »Unter anderem über deine Mutter.« Dann warf sie sich auf den Rücken und träumte mit offenen Augen von Leptinos.

KAPITEL 12
DIE SCHULE DER SPOTTKNABEN

Leptinos kümmerte sich jetzt sehr zärtlich um Thalia, er nahm sie wieder mit wie früher, wenn er Patienten besuchte. Ihr zuliebe ließ er seine Trainingsabende ausfallen und brachte es zuwege, den Oberrichter vom *iatreion* fernzuhalten.

Abends saßen sie in der Laube am Teich und ließen sich die sonnenheiße Haut vom Nordwind kühlen. Leptinos trieb immer neue, unbekannte kleine Köstlichkeiten auf, die von ägyptischen Garköchen heiß geliefert wurden; er selber sprach allerdings eher dem Wein zu, weil er Fische und Schalentiere nicht mochte. Thalia erzählte mehr von sich als bisher, wurde aber schweigsam, wenn Leptinos wissen wollte, wie sie sich ihr Leben eingerichtet hätte, wenn sie in Side geblieben wäre. Merkwürdigerweise konnte sie sich davon selbst keine Vorstellung mehr machen. Ein wenig gab auch Leptinos von sich preis. Er war in Alexandria geboren, aber zunächst zu einem Töpfer in die Lehre gegeben worden. Jahrelang hatte er nur das griechische Viertel gekannt, bis ein Verwandter seiner Mutter ihn an die Hand genommen hatte. Dann war alles Schlag auf Schlag gegangen. Thalia hatte den Eindruck, als ob er immer noch von den Veränderungen in seinem Leben überrascht sei.

Über diese Abende in intimer Atmosphäre verpaßte Thalia den vernünftigen Zeitpunkt, zu dem sie Trimalchio hätte warnen sollen. Inzwischen war es zu spät, alles lag weit zurück und war unwirklich geworden. Und sie selber konnte plötzlich manche Dinge an sich abgleiten lassen, anders als früher. Wenn sie im langen Gang des *iatreions* unterwegs war, trällerte sie meistens vor sich hin, vor allem, wenn sie Tjelptahs mürrisches Gesicht sah.

Eines Morgens sang sie aufreizend laut. Tjelptah senkte den Kopf wie ein Stier und breitete seine Arme von Wand zu Wand aus. Thalia konnte ihm nicht ausweichen. »Von den gefolterten Gladiatoren sind vier gestorben. Und gestern haben sie alle ufernahen Straßen des Viertels der Juden abgesperrt und die Einwohner verhört.«

Thalia wich zurück. »Ist denn etwas herausgekommen?«

Tjelptah zuckte unbestimmt die Schultern. »Wenn sie herkommen, um sich umzuhören, werden wir es erfahren.«

Thalia verbarg ihren Schrecken. Er wußte irgend etwas. »Ich sollte ihnen dann auf jeden Fall von Aristoteles und meinem Verdacht erzählen, meinst du nicht auch? Vor allem, daß das Blut in den Buchrollen die Farbe von Ziegenblut hatte. Und wer in diesem Haus Ziegen schlachtet ...«

Ihr Bluff zeigte Wirkung. Tjelptah nahm seine Arme herunter und ließ Thalia durch. Sie ging hocherhobenen Hauptes.

Er sah ihr mit Haß in der Brust nach. Amun, der Stier von Meroe, sollte sie verfluchen! Ihre Macht war groß wie die des bösen Zauberers Sen-ta-nub. Sie hatte seine Tatkraft und seinen Erfindungsgeist gelähmt. Alle Pläne, die er gefaßt hatte, waren wie die Sandkörner eines Wüstensturms durch seine Finger zu Boden gerieselt. Sie hatten sich jedesmal als undurchführbar erwiesen, obwohl er sie klug ersonnen hatte. Die Rote hatte sogar dafür gesorgt, daß seine Mutter Wernero mit ihm gescholten hatte. Jetzt hatte sie begonnen, die Rote mit ihren einfachen Mitteln zu ärgern. Er selber mußte sich damit begnügen, ihr das Herz des Gebieters zu stehlen.

Irgendwann lösten die Diskussionen um die Güte der diesjährigen Safranernte und die Vorfreude auf die Karawanen aus Afrika die Gerüchte von blitzschnellen Aktionen und Verhören ab. Vielleicht auch, weil die Römer fürchteten, sich lächerlich zu machen, nach so langer Zeit ohne Ergebnis dazustehen.

Eines Tages lud Leptinos Thalia ein, zum Treffen der Ärzteschulen im *museion* mitzukommen. »Du bist doch jetzt selber fast fertig ausgebildete Ärztin«, sagte er.

Thalia mußte man nicht überreden. Sie fand auch, daß sie so gut wie ausgebildet war. Aber was sollte sie anziehen? Ohne weitere Erklärung schoß sie den Gang entlang zu ihrem Zimmer.

»In letzter Zeit betrübst du mein Herz, Gebieter«, sagte Tjelptah und sah ihr finster nach. Er war jetzt lang aufgeschossen und schlank, glattrasiert im Gesicht und an Armen und Beinen sorgfältig enthaart. Seine Gestalt ähnelte der des jungen Sonnengottes. Leptinos kannte sie auswendig, auch ohne sie zu sehen. »Sie nistet sich in deinem Herzen ein wie die Maus im Getreidespeicher.«

»Was bedeuten schon ein flüchtiges Streicheln und ein Kuß? Dinge, auf die Frauen Wert legen, wertlose Gesten. Nur Männer kennen das wahre Ziel des Lebens. Der Gott Mithras führt uns hin, wenn wir nur wollen. Er hat uns errettet, indem er das Ewige Blut vergossen hat«, flüsterte Leptinos. »Was die Götter Ägyptens nur versprechen, macht der Heilbringer Mithras wahr. Über seine Anhänger haben die ägyptischen Dämonen keine Macht; keiner von ihnen muß ein zweites Mal sterben. Möchtest du in Mithras' Namen mein Bruder werden, Tjelptah? Zusammen mit mir bei Brot und Wein das Mithrasmahl feiern?«

Es war düster im Gang. Leptinos sah hauptsächlich das Weiße in Tjelptahs Augen. Und seine Zähne, als er bedächtig nickte. Leptinos lächelte. Neben dem Jüngling unter der spitzen weißen *Mitra* durchs Feuer laufen, gemeinsam mit ihm *Persa*, schließlich *Sonnenläufer* werden ... Es würde die religiöse Erfüllung seines Lebens werden.

Er sah Tjelptah nach, als er anmutig davonlief, verschränkte die Arme und lehnte sich verdrossen an die Wand, während er wartete. Es fiel ihm nicht schwer, der Sklavin Thalia etwas vorzuspielen. Aber eigentlich war es unter seiner Würde. Und die Laube war schrecklich langweilig im Vergleich zum *gymnasium*.

Thalia wählte ihren schönsten Chiton aus hauchdünnem Stoff, der ihr bis auf die Füße fiel und völlig schmucklos blau gefärbt war. Ihr Haar bedeckte sie mit einem durchsichtigen Schleier, der den Raub ihrer einstigen Haarpracht nicht verbarg, aber das verwunderte Staunen des Betrachters mildern würde. Ihre Augenlider schminkte sie nach ägyptischer Art, jedoch nur ganz zartblau.

Das anerkennende Staunen von Leptinos war Bestätigung genug, daß sie angemessen hergerichtet war und trotz ihrer Lippenspalte vorgezeigt werden konnte.

Das Herz schlug Thalia bis zum Halse, als sie neben Leptinos die breite Treppe emporstieg und mit ihm zusammen einen weiten, säulengeschmückten Raum betrat, in dem bereits eine Menge Männer versammelt war. Bei ihrem Anblick holte sie tief Atem. Sie konnte sich gar nicht vorstellen, daß es so viele Ärzte in Alexandria geben sollte. Sie hatte merkwürdigerweise keinen einzigen kennengelernt. Aber bevor sie Leptinos danach fragen konnte, nahm er im Sturmschritt Kurs auf eine schwatzende Gruppe in einer Ecke.

Es blieb ihr gar nichts übrig, als ihm zu folgen. Immer mehr Augen richteten sich auf sie. Sie mühte sich ab, beherzt zu wirken, während sie in dem Einerlei von weißen Männerchitons versuchte, wenigstens eine einzige weitere Frau ausfindig zu machen. Ihr wurde ein wenig bange, als zweifelsfrei feststand, daß sie die einzige war.

»Auch mal wieder da, Leptinos?« hörte sie jemanden spöttisch fragen. »Berühmter Nachfolger unseres noch berühmteren Meisters Soranos! Oder sollte ich sagen: berüchtigter Nachfolger?«

Wieherndes Gelächter dröhnte, und Thalia starrte verblüfft und verständnislos in die Ärztegruppe hinein. Nicht alle gaben sich durch ihren Bart als Griechen zu erkennen; unter den Ärzten waren auch Syrer, Libyer und Judaeer. Der Mann, der gesprochen hatte, war Grieche, und sein verlotterter Zustand der eines radikalen Kynikers. Sie war erleichtert, daß Leptinos sich nicht provozieren ließ.

»Du überschätzt mich, Stevocatus«, erwiderte Leptinos kühl und ließ sich von einem der umherwieselnden Sklavenjungen einen Becher mit verdünntem Wein geben. »Ich führe das *iatrei-*

on nicht anders als er – mit der Ausnahme, daß ich für die Behandlung von Patientinnen eine junge Frau ausbilde, was mir natürlicher erscheint.«

»Deine Neigung zum Natürlichen ist bekannt, Leptinos.« Da die Erheiterung erneut um sich griff, hob der Sprecher die Stimme, um sich Gehör zu verschaffen. »Und was das übrige betrifft, so hätte unser allseits verehrter Soranos niemals ungesetzliche Dinge getan. Im Gegenteil, sein Anliegen war immer, die ärztlichen Verrichtungen im Einklang mit den Gesetzen durchzuführen.«

Leptinos nahm durstig und verärgert einen tiefen Schluck, bevor er sich seinem neuen Gegner zuwandte. »In diesem Fall haben sich nicht die ärztlichen Methoden von den Gesetzen entfernt, sondern die Gesetze von den Methoden. Ich beherzige allemal die Lehre unserer Schule. Im übrigen bin ich der Meinung, daß ich meine Arbeit selbst zu verantworten habe.«

Während die Griechen mit mokanten Mienen an ihrem Wein nippten, drehte sich Leptinos entschlossen um und winkte Thalia an seine Seite.

Sie schlüpfte, immer noch erstaunt und eine Spur beunruhigt, unter seinem Arm hindurch und begleitete ihn auf seiner Wanderung durch den Saal. Aufmerksam lauschte sie seinen halblaut abgegebenen Erklärungen. »Die mich gleich angegangen sind wie wilde Stiere, sind natürlich unsere eigenen Kollegen aus der Schule der Methodiker. Neid, nichts als Neid. Wer sich nur zu ihnen verirrt hatte – den Göttern sei Dank, daß er kein Methodiker ist –, war Stevocatus, ein ungebildeter Herophiliker, bekannt für sein Können als Fleischer. Und dort ...«

Thalia folgte seinen weitausholenden Bewegungen mit den Augen bis zu einer kleinen Gruppe an der Längsseite des Saals. Unsere eigenen Kollegen, hatte er gesagt, sie inbegriffen ...

»Dort sind die Vertreter der ephesischen Ärzte in Alexandria. Sie schwärmen hauptsächlich von ihren Erinnerungen an Ephesos, weniger erinnern sie sich an ihre Rezeptbücher.«

Trotz seines scharfen Urteils geleitete Leptinos Thalia zu den Männern aus Ephesos, die ihr höflich einen Faltstuhl aufnötigten, den sie gar nicht haben wollte. Plötzlich entdeckte sie, daß sie Gegenstand der Betrachtung eines älteren Arztes mit freundlichen braunen Augen war.

»Hängst du inzwischen dem Thessalos von Thralles an, Leptinos? Deine Gehilfin ist so jung, daß sie wohl kaum Zeit für eine ausreichende Ausbildung hatte … Und doch ist sie bei vielen Leuten als Ärztin bekannt«, setzte er nachdenklich hinzu. »Ich habe von ihr gehört.«

Der Name Thessalos sagte Thalia nichts. Sie sah mit hochgezogenen Augenbrauen zu Leptinos hoch.

»Ich schätze Thessalos' Indikationen, aber nicht seine kurze Ausbildungszeit«, meinte Leptinos in sachlichem Ton. »Nein, Krescens, ich bilde sie gründlich nach allen Regeln der Kunst aus. Thalia arbeitet viele Stunden in allen Büchern, die das Museion und meine Bibliothek hergeben. Sie ist ein Glücksfall für jeden Lehrer.«

»Das freut mich für dich«, sagte Krescens und zog sich unter breitem Lächeln einen Stuhl heran. »Dann erkläre mir, was du mit der Cholera und den Kanälen meintest, Thalia. Niemand scheint es begriffen zu haben …«

Leptinos gab ein verdrossenes Stöhnen von sich. Er legte dem Kollegen eine Hand auf die Schulter. »Manchmal geht die Phantasie mit ihr durch, Krescens. Das ist das Vorrecht junger Leute. Aber laß dir ruhig Märchen erzählen, während ich mich anderswo amüsiere.«

Krescens zwinkerte ihm zu, schloß Thalia in die Vertraulichkeit ein und beugte sich mit den Händen zwischen den Knien zu ihr vor. »Fang an.«

»Hu«, sagte Thalia erschrocken. Aber Krescens ließ sich von einer albernen Bemerkung nicht abschrecken und nickte ihr ermunternd zu. »Die Cholera kommt von verdorbenem Wasser«, erklärte sie zögernd. »Man darf nicht zulassen, daß Wasser fault. Das ist im vergangenen Jahr geschehen.«

»Und was hatte das mit den Römern zu tun?«

»Sie hatten beim Säubern einen Kanal vergessen, und dort begann es.«

»Glaubst du, daß die Kranken gewußt haben, warum sie erkrankten?«

Thalia sah Krescens begeistert an. Er war der erste Arzt, der ihre Worte nicht bezweifelte. »Kein einziger! Die Angehörigen von Erkrankten haben ihnen das vergiftete Wasser zum Trinken gegeben, in dem sie gerade das Bettzeug und die Kleidung gewaschen hatten! Stell dir das doch nur vor! Einzig Kleon, der Wollarbeiter, und seine Frau Hipparchia kamen davon, obwohl sie mitten in der am schlimmsten befallenen Straße leben. Und ich glaube, Hipparchia hat es begriffen. Zuerst war sie ihrem Mann böse, weil er Trinkwasser von so weit her holte, ich glaube, sie hielt ihn für faul... Aber es stimmte ja gar nicht, er verhielt sich nur klug. Deswegen mußte ich es ihr erklären...« Etwas verlegen machte Thalia eine Pause, als sie merkte, daß sie abgeirrt war. »Vielleicht wird sie die Menschen ihrer Umgebung in diesem Jahr warnen können. Ich hoffe es sogar.«

Staunen und Nachdenklichkeit lagen in Krescens' Gesichtszügen. »Du glaubst, daß der Durchfall wieder auftreten wird?«

Thalia zuckte die Schultern. »Warum nicht? Wenn die Kanäle verschmutzt sind...«

Krescens schmunzelte. »Zurückhaltend mit deiner Meinung bist du nicht gerade. Aber laß keinen Römer sie hören.« Er stand auf und reckte seine Glieder. Ein vernehmliches Knacken war zu hören. »Man wird alt.«

»Da wüßte ich einen Ausweg«, schlug Thalia belustigt vor. »Du begibst dich zu einem Methodiker...«

Krescens warf erschrocken die Arme in die Höhe, beugte sich zu Thalia herab und brummte in ihr Ohr: »Hu, Methodiker! Niemals!« Er schlenderte davon, und Thalia sah ihm leise lachend nach. Endlich einer, der sie als Ärztin und Frau ernst nahm.

Krescens winkte Leptinos zu, der ihm im Gespräch mit dem Herophiliker Stevocatus entgegenkam.

»Aber Stevocatus«, sagte Leptinos verärgert, und Thalia hörte heraus, daß ihn das Gespräch zu langweilen begann, »wenn ein Cholerakranker unaufhörlich über Stunden Flüssigkeit aus dem Darm verliert, kannst du ihn doch nicht heilen, indem du ihm auch noch das Blut abzapfst, bis er nur noch ein leerer Schlauch ist! Wasser braucht er, damit die erschlafften Därme wieder arbeiten.«

»Die Krankheitsmaterie, Leptinos! Denk an die Krankheitsmaterie! Die muß heraus, bevor du den Kranken trinken läßt, sonst füllst du ihn wirklich nur wie einen Weinschlauch auf, statt ihn zu heilen. Glaub es mir. Ich habe bei Cholera zuweilen jemanden mit einem kräftigen Aderlaß retten können.«

»Zuweilen. Jemanden. Ihr seid wirklich unbelehrbar.« Leptinos schüttelte verdrossen den Kopf. »Ihr habt doch die meisten Kranken verloren. Daran kann man ja ablesen, daß eure Therapie falsch ist. Ich halte diese Blutabzapferei sowieso grundsätzlich für Unsinn. Probiert doch unsere wohlbegründeten Anweisungen aus, wenn ihr keinen Erfolg mit euren eigenen habt!«

»Aber ich bin doch kein Empiriker«, schnaubte Stevocatus und trabte auf klappernden Sandalen davon. »Ich folge in allem Hippokrates«, hörten sie sein beleidigtes Selbstgespräch, bis es von der allgemeinen Unterhaltung aufgesogen wurde.

»Man beachte, in welchem Tempo er ihm folgt! Und dabei wächst ein dicker Klumpen schwarzer Galle in ihm, streng nach den Regeln der Hippokratiker«, flüsterte Leptinos und grinste Thalia an.

Sie lachte haltlos. Trotz der unterschiedlichen Lehren und der anfänglichen Unstimmigkeiten fühlte sie sich wohl hier, man hatte sie aufgenommen und als Ärztin anerkannt, und das empfand sie einfach als herrlich. Ihre Zufriedenheit kam keinem Gefühl gleich, das sie bisher gehabt hatte.

Als sie spät in der Nacht beschwingt vom Wein ins *iatreion* zurückkehrten, Arm in Arm und Thalia verliebt, erwartete Tjelptah sie. Mit vorwurfsvollem Blick berichtete er, daß Leptinos dringend in die Schule der Spottknaben gerufen werde.

Leptinos hörte darin die schmeichelhafte Aufforderung, seine Tätigkeit auf eine weitere Klientel auszudehnen. »Gleich morgen früh«, versprach er und verschwand gähnend in seine privaten Räume.

Thalia war sofort ernüchtert. Wenn der Junge nun schwer krank war! Sie wechselte einen Blick mit Tjelptah.

»Du bist nicht bestellt worden«, sagte Tjelptah gehässig und drehte sich auf den Hacken um.

Da erst begriff sie, daß er neidisch war. Ihre Zufriedenheit erreichte einen neuen Gipfel. Aus eigenem Können war sie das geworden, was sie jetzt war. Der Stachel in ihrem Fleisch war ihr rechtlicher Status als Sklavin, aber auch den würde sie noch beseitigen. Ein Flegel wie Tjelptah sollte nicht länger das Recht haben, sich auf die gleiche Stufe mit ihr zu stellen.

Ungewöhnlich früh holte am nächsten Morgen ein kräftiges Klopfen an der Tür Thalia aus dem Schlaf und Djeballahs Aufforderung: »Der Gebieter braucht dich dringend, Thalia! Du möchtest dich bitte sofort erheben, damit ihr euch auf den Weg zur Knabenschule machen könnt! Es kam ein zweiter Bote.«

Während sie in das Frauenbad hinüberlief, das von Leptinos nie benutzt wurde, überlegte Thalia, daß Leptinos bemerkenswert wenig von Kinderkrankheiten wußte. Und das, obwohl er Männern ebenso zugetan war wie Frauen und deshalb auch in den Übungshallen viel mit Knaben umging.

Auf der Schwelle des Bades stockte ihr Schritt. Dampf füllte den sonst nur kühlen und feuchten Raum, und an ihrem Zuber machte sich jemand zu schaffen. Thalia war es gewohnt, das Bad als Privatraum zu betrachten, und wollte gerade protestieren, als sich die Fremde umsah. Sie kannte die Schwarze nicht.

»Ich bin Algasia«, sagte die Sklavin unterwürfig. »Ich soll dir ab jetzt bei deinen persönlichen Bedürfnissen zur Hand gehen, hat der Gebieter befohlen.«

Thalia klappte den Mund wieder zu. Algasia als Überraschung an einem wundervollen Morgen. Leptinos stellte ihr eine der neuen Sklavinnen persönlich zur Verfügung. »Schön, Algasia, dann fang an.«

Und als hätte es nie eine Unterbrechung zwischen ihrem früheren Leben und dem heutigen Tage gegeben, trat Thalia in den Zuber, streckte die Arme über ihren Kopf und schloß die Augen. Ihr Vater Athenagoras hatte nicht geduldet, daß im Haus Sklaven beschäftigt wurden; aber natürlich waren jede Menge bezahlte dienstbare Hände zugegen gewesen. Mit Genuß ließ sie das Wasser an ihrem Körper hinunterrinnen und drehte sich langsam um sich selbst, während Algasia sie behutsam wusch.

Die Schule lag am Getreidehafen. Vielleicht verschiffen sie die Jungen zusammen mit den Säcken nach Rom, dachte Thalia, als sie hinter Leptinos den Innenhof betrat. Der Mann, der ihnen über den knirschenden Sand entgegenkam, war von der gleichen Art wie der Geschäftemacher Suillius; jedoch sah er ägyptischer aus und trug noch mehr Gold an den Fingern.

Der Ägypter verneigte sich und klatschte in die Hände. Mehrere Türen flogen auf, und schwarze Sklaven brachten niedrige Tische und Hocker in den noch im Schatten liegenden Hof, stellten Brot, Früchte, Bier und Wein in Krügen ab und verschwanden so leise, wie sie aufgetragen hatten.

»Ich bin Heje, Leiter dieser Schule«, stellte der Ägypter sich mit leiser Stimme vor. »Stärkt euch bitte mit einem bescheidenen Mahl, bevor ich euch bitte, euch um mein Kleinod Setom zu kümmern, das krank auf dem Lager liegt. Ich fürchte, er wird bald zu den Westlichen eingehen. Beim Leben des Atum, des Herrn von Heliopolis, der äthiopische Zauberer hat mich belogen.«

Thalia setzte sich zwar, rutschte aber unruhig auf dem Hocker herum. Wozu diese Formalitäten, wenn es eilte!

Leptinos schüttelte unmerklich den Kopf. Thalia griff wahllos zu den Leckereien und nippte am Bier, das den Kopf wenigstens nicht schwer machte. Ihren dunklen, für Besuche bei Ägyptern eigens von Leptinos vorgeschriebenen Schleier schob sie nur beiseite, wenn es nötig war. Während ihr Gastgeber ihnen schweigend Zeit zum ungestörten Genuß ließ, beobachtete Thalia eine kleine Gruppe von Jungen.

Sie setzten sich in eine Hofecke und lauschten aufmerksam den Anweisungen ihres Lehrers, bevor sie sich ungebrannte Tonkrüge auf den Knien zurechtlegten. Obwohl sie erst fünf oder sechs Jahre alt waren, warteten sie mit ernsten Gesichtern, die Zungenspitzen zwischen den Zähnen, wie die Straßenschreiber, auf den Beginn des Diktats.

»Er hat mir Hoffnung gegeben. Aber als er die eigene verlor, sagte er, die sieben Hathoren würden meinen Setom sterben lassen«, bemerkte Heje. »Mein Herz ist betrübt.« In aller Plötzlichkeit vergoß er einen Strom von Tränen.

»Dann wollen wir nun feststellen, ob es uns gelingt, dein

Herz wieder aufzuheitern, verehrter oberster Lehrer Heje.«

Leptinos konnte wunderbar feinfühlig sein. Wahrscheinlich mußten sie aus dem gleichen Grund dem zeitraubenden Protokoll des Speisens gehorchen, obwohl irgendwo hinter den Fensteröffnungen darüber vielleicht ein kleiner Junge starb.

Endlich ordnete der Schulleiter sein Gewand und stand auf. Als sie an den Jungen vorbeigingen, die kaum Zeit hatten, aufzusehen, lauschte Thalia erstaunt der ägyptischen Fabel in lateinischen Worten.

»Der Katze waren gefesselt die Pfoten
mit Stricken und Fäden und Schnüren voll Knoten…
Dem Löwen gleich kauert' sie sich auf die Schenkel,
zerriß mit den Zähnen die Stricke und Senkel.«

Das Murmeln von Kinderstimmen erklang hinter mehreren Türen, an denen Heje sie vorbeiführte, bis er schließlich in einen kleinen Raum eintrat. Eine schmale Wandöffnung bot der Sonne zu einer anderen Tageszeit Einlaß; im Augenblick strahlten die Lehmwände eine angenehme Kühle aus.

Auf der einzigen Schlafmatte lag ein Junge. Viel zu dick für sein Alter, atmete er schwer und langsam, und seine Augen waren geschlossen. »Mein Herzblatt wacht kaum mehr auf, wenn ich es wecke«, berichtete Heje mit gepreßter Stimme.

Thalia hörte ihm voll Mitgefühl zu. Diese Anstalt erzielte mit dem Verkauf der Kinder Geld, aber der Leiter schien sie zu lieben, solange sie hier waren. Dann widmete sie sich dem kranken Jungen. Er verströmte einen merkwürdigen Geruch, den sie schon einmal gerochen hatte, ohne daß ihr einfiel, wo.

Leptinos berührte sachte die Schulter des Kranken, der nicht reagierte. »Wie alt ist Setom?«

Der Schulleiter wiegte den Kopf. »Er mag neun oder zehn Überschwemmungen erlebt haben, so genau weiß man das nicht. Seine Amme brachte ihn im dritten Jahr zu uns.«

Der Arzt verwickelte den Ägypter in eine Flut von Fragen und Feststellungen, und Heje beantwortete alle in flüssigem Griechisch. Als Leptinos wissen wollte, warum Setom so dick sei, während es doch offenbar nicht üblich sei, alle Schüler fett zu füttern, brach Heje erneut in Tränen aus.

Thalia schnupperte an Setoms Atem. Es war ihr inzwischen eingefallen, daß ihr kleiner Bruder diesen Geruch verströmt hatte, als er sehr krank gewesen war.

»Wir haben unserem Goldstück zu viele Leckerbissen zugesteckt, fürchte ich«, schluchzte Heje und bemühte sich um Fassung. »Dabei sollte er mit einem der nächsten Getreideschiffe nach Rom zu seiner neuen Herrin verschifft werden. Seine Ausbildung war nach langen Jahren beendet.«

Leptinos runzelte die Stirn, während Thalia konzentriert nach dem Text von Soran in ihrem Kopf suchte.

Manchmal geschieht es, daß das Kind in einen Zustand tiefer Bewußtlosigkeit verfällt. Solches kommt vor bei Völkern in Asia, die sich ausschließlich von Fleisch ernähren, aber andererseits auch bei anderen Völkern, wenn die Ernährung ganz ausbleibt, also in der Hungersnot. Die Folge ist das Ausströmen eines süßlichen Pneuma. Der Tod ist nicht ungewöhnlich.

Aber Hermas war gesund geworden. »Hast du Setom möglicherweise hungern lassen?« fragte Thalia behutsam, indes sie ihr Kopftuch in den Nacken rutschen ließ.

Der Ägypter riß Mund und Augen auf und hob Thalia die geöffneten flachen Hände entgegen. »Bist du die Hasenschartige, von der man spricht?«

Thalia nickte gezwungenermaßen, worauf Heje ein Geheul anstimmte, das sowohl Reue als auch die Bitte um Vergebung beinhaltete. »Amun, der Herr der Throne der beiden Länder, strafe mich, wenn ich es in böser Absicht tat.« Er bedeckte seine Augen mit einem Ärmel seines Gewandes. »Die Gebieterin Afrania Agricola hat unseren Setom vorbestellt, nachdem sie ihn so süß wie einen Honigkuchen fand. Aber damals war er schlank. Was sollte ich machen, außer ihn auf Diät zu setzen, behutsam, ganz vorsichtig, damit er keinen Schaden an seiner Seele erlitt? Aber Setom legt sich aus Trotz ins Bett und verweigert alle Nahrung, nicht einmal frisches Brot will er nehmen. Viele Tage geht das nun schon.«

»Danke deinen und meinen Göttern, daß Thalia, die Kennerin allen Schrifttums der Krankheiten von Kindern, dir die Gnade erwies, mitzukommen«, mahnte Leptinos sanft, aber nachdrücklich.

»Der Ibisköpfige liebt mich, daß er mir Thalia, die Kennerin, gesandt hat. Wenn sie Setom gesund machen kann, werde ich ihm sofort ein Brandopfer entzünden«, versprach Heje. Jetzt erst wagte er es, sie mit großem Respekt zu betrachten.

Die verehrungsvolle Aufmerksamkeit des Ägypters machte Thalia verlegen. »Bitte sende sofort um frisches Brot, einen Krug Bier und einen Becher«, befahl sie.

»Alles, wie du es haben willst«, rief Heje eifrig. Wieder klatschte er in die Hände, murmelte ein paar Worte durch den Türspalt, und binnen kurzem erschien ein junger Ägypter mit Brot und Bier.

Der Kranke befand sich kurz vor dem Aufwachen. Er rührte die Lippen und bewegte die Augendeckel, und Thalia setzte sich schnell zu ihm und umfing seine Schultern. »Setom, wach auf«, rief sie gedämpft, bis er die Augen aufschlug. In Bier getunktes Brot hielt sie schon bereit.

Kaum bemerkte Setom den Bissen, verzog er angewidert sein Gesicht und preßte die Lippen zusammen. Seine langen schwarzen Wimpern über den geschlossenen Augen lagen wie ein feines Gewebe aus Spinnenfäden auf den runden, blassen Wangen.

Leptinos hockte sich ans Lager. »Setom, die Götter werden deinen Leib nicht wiederfinden und zum Ewigen Leben aufrufen, wenn du ihn selbst verschwinden läßt wie Regen im Wüstensand. Ist es das, was du willst? Du willst nie gewesen sein, und du willst nie werden?«

Statt einer Antwort legte Setom die dickliche kleine Hand reuevoll auf seinen Kopf und sperrte den Mund auf wie ein Vögelchen, das die Eltern anbettelt. Thalia schob das triefende Brot schnell hinein, und er kaute, schluckte und öffnete den Mund wieder, bereit für den nächsten Bissen.

Leptinos blinzelte Thalia zu, indes hinter ihm ein eintöniges Gemurmel anhob, das sie als Gebet erkannte.

»Dank an den König von Ober- und Unterägypten, Re-Atum, geliebt von Toth, dem Herrn der beiden Länder, dem

Gott von Heliopolis, der Sonnenscheibe, die die beiden Länder mit ihrem Glanz erhellt, Dank an den Nil, groß im Spenden, Dank an Re-Harachte, Dank an Neith, die Große, die Göttermutter, die Leuchtende, das Erste Gesicht, Dank an die lebende Seele des Allherrn, dem Stier in Heliopolis als dem vollkommenen König von Ägypten.«

Nach vielen Bissen ließ sich der Junge hochstützen und lag matt in Thalias Armen. Als er seine Augen aufschlug und in die blauen Augen von Thalia blickte, erschrak er und kniff sie wieder zu.

Beim nächsten Versuch las Thalia grenzenlose Bewunderung und Neugier in seinem Gesicht. Sie lächelte ihn an, und er gab das Lächeln freimütig zurück.

»Du bist wie eine Tochter der Isis, Herrin des Zaubers, die den Zauber ausübt, glänzend im Beschwören«, murmelte Heje und verneigte sich vor Thalia, bevor er an die Tür tippte, die aufgezogen wurde.

Als Thalia einen letzten Blick auf den Jungen tat, warf er ihr mit der Fingerspitze einen Kuß zu. Sie stieß einen Seufzer aus. Setom war nicht ihr Bruder Hermas, und das konnte sie ihm schließlich nicht vorwerfen. Er hatte den Grad von Durchtriebenheit erreicht, für den er geschult worden war. »Viel Glück bei Afrania in Rom«, rief sie über ihre Schulter zurück und sah ihn lächeln.

Auf dem Flur stürmte ihnen eine Schar Jungen entgegen, während Thalia noch mit der Erinnerung an Hermas kämpfte und sich die Kehle freiräuspern mußte. Während die ersten schon jauchzend unten angelangt waren, wandte sich der letzte Junge beim Anblick Thalias um und starrte ihre blonden Haare an.

»O Verehrungswürdige, bist du noch nicht genesen von deinem Altershusten?« fragte er mit der wechselnden Stimmlage eines Jungen im Stimmbruch. Die Blicke der Jungen auf der Treppe richteten sich auf Thalia. Sie schwiegen erwartungsvoll.

Thalia verschlug seine Tücke die Sprache. Sie konnte weder ja noch nein sagen, aber antworten mußte sie. »Ich habe überhaupt keinen Husten«, sagte sie würdevoll.

»So bist du auch keine Verehrungswürdige, sondern eine rote Gazelle, der noch nicht einmal Hörner gewachsen sind! Niemand wird auf dein Wort hören«, schrillte die Jungenstimme, und unter dem Gelächter der übrigen klapperten viele Füße nach unten, bis der Lärm schließlich im Hof verklang.

»Du mußt verstehen, sie haben den Auftrag zu üben, wann immer sich eine Gelegenheit bietet«, sagte Heje entschuldigend. »Sie tragen Wettbewerbe in Schlagfertigkeit untereinander aus und bestimmen so ihren eigenen *König der Zunge.*«

»Ach so«, sagte Thalia und versuchte, sich ihre Beschämung als Wettverliererin nicht anmerken zu lassen. »Hat Setom diesen Rang erreicht?«

Heje sah sie ausdruckslos an. »Nein, seine Qualitäten liegen woanders.«

»Die Römerin Afrania liebt Männermuskeln und Krokodile«, sagte Thalia trocken.

»Als Muskelmann ist Setom nicht geeignet und für Krokodile zu teuer. Aber er ist Herr einer sehr beweglichen Zunge.«

Thalia kaute an einer Erwiderung, die zu sperrig war, um durch ihre Kehle zu rutschen. Sie meinte Belustigung im Gesicht des Ausbilders zu sehen. »Die Römerin Afrania wird in jeder Hinsicht mit Setom zufrieden sein. Sein Verständnis umfaßt die Laster der Welt.«

Da Leptinos vom Fuß der Treppe aus Ungeduld signalisierte, nickte Thalia. Sie fragte sich, was ihr Vater zu einer solchen Ausbildung von Hermas gesagt hätte.

Schweigend wartete sie, bis die Honorarfrage zu Leptinos' Zufriedenheit erledigt war. Unter einem Schwall von weiteren Segenswünschen des Schulleiters traten sie in das morgendliche Gewimmel von Passanten vor der Schulpforte. Die Tür hatte sich hinter Thalia noch nicht vollständig geschlossen, als ihr ein kleiner Gegenstand in die Hand geschoben wurde. Instinktiv schloß sie die Finger fest darum.

»Woher wußtest du, wie du Setom zum Essen bringen konntest, Leptinos?« Insgeheim ärgerte Thalia sich, daß sie die Hilfe von Leptinos gebraucht hatte. Setoms Krankheit hatte sie herausgefunden, nicht aber den Weg zu seiner Seele.

Leptinos sah sie von oben herab an. Auch in ihm wühlte irgendein Ärger, trotz seiner lobenden Worte in Gegenwart von Heje. »Finde den sehnlichsten Wunsch des Kranken heraus und ködere ihn damit. Bei einem Ägypter gibt es immer nur diesen.«

»So einfach ist das? Das nenne ich Höflichkeit. Jedenfalls ist es nicht viel mehr.« Thalia lachte erleichtert.

»Du irrst dich. Was nützt dir Höflichkeit, wenn deine anders ist als seine? Vielleicht schlägt der andere dich tot, weil du auf deine Art höflich bist.«

Sie schüttelte den Kopf. Es hatte jetzt keinen Zweck, mit ihm zu reden. Er war eifersüchtig auf ihren Erfolg. Aber an diesem Morgen konnte nichts sie beirren. Am liebsten wäre sie durch einen Kanal getanzt. Verstohlen und neugierig tastete sie an dem kleinen Geheimnis herum; es fühlte sich an wie Papyrus. Ein Schreiben, das nur für sie bestimmt war. Hatte sie etwa einen Verehrer? Nun, sie wollte ihn nicht. Sie wollte Leptinos.

»Leptinos, können wir nicht das *iatreion* ein paar Tage schließen und nach Ägypten fahren? Ich würde so gerne die Pyramiden und die Statue von Amenophis sehen. Bitte.«

»Ich fahre nicht nach Ägypten. Ich bin Alexandriner«, antwortete Leptinos steif.

»Römer zweiter Klasse, ich weiß.« Thalia seufzte verstohlen. Leptinos' Augen schossen wütende Blitze, und sie fand es ungerecht, daß er sich über sie ärgerte, statt über Rom. Um ihn zu versöhnen, hängte sie sich trotz des dichten Verkehrs bei ihm ein und streichelte seine Hand.

Er schob sie fort. »Thalia, nicht hier auf der Straße. Was sollen die Patienten von mir denken. Schließlich bist du meine Sklavin.«

Sie nickte eifrig. In der Tat waren sie ein auffälliges Paar, er groß und schön wie ein Gott – und sie blond und nicht unansehnlich, außer, wenn man ihr direkt ins Gesicht sah. »Ja, das ist die andere Sache, über die ich mit dir sprechen wollte.«

Aber Leptinos deutete nach vorne, wo in diesem Augenblick laute Rufe in ägyptischer Sprache ertönten: »Platz da!«

Ein bewaffneter Reiter auf einem weißen Pferd tauchte in Thalias Blickfeld auf, dessen Kopftuch von einem Reifen gehalten wurde. Ein Wüstenbewohner. Gelegentlich kamen sie mit ihren Herden von Kleinvieh in die Stadt, um sie auf dem Viehmarkt zu verkaufen. Dieser hier führte keine Ziegen und Schafe, sondern Menschen.

Thalia schnappte nach Luft vor Entsetzen, als sie die abgemagerten Schwarzen sah, die an einer unendlich langen Fußkette aneinandergefesselt waren. An der Spitze die Männer, dahinter Frauen, manche mit Kleinkindern, die an den schlaffen Brüsten nuckelten. Und dieser gewaltige Zug, vielleicht eine ganze Dorfschaft, war gespenstisch leise; nur das Schleifen der Kette war zu hören und einzelne Lacher aus den Reihen der Zuschauer.

»Die Zeit der Karawanen aus Afrika hat begonnen«, erklärte Leptinos, und aus irgendeinem Grund hörte er sich sehr zufrieden an.

»Ich weiß«, murmelte Thalia und sah der schaukelnden Sänfte nach, die den Sklavenzug beschloß, umgeben von einem Haufen wild aussehender Reiter, die alle bis an die Zähne bewaffnet waren. »Aber ich wußte nicht, daß es so sein würde.«

Als der letzte vom Bogen des Mondtors verschluckt worden war, hielt Thalia Leptinos fest. »Leptinos, hör mich an. Ich möchte mich freikaufen«, sagte sie bestimmt. »Ich werde mich mit dem Schicksal als Sklavin nie abfinden. Wenn du mich liebst, wirst du es verstehen. Ich glaube, ich habe jetzt genug Geld zusammen, um dir die Ausgabe für mich zu ersetzen. Was sagst du dazu?«

Leptinos fuhr herum und starrte ihr ins Gesicht. Sie meinte tatsächlich, was sie sagte. Undankbar, grenzenlos überheblich, ohne Gespür für die Stellung, die ihr zukam. Enttäuschung und Wut brodelten in ihm. »Das sage ich dazu!« Er schlug ihr mit dem Handrücken quer über das Gesicht.

Thalia flimmerte es vor den Augen. Sie beugte sich vor und ließ das Blut aus ihrer Nase auf die Straße tropfen. Seine schnellen harten Schritte entfernten sich, aber sie war innerlich zu verwundet und zu verstört, um ihm nachzulaufen, wie es sich für die Sklavin gehört hätte, auf deren Platz er sie soeben brutal verwiesen hatte.

KAPITEL 13
Der Nubier

Lange Zeit saß Thalia bewegungslos in ihrer Kammer, bevor sie das Papyrus entfaltete und glattstrich. Ihre Wange brannte noch und noch mehr ihre Seele, und was Leptinos ihr angetan hatte, war nicht glattzustreichen.

Es wurde dunkel. Thalia zündete ein Öllämpchen an. Sie nahm das Papier wieder zur Hand. Wahrscheinlich würde sie es gar nicht lesen können. Der Ägypter hatte sie zu hoch eingeschätzt.

Aber ihre Befürchtungen waren mit dem ersten Blick fortgewischt, und sie begann sich widerwillig dafür zu interessieren. Der Schreiber konnte perfekt griechisch schreiben. Der Inhalt gab ihr Rätsel auf: *Der falkenköpfige Horus schütze dich vor den Spionen des Roten, der in beiden Ländern die rechte Ordnung an sich gerissen hat und die Herzen der Menschen wägt.* Demeter, hilf, dachte Thalia. Was ist das? Eine Warnung, gewiß. Aber vor wem?

Der Rote konnte jeder sein, der nicht Ägypter war, ein Römer, ein Grieche, ein Jude, ein Phönizier… Immerhin, sie sollte sich vor Spionen in acht nehmen. Warum?

Mit einem Seufzer legte Thalia das Papyrus weg und löschte die Lampe. Es war nicht der richtige Abend für Rätsel.

Furchterregende Träume von falkenköpfigen Krokodilen mit gelben Haaren zwischen den spitzen Zähnen begleiteten ihren Schlaf. Früh erwachte sie, schweißgebadet, aber sie blieb bis zum ersten Morgenlicht liegen, um Algasia ausreichend Zeit zum Aufheizen des Wassers zu geben.

Als sie in den Baderaum hinübergetappt war und die Tür aufgezogen hatte, war dieser dunkel, feucht und leer. Wie früher.

Erbittert wusch Thalia sich im schwachen Licht des Morgens mit kaltem, gebrauchtem Wasser aus dem Kübel. Einseifen mit scharfem Natron, schäumen, reiben, spülen. Sie schüttete sich einen Schwall Wasser ins Gesicht, in der Hoffnung, endlich aufzuwachen. Schließlich gab es in Träumen nicht nur Krokodile, sondern auch verschwundene Sklavinnen. Aber Algasias Schwamm kehrte nicht auf ihren Rücken zurück.

Statt dessen donnerte eine Faust an die Tür, die auch einen Toten hätte wecken können. Dazu schrie Tjelptah unhöflich: »Beeile dich, Rote!«

Thalia griff entsetzt nach ihrem Handtuch. Alles hatte sich geändert. Mit einer einzigen Bitte, die sie wohlüberlegt ausgesprochen hatte. Sie bereute sie nicht. Sie hatte lediglich früher Klarheit bekommen. Trotzig legte sie sich den Chiton um, entschlossener denn je, aus dem Sklavenstatus auszubrechen. Und aus einem Haus zu entfliehen, in dem der Herr nicht bereit war, das Leben einer tüchtigen Sklavin vor anderen Sklaven des Hauses zu schützen. Tod durch Gift war nicht weniger grausam als die Todesstrafe für entlaufene Sklaven. Beim nächstenmal würden Wernero und Tjelptah es klüger anstellen.

Thalia wunderte sich nicht, daß ihr verschwiegen wurde, wohin die Sänfte unterwegs war, in der Leptinos saß. Tjelptah ging mit einem wissenden Lächeln auf den Lippen neben ihr. Über der Schulter hatte er einen Leinensack, in dem sich Spülbecken scheppernd aneinanderstießen. Er pfiff ein Liedchen und paßte seine Schritte dem wechselnden Rhythmus an. Verstohlen warf er hin und wieder einen Blick zu Thalia hinüber, aber sie beachtete ihn nicht, und das ärgerte ihn.

Sie begegneten einer römischen Hundertschaft, die mit Schaufeln und Besen zu ihrer Arbeit an einem Kanal marschierte, und verließen kurz darauf die Stadt durch das Sonnentor. Schließlich blieben die letzten Lehmziegelhütten hinter ihnen zurück, die Sitzbänke, die Gärtchen und die Taubenhäuser. Und als sie vom Kanal abbogen, auch der Schatten der

Palmen und die kühle Feuchtigkeit des Wassers, in dem Grünzeug kauende und mit den Schwänzen gegen Fliegen schlagende Wasserbüffel gewaschen wurden.

Und auch Rom blieb zurück. Hier war das Ägypten der Bauern.

Die gelben Safranfelder standen jetzt in Blüte. In Stadtnähe hatte die Ernte bereits begonnen; die Bauern schnitten ihn, die Frauen und Kinder beluden die Körbe an den Flanken ihrer Esel. Auf den Flachsfeldern und in den Weingärten wurde noch nicht geerntet, aber die Männer hackten in der Erde oder arbeiteten an den Bewässerungsgräben. Wo schon gepflügt wurde, stelzten die weißen Ibisse in den Ackerfurchen hinter den Wasserbüffeln her. In der Ferne war ein grüner Gürtel von Papyrus oder Akazien zu sehen, die das Ufer des Mareotis-Sees säumten.

Gelegentlich wurden die Felder abgelöst von Weiden; wo nicht bewässert wurde, raschelte der Wind durch vertrocknendes braunes Gras. Die Sonne brannte erbarmungslos auf sie herunter. Die vier Sänftenträger atmeten keuchend. Keiner sprach.

Plötzlich warf Tjelptah den Sack zu Boden. Er streckte die gespreizten Hände gegen eine kleine Herde von Muttersauen mit ihren Ferkeln aus, die von einem Bauern im Lendenschurz geweidet wurden. Die spärlich schwarzbehaarten Alten wühlten mit langen Rüsseln im Boden und zogen Wurzeln und Würmer heraus, und die Ferkel quiekten und stießen an die herunterhängenden mütterlichen Euter.

Thalia hob den Kopf. Übermüdet, wie sie war, war sie die letzte Stunde vor sich hin getrottet. Sie lächelte weich. Irgendwie verhielten sich Ferkel und Säuglinge ähnlich. »Auch du hast mal so nach der Brust deiner Mutter gesucht«, sagte sie. »Du brauchst die Ferkel überhaupt nicht zu verfluchen.«

»Wage nicht, mich mit einem unreinen, verächtlichen Tier zu vergleichen!« fauchte Tjelptah.

»Ein Schwein ist nicht unrein. Es ist ein sehr sauberes Tier, das der Göttin Demeter heilig ist.« Es fiel Thalia schwer, Haltung zu bewahren. Die Mysterien von Eleusis wurden bei Frühlingsbeginn gefeiert, die Wiesen waren ein Blütenmeer, und die

Büsche an den Hainrändern dufteten betäubend. Leptinos hatte ihr freigegeben, damit sie sie feiern konnte; aber in Ägypten war der März die falsche Jahreszeit.

Dafür konnte Tjelptah nichts, und trotzdem wuchs ihre Erbitterung. Leptinos, die Römer und die Natur – alle hatten sich gegen sie verschworen.

Tjelptah zeigte auf den Weg. »Auch der Hirte weiß, daß er verachtet wird. Siehst du, er holt seine Herde vom Weg zurück, damit er uns nicht beschmutzt.«

Thalia biß die Zähne zusammen. Plötzlich haßte sie Ägypten.

Die Zähne von Tjelptah strahlten vor Sauberkeit und Frische, als er den Kopf in den Nacken warf und lautlos lachte. Er schulterte seinen Sack und marschierte der Sänfte hinterher, die sich schon ein gutes Stück entfernt hatte. Thalia blieb absichtlich zurück.

Endlich sahen sie ihr Ziel in der Ferne auftauchen: Zelte, die sich beim Näherkommen als ein Lager entpuppten. Am Rande zwischen Zeltstadt und Grasland weideten Kamele. Thalia beeilte sich, um Leptinos nicht aus den Augen zu verlieren, bevor er in einer der Zeltgassen verschwand.

Offensichtlich hatten sich hier mehrere Handelskarawanen aus Afrika getroffen. Stapel von schwarzglänzendem Holz und Bündel von Elefantenstoßzähnen wurden von schwerbewaffneten Männern aus der Wüste bewacht. Schwarze eilten mit Dung, Brennholz und großen dampfenden Kesseln zwischen den Feuern und Zelten hin und her.

Leptinos war aus der Sänfte gestiegen und hielt ungeduldig Ausschau. Ein junger Mann in einem bestickten blauen Gewand führte sie alle zusammen in ein großes Zelt mit goldenem First, nachdem Thalia und Tjelptah atemlos angekommen waren.

In der Mitte des teppichbelegten Raums saß auf einem Thron ein Mann, der bis zum Hals in grüne Seide gehüllt war. Ein dreifach gestuftes Kinn hing ihm wie ein Ziegenmagen auf die Brust. Hinter ihm schlug ein Sklave im Lendenschurz eine Kesselpauke.

Leptinos kniete sich flink auf den Boden und streckte seine Hände vor, neben sich Tjelptah. Thalia starrte den schwarzen Handelsherrn entgeistert an: Er war der fetteste Mensch, der ihr jemals vor Augen gekommen war. Dann spürte sie eine Hand im Nacken, die sie hinunterzwang, bis sie der Länge nach auf dem bunten Teppich lag.

Das monotone Trommeln hörte auf.

»Die Geister strafen mich«, sagte eine tiefe Stimme.

Thalia merkte, daß sie sich jetzt erheben durfte, während Leptinos vor den Thron trat. »Du bist in Alexandria immer krank, Tombol aus Nubien«, erwiderte er in respektvollem Ton. »Jedes Jahr.«

»Das ist der *itkal* des Deltas«, keuchte der Kaufmann. »Er haßt mich. Müßte ich nicht meine Handelsware gegen sämtliche Schurken Äthiopiens und Ägyptens verteidigen, bliebe ich in meinem Palast und ließe mich von meinen Frauen verwöhnen.«

»Wenn du bereit bist, dich von mir untersuchen zu lassen, werde ich den *itkal* finden«, versprach Leptinos.

»Man hat mich bereits mit einer Straußenleber abgewaschen, aber davon ist mir nicht besser geworden.«

»Du mußt dich auf das *angareb* legen, Tombol, damit ich mit dem *itkal* sprechen kann.«

Der Kaufmann rührte sich nicht, aber einer der blauen Diener nickte. Zwei tiefschwarze Sklaven trabten im Laufschritt mit einer Art Bett herbei, während sechs andere den Koloß in die Höhe stemmten und auf dem Geflecht aus Lederschnüren ablegten. Leptinos fiel neben ihm auf die Knie.

Thalia staunte den Fleischberg mit offenem Mund an. Der Nubier schien nicht gewohnt, auch nur einen Finger zu rühren. Sie trat näher, um auf Leptinos' Anweisungen zu warten. Unter dem höchsten Punkt dieses gewaltigen Bauches mußte sich die Leber befinden. Oder hatte er zwei? Denn wie sollte eine einzige das Blut für so viel Leben herstellen können? Und mußte nicht das Herz bei der Reinigung und der Durchmischung solcher Massen von Blut mit Pneuma hoffnungslos hinterherhinken?

Die Augen des Nubiers rollten. »Jeder Mann muß seine Töpfe selber zudecken, Alexandriner. Ich mische mich nicht in deine Frauenfragen ein. Aber du hast sicher nichts dagegen, daß ich diesem wertlosen Weib zur Strafe die Augen ausstechen lasse. Ich gebe dir eine Sklavin als Ersatz.«

Thalia wich entsetzt zurück, als sie begriff, daß der Nubier sich durch ihre diagnostische Inspektion beleidigt fühlte. Einer der blauen Diener zog eine glänzende krumme Waffe aus seinem Gürtel und kam auf sie zu.

»Sie ist nicht als Schöne mitgekommen«, wandte Leptinos achselzuckend ein, »sondern als *nganga*. In schwierigen Fällen berät sie mich und ist mir oft von Nutzen. Würde deine Sklavin mich auch beraten können?«

»Zwei Krokodile können sich nicht das gleiche Wasserloch teilen. Was tust du hier, wenn sie es ist, die mich ins Gleichgewicht bringen soll?«

»Sie bringt Frauen ins Gleichgewicht, ich Männer. Bei Männern berät sie mich und ich sie bei Frauen.«

Tombol schürzte die wulstigen Lippen und drehte seinen Kopf zu Thalia. »Ich besitze keine *nganga*«, sagte er nachdenklich, »wahrscheinlich nicht einmal eine Frau mit Kamelmaul.«

Leptinos lachte leise. Tombol blickte verblüfft drein und brach dann in ein brüllendes Gelächter aus. Er hob seinen kleinen Finger, der mit breiten Goldreifen geschmückt war. Der Mann mit dem Messer nahm seinen Platz wieder ein.

An Thalias Schläfen perlten Schweißtropfen herunter, während sie Leptinos beobachtete. Als er seine Untersuchung abgeschlossen hatte, setzten die Sklaven ihren Herrscher mit aller Vorsicht auf seinen Thron zurück.

Tombol holte Luft für eine kurzatmige Erklärung. »Der Zauberer hat den Verursacher des Schadens ausfindig gemacht. Aber der Schadenszauberer ist stärker als er.« Er winkte.

Ein Diener übernahm es, den Rest zu erzählen. »Man hat ein Ei auf der Stirn des Gebieters zerschlagen und hat ihm eine Prise in die Nasenlöcher gestopft; er hat dreimal geniest, als die Ziege blökte; man hat ihr Blut über ihm vergossen, bis er hinter dem Blutschleier versteckt war. Aber der Schadenszauberer hat sich dadurch nicht täuschen lassen.« Der

Mann warf sich auf den Boden und entfernte sich rückwärts kriechend.

»Deshalb ist es erforderlich, ihm mein Blut zu geben«, setzte Tombol fort. »Hast du herausgefunden, wo der *itkal* sitzt?«

»Der *itkal* sitzt in deiner gewaltigen Leber. Ich werde das Blut aus deinem Bein schlagen, Tombol«, erklärte Leptinos und nickte Tjelptah zu. »Der Schadenszauberer soll sich keinesfalls an deinem Herzblut erfreuen dürfen.«

Diese Rücksichtnahme schmeichelte dem Herrscher sehr. Er verzog die Lippen, bis die großen weißen Zähne im Dämmerlicht des Zeltes aufschimmerten. Wohlwollend betrachtete er Tjelptah, der das größte Blutbecken vor den Thron stellte.

Jetzt hat seine Frechheit ein Ende gefunden, dachte Thalia, als sie Tjelptahs zitternde Hände bemerkte. Leptinos mußte gewußt haben, daß der Herrscher einen Aderlaß verlangen und daß er größeren Gefallen an Tjelptah als an Djeballah finden würde. Ihr war es sehr recht, daß sie nur beraten sollte.

Man hob den Herrscher an seinen ausgestreckten Händen in die Schüssel. Leptinos setzte das Messer mit der kurzen runden Klinge an und öffnete geschickt die Ader am Bein.

Der Herrscher brüllte wie ein Ochse. Alle Sklaven warfen sich mit der Stirn auf den Boden, um Segenssprüche zu murmeln. Doch Leptinos ließ sich nicht stören. Thalia empfand widerwillige Bewunderung für ihn. Diese Krankenbehandlung war einem Ritual unterworfen. Er mußte sie bis ins Detail geplant haben.

Als Leptinos die kleine Schnittwunde zusammengepreßt hatte, hob man den Herrscher hoch und ließ ihn schweben. Tjelptah zog die Schüssel unter ihm fort und machte zwei Sklaven Platz, die die herabhängenden blutigen Füße ihres Herrschers wuschen und abtrockneten.

Während Tombol sich mit geschlossenen Augen auf dem Thron erholte, trat ein älterer Diener zu Leptinos. »Dieses Blut«, informierte er ihn, »ist vor das Zelt zu bringen und dort Etia, dem Gegenzauberer des Herrschers, zu übergeben. Er übernimmt es, den Schadenszauberer zu täuschen.«

Leptinos gab Tjelptah einen Wink. Während er das chirurgische Messer abputzte und in einen Leinenbeutel schob, nahm

Tjelptah die Schüssel auf, in der das Blut noch nicht geronnen war und schaumig und träge hin und her schwappte. Thalia hätte nicht in der Haut des Ägypters stecken mögen unter all diesen schwarzbraunen Augen, die ihm folgten, als sei er mit dem Gold des Herrschers auf dem Weg zur Schatzkammer. Aber ihm gönnte sie es. Seinen Tritt hatte sie nicht vergessen.

Mit der Zungenspitze zwischen den Zähnen balancierte Tjelptah die Schüssel zum Zeltausgang. Kurz davor geschah das Unglück. Tjelptah geriet mit den Zehen unter einen der kleinen Schmuckteppiche und stolperte. Er schlug der Länge nach hin, während die Schüssel ihm aus den Händen rutschte und ihren Inhalt über die Zeltwand entleerte. »Verzeihung, ihr Gesegneten«, rief er kläglich.

Es wurde totenstill.

Tombol schlug seine Augen auf und richtete sie fragend auf Leptinos, der plötzlich blaß wurde.

»Gebieter, es war der Sklave des fremdländischen Heilers, der deine Anstrengungen zunichte gemacht hat«, keuchte der ältere Diener mit vor Angst verzerrter Stimme und warf sich dem Herrscher zu Füßen.

»Schade, er war so hübsch«, sagte Tombol gleichgültig und klopfte sich auf den Bauch. »Ich spüre schon, wie der *itkal* weicht.«

Zwei Sklaven packten Tjelptah an den Armen und führten ihn aus dem Zelt. Der Herrscher schob seine dicke rosa Unterlippe vor und schwenkte mißbilligend seinen Kopf wie ein alter Elefant. Der Schwarze an der Kesselpauke nahm sein Trommeln erneut auf. Der Rhythmus war jetzt schneller und erregender. Thalia fühlte, wie sich ihre Nackenhaare aufrichteten.

Das Trommeln endete in einem mächtigen Wirbel, dessen Schlußpunkt von drei Sklaven gebildet wurde, die im Laufschritt hereinkamen. Sie sanken ihrem Gebieter vor die Füße und reichten ihm ein kupfernes Tablett, das Tombol mit Kennermiene besichtigte.

Auf dem Tablett stand Tjelptahs Kopf.

Thalia rannte hinaus und erbrach sich neben dem Zelt.

»Der Gegenzauberer Etia ist zufrieden«, sagte eine Stimme.

Kurz darauf kam Leptinos aus dem Zelt. Er war bleich und

verstört. Hinter ihm huschte ein Sklave mit Tjelptahs Sack auf dem Rücken her. Er heftete sich an Leptinos' Fersen, als hätte man ihm bei Todesstrafe verboten, ihn aus den Augen zu verlieren.

In den nächsten Tagen war im *iatreion* nichts, wie es sein sollte. Leptinos blieb in seinen Räumen. Er gab den Befehl, Wernero einzusperren, damit sie nicht beim Kaufherrn Tombol den Leichnam ihres Sohnes einforderte. Wernero zerriß ihre Kleidung und heulte wie ein Schakal. Es war kaum zu ertragen.

Thalia mußte sich ganz allein um die Kranken kümmern. Sie wurde überall gleichzeitig gebraucht: In der Ruhehalle schaukelte ein reicher griechischer Händler und wollte dringend erfahren, ob es gesünder sei, schneller zu schaukeln, damit der Rhythmus mit dem seines Herzens im Einklang liege; im Bad saß eine verwöhnte Römerin und war unzufrieden mit der Temperatur des Wassers, und im Behandlungsraum lag ein ägyptisches Kind aus der Nachbarschaft, das sich mit heißem Öl verbrüht hatte.

Die Luxuspatienten ließ Thalia warten und untersuchte zuerst das Bein des Kindes, das schlimm aussah. Sie streichelte die Wangen des kleinen Jungen, der drei oder vier Jahre alt war. Er hörte auf zu weinen und staunte ihre Haare an, die sie im *iatreion* nicht bedeckte.

»Schwarzgelockt wie der Göttersohn Si-Osire, ist er ein Abbild der Schönheit des Gottes und bestimmt so klug wie er. Ich wünsche dir, daß du an seinem Ruhm teilhast«, sagte Thalia in holperigem Ägyptisch.

Die Ägypterin, eine junge Frau mit kupferfarbener, glatter Haut, sah Thalia überrascht an. »Du weißt mehr, als ich dachte«, sagte sie widerstrebend. »Ich wäre überhaupt nicht gekommen, wenn mir das Pferdefett nicht ausgegangen wäre.«

So etwas Abscheuliches, dachte Thalia und griff zu einer List. »Serapis hat Alexandria ein Heilmittel geschenkt. Seine Süßwasserquelle im Hafenbecken heilt Brandwunden. Ich werde einen Umschlag machen, und du wirst das Bein regelmäßig bis zum Abend kühlen. Bei Dunkelheit trägst du vorsichtig die

Salbe auf, die ich dir mitgebe. Morgen früh möchte ich deinen Sohn nochmals sehen.«

Die Ägypterin nickte gehorsam. »Wie du befiehlst.« Nach der *Nachtstunde des Herzerfreuens* würde sie ihrem Mann bis ins kleinste von der Weisheit dieser gelbhaarigen Roten berichten. Es stimmte alles, was man sich von ihr erzählte. Vielleicht konnte sie ihr sogar ein Mittel gegen die Herrschsucht ihrer Schwiegermutter abschwatzen.

Thalia brachte sie hinaus, weil sie dabei kurz einen Blick in die Ruhehalle werfen konnte, wo Djeballah inzwischen den Griechen schaukelte. Nachdenklich sah sie der Ägypterin hinterher. Leptinos hatte recht gehabt. Die Behandlung der Seele der Kranken war mindestens genauso wichtig wie die der Krankheit.

Die Ägypterin wich einem Mann aus, dessen vierschrötige Gestalt Thalia bekannt vorkam. Nur mit Mühe erkannte sie Kleon, der den Weg heranwankte. Seine Augen waren umschattet. Sie packte seinen Arm, bevor er umfiel.

Jetzt erst bemerkte er Thalia. »Ich finde keine Ruhe«, klagte er. »Gib mir ein starkes Mittel zum Schlafen und Vergessen! Mich jagen die Dämonen der Nacht.«

»Komm und erzähle mir, was dir fehlt«, forderte Thalia ihn freundlich auf. »Wie geht es Hipparchia?«

Kleon blieb abrupt stehen und klammerte sich an eine Säule. »So weißt du nichts?«

Thalia runzelte die Stirn und schüttelte den Kopf.

»Hipparchia ist gestern beim Waschen der Wäsche ertrunken«, sagte er mit dumpfer Stimme. »Möge der Herr sie zu sich nehmen, obwohl ich sie noch nicht auf den rechten Weg geführt hatte.«

Thalia starrte ihn entsetzt an. Hipparchia und Tjelptah am gleichen Tag. Irgend etwas bereitete ihr über die normale Traurigkeit hinaus Unbehagen.

»Aber es wäre mir wohl nie gelungen«, fuhr Kleon unter Tränen fort. »Sie war halsstarrig, meine Hipparchia, und hat nicht einmal in ihrem letzten Augenblick an Gott, den Herrn, gedacht, der auch ihr Herr ist. Man hat mir berichtet, daß sie mehrmals: *das Wasser*! gerufen haben soll. Sie muß sich sehr gefürchtet haben, obwohl sie schwimmen konnte wie ein Fisch. Ich verstehe das alles nicht. Der Herr ist sehr unbegreiflich für uns Menschen.«

»Sind die Kanäle nicht schon fast trocken?« fragte Thalia.

Der Wollarbeiter seufzte und legte seine Wange an die kühle, rauhe Steinsäule. »Am Waschsteg ist noch Wasser. Auf dieser Treppe steht sie seit einem Menschenalter und muß doch nach des Herrn Willen ausrutschen. So zeigt Er uns Seine Macht.«

Immer mehr seines Gewichtes lastete auf Thalia. Sie schaffte es, ihn zu halten, bis der aufmerksame Djeballah ihm einen Faltsessel hinschieben konnte, den er in Windeseile geholt hatte.

Von der Ruhehalle sahen die neugierigen Augen des Griechen herüber, denen nichts entging, was sich zwischen Halle und *iatreion* tat. Am liebsten hätte Thalia ihn darauf aufmerksam gemacht, daß es um den Einklang zwischen Herz und Schaukel derzeit besonders schlecht bestellt war, denn der an Seilen aufgehängte Sessel hatte aufgehört zu schaukeln. Aber als Ärztin erlaubte sie sich nicht, schnippisch zu sein, sondern lief, um Salmiakgeist zu holen.

Während sie gemeinsam mit dem Schwarzen darauf wartete, daß der stechende Geruch Kleon wieder zu sich bringen würde, hob erneut das Klagen aus dem Küchenhaus an.

»Djeballah, wir müssen Wernero zum Schweigen bringen«, sagte sie leise. »Bevor der neugierige Bäcker sich selbst aufmacht, sie zur Rede zu stellen. Sieh mal, die Füße hat er schon auf dem Boden.«

»Nein, Thalia, Ehrenwerte«, sagte Djeballah erschrocken. »Tu es nicht! Bitte! Ich werde es dem Griechen erklären.« Ohne ihre Zustimmung abzuwarten, rannte er in die Liegehalle zurück und schob den Griechen an. Thalia lächelte trotz aller Sorgen, weil der Mann angesichts der wilden Schaukelei seine Beine einfuhr wie ein Kranich beim Abheben. Er klammerte sich krampfhaft fest.

Djeballahs Augen rollten, als er zurückkehrte. »Er bleibt«, verkündete er zufrieden.

Thalia lächelte. »Wie könnte er auch anders, bei der

Geschwindigkeit? Aber das Problem ist nicht der Grieche. Das Problem ist Wernero.« Sie sah Djeballah forschend an.

Ihr Helfer wich ihrem Blick aus. »Deine Vorwürfe sind wie Tau auf meiner Haut«, murmelte er.

»Er wird trocknen, wenn du sprichst, Djeballah.«

Der Schwarze ließ einige Herzschläge verstreichen. »Sie fürchtet sich vor dir«, flüsterte er.

Thalia ließ das Riechfläschchen sinken. Kleon war noch nicht erwacht. »Aber Djeballah«, sagte sie unglücklich, »ich habe ihr nie etwas getan. Dagegen hatte ich immer Anlaß zu der Vermutung, daß sie und Tjelptah mir übelwollten.«

Ein Zittern lief über Djeballahs Haut. »Alle Mittel waren zu schwach für dich, auch das Gift der Schlange.« Er legte seinen Mund an Thalias Ohr. »Wernero glaubt, daß du ein *irkabi* bist.«

»*Irkabi*?«

»Eine menschenfressende Dämonin«, flüsterte Djeballah.

Jäh durchzuckte Thalia ein schlimmer Verdacht. »Djeballah, glaubt sie möglicherweise, daß ich Tjelptah...?«

Djeballah nickte. »Sie hat jetzt Todesangst vor dir«, bekräftigte er zufrieden. »Jetzt wird dir nichts mehr geschehen.«

Kleon seufzte und schlug die Augen auf. Wortlos drückte Thalia ihm den Becher mit dem Beruhigungsmittel in die Hand. Sie war aufgewühlt und fühlte sich völlig hilflos. Und vor ihr saß Kleon, dem die Tränen über die Wangen liefen, während er den Wein in kleinen Schlucken trank, und auch er benötigte Hilfe und Zuspruch.

»Irgendwie fühle ich mich schuldig«, schluchzte Kleon, nachdem er den Becher geleert hatte, »es hing mit dem Wasser zusammen, das ich holte. Hipparchia warf mir Hochmut vor. Aber dann schickte sie mich selber zur Gerichtshalle...«

»Seine Sinne verwirren sich, Djeballah«, flüsterte Thalia einigermaßen erleichtert. Wenn er einige Stunden Ruhe gefunden hatte, würde er den Tod seiner Frau möglicherweise tapferer ertragen. »Schaffst du es, ihn zu einem Ruhebett zu bringen? Kannst du ein Auge auf ihn haben?«

Der Schwarze nickte und trug Kleon auf starken Armen in die Ruhehalle. Thalia sah ihm nach und dankte stumm allen zuständigen Göttern und Göttinnen für seine Anwesenheit. Er war geduldig bei allem und lehnte keine Arbeit ab, sofern die Aufforderung von ihr kam. Leptinos ging er aus dem Weg, aber er sagte nicht, warum. Noch seltsamer war, daß Leptinos diese Widerspenstigkeit duldete.

Wernero schrie immer noch gellend. Wieso ermüdete sie nicht oder wurde wenigstens heiser? Thalia schalt sich selber: Die Frau hatte ihren Sohn verloren und hatte jedes Recht, ihrer Trauer Ausdruck zu verleihen. Und dann gingen ihre Gedanken wieder zu Hipparchia zurück. Sie war vor einiger Zeit bei ihr gewesen und hatte sich mit ihr unterhalten. Sie hatten zusammen überlegt, wie man die Menschen des Viertels am besten von der Gefahr überzeugen konnte, die von dem verunreinigten Wasser ausging.

Am Abend beurlaubte sich Thalia selbst; niemand hatte zu Leptinos Zutritt. Sofern er ihre Abwesenheit überhaupt bemerkte, würde sie eine Entbindung erfinden. Djeballah mußte mitgehen. Eine Laterne in seiner Hand würde ihr bester Schutz sein: Sie würde so wie eine beliebige Alexandrinerin aussehen, die sich von ihrem Sklaven zu einer Freundin oder einem Liebhaber begleiten ließ.

Thalia war lange nicht am *Kleinen Querkanal* gewesen. Mit geschürzter Chlamys stieg sie über die fliegenübersäte Hinterlassenschaft der Mietshausbewohner. Die Häuser waren nach der Cholera anscheinend zum Bersten mit Zuzüglern aufgefüllt worden. Und mit Ratten. Sie legte den Kopf in den Nacken und sah nach oben, während Djeballah eine Ratte aus einem Engpaß von zerfallenden Lehmziegeln jagte. Seine Hand bewahrte sie vor dem Sturz über den Kanalrand. Das Wasser floß nur noch träge.

»Dies ist kein Ort für eine griechische Ärztin«, sagte Djeballah und bewegte die Nasenflügel mißbilligend. »Zu wenig Griechen. Zu viel Gestank.«

»Ach, Djeballah«, sagte Thalia gerührt und wäre ihm am liebsten um den Hals gefallen. »Hauptsache, hier sind nicht zu viele Römer. Und solange du bei mir bist, fürchte ich mich nicht!« Sie hatte erkannt, daß das Gesindel nur einen Blick auf ihren riesenhaften Begleiter zu werfen brauchte, um stillschweigend zu verschwinden.

Huren ohne eigenen Standplatz kreuzten ihren Weg, der sich hinzog. War es wirklich so weit gewesen? Oder hatte man die Sykomore gefällt?

Endlich erkannte Thalia den schwarzen Schirm des Baums. Sie atmete auf.

Unter seinem dichten Blattwerk traten sie an die Stufen. Der Schein der Laterne erreichte das Wasser nicht. »Ich muß hinunter, Djeballah«, flüsterte Thalia unbehaglich.

»Lösch die Laterne!« fauchte jemand hinter ihnen.

Thalia flog um die eigene Achse. Ihr klopfte das Herz bis zum Hals.

»Und haut ab!« Der Befehl kam von einem Mann, dessen Gestalt kaum vom Baumstamm zu unterscheiden war.

Djeballah löschte gehorsam sein Licht. Thalia hörte ihn tief atmen und spürte seine Angst. Aber er blieb an ihrer Seite, und das gab ihr Mut. »Nein!« sagte sie störrisch. »Wieso denn? Was ist hier los?«

Statt einer Erklärung löste der Mann sich ausreichend lange vom Baumstamm, daß Thalia eine kurze Tunika, ein langes Messer und Sandalenriemen erkennen konnte. Unterhalb seines Gürtels war der Mann ein Legionär, darüber nur ein Schatten. »Verschwindet, wenn euch euer Leben lieb ist«, zischte er. »Wir säubern heute Nacht die Stadt, und wer hineingerät, dem ist nicht zu helfen!«

»Komm, Herrin«, sagte Djeballah und packte Thalia wenig ehrerbietig an der Chlamys. »Er ist Römer und hat recht.«

»Dort entlang!«

Die Richtung, in die sie gewiesen wurden, war die falsche, aber der Schwarze zog Thalia unnachgiebig mit sich. Eine Weile hörten sie nur ihre eigenen Atemstöße und das Klatschen von Sohlen. Endlich wurde Djeballah langsamer, ließ Thalias Hand los und verschwand über die Kanalmauer nach unten.

Thalia blieb nichts anderes übrig, als ihm zu folgen. Sie tastete mit den Füßen und fühlte Leitersprossen. Djeballah mußte wie ein Uhu sehen können. Er half ihr, auf eine Art Plattform herabzusteigen. Weiter unten gurgelte das Rinnsal des Kanals.

Thalia hockte sich auf einen Stein und bemühte sich, ihr Schnaufen im Zaum zu halten.

»Wir warten hier, bis sie fertig sind«, bestimmte Djeballah.

Die Schwärze zwischen den Kanalmauern war undurchdringlich. Thalia hörte nur das Wasser und fühlte Djeballahs Wärme. Nachdenklich rieb sie sich die Arme. Die Nachtluft war kühl, und hier war sie außerdem feucht. Auf was sollten sie eigentlich warten?

Nach einer Weile erwachte wieder ihr rebellischer Geist. Wie kam sie dazu, sich von einem Rüpel mit Messer befehlen zu lassen, was sie zu tun hatte? Auf den Platz an der Sykomore erhob sie nicht weniger Recht als er. »Wir warten nicht«, flüsterte sie. »Wir werden nachsehen, welche Schurkenstreiche dort vor sich gehen. Am Ende hat der Mann uns nur Angst einjagen wollen.«

Djeballah schnappte entsetzt nach Luft, sie sah seine weißen Zähne. Aber er reichte ihr seine Hand und ließ sie am gestreckten Arm in das Kanalbett hinunter. Thalia nahm ihr Herz fest in die Hand, damit sie nicht aufschrie. Ihre Knöchel verschwanden im Schlamm, und sie fand keinen Grund. »Noch etwas tiefer«, flüsterte sie.

Djeballah beugte sich noch weiter vor. Endlich berührten ihre Zehenspitzen den Kanalboden. Einschließlich allerlei Undefinierbarem, über das man besser nicht nachdachte. Thalia war froh, daß sie Schuhe anhatte. Sie wartete, bis Djeballah neben ihr in den Matsch rutschte, dann patschte sie vorwärts.

Der Schatten der Sykomore verstopfte wie ein Pfropfen den Blick auf den Sternenhimmel über dem Kanal. Sie arbeiteten sich leise vorwärts, schließlich drückten sie sich irgendwo unterhalb des Wächters an die feuchtkalte Kanalmauer und lauschten. Der Wind, der bei Tage aus Nord geweht hatte, war eingeschlafen. Nichts Fremdes störte den gewöhnlichen Geräuschpegel der nächtlichen Großstadt.

Nach einer Weile tupfte Djeballah mit einem breiten Finger auf Thalias Arm und zeigte in den Kanal. Es dauerte, bis sie im Licht des Mondes erkannte, daß zwei Männer bis zur Hüfte im Wasser heranstapften.

Panischer Schrecken überfiel Thalia, als die Männer dem abzweigenden Rinnsal folgten, das direkt vor der Plattform der Wäscherinnen seinen Anfang nahm. Djeballah hielt den Atem an, und sie schmiegte sich in seinen Schatten.

Die Männer flüsterten miteinander in einer fremden, kehligen Sprache, bevor sie behende die Treppe hochstiegen. Thalia entwischte Djeballahs Hand, der sie davon abhalten wollte, ihnen nachzuschleichen.

Als sie ihre Nasenspitze über die Mauerkante schob, waren die Männer gerade dabei, das Wasser aus ihrer Kleidung zu wringen. Obwohl sie Tuniken trugen, sahen ihre hellhäutigen Gesichter nicht römisch aus. Als die Kanalbrühe nicht mehr an ihnen herabtroff, setzten sie ihren Weg in der tiefsten Dunkelheit an den Hausmauern fort.

Den Legionär hatte Thalia über der Aufregung fast vergessen. Ein Lichtreflex warnte sie, bevor er aus seiner Deckung kam. Während er sein Messer wieder in den Gürtel schob, trat er in das Mondlicht hinaus. Mit Ausnahme seines fliehenden Kinns stellte Thalia sich so einen italischen Bauern vor: gedrungen und kräftig. Er eignete sich sicher tadellos zum Säubern von Alexandria. Allerdings schien er dies nicht zu beabsichtigen; er schlenderte den anderen beiden sorglos nach.

Thalia rief Djeballah nach oben, und sie machten sich auf den Heimweg. Die Straßen waren leer, abgesehen von römischen Legionären, die Wache schoben und sich nicht für eine Frau interessierten, deren Sklave dumm genug war, seine Laterne ausgehen zu lassen. Einige verspätete Windstöße wehten Musikfetzen aus dem Römerviertel herüber.

Thalia löste inzwischen zu ihrer eigenen Zufriedenheit ein Rätsel. Der Kanal war bestens geeignet für alle Leute, die den Legionären aus dem Weg gehen wollten. Vielleicht hatten sie etwas vor, bei dem sie nicht durch schlammschwarze Beine auffallen durften. Wie gewisse Sideterinnen. Ihre eigenen Beine waren vermutlich schwärzer als Djeballahs Haut und klebten schrecklich. Thalia konnte ein nervöses Kichern nicht unterdrücken.

»Warum lachst du, Herrin?« fragte Djeballah alarmiert. »Du hast heute nacht doch nicht noch weitere Pläne…?«

»Wie wär's mit einem Fest?« Thalia bereute ihren Scherz, als sie merkte, daß Djeballah wirklich erschrak. »Nein, schon gut. Wenn ich nur wüßte, was das für Leute waren«, sagte sie wieder ernsthaft.

»Phönizier aus Numidien«, antwortete Djeballah.

Thalia hielt ihn fest und blieb stehen. »Bist du sicher, Djeballah?«

»Ganz sicher. Der Mann sagte, daß sie jetzt alle römischen Posten bis zum Palast umgangen hätten.«

»Ich wußte gar nicht, daß du phönizisch verstehst«, murmelte Thalia abwesend, indes sie darüber nachdachte, warum der römische Wächter nicht Alarm geschlagen hatte. Die Legionäre kämmten tagsüber ganz Alexandria durch auf der Suche nach Attentätern – und nachts ließen sie unter ihren Augen Phönizier durch die Kanäle schleichen. Oder ging hier Größeres vor, und er war nur Teil eines entfernten Geschehens?

Die Fanfaren schmetterten blechern.

Ein Fest in einem Palast…

Aber dann dachte Thalia wieder an den Grund für ihren nächtlichen Ausflug. Es fiel ihr wie Schuppen von den Augen. Hipparchia hatte an dieser Stelle mit Sicherheit nicht ertrinken können. Nicht von selbst.

KAPITEL 14
DIE NACHT DES VIZEKÖNIGS

Die Nachtgeräusche über Alexandria rührten nicht zum geringsten Teil von einem rauschenden Fest im Palast des Vizekönigs her. Er war einer der kleineren, die noch aus der Zeit der Königin Cleopatra stammten und ihr gehört hatten. Dank verschwiegener Pforten in den Garten, geheimer Türen und unterirdischer Gänge war er bestens geeignet, Liebhaber aus- und einzulassen, die einander nicht begegnen sollten, und Scherze zwischen Männern und Frauen in vielen kleinen Räumen zu gestatten, kurz, er diente römischer Unterhaltung so gut wie ägyptischer.

Afrania, zu diesem Fest aus Rom angereist, war wie immer vom Anwesen des Vizekönigs entzückt, an diesem Abend besonders, an dem der Palast und der Garten mit tausend Fackeln und Öllämpchen illuminiert waren. Noch spiegelten sie sich im stillen Hafenbecken, aber nicht mehr lange, denn die Gäste waren im Aufbruch.

Es war eine illustre Gesellschaft zusammengekommen, um den Stiftungstag des Grabes von Alexander zu feiern, nicht sehr zahlreich, aber ausgesucht wie ein edler Tropfen. Der einzige bittere Beigeschmack war Krates, den man natürlich hatte einladen müssen und der mit seinem weißen widerspenstigen Zottelhaar inmitten der hochgetürmten römischen Damenfrisuren aussah wie ein ekelhafter Kyniker, nach Afranias Meinung den Ratten unter den Philosophen und noch nutzloser als die anderen.

Afrania schürzte verächtlich die Lippen, während sie von der

Treppe auf ihn hinunterblickte. Er hatte doch tatsächlich die Frechheit besessen, sie während einer köstlichen Darbietung tödlich zu beleidigen, indem er die Augen schloß und sie obendrein demonstrativ hinter der flachen Hand versteckte. Sie entriß einem vorbeieilenden Sklaven ein Glas und trank es in einem Zug aus. Gaditanische Tänzerinnen waren momentan in Rom sehr populär, und es war ihre Idee gewesen, sie zu engagieren.

Für Alexandria waren sie eine absolute Neuheit gewesen, aber selbst in Rom hatte sie noch nicht erlebt, daß die zuschauenden Männer kaltblütig blieben. Die Bauchtänze der reifen Frauen mit den üppigen Hüften und den sinnlich klappernden Kastagnetten pflegten die Männer aufs äußerste zu erregen. Afrania kicherte. Es machte ihr Spaß zu wissen, daß manche Männer vorübergehend die Festgesellschaft verließen, um sich selbst Befriedigung zu verschaffen. Wenn sie zurückkehrten, pflegte sie sie mit ihren anzüglichen Bemerkungen aufzuspießen.

Als Krates sich in diesem Augenblick von seinem Gesprächspartner trennte und gehen wollte, fiel sein Augenmerk zufällig auf Afrania. Sie erschrak über das Blau in seinen Pupillen und über die Ähnlichkeit mit den Augen dieser unsäglichen Sklavin, die sie noch mehr haßte als ihn.

Er verneigte sich leicht vor ihr auf seine unrömische Art. »Danke für deine erlesene Auswahl der Darbietungen dieses Abends, Afrania aus dem Hause Agricola, zeitweilig auch Herrin des Hauses von Lucius Valerius Poplicola. Der große Alexander hätte sie zu schätzen gewußt, nehme ich an. Er war ein Herrscher, der den Sinn des Lebens vom Unsinn zu scheiden verstand.«

»Wie meinst du das, Krates?« fragte Afrania und blieb auf den Stufen stehen, um ihre überlegene Position auszukosten, wenn auch ihre Gedanken im Verlaufe des Abends etwas träge geworden waren.

»Ich meine, daß er den Sinn wählte, aber den Unsinn nicht ausschlug, sofern er die sich selber auferlegten Aufgaben erledigt hatte. Nur wer gar keine Aufgaben hat, kann es sich leisten, sich ganztägig im Unsinn zu suhlen.«

Die Römerin sah ihn verständnislos an, jedoch mit dem

Gefühl, daß er sie beleidigt hatte. Krates betrachtete sie forschend. Sie war betrunken. Als er keine Antwort bekam, sagte er höflich: »Deine Götter mögen dich beschützen«, und machte sich auf den Weg. Seine Gedankenschärfe war nicht geschwächt, da er den ganzen Abend nur Mastix-Saft getrunken hatte. Trotzdem hatte er wider besseres Wissen seine Zeit an sie vergeudet.

Der Alexanderpriester war der einzige, der zu Fuß ging; wie er Pantanos gegenüber zugegeben hatte, mit Absicht, um sich in jeder Weise von den übrigen Gästen zu unterscheiden. Auf dem Weg durch die Gärten wurde er von den letzten Sänften überholt, in denen girrendes Lachen und andere Geräusche bewiesen, daß der Festtag Alexanders noch kein Ende gefunden hatte. Am großen Tor würden sich unbekümmert um die Wachen Huren auf die Sänften stürzen, und manche von ihnen würde einen willigen Römer finden. Krates sah ihnen im Gras stehend nach, während er an den Zehen bereits den Tau des Morgens spürte.

Nicht weit von Krates kauerten zwei Männer. Sie sahen die Fackeln im Garten verlöschen und im Palast ein Licht nach dem anderen ausgehen. Als kurz vor Morgengrauen tiefes Schweigen über dem Anwesen lag, begannen sie den letzten und entscheidenden Teil ihrer Aufgabe.

Sie kannten ihren Weg. Sie überwältigten mit Leichtigkeit die Sklaven, die nicht alle so nüchtern waren, wie es ihr Dienst erforderte, und betraten schließlich den Schlafraum des ranghöchsten zivilen Römers im kaiserlichen Besitztum Ägypten.

Lucius Valerius Poplicola lag im tiefsten Schlaf und neben seiner Liege auf dem Fußboden der kleine Sklave, der ihm immer wie ein Schatten zu folgen pflegte.

Einer der Männer erdrosselte Chai so geschickt, daß er keinen Laut von sich gab. »Auch das Echo römischer Niedertracht soll Rom nicht überleben«, sagte er, ohne seine Stimme im geringsten zu dämpfen.

Der Vizekönig rührte sich.

»Ich glaube, es wird Zeit.« Der andere Mann, der mit dem Auspacken eines Bündels beschäftigt gewesen war, huschte zur

Kline hinüber und schob dem Vizekönig einen sorgfältig vorbereiteten Knebel in den Mund. Während Poplicola benommen um sich starrte, wurde er wie ein Säugling auf den Bauch gedreht, an Händen und Füßen gefesselt und erneut herumgeworfen.

»Du sollst alles sehen, was es zu sehen gibt, mein Lieber«, sagte eine sanfte Stimme.

Poplicola schüttelte seinen Kopf, um ihn von den Nachwirkungen des Weins zu befreien, und begriff allmählich, daß etwas Ungeheuerliches vor sich ging. »Wache!« brüllte er, aber an seinem Gaumen klebte Stoff, und der unartikulierte Laut drang kaum bis zu den erstochenen Sklaven vor der Türschwelle. Fassungslos sah er in smaragdgrüne Augen hinein, kalt wie ein Gletschersee, die sich seinem Gesicht näherten, und versuchte sich auf die Worte des Unbekannten zu konzentrieren.

»Wir werden über dich zu Gericht sitzen, Lucius Valerius Poplicola. Du bist stellvertretend für die römischen Bürger angeklagt, gegen römische Tugenden verstoßen zu haben, gegen das Idealbild der *humanitas*, in der sich die Persönlichkeit harmonisch entfaltet und sich mit dem Dienst an der Gemeinschaft verbindet. Ferner bist du angeklagt des Hochverrats, der Überschreitung der Amtsgewalt und des Mordes an Hunderten von Menschen. Vor dir sind erschienen: ich – dein Praetor –, der Kläger und die Volksversammlung. Kläger, was hast du zu sagen?«

Der Kläger war der Mann mit der sanften Stimme, soviel hatte Lucius nun schon begriffen. Seltsam wehrlos lauschte er ihm.

»Ich klage dich an, mein Lieber.«

»Was hast du den Anklagen entgegenzuhalten?« wollte der Grünäugige wissen.

Der Vizekönig wurde von Panik erfaßt. Er stieß Grunzlaute hervor, die den Irrtum der Einbrecher belegen sollten. Er war ein ganz gewöhnlicher Römer, schuldig in keinem einzigen Punkt. Während die Hände des Sanften ihn festhielten, bis er nach einer Weile keuchend aufgab, saß der Mann mit den grünen Augen neben ihm auf der Kline und hörte zu, als ob er den Lauten etwas entnehmen könne. Zuweilen nickte er. Poplicola wußte jetzt mit Bestimmtheit, daß er zwei Wahnsinnigen in die Hände gefallen war. Warum kam denn nur niemand von den Sklaven, um ihn zu befreien?

Der Praetor schlug sich auf die Knie, als Poplicola verstummt war, und erhob sich. »Die Beweisaufnahme ist damit abgeschlossen. Die Volksversammlung wird nun abstimmen, wie es das Gesetz vorschreibt.« Vor Poplicolas Augen übergab er dem anderen eines jener Stimmtäfelchen, wie sie bei Prozessen üblich waren, und dieser zog sich zur Beratung mit sich selbst zurück.

Zwischen den Wellen von Panik schoß dem Vizekönig durch den wirren Kopf, daß er nur einen einzigen Mann gekannt hatte, dessen Gewohnheit es gewesen war, andere Männer mit *mein Lieber* anzureden. Der Mann war geschlachtet worden.

Und er selber würde es binnen kurzem sein.

Die Volksversammlung, bestehend aus einem Mann, kehrte zurück und händigte dem Richter sein Urteil zur Verkündung aus.

Der grünäugige Richter trat vor den Vizekönig. »Schuldig. Lucius Valerius Poplicola, die Volksversammlung hat dich für schuldig aller dir angelasteten Verbrechen erklärt. Ich verurteile dich zur Hinrichtung durch Pfählen.«

Poplicola verlor vor Entsetzen das Bewußtsein und nahm nicht mehr wahr, daß der Mann mit der sanften Stimme auf sein Bett zutrat. Zwischen seinen Händen federte ein dünner elastischer Stab.

»Du wolltest doch unbedingt zu Barnabas«, sagte Leptinos gefährlich leise. »Nun gut. Nimm Djeballah mit.«

Thalia litt Qualen unter seinem kalten Blick. Sie hatte sich nicht eingestehen wollen, daß zwischen Leptinos und ihr wirklich alles zu Ende war. Mit dem Tod von Tjelptah kam in ihm eine unglaubliche Härte zum Vorschein. Sie hatte nicht geahnt, daß er den Ägypter so geliebt hatte.

Die Art, mit der er sie nun zwang mitzugehen, machte ihr Angst. Barnabas war kein Patient, Barnabas stand für etwas anderes.

Der Tragsessel für Leptinos stand schon vor den Säulen. Während Thalia mit Djeballah hinaustrat, hörte sie Lärm von Füßen und Waffenklirren aus der Canopisallee herüberwehen. Schon wieder einmal, dachte sie und fragte einen der Träger nach dem Grund.

»Römer«, murmelte er, »überall Truppen in der Stadt.«

»Aber warum?«

Der Ägypter schüttelte ratlos den Kopf.

Wenigstens würden sie im Gefolge von Leptinos, dem bekannten Arzt, nicht verhaftet werden. Aber sonst fand Thalia nichts, was sie hätte beruhigen können.

Bereits beim Einschwenken in die Allee wurde der Tragsessel von einem Posten angehalten. »Wer bist du und wohin willst du?« fragte der Römer nicht eben höflich.

»Leptinos, Arzt der Methode, vom *iatreion* beim Mondtor«, erklärte Leptinos gelangweilt. »Unterwegs zu Barnabas, dem Sklavenhändler, am Sonnentor. Und was treibt ihr hier? Keiner meiner römischen Freunde hat etwas wie dieses auch nur angedeutet.«

Thalia wunderte sich, daß er wagte, einem Römer gegenüber Herablassung zu zeigen.

Aber der Legionär zog seine Hände von den Stangen des Sessels zurück und nahm Haltung an. »Der Vizekönig ist heute nacht verstorben«, berichtete er.

Leptinos sah ihn ausdruckslos an. »Und deswegen die Personenkontrollen.«

Der Legionär stand nun noch straffer. »Das geht mich nichts an. Ich kontrolliere nur.«

»Das ist in Ordnung. Das ist deine Pflicht«, bestätigte Leptinos und klopfte dem vorderen Träger auf die Schulter.

»Muß ich wirklich zu Barnabas?« flüsterte Djeballah Thalia ins Ohr. In seinem Gesicht stand nackte Angst.

»Aber Djeballah«, sagte sie erstaunt und hielt ihn am Arm fest, weil er aussah, als ob er auf der Stelle ausreißen wollte.

»Ich kann dort nicht hin!«

»Aber du kannst auch nicht fortlaufen, Djeballah. Mit deinem Halsband wirst du sofort aufgegriffen, vor allem heute. Sieh dich doch nur um. Es wimmelt ja von Legionären.« Außerdem waren auffallend wenig Brotöfen in Betrieb; auch Betreiber von Garküchen sah Thalia nicht. Die Alexandriner zogen an diesem Tag die Köpfe ein.

Djeballah nickte und trottete mit hängendem Kopf weiter.

Das Handelshaus Barnabas war eins der größten und bekanntesten von Alexandria. Es lag schräg gegenüber dem römischen Mietshaus. Die Außenmauer war hoch und nicht geweißt. Die Pforte war aus rohem Holz, aber stabil gebaut; sie wirkte alles andere als einladend.

Aber als sich auf ein Klopfzeichen von Leptinos hin das Tor geöffnet hatte, lag dahinter ein sorgfältig instand gehaltenes Gelände mit Laube und Teich, mit Stallungen und Küchenhaus. Hier wohnte ein reicher Mann.

Ein abgrundtiefer Seufzer von Djeballah erreichte Thalias Ohr gerade, als der Hausherr Barnabas an den Tragsessel stürzte und Leptinos überschwenglich begrüßte. Als der Arzt herausgeklettert war, sagte er in jovialem Ton: »Heraus mit der Sprache, Barnabas, was ist in der Stadt los?«

Der Mann war noch genauso mager, wie Thalia ihn in Erinnerung hatte. Sein schwarzes Gewand gab ihm ein krähenhaftes Aussehen, und seine Schläfenhaare flogen, als er mißbilligend seinen Kopf schüttelte. »Nimm es nicht so leicht, Leptinos. Lucius Valerius Poplicola ist tot, und wir sind nur Alexandriner. Jetzt heißt es wieder den Kopf eine Weile einziehen. Zu dumm, daß die Sendung gerade jetzt kam.«

»Aber so sag endlich, was passiert ist!«

Barnabas trat so nahe an Leptinos heran, daß Thalia die Ohren spitzen mußte. »Offiziell sagt man, daß er nach dem üppigen Fest am Schlagfluß in seinem Bett gestorben ist. Das Bett stimmt.«

»Und was nicht?«

Der Händler seufzte. »Er wurde gepfählt. Es war eine Hinrichtung. Sie versuchen, es geheimzuhalten.«

Leptinos erschrak. Er dachte einen Augenblick nach. »Entweder du verkaufst sie unbehandelt – oder wir verschieben.«

Barnabas schüttelte den Kopf. »Ich verkaufe nur veredelte Ware. Fünfhundert Asse für die Verdoppelung deiner Arbeitsgeschwindigkeit.«

»Auch gut«, sagte Leptinos kurz angebunden und hob einen Kasten mit Instrumenten aus dem Sessel.

Barnabas lächelte spöttisch und betrachtete Djeballah aus kurzsichtigen Augen. »Ah, das untaugliche Prachtstück. Und – ist er dir noch nicht weggelaufen?«

»Ich würde es ihm nicht raten«, knurrte Leptinos. »Stell den Kasten dort im Schatten ab«, wies er Djeballah an und eilte über den besonnten Hof davon.

»Zu weiches Herz, dein Herr«, sagte Barnabas und erteilte einige Befehle an einen Sklaven, bevor er Leptinos folgte.

»Was bedeutet das alles?« fragte Thalia beunruhigt.

Aber Djeballah beschäftigte sich mit dem Kasten und antwortete nicht. Aus einem der Nebengebäude schlenderten Schwarze herbei, die gefüllte Tonkrüge schleppten. Ein junges Mädchen legte einen Stapel Tücher auf einen Falthocker und rannte wieder davon.

Leptinos hatte Thalia nicht gesagt, was er von ihr erwartete. Wurde überhaupt etwas erwartet? Sie beschloß, ihm nachzugehen. Er war in der Türöffnung eines luftig gebauten Lehmziegelhauses verschwunden. Dort sah sie auch Barnabas' Rücken.

Die Halle war vollgepfropft mit braunen und schwarzen Menschen. Sie waren nicht gefesselt, aber die Strapazen einer langen Reise waren ihren erschöpften Gesichtszügen und dem verlotterten Äußeren anzusehen. Reste von Kleidungsstücken hingen in Fetzen an ihnen herunter. Ein durchdringender Gestank drang über Barnabas' Kopf an Thalias Nase.

»Eine Karawane«, sagte sie entsetzt.

»Warum hast du sie mitgebracht, Leptinos?« fragte der Sklavenhändler in nörgelndem Ton. »Es war unklug.«

»Es hat nichts mit dir zu tun, nur mit ihr«, schnaubte Leptinos, der mit suchenden Blicken zwischen den Schwarzen herumging. Er schickte junge Männer und Knaben zu Barnabas, der sie an Thalia vorbei in den Hof schob.

Sie wurden von Haussklaven mit Nilpferdpeitschen erwartet. Die Männer in den einheitlich grauen Tuniken mit grünen Ärmelstreifen lachten und machten Bemerkungen, die Thalia nicht verstand.

Erst als Jungen mit den Krügen kamen und die Ausgesonderten anwiesen, sich die Genitalien zu waschen, verstand Thalia plötzlich. Sie ging zu Djeballah hinüber, der mit grauer Haut an der Hausmauer lehnte.

»Du wußtest, daß heute Männer kastriert werden sollen«, sagte sie leise. »War es bei dir auch so?«

Djeballah nickte kurz.

»Und wer hat es gemacht?«

Djeballah preßte die Lippen zusammen, bis sie bläulich schimmerten. Dann wies sein Kinn auf Leptinos, der inzwischen ein Messer und eine grobe Nadel mit einem Leinenfaden auf dem Deckel des Kastens bereitgelegt hatte.

Demeter, hilf! dachte Thalia und wurde selber bleich.

Leptinos beabsichtigte anscheinend nicht, sich assistieren zu lassen. Als er nach seinem Messer griff, ging Thalia zu ihm. Sie krampfte ihre Hände auf dem Rücken zusammen, damit er sie nicht zittern sah. »Es fehlt alles, was du sonst verwenden würdest«, sagte sie. »Gönnst du ihnen nicht einmal gewöhnliches Thymianpulver?«

In diesem Augenblick packten zwei Haussklaven, die wie Ringer aussahen, einen der jungen Männer und warfen ihn auf den Boden. Er war so überrascht, daß er sich nicht wehrte. Als Leptinos seine Hoden ergriff, versuchte er, um sich zu treten. Aber die Sklaven von Barnabas kannten jede Finte. Grinsend klemmten sie den Jüngling fest wie in einem Schraubstock.

Leptinos straffte die Haut über den Hoden, machte blitzschnell zwei kurze Schnitte in die Haut und preßte zwei blaugeäderte, pflaumengroße Gebilde an sehnigen Strängen heraus. Er wickelte straff einen Faden um die Stiele und verknotete ihn.

Thalia biß sich auf die Lippen, als das Gebrüll des Schwarzen in ein unmenschliches Geheul überging. Es brach ab, als Leptinos die Samenstränge durchschnitt. Seine ersten Augenblicke als Eunuch erlebte der junge Mann in tiefer Bewußtlosigkeit.

»Der nächste«, befahl Leptinos. »Schnell.«

Die Kinder versuchten in Panik wegzulaufen, die erwachsenen Männer schluchzten, und die Sklaven knallten mit ihren Peitschen und schrien sie an. Thalia trat schaudernd zurück. Zu spät merkte sie, daß sie sich besser hätte beherrschen sollen.

»Nun, Thalia, willst du es nicht auch versuchen?« fragte Leptinos höhnisch, als wieder Ruhe herrschte. »Die Kenntnis meines Handwerks erspart die Kenntnis des deinen.«

Was, wenn er mich zwingt wie bei dem toten Gladiator, dachte Thalia und mußte ihre fürchterliche Angst unterdrücken. »Ja, gerne«, sagte sie beherzt. »Wir wollen doch meinen Wert steigern, nicht wahr?« Sie sah sein Lächeln wegschmelzen.

Barnabas rollte wild die Augen und hob sie zu seinem Gott empor. »Sie wird nicht auf meine Kosten lernen.«

»Vielleicht das nächste Mal«, murmelte Leptinos und arbeitete zügig weiter. »Auf meine Kosten. Heute sollten wir uns lieber beeilen. Die Umstände sind uns nicht günstig.«

Barnabas beruhigte sich wieder und sah mit verschränkten Armen zu. Zuweilen fuhren seine wachsamen Augen zur Pforte hinüber. Als schließlich die acht Männer und Jungen nebeneinander auf dem Boden aufgereiht lagen, entspannte er sich. »Wie frischgefangene Thunfische«, sagte er zufrieden. Einem vorbeilaufenden Jungen schlug er die Hand auf die Schulter und hielt ihn fest. »Die Thunfischeier bringst du den Wachhunden. Sie sollen schmecken, was sie sonst nur riechen.«

»Ja, Gebieter«, sagte der Kleine und sammelte gehorsam die Hoden ein.

Während der Hausherr mit Leptinos zum Wohnhaus hinüberging, wurden die eingesperrten Frauen herausgelassen. Schreiend rannten sie zu ihren Männern und Söhnen, die in ihrem Blut lagen, die Augen verdrehten und versuchten, dem Schmerz und der Wirklichkeit zu entgehen.

Entbindungen als Ausrede begannen Thalia zur Gewohnheit zu werden. Die heißeste Zeit des Tages stand noch bevor, als sie am nächsten Tag zum Haus des Oberrichters unterwegs war. Vielleicht war die *salutatio* noch nicht vorüber und Trimalchio noch nicht in den Thermen.

Außer Atem kam sie an.

»Du kannst mit dem Herrn nicht sprechen. Der Herr trauert. Weißt du nicht, daß der Vizekönig von Ägypten gestorben ist?« fragte der Türsteher. »Da gibt es viel zu bedenken.«

»Ich muß aber«, beharrte Thalia. Wenn es nur das war! Sie wußte mit Bestimmtheit, daß Trimalchio nicht um seinen Todfeind trauerte. »Ich komme vom *iatreion*, es handelt sich um die Gesundheit deines Herrn. Eine gute Nachricht.« Was ja auch stimmte, sogar in besonderem Maße.

»Das glaube ich dir«, sagte der Mann nachgiebig und heftete seinen Blick auf Thalias Busen, während er ihr den Weg in das Arbeitszimmer beschrieb.

Sie hörte unaufmerksam zu. Die Atmosphäre im Haus war so anders, es stritten keine Sklaven, keine Befehle der herrschsüchtigen Schwester hallten wider.

Und es gab keine *salutatio*.

Als Thalia vor dem Hausherrn angekommen war, ohne einem einzigen Menschen zu begegnen, saß dieser vor seinem großen Arbeitstisch, die Togaärmel bis auf die Schultern zurückgeschlagen, und wühlte mit grimmiger Entschlossenheit in einem Berg voller Buchrollen herum. »Was willst du?« fragte er, ohne den Kopf zu heben.

»Dir vergelten, was du mir nicht angetan hast.«

Trimalchio ließ die Rollen in Ruhe und stützte das Kinn in seine verschränkten Hände. Die Wülste auf seiner Stirn glätteten sich.

Sie lächelte schwach. »Ich bin gekommen, um dich zu warnen. Ein Römer wurde geschlachtet, einer gepfählt. Du sollst der dritte sein.«

»Zweifellos zum Häuten bestimmt«, sagte Trimalchio mit verzerrtem Gesicht.

»Vielleicht«, sagte Thalia, und es überlief sie ein kalter Schauer.

»Woher weißt du, daß der Vizekönig von Ägypten auf diese barbarische Art hingerichtet wurde?«

»Barbarische? Eher römische. Die ihr Barbaren nennt, leben im Einklang mit der Natur und ihren Göttern. Man munkelt es in der Stadt.«

Der Oberrichter entspannte sich mühsam. »Mag sein. Tatsache ist jedoch, daß das Pfählen von den Babyloniern geübt wurde, deren Verwandte die Phönizier sind. Pfählen und Häuten sind keine römischen Methoden. Wer munkelt?«

Thalia fing an zu schwitzen. Schon wieder war ihre Hilfsbereitschaft mit ihr durchgegangen. Sie hätte besser planen sollen. »Niederes Volk, Sklaven, Ägypter eben. Bei uns gehen viele ein und aus, wie du weißt.«

»Und die wissen auch, daß ich der dritte von einer Reihe bin? Warum nicht der vierte oder der zwanzigste?«

»Ich weiß nicht, was die wissen«, sagte Thalia heftig. »Ist das nicht auch gleichgültig? Vielleicht irren sie sich. Aber ich bin der Meinung, daß du mir alles in allem ausreichend Würde gelassen hast, um Anspruch auf meine Warnung zu haben.«

»Gut, lassen wir es dabei.«

Thalia nagte auf ihrer Lippe. Er war so anders als sonst. Wie übrigens auch der Raum. Mehrere Möbelstücke fehlten, soweit sie sich erinnern konnte, vor allem ein schönes Ensemble von Kline und Tisch mit Vogelkrallen. In einem kupfernen Becken lag Asche wie von verbrannten Papyri.

»Die römische Justiz arbeitet zuverlässig«, sagte Trimalchio.

»Ja?« fragte sie argwöhnisch. Stand sie etwa in der Warteschlange für Hinrichtungen?

»Die Justiz duldet keine Denunziationen durch Christinnen. Eine gewisse Perpetua war bei mir und hat dich beschuldigt. Sie wird es nicht wieder tun.«

Die hatte sie ganz vergessen über den vielen wichtigen Dingen, vor allem über dem wichtigsten. Thalia kaute auf der Innenseite ihrer Wange und zögerte ihre Frage hinaus.

»Was willst du noch?«

»Deinen Rat«, bekannte sie. »Ich wüßte gerne, was das römische Gesetz vorsieht, wenn ein Herr sich weigert, seinen Sklaven zu verkaufen, obwohl der Sklave angemessen zahlen will.«

»Du?«

Thalia nickte.

»Roms Gesetz ist auf der Seite des Herrn. Wenn der Herr nicht will, kann der Sklave nichts machen.« Erneut legte er seine Stirn in die wulstigen Falten, die ihn so eigenartig aussehen ließen.

Sie hatte es sich fast gedacht. Doch nun war es endgültig. Ihr Abschiedsgruß fiel kaum hörbar aus, so niedergeschlagen war sie.

»Danke, Thalia«, sagte Trimalchio hinter ihr her, und sie drehte sich überrascht um. Wenn er zu irgendeinem Mitgefühl fähig war, meinte sie, jetzt davon eine Spur erkennen zu können. »Für anderes auch, Jagd auf Lemuren, zum Beispiel...«

»Ich weiß seitdem, daß Lemuren sich fürchten können«, antwortete sie leise.

»Du wirst noch römische Gewohnheiten annehmen«, spottete er.

Als sie durch das Peristyl zum Ausgang ging, sah sie immer noch keine Sklaven, und das Gärtchen war verwahrlost. Hohes Gras erstickte die Kletterrose, die kaum blühte. Der Lavendelstrauch zu ihren Füßen war bereits tot. Dabei war es ein altes Haus mit einer Gartenanlage, die gewiß von den alten Ägyptern angelegt worden war. In den Wänden mußten noch die Düfte von Jasmin, Rosen und Thymian stecken, die sie bei ihrem ersten Besuch gerochen hatte.

»Hat Trimalchio denn überhaupt niemanden mehr, der sich um den Garten kümmert?« fragte sie den Türsteher mit leisem Vorwurf.

Der zuckte mit den Schultern. »Was sorgt sich denn der Herr, ob das Grünzeug gedeiht? Soll doch der neue Besitzer es tun.«

»Das Haus ist verkauft?«

Der Türsteher grinste sie spöttisch an. »Den Strategen wird in Zukunft eine Schlampe von Rom trösten. Aber vielleicht hast du ja Glück, und sein Nachfolger hat genausoviel Sinn für aparte Fratzen.«

Am liebsten hätte sie dem Mann in sein freches Gesicht geschlagen, aber erstens lohnte es nicht, und zweitens mußte sie über die Konsequenzen der Neuigkeit nachdenken.

Im Gegensatz zum Haus des Oberrichters herrschte im *iatreion* Lärm und Aufregung, obwohl es die heißeste Tageszeit war. Im Schatten der Säulen kommandierte Leptinos die Sklaven, wie es sonst nicht seine Art war, und diese hetzten hin und her mit Gepäckstücken und Liegematten. Neben Leptinos stand ein junger Mann, der etwas kleiner als der Arzt war; sein kurzer Chiton verbarg nicht, daß er einen kräftigen Körper und stämmige Beine besaß. Mit verschränkten Armen sah er dem Treiben belustigt zu. Seine schwarzen Augen folgten Thalia neugierig, noch bevor Leptinos sie bemerkt hatte.

Er war zu jung und zu gesund, um ein Ratsuchender zu sein. Keine Unze Fett am Körper, und die Muskeln seiner Unterarme spielten wie bei einem Deltabullen, obwohl er sich nicht von der Stelle rührte.

»Und jetzt«, sagte Leptinos mit jungenhaftem Charme, »bin ich neugierig, was du dazu sagst!« Er rollte ein Buch auf. Gesicht an Gesicht betrachteten sie die erste Seite.

»Das Handbuch für Ringkampf! O Leptinos, fabelhaft, ein passendes Geschenk zu meinem Einzug!«

Ringkämpfer – ja, so sieht er aus, dachte Thalia und erwartete, daß Leptinos sie irgendwie zur Kenntnis nahm.

»Ich habe es einem anderen Interessenten vor der Nase weggeschnappt«, erklärte Leptinos, und sie lachten zusammen.

Als wenn sie jemandem einen Streich gespielt hätten, dachte Thalia und umrundete eine der Eingangssäulen. Männer! Kinder! Wahrscheinlich warteten mehrere Ratsuchende, während Leptinos sich erlaubte, sie auch noch aufzuhalten. Sein Zeigefinger verwies sie stumm zum Küchenhaus, und seine Miene wirkte irgendwie boshaft. »Ja?« fragte sie.

»Deine Sachen sind schon in Tjelptahs Raum. Philon bewohnt jetzt das *Hinterste.*«

»Die Kammer ist klein, aber ich bin nicht anspruchsvoll«, bestätigte der Bulle mit Namen Philon.

Thalia verschlug es die Sprache.

»Nun geh schon«, mahnte Leptinos.

»Aber da sind doch noch zwei große Räume«, stammelte Thalia.

»Die brauche ich zum Üben.« Philon verzog die Lippen

freundlich. Auch seine Zähne waren ebenmäßig, weiß und kräftig. Pferdezähne in einem Bullenkörper. Thalia begann ihn ganz abscheulich zu finden.

»Komm mit, Philon, wir wollen mit Wernero wegen deiner Ernährung sprechen. Algasia wird sich um deine persönlichen Bedürfnisse kümmern.«

Die Sklavin Algasia eilte tatsächlich sofort herbei, um ihrem neuen Herrn die Buchrolle zu tragen. Während die Männer plaudernd zum Küchenhaus schlenderten, warf Algasia den Kopf nach hinten und stolzierte mit herausgedrücktem Busen an Thalia vorbei in das Innere des *iatreions*.

Dumme Gans, dachte Thalia und sah den Männern voll Wut nach. Leptinos hatte sich anscheinend entschlossen, sich einen jungen Mann zu kaufen, um endlich den Siegerkranz zu gewinnen, den er als Sportler selbst nie erringen würde. Und dabei sparte er sogar noch die Kosten für die medizinische Betreuung und die Ernährungsberatung.

Mit wütenden Schritten ging sie um das Küchenhaus herum. Der Zugang zu Tjelptahs Verschlag ohne Tür befand sich auf der Rückseite. Thalia ließ sich auf ihre Kline fallen, die jemand dort hineingeschoben hatte, was sie vermutlich nur dem Umstand zu verdanken hatte, daß sie für den Sportler zu hart war. Erbittert hörte sie Leptinos zu, dessen Stimme durch die locker geschichtete Ziegelwand nicht gedämpft wurde.

»Wir beginnen schon heute abend mit der Fleischmast, abwechselnd Deltastiere, Schafe, Ziegen, Geflügel, Wild und Wasservögel. Kein Schweinefleisch, Wernero, Philons Gott mag keine Schweine.«

»Sehr vernünftig, Gebieter«, murmelte Wernero dazwischen.

»Nur bestes Fleisch für Philon, wenig gewürzt und gesalzen. Für ihn kein Zuckergebäck! Für mich kochst du wie gewöhnlich.«

»Das ist aber teuer, Gebieter, teurer als Bohnen und Taubenragout für dich«, sagte Wernero vorwurfsvoll.

»Habe ich auch nur ein Wort gesagt, als du Tjelptah Schnepfen und Honigkuchen vorgesetzt hast?« fragte Leptinos mit einem Hauch von Schärfe.

Thalia schüttelte den Kopf. Wie rücksichtslos von ihm, dies

zu erwähnen. Und natürlich fing Wernero laut an zu weinen. Aber Leptinos sagte kein Wort des Bedauerns, sondern flüchtete aus der Küche.

Als sie am Abend ihre Tagesarbeit beendete hatte und auf die Kline kroch, schluchzte und schniefte Wernero immer noch. Sie sprach auch nicht, als Algasia kam, um einen letzten Krug Bier zu holen, und ihr dabei in unendlicher Breite das Neueste aus dem Haupthaus erzählte. Leptinos hatte den ganzen Nachmittag Philon darüber belehrt, wie er nach den Anweisungen der alten hellenischen Sportärzte Fleisch zu verzehren habe, um Muskeln anzusetzen. Der Sportler durfte dazu nur Wasser trinken, während Leptinos sich ausgiebig am Wein bedient hatte. Jetzt hatte er Nachdurst, während Philon schon schlief.

Thalia hatte es schon befürchtet: Mit Philons Einzug mußte sie ihre Arbeitsgeschwindigkeit verdoppeln. Während sie unterwegs war, wurde der Athlet unter der Aufsicht von Leptinos gemästet.

Wie sie inzwischen erfahren hatte, ohne sich danach zu drängen, entstammte der Athlet einer Familie, die mit Gemüse von den Feldern jenseits des Sonnentores handelte. Als er einen kleineren Kampf gewann, der zwischen den Vorstädten ausgetragen wurde, sah Barnabas es an der Zeit, ihn an einen zahlkräftigen Gönner zu vermitteln.

»Barnabas, der Veredler, bekommt Prozente, wenn Philon siegt«, berichtete Djeballah, während sie zu Pantanos unterwegs waren, den die Gicht in letzter Zeit öfter plagte. Die Behandlung war einfach und bestand hauptsächlich in aufmerksamem Zuhören. »Sklaven sind nicht das einzige, das er veredelt.«

»Aber die gefährlichste Ware«, raunte eine tiefe Stimme in Thalias Ohr hinein.

Sie sah erschrocken auf und blickte in das bärtige Gesicht des Arztes Krescens aus Ephesos, der mit ihr Schritt hielt. »Teile Leptinos mit, daß zwei der Schwarzen gestorben sind«, flüsterte er mit nervösem Blinzeln. »Sage ihm auch, daß ich es bin, der ihn warnt.«

Noch bevor Thalia ihm eine Frage stellen konnte, war er im dichten Geschiebe der Menge untergetaucht. Sie wechselte einen Blick mit Djeballah. »Was hat das zu bedeuten?«

Djeballah zuckte die Schultern.

»Du bist heute nicht sehr unterhaltsam, Thalia.« Pantanos lächelte sie nachsichtig an. »Schlecht für Gichtkranke. Plagen dich Sorgen?«

Sie sah ihm in die Augen. Seitdem sie als Ärztin galt, hatten sich seine Anfälle verdreifacht. Er bezahlte sehr großzügig, obwohl sie bezweifelte, daß er es sich leisten konnte. Sein Haus war klein. Er wurde von einer Sklavin versorgt.

»Das Herz Alexandrias schlägt derzeit unregelmäßig«, sagte sie. »Und so, wie die kleinste Ader das Rasen oder das Pochen oder das Stocken des Herzschlags widerspiegelt, werde auch ich von der Krankheit Alexandrias erfaßt.«

Pantanos seufzte und streckte seine Beine auf einer weichen Decke aus, während Thalia ein triefendes Tuch auswrang. »Wer nicht? Es sind schlimme Zeiten. Die Machtkämpfe Roms werden nur zu oft in der Provinz ausgetragen.«

»Du meinst, daß der zukünftige Nachfolger den Vizekönig aus dem Weg geräumt hat?« Thalia brannte darauf, Tatsachen zu erfahren. Djeballah war ihr einziger Vertrauter, aber auch er wußte nicht alles. Sie wickelte dem alten Rhetor sorgfältig den kühlenden Umschlag um den Fuß.

»So direkt nicht. Aber wenn man der Sache nachgeht, gibt es immer jemanden, der für etwas bezahlt, das ihm vielleicht zugute kommen könnte. Irgendwann.« Zufrieden sah Pantanos zu, wie die junge Äthiopierin, schön wie die Meerestochter Aphrodite, seinen Wein in einen Becher goß. Während der Schmerz im Gelenk nachließ, sinnierte er darüber nach, wo die Lippen ihres Schäfers sein mochten, vielleicht fern in den Bergen ihres Landes, während sie in die Gefangenschaft geführt worden war. Wahrscheinlich hatte sie es aber bei einem alten Philosophen sogar besser als bei einem jungen Schäfer. Wehmütig dachte er an seine Frau zurück, die unter seinem Temperament hatte leiden müssen. Er hätte es gutgemacht – jetzt, aber es war zu spät.

»Aber nur verdünnt, Pantanos, ich bitte dich«, sagte Thalia. »Wein ist Gift für Gicht.«

»Und Wasser ist Gift für diesen köstlichen Wein, meine liebe Thalia. Die Götter würden erzürnt sein, wenn ich ihn verderbe. Ihren Zorn fürchte ich mehr als meinen Tod.« Der Philosoph ließ den tiefdunklen Wein genießerisch auf der Zunge nachschmecken. »Er tanzt draußen in der Straße, ich spüre es. Er möchte sich noch eine Weile amüsieren, bevor er zu mir kommt. Ich fürchte, er wird in nächster Zeit in Alexandria reiche Ernte halten«, sagte er und schwenkte seine magere und blaugeäderte Hand in eine unbestimmte Richtung. Der Becher war bereits leer.

Thalia zuckte zurück. Irgendwie hing alles auf eine merkwürdige und ungeklärte Weise zusammen, die Todesfälle der Römer, der Unfall von Hipparchia, die Spione...

»Wohl dem, der Alexandria in nächster Zeit nicht erleben muß«, sinnierte Pantanos, bevor er einnickte.

Thalia erhob sich. Pantanos war bei der schwarzen Frau in guten Händen. Schon schob sie dem alten Mann behutsam eine Lederrolle im Nacken zurecht, während Djeballah und Thalia auf Zehenspitzen hinausschlichen.

KAPITEL 15
FREIHEIT

»Was wird sie schon haben?« fragte Leptinos in abfälligem Ton. »Kopfschmerzen nach einer Nacht voller Angst und Wein. Gib ihr einen Salzhering und wieder Wein.«

»Sie will keinen Salzhering, sie will deine Hand auf ihrer Stirn. Oder deinen Mund auf ihrem Mund. Oder...«

»Eine Hundertschaft bewacht sie. Genügend Hände und Münder. Und *oder*. Selbst für den Bedarf einer Afrania. Du gehst. Ich habe anderes zu tun.«

Ringer füttern, dachte Thalia verächtlich. Wie schnell er doch seine Geliebten verließ, um sich einem neuen Spielzeug zu widmen! Dabei war Afrania keine Geliebte wie andere, sie war eine Römerin, die weitreichende und nicht bestimmbare Verbindungen zu den lenkenden Zügeln des Großreichs besaß. Es war keine gute Idee, ausgerechnet sie zu verärgern.

Mit grimmiger Miene ging sie in den Vorratsraum, um sich die vermutlich benötigten Zutaten für beruhigende Tränke einzupacken. Als sie in den Säulengang trat, wartete Djeballah bereits auf sie. Wie erfreulich, obwohl nicht als Aufmerksamkeit ihr gegenüber gedacht, sondern um einen scharf beobachtenden Sklaven aus dem Weg zu wissen. Thalia sah Leptinos zum künftigen Sandplatz hinübergehen. Dort hackten seit dem Morgengrauen zwei Sklaven mit Spitzhacken in der harten Erde herum, um eine Grube auszuheben.

Djeballah folgte ihrem Blick. »Der Knabenrubbler und der Öler sind schon eingetroffen«, berichtete er. »Aber Philon schläft.«

»Nach Plan, ich weiß.« Schweigend marschierte Thalia los. Für sie gab es natürlich keinen Tragsessel. Gelegentlich hatte sie schon den Verdacht gehabt, daß Leptinos sie auf weite Wege schickte, in der Hoffnung, ihr Mundwerk zu ermüden. Womit er aus seiner Sicht in gewisser Weise recht hatte. Als sie ihm am Vortag die Warnung von Krescens übermittelt hatte, war er ausfällig geworden, statt ihr eine Erklärung zu geben, und sie hatte sich stillschweigend zurückgezogen.

Sie genoß die frische, kühle Luft auf ihrer Haut. Ein vergessener Schleier war kein Grund zum Umkehren, wenn der Besuch einer Römerin galt.

Der Platz am Mondtor und die Straßen zum Mondkanal waren belebt; die Straßenköche heizten ihre Kupferkessel schon auf. Dagegen lag das römische Viertel noch in tiefem Schlaf. Warum konnte nur Afrania nicht ebenfalls schlafen? Vielleicht wurde auch sie von Lemuren geplagt, während ihr Schwager nebenan auf seine Verbrennung wartete? Bohnen hätte sie mitnehmen sollen.

Ein wenig mürrisch grübelte Thalia darüber nach, wie ein Leichnam nach einer Pfählung aussehen mochte. Leptinos hätte es ihr sicherlich ausführlich erklären können. Sie schrak hoch, als sie Djeballah tief Luft holen hörte und seine Hand nach ihrem Ellenbogen griff.

»Sieh, Herrin«, sagte er entsetzt, »wer da hängt!«

Vor der Gerichtshalle hingen an vier Pfählen Verurteilte. Zwei Legionäre saßen auf dem Boden davor und würfelten. »Vier Geier! Die Göttin der Kaschemmen ist heute nicht sehr freigiebig zu mir«, brummte einer von ihnen.

»Djeballah, nimm dich zusammen«, flüsterte Thalia bestimmt. »Du darfst die Männer da oben nicht kennen.«

»Gewiß, Herrin«, murmelte der Schwarze, zog seine Hand an sich und trabte mit gesenktem Kopf weiter.

»Ein Königswurf!«

Thalia beachtete die Legionäre nicht, sondern schaute mit angemessener Neugier auf die nackten, sehnigen Beine und versuchte, ihrer wachsenden Furcht Herr zu werden. Als sie diese Beine zuletzt gesehen hatte, waren sie noch glänzend naß gewesen und dann im Schatten von Häusern verschwunden.

Zwischen den beiden Phöniziern hing der Römer mit dem fliehenden Kinn. Den vierten kannte sie nicht.

»Verfluchte Göttin, ich hab keine Lust mehr.« Der Legionär, ein Bär von einem Mann, drehte sich um und betrachtete die frühen Passanten. Die Lederriemen seines Panzers schnitten sichtbar in die Brustmuskeln ein. »Sieh sie dir nur an, Schöne«, ermunterte er Thalia. »Eine Auswahl von Ungeziefer, das uns Männern keine Ehre macht, ein römischer Verräter, zwei beschnittene Libyer und eine thrakische Laus. Wen würdest du vorziehen, wenn sie noch lebten, hä? Ich hoffe, den Römer, du Barbarin. Stimmt's, Erbschen?«

Dieses Fleischpaket von Legionär hielt sie für eine Thrakerin. Thalia seufzte demonstrativ und stellte fest, daß Erbschen tatsächlich der Legionär aus dem Mietshaus war.

Seine hellbraunen Augen folgten ihr, während er aufreizend grinste. »Die ist keine Thrakerin, da wette ich mit dir um den leer geräumten Hodensack deines Gottes. Die ist was Besseres. Eine Ziege, zum Beispiel.«

»Beleidige meine Mütze nicht, Pisulum«, widersprach der Hüne gutmütig und betrachtete Thalia neugierig. »Seit wann ist eine Ziege besser als ein Bulle? Und in meiner Mütze ist mehr Leben drin als in sämtlichen beschnittenen Dings von sämtlichen verfluchten Phöniziern. Wie halten deren Frauen diese gestutzten Pimmel bloß aus? Ich muß mal eine fragen, wenn ich dran denke!«

Das Lachen von Pisulum gluckerte über den Platz. »Frag doch sie!« gluckste er. »Frag sie! Ich schätze, sie ist Christin und kennt sich damit aus.«

»Ach ja?«

Thalia beschleunigte ihren Schritt. Die Straße war menschenleer, bis auf die Legionäre und Djeballah. Ringsherum gab es nur Amtsgebäude ohne Amtsträger, auch der Wasserverkäufer saß noch nicht an seinem Platz. Und irgendwie versuchte Erbschen, seinen Kameraden aufzustacheln.

»Sie steht unter dem Schutz des Strategen Trimalchio, den ich noch nie leiden konnte«, sagte Pisulum hartnäckig. »Dieser Zivilist, der alles besser weiß als altgediente Militärs. Vielleicht ist der gar nicht Christenhasser, wie er sagt.«

»In die Lagerlatrine mit ihm! Wer kann den schon leiden?« brummte der große Soldat. »Wenn der sich nur tarnt, gehört sie bestimmt dazu. Weißt du was? Der Centurio gibt uns einen Tag frei, wenn wir etwas herausbekommen, wetten? Und zwei Pfähle sind ja noch da.«

Thalia erschrak zu Tode, als der Römer trotz seiner Masse geschmeidig aufsprang und ihr den Weg versperrte, zwei Köpfe größer als sie, das Kurzschwert an der Seite. Aber er blickte fragend über Thalias Schulter zum Erbschen zurück, der in ein brüllendes Gelächter ausgebrochen war.

»Drei!« Pisulum schlug mit der Faust auf die Erde und brüllte vor Lachen. »Drei Pfähle! Und sie ist nur Sklavin. Ich kenne sie.«

Ein sonniges Lächeln erschien auf dem Gesicht des Bullen vor Thalia, und er nestelte unter seinem Schurz, unter dem sich eine mächtige Aufwölbung abzuzeichnen begann. »Bei Licht besehen, ist der Centurio sowieso zu geizig mit freien Tagen«, sagte er gemütlich und entblößte sich vor Thalias entsetzten Augen.

»Findest du ihn nicht schön?« fragte er stolz und drängte sie steifbeinig an die nächste Hausmauer. Dort fühlte Thalia sich an den Oberarmen gepackt, hochgehoben und wieder abgesenkt. Sein bohrender Spieß raubte ihr den Atem.

Djeballah ließ den Arzneikasten fallen und setzte zum Sprung auf den Römer an. »Nicht alle auf einmal. Du mußt noch warten«, sagte Erbschen und hielt ihn mit seinem Kurzschwert in Schach, solange das Grunzen, das Stöhnen und Reiben bei der Mauer währte.

Pfeifend kehrte der Römer nach einer Weile an den Straßenrand zurück. »Auf dich ist Verlaß, du Gartengemüse«, knurrte er und hieb Pisulum seine Pranke auf die Schulter. Erbschen nickte und sah ihn stumm an, während er sein Schwert sicherte. Als Djeballah Thalia mehr forttrug als führte, waren die beiden Legionäre miteinander verklammert wie Rüde und Hündin.

Trotz der immer noch frühen Morgenstunde wirbelten im Palast des verstorbenen Vizekönigs Sklaven und Lieferanten durcheinander. Der Leichnam war in der großen Eingangshalle aufgebahrt, aber nicht einmal der intensive Duft der Blumen, mit dem sein Totenbett geschmückt war, konnte den Gestank kaschieren. Der Wachskünstler, der gerade von der königlichen Sänfte abgeliefert worden war, krauste mißbilligend die Nase und begann, mit den Sklaven zu schimpfen. Sein Zetern blieb hinter Thalia zurück, während sie die Treppe hinaufgeführt wurde.

»Spute dich, Ärztin«, sagte die Sklavin mißbilligend. »Afrania leidet, als wäre sie selbst aufgespießt worden. Diese Barbaren in einem barbarischen Land! Ich wünschte, wir wären schon zurück in Rom.«

»Bist du Römerin?« fragte Thalia und versuchte, ihr verräterisches Keuchen zu unterdrücken.

Die Sklavin schüttelte ihre angegrauten aschblonden Haare. »Wo denkst du hin? Ich bin Gallierin.«

»Die Römer nennen auch euch Barbaren. Warum machst du dir ihren Sprachgebrauch zu eigen? Ich wurde soeben von einem römischen Legionär aufgespießt. In meinen Augen ist ein Benehmen barbarisch, nicht ein Volk.«

Die Gallierin glotzte Thalia böse an und lieferte sie wortlos vor einer Tür ab, wo Afranias Leibsklavin sie mit bedenklicher Miene in Empfang nahm und hineinbrachte.

Ein schwarzes Trauerkleid war über einer Kline ausgebreitet, und eine Perücke hing auf einem Ständer. Afrania lag auf dem Bauch inmitten zerwühlter Leintücher, trommelte mit den Fäusten auf die Nackenrolle und heulte wie ein Klageweib.

»Der Arzt ist da, Herrin«, sagte die Sklavin und zog sich an die Tür zurück.

Da keine Reaktion erfolgte, fragte Thalia: »Möchtest du ein Schlafmittel, Afrania, oder ein Mittel, das dir hilft, im Leichenzug mitzugehen?«

Die Römerin schoß in die Höhe und starrte Thalia aus roten Augen an. »Wie kann er es wagen?« fragte sie so außer sich vor Wut, daß sie stammelte.

Thalia hatte Leptinos gewarnt. Diese Frau würde seine Praxis zerstören, wenn niemand sie aufhielt. »Er ist nicht in Alexandria«, entschuldigte sie ihn.

»Warum nicht?« schrie Afrania. »Ich brauche ihn! Dich brauche ich nicht, zum Hades mit dir! Bevor ich dich rufen ließe, müßten sämtliche Ärzte der Welt versagt haben. Schick einen anderen her!«

Die Hand der Sklavin zerrte unnachgiebig an Thalias Chiton, um sie mit sich aus dem Raum zu ziehen. Thalia riß sich los und beobachtete die Römerin einen Augenblick; wahrscheinlich war es Selbstmitleid. »Soll ich dir das Mittel dalassen?« fragte sie draußen die Leibsklavin.

Die Frau schüttelte entgeistert den Kopf. »Ich will nicht wegen eines Arztes sterben. Germanicus wird schon einen anderen finden.«

»Wer hat das gewagt?«

Stöhnend rollte Thalia sich von ihrer Kline, auf der sie sich seit ihrer Rückkehr aus dem Palast erholte, und kroch aus dem Küchenhaus. Ihr ganzer Unterkörper schmerzte, aber, wie Leptinos bemerkt hatte, außer einer rauhen Behandlung war ihr nichts geschehen, und kein Römer würde ihr Genugtuung verschaffen. »Das beste ist, du vergißt die Sache«, hatte er gesagt.

Mit steifen Gliedern mühte sie sich um das Küchenhaus herum. Natürlich hatte Leptinos vergessen, den Strategen zu benachrichtigen. Wahrscheinlich war der Römer auf der Kline mit Philon zusammengeprallt. Seine Stimme war voll Wut, versetzt mit einer gehörigen Portion Gekränktheit. Er stand zwischen *iatreion* und Küchenhaus.

Leptinos schlenderte vom Sandplatz herbei, wo die Sklaven im letzten Tageslicht ihre Schaufeln beiseite räumten. Er verzog seinen Mund zu einem herzlichen Lächeln, das seinem Verhalten der letzten Monate widersprach.

Gaius Cornelius Trimalchio war an diesem Abend mit der offiziellen Toga bekleidet. Die rechte Hand lag auf den üppigen Stoffalten über dem linken Unterarm. Er sah aus wie eine Kaiserstatue.

Leptinos rang sich ein knappes Salve ab, während er die Fakten ordnete und zu dem Schluß kam, daß die Begegnung nicht mehr freundschaftlich ablaufen konnte. Thalia schlich auf Zehenspitzen heran.

»Deine Pläne haben sich geändert, wie ich bemerke«, versetzte Trimalchio eisig. »Meine auch. Laß uns sprechen, wo deine Strichjungen keinen Zutritt haben, vorausgesetzt du hast einen solchen Raum.«

»Ich wüßte nicht, was ich mit einem in Ungnade gefallenen Römer zu besprechen hätte. Wie du selber bemerkst, haben sich meine Pläne geändert.«

»Ich bin vom Kaiser eingesetzter Oberrichter von Alexandria. Als solcher möchte ich mit dir reden. Wenn es dir lieber ist, kann ich dich morgen von Legionären zum Verhör holen lassen.« Trimalchio wandte sich zum Gehen, während Leptinos erstarrte.

Thalia hielt den Atem an. Sie gönnte ihm die Angst, die sich auf seinem schmalen vornehmen Gesicht abzeichnete. Nur: wovor eigentlich? Auf jeden Fall war er der Verlierer in diesem Spiel. Der Römer, Gewinner wie alle Römer, stapfte an ihr vorbei. Seine weit auseinander liegenden Augen zeigten keine persönlichen Gefühle.

Erst als plötzlich Philon zwischen den Säulen erschien, verzog Trimalchio mokant den Mund. Der Ringer hatte entweder gar nicht gemerkt, daß ein Besucher an seinem Bett gewesen war, oder es war ihm gleichgültig. Schlaftrunken rieb er sich die Augen und wehrte mit den Schultern den Umhang ab, den Algasia ihm umzulegen versuchte. Er war nackt.

Leptinos war mit ein paar Schritten an Trimalchios Seite. »Ich bin selbstverständlich zum Gespräch bereit, Stratege. Ich hatte dich falsch verstanden. Komm, laß mich dich ins Speisezimmer begleiten.«

Der Römer rieb sich mit zwei Fingern seine knollige, breite Nase und schien nachzudenken, ob Leptinos Frist nicht schon verstrichen war. Schließlich nickte er knapp. »Ich befehle die Sklavin Thalia ebenfalls dorthin.«

Thalia zog die Schultern hoch, als Leptinos' beunruhigter Blick sie traf. Sie wußte nicht mehr als er, und wenn, hätte sie es ihm nicht gesagt.

Hinter seinem Rücken schnalzte Leptinos mit den Fingern, was vieles bedeuten konnte. Jedenfalls schob Algasia den Ringer außer Sicht, und eine andere Schwarze stürzte zum

Kücheneingang, wo sie mit übersprudelnden Worten bei Wernero Leckerbissen und Wein orderte. Thalia betrat hinter den beiden Männern den Säulenporticus. Leptinos knetete nervös seine Hände.

Während gleich drei Sklavinnen sich im Speiseraum zu schaffen machten, der normalerweise an diesem Abend leer geblieben wäre, begann Trimalchio in freundschaftlichem Ton zu plaudern, als ob er den Griechen nicht eben noch unter Zwang gesetzt hätte.

Als der Wein gebracht wurde, sprach Leptinos ihm unverdünnt in nervösen Schlucken zu. Die wässerige Mischung von Trimalchios eigener Hand konnte man dagegen kaum noch als Wein bezeichnen.

Thalia sah von oben in das rosa verfärbte Wasser und fühlte sich plötzlich in die Arena versetzt, wo zwei Phönizier einen gefährlichen römischen Fisch allein mit Taktik gefangen hatten. Sollte dieses Mal Leptinos der Fisch sein, würde er es nicht erkennen.

»Ich werde nach Rom zurückgehen«, erzählte Trimalchio beiläufig und bediente sich an der Platte mit kleinen Vorspeisen, die in diesem Augenblick vor ihn gestellt wurde. »Ich wurde berufen.«

In Leptinos Eingeweiden wühlte der Wurm heftig, den er seit des Strategen Drohung mit der Vorladung dort nagen fühlte. Er beruhigte ihn mit einer therapeutischen Dosis Kolobi-Wein. »Ich beglückwünsche dich«, sagte er und konzentrierte sich, damit er dem Römer nicht vor allen Sklavenohren die Seeräuber von Berenike an den Hals wünschte.

»Wenn du nicht so durch und durch griechisch wärst«, fuhr Trimalchio fort, »würde ich dir raten, ebenfalls nach Rom zu gehen. Aber so, wie die Dinge liegen, vor allem wie Trajan liegt, ähem, werden dort nicht Spezialisten für Männer, sondern für Frauen gesucht. Frauenärzte wie Soran, wie unsere kleine Thalia…« Er sah über seine Schulter nach oben.

Thalia spürte, daß er sich keinen Augenblick im unklaren gewesen war, wo sie war und was sie dachte. Zuweilen erschien er ihr unerträglich hellsichtig.

»Ich hatte nie die Absicht, nach Rom zu gehen«, erklärte Leptinos widerborstig.

»Dann bin ich erleichtert. Ich dachte, es gäbe da gewisse Illusionen ... Zwecklos. Unser göttlicher Kaiser Trajan hat beschlossen, ältere Tugenden zum Leben zu erwecken; die Römerinnen sollen ihre Kinder wieder selber gebären, etwas, das sie fast verlernt haben. Jetzt werden Köpfe für die dazugehörige Philosophie gesucht, Zungen, die die vornehmen Frauen zu überzeugen vermögen, und Hände, die sie geschickt entbinden ... Rom sorgt jetzt für römischen Nachwuchs, Einwanderer sind überflüssig. Aus Griechenland, um nur eines der Länder zu nennen; die Griechen können in Zukunft von ihren Inseln aus die römische Zivilisation bewundern.«

»Warum erzählst du mir das eigentlich alles?« fragte Leptinos und stellte seinen Becher mit Nachdruck auf den Tisch. In seinen etwas verschwommenen Blick mischte sich Wut.

»Ich warte auf das Verschwinden deiner Sklavinnen. Vermutlich würde es dir trotz deiner Vorliebe zu den untersten Schichten nicht angenehm sein, wenn sie das andere zu hören bekämen.«

Das andere? Thalia hielt den Atem an. Die Frauen verschwanden auf den Wink ihres unwirschen Herrn.

»Rom duldet nicht, daß gegen seine Gesetze Sklaven kastriert werden. Man hat zwei Schwarze aus dem Mareotis-See herausgezogen und dem nächsten *archiater* gebracht, der sie untersucht hat. Sie waren verblutet, nicht ertrunken.«

»Wo ist der Beweis, daß ich es war?« stotterte Leptinos. Über sein gerötetes Gesicht liefen Schweißtropfen.

»Sie trugen das Halsband des Sklavenhändlers Barnabas.«

»Wie konnte er nur so dumm sein!« sagte Leptinos in tiefster Verachtung.

Und du? dachte Thalia.

In der Stille des Raums war nur das Kratzen von Leptinos Fingernagel zu hören, der auf der Tischplatte einen Weintropfen zu einer langen Spur auszog. Abrupt sah er hoch und dem Römer ins Gesicht.

»Danke«, sagte Trimalchio mit einem schmalen Lächeln. »Das reicht.«

Leptinos Wut war grenzenlos. Thalia kannte ihn gut genug, um zu wissen, daß der kleine Muskel unterhalb seines linken Auges nur zuckte, wenn er dabei war, die Beherrschung zu verlieren. »Ich streite alles ab«, preßte er heraus. »Zeugen hast du nicht, Trimalchio. Thalia kann gegen mich nicht aussagen.«

»Glaubst du wirklich, mich über Zeugen im römischen Recht belehren zu müssen, Leptinos?« Der Stratege lachte herzlich. »Ich beabsichtige noch nicht, dich öffentlich anzuklagen. Zumindest hast du die Wahl, ob ich es tun soll oder nicht.«

»Was willst du dann?«

Der Stratege ergriff Thalia am Handgelenk und zog sie neben sich. »Gib dieser jungen Frau die Freiheit.«

Während Thalia vor Überraschung auf einen Hocker sank, zog Trimalchio einen Stab aus der Innentasche seiner Toga und benutzte ihn, um ein beschriebenes Papyrus daran zu hindern, sich um seinen Nabel zu rollen. Thalia starrte den Freiheitsstab überwältigt an.

»Ich habe die Urkunde schon ausfertigen lassen. Gib mir dein Siegel.«

»Nein«, sagte Leptinos störrisch und legte die Hand schützend über seinen Ring. »Sie hat einen enormen Wert. Ich habe sie vorzüglich ausgebildet. Wozu überhaupt? Willst du sie haben, um sie dem Kaiser zu Füßen zu legen? Du kannst sie dir gefälligst kaufen. Oder er.«

»Ich habe mich von ihren Qualitäten überzeugt. In vielerlei Hinsicht. Aber ich will sie nicht. Ich möchte, daß sie frei ist.«

»Um dann in Alexandria meine Klientel an sich zu ziehen!«

»Dir bleiben die Römerinnen, die auf ein Abenteuer aus sind, und die Lustknaben«, bemerkte Trimalchio spöttisch.

Leptinos ereiferte sich immer mehr. »Römerinnen und Lustknaben sind gesund. Ich kann von ihnen nicht leben«, grollte er.

»Dann laß Thalia frei und heirate sie.«

Leptinos faßte den Strategen ins Auge, was ihm mittlerweile nicht mehr leichtfiel, und betrachtete ihn mißtrauisch. »Ist das deine einzige Bedingung?«

Trimalchio nickte und hielt den Siegellack über ein Öllämpchen.

Thalia zog ein Bein unter sich, stützte ihr Kinn auf das Knie und träumte mit offenen Augen. Freiheit. Berühmt als Ärztin. Begehrt wegen eines interessanten philosophischen Salons. Side besuchen, irgendwann, vielleicht. Als Sklavin niemals.

Der Stratege begann, die zähflüssige Siegelmasse auf das Dokument zu tropfen. »Freiheit für die Sklavin oder deine Verbannung nach Dacien. Oder Bithynien. Oder ...«

»Schluß!« schrie Leptinos erbittert und riß sich seinen Siegelring vom Finger. »Ich heirate sie!«

Trimalchio drückte das Siegel in das noch weiche Wachs. »Thalia, Tochter des Athenagoras in Side, im Namen von Trajan, Kaiser von Rom im achten Regierungsjahr, gebe ich, Gaius Cornelius Trimalchio, kaiserlich-römischer Beamter, dir die Freiheit.« Er legte den Freiheitsstab für einen kurzen Moment auf Thalias Schulter. Sie erschauerte. Die Freiheit bedeutete so viel, wenn man erlebt hatte, wie Sklaverei schmeckte.

Als der Stratege Thalia die Rolle überreichen wollte, griff Leptinos danach und riß sie an sich. »Nach der Hochzeit!«

Mochte er sie verwahren, das war ihr gleichgültig. Thalia sprang auf und lief hinaus. Als sie zwischen den Säulen des Eingangs stehenblieb, um in den Sternenhimmel hochzusehen, hörte sie Trimalchios Schritte hinter sich. Wortlos legte sie ihm die Hand auf den Arm und drückte ihn fest. Er nickte. Sie spürte, wie seine Augen ihr folgten, als sie zum Küchenhaus hinüberwanderte.

Welch ein Tag! Hinter der Ecke, außer Sicht vom Haupthaus blieb sie mit geschlossenen Augen stehen und sog die Nachtluft tief ein, die erste ägyptische Luft, die sie als freie Frau atmete.

In der Luft lag etwas Beunruhigendes, das sich nicht abschütteln ließ. Vielleicht war es der Geruch des Siegelwachses in ihrer Nase. Er schmiegte sich an ihre Haut wie der römische Lärm am Tag des Widderaufstandes.

Der *Römerlärm* war aus der Ferne nur ein Geräusch gewesen, aber mit zunehmender Nähe hatte er sich in die Geräusche von sausenden Schwertern und Lanzen sowie rollenden Köpfen unterschieden. Gab es auch *Römergestank*?

Aber nein, welcher Unsinn. Thalia ließ sich auf ihre Kline

fallen und lachte glücklich. Irgendwann schlief sie vor Erschöpfung ein.

Thalia spürte ihr Lächeln in den Mundwinkeln, noch bevor sie ganz wach geworden war. Aber dann wußte sie es wieder: Freiheit. Und heute erst einmal der Umzug zurück ins Haus.

Sie machte sich auf die Suche nach Leptinos, aber zu ihrer Überraschung hatte er das *iatreion* zu einem ersten Krankenbesuch verlassen. Als sie das *Hinterste* betrat, war Philon nicht zu sehen, aber Algasia wachte sitzend vor seiner Tür. Verblüfft blieb Thalia stehen. »Glaubst du, man könnte ihn stehlen?«

»Wer weiß?« antwortete Algasia schnippisch. »Man kann sich ja ausrechnen, daß du jetzt hier befehlen willst. Aber in diesen Raum kommst du nicht hinein, das sag ich dir.«

Thalia lachte sie an. »Was sollte ich da wohl? Die Frau des Hauses bewohnt den größten Raum. Um es dir ganz deutlich zu sagen: die Herrin des Hauses.«

»Herrin?«

Thalia lauschte mit Genugtuung den schrillen Obertönen, die Algasias Wut verrieten.

»Für mich gilt weiterhin Philon als mein Herr, wie der Gebieter Leptinos es bestimmt hat. Ich diene lieber einem Mann als einer Frau.«

»Diene du nur den Männern«, sagte Thalia in herzlichem Ton. »Ich bin sicher, daß man deine Matte neben Philons Kline in Tjelptahs Verschlag hineinquetschen könnte. Bei Regen natürlich nur. Bei Trockenheit ist draußen jede Menge Platz.«

Der breite Mund der Schwarzen zog sich nachdenklich zusammen, bis sie alles gründlich überdacht hatte. Dann schüttelte sie ihren Kopf, daß die kurzen eingefetteten Zöpfchen flogen. »Das geht gar nicht. Der Gebieter Philon hat hier seine Übungsräume und schläft auch hier.«

»Höchstens noch ein paar Minuten.« Thalia riß die Tür zu ihrem zukünftigen Schlafzimmer auf und sah hinein. Wie sie es sich gedacht hatte, hatte der Gebieter Philon den einzigen Raum des Frauentraktes, in dem es fließendes Wasser gab, zur Pflege seines Körpers eingerichtet. In der Mitte stand ein breites Ruhebett, Arbeitsplatz des Rubblers, und dahinter an der

Wand waren mehrere gewaltige Ölkrüge aufgereiht. Auf Borden über ihnen lagen das kleine Ölfläschchen, ein schwarzbemalter *aryballos* neben seinem Ledersäckchen, ein Schwamm und einige Tücher; der Ölschaber hing an der Wand.

Während Thalia sich in Gedanken mit der Einrichtung ihres Privatraums zu befassen begann, holte sie das kugelförmige Salbgefäß herunter und roch daran. So schlecht war Philons Geschmack gar nicht.

»Was machst du hier?« fragte seine barsche Stimme hinter ihrem Rücken.

»Ich ziehe dich aus«, antwortete Thalia und drehte sich gemächlich zu ihm herum.

»Nicht nötig!«

Thalia errötete vor Ärger. Er war in der Tat nackt. »Weißt du, in einem *iatreion* entkleiden sich nur die Kranken. Vorübergehend. Vielleicht vergaß Leptinos, dir zu erklären, daß dies keine *palästra* ist?«

Philon grinste. »Wo ich bin, ist die *palästra.*«

»Fein«, sagte Thalia liebenswürdig, »dann wird dir nichts fehlen, wenn wir dich hinter das Küchenhaus verlegen.«

Der Athlet öffnete seinen Mund und schloß ihn schweigend wieder. Er erhob auch keinen Protest, als Djeballah wenig später als erstes seine breite Liege hinausschleppte.

»Ein philosophisches Problem? Nur das nicht! Die enden bei dir immer in einer Katastrophe, Thalia.« Krates musterte sie mit geneigtem Kopf und, wie üblich, unendlicher Neugier.

Thalia lachte und streckte ihre Hände nach dem Museionspriester aus, der sie ergriff und die junge Frau zärtlich ansah. Sie hatte sich sehr gewandelt in dem einen Jahr, in dem er sie nun kannte. Stärke war immer ihr wichtigstes Merkmal gewesen, aber damals hatte sie es noch nicht gewußt. Ein wenig durfte auch er es sich zuschreiben, daß sie sich über die Grenzen ihrer bisherigen Erfahrungen hinausgewagt hatte, manchmal sogar in kühnen Sprüngen, wie es ihnen beiden zu eigen war. Er seufzte. Sie war die Tochter, die er niemals gehabt hatte – er hoffte, daß Athenagoras mit seiner hilfsweisen Erziehung zufrieden war.

»Ach, ehrwürdiger Krates«, sagte Thalia, »ich bin frei!«

»Ah! Also kein Aufstand in Alexandria, sondern ein Aufstand der Gefühle. Wann verläßt du uns?«

Über Thalias Gesicht huschte Verlegenheit. Sie schüttelte den Kopf. »Ich heirate.«

»Frei, aber gebunden«, sagte Krates nachdenklich. »Immerhin ein Fortschritt. Leptinos?«

»Woher weißt du das?«

»Ich glaube, du kennst dich doch noch nicht gut genug, Thalia. Die Bekanntheit des *iatreions* am Mondtor ist hauptsächlich dein Verdienst. Wenn Leptinos dich nicht mit dem Sklavenhalsband halten kann, bleibt ihm nur die Fessel der Ehe. Was seinen Ruf als Arzt betrifft: Er ist zwar gut, aber nicht berühmt, sondern berüchtigt.«

Thalia sah ihn betroffen an. »Sag, Krates, hättest du das gestern auch schon gewußt?«

»Gestern und vor einem halben Jahr, ja. Jeder konnte es sehen. Außer dir, vermutlich.« Krates runzelte die Stirn und schob Thalia zu einem Stuhl, der am Fenster stand. »Setze dich. Ich sehe dir an, daß dein Problem, das anfänglich gar kein philosophisches war – du wolltest mich wieder mal nur ködern, gib es zu –, in diesem Augenblick erst anfängt, zu einer Angelegenheit der Logik zu werden.«

Das Wasser des Großen Hafens kräuselte sich in einer Bö, und die Mauern des gespiegelten Pharos wankten. Über die Dächer der Hallen und Schuppen am Kai hinweg sah Thalia die Masten schaukeln und sich wieder beruhigen. »Welches Interesse könnte ein römischer Stratege an meiner Heirat haben?«

Krates legte seine Hand auf Thalias. Sie war warm, kräftig und jung. »Nicht an deiner. An seiner«, sagte er sanft.

»Afrania Agricola?«

»Bestimmt. Trimalchio haßt diese Frau. Er täte alles, um sie zu verletzen. Man munkelt, daß sie an seinem Ruin beteiligt war, obwohl gewiß der Vizekönig selber die Intrige ausgeheckt hatte.«

Thalia tat einen hastigen Atemzug. »Die Ägypter sagen: *Wer tötet, wird selber getötet. Wer den Untergang eines Menschen befiehlt, dessen Untergang wird befohlen werden.* Wenn du glaubst, daß Leptinos' Heirat die Rache des Strategen an Afrania ist, dann ...«

»... ist der Tod des Vizekönigs möglicherweise ebenfalls die Rache des Strategen.«

»Zumindest hat er ihn nicht verhindert.« Thalia gab ihm eine Kurzfassung der Erlebnisse aus der Nacht am Kanal. »Es kann nur so sein, daß er den Römer zur Überwachung der Phönizier ausgeschickt hatte – besser gesagt, um ihnen Steine wie mich und Djeballah aus dem Weg zu räumen – und ihn anschließend als unerwünschten Zeugen zusammen mit den Attentätern beseitigen ließ.«

Krates' Augen wurden dunkelgrau wie das Meer bei Sturm. In gemeinsamem Schweigen blickten sie aus dem Fenster des Museions. »Der große Alexander hätte gewiß nicht gewollt, daß hier über Mordtaten gesprochen wird.«

»Sicher nicht«, gab Thalia zu. »Dann ist da noch der ephesische Arzt Krescens. Er war der einzige außer dir, der etwas über meine Überlegungen zur Cholera wissen wollte. Ich erzählte ihm, daß ich für dieses Jahr meine Hoffnungen auf Hipparchia setzte, eine sehr vernünftige Frau, von der ich glaubte, daß sie ihre Nachbarn vor dem schmutzigen Wasser warnen könnte. Besser als ich; sie ist ein Teil ihrer Straße, ihres Viertels. Aber sie ertrank in knietiefem Wasser ...«

»Wer soll das gewesen sein?«

»Ganz genau weiß ich es nicht«, murmelte Thalia. »Der Oberrichter hat in Alexandria einen Spionagering aufgebaut. Wahrscheinlich schickt er seine Leute auch aus, um bestimmte Dinge zu erledigen. Aber ob er selber die Befehle gibt oder ob sie aus Rom kommen ...?« Sie zog die Schultern nach oben.

»Ich hielt Pantanos' Pessimismus bisher für den Ausdruck von Gedankenschärfe eines Alters, das ich bisher noch nicht erreicht habe – obwohl ich in der Tat an Jahren älter bin –, aber nun glaube ich allmählich, daß er recht hat. Die Götter mögen uns in der nächsten Zeit beistehen!«

»Vielleicht wird es nicht so schlimm in Alexandria, wie er glaubt«, mutmaßte Thalia sachlich. »Trimalchio kehrt nach Rom zurück.«

Krates' Gesicht fuhr ruckartig herum. »Was hat der Stratege davon, daß er Leptinos zum Heiraten zwingt, wenn er nicht hier ist, um sich an Afranias Selbstzerfleischung zu weiden?«

Thalia stöhnte. Immer noch eine Ecke mehr, und hinter jeder weiteren Ecke tauchte die Fratze einer weiteren Meduse oder einer Gorgo auf. Oder die eines Fauns. Sie erhob sich. »Ich weiß es nicht«, sagte sie. »Überhaupt kam ich nur her, um dir zu erzählen, wie glücklich ich bin.«

»Aber irgendwie ist es mir gelungen, dich unglücklich zu stimmen, Thalia«, stellte Krates melancholisch fest. »Es muß das Wetter sein.«

Sie ergriff seine alten Hände, blau geädert und nervig, und betrachtete sie sorgfältig. »Nein«, widersprach sie, »das Wetter ist es nicht.«

Krates sah ihr schweigend nach, als sie ging. Er stand noch am Fenster, als Thalia das Museion verließ und zu ihm hochwinkte. Wenn nur unsere Fähigkeiten zur Therapie annähernd so entwickelt wären wie die zu Diagnosen, dachte er beunruhigt.

Thalia gelang es auf dem Heimweg, alle Zweifel abzuschütteln. »Heimweg, Heim, heimelig, heimbegeben, heimisch«, rezitierte sie unbekümmert. »Heimat. Nein, Heimat nicht.« Aber doch ein Ort, an dem man sich wohl fühlen konnte. Tatsächlich, das *iatreion* war jetzt auch ihr Haus, nicht mehr der Ort ihrer Gefangenschaft. Als erstes würde sie ein *alabastron* aufhängen, mit Lavendelessenz, und eine *pyxis* mit gemaltem Brautgemach erwerben. Auf dem Bord würde sie ihren Platz haben, wo der *aryballos* gestanden hatte, und den Raum als einen weiblichen Raum definieren, einen weiblichen Wohnraum mit Buchrollen, die ihr gehörten...

Als sie Wernero und Algasia vor dem Eingang zum Küchenhaus miteinander flüstern sah, pfiff sie laut und unmelodisch durch die Zunge und trat dann mit heiterer Miene zu Leptinos, der sie auf der obersten Stufe zwischen den Säulen erwartete. Er wirkte sehr zufrieden mit sich selber.

»Der Stratege Gaius Cornelius Trimalchio wird toben wie Dionysos im Suff, wenn er es erfährt. Ich werde genau das tun, wovon er mich abhalten wollte.«

Fetzen ihrer Unterhaltung mit Krates flogen durch Thalias Kopf, während sie den Arzt anstarrte wie das Kaninchen die Schlange. »Und was wirst du tun?«

Leptinos sah auf seine freigelassene Sklavin hinunter. Er lachte schadenfroh. Sein Weg lag glasklar vor ihm. »Nach Rom gehen«, sagte er.

»Du wirst nach Rom gehen«, wiederholte Thalia und sank auf die oberste Stufe. »Aha.«

KAPITEL 16
DAS GETREIDESCHIFF

»Aber deine Patienten, das *iatreion* …«, sagte sie tonlos, »das alles hier. Du willst es aufgeben?«

Leptinos sah sich gleichgültig um. »Bei genauerer Betrachtung ist der Anblick ohnehin schon lange schal geworden. Ich brauche frische Eindrücke, neue Patienten, unverbrauchte Ärzteschulen …«

»Ach, was die verbrauchten Ärzteschulen betrifft«, unterbrach Thalia ihn. »Sind sie der Grund, weshalb du Hals über Kopf Alexandria verlassen willst? Weil die Ärzte von den illegalen Kastrationen wußten?«

Schon lange aufgestauter Ärger brodelte in Leptinos hoch. Er beugte sich hinunter und zischte Thalia ins Gesicht: »Gewöhne dir nicht an, von mir Rechenschaft zu fordern, das steht dir nicht zu!«

Sie ließ es über sich ergehen. Er würde nicht wagen, sie zu schlagen. »Nein, Rechenschaft nicht. Aber Begründungen. Ich nehme an, daß du Gründe hast, und würde sie gern hören. Das ist alles.«

»Gründe, Alexandria zu verlassen, gibt es genug! Sieh dich doch um. Überall Legionäre.« Leptinos machte ein Gesicht, als ob ihm etwas eingefallen wäre, und ging zum Küchenhaus hinüber.

Er wollte nicht mehr reden. Gespräche pflegte er auf diese Weise abzubrechen. Thalia seufzte. Mit den Legionären hatte er allerdings recht. Männer in Waffen waren immer gefährlich – ob als Feind oder als Schutzmacht. Vielleicht war sogar

Rom die einzige Stadt des ganzen Reiches, in der man ihnen entgehen konnte.

Leptinos kam schon wieder zurück. »Hast du Philon gesehen?«

Thalia schüttelte den Kopf.

»Macht nichts, ich werde ihn schon finden. Während ich mit ihm alles berede, kannst du anfangen, den Haushalt aufzulösen. In drei Tagen geht unser Schiff.«

In drei Tagen schon. Thalia wurde von Panik ergriffen. Wie sollte sie das alles bis dahin schaffen? Sie hielt Leptinos am Arm fest. »Du willst mich doch eigentlich gar nicht«, sagte sie mit zitternder Stimme. »Warum wollen wir es dabei nicht belassen? Du gehst nach Rom – und ich übernehme das *iatreion*. Ich werde einen Arzt finden, der es leiten kann. Finanziell ist das für dich viel günstiger, als so…«

Leptinos brach in ein hämisches Gelächter aus. »Glaubst du, du kannst mich so übers Ohr hauen? Du frei – und Besitzerin meines *iatreions*? Und ich in einer miesen Vorstadt von Rom in einer Praxis, die niemand aufsucht? O nein, Thalia! Wir werden zusammen nach Rom gehen. Vorher werden wir die Hochzeitszeremonie über uns ergehen lassen, damit alles seine gesetzliche Ordnung hat. Und in Rom werden wir die Doppelpraxis von Leptinos und Thalia eröffnen, den bekannten Ärzten der Methode aus Alexandria!«

Thalia sah ihn fassungslos an. Wie konnte er nur bei allen diesen Plänen zu einer gemeinsamen Arbeit solchen Haß verströmen? Und warum haßte er sie? Verstört ging sie in den Warteraum der Patienten, als Leptinos hinter dem Küchenhaus verschwand.

Sie stolperte fast über drei ägyptische Frauen, die dicht an der Tür saßen, aber mit selbstbewußten Mienen miteinander schwatzten, während sie warteten. Eine von ihnen war die Mutter des Kindes mit den Verbrennungen.

Thalia lächelte sie bedauernd an. »Der Arzt Leptinos und ich verlassen das Land, Chemi. Der Großkönig von Rom ruft uns zu sich. Es tut mir leid, daß wir euch nicht mehr behandeln können.«

Die Älteste der Frauen stand unter leisem Ächzen auf und

trat dicht an Thalia heran. Sie musterten sich gegenseitig; Thalia sah dichte, lange Wimpern, breite Wangenknochen und Tätowierungen gegen Zahnschmerzen. Die Frau, die zierlich war wie die meisten Ägypterinnen und viel kleiner als sie selber, nickte mehrmals. »Wernero hatte unrecht. Du hast nicht den *bösen Blick* und bist nicht schuld an Tjelptahs Tod. Niunachte hatte recht, du bist eine Heilerin. Die Schlange von Buto möge dich auch beim Großkönig von Rom schützen.«

Wehmütig betrachtete Thalia den Platz unter dem Bord, wo das *alabastron* Lavendelduft hätte verströmen sollen, und holte dann entschlossen das Papyrus aus ihrer Kiste, das jemand ihr in der Schule der Spottknaben zugesteckt hatte. Das Rätsel darauf war hoffentlich schwierig genug, um den Philosophen und ihr selbst darüber hinwegzuhelfen, daß es ihr letzter Besuch im Museion war.

»Nein, schwierig nicht«, sagte Krates, als er einen Blick darauf geworfen hatte. »Thalia, du enttäuschst mich. Hast du dich nie mit ägyptischer Wissenschaft vertraut gemacht?« Er gab das Papyrus an Pantanos weiter, der es mit Interesse studierte.

»Nur mit ihren medizinischen Schriften«, antwortete Thalia beschämt.

»Hm. Nun gut. Es handelt sich um das Bild des ägyptischen Totengerichtes, bei dem das Herz des Verstorbenen gewogen wird. Und um den Mann, einen Roten, einen Nichtägypter, der Gerichtsverfahren durchführt, die nach der alten Ordnung Osiris vorbehalten waren.«

»Der Stratege«, sagte Thalia verblüfft. »Trimalchio.«

»Ja. Hier warnt dich ein Ägypter vor den Spionen des römischen Oberrichters, nicht mehr und nicht weniger.«

»Es ist zu spät, Krates«, sagte Thalia beklommen, »Leptinos will nach Rom. Und ich kann mich des Gefühls nicht erwehren, daß Trimalchio ihn dorthin gelockt hat.«

»Sieh an«, sagte Krates interessiert. »Dann bist du der Köder, fürchte ich. Es gibt viele gute Köder auf dieser Welt.«

»Den Oberrichter sollte man zur Arbeit in die Silberminen von Athen senden«, sagte Pantanos, und es klang wie ein Fluch.

»Und die *Pax romana* in den Erdspalt neben dem Orakel von Delphi versenken; dort mag sie die nächsten Jahrtausende bleiben, sie ist nicht mehr als ein von bezahlten Priestern verkündetes Trugbild.«

»Nicht tief genug«, widersprach Krates. »Es werden Priester oder Kaiser kommen und den Frieden Roms hervorkramen. Und wiederum wird es Menschen geben, die an die *Pax romana* glauben. Das Merkwürdige ist, daß die Menschen um so gläubiger sind, je teurer sie die falschen Weissagungen bezahlen müssen. Vielleicht auch nicht merkwürdig – schließlich erwarten sie zu Recht einen Gegenwert.«

»Ist das nicht gefährlich?« fragte Thalia. »Ich meine: sich so im Museion zu äußern...? Wenn euch die Römer hörten!«

Krates verzog sein Gesicht. Thalia bemerkte überrascht, daß sie die vielen Lachfältchen neben den Augen früher nie gesehen hatte. Oder waren es Sorgenfalten? »Du hast die Spione doch alle auf deine Fährte gelockt...«

»Erschreck sie nicht. Hier ist Trost gefordert«, grollte Pantanos, beugte sich vor und nahm Thalias Hände zwischen seine. »Nicht gefährlicher als ein Leben mit Leptinos.«

»Wenn du das als Trost siehst, will auch ich Thalia ein zweites Mal nicht erschrecken«, fuhr Krates heiter fort. »Leptinos ist geübt in den Disziplinen Schwimmen und Klettern; Schwimmen im Hauptstrom der Meinungen und Klettern über die Rücken von anderen. An seiner Seite wirst du ein bewegtes Leben haben. Paß auf dich auf, Thalia.«

»Ich wußte gar nicht, daß du Sachverständiger für Kampfsportarten bist, Krates.« Pantanos sah ihn erstaunt an.

Krates lächelte schief. »Schon lange. Man gewinnt an Erfahrung, je mehr Sportler sich in diesem Hause tummeln.«

»Ja«, sagte Thalia mit einem Seufzer, »ermunternd seid ihr nicht gerade. Mein ziemlich gleichförmiges Leben als Sklavin in Alexandria kommt mir jetzt schon so vor, als sei ich eine Marmorkore gewesen, für hundert Jahre an einem Grab abgestellt.«

Krates blickte erschrocken. »Wie langweilig! Soweit ist es nicht gekommen, den Göttern sei Dank. Wenn es mal ruhig um dich war, haben wir vielmehr immer gedacht, daß du Atem für etwas Tollkühnes schöpfst: für die Flucht auf einem Delphinrücken etwa, für ein Leben als Räuberfürstin im Delta oder für die Wiederentdeckung von Atlantis.«

Thalia lachte von Herzen. »Zuviel Ehre. Und jetzt seid ihr enttäuscht, weil es nur ein Hochzeitstanz wird.«

»Ach nein. Der Tanz ist der Auftakt. Der Gott der Kühnheit hockt weiter auf deinen Schultern. Oder der Tollkühnheit?« Krates lächelte versonnen und lehnte sich zurück. »Wer weiß, wo dich die Schicksalsgöttinnen hintragen?«

»Und damit es dir nicht langweilig wird, wenn sie dich gerade mal absetzen«, übernahm Pantanos die kleine Ansprache, »haben wir eine kleine Bibliothek für dich zusammengestellt.«

Krates griff hinter sich ins Regal und holte mit Schwung einen Ledersack heraus, den er auf dem Tisch ablud. »Sie gehört dir.«

Thalia las mit funkelnden Augen die Schilder: »Soranos, Soranos und noch fünfmal mehr, Herophilos, Eristratos, Antyllos. Wie soll ich euch nur danken?« fragte sie verlegen.

»Du hast uns ein ganzes Jahr deinen Dank abgestattet, das ist mehr, als alte Männer erwarten können, Thalia. Nachdem wir dich auf den Weg schicken konnten, den sich dein Vater vielleicht für dich gewünscht hätte, können wir gelassen unserem irdischen Ende entgegensehen. Und jetzt solltest du gehen.«

»... begleitet von zwei Sklaven des *museions*. Es würde mir nicht gefallen, wenn römische Legionäre uns den Sack als vermeintliches Diebesgut zurückbrächten, weil sie den Eigentumsvermerk nicht lesen konnten.«

Thalia umarmte die beiden Philosophen ein letztes Mal und ging.

Mit klopfendem Herzen stieg Thalia hinter Leptinos die schmale Laufplanke der *Isis von Philae* hoch, ausgelegt nur noch für die Passagiere; das Getreide war geladen, die Luken verschalkt, und die ersten Leinen wurden bereits eingeholt.

Leptinos' Haussklaven schleppten die Gepäckstücke, schweigsam, ungewiß wegen ihrer Zukunft. Sie waren Barnabas übergeben worden, der sie verkaufen würde. Dasselbe hätte auch ihr passieren können, dachte Thalia, Weiterverkauf kurz nach dem Kauf, weil sich die Verhältnisse des Herrn änderten. Djeballah war der, um den es ihr am meisten leid tat; aber Leptinos hatte sich geweigert, ihn mitzunehmen.

Thalia sah auf Djeballahs rosafarbene Sohlen und klammerte sich an das Tau, als der Steg zu schwingen begann. So mußten sich Tauben fühlen, die auf der Leiter ihres Taubenhauses landeten. Ihr war unbehaglich, denn ihre erste und einzige Erfahrung mit einem Schiff war ein Alptraum gewesen. Und überhaupt – die Übersiedlung nach Rom glich einer Flucht aus Alexandria. Warum mußte sie so überhastet vor sich gehen?

Dennoch: Dieses Schiffsdeck betrat sie als freie Frau, als ausgebildete Hebamme, fast fertige Ärztin und Ehefrau eines bekannten Arztes von Alexandria. Als die Schwingungen nachließen und kurz vor dem Deck in harte kleine Hopser übergingen, gewann ihre Zuversicht Oberhand.

Thalia stieg mitten hinein in ein unglaubliches Durcheinander von Kaufleuten, römischen Reisenden, griechischen Spediteuren, wenigen Ägyptern und einem Heer von dunkelhäutigen Sklaven. Die meisten Passagiere versuchten, inmitten von Gepäckbergen mit Befehlen und Geschrei jemanden von der Besatzung zu organisieren, der in der Lage war, ihnen die gebuchte Kabine zuzuweisen.

»Ach, der Arzt Leptinos auf Reisen!«

Den Mann kannte Thalia nicht. Leptinos betrachtete die Begegnung anscheinend nicht als erfreulich. »Lactucius«, sagte er knapp.

»Sei nicht so spröde, Leptinos«, sagte der Römer gönnerhaft, »in dieser schwimmenden Großstadt muß einer dem anderen helfen. Ich nehme an, daß du nach deinem Bett suchst?«

»Nach unseren Betten.«

Der Römer drehte sich um und sah zu Thalia auf. Ein breites Grinsen entblößte seine schadhaften Zähne, als er sie erkannte. »Ach, ist das nicht die kleine Sklavin, die unserer verehrten Afrania soviel Verdruß bereitete? Verständlich, von der Seite ist sie bildschön.«

Verdruß bereitete der Römer vor allem Thalia. Sie hatte nicht damit gerechnet, daß jemand sie erkennen würde. Behende wich sie seiner Hand aus, als er sich anschickte, ihr in die Brustwarze zu kneifen.

»Sie ist jetzt meine Ehefrau«, erklärte Leptinos gepreßt.

Der Römer zog seine Hand überrascht zurück. »Will ein griechischer Arzt seine kleine Bettgespielin lieber als ehrenwerte Ehefrau präsentieren?« fragte er staunend. »Das wäre nicht nötig gewesen, Leptinos. In Rom bedient sich jeder seiner Sklavinnen, wie er lustig ist. Rom kennt keine Moral.« Er lachte meckernd.

Während das allgemeine Geschrei an Lautstärke zunahm, nachdem ein Gong die bis zur Abfahrt verbleibende Zeit verkündet hatte, brüllte Lactucius dem Griechen wohlwollend ins Ohr: »Es ist nicht die richtige Zeit für eine Unterhaltung, was? Komm, zeig mir deine Bestätigung.«

Auf der Quittung für die bezahlte Überfahrt waren einige Zahlen angegeben. Leptinos duldete schweigend, daß der Römer sich zu seinem Führer in die unteren Decks machte. Als er sie bei ihren Pritschen abgeliefert hatte, machte er sich sofort wieder auf den Weg nach oben.

Um zu sehen, wer noch an Bord ist, dachte Thalia. »Man sollte ihn einwickeln und oben zubinden«, sagte sie laut. »Da hat er's schön dunkel und kann in aller Stille bleichen. Zu einem schmackhaften römischen Salat.«

Leptinos, der gerade die Sklaven beim Verstauen der großen Säcke überwachte, lächelte etwas mürrisch. »Ich fürchte, an ihm wird nichts je richtig schmackhaft werden. Er besteht aus hartgezwirnten Wollfäden, aus Getreidespelzen und Ziegelstaub, alles ungenießbar.«

»Das verstehe ich nicht«, sagte Thalia.

»Er macht sein Geld mit Zelten, Getreide und Mietshäusern. Wenn er sich entschließt, mir zu helfen, dann wahrscheinlich, weil er erwartet, seekrank zu werden.« Leptinos wurde vom dritten Gongzeichen unterbrochen. Er wandte sich an die Sklaven. »Von Bord mit euch! Oder wollt ihr als Ausreißer ertränkt werden?«

Die drei Schwarzen, mit denen Thalia wenig zu tun gehabt

hatte, nahmen die Beine in die Hand, und Leptinos folgte ihnen nach oben. Thalia ergriff die Hände von Djeballah, der linkisch bei ihr stehengeblieben war, und sah ihm in die Augen. »Willst du dich um Wernero kümmern?« fragte sie. »Ich fürchte, ihr Gemüt zerrüttet jetzt nach dem Verlust des Gebieters völlig.«

»Ich werde es versuchen«, sagte er ernst. »Herrin, wirst du zurückkommen?«

»Ich weiß es nicht«, antwortete Thalia mit einem Seufzer. »Ich fürchte mich vor Rom. Aber in Alexandria war ich genauso Sklavin, wie du Sklave bist.«

»Nein, du warst niemals Sklavin, Gebieterin Thalia.« Er machte eine ehrfürchtige Geste, die Thalia nicht ganz deuten konnte, und enterte die Leiter wie eine Palme nach oben.

Als Djeballah verschwunden war, ließ Thalia sich auf die schmale Pritsche fallen, die ihr zugewiesen war und die wie mindestens zwanzig andere in diesem Raum auf dem Boden festgebolzt war.

Sie sah sich um. Hier unten reisten die weniger Begüterten, hauptsächlich Griechen und andere Bewohner von Ländern der römischen Schutzmacht. Mehr Sprachen drangen an ihr Ohr, als sie Hautschattierungen wahrnehmen konnte. Nur die schwarzen Sklaven schliefen hier nicht, die bewachten nachts den Schlaf ihrer römischen Herren in den Kabinen. Oder davor.

Aus der Ferne war ein Knarren zu hören und kurze Zeit später ein schleifendes Geräusch in unmittelbarer Nähe. Sie wußte, daß sie sich in der Nähe des Buges befinden mußte, offenbar wurde ein Anker mit einem Spill eingeholt und kratzte jetzt an der Bordwand. Hastig bat sie die Bettnachbarin, eine junge Frau mit ängstlichem Gesicht, auf ihre Sachen aufzupassen. Dann flog sie Stiegen und Leitern nach oben und langte schnaufend an Deck an.

Der Steg war eingeholt, die Ruder ausgefahren. Irgendwo inmitten der Menschenmenge mußte sich auch Leptinos befinden. Er hatte zwar die Anweisung erteilt, sie solle unten bleiben, aber da hatte sie angenommen, er würde bald wiederkommen. Es war jetzt gleichgültig. Das Stadtgebiet von

Alexandria würde sie nicht verlassen, wie sie gekommen war: eingesperrt in einen Schiffsrumpf.

Starr sah sie dem Pharos entgegen und ballte, ohne es zu merken, die Fäuste, als er vor dem Schiff aufwuchs. Oberhalb des Spiegels stand die Poseidonstatue, gewaltiger als die des städtischen Poseidontempels. Diesem Poseidon hatte der Kilikier Pompejus ein Fäßchen tarsischen Wein geweiht. Die schlimmsten Stunden ihres Lebens hatte sie ihm zu verdanken.

Sie haßte Poseidon immer noch.

Querab von der Mole, als ihr schon feine Tröpfchen der bewegten See das Gesicht näßten, hob sie die Faust. »Poseidon, du Beschützer von Seeräubern und räuberischen Römern«, schrie sie seiner zur See gewandten Gestalt entgegen, »mögest du in die Tiefe stürzen und bis zum Ende aller Zeiten bedauern, was du unschuldigen Menschen antust!«

Eine schwielige Pranke umfaßte ihr Handgelenk und riß ihr den Arm nach unten. »Du beleidigst die Götter auf meinem Schiff nicht, Weib!« Die Stimme war tief und dröhnte wie eine afrikanische Trommel, und ähnlich kräftig war auch der Mann gebaut, dem sie gehörte.

Einige Römer sammelten sich um Thalia und den Seemann, und unter ihren unversöhnlichen Blicken dämmerte ihr, daß es ungeschickt war, einen privaten Feldzug gegen Poseidon ausgerechnet an diesem Ort zu führen.

»Willst du, daß wir untergehen?«

»Natürlich nicht!« rief Thalia widerspenstig. »Aber er hat eine Rechnung bei mir offen.«

»Wirf diese Wahnsinnige einfach über Bord, Heron«, befahl ein Römer, dessen Toga und Körpermasse von Zugehörigkeit zum höchsten Adel Roms sprachen.

»Selbstverständlich, wenn du bereit bist, mir diesen Befehl schriftlich und besiegelt zu bestätigen, Senator.«

Thalia hielt den Atem an. Sie würde tatsächlich einen Delphinrücken benötigen, um mit dem Leben davonzukommen. Die Brandung am Fuß des Pharos war gewaltig.

Unvermittelt tauchte Leptinos in ihrem Gesichtsfeld auf. »Senator, Herr dieses Schiffes«, rief er, »nehmt meiner Frau nicht übel, daß sie mit Poseidon schimpft. Auf jedem Schiff, das sie betritt, pflegt er ihr einen Sturm zu schicken, während sie eine Frau entbindet. Für ihn ist es ein Spaß, und sie meint es nicht böse, obwohl ein Sturm bei einer Geburt wirklich hinderlich sein kann. Bisher sind sämtliche Knaben gut auf die Welt gekommen; sie wurden alle miteinander Poseidonios benannt!«

Der römische Senator wurde nachdenklich und lächelte schließlich schmal. Die Römer unter den übrigen Zuschauern grinsten, nachdem sie sich mit einem vorsichtigen Blick auf ihn überzeugt hatten, daß es nicht unangebracht war.

Heron nahm seine Pranke von Thalias Hals. »So hattest du es nicht gemeint, du Gotteslästerin, stimmt's?« raunte er in ihr Ohr, bevor er sich zum Großmast aufmachte, wo barfüßige Seeleute auf seine Befehle warteten.

Thalia lächelte krampfhaft, während Leptinos ihr Handgelenk packte und sie davonführte. Ihr Herz beruhigte sich langsam, als sich die allgemeine Aufmerksamkeit dem seemännischen Manöver zuwandte.

Zur gleichen Zeit wurden die Segel am Großmast und an der Fock von den Rahen gelassen, und die Neulinge auf See staunten nach oben, wobei sie ihre Augen vor dem grellen Vormittagslicht abschirmten, während die Erfahrenen gelassen miteinander an der Reling plauderten und sich höchstens mit belustigten Hüpfern vor dem an Deck schlängelnden Tauwerk in Sicherheit brachten.

»Welch ein Glück, daß dir dieser Einfall kam!« sagte Thalia dankbar.

»Was heißt Glück?« fuhr Leptinos sie an. »Vorsicht, die mit dir in der Nähe grundsätzlich angebracht ist! Ich brauche mich da nur an die Krokodile zu erinnern ... Ich hatte mich gerade bei Lactucius nach den wichtigsten Passagieren an Bord erkundigt. Trimalchio und dieser Senator mit Ehefrau, sagte er.«

»Der Oberrichter«, sagte Thalia entsetzt.

»Hör mir zu! Wichtig ist nur der Senator mit seiner fünften Frau, die Götter mögen wissen, warum ihm die übrigen abhanden gekommen sind. Jedenfalls ist sie hochschwanger.«

Demeter hilf, daß wir schnell in Rom sind, dachte Thalia. Der Name Poseidonios ist so häßlich.

»Vielleicht sind alle im Kindbett gestorben«, überlegte Leptinos düster. »Mithras schütze mich vor einer Geburt.«

Der Wind blies frisch von Nordost und brachte die *Isis von Philae* mit guter Fahrt an der libyschen Küste westwärts. Thalia blieb auf Anraten von Leptinos fast immer unter Deck; er befürchtete, daß ihr Anblick Ärger hervorrufen könnte. Im schwachen Licht der Öllämpchen las sie in ihren Rollen, bis die Hitze im Schiffsraum unerträglich wurde. Und bis sie durch Zufall entdeckte, daß Leptinos' Ratschläge vom römischen Salatkopf kamen.

Ab da stahl sie sich nach oben, vor allem bei beginnender Dunkelheit. Die Küste rückte näher, leider an der falschen Seite. Und der Wind drehte, bis er von dort kam, wo Rom liegen mußte, sofern sie die Bemerkungen der Seeleute richtig verstand. Auch die Passagiere begannen unruhig zu werden, als die eingeplanten zehn Tage für die Überfahrt verstrichen, ohne daß die *Isis* nennenswert vorwärtsgekommen wäre. Als der Wind zunahm, boxte sie sich in den Wellen fest.

Der Senator führte an Deck das große Wort. Als er verlangte, daß Heron gegen den Wind rudern lassen solle, gab es Streit zwischen ihm und dem Schiffsführer.

»Im Augenblick ist die Vorwärtsbewegung unter Segeln wenigstens so groß wie das Treiben nach rückwärts, Senator. Immerhin verschenken wir keine Höhe. Rudern bringt nichts.«

»Ich muß aber nach Rom!«

»Und ich will nicht mit dem Heck zwischen den Schafen von Tripolis sitzen. Bei auflandigem Wind zu ankern ist zu gefährlich. Ich mag sie überhaupt nicht, die *Syrtis minor* im Rücken, Senator.«

Thalia, die in der überhängenden Latrine am Heck hockte, wagte sich kaum zu rühren.

»Du mußt eine Entscheidung treffen, Heron«, verlangte der Senator energisch. »Der kleine Ritter Primus Regulus Lactucius, den sie auch das Große Ohr nennen, berichtet mir von zunehmender Widerspenstigkeit. Manche deiner Fahrgäste könnten geneigt sein, Poseidon zu opfern.«

Vor Schreck ließ Thalia den Urin plätschernd laufen.

»Ich kann sie nicht davon abhalten. Mir ist jedes Mittel recht.«

»Mir auch. Vielleicht möchtest du in Zukunft zwischen Ostia und Portus pendeln?« Der Senator sprach leise, trotzdem konnte Thalia mit dem Ohr an der Bordwand alles verstehen. Irgendwie mußte der Schwanenhals auf dem Heck in seltsamer Weise die Geräusche auffangen und ins Schiffsinnere weiterleiten. »Ich habe etwas dagegen, daß sie das Weib opfern. Entscheide dich für einen anderen Weg!«

»Schon gut, Senator«, sagte Heron kühl. »Wir nehmen Kurs nach Osten, ungefähr auf Kreta zu.«

Das war ja fast schon wieder bei Ägypten. Thalia fühlte, wie sich ihre Haare sträubten. Vielleicht war der kleine Poseidonios schon dabei, sich zu drehen, um Mutter und Hebamme in Schwierigkeiten zu bringen. Aber dann fiel ihr ein, daß sich die junge Mutter ja vielleicht auch verrechnet haben könnte; der Mathematikunterricht sollte selbst bei römischen Jungen selten über Prozentrechnen hinausgehen.

Die Stimmen schwiegen. Thalia hatte das Gefühl, daß der Römer fortging. Sie ordnete ihren Chiton, streute eine Schaufel Seesand auf den Rand des Bodenloches und überhaupt auf alles, was nach männlichen Urinspritzern aussah, und roch – der Gestank war bestialisch. Kulturvölker hatten hängende Gärten – die Römer hängende Latrinen, welch ein charakteristischer Verfall der Sitten. Sie hielt sich die Nase zu und hakte fröhlich den Verschluß der Tür auf.

»Ich grüße dich, Ritter vom Kopfsalat.«

Die Stimme war Thalia bekannt, oft genug hatte sie Trimalchio hinter der Wand ihres Zimmer zugehört. Sie legte den Haken wieder in die Öse und setzte sich.

Lactucius lachte gequält. »Verzeih, Stratege, ich war ganz in Gedanken. Ich überlege, wie ich meine Geschäfte organisiere, wenn uns dieser Wind noch länger von Rom fernhält.«

»Ich hörte, dein Geschäft sei in sich zusammengefallen?« Trimalchio lachte dröhnend.

»Nicht mein Geschäft, Oberrichter; ich erweitere es ständig mit den Bedürfnissen Roms. Nein, ein Haus in Alexandria stürzte ein.«

»Ja, Zelte sind einfacher herzustellen.«

»Aber man lernt, Stratege: Man betreibe seine erste *insula* fern von Rom. Römer kamen in Alexandria nicht zu Schaden.«

»Dein Glück. Ich hätte sonst Anklage erheben müssen.«

»Und du selber, Stratege? Verläßt du Alexandria, um einer anderen Anklage aus dem Wege zu gehen?«

Thalia fuhr zurück und hielt sich das Ohr zu. Wahrscheinlich hatte der Oberrichter nur mit der flachen Hand auf den Schwanenhals geschlagen, aber sie hatte es wie eine Ohrfeige gespürt.

»Was für einer Anklage?« zischte Trimalchio.

»Rege dich nicht auf, Stratege«, sagte Lactucius nachdenklich. »Ich spreche von der Cholera. Sprichst du von etwas anderem? Wenn diese junge Frau recht hat, müßtest du den einen oder anderen Centurio anklagen, weil er die Kanäle nicht säubern ließ. Sogar in römischen Häusern munkelte man darüber.«

»Ach, das meinst du«, sagte Trimalchio. »Belohnen würde ich die Centurios. Es kann gar nicht genug Cholera unter den Ägyptern von Alexandria geben. Sie zahlen kaum Kopfsteuer, betreiben keinen Handel und Handwerk nur für ihresgleichen – aber auf Getreidezuteilungen erheben sie Anspruch! Als hätten sie die gleichen Rechte wie die Bürger Roms. Unser allmächtiger Kaiser ist völlig falsch informiert, was die Ägypter betrifft. Und sein verblichener Vizekönig ... nun, von dem schweigen wir besser!«

»Eine aparte Art zu sterben«, fiel der Ritter ein. »Ich dachte bisher, sie sei Affen vorbehalten, die von Schwarzen geröstet werden. Aber seiner Schwägerin konnte er sicher keinen besseren Gefallen tun, als wenigstens interessant zu verscheiden. Rom wird eine Menge über das aufregende Leben von Alexandria zu hören bekommen.«

Der Stratege brummelte vor sich hin.

»Um auf die Ägypter zurückzukommen«, fuhr Lactucius fort, »sie wohnen und sterben immerhin. Ich habe auch nichts gegen die Cholera. Mit ihrer Hilfe konnte ich die Mieten sehr angemessen erhöhen. Merkwürdig, daß die Bevölkerung trotzdem zu wachsen scheint.«

»Das ist nicht merkwürdig. Die Zwiebeln der Ägypter werden doppelt so groß, seitdem die Römer ihnen die Kanäle sauberhalten. Und alle, alle strömen in die Stadt, wenn sie nicht mehr auf den Feldern arbeiten wollen.«

»Um Getreide vom Vizekönig zu verlangen, du sagtest es schon. Warum klagst du eigentlich die Alexandrinerin nicht an, die behauptet, daß die Römer an der Cholera schuld sind?«

Trimalchio gluckerte vor sich hin. »Weißt du, daß sie an Bord dieses Schiffes ist?«

»Ja. Als Freigelassene, geheiratet vom Griechen Leptinos.«

»Der ein ausgezeichnetes Verhältnis zu Afrania Agricola hat. Sie geht nach Rom, er geht nach Rom, ich gehe nach Rom. Und Thalia, Verbreiterin von Gerüchten in Alexandria, geht nach Rom. Was gehen uns noch die Aufstände von Alexandria an? Und glaube mir, Thalia von Alexandria werde ich im Auge behalten.« Dieses Mal drang nur ein leichtes Klopfen von Fingerspitzen durch den Schwanenhals.

Die Schritte des Oberrichters waren längst verklungen, als Thalia die Tür zu öffnen wagte. Trotz der Ströme von Schweiß unter dem dünnen Chiton lief ihr ein kalter Schauder über den Rücken. Sie hatte die Bedrohungen von Alexandria keineswegs hinter sich gelassen. Im Gegenteil, sie waren anscheinend alle zusammen mit ihr auf dem Wege nach Rom.

Die Wehen begannen mitten in der Nacht. »Du hast ja so recht gehabt, Leptinos!« sagte Thalia laut und blickte im flackernden Licht einer Ölfunzel auf ihren schlafenden Ehemann hinunter. Aber natürlich wachte er nicht auf; für bevorstehende Geburten fehlten ihm einfach die Sinnesorgane.

Die schwarze Sklavin des Senators wartete mit bebenden Lippen darauf, daß Thalia sich fertig machte, während sie mit beiden Händen am Stützpfeiler hing. Das Weiße in ihren aufgerissenen Augen wurde sichtbar, als zwischen den Bodenplanken Wasser hochquoll.

Thalia traf in Ruhe ihre Vorbereitungen. Sie hatte sich an die Zustände hier unten gewöhnen müssen, auch daran, daß kurz vor dem Pumpen das Wasser um die Pritschenbeine plätscherte.

Öl, ein Spreizspekulum, ein Beißholz, Nadel, Faden und Mohnsaft. Alles da. Thalia warf sich auf ihre Instrumente, die eine eigene Talfahrt begannen, als das Schiff sich von einem Wellenberg nach unten stürzte. Die Schwarze stimmte ein lautes Geheul an. »Sei still und geh hinter mir her«, befahl Thalia und schwankte durch die Bettenreihen zur Leiter.

»Sei gegrüßt, Senator«, sagte Thalia zu dem Römer, der unter der niedrigen Decke der Kammer seinen Kopf einziehen mußte. Sie mußte an sich halten, um ihm nicht ein paar passende Worte in sein ungeduldiges Gesicht zu sagen. Sein hoher Verbrauch an Ehefrauen war nicht verwunderlich, wenn er sie als Kinder schwängerte. Das Mädchen konnte kaum dreizehn Jahre alt sein. Und er gut ihr Großvater. »Zieh dich nun bitte zurück und laß dir genügend Wein bringen, um die nächsten zwei Tage und Nächte zu verdämmern.«

»Ist das dein Ernst?« fragte er ungehalten. »Willst du mich so lange warten lassen?«

»Ich weiß es nicht«, antwortete Thalia etwas verdrossen. »Aber sie ist blutjung, und du bist ein Riese. Sei versichert, du leidest weniger als sie.«

»Ihr Leid wird gering sein im Vergleich zu deinem, wenn du Fehler machst.« Der Senator raffte seine mit einer breiten goldenen Borte verzierte Toga mit Schwung an sich und ging zur Tür, ohne ein aufmunterndes Wort oder eine zärtliche Gebärde zu seiner Frau.

»Demeter, hilf!« Die Römerin sank vor der Pritsche auf den Boden, kaum daß die Tür zugefallen war. Sie strich sich die nicht aufgesteckten lockigen Haare aus den Augen und begann unter Schluchzen zu beten. »*Wundervoll ist das Mysterium, das uns von den seligen Göttern gegeben wurde; der Tod wird für mich Sterbliche keine Übel, sondern ein Segen sein.*«

»Hýe«, antwortete Thalia mit dem uralten heiligen Ruf und nahm die junge Senatorenfrau in den Arm. »Ich hoffe, noch lange nicht. Bevor du stirbst, solltest du leben, denn die Mysterien von Eleusis gehören dem Leben an, nicht dem Tod.«

Die Römerin sah sie staunend an. »Mein *Mystagoge* versprach mir Glück durch die Nähe der Göttin, stets Hoffnung und Zuversicht. Und da bist du nun... Das wäre schon genug. Bist du wirklich auch Hebamme?«

Thalia lächelte. »Ja, ganz bestimmt. Aber sag mir jetzt deinen Namen und ob deine Wehen schon eingesetzt haben?«

»Corinna Secunda. Und, ja, in langen Abständen. Bei der zweiten ließ Maximus dich rufen.«

»Maximus ist der Senator?«

»Publius Maximus, ja.« Corinna schnitt ein Gesicht.

So ungefähr hatte sich Thalia das Verhältnis zwischen den Eheleuten vorgestellt. Sie erhob sich und sah sich um. »Können wir hier heißes Wasser bekommen?«

»Ich denke«, sagte Corinna zögernd. »Der Senator läßt sich nie ohne heißes Wasser rasieren. Ich glaube, er würde kein Schiff betreten, wenn das nicht möglich wäre... Es kommt wieder eine!«

Die Wehe kam und die nächste überraschend schnell danach. Während Thalia Corinna stützte und mit ihr atmete, schickte sie die Schwarze in Begleitung des Sklaven, der seinen Herrn zu rasieren pflegte, los.

Es dauerte eine Weile, bis sie zurückkamen, aber das Wasser war noch heiß und traf gerade rechtzeitig zur Geburt eines Mädchens ein. Thalia wollte das kleine Geschöpf, wohlgeformt und mit glatter Haut, seiner Mutter gerade in den Arm legen, als die nächste Wehe ein weiteres Kind ankündigte.

Ein Junge. Als er abgenabelt war, packte er die Nabelschnur und ließ sie auch nicht los, als Thalia ihn abtrocknete. Dann legte sie beide Kinder in Corinnas Arme. »Sie wollen anscheinend besondere Menschen werden. Man kann es ihnen ansehen.«

»Meinst du wirklich?« Corinna blickte die Neugeborenen an, als ob sie sich vor ihnen fürchtete. »Findest du, daß eine Nabelschnur ein passendes Spielzeug für einen Senatorensohn ist?«

»Unbedingt! Wenn er der Meinung ist. Römischer Adel darf alles.« Thalia schickte die Sklavin zum Senator und setzte sich neben Corinna. In einigen Stunden würde ihre Stimmung vielleicht trübe sein. Aber jetzt war sie strahlender Laune, die glückliche Folge einer leichten Zwillingsgeburt.

Der Senator mußte in der Nähe gewesen sein, er rauschte schon herein und betrachtete ungläubig seine beiden Kinder. »Sind sie gesund?« fragte er scharf.

»Kerngesund und alles dran, Senator. Besonders an deinem Sohn.«

»Ein Sohn«, sagte er. Thalia hörte endlich Stolz und Freude, wenn auch knapp bemessen und von senatorischem Zuschnitt. »Und eine Tochter. Du mußt nicht denken, daß ich Mädchen gering achte.«

Thalia nickte. Töchter vielleicht nicht, Frauen sicherlich. Töchter waren in begüterten römischen Familien ein zweckmäßiges Lockmittel für die Drohnen anderer begüterter römischer Familien. Und vielleicht hatte er noch keine.

»Du bist die erste Frau, die mir Kinder schenken konnte, Corinna Secunda. Wünsche dir etwas.«

»Später«, sagte Corinna gähnend. »Vielleicht einen Löwen. Oder zwei Ammen. Oder umgekehrt.«

»Du bekommst alles, was du willst«, versprach der Senator und kraulte seiner Frau die Stirn wie einem Hund. »Welcher ist denn Poseidonios?«

Thalia räusperte sich unbehaglich. Er wollte tatsächlich diesen Unsinn von Leptinos übernehmen? »Der mit den geschlossenen Fäustchen. Deine Tochter sollte Europe heißen nach der phönizischen Prinzessin. Damit ist Poseidon auch zufrieden.«

»Europe. Warum nicht? Eine Prinzessin als Namensgeberin wäre angemessen. Ein Gott und eine Prinzessin.« Maximus winkte die Sklavinnen herbei, die seiner Frau behutsam die Säuglinge aus dem Arm nahmen. Corinna war eingeschlafen.

Wenigstens Poseidonia war abgewendet. Mehr konnte Thalia für das Kind nicht tun. »Deine Sklavin weiß, wo sie mich findet, wenn etwas sein sollte, Senator«, sagte sie kurz und packte ihre ärztlichen Hilfsmittel wieder in den Lederbeutel.

Der Senator lächelte verächtlich. »Hilfe von Sklaven brauche ich niemals. Ich finde jeden, den ich suche.«

Thalia zweifelte nicht daran, auch nicht, daß es äußerst unangenehm sein mußte, ihm in irgendeiner Weise verbunden zu sein, als Sklavin wie als Ehefrau. Besitzrechte, Eherechte, Scheidungsrechte, Veräußerungsrechte … Wahrscheinlich gab es für alles, was anderen Ungemach brachte, Rechte der Senatoren. Sie machte einen Bogen um ihn, als sie hinausging.

»Dein Mann hat recht gehabt. Der Sturm nimmt ab.«

Thalia war überrascht, wie weit der Aberglauben eines Römers aus vornehmer Familie gehen konnte. Soran hatte sich nicht ohne Grund ausführlich über zu erlaubende und nicht zu erlaubende Formen von Aberglauben bei Gebärenden geäußert. Aber ein Römer war keine Frau im Kindbett. »Ein Mann hat immer recht«, erklärte sie süffisant.

»Wenige junge Frauen sehen das heute noch so, selbst Corinna Secunda muß ich zuweilen zurechtweisen. Aber du hast anscheinend eine sorgfältige Erziehung gehabt. Du bist eine Freigelassene?«

Dieser Senator wollte es nicht anders. Die Götter waren Zeuge, daß sie sich Mühe mit ihm gegeben hatte, jedenfalls ziemlich viel. »Ich wurde widerrechtlich versklavt, bevor ich freigelassen wurde«, erklärte Thalia zuvorkommend. »Beides unter den Augen der Römer. Meine Erziehung war dagegen griechisch. Das Ansehen meines Elternhauses war nicht geringer als das einer Familie aus Romulus' Zeiten in Rom. Alter Adel von Side. Ist deine Sippe auch alt?«

Ja, Römer ärgern funktionierte todsicher mit solchen Hinweisen. Der Senator schnappte nach Luft. Aber unter einem niedrigen Schiffsdeck kann ein großgewachsener Mann nicht imposant sein. Er hielt den Kopf schief, und die massigen Hautfalten seines Halses ließen ihn wie ein Nilpferd aussehen. Lächerlich, dachte Thalia und entfernte sich hocherhobenen Hauptes.

Als sie unten an ihrer Pritsche ankam, rührte Leptinos sich und schlug schlaftrunken die Augen auf. »War was?« murmelte er.

»Nichts Besonderes«, sagte Thalia. »Die Passagiere haben sich um einen Poseidonios und eine Europe vermehrt.«

»Der Reeder hatte doch eine Fahrt ohne Zwischenhalt auf Kreta zugesichert«, sagte Leptinos ärgerlich und tat einen Schnaufer, der in erneutes Schnarchen überging.

Bis sie vier Tage später Portus erreichten, ließ der Senator Thalia nicht mehr rufen. Sie schloß daraus, daß Corinna alles gut überstanden hatte und auch die Zwillinge wohlauf waren.

TEIL 4
ROM

KAPITEL 17
DIE RÖMISCHE *TABERNA*

Das rote Toppsegel blieb stehen, bis der Möwendreck auf Poseidons Kopf auszumachen war, der hier Neptun hieß. Während alle anderen Schiffe die Fahrt verlangsamten, bevor sie das Nadelöhr zwischen Neptun und Wellenbrecher erreichten, hatten die Getreideschiffe den Befehl zu höchstmöglicher Geschwindigkeit. Auf der *Isis* peitschten die Ruder das Wasser, angefeuert von Heron. Zwei Schnellruderer bogen um die Mole und wendeten vor dem Bug der *Isis*, um ihr das Geleit in den inneren Hafen zu geben.

Thalia stand neben Leptinos am Heck, wo es nicht so voll war wie am Bug, und betrachtete das unglaubliche Gewimmel von Frachtern aller Art im Wasser, dazu die Handelskontore an den sechs Kanten des Hafenbeckens: lange, mehrstöckige, klobige Gebäude, eins wie das andere, eigentlich eher ein einziges.

Sie konnte sich vorstellen, daß hinter jedem einzelnen Fenster Schreiber saßen und säuberlich alle freiwilligen Zwangsabgaben der eroberten Länder notierten: eine Heerschar für die Getreidelieferungen, zehn für die Leoparden, fünf für die Pfauen, zweihundert für die Sklaven, weitere zehn für Elfenbein, Straußenfedern und Rhinozeroshörner, wahrscheinlich nur ein einziger für Trüffeln, Bienenwachs und Ziegenhaargamaschen aus ihrer eigenen Heimat. Und so weiter. Was Spanien, Britannien, Gallien und Germanien lieferten, wußte sie gar nicht. Aber ganz sicher lieferten sie wundervolle Dinge, da die Römer sie der Eroberung für wert befunden hatten.

»Und hoch, ihr Plattfische!« Heron, der einen Augenblick vorher noch in ihrer Nähe an der Reling gewesen war, stand jetzt neben dem Schwanenhals.

Der Schwanenhals war ein Sprachrohr. Endlich wußte Thalia Bescheid. Aber es hatte keinen Sinn, es Leptinos zu erzählen. Hausfrauliche Details, oder so ähnlich, würde er sagen, weiterhin auf seiner Unterlippe nagen und einsame Beschlüsse fassen.

Sie erfuhr diese Beschlüsse erst, als sie ausgeschifft waren und umgeben von ihrem Gepäck vor den abweisenden Mauern der Kontore standen. »Du bleibst in Portus, während ich in Rom nach einer Bleibe für uns suche«, sagte Leptinos. »In einem guten Gasthaus.«

Es wurde eine billige Kaschemme. Für Besseres behauptete Leptinos, kein Geld zu haben, nachdem er sich umgehört hatte. Hier schien alles darauf abgestellt zu sein, Alexandriner und andere Fremde auszuplündern. Noch am gleichen Nachmittag machte Leptinos sich mit dem Gold am Leib als einzigem Gepäck auf den Weg nach Rom.

Thalias Verblüffung hielt eine Weile an. Als ob sie in Rom nicht von Nutzen hätte sein können! Am nächsten Morgen legte sie der Kaschemmenwirtin unter größeren Zweifeln ihr Gepäck ans Herz, aber ihre Neugier auf Italien überwog ihre Vorsicht.

Leider stellte sich heraus, daß es außer den Kontoren, den Lagerhäusern und den Hallen für die Schauerleute nur einige Garküchen gab und keinen Ort, in dem Menschen richtig wohnten und lebten. Bäder und ein Theater waren noch im Bau. In diesem neuen Hafen wurde hauptsächlich die Großfracht eingeschifft und umgeladen; das eigentliche Leben spielte sich in Ostia ab, erzählte ihr ein gesprächiger Arbeiter während einer Pause. »Dort haben wir alles«, sagte er stolz. »Banken, Kaufleute, Priester, Theater, Tempel. Und Massen von Besuchern; die fahren alle aus Ostia ab. Römer, die etwas auf sich halten, wohnen jetzt nicht mehr in Rom, sondern in Ostia!«

»Du auch?«

»Ich auch.«

»Gibt es dort Ärzte?« fragte Thalia hoffnungsvoll.

Der Arbeiter musterte sie plötzlich etwas mißtrauisch. »Ja, aber nicht viele. Wenn du krank bist, geh lieber nach Rom. Wir brauchen keine Fremden, die unbekannte Krankheiten einschleppen.«

Thalia beeilte sich, ihm zu versichern, daß sie nicht krank sei.

Vier Tage später kam Leptinos zurück, zufrieden mit sich und der Welt. Er hätte mit Unterstützung des Römers Lactucius große, schöne Räume gefunden, sagte er, ganz in der Nähe des Forum Boarium, was sich für Thalia sehr nach Dunggestank und Gebrüll anhörte, aber auch nach lebendigem Treiben zwischen Bauern und städtischen Marktbesuchern.

Einer der Schiffer, die regelmäßig zwischen Portus und Rom treidelten, nahm sie und ihr Gepäck gerne mit. Ein kleines Zubrot war immer willkommen. Während der Ochse auf dem Pfad gemächlich kanalaufwärts schritt, schmetterte der Latiner Lieder, deren Texte Thalia nicht verstand, oder zeigte ihnen die Landschaft wie eine Sehenswürdigkeit.

»Und übrigens könnt ihr euch freuen, daß ihr rechtzeitig eintrefft«, sagte er und legte das Ruder, um einem talabwärts Fahrenden auszuweichen. »Ganz Rom feiert den großartigen Triumph unseres Kaisers Trajan über die Daker. Sie haben lange genug gebraucht, um sie zu besiegen, aber jetzt ist es soweit. Das Spektakel geht über drei Monate. Jeden Tag etwas anderes los in Rom. Erst der Triumphzug und dann das Spiel der großen Schlacht, an der zehntausend Kämpfer teilnehmen werden.«

»Leptinos«, sagte Thalia entsetzt, »wollen wir nicht doch nach Ostia gehen? Dort soll es nicht so viele Ärzte geben.«

»Rom! Nicht Ostia«, knurrte Leptinos. »Wo es Kämpfe gibt, gibt es auch Verletzte und Behandlungsbedürftige.«

Der Frachtschiffer lachte glucksend. »Bei denen doch nicht. Sind alles thrakische Gefangene. Wilde. Gelbhaarig wie deine Sklavin. Die sterben alle, so oder so.«

»Ich bin weder Sklavin noch thrakisch! Aber wild, wenn du dich nicht in acht nimmst!«

»Hoho, deine Kleine hat aber Haare auf den Zähnen. Du

mußt sie ihr beizeiten ausreißen. Solche Weiber werden im Alter unerträglich.«

Thalia starrte auf das Ufer, ohne mehr zu sehen als grüne Flecke, während sie darauf wartete, daß Leptinos sie in Schutz nahm, einfach aus Freundlichkeit, aus Freundschaft, wenn schon nicht aus ehelicher Liebe.

Sie hörte ihn leise lachen. Sie ging nach vorne zum Bug. Wenigstens brauchte sie so keinen verständnisinnigen Blickwechsel zwischen den beiden Männern zu beobachten. Männer waren überall gleich.

Es war bereits dunkel, als das Schiff anlegte, gleich unterhalb des alten Viehmarktes, wie der Schiffer versicherte. Legionäre kamen, um einen Blick in den Frachtraum und auf die Passagiere zu werfen, hinderten sie aber nicht am Aussteigen. Einer von ihnen deutete in die Richtung, in die sie gehen sollten.

Außerhalb des Hafengebietes war es dunkel, wenn auch nicht unbelebt. Thalia hielt sich dicht bei Leptinos, um keinen Zweifel bei den zwielichtigen Gestalten aufkommen zu lassen, die sich an die Mauern lehnten, aber irgendwie auf dem Sprung schienen.

Im Schein seiner Fackel fand Leptinos die Räume, die er im mittleren Teil einer langen Halle gemietet hatte. Die übrigen Eingänge waren dunkel und verschlossen. Schemenhaft ragte in der Nähe etwas hohes Schwarzes auf, das nicht den Eindruck eines gewöhnlichen Gebäudes machte.

Vielleicht ein Tempel, dachte Thalia und betrat hinter Leptinos den vorderen Raum, in dessen Ecken Unrat aufgehäuft war. Spinnweben hingen von der Decke herunter, die Halterungen für die Öllampen waren aus den Wänden gebrochen, und von verblaßten Wandgemälden bröckelte der Putz.

»Unser neues *iatreion*«, stellte Leptinos vor. »Du und der Sklave werdet es in Ordnung bringen. Was starrst du mich so an?«

»Und für diese Absteige hast du das stadtbekannte *iatreion* des Methodikers Leptinos in Alexandria aufgegeben?«

»Ich bin dir keine Rechenschaft schuldig, nicht wahr? Ich bin sicher, daß ich es dir schon sagte.«

»Damals waren wir noch nicht verheiratet.«

»An meinem Verhältnis zu dir hat sich durch die Heirat nichts geändert«, sagte Leptinos kalt. »Für mich bleibst du meine Sklavin.«

Thalia hatte vor dem Einschlafen beschlossen, alle Unbill zu ignorieren. Sie würde ihr neues Leben schon meistern. Schwungvoll stellte sie am nächsten Morgen auf einem umgeworfenen Gepäcksack ab, was sie gerade bei den fliegenden Imbißverkäufern geholt hatte: Erbsen, Bohnen und zweierlei Oliven in kleinen Tontöpfchen, große Zwiebeln, kleine feste Würstchen und warmes Brot, das gerade mal wieder erlaubt war, wie ihr der mitteilsame Verkäufer erzählt hatte. Dazu den besten Wein für vier As; angesichts der Ratte im Hinterzimmer hatte sie sich entschlossen, das neue *iatreion* wenigstens am ersten Tag durch einen angenehmen, rosa Schleier zu betrachten.

»Heute findet auf diesem Platz eine private Theateraufführung statt«, berichtete sie, als sie sich zur ersten Mahlzeit in Rom setzten. »Deswegen die Bühne.«

»Ah ja«, sagte Leptinos uninteressiert und schaute zu, wie Thalia Zwiebelringe schnitt und sie unter die Bohnen mischte. Er pickte eine Olive auf. »Ich werde einen Sklaven besorgen, während du saubermachst. Der kann dir helfen.«

»Und eine Köchin.«

»Wir werden hier wohnen bleiben, jedenfalls in der nächsten Zeit, und uns ernähren wie die meisten Römer. Es gibt viele Garküchen. Es ist eine gute Gegend.«

»In dieser guten Gegend gibt es nicht einmal Wasser, ganz zu schweigen von anderen Bedürfnissen! Bei Sabazios' Stößel, ich habe mich umgesehen!« Der Fluch rutschte Thalia so heraus. Sie hatte versucht, sich selbst Mut zu machen und ihm gute Laune vorzugaukeln, aber was zuviel war, war zuviel. Jetzt war sie Ehefrau und Ärztin und würde wie eine Fahrende leben.

Leptinos grinste. »Wo bleibt deine Erziehung? Für dich in der nächsten Zeit keinen Stößel. Und wenn du noch so bettelst.« Er schob sich die letzten Oliven in den Mund, spuckte die Kerne aus und sprang auf. »Es dauert eine Weile, bis ich wiederkomme. Du wirst deine Sehnsucht nach mir bezwingen müssen.«

Thalia schäumte vor Wut, dann fiel ihr das Geld ein, das er unnötigerweise ausgeben würde. »Kann ich nicht lieber ...? Du bist auf Märkten nicht so geübt ...«

Er schüttelte bedächtig den Kopf und sah amüsiert auf sie hinunter.

Sie sah weniger amüsiert zu ihm hoch. Leptinos konnte jeder Anfänger übers Ohr hauen, weil er nicht zu feilschen verstand. Mit Wehmut dachte sie an die kleinen Märkte von Alexandria zurück. Zum Schluß hatten sogar die ägyptischen Schlitzohren sie akzeptiert. Obwohl blondhaarige Rote.

Als Leptinos gegangen war, wuchs ihr Zorn noch. Wenn der neue Sklave Leptinos die Speibecken und dergleichen nachtragen sollte, war es völlig klar, daß er nicht auch das Geschirr reinigen würde. Bei wem blieb also die Arbeit?

Thalia machte sich daran, den Unrat der letzten Mieter fortzuschaffen, einschließlich kleiner Mäuseschädel. Die Ratte spürte ihre mörderische Stimmung besser als Leptinos und blieb in Deckung.

Am frühen Nachmittag waren die Böden sidetisch sauber; für die Ausbesserung der Gemälde fehlten ihr einstweilen die Farben und für die Löcher der Kalk. Grimmig rollte sie Leptinos' Matratze im Hinterzimmer aus. Als ob sie Bedarf für die Stößel von Göttern oder anderen Männern hätte! Da überschätzte er sich aber. Sie spitzte die Ohren. Immer wieder kam von draußen wieherndes Gelächter herein. Die Komödie mußte wahrhaft urkomisch sein.

»Ist hier die *taberna medica* des Hausarztes des ehemaligen Oberrichters zu Alexandria bei Ägypten, Gaius Cornelius Trimalchio? Der Arzt, den ich suche, heißt Leptinos.«

»Ja!« antwortete Thalia freudig. »Wir sind der Hausarzt. Wer braucht unsere Hilfe?«

»Ich brauche nur einen Platz für eine Vase. Wenn du so gut sein willst ...«

Enttäuscht sah Thalia in den vorderen Raum. Dort stand ein älterer Mann mit zwei Scherenhockern über der Schulter und einem Krug unter dem Arm. Er sah sich erstaunt um. »Ihr hättet wohl noch einen Tisch, Ruhebetten und ein paar andere Dinge benötigt. Warum legst du solchen Wert auf Bodenvasen?«

Thalia wollte ihm gerade mit spitzer Zunge Bescheid geben, als draußen ein gewaltiger Lärm ertönte, das Splittern von Holz und Schreie in Todesangst.

»Das Theater!« rief der Römer aus und sprang in die Türöffnung. Thalia drängte ihn beiseite.

Schrecklicher hätte der Anblick gar nicht sein können. Die unteren Streben für die Zuschauerbänke knickten vor ihren Augen ein und brachen. Die Sitzreihen kippten um und begruben die Theaterbesucher unter sich. Für einen Augenblick schienen die oberen Bankreihen noch zu schweben, dann stürzten sie wie ein Wasserfall in die Tiefe. Überall Beine und Arme, verdreht, gequetscht und eingeklemmt. Und Köpfe, die auf der Pflasterung des Marktes zerplatzten.

Thalia packte den Möbelträger am Oberarm. »Du hilfst mir!« befahl sie. »Du kannst das!«

Der Römer wurde blaß. Er blickte Thalia ins Gesicht. Dann nickte er.

Sie rannte auf das Chaos zu. Das gesamte Gerüst war inzwischen eingestürzt. Noch knackten Bretter und rutschten. Im Gleichtakt mit Thalias Schritten befanden sich plötzlich andere. Leptinos.

»Hebe dir die ganz Schwerverletzten oder Sterbenden bis zuletzt auf«, sagte er schnaufend. »Auch wenn es dir schwerfällt. Besser retten wir die, bei denen Aussicht besteht.«

Überall Blut – Splitter in Augen, Gebälk durch Lungen, Därme um Pfeiler – und überall Seufzer in Todesqualen, Rufe zu den Göttern. Thalia und Leptinos arbeiteten, ohne zu sprechen, einander zu, Hand in Hand, getrennt und doch im Einklang, mit zwei Sklaven, die ihnen widerspruchslos gehorchten, einem eigenen und einem fremden. Wie früher.

Irgendwann kamen auch andere Ärzte und Helfer, sie fragten, ließen sich widerspruchslos befehlen und eilten zu tun, was nötig war. Gegen Abend waren die Trümmer an die Seite geräumt und alle Verletzten versorgt und in Häusern untergebracht. Vierzehn Tote lagen am Rand des Platzes nebeneinander und warteten auf die Träger.

Inzwischen war der Stadtpräfekt mit zwei Centurios der dritten Stadtkohorte eingetroffen. Mißmutig betrachteten sie die Bretter und die mit Sand abgestreuten Blutlachen.

Anwohner, die nicht persönlich betroffen waren, standen in Gruppen herum und diskutierten erregt, ob das Unglück hätte passieren dürfen oder nicht. »Städtische Legionen! Nie da, wenn man sie braucht«, sagte einer erbost. »Daß hier nicht mehr gestorben sind, ist bestimmt nicht den Kohorten zu verdanken.«

»Wir können auch nicht überall sein.« Der Stadtpräfekt kannte die Klagen, es waren immer die gleichen. »Wer hat es denn in die Hand genommen?«

»Ein Arzt und seine Frau. Sind neu hier. Aus Alexandria, heißt es. Sie wohnen da drüben, in den alten Schlachterhallen.«

Es wäre ein böses Omen für Trajans Triumphspiele gewesen, wenn es im Vorfeld Hunderte von Toten bei einer lächerlichen privaten Aufführung gegeben hätte. Der Stadtpräfekt beschloß, sich die Leute anzusehen.

Zwei Tage später bummelte Lactucius an der offenen Tür der neuen *taberna medica* auf dem Viehmarkt vorbei. Da sich niemand Wesentliches im Behandlungsraum befand, trat er gemächlich ein. »Bist du hier, Leptinos, oder rufen dich schon wichtige Geschäfte in Privathäuser?« fragte er laut, wobei er ausgiebig von einer hageren Patientin auf einem Hocker gemustert wurde.

»Ich bin hier«, antwortete Leptinos hinter einem Schirm. »Wer fragt?«

»Ich war vor dir da, Fettwanst!« schnaubte die Römerin.

»Schon gut, ganz privater Besuch, ich bin gesund wie ein Fisch im Wasser.«

Leptinos' Gesicht erschien neben dem Schirm. Er schaute die Frau streng an. »Primus Lactucius Regulus ist römischer Vollbürger, Frau. Ritter. Hüte deine Zunge.«

»Ich weiß ja nicht, wie lange du in Rom bist, Arzt«, erwiderte sie etwas respektvoller, »aber ich höre gut, wie lange er schon Ritter ist.« Sie lachte meckernd, worauf der Römer vor ihr ausspuckte.

Thalia kam hinter dem zweiten Wandschirm hervor. »Ich kann dich jetzt behandeln«, sagte sie freundlich.

Die Römerin blieb sitzen und schüttelte störrisch ihren Kopf. »O nein. Ich wollte zu einem Arzt, nicht zu einer Gesundbeterin. Mich betrügt niemand.«

Leptinos, der sich murmelnd mit seinem eigenen Patienten unterhalten hatte, unterbrach ein zweites Mal die Behandlung. »Es hat schon seine Richtigkeit mit ihr. Wir sind beide Ärzte der Methode, gerade erst aus Alexandria gekommen.« Und zu Lactucius sagte er: »Warte einen Augenblick.«

»Gibt es das jetzt auch schon? Eine *taberna medica* mit Arzt und Ärztin?« Die Nase der Römerin bewegte sich; sie schnüffelte mißmutig. Dann erhob sie sich und watschelte auf Thalias Seite hinüber, dicht am Besucher in der offenen Tür vorbei. »Verglichen mit jetzt waren unter unserem verblichenen Gott Domitian die Verhältnisse so klar wie sein kahler Schädel, was, Salatblättchen?« Genüßlich lauschte sie einem quiekenden Geräusch, das aus der Kehle des Mannes kam.

»Runter von meinen Zehen, Weib!«

»Nur damit du die *subura* nicht vergißt. Seine Herkunft sollte man nie leugnen, du Nachttopf.«

»Ich komme ein andermal wieder, Leptinos.« Verdruß war dem Römer ins Gesicht geschrieben. Er stand schon auf der Straße, als Leptinos hinter seinem Schirm hervorschoß und ihm nachlief.

»Nein, ich bin fertig«, rief er.

Thalia, die der Frau die Hand entgegenstreckte, um ihr das beschwerliche Gehen zu erleichtern, sah ihrem Mann nach. Auf dem Schiff hatte er sich ziemlich abfällig über Lactucius geäußert.

»Heilige Einfalt«, brummelte die Alte, »erkennt dein Mann einen Ganoven nicht, wenn er vor ihm steht? Wenn so einer sich an jemanden ranschmeißt, will er was, das merke dir, Täubchen.«

»Er lernte ihn beim römischen Oberrichter von Alexandria kennen«, erwiderte Thalia vorsichtig, »bei Gaius Cornelius Trimalchio, einem hohen Beamten des Kaisers.«

»Bei den Corneliern ein Trimalchio? Höchstens ein Freigelassener von denen. Aber Beamte unseres Herrn und Gottes gibt's hier mehr als Tempel in der Stadt. Ich kann auch nicht alle kennen.« Eine kleine Flut von mißbilligenden Geräuschen ging von der Frau aus, bevor sie sich ihrem eigentlichen Anliegen widmete. »Ich brauche ein Mittel gegen Kurzatmigkeit, wenn's recht ist, junge Frau. In letzter Zeit schnaufe ich hügelaufwärts schlimmer als ein Kerl beim Ritt im *lupanarium*.«

Thalia untersuchte sie schweigend und gründlich. »Du brauchst ein Mittel, das ich zubereiten lassen muß, weil wir noch keine Vorräte haben«, sagte sie schließlich. »Komm heute abend wieder.«

»Keine überhöhten Preise bei mir!«

»Gewiß nicht«, sagte Thalia und stieß einen leisen Seufzer aus. Hoffentlich waren nicht alle römischen Kranken wie diese Frau.

Leptinos und der Römer unterhielten sich vor dem Eingang, offensichtlich über das Unglück, denn Leptinos beschrieb mit ausholender Armbewegung die Höhe des Theaters, ungeachtet des Verkehrs, der um sie herumflutete. Thalia drängte sich still an seine Seite und sah mit den Männern über den Platz. Leute in billigen und viel geflickten Tuniken waren dabei, die restlichen Holzsplitter aufzulesen und in Tragekörbe zu packen. Das Blut war schon mit dem Sand hinweggefegt worden. Wer nicht wußte, was passiert war, konnte nichts mehr erkennen.

»Man spricht von dir in der Kurie, Leptinos. Du hättest dich bereits an deinem ersten Tag in Rom bewährt wie ein Römer, hat der Stadtpräfekt gesagt. Und deinen Geschmack gelobt.«

»Wir tranken einen Becher Falerner zusammen …«

»Eben.«

Den Rest. Nun wußte Thalia, wo er abgeblieben war.

»Es ist leider nichts mehr da«, sagte Leptinos zögernd.

»Kein Problem in Rom.« Lactucius lachte breit. »Komm mit

in meine Stammkneipe. Sie ist gleich hier um die Ecke. Laß uns deinen strahlenden Beginn als Arzt von Rom feiern. Ich stelle dich ein paar Leuten vor.«

»Du weißt ja Bescheid«, sagte Leptinos und ließ Thalia sprachlos zurück.

Sie sah ihnen nach. Die Männer überquerten den Platz und bogen in eine schmale Gasse ein, in der Thalia schon gewesen war und in die sie gleich wieder gehen würde. Dort war die nächste öffentliche Bedürfnisanstalt.

Sie hätten so viele Dinge für ihren Haushalt benötigt, angefangen beim Nachttopf… Flüchtig überkam Thalia die Versuchung, Leptinos' Bodenvase zu benutzen; er hätte sie höchstpersönlich in den Kübel für Sammelurin auf der anderen Seite des Platzes leeren dürfen.

Aber ihr Sinn für die Realität siegte. Sie hätte sowieso keine Zeit zum Einkaufen gehabt, sie benötigte jetzt einen Kollegen, der bereit war, ihr mit Kräutern auszuhelfen. Wenigstens hatte sie einen Sklaven, der die Räume bewachen konnte.

Trotz der frühen Nachmittagsstunde waren die Straßen rund um den Viehmarkt voll von fliegenden Händlern, Garküchen, Bummlern, Nichtsnutzen, Sänften, wahrscheinlich auch Taschendieben. Die Ladengeschäfte hatten ihre Läden aufgeklappt, und alle Theken waren in Betrieb.

Mit gerümpfter Nase huschte Thalia in das Hufeisen der Toilettenanlage hinunter, in der nur ein griesgrämiger alter Mann saß und geräuschvoll Winde von sich gab. Sie hockte sich mit gesenktem Kopf weit von ihm weg auf das Loch, hinter dem wie überall unflätige oder anpreisende Inschriften auf den Marmor gekritzelt waren: *Secundus hic cacat,* Secundus kackte hier. Sie achtete darauf, daß kein Stückchen Haut ihres Körpers sichtbar wurde, auch wenn der Alte in die Luft stierte. Wenigstens gab es fließendes Wasser zum Säubern, aber dieser Komfort war gering im Vergleich zu dem von Alexandria. Ach Alexandria, dachte sie wehmütig.

Auf derselben Straßenseite drängten Männer sich in eine Kellertaverne hinein; vermutlich saß ganz unten Leptinos und hörte sich die Prahlereien seiner zukünftigen Kunden an. Sie schlug einen weiten Bogen um den Eingang, um den Ausdünstungen des Schankrauminneren zu entgehen.

Diese Stadt war der reinste Irrsinn! Überall auf den Wänden Anschläge, Mitteilungen, Wohnungsgesuche, obszöne Bemerkungen. Die Römer bummelten vorbei, ohne sie überhaupt zur Kenntnis zu nehmen. Auch Thalia hörte nach einer Weile auf zu lesen. Überdies war sie jetzt geraume Zeit unterwegs, aber weit und breit gab es nichts, das ein *iatreion* hätte sein können.

Endlich sah sie neben einem alten Stadttor ein einzelnes flaches Gebäude, das ganz sicher kein Wohnhaus war. »Könntest du mir sagen, ob dies ein *iatreion* ist?« erkundigte sie sich bei einem älteren Mann mit jugendlich schwarzen Haaren, der vor dem Haus stand und nachdenklich seinen Handrücken betrachtete, den er hin und wieder den Sonnenstrahlen aussetzte.

»Ein *iatreion*?«

»Eine *taberna medica*«, verbesserte Thalia errötend.

»Dies ist beides. Ich wunderte mich nur über deine griechische Bezeichnung. Zweisprachigkeit erwartet man höchstens bei Frauen mit falschen blonden Haaren.«

»Danke für deine Erklärungen zum Stumpfsinn von hellhäutigen Menschen«, versetzte Thalia spröde. »Ich möchte nun aber doch ganz gerne mit dem Arzt reden.«

»Wirklich? Dann sprich«, sagte er und hielt Thalia mit seinem ausgestreckten Arm auf. »Ich bin der Arzt.«

»Oh. Bist du sicher?« fragte Thalia und sah ihm demonstrativ auf den Kopf. »Rabenschwarze Haare erwartete ich höchstens bei einem altgewordenen Stutzer, nicht bei einem vielbeschäftigten Arzt.«

Er verzog das Gesicht wie im Schmerz, dann aber grinste er widerwillig. »Deine Frechheit ist schon sehr römisch, junge Frau. Was willst du?«

Sie berichtete ihm, was sie benötigte.

Er betrachtete sie von oben herab, eine tiefe senkrechte Falte zwischen den Augen. Thalia sank der Mut. Bei Licht besehen, nahmen sie ihm möglicherweise Patienten weg. Als sie ihre Erklärungen beendet hatte, sah sie Spott in seinen braunen Augen schimmern. Doch er nickte. »Selbst wenn ich es dir verweigerte«, sagte er, »sitzt ihr zwei doch am Viehmarkt. Es ist besser, wir halten von Anfang an Frieden miteinander. Ruhen wir gemeinsam in Frieden.«

Was sich wie ein Grabspruch anhörte, mußte hier eine andere Bedeutung haben. Thalia schluckte ihre Frage hinunter und sah dem Römer still zu, als er verschiedenen Büchsen alle verlangten Kräuter entnahm und sie schließlich in eine Holzschachtel füllte. »Die Schachtel erbitte ich zurück – und ein As.«

Das war nicht viel. »Darf ich dich fragen, wie du die Wunde an deiner Hand behandelst?« fragte sie schüchtern, als die Rechnung beglichen war.

»Mit Kamillebädern. Und mit Sonne«, antwortete er verdutzt.

»Aber es hilft nicht«, sagte Thalia ihm auf den Kopf zu. »Gelegentlich heilt es an einer Seite ein wenig ab, um auf der anderen wieder aufzubrechen?«

»Du sagst es!«

»Wir nehmen in solchen Fällen ein Mus aus Knoblauch als Umschlag. Drei Wochen – danach müßte es abgeheilt sein.«

Dieses Mal trafen sich die Augenbrauen trotz der Falte. Er vermittelte Thalia das Gefühl, zu weit gegangen zu sein. »Glaubst du ernsthaft, du junge Frau wüßtest es besser als einer, der zwei Jahrzehnte Arzt ist?«

»Genaugenommen die Götter Ägyptens, die auch von den Römern anerkannt werden. Die Therapie ist in einem Buch beschrieben.«

»Hm«, brummelte der Römer. »Unrömisch. Aber schließlich erweisen wir allen eroberten Ländern die Ehre der Überprüfung ihrer absonderlichen Gewohnheiten. Ich werde mich als Erprober dieses neuen Heilmittels zur Verfügung stellen. Vielleicht versagt es in Rom. Ich lasse dich das Ergebnis wissen.«

»Ja«, sagte Thalia und holte tief Luft, »ich wäre dir wirklich dankbar.« Sie machte sich auf den Weg. An der nächsten Ecke drehte sie sich um und winkte ihm zu. Er rührte sich nicht.

Die Frau mit den Beschwerden des Herzens schlurfte gegen Abend herbei. Als Thalia ihr die Kräutermischung überreicht und ihr die Anwendung zugleich mit der Rechnung von anderthalb As für alles zusammen erklärt hatte, schnüffelte die Frau mißtrauisch an der Tüte.

»Ich weiß nicht«, sagte sie unschlüssig. »Lieber wäre mir ein römischer Arzt gewesen. Aber der hätte wenigstens dreißig As genommen. Könnt ihr aus Alexandria das wirklich?«

»Ja«, antwortete Thalia müde und wütend. »Vielleicht solltest du einfach weniger oft am Bordell vorbeigehen, um das Herzklopfen zu vermeiden. Bist du nicht zu alt dafür?«

»Was heißt zu alt?« fragte die Römerin beleidigt und umklammerte das Heilmittel. »*Dafür* ist man nie zu alt. Außerdem habe ich nicht behauptet, daß ich hineingehe.«

»Gut. Du mußt es ja wissen.«

»Und ich weiß auch etwas anderes! Einen höheren kaiserlichen Beamten mit dem Namen Gaius Cornelius Trimalchio gibt es im ganzen Palast nicht. Da bist du einem Schwindler aufgesessen.« Die alte Frau raffte die Reste eines ehemals ansehnlichen Gewandes zusammen und mischte sich mit zufriedener Miene in den brodelnden abendlichen Verkehr.

Thalia sah ihr nach, ohne etwas zu sehen. Ihre Gedanken gingen zurück zu dem merkwürdigen Abend, als Trimalchio Leptinos gezwungen hatte, ihr die Freiheit zurückzugeben. Er würde zurückgerufen, hatte er gesagt. Oder nein, zurückgehen, und er sei berufen. Es hatte sich für ihre Ohren nach einer Berufung in höhere Dienste angehört. Dagegen hatte Leptinos gemeint, Trimalchio sei in Rom in Ungnade gefallen. Vielleicht hatte er doch recht.

Als Leptinos wenig später nach Hause kam, bestand kein Anlaß mehr, über diesen Römer zu sprechen. Thalia hörte sich vielmehr Loblieder über andere Römer an. Widerstrebend gab sie für sich selber sogar zu, daß er den Nachmittag gut genutzt hatte. Weniger erfreut war sie allerdings, als Leptinos sich anschickte, auch den Abend gut zu nutzen, jedoch ohne ihre Begleitung.

»Die Stadt ist voll mit Räubern, Gesindel und Fremden, die wegen des großen Spektakels nach Rom gekommen sind«, erklärte er ihr. »Für Frauen ohne einen starken Sklaven zu ihrem Schutz ist die Nacht zu unsicher; ständig sollen Überfälle und Einbrüche stattfinden, sagt man mir.«

»Sagt man dir«, wiederholte Thalia erbittert. »Und deswegen auch der große, starke Sklave Flor, um mich zu beschützen, für den Fall, daß ich nachts gerufen werde.«

»Beruhige dich«, sagte Leptinos und verließ das Haus.

Flor, mit seinem vollständigen Namen Florinus, hockte mit geschlossenen Augen in der Ecke, die sie ihm zugewiesen hatten, und döste. Er war ein mickriger kleiner Kerl, nicht zu vergleichen mit Djeballah, weder im Kopf noch am Körper; einer von den preiswerten Gefangenen, mit denen Rom im Verlauf der jahrelangen Kämpfe in Thrakien überschwemmt wurde. Wo er herkam, wußte Thalia nicht, er kannte mit Mühe einige lateinische Brocken, und seine Heimatsprache beherrschte wiederum sie nicht.

Lustlos fertigte sie im Schein der immer noch provisorischen Beleuchtung Verbände an, während die aggressiv summenden Mücken in Scharen im Öl ertranken und Flor leise schnarchte. Thalia wagte nicht, sich schlafen zu legen, damit sie ihn im Ernstfall verteidigen konnte.

Aus den Nachtgeräuschen der Stadt lösten sich immer wieder einzelne Schreie oder das Gebrüll ganzer Gruppen von Nachtschwärmern. Römische Nächte waren wesentlich unruhiger als alexandrinische, wie es schien.

Irgendwann überkam auch Thalia der Schlaf. Sie zog sich auf die Matratze des Hinterzimmers zurück und stellte einen der Hocker vor die Tür.

Spät in der Nacht fiel er mit Getöse um, und erst da schlief sie richtig ein. Ein betrunkener Leptinos war immer noch sicherer als gar keiner in einer Stadt, die so fremd wie Rom war.

Am Morgen rührte Leptinos sich, lange nachdem Thalia aufgestanden war. Als sie ihn hörte, saß er aufrecht und hatte gerade entdeckt, daß man ihm die Geldkatze vom Leib geschnitten hatte. Thalia hätte ihm am liebsten seinen schönen, teuren Krug auf dem Kopf zerschmettert.

»Was jetzt?« fragte sie aufgebracht und stemmte die Arme in die Seiten.

Leptinos war unausgeschlafen und mürrisch und stank nach Wein. Er ließ sich wieder fallen, drehte sich auf den Bauch und legte den Kopf matt auf seine Arme. »Vielleicht kann ich bei einem Bankier Geld aufnehmen«, murmelte er. »Irgendwann muß ja auch das Geld für das *iatreion* eintreffen.«

Thalias Erbitterung wuchs, während Leptinos den Bankier aufsuchte, statt sich um seine Arbeit zu kümmern. Einige Bagatellfälle kamen, die sie umfassender behandelte, als nötig gewesen wäre. Mit denjenigen, die ihre Sorgen loswerden wollten, plauderte sie.

»Die Herrin Corinna bittet um deinen Besuch, Hebamme und Ärztin Thalia von Alexandria.« In der Tür stand ein älterer Mann in gutgeschnittener und sorgsam gepflegter Wolltunika und hinter ihm einer von den vielen Römern mit unscheinbarem Gesicht, aber bemerkenswert guter Bewaffnung. »Ich soll dich auf der Stelle zu ihr geleiten, wenn es dir recht ist. Ich bin der Sekretär des Senators Maximus.«

»Oh, gerne«, antwortete Thalia erfreut, aber dann fiel ihr ein, daß möglicherweise ein ernster Grund vorlag, sie zu rufen. »Ist irgend etwas mit den Zwillingen?« fragte sie erschrocken.

»Alles in Ordnung«, beruhigte der Römer sie lächelnd, »meine Herrin möchte dich einfach sehen.«

Thalia war im Nu fertig für den Ausgang. Mit Genugtuung betrachtete sie das lange Gesicht von Leptinos, als er begriff, daß sie diejenige war, die als erste in das Haus eines Patriziers gerufen wurde.

Der Weg war weit. Die beiden Männer führten sie an der alten Stadtmauer und zwei Toren vorbei. Am Kapitol mußten sie sich vor einem Strom rücksichtsloser Männer in Sicherheit bringen, die unter ohrenbetäubendem Geschrei auf einen Karren zustürmten. Sklaven hatten soeben einem Mann in Toga hinaufgeholfen.

»Der Ädil verteilt in den Vormittagsstunden Circusplatzmarken. Der Gottgleiche wird die größten Spiele veranstalten, die Rom je gesehen hat. Du wirst es ja selbst erleben.«

Thalia nickte. Sie war nicht nach Rom gekommen, um sich Spiele anzusehen. Aber sie wagte nicht, ihm ihr Mißfallen auszudrücken. Möglicherweise hielt man auch hier schon Krokodile für sie bereit.

An einem riesigen Baugebiet brachen Kolonnen von schweißüberströmten Männern Steine aus einem Hügel, um mit ihnen eine Senke auszufüllen. Sie schlugen die Felsbrocken oben aus der Wand ab; Fanfarenstöße signalisierten, wann die Kolosse stürzen würden. Staub lag in der Luft.

»Trajans neues Forum«, erklärte der Römer, als das Poltern aufhörte und bunte Wimpelchen das Ende der Gefahr anzeigten. »Der Senator hat sein Haus oben auf dem Quirinal.«

Thalia legte den Kopf in den Nacken. Die schroffen Felsen des Quirinals führten senkrecht in die Höhe, auf deren flacher Kuppe Pinien wuchsen. Vertrocknende Pinienwedel im Abbruchgebiet des Felsens rutschten abwärts, wenn plötzliche Windböen ihnen den Halt nahmen.

Auf einem Serpentinenweg stiegen sie nach oben, gelegentlich begegneten ihnen Sänften oder Reiter. In dieser Gegend gab es vermutlich nachts keine Randalierer. Auf der Kuppe waren die Grundstücke der Paläste riesig wie alexandrinische Wohnviertel. Bewacht von Molossern, Sklaven und dichten Reihen von Pinien.

Auch das Haus des Senators war ein Palast. Die Kettenlänge des Türstehers reichte aus, um das Ende des halbrunden Vorplatzes abzuschreiten. *Cave canem,* las Thalia, eingelegt in ein Mosaik von galoppierenden Pferden und Fabelwesen. Verstohlen betrachtete sie das Halsband des Wächters. Ob er versucht hatte zu fliehen, oder ob er grundsätzlich bissig war? Oder handelte es sich um römischen Humor?

Maximus' Sekretär beachtete ihn nicht, sondern schleuste Thalia durch eine Eingangshalle und ein Atrium in ein schmales Durchgangszimmer, das sich wiederum in einen säulenumstandenen Innenhof mit den Ausmaßen eines bäuerlichen Gartens öffnete. Fürsorglich die Hand unter ihren Ellenbogen gelegt, geleitete der Römer sie an einem Wasserbecken vorbei. Peinlich berührt wegen eines Versäumnisses, dessen sie sich eben erst bewußt wurde, flüsterte Thalia ihm zu: »Wie heißt eigentlich der Senator?«

Der Mann blieb abrupt stehen. »Das weißt du nicht?« fragte er, und trotz seiner gedämpften Stimme merkte Thalia, daß sein bisheriges Wohlwollen in sichtbare Reserviertheit überging. »Publius Dolabella Flavus Maximus, aus der Sippe der Flavier.«

Offensichtlich hätte Thalia jetzt Bescheid wissen sollen, aber der Name sagte ihr nichts. Sie zuckte unbestimmt mit den Schultern und schwor sich, vornehmen Römern nie wieder so unvorbereitet ins Haus zu stolpern. Der Sekretär erlaubte sich, sie mit einem abfälligen Hüsteln wie eine bestellte Ware am anderen Ende des Gartens abzuliefern.

Corinna lag im Sommertriclinium. Sie streckte Thalia beide Hände entgegen. »Ist es nicht herrlich, daß ich dich gefunden habe?« fragte sie, während ein herbeieilender Haussklave für Thalia einen bequemen Stuhl brachte. »Und nur weil zufällig ein Theater einstürzte; wahrscheinlich war das Stück das Ansehen gar nicht wert. Ich war ganz stolz, weil ich dich als erste Römerin entdeckt habe und niemand außer mir dich kannte. Sie wollten alle von dem Arzt aus Alexandria hören – und ich konnte ihnen berichten, daß es sogar eine Ärztin gibt!«

»Wem berichten?« Thalia hatte nicht geahnt, daß das Interesse an einem Unglück der untersten Volksschichten so weit gegangen war.

»Oh, wir hatten an dem Abend einen Haufen Senatoren zu Gast, und am nächsten Tag kamen ihre Frauen vorbei und ließen sich alles ausführlich erzählen. Einige waren sehr interessiert an dir und werden dich vielleicht rufen lassen. Du solltest den Göttern danken, daß sie ziemlich krank sind, jedenfalls klagen sie ständig.«

Thalia nickte überwältigt und sagte gar nichts, indes die junge Römerin sie von oben bis unten betrachtete. »Allerdings mußt du mehr aus dir machen, um ihnen zu imponieren, Thalia. So, wie du aussiehst, hast du mehr Ähnlichkeit mit einer Priesterin eines Kultes der Armut, wenn es den gibt, als mit einer erfolgreichen Ärztin. Gibt es einen solchen Kult?«

Thalia schüttelte den Kopf, sowohl als Antwort als auch über den nervösen Redefluß von Corinna. Sie ergriff die erste Gelegenheit, ihn zu beenden. »Wie geht es den Zwillingen?«

»Gut!« antwortete Corinna mit strahlendem Gesicht. »Und meinem Löwen auch. Willst du ihn sehen?«

Sie klatschte in die Hände. Unter Thalias staunenden Augen öffnete sich eine Tür, und ein kleiner Löwe tollte in den Raum, gefolgt von einem braunhäutigen Jungen. Zwischen den Zähnen hatte der Löwe einen Stoffetzen, den er unter Kopfschütteln knurrend herumschleppte.

»Ist er nicht süß?« fragte Corinna und sprang auf, um ihn einzufangen. »Du ahnst gar nicht, wieviel Spaß man mit einem Löwen haben kann. Du solltest es auch mal versuchen. Soviel ich weiß, waren noch zwei zu verkaufen.«

»Ich glaube, ich könnte einem Löwen nicht die geeignete Umgebung bieten«, widersprach Thalia behutsam. Römerinnen waren erfahrungsgemäß schnell zu beleidigen. »Weshalb hast du mich rufen lassen?«

»Um mit dir zu schwatzen«, sagte Corinna überrascht. »Ich dachte, du freust dich darüber.«

Thalia nickte zweifelnd.

Corinna lachte verschmitzt und warf ihr eine weiche Nackenrolle auf den Schoß, um sie zu necken. Thalia mußte sie auffangen, um sie vor dem interessierten kleinen Untier zu retten. »Glaub nur nicht, ich wüßte nicht, was los ist. Ich bezahle dich natürlich«, versprach sie großzügig.

»Eigentlich werde ich nur für ärztliche Verrichtungen bezahlt«, sagte Thalia und verschwieg beschämt, daß sie es sich nicht leisten konnte, ihre Zeit für anderes herzugeben.

»Gut«, beschloß Corinna fröhlich, »dann frage ich dich nach deinem ärztlichen Rat, und dann haben wir für uns Zeit, stimmt's?«

Thalia nickte widerwillig.

»Ich glaube nicht, daß ich noch mehr Kinder haben will«, sagte Corinna, nun nachdenklich. »Einen zweiten Löwen vielleicht, aber kein drittes Kind. Du mußt mir ein Mittel geben.«

»Hast du mit Maximus darüber gesprochen?«

»Nein. Warum?«

»Oh, er muß zumindest damit einverstanden sein«, sagte Thalia vorsichtig. Maximus gehörte einer vornehmen Sippe an, soviel wußte sie immerhin über die Flavier. Hinzu kam, was

Trimalchio über Trajans Familienpolitik erzählt hatte. Es konnte sehr wohl sein, daß der Senator mit gutem Beispiel voranschreiten wollte.

Als hätte Corinna Thalias Gedanken geahnt, sagte sie: »Darüber mußt du dir keine Sorgen machen. Er ist alt wie eine Schildkröte und altmodisch wie ein Republikaner, und seit Methusalems Zeiten sind die Römerinnen vom Gebären befreit. Wofür haben wir denn Sklaven?«

»Ich glaube dir«, sagte Thalia, »aber Männer sehen diese Dinge immer anders, wenn es um die eigenen Söhne geht. Das ist bei den Römern nicht anders als bei den Griechen.«

»Na gut, ich spreche mit ihm, wenn es dich beruhigt. Noch belästigt er mich nicht, er sagt, jedes Reh braucht eine Schonzeit. War das jetzt genug Beratung für fünfzig Asse?«

»Oh, sicher«, stotterte Thalia und fixierte das Untier, das sich zu Corinnas Vergnügen gerade in seinem persönlichen Sklaven festkrallte. Vermutlich kostete seine tägliche Ernährung mehr als die seines Pflegers. Und als die Dienste einer ausgebildeten Ärztin. Zu dritt brauchten sie ungefähr dreißig Asse täglich für Lebensmittel, hinzu kam die Miete. Sie sah den Platten mit leckeren Speisen entgegen, die von Sklavinnen hereingebracht und auf niedrigen Tischen dekoriert wurden, und griff ohne Gewissensbisse herzhaft zu.

Mehrere Stunden später ließ Corinna Thalias Begleiter vom frühen Morgen rufen und entließ sie erst, als sie versprochen hatte wiederzukommen. Sie hielt Thalias Hände fest, als der Diener schon längst beide Flügeltüren aufgestoßen hatte und wartend neben ihnen stand. Corinna sprach plötzlich abgehackt und wieder verängstigt wie auf dem Schiff.

Sie ist doch noch ein Kind, dachte Thalia und umarmte Corinna, die sich an sie schmiegte wie eine jüngere Schwester. »Denk immer daran, daß Demeter dich beschützt.«

»Psst!« Corinna legte ihren Finger über die Lippen und sah verstohlen zu dem Mann an der Tür.

Ihre gekrauste Stirn signalisierte Thalia, daß es Dinge gab, über die nicht gesprochen werden durfte, zumindest daß dieser Diener sie nicht hören durfte. War er ein Zuträger für seinen Herrn?

»Ich habe seit meiner Heirat meinen alten Glauben abgelegt«, erklärte Corinna steif. »Ich verehre jetzt die Schutzgötter meines Mannes.«

»Verzeih mir. Ich dachte, ich dürfte für dich meine eigene Schutzherrin anrufen«, sagte Thalia geistesgegenwärtig. Sie beugte sich herunter, um die Abschiedsküsse auf ihre Wangen zu empfangen, während sie an Corinnas Anrufung in der höchsten Not zurückdachte. Keine Frau in Wehen vermag zu lügen, dazu steht das eigene Leben zu sehr auf Messers Schneide. Auf dem Schiff war Demeter ihre Göttin gewesen.

Inzwischen schien die Sonne fast senkrecht in den Garten, der sorgsam gepflegt war. In einem muschelförmigen Brunnen sprudelte Wasser, und Thalia blieb spontan stehen, um sich die Hände von den Gischttröpfchen nässen zu lassen.

»Der Senator folgt sehr streng der Tradition des *pater familias*«, sagte die leise Stimme des Dieners an ihrem Ohr.

Thalia fuhr erschrocken herum. »Was heißt das?«

»Der Senator führt eine Ehe unter der *manus-Klausel*. Seine Ehefrauen schwören der Religion ihrer Väter ab und verehren die Hausgötter ihres Gatten. Der Senator würde keinesfalls dulden, daß du die Herrin Corinna zu einem anderen Glauben verführst.«

»Das war nie meine Absicht. Aber wir Ärztinnen und Hebammen rufen gerne die Mutter der Fruchtbarkeit und des aufblühenden Lebens an.«

»Römische Bürger wenden sich in solchen Fällen an den göttlichen Äsculap, der seinen Tempel auf der Tiberinsel hat.« Der Diener wandte sich ohne ein weiteres Wort ab und schritt durch den Mittelweg des Gartens, eine stumme Aufforderung an Thalia, ihm nunmehr ohne weiteren Aufenthalt zu folgen.

Thalia seufzte und nickte und wagte kaum mehr den Kopf zu drehen. Auch nicht, als sie in einer Ecke des Gartens eine Skulptur sah, die täuschend lebensecht geformt war, mit drei Beinen und vier Armen. Sie lag hingestreckt auf dem Boden und schien in der Sonne zu baden. Als sich unerwartet ein Arm hob und in den blauen Himmel deutete, wäre sie am liebsten davongerannt. Eine Spukgestalt. Oder Zauberkunst? Sie war erleichtert, als sie im Atrium unter Menschen kam.

Zu dieser Stunde des Tages war es gefüllt mit der Klientel des Senators. Die Männer standen in Grüppchen und schwatzten miteinander. Der braungelockte Kopf des Senators hob sich aus den übrigen kahlen oder schwarzgesträhnten Köpfen seines Fußvolks hervor wie der Stier inmitten seiner Herde von Kühen und Jungvieh. Über seinen Gesprächspartner hinweg musterte er Thalia, die seinen Blick erwiderte, sich aber sehr unbehaglich fühlte. Sie hätte ihn auf dem Schiff nicht ärgern sollen.

Maximus zeigte mit keiner Regung seines Gesichtes, daß er sie kannte, während der Diener seines Vertrauens für Thalia den Weg bahnte, aber sein Blick saugte sich so auffällig an ihr fest, daß sein Gesprächspartner in der Toga eines Ritters sich umdrehte.

Mit offenem Mund starrte Thalia Gaius Cornelius Trimalchio an.

KAPITEL 18
Trajans Triumph

Das erwartungsvolle Brodeln im Volk steigerte sich mit jedem Tag, mit dem der Beginn der großen Spiele näher rückte. Thalia stand im Eingang des *iatreions* und beobachtete einen der vielen Beamten, die etwas an die Bürger auszugeben hatten, was jetzt fast täglich geschah. Gerne nahmen sie den ehemaligen Viehmarkt als Ort ihrer Eigenwerbung in Anspruch, meistens angekündigt durch mennigrote Werbung auf Mauern und Bretterwänden.

Messerstiche und Knochenbrüche waren häufig die Folgen solcher Verteilung von Zuschauer- oder Getreidemarken. Bei der Aussicht auf Ölspenden überhitzten sich die Gemüter in besonderem Maße. Aber mittlerweile hatten Leptinos und Thalia den Rhythmus dieser Stadt verstanden. Innerhalb der Stadtbezirke X und XI wußte man immerhin schon, daß es zwei neue Ärzte der Methode im Viertel gab.

Im Gefolge des Römers, der kein Ritter war und gegenwärtig um Wählerstimmen für das Amt des Ädilen für die Garküchen warb, scharwenzelte ein junger Mann in schwefelgelber Toga mit langen Ärmeln herum. Ein Geck, der sich darin gefiel, den anderen mit gellender Stimme anzupreisen. Es gab viele bizarre Leute in Rom; das Seltsamste, das Thalia jemals gesehen hatte, war ein Mann in einer hauchdünnen, schleierartigen Tunika gewesen; sie hatte sogar sehen können, daß er unbeschnitten war.

Rom war schon sehr merkwürdig.

»Beim Dinkelbrei meiner Großmutter«, jammerte der Mieter der benachbarten *taberna* zur Linken, »jetzt verkaufe ich seit zehn Jahren Fischsauce und schneide mich zum ersten Mal ernsthaft.« Er schlurfte zu Thalia hinüber und hielt die Hand in die Höhe, von dessen Daumenballen das Blut nur so troff.

»Komm herein zu mir, ich amputiere dir die Hand«, sagte Leptinos von drinnen.

»Meint er das im Ernst?« flüsterte der ehemalige Fischer und sah Thalia ängstlich an.

Thalia lächelte und schüttelte den Kopf über Leptinos' so seltenen Humor, mit dem er sie ausgerechnet dann bei der falschen Gelegenheit überraschte. »Nein, natürlich nicht, geh nur.« Sie schob ihn in den Behandlungsraum hinein, während sie neugierig den Mann in der gelben Toga beobachtete, der in diesem Augenblick unterhalb der Hallenstufen an ihr vorbeizog. Er tat alles, um die Mieter der Hallenräume herauszulocken, während der Garküchenliebhaber in der Mitte des Platzes Marken ausgab.

»Eure Stimme für den intimen Kenner der Garküchen, Mark Scaurus! Keinen Käfigspatz für den Preis eines Krammetsvogels! Keine Schalen für die Kosten tarentinischer Kamm-Muscheln!« schrie er, sein Gesicht den Verkaufsräumen zugewandt. »Der beste Platz beim Triumphzug für Wähler des Mark Scaurus zum Ädil für die Garküchen!«

»Ich wollte doch eine Marke haben«, jammerte der Fischsaucenhändler laut, aber anscheinend ließ Leptinos nicht mit sich reden.

Thalia erbarmte sich. »Mein Nachbar wird Mark Scaurus wählen«, versprach sie dem jungen Mann mit verschmitzter Miene. »Sofern er die Behandlung überlebt.«

Der Gelbe strahlte Thalia an. »Wer wird überleben? Mark Scaurus, dein Nachbar, oder der Arzt?«

Thalia brach in Lachen aus. »Das überlasse ich den Göttern«, sagte sie. »Aber wenn du den Nachbarn noch vor dem Ende der Behandlung kaufst, wird er sich immerhin Mühe geben zu überleben. Für das Überleben des Arztes werde ich sorgen, er ist mein Mann. Auf Mark Scaurus mußt du natürlich selbst aufpassen.«

»Oh, wie schade.«

Der Wahlhelfer schmachtete sie so hinreißend an, bevor er sich umdrehte und die Menge durchpflügte, daß Thalia seinem Herrn allein dafür Erfolg für die Wahl wünschte. Eine nette Begegnung an einem sonnigen Morgen.

Im Nu war er zurück mit der Marke, die er triumphierend in der Hand schwenkte, bevor er sie Thalia übergab. »Könnte dein Mann nicht vielleicht auch ...?« fragte er hoffnungsvoll.

»Er ist kein römischer Bürger«, sagte sie und schüttelte bedauernd den Kopf.

»Als Arzt?« fragte der junge Mann ungläubig. »Das müßte sich aber schnell ändern lassen. Soll sich Scaurus darum kümmern, daß er das Bürgerrecht erhält?«

Leptinos war schneller in der Tür als der Fischsaucenhändler, der mit einem dicken Verband an der Hand hinter ihm erschien. »Wenn er das vor der Wahl schafft, wähle ich ihn. Ich schwöre es bei Äsculap, der mir heilig ist.«

Der Römer maß den Griechen von oben bis unten und war mit dem Ergebnis anscheinend zufrieden. »Ich spreche mit ihm«, sagte er. »Du erhältst Bescheid.«

Leptinos schob die Unterlippe vor und musterte den Kandidaten in der Menge kritisch, bevor er antwortete. »Ich glaube, er könnte es schaffen. Ich vertraue ihm.«

Der Helfer schoß nach einem kurzen Nicken davon, während der Nachbar die Marke in seiner Hand selig betrachtete und dann in seinen Räumen verschwand.

»Wie kannst du mich so vor aller Ohren herabsetzen?« fragte Leptinos böse, als sich die Menge aus der unmittelbaren Nähe der *taberna* verzogen hatte. »Merkst du nicht, daß du meinem Ruf schadest?«

Thalia verzichtete auf eine Antwort. »Und seit wann ist dir Äsculap heilig?«

Am nächsten Tag wurden junge Stiere über den Markt geführt, eine unendliche Reihe makelloser Tiere, deren Hörner mit bunten Bändern geschmückt waren. Selbst die Römer schwiegen ehrfürchtig angesichts der Macht eines Kaisers, der aus italischen, thrakischen und spanischen Weidegründen so viele weiße Stiere beschaffen konnte.

Die Stiere zogen unter der Aufsicht erfahrener Treiber ohne jede Aufgeregtheit an der Mauer entlang in Richtung auf das neue Forum. Thalia sah ihnen mitleidig nach. Demeter begnügte sich mit einer Getreideähre und einem Ferkel; die römischen Götter verlangten vor Beginn der Spiele zehn Hekatomben-Opfer, so hieß es auf der Straße. Für die Götter das Blut von tausend Stieren, für die römischen Bürger das Fleisch der Stiere und die Belustigung an zehntausend sterbenden Thrakern.

Sie dachte an den Zorn der Ägypter zurück, die wegen eines einzigen Widders einen Aufstand gemacht hatten. Was würden sie erst in dieser blutrünstigen Stadt gemacht haben? »Oh, wenn wir wenigstens nicht ausgerechnet in diesem Jahr gekommen wären!« sagte sie zu Leptinos, der an ihr vorbei auf das Straßenpflaster trat, in seinem Gefolge Flor. »Diese Metzelei an den Thrakern wird unerträglich werden. Wohin gehst du?«

»Es gibt Menschen, die lernen nie«, antwortete Leptinos kalt. »Dazu gehörst in gewisser Weise auch du.«

Thalia sah ihm mit zusammengebissenen Zähnen nach. Mit hängenden Schultern, wie üblich, und schlenkernden leeren Händen schlurfte Flor hinter seinem Herrn her. Ganz sicher ging Leptinos nicht zum Krankenbesuch. Sie verschränkte ihre Arme und lehnte sich nachdenklich an den Türrahmen, während die beiden Männer sich im Gewühl verloren.

Irgendwie kam sie sich am Viehmarkt als Ärztin fehl am Platze vor. Bei Tage waren zwar eine Menge Menschen unterwegs, die in Geschäften vom Palatin oder dem Forum Romanum zu den Tiberbrücken unterwegs waren, derzeit hatten außerdem Scharen von Sklaven mit den Vorbereitungen im Circus Maximus zu tun; sogar vornehme Römer oder ihre Frauen kamen hier in Sänften durch, um einen der vielen Tempel aufzusuchen – aber sie *lebten* nicht hier. Niemand lebte hier.

Es war, als hätten sie in Alexandria mitten zwischen den Gebäuden des Museions ihr *iatreion* eröffnet. Eine Arztpraxis dort, wo sich ausschließlich Gesunde aufhielten. Sie würden ihren Lebensunterhalt nicht allein von Unfällen unter den Garküchenbetreibern und von Ohnmachtsanfällen im benachbarten Circus bestreiten können.

Der Tag verging ohne einen einzigen Kranken, und Leptinos kehrte auch erst bei beginnender Dunkelheit zurück. Thalia versuchte mühsam, sich zu beherrschen, als Flor die Tür aufstieß, um seinen Herrn einzulassen. »Wir können hier nicht bleiben, Leptinos«, sagte sie. »Wir müssen dorthin, wo die Menschen leben, die Familien mit Kindern, die Frauen, die gebären. Kurz, wo man uns benötigt...«

»Willst du dich etwa von den Armen ernähren? Ich nicht! Wir werden hier bleiben. Hier, wo die vornehme römische Gesellschaft opfert! Wo sollte ich sie sonst wohl kennenlernen?« fragte Leptinos in höhnischem Ton. »Wenn ich das nicht wollte, wäre ich besser in Alexandria geblieben.«

»Das denke ich auch«, versetzte Thalia.

»Was willst du eigentlich mehr? Wir haben doch den bestmöglichen Start gehabt! Sogar den römischen Senatoren sind wir bekannt. Und hier gibt es keine anderen Ärzte, die mit uns konkurrieren könnten.«

»Eben. Die wissen, weshalb.«

»Die Römer werden schon noch merken, daß es keinen besseren Arzt als den der Methode unterhalb des Palatin gibt. Es wird Mode werden, mich aufzusuchen, glaub mir.« Leptinos verschwand gähnend in den hinteren Raum und schlug die Tür mit lautem Knall zu.

Thalia schüttelte den Kopf. Woher nahm er diese grenzenlose Überheblichkeit? Ein Grieche, der Römer belehren wollte. Sie würden ihn auslachen, oder, noch wahrscheinlicher, ignorieren. »Wo ist der Herr gewesen, Flor?« fragte sie den Sklaven, der seine Matte hinter dem Schirm auszurollen begann.

»Bei Ärzten. Eine Menge«, antwortete Flor, ohne sich aufhalten zu lassen. Als er sich auf sein Lager warf, entwich ihm ein Rülpser, und ein Hauch von Wein wehte in Thalias Nase.

»Eine Ärztegesellschaft? Eine Vereinigung?«

Flor richtete sich auf einem Ellenbogen auf und sah sie mit gerunzelter Stirn an. »Weiß nicht. Viele.«

»Männer in Togen? Keine Frauen. Aber Essen und Wein! Und Gespräche.«

»Ja, ja, viel schwatzen«, sagte Flor grinsend und ließ sich

zufrieden auf den Rücken sinken. Einen Augenblick später hörte Thalia ihn schon schnarchen.

Sie preßte die Lippen zusammen, um ihren Groll nicht hinauszulassen. Die nächsten *styli* wurden unter ihren zitternden Fingern größer, als sie sollten, aber es war ihr gleichgültig, weil das Heilmittel harmlos war. Alles lief schief, aber Leptinos war unempfänglich dafür. Er merkte nicht einmal, daß er sich selber noch mehr schadete als ihr, die gar keinen Ruf zu verlieren hatte. Merkwürdig, dachte sie, wir sind hier *nichts*, und ich bin noch weniger.

Urin eines leidenschaftlichen Kohlessers solle sie besorgen, hatte Leptinos ihr befohlen und im gleichen Atemzug Flor mit einem anderen Auftrag losgeschickt. Thalia wußte, warum: Nicht sie, sondern er teilte dem Sklaven die Arbeiten zu, und er demonstrierte es sichtlich, man konnte fast sagen, er zelebrierte seine Befehle, damit nicht nur Flor, sondern auch sie es merkte. Nun ja, dachte sie, während sie sich auf den Weg zum Gemüsemarkt machte, Flor hätte sich sowieso nicht verständlich machen können.

Sie ärgerte sich auch über Leptinos' Weigerung, ihr eine Erklärung zu geben. Urin eines Kohlessers. Als Heilmittel? Als Opfer? Gab es einen Gott des Kohls? Vielleicht. In Rom standen überall Tempel und Altäre, und alle waren sie in Gebrauch. Ständig qualmten irgendwo Feuer, und täglich waren kleine Gruppen von Frommen unterwegs, angeführt von einem Priester oder Familienvater, die mit der Toga über dem Kopf zeigten, daß sie ihren Opferpflichten nachgingen.

Man hatte ihr den Weg zum Gemüsemarkt außerhalb der Stadtmauer beschrieben. Schon von weitem sah Thalia den Arzt vom alten Stadttor auf einem Hocker vor seiner *taberna*. Er hieß Aulus Calpurnius Frugi und war der einzige weit und breit, wie sie inzwischen erfahren hatte. Seine Praxis litt unter dem gleichen Phänomen wie das *iatreion* am Viehmarkt: zu wenig Kranke. Immerhin lehnten einige Wohnhäuser an der Stadtmauer, die keine Funktion mehr für die Verteidigung besaß, und wahrscheinlich kamen zu ihm auch die Flußschiffer vom nahen Hafen.

Jetzt aber saß er und las und bemerkte Thalia nicht.

»Sei gegrüßt, Frugi«, sagte sie und blieb vor ihm stehen.

Er sah auf. »Sei auch du gegrüßt, Frau des Leptinos von Alexandria.«

»Ich heiße Thalia. Leptinos hat wohl vergessen, meinen Namen bei eurem Treffen zu erwähnen«, erklärte sie spröde, während ihr Blick unauffällig seine Hand streifte. Zu gern hätte sie gewußt, ob es ein Treffen bestimmter Ärzteschulen gewesen war. Wahrscheinlich nicht, denn Frugi war kein Methodiker.

»Über unsere Frauen sprechen wir in der Ärztevereinigung nie. Es geht um bewährte Methoden, um neue Arzneimittel und dergleichen mehr.«

Thalia beherrschte sich. Er konnte schließlich nichts dafür, daß Leptinos sie als Ärztin ignorierte. »Ich bin Ärztin.«

»Er sagte Hebamme. Und daß du zuweilen in seine Bücher schaust. Du solltest es bei der Hebamme belassen. In Rom befassen sich gebildete Frauen mit Literatur oder Rhetorik. Du kannst natürlich nichts dafür, daß du nicht gebildet bist. Für dich käme als Freigelassene wohl eher Bohnenhändlerin oder Nagelverkäuferin in Frage. Größere Bescheidenheit würde dir gut stehen. In jeder Beziehung übrigens.« Frugi betrachtete Thalia voll Spott, den sie gelassen über sich ergehen ließ.

Sie war Corinnas Ratschlag gefolgt, hatte sich anders frisiert, römischer gewissermaßen, und den einzigen Schmuck angelegt, den sie besaß, den Ring des Phöniziers Mutumbal. Frugi hatte nicht den geringsten Grund, sich so überheblich zu gebärden.

Der alte Arzt hob seine Hand, so daß sie die frischverheilte, noch zartrosa Haut sehen konnte. »Das Buch hat recht gehabt – welches es auch immer war. Du mußt es mir mal ausleihen.«

Alles hatte seine Grenzen. Thalia kochte allmählich. »Vielleicht«, antwortete sie mühsam. »Gewiß würdest du es schneller bekommen, wenn du es in einer öffentlichen Bibliothek ausleihen könntest. Ich nehme an, Rom hat etwas Ähnliches wie das Museion von Alexandria.«

Frugi richtete sich auf und sah Thalia streng an. »Es gibt

mehrere öffentliche, prachtvolle Bibliotheken. Wir Römer legen großen Wert auf die anständige Unterbringung von Büchern. Und wenn wir etwas Exotisches suchen, haben wir ja Alexandria!«

»Ein weiter Weg, um ein Buch auszuleihen. Ich habe schon gehört, daß Roms Bibliotheken mehr Säulen an den Fronten als Rollen in den Schränken haben.« Zufrieden wechselte sie den Gesprächsgegenstand, als Frugi keine Lust zeigte, das Thema zu vertiefen. »Ist der Gemüsemarkt hinter der Mauer?«

Der Römer legte den Kopf schief und kniff die Augen zusammen. »Kohl?« fragte er.

»Sieht man mir das an?« fragte Thalia verblüfft.

Frugi schlug sich klatschend die Hände auf die Oberschenkel und lachte dröhnend. »Wir haben gestern deinem Griechen die Vorteile der römischen Kohltherapie nahegebracht.«

»Ich soll Urin eines Kohlessers besorgen«, murmelte sie verlegen. Ihre Überlegenheit wegen der Bibliothek verflüchtigte sich schneller als die Dampfschwaden im *caldarium*. »Ich dachte, ich könnte auf dem Markt jemanden fragen ...«

Frugi grinste. »Da hat dein Leptinos aber einiges falsch verstanden. Doch nicht jetzt im Sommer! Nach dem Fest des *Ecus October* kannst du deinen Nachttopf in jedes Sammelgefäß in der *subura* tauchen. Da fressen die Leute wochenlang nichts als Kohl. Aber jetzt nicht.« Er schüttelte den Kopf und betrachtete Thalia mitleidig. »Keine Leuchte, dein Arzt. Gut, daß du immerhin ein wenig lesen kannst.«

»Ja, nicht wahr? Und wenn sich keine Übersetzung meines Buches in Rom auftreiben läßt, muß ich es dir wohl vorlesen. Es ist nämlich in demotischer Schrift geschrieben. Ich vermute, daß du in ägyptischer Schnellschrift nicht besonders bewandert bist.« Thalia entfernte sich mit den langen, energischen Schritten, die schon ihre Mutter vergebens versucht hatte, ihr abzugewöhnen, und summte dabei einen Gassenhauer. Einen aus Alexandria.

Dieses Mal drehte sie sich nicht zu ihm um, aber sie hoffte, daß er ihr nachsah, während sie zum Tor in der alten Mauer marschierte, hinter dessen offenstehenden Türflügeln sich der Schmutz von Jahren angesammelt hatte.

Anders als der Viehmarkt, welcher längst seinen ursprünglichen Ort gewechselt hatte, fand der Gemüsehandel tatsächlich auf dem Platz seines Namens statt. Da Thalia nicht selbst kochte, war sie noch nie hier gewesen. Ein Schwall von längst vergessenen Empfindungen überfiel sie angesichts der Gemüse, die sie mehr an Side erinnerten als an Alexandria. Lauch und Zwiebeln gab es in Hülle und Fülle, Bohnen, Erbsen und Broccoli. Aber nicht den einfachen billigen Kohl, der als Heilmittel gebraucht wurde. Insofern hatte Frugi recht gehabt.

Also nicht zum Opfern. Thalia blieb abrupt stehen und dachte nach. An eine Kohltherapie konnte sie sich nicht erinnern.

Vor ihren Augen erschien eine Hand voller Pfirsiche. Ihr Besitzer, ein älterer Bauer mit braungebranntem Gesicht und pfiffigen braunen Augen forderte sie mit einer Bewegung seines Kinns auf zu kosten. Der Pfirsich war vollreif, mit samtener Haut und unglaublich süß. Thalia entschloß sich spontan, ein ganzes Pfund zu kaufen, hauptsächlich aus Trotz und weil auch ein Ackerbauer leben muß. Er lieh ihr bereitwillig eine tönerne Schale als Transportgefäß.

Danach schlenderte sie zum Zeitvertreib zwischen den Ständen durch. Bloß nicht gleich wieder zurück! Sie schob sich von Stand zu Stand und steckte die Nase in Linsen, Nesselstengel, Wasserrüben, Malvenblätter, Farnwurzeln, Mangold und Rüben. Und Sellerie, herrlich. Sie sog ihren starken Duft mit geblähten Nasenflügeln in sich ein, während das Geplätscher eines Redners an ihrem Ohr vorbeizog. Er stand jenseits des letzten Standes. Ohne es zu wollen, hörte sie ihm zu.

»Du hast Strauchelnde aufgerichtet durch deine Kraft, doch Hochgewachsene fällst du, um sie zu erniedrigen, spricht Jesus von Nazareth, Sohn des Allerhöchsten.«

Diese Stimme hatte sie schon mal gehört. Entschlossen schob Thalia sich bis zu der Gruppe von Frauen durch, die sich um den Mann drängte. Bei Demeters Glücksschwein, da stand tatsächlich der Presbyter Symmachus und predigte seinen Gott. Ob der Gott ihm nicht vorschrieb, sich um seinen blinden Sohn zu kümmern? Thalia schüttelte den Kopf, bis sie bemerkte, daß sie, ohne es zu wollen, Aufmerksamkeit erweckte. Glücklicherweise bewahrte sie eine junge Frau durch ihren kritischen

Blick davor, die Pfirsiche fallen zu lassen. Thalia lächelte sie verlegen an und hielt die Schale wieder waagerecht.

»Bedecke deinen Kopf und tritt näher, Schwester«, forderte die Frau Thalia mit sanfter Stimme auf. »Symmachus bringt unserer Gemeinde freudige Neuigkeiten.«

Es war freundlich gemeint, doch Thalia wollte keine Unklarheit aufkommen lassen. »Ich gehöre eurer Sekte nicht an«, flüsterte sie, um nicht zu stören.

»Wir brauchen uns nicht mehr zu verleugnen, unter Kaiser Trajan gottlob nicht. Ich glaube, du kommst vom Land, stimmt's? Hier darfst du dich ohne Angst zu deinem Glauben bekennen.« Die Frau lächelte Thalia an, dann konzentrierte sie sich erneut auf Symmachus.

Thalia schwieg, beeindruckt von dem starken religiösen Gefühl, das diese Menschen umgab. Die meisten schienen Lohnarbeiter oder Sklaven zu sein. Nach einem kurzen Gebet beendete Symmachus seine Ansprache und ging allein davon. Die Gläubigen zerstreuten sich schnell.

Hier war alles anders, als Thalia es aus Eleusis kannte. Dort hatten die Gläubigen nach dem Versenkungsopfer das Bedürfnis nach Gemeinsamkeit. Sie sangen und tanzten und teilten miteinander ein Getränk, das mit Minze gewürzt war.

Während sie noch über Symmachus nachsann, löste sich aus dem beschatteten Eingangsportal eines der an den Markt angrenzenden Wohnhäuser der Mann, den der Senator das Große Ohr genannt hatte. Hier betätigte sich Lactucius offensichtlich als das Große Auge.

Ein halber Häuserblock lag zwischen ihm und Symmachus: Aber er folgte ihm mit den behenden, verstohlenen Schritten einer beleibten Katze, ohne ihn aus den Augen zu lassen. Als eine Kohorte der Feuerwehr vorüberhetzte und den Prediger aufhielt, achtete Lactucius darauf, den Abstand nicht zu verringern.

Ohne Eile kehrte Thalia zum Viehmarkt zurück. Der Stratege Trimalchio war leidenschaftlicher Christenhasser. Er kannte Lactucius, der ebenso leidenschaftlich nach geldbringenden Tätigkeiten suchte. Und beide kannten den überaus konservativen Senator Publius Dolabella Flavus Maximus. Sehr vage, dieses alles, aber die Möglichkeit einer Verbindung bestand.

Und dann fiel Thalia plötzlich die Christin ein. Wieso hatte sie so fest geglaubt, daß sie ebenfalls zur Sekte gehörte? Weil sie blond war wie viele Sklavinnen, die sich dazu bekannten?

Rauch lag über dem Viehmarkt, als Thalia dort ankam. Auf dem Altar des Tempels der *Mater Matuta* wurde geopfert; eine kleine Gruppe von Frauen hielt sich zwischen den Säulen auf. Sie schlug einen Umweg ein, um den stinkenden Schwaden zu entgehen.

»Ehrwürdige Thalia!« schrie eine helle Stimme. Sie drehte sich überrascht um und sah eine dickliche kleine Gestalt auf sich zurennen. »Erinnerst du dich an mich? Wie geht es deinem Altershusten? Ich war sehr in Sorge um dich!«

»Setom! Bist du es wirklich? Oh, mein Altershusten verschwand spurlos, als er merkte, wie jung ich bin. Und wie geht es deiner Altersschwäche?«

Der Spottknabe starrte Thalia mit offenem Mund an.

Thalia brach in Lachen aus. Bevor er beleidigt reagieren konnte, legte sie ihm einen Arm um die Schulter und drückte ihn an sich. »Nicht böse sein, Setom. Ich glaube, ich habe heute meinen alexandrinischen Tag. Du bist der dritte Mensch aus Alexandria, dem ich heute begegne. Wenn ich die Römer nicht beachte, könnte ich fast meinen, ich sei wieder in Alexandria.«

»Ich würde dir nicht raten, Römer nicht zu beachten. Das ist noch niemandem bekommen ...«

Thalia schnellte herum. Diese Stimme würde sie ihr Leben lang hassen. »Die vierte«, brachte sie heraus und starrte Afrania Agricola an.

Ihre Blicke gingen zwischen der Römerin und ihrem alexandrinischen Schoßhündchen hin und her. Sie war ihm unverzüglich nachgelaufen; wahrscheinlich hatte es sich ohne Erlaubnis vom Tempel entfernt, da es ja ohnehin draußen warten mußte. Hinter Afrania schlenderten die Frauen aus ihrer Gesellschaft herbei. Mit Straußenfedern garniert, eingehüllt von Duftwolken und die runzelige Haut konserviert in frischen Farben, hätte man sie gut dem König Tombol vorsetzen können. Die alten Hennen starrten sie an. Thalia starrte zurück.

Ihre blasierten Gesichter wirkten genauso leer wie die der Sklavinnen, die ihren Herrinnen quiekend und huchend Schals und Sonnenschirme nachtrugen.

Afrania erkannte, daß die Hebamme vor lauter Staunen den Augenblick verpassen würde, in dem sie das Heft hätte an sich reißen können. Sie wartete ungeduldig, bis alle Damen heran waren, legte das Kinn in die Hand und musterte die Fremde demonstrativ wie der Haruspex eine kranke Leber. Auf ihrem Kopf wippte die hochgetürmte Lockenfrisur.

»Ich bin kein heiliges Huhn, und du wirst mich auch nicht fressen sehen«, schnaubte Thalia, während die übrigen Frauen einen Kreis um sie und den Jungen bildeten.

»Wage nicht, dich über Dinge zu äußern, die uns Römern heilig sind«, drohte Afrania leise. »Du weißt, wie ich zu bestrafen pflege.«

»Beschränke dich auf deine Sklavinnen. Über mich hast du keine Macht!«

»O doch. Durch Leptinos«, versetzte Afrania gehässig. »Es ist gar nicht übel, daß er dich als einzige von seinen Sklaven nicht verkauft hat. Die Strafe für deine letzte Unverschämtheit steht noch aus.«

In das Klirren der auf dem Pflaster zerschellenden Tonschale hinein sagte Thalia: »Du kannst weder über Leptinos noch über mich verfügen. Er ist jetzt mein Ehemann. Glaube nicht, daß er eine Römerin benötigt.« Sie rauschte davon.

Setom bückte sich, um die Pfirsiche aufzuheben.

Die Frauen schwiegen ungläubig und sahen Afrania nach, die hinter der frechen Plebejerin her rannte. Das Klackern ihrer Absätze auf dem Pflaster wurde von den Mauern zurückgeworfen.

Thalia drehte sich auf der obersten Stufe vor der *taberna* um, um Afrania zu erwarten. Sie sah die flache Hand nicht kommen, die ihr ins Gesicht klatschte. Aber dann lächelte sie grimmig auf die Römerin hinunter und schlug zurück.

»Das wirst du mir büßen!« Afranias Blick suchte Leptinos, der in der offenen Tür auftauchte. Ihr wurden die Knie schwach vor Verlangen. In der römischen Tunika und glattrasiert, war er noch schöner als früher. Sie streckte ihre Hand nach ihm aus, und er stürzte zu ihr, um sie aufzufangen. »Ich verzeihe dir alles«, flüsterte sie leidenschaftlich, als seine Wange ihr Gesicht streifte und sie seinen männlichen Geruch einatmete.

Afranias Wut auf die Sklavin wandelte sich in Erregung. Sie würde alles vergessen, was gewesen war. Leptinos war in Rom, für immer. Und ihr Ehemann fort, für lange. Unbewußt glitt ihre Zungenspitze über ihre glänzenden Lippen, und ihr Herz pochte. »Bitte suche mich morgen um diese Zeit in meinem Haus auf, Leptinos von Alexandria. Ich habe öfter Schwächeanfälle, seitdem mein Gemahl sich als *legatus Augusti pro praetore* in Hispania aufhält und ich ohne seinen Schutz bin.«

Leptinos fiel ein Stein vom Herzen, während er mit medizinischer Genauigkeit überprüfte, ob sie wieder auf eigenen Beinen stehen konnte. Als Afrania ihn aus ihren geschminkten Augen betrachtet hatte, waren ihm seine Gefühle für Philon in Erinnerung gekommen. Sie waren nie sehr tief gegangen, und Philon gehörte der Vergangenheit an. »Etwas später, Afrania, ich habe alle Hände voll zu tun«, bat er bedächtig.

Die Römerin nickte und schob ihren Arm unter den einer Freundin. Gestützt von ihr, stöckelte sie unsicher davon. Aber ihre Stimme war kräftig wie immer. »Diese raffinierte Giftmischerin aus Ägypten muß ihn verhext haben«, erklärte sie laut. »Erst hat er sie freigelassen und dann geheiratet. Welch ein entsetzlicher Mißgriff! Dabei ist er ein ausgezeichneter Arzt. Arzt der Methode, die ich für die beste Ärzteschule halte. Ich habe ihn schon in Alexandria konsultiert.«

Das teilnahmsvolle Geschwätz der Patrizierinnen wurde von einem Lüftchen über den Platz getragen, vernehmbar für Geschäftsleute und Kunden auf dem ganzen Viehmarkt. Kurz bevor die Frauen in die Straße zum Kapitol einbogen, erkundigte sich eine tiefe Matronenstimme: »Wer ist sie eigentlich?«

»Die Alexandrinerin? Eine ehemalige Sklavin aus Kilikien. Tacitus, der sich um das Konsulat bewirbt, schrieb meinem Schwager, daß sich in dieser Gegend die christliche Sekte sammelt. Und man weiß nie, wer alles dazugehört ...«

Thalia sah ihnen erbittert nach. Setom war der einzige, der sich für die Verleumdungen nicht interessierte. Er schlenderte den Römerinnen in weitem Abstand nach, schlenkerte sorglos mit den Armen und betrachtete Säulen und andere Sehenswürdigkeiten. In jeder Hand hatte er zwei Pfirsiche.

Leptinos knirschte mit den Zähnen. »Du hängst wie ein Mühlstein an meinem Hals! Was hat den Oberrichter nur dazu getrieben, mich zu dieser Heirat zu zwingen?«

Das brachte das Faß zum Überlaufen. Thalia drehte sich aufgebracht zu ihm um. »Deine Wahl war Alexandria oder Bithynien. Du hast beides abgelehnt und Rom gewählt – und mich gezwungen mitzugehen. Es war deine Entscheidung, vergiß das nicht!«

Leptinos Lippen wurden zu einem schmalen, blassen Strich, bevor er antwortete. »Ich frage mich, ob sie das wirklich war. Manchmal denke ich, Trimalchio führt andere Leute wie Ochsen am Nasenring. Sobald er uns losläßt, fallen wir übereinander her wie die Thraker im Circus.«

»Kann sein«, sagte Thalia böse. »Aber Afrania führt dich ja noch viel mehr, und du merkst es nicht einmal. Sie wickelt dich ein wie die Spinne die Fliege. Wenn sie dich wieder ausspuckt, wirst du nur noch ein Häufchen Knochen sein.«

Leptinos lächelte mitleidig über ihre verworrenen Gedankengänge.

Die letzten Vorbereitungen für die Spiele begannen damit, daß Männer entlang des Weges, den der Triumphzug nehmen würde, hölzerne Tribünen errichteten. Als sie am Abend fertig waren, war jegliche Sicht aus den Buden auf den Viehmarkt verstellt. Außer Holzpfosten würden die Besitzer nichts sehen können.

»Ihr Räuber!« schrie der Fischsaucenverkäufer erbittert und machte eine obszöne Geste. »Das ganze Jahr zahle ich die hohe Miete – und jetzt kommt ihr und bringt mich um meinen einzigen Vorteil.«

»Du Tropf hättest selber die Idee haben können«, antwortete einer der Aufseher gleichgültig und feuerte die Arbeiter zu den letzten Handgriffen schon im Fackellicht an.

»Bei Jupiter! Heiße ich Flavus oder Cornelius?« Der alte Fischer verschwand nach drinnen, während Thalia feststellte, daß sie durch einen schmalen Spalt zwischen zwei Tribünenteilen genügend würde sehen können. Wenn sie denn wollte.

Am nächsten Morgen war an langen Schlaf nicht zu denken. Der Lärm der herbeiströmenden Zuschauer drang bis in das hintere Zimmer und scheuchte Thalia aus dem Bett.

Draußen füllten sich die Tribünen bereits mit Römern in Festkleidung, die von Dienern und Ordnern eingewiesen wurden. Der Geruch von Opferfeuern legte sich in immer neuen und andersartig riechenden Schwaden über den Viehmarkt; an diesem Tag waren alle Tempel der Stadt offen.

Beifall erhob sich, als die Trompeter ankündigten, daß die Zugspitze jetzt das Marsfeld verlassen würde. Später wehten die Trompetenklänge von der Via Sacra herüber und verstummten dann für längere Zeit. Als sie vom Ende des Circus Maximus wieder zu hören waren, wurde Thalia von ihrem Sklaven in die *taberna* zurückgerufen.

Bei einem Mädchen von vier oder fünf Jahren hatte sich ein fingerlanger Holzsplitter in den Arm gebohrt, und es weinte kläglich, während die Mutter hauptsächlich besorgt schien, daß der Zug nahen könnte, bevor sie wieder auf ihrem Platz saß.

Thalia zog den Splitter sanft und geschickt heraus, beruhigte das Mädchen und plauderte gleichzeitig sachkundig mit der Mutter über Prozessionen und Kindererziehung. Die Römerin machte ein überraschtes Gesicht, weil Thalia trotz aller Sorgfalt in Windeseile fertig war. Als die Trompeter vor den ersten Wagen auf den Viehmarkt einbogen, traten sie zusammen aus der *taberna*.

Hinter der Römerin und ihrer Tochter drängte Thalia sich in den Spalt zwischen den Tribünen, wo sie stehenblieb. Einer von ihnen mußte für Flor erreichbar sein, der weiterhin im *iatreion* wachte. Leptinos hatte einen Sitzplatz ergattert, aber sie wußte nicht, wo.

Die Wagen rumpelten lautstark über das Pflaster des Marktes, eine endlose Reihe, beladen mit den Beutestücken aus Thrakien. Dazwischen marschierten Männer mit Tafeln, auf denen die Mengen an Gold, Silber, Elektron, Bernstein, Kupfer, Blei, Eisen, Harz und Salz verzeichnet waren.

Neben dem Wagen mit dem königlich-thrakischen Goldschatz informierte ein Schild: *Sechshundertfünfzig Denare als Geschenk des Kaisers Trajan an jeden Steuerzahler des Imperiums und Steuerfreiheit.* Dieser Wagen wurde von acht schwerbewaffneten Legionären eskortiert, die gar nicht anders konnten, als auf die Jubelschreie des Publikums immer wieder mit triumphierenden Gesten zu antworten.

Alles gestohlen, dachte Thalia und staunte über die Gewalt und die Macht dieses kleinen Volkes von Rom, das es fertigbrachte, die Welt zu plündern, ohne daß diese sich nennenswert dagegen zur Wehr setzte.

Die Sonne stand schon hoch am Himmel, als endlich die Gefangenenkolonne in Sicht kam. Das begeisterte Händeklatschen und die beifällige Unterhaltung der Zuschauer angesichts der Beute gingen in zorniges Gebrüll über. Thalia stellte sich auf die Zehenspitzen und versuchte zu erkennen, warum sie so wütend waren.

Es war der Kopf eines Mannes, der auf einen Spieß aufgesteckt den Gefangenen vorangetragen wurde. Die Augen waren aufgerissen, und auf die wirren braunen Haare war ein hoher Filzhut gestülpt. Seine abgeschlagene Hand folgte ihm auf dem Spieß eines prächtigen Negersklaven; ein dritter Sklave trug ein Schild, auf dem stand: *Decebal, der sich der Schande im Triumphzug durch den Dolch entzog.*

So sah der König der Thraker aus, nachdem er den Römern zehn Jahre zusammen mit seinem Volk Widerstand geleistet hatte. Thalia stöhnte entsetzt.

Das Gesicht eines jungen Mannes erschien im Spalt zwischen den Tribünen ein Stück über ihrem Kopf. Er grinste gutmütig. »Was ist mit dir? Schwächeanfall? Gleich hinter dir gibt es eine *taberna* mit zwei Ärzten.«

»Danke, es geht schon wieder«, murmelte Thalia und hielt sich an den Verstrebungen der Tribünen fest.

»Römerinnen sind Härten gewohnt, wenn es um die Ehre geht. Du siehst nicht gerade wie eine Römerin aus.« Der junge Mann, der vermutlich die Toga des Erwachsenen noch nicht lange trug, betrachtete Thalia neugierig, sein Kinn auf dem Handlauf aufgestützt. »Selber Thrakerin?«

»Nein!« antwortete sie wütend. »Ich mußte nur daran denken, wie schwer es ist, Köpfe wieder anzunähen. Ich bin die Ärztin von da hinten.«

Der Römer grinste verlegen, dann ging seine Miene in Bewunderung über. »Bei Jupiter! Du mußt eine Zauberin sein, wenn du das schaffst!«

»Ich mache es nicht sehr oft! Bei einem Thraker noch nie.«

»Das kann ich mir denken«, sagte der Römer ehrfürchtig. »Du würdest von diesen tückischen Hinterwäldlern nie den Lohn bekommen, der dir zustünde.«

»Genau. Ihr Gold hat ja jetzt euer Kaiser.«

Der Jüngling bog die Mundwinkel verdrossen nach unten und beendete die Unterhaltung. Thalia war froh, als sein Kopf verschwand.

Ihrem König folgten zehn thrakische Anführer, miteinander verbunden durch Ketten von Handgelenk zu Handgelenk. Die Legionäre zerrten sie von Zeit zu Zeit auseinander, damit sie von allen Seiten besichtigt werden konnten, bevor sie im tullianischen Kerker hingerichtet wurden.

Mit medizinisch geschultem Blick erkannte Thalia, daß die Gefangenen erschöpft und ausgehungert, einige auch verwundet waren. Trotz ihrer verfilzten Haare und ihres verkommenen Äußeren waren sie imponierende Männer. Auch ihr Stolz war nicht gebrochen; sie brachten es vielmehr fertig, die Römer mit wortloser Verachtung zu überschütten. Die Zuschauer brüllten und drohten mit geballten Fäusten. Thalia lächelte voll Mitgefühl und Schmerz und dachte an Mutumbal zurück.

Sie wechselte einen zufälligen Blick mit einem braunhaarigen großen Thraker, der so dicht an ihr vorüberkam, daß sie ihn hätte berühren können. »Hyes, Attes«, lag auf ihren Lippen, bevor ihr bewußt wurde, was sie tat. Sie hatte guten Grund anzunehmen, daß er wie viele Thraker Sabazios anhing, und sie wollte ihn an die Verheißung der Wiederauferstehung seiner Mysterien erinnern. Wenn er fromm war, würde es ihn trösten.

Die Verachtung für die römischen Sieger verlor sich aus der Miene des Thrakers, und er blieb vor Thalia stehen, obwohl der Legionär an der Kette zerrte. »Attes, Hyes«, grüßte er zurück. Mit der Plötzlichkeit eines Gewittersturms erfaßte ihn eine wilde Freude, und er gab dem Zug des Römers mit einem tänzerischen Sprung nach. Und weil die Kette nun locker herabhing, konnte er seine Arme heben und sie über dem Kopf schütteln, als hätte er die heiligen Schlangen in den Händen.

»Euoi, Saboi«, antworteten die übrigen. »Selig, ihr Mysten des Sabazios!« Unter dem verblüfften Schweigen der römischen Zuschauer nahmen die thrakischen Anführer den Rhythmus auf und tanzten inbrünstig zu Ehren von Sabazios. Mit geschlossenen Augen schienen sie der Melodie ihres Gottes in ihren Seelen zu lauschen. Die Qualen und Erniedrigungen ihrer Gefangenschaft versickerten unter dem Klatschen ihrer Fußsohlen in den römischen Pflastersteinen.

Die Legionäre waren machtlos gegen die überirdischen Kräfte der Thraker. Sie zogen an den Ketten, ohne daß die Gefangenen es überhaupt merkten. Es blieb einem erfahrenen Centurio irgendwo weiter hinten überlassen, für Abhilfe zu sorgen. Er gab einen Befehl, und ein jüngerer Offizier sprengte mit gezogenem Schwert herbei.

Erst als der Kopf ihres Vortänzers ihnen zwischen die Füße rollte, verlor sich die Ekstase der thrakischen Anführer. Stumm und schwer atmend warteten sie, daß sein zusammengesunkener Körper aus der Kette gelöst wurde.

Der Ritter riß nervös an den Zügeln und ließ den Hengst schäumend um seine Hinterhand kreiseln. Als die Legionäre endlich fertig waren, ließ er sich den Kopf des Thrakers an den Haaren reichen und hielt ihn für die Zuschauer in die Höhe. »Ein gutes Vorzeichen! Diesen Kopf für die *Mater Matuta* des Forum Boarium!«

Seine Stimme war nahe am Umkippen. Instinktiv fühlte Thalia die Angst des Mannes. Wenn in diesem Augenblick jemand durchgedreht wäre, wäre seine eigenmächtige Entscheidung zum schlechten *omen* geworden; sie hätte ihn wahrscheinlich das Leben gekostet. So waren die Römer.

»Ein Opfer für die *Mater Matuta* des Forum Boarium«, schrien die Zuschauer begeistert und schwenkten die Blumensträuße, die für den Kaiser bestimmt waren. Der junge Centurio war der Held des Tages. Er hatte sie zu Teilnehmern eines Ereignisses göttlicher Herkunft gemacht.

Und sie wäre beinahe schuldig am Tod zweier Männer geworden. Jetzt ist es nur einer, dachte Thalia. Nur. Schritt für Schritt wich sie im schmalen Gang zurück und bemühte sich, alle Legionäre im Auge zu behalten, die sie jetzt wahrscheinlich gleich verhaften würden. Als sie eine Hand auf ihrer Schulter spürte, gab sie einen Schrei von sich. Wie hatte sie nur vergessen können, daß die Soldaten überall waren, auch auf der Zuschauertribüne!

Sie sah hoch.

Über ihr beugte sich der junge Römer weit über den Handlauf. Er reichte ihr seinen Strauß Nelken, dessen intensiver Duft Thalia die rohen Tribünenhölzer für einen Augenblick in ein Feld voll Blumen verwandelte. »Bitte, nimm«, flüsterte er. »Du bist wirklich eine Zauberin. Verzeih, daß ich einen Augenblick einen schlimmen Verdacht hatte ... Wie soll ich dich nennen?«

»Die Alexandrinerin«, antwortete sie bitter und hätte die Gabe am liebsten abgelehnt. »Aber mein Name ist Thalia.«

»Thalia, die Alexandrinerin«, wiederholte er ehrfürchtig.

Als Thalia in die *taberna* zurückkehrte, war Leptinos bereits dort. Sie hatte ihn die Tribüne weder betreten noch verlassen sehen und wußte auch nicht, ob er seine Verabredung mit Afrania eingehalten hatte.

Leptinos starrte auf die Blumen in ihrer Hand. »Ein Verehrer?« fragte er gehässig. »Da hast du ja wieder einmal Glück gehabt, ohne es zu verdienen.«

Thalia starrte ihn verständnislos an. »Was meinst du?«

»Ich werde mich von dir scheiden lassen«, sagte Leptinos. »Du kannst zu ihm gehen.«

KAPITEL 19
DIE HURE

»Scheiden lassen? Das hat dir doch die Römerin in den Kopf gesetzt!« Thalia sah Leptinos verstört an, der hämisch lächelnd darauf wartete, daß sie alle Konsequenzen erfaßte.

»Ich werde sie zur Rede stellen!«

Leptinos zuckte gleichgültig mit den Schultern. Seit seinem Gespräch mit Afrania sah er seinen Aufstieg in Rom klar vor sich. Endlich bekam er seine Chance. Afrania würde mit der kilikischen Wildkatze schon fertig werden, besser als er. Er lachte leise und warf sich auf die Kline. Er hatte kein Interesse am Triumphzug.

Thalia stürmte aus der *taberna* hinaus, um ausgerechnet an diesem Tag dem Römer Lactucius in den Magen zu rennen. »Fort mit dir, du Blattsalat«, fauchte sie.

Er drückte sich an die Hausmauer, um sie vorbeizulassen. Der Gang zwischen den Hallen und den Tribünen war ziemlich eng. Er sah der Alexandrinerin nach. Pech, daß sie ihn entdeckt hatte. Er entschloß sich, ihr zu folgen; er ahnte das Ziel ihrer mörderischen Stimmung.

Der Palast der Agricola lag auf dem Quirinal, mit dem schönsten Ausblick über Rom, wie der Sekretär von Publius Dolabella Flavus Maximus erwähnt hatte, nicht ohne besondere Betonung. Thalia hatte nicht verstanden, warum; wahrscheinlich gab es politische Gegnerschaften wie überall unter den Adeligen, und einer war eifersüchtig auf den anderen. Und jetzt konnte eine römische Familie sich auf eine weitere Feindin gefaßt machen.

Während sie an der Rückfront eines Tempels entlangstürmte, festigte sich in ihr immer mehr die Überzeugung, daß Afrania Urheberin des ganzen Mißerfolgs war, den Leptinos als schönen Anfangserfolg in Rom betrachtete. Warum nur immer diese Unschärfe bei ihm, wenn es um Römer ging?

Thalia hetzte vorwärts. Als die letzten Säulen des Tempels den Blick freigaben, sah sie die Rücken von Zuschauern wie eine Mauer vor sich. Nur ein Vogel hätte von hier aus den geraden Weg zum Quirinal einschlagen können. Sie holte tief Atem und machte sich etwas ruhiger auf den langen Weg um das riesige Flavische Theater herum, in dem die Spiele stattfinden würden.

Thalia keuchte, als sie den steilen Abkürzungsweg auf den Quirinal emporstieg. Die Sonne sagte ihr, daß sie noch keine Stunde unterwegs war, aber ihre Beine waren anderer Meinung.

Als sie oben angekommen war, sah sie vereinzelte Gärtner, die Kieswege träge fegten oder Oleander in Kübeln begossen – aber Menschen, die ein Römer als Römer ansehen würde, sah sie nicht.

Die Zufahrt zum Palast des kaiserlichen Legaten war leer. Der Hund, der im Schatten der Pinien döste, hatte an diesem hohen staatlichen Feiertag keinen Wachdienst. »Mit deiner Erlaubnis«, sagte Thalia und schritt kühn an ihm vorbei. Er klappte ein Auge auf und klopfte mit der Schwanzspitze auf den Boden.

Auch der Türhüter war nicht anwesend. Ungehindert betrat Thalia die hohe Halle. Sie blieb auf dem Mosaik eines Flötenspielers stehen und lauschte. Zumindest näherte sich irgend jemand. Sie hörte die Stimmen eines Mannes und einer Frau.

Die Frau war nicht Afrania; sie war jünger und hatte ein langes Gesicht mit vorstehenden Zähnen, das ihr ein pferdeähnliches Aussehen gab. Was Hochmut betraf, konnte sie es mit Afrania aufnehmen. »Ich bin erleichtert, daß du mit ihm zufrieden bist«, sagte sie mit dem Charme eines Zentauren in eisiger Gebirgsnacht. »Das erspart mir weitere Versuche.«

Obwohl jeder hören konnte, daß es ihr ausschließlich um die eigene Zufriedenheit ging, neigte ihr Begleiter zustimmend den Kopf, als hätte er es nicht anders erwartet. Beim Anblick von Thalia zog er die Augenbrauen fragend nach oben. Sie hatte das Gefühl, sich erklären zu müssen, aber die Frau ließ es nicht zu. Sie holte tief Luft und schrie mit schriller Stimme: »Was schleichst du denn hier herum? Wer bist du überhaupt?«

Der Mann hob die flache Hand. »Sch, sch, Aufregung ist jetzt nicht gut für dich, Julia. Sie sieht ja nicht eigentlich gefährlich aus.«

»Sieh mal, ihre Fäuste!« versetzte Julia. »Schon mancher Kaisertreue ist einem Attentäter zum Opfer gefallen. Wer weiß, was sie im Hause Agricola will! Und kaum Sklaven da! Ich habe doch gewußt, daß etwas passieren wird!«

»Ich bin nicht beschränkt genug, auf einen Römer mit Fäusten loszugehen. Du brauchst nicht einmal deinen schwerbewaffneten Spottknaben zu rufen«, sagte Thalia sarkastisch, ohne die aggressive Römerin aus den Augen zu lassen. »Ich suche Afrania aus der Familie Agricola. Ich muß mit ihr reden.«

Julia bog die Lippen verächtlich herab. »Aha! Ein Fall von Eigentumsrecht, du kleine Schlampe?«

»Du kennst sie offenbar gut genug, um zu wissen, daß sie jederzeit Anlaß dafür bieten kann«, versetzte Thalia. »Aber keine Sorge: Ich hätte nur gerne eine Auskunft.« Während Julia sich mit ihrer eigenen Auskunft Zeit ließ, spürte Thalia die forschenden Blicke des Mannes. Ihr wurde unbehaglich. Als sie ihn nicht mehr ignorieren konnte, fragte sie irritiert in seine Richtung: »Was ist?«

Seine hellen braunen Augen sahen sie freundlich an. »Du solltest die Scharte nähen lassen«, sagte er sanft.

Thalia blieb jede Erwiderung im Halse stecken. In Rom riefen ihr die Rüpel auf der Straße den Spott nach, und sie überhörte ihn. Aber neben dieser unerträglichen Julia war eine Bemerkung über ihre Lippe blanker Hohn. Die Tränen stiegen ihr vor Scham in die Augen, sie drehte sich um und strebte auf den hellen Fleck des Portals zu.

Hinter ihr stieß die junge Frau ein gekünsteltes Lachen aus. »Wie alle Patrizier, die nicht ans Haus gefesselt sind, ist meine Schwägerin Afrania heute am Tag seines Triumphes an der Seite des Kaisers.«

Außer diesem Legaten! Warum ließ er zu, daß seine Frau zwischen Alexandria und Rom ständigen Ärger verursachte? Oder versteckte er sich in Hispania vor ihr? In blindem Zorn rannte Thalia den Hügel wieder hinunter, dieses Mal den Serpentinenweg. Unten mußte sie anhalten, um wieder zu Atem zu kommen.

Auch hier war sie allein. Sogar an Trajans Forum ruhte heute die Arbeit. Ganz Rom war beim Triumphzug. Wer zu Hause blieb, mußte wichtige Gründe haben, auch die beiden im Hause Agricola.

Bei näherem Nachdenken hatte der Mann sie vielleicht gar nicht beleidigen wollen. Sie hatte zu Frugi auch gesagt: Du solltest Knoblauchmus nehmen – oder so ähnlich. Es tat ihr leid, aber nicht übermäßig.

Übermäßig war nur ihre Wut auf Afrania. Sie würde sie schon finden. Da der Zug an diesem Tag mit dem Opfer der Stiere enden würde, mußte der Kaiser am Jupitertempel sein. Umringt von seinen Patriziern.

Der Jupitertempel auf dem Kapitol war von weitem zu sehen, weiß leuchtend, auffällig und am höchsten gelegen. Die Tempel der Göttinnen waren kleiner, selbst der von Juno, gar nicht zu reden von den Statuen der alten Göttinnen: Die waren manchmal sogar zwischen Häusern versteckt. Als hätten die Römer die Götter selbst erschaffen und sich irgendwann entschlossen, nur noch männliche zu gestatten.

Thalia schaffte es, sich bis zu der Senke im Kapitol hindurchzudrängen, die die Römer das Asyl nannten. Die Treppe zum Tempel und den Platz vor dem *Tabularium* sperrten die Prätorianergarden ab. Während sie nach oben zwischen die Säulen starrte, wo sich weiße Togen, durchsetzt mit etwas Purpur, drängten, fiel ihr die Stille auf. Die Leute in ihrer Nähe schwiegen mit offenem Mund.

Der göttliche Kaiser brachte dem höchsten Gott einen göttlichen Stier dar. Jupiter war anwesend.

Sie hätte jetzt andächtig sein müssen. Aber Pantanos hatte gesagt, daß die Götter verschwunden seien. Wenn das stimmte, ließ der mächtigste Mann von Rom tausend Rindviecher schlachten, um Hand in Hand mit Priestern das Volk abzufüttern. Dem Kaiser würden sie gehorchen, und dem Tempel würden sie spenden. Aber den echten großen Kaufpreis von Göttern, Kaisern und Priestern mußten andere bezahlen, von Britannien bis nach Syrien, die *peregrini* dieser Welt.

Auch sie.

Sie biß die Zähne krampfhaft zusammen. Nach einem Zusammenstoß mit einem römischen Gott konnte sie sich nicht auch noch einen mit dem römischen Kaiser leisten! Jedenfalls nicht ohne den Schutz einer schwangeren Patrizierin.

Thalia legte die Hand vor ihren Mund, um nicht laut herauszuplatzen. Ihre Wut, durchmischt mit Hohn für diese ganze absurde Situation, kannte im Augenblick keine Grenzen. Aber unter dem strafenden Blick eines Römers versuchte sie sich zu beruhigen und unauffällig fromm zu wirken.

Als die heilige Handlung vorüber war, begannen die Zuschauer zu schieben, den römischen Göttern sei Dank – in die richtige Richtung. Thalia brauchte sich im Strom der Hungrigen nur mittreiben zu lassen. Kurze Zeit hatte sie befürchtet, daß die Zuschauer nun in die *subura* zurückfluten würden.

Sie hatte Glück. Die Menge spuckte sie an der richtigen Seite aus, um sich an der *rostra* der Julia vorbei auf die Via Sacra zu wälzen. Die Garden hatten sich verzogen; die Patrizier waren zumindest zum Teil noch auf der Plattform des Tempels. Sie würden gewiß nicht auf den Straßen speisen, wo das Volk seinen Tribut an Rindfleisch eintrieb.

Beherzt begann Thalia den Aufstieg. Die Treppe war breit genug, daß sie zwischen den Römern, die ihr in Gruppen entgegenkamen, hindurchschlüpfen konnte, und unendlich lang. Einige der Adeligen mit breiten Purpurstreifen an den Togen musterten sie befremdet; die übrigen waren meistens im Gespräch und übersahen sie.

Später hätte sie einiges darum gegeben, wenn ihr jemand den Zugang zum Heiligtum verboten oder sie wenigstens gespürt hätte, daß schon wieder der Gott der Tollkühnheit auf ihren Schultern hockte. Er blieb treu bei ihr, bis sie Afrania Agricola inmitten anderer Römerinnen am Ende der Plattform entdeckte und auf sie zustürmte.

Die Frauen wichen erschrocken zurück. Thalia blieb vor Afrania stehen, die wie üblich durch ihre Mimik die Umgebung an ihrer Gemütsverfassung teilhaben ließ und sich endlich hilfesuchend zur Jupiterstatue umwandte.

Thalia ließ sich von ihrer Schauspielkunst nicht verblüffen. »Wie hast du Leptinos dazu gebracht, sich von mir scheiden zu lassen?«

»Die Alexandrinerin«, sagte Afrania in verdrossenem Ton und schloß ihre Augen. »Schon wieder diese Unperson!«

Die Frauen drängten sich teilnahmsvoll um Afrania, wobei sie darauf achteten, daß ihre Festtagsstolen nicht mit der Sklavin in Berührung kamen. Zwischen den Säulen wurde man auf den ungewöhnlichen Vorgang an der Balustrade aufmerksam. Senatoren und Ritter schlenderten heran.

»Also, wie?« fragte Thalia und dachte nicht an Afranias Tücke und daß sie sich selber in ihre Hand gab.

»Willst du es wirklich wissen? Vor den Ohren des anwesenden Jupiter Optimus Maximus, dem höchsten Gott Roms, dem Wächter über Verträge und Eide? Und vor Juno, der Schutzherrin der Familie, deren Bildnis sich ebenfalls dort drinnen befindet?« Afrania wurde immer lauter, während sie den Arm hob und anklagend auf den Säuleneingang des Tempels deutete. »Für so dumm hätte ich dich nun wirklich nicht gehalten! Und ich hätte dir gern erspart, es dir vor den Senatoren Roms zu sagen.«

Thalia holte Luft, während Afrania geschickt eine winzige Pause einlegte, damit auch die schon schwerhörigen Senatoren nichts versäumten. »Leptinos von Alexandria kann in Rom nicht Arzt sein, wenn er die Gesetze des Römischen Reiches nicht respektiert. Du bist eine Hure und kannst nicht geheiratet werden. Das einzige, das Leptinos' Zukunft jetzt noch retten kann, ist, seine Ehe mit dir schleunigst für ungültig erklären zu lassen.« Afrania sah sich behutsam um, um die Wirkung ihrer Worte festzustellen. Sie konnte zufrieden sein.

»Ist das dieser Arzt, für den das Bürgerrecht gerade beantragt wurde?« erkundigte sich ein schwergewichtiger Senator.

»Jawohl, ehrwürdiger Gnaeus Flaccus Pulcher«, bestätigte Afrania, erfreut, daß der Zufall ausgerechnet ihn am Tempel festgehalten hatte. Seine Stimme wog viel im Senat, und sein Einfluß war in konservativen und fortgeschritteneren Kreisen gleich groß. »Dabei wäre es ein Verlust für Rom, wenn er ausgewiesen würde. Er ist Arzt der Methode, ehemaliger Schüler von Soranos und so gut wie er.«

»Von Soranos, so.« Pulcher war angenehm überrascht. »Ich denke, wenn du für ihn sprichst, werden wir dem Arzt Leptinos bald das Bürgerrecht verleihen können. Übrigens siehst du heute wieder entzückend aus, Afrania.«

Inzwischen hatte sich Thalia von ihrer Überraschung erholt. Sie ließ ihrem Zorn freien Lauf. »Ich wurde zwar zur Sklavin gemacht, aber nie zur Hure. Und was Huren betrifft, so dürfte Rom die einzige Stadt der Welt sein, in der sich die Frauen der *honestiores* freiwillig als Prostituierte registrieren lassen, damit sie unter dem Mäntelchen des Gesetzes huren können. Die Senatoren brauchen anscheinend keine Erlaubnis für das, was sie als Bootspartie oder Thermenbesuch ausgeben.«

Afrania lächelte genießerisch, ausreichend, um der Alexandrinerin ihren fürchterlichen Fehler zu signalisieren. Daß sie ausgerechnet in Pulchers Gegenwart auf dessen Affäre mit den Jungfrauen anspielte, war ein Geschenk der Götter. Sie mußte sich zusammennehmen, um nicht in Gelächter auszubrechen, während sie mit heimlicher Genugtuung das Wechselbad in Pulchers Gesichtszügen genoß. Da er anscheinend eine passende Antwort nicht zur Hand hatte, entschloß sie sich, ihm zu helfen.

»Gaius Cornelius Trimalchio hat dich für sein Bettvergnügen bezahlt. Es gibt Zeugen, falls du es zu leugnen versuchst. Und gerade Trimalchio als Richter wußte am besten, daß Prostituierte in Alexandria nicht geheiratet werden dürfen.«

Thalia brachte mit Mühe ihre Stimme unter Kontrolle. »Ich werde Trimalchio zum Zeugen aufrufen, daß es anders war«, sagte sie. Aber wo war die Grenze zwischen Geschenk und Bezahlung? Sie würde es nie beweisen können, wenn er es leugnete.

»Vor kurzem nannte sie ihn noch Gaius.«

Pulcher gab ein Meckern wie ein Ziegenbock von sich und wechselte mit Afrania einen belustigten Blick.

Thalia krauste die Stirn. Der Senator war alt und verfettet, aber ganz offensichtlich besaß er eine Macht, auf die selbst die intrigante Ehefrau eines Legaten und Schwägerin eines Vizekönigs vertraute.

»Ich bin in diesem Jahr Praetor des Geschworenengerichts von Rom, was du als *peregrina* nicht weißt«, sagte er bedächtig. »Wir beabsichtigen, Gaius Cornelius Trimalchio wegen Hochverrat und Mord vor Gericht zu stellen. Er wird ganz sicher nicht mehr in einem Zivilprozeß aussagen.«

Die Stille am Jupitertempel war zum Greifen. Erst Afrania unterbrach sie mit ihrer vor Genugtuung triefenden Stimme. »Geh jetzt, Alexandrinerin. Noch hat niemand erwogen, dich vor Gericht zu stellen oder dich auszuweisen. Aber man könnte es jederzeit, nicht wahr, Praetor?«

»Man könnte«, bestätigte er und betrachtete die Alexandrinerin über seinen scharfen Nasenrücken. Als er sicher war, daß sie keine Einzelheiten zu seinem Badeunfall zur Sprache bringen würde, war für ihn die Angelegenheit beendet. »Bei der Gelegenheit, Afrania, ich habe mit dir noch über deine neue Stiftung zu reden. Du hast das Recht, alle Einzelheiten zu bestimmen.«

»Ich weiß, Pulcher«, sagte Afrania lächelnd. »Und da ich gerade wieder einmal an die Verkommenheit gewisser unterer Schichten erinnert wurde, verfüge ich, daß die Mädchen die gleiche Summe wie die Jungen erhalten. Und ebenso lange.«

Der Senator reagierte überrascht. »Das ist nicht üblich. Die Valerianische Stiftung ist zwar bemerkenswert umfangreich ... Aber bist du sicher, daß du es so haben willst?«

»Um junge Römerinnen von der Prostitution abzuhalten, ist jedes Mittel recht, Gnaeus Flaccus Pulcher.«

»Großzügig von dir«, sagte der Praetor gedankenvoll. »Es laufen viel zu viele Frauen in Togen umher. Allerdings sind etliche von ihnen *peregrinae*, ich vermute sogar, die meisten.«

Zustimmendes Murmeln erhob sich bei diesem Stichwort unter den Senatoren. Der Abschaum der Welt sammelte sich in Rom, man hätte schon längst etwas unternehmen müssen.

Thalia schrak zusammen. Es war nicht mehr ihre Unterredung, und Afrania würde Gehässigkeiten austeilen, die auf sie gemünzt waren, so lange sie konnte. Es war der Anfang ihrer Rache. Oder, wenn man es genau nahm, war es vielleicht eine Episode in einem Geschehen, dessen Ursprung und Ziel sie nicht kannte.

Der Duft von brutzelndem Rindfleisch kroch durch die Straßen, in die Thalia bei ihrer ziellosen Wanderung geriet, einer Wanderung, die wie eine Flucht vor der Zukunft war. Überall sah sie festliche, fröhliche Römer, gegen Abend auch betrunkene. An einer schäbigen Garküche leistete sie sich eine scheußliche Erbsensuppe, die fast kalt war und nach Talg schmeckte; selbst der schmuddelige Mann hinter der Theke fragte erstaunt, ob ihr Glaube sie hindere, von den Opferrindern zu essen. Sie gab ihm keine Antwort.

Es war fast dunkel, als sie wieder bekannte Gegenden erreichte und sich entschloß, die *taberna* eine letzte Nacht als Unterschlupf zu benutzen.

Leptinos sah schweigend zu, als sie ihre Schlafunterlage vom Bettgestell hob und in den Behandlungsraum hinter den Schirm brachte. Später ging er aus und nahm Flor mit sich.

Es mußten Stunden vergangen sein, als er endlich zurückkehrte. Thalia wälzte sich immer noch schlaflos herum. Am Nachthimmel, den sie durch die geöffnete Tür sah, standen Sterne, Seelen von Göttern oder von Sterblichen, die einmal die Erde bevölkert hatten. Gegen Leptinos' Silhouette sagte sie: »Ich brauche meine Freilassungsurkunde.«

Er antwortete nicht. Am nächsten Morgen zerriß er die Ehebestätigung vor ihren Augen und ließ die Fragmente des Papyrus zu Boden flattern.

Thalia sah ihm verächtlich zu, bevor sie ruhig in die Ecke ging, in der seine geliebte Bodenvase stand. Sie hob sie in Augenhöhe und ließ los. Als sie gleich darauf die *taberna* verließ, ihre wenigen Besitztümer in ein Tuch eingeschlagen, knirschten die Scherben selbst noch auf der Treppenstufe unter ihren Sandalen. »Ich verabscheue Poseidonstatuen, Blutschüsseln und Bodenvasen«, sagte sie kühl und betrat Rom als freie und unabhängige Frau.

»Ich muß ihn aber sprechen«, beharrte Thalia. »Und ich weiß, er ist zu dieser Zeit hier. Ich habe fünfzehn Klienten gezählt. Und du hast sie alle hineingelassen.«

Der Türwächter rieb sich eine wunde Stelle zwischen Halsband und Haut und dachte nach. Er kannte diese junge Frau, die sich nicht abweisen ließ, vom Sehen. Er würde seine Strafe entweder vom Herrn bekommen oder von der Gebieterin. Wie auch immer er sich entschied. Er seufzte und schnippte mit den Fingern. Ein dunkelhäutiger Junge tauchte neben ihm auf. »Du bringst dieses Weib zum Herrn. Laß sie nicht aus den Augen«, instruierte er den Sklaven.

»Die?« fragte der Junge frech und nahm Thalias ärmliches Bündel in Augenschein. »Meinetwegen. Aber Publius' Schläge gebe ich nachher an dich weiter. Komm jetzt, Weib!« Kurze Zeit später stand sie vor dem Senator, der sich inmitten seiner Besucher im Atrium aufhielt.

Maximus fühlte sich aufs äußerste beunruhigt; offensichtlich war sie eine Botin dieses unsäglichen Trimalchio. Der Mann begann zu einer Belastung zu werden. Er wies seinen Sklaven an, die Hebamme in den Nebenraum zu bringen und keinen Augenblick aus den Augen zu lassen.

Thalia wunderte sich über die Art seiner Reaktion, aber sie tat sie mit einem Achselzucken ab und begann, sich umzusehen. Die Bibliothek entpuppte sich als Aufenthaltsraum für das kurzbeinige Mischwesen, das sie versehentlich für eine Gartenskulptur gehalten hatte. Armeschwenkend marschierte es durch die Terrassentür in den Garten. Sie sah es nur noch von hinten. »Was ist das denn?« fragte sie entsetzt.

»Dreibeinvierarm?« Der Junge kicherte und zuckte die Schultern. »Na eben Dreibeinvierarm.«

Thalia nickte, allmählich sorgenvoll. Abgesehen von diesem Wesen ... Für wen hielt Flavus Maximus sie denn, wenn nicht für die Ärztin, Hebamme und gewissermaßen fast eine Freundin seiner Ehefrau?

Kurze Zeit später rauschte der Senator herein. Er zog die Tür trotz seiner Eile fest zu. »Was willst du hier?« zischte er.

»Ich möchte dich bitten, mir zu sagen, wo Gaius Cornelius Trimalchio wohnt, Senator.«

Flavus Maximus stutzte. Er trat an seinen Schreibtisch und zupfte spielerisch am Band einer Buchrolle, während er überlegte, ob sie bluffte oder ob er sich in seiner Annahme irrte.

Thalias Blick haftete am Senator. Sie bemerkte, daß er die Antwort hinauszögerte. Irgendwie hatte sie ihn mit ihrer Frage überrumpelt.

Plötzlich wandte er sich ihr wieder zu und sah sie an. »Ich kenne ihn nicht«, sagte er.

»Ich glaube doch, Senator«, widersprach sie. Wie mit einer eisernen Faust wurde sie darauf gestoßen, daß die Bekanntschaft mit Trimalchio für einen Senator jetzt nicht mehr zweckmäßig war. Es gab nur noch ein kleines Fünkchen Hoffnung, daß lediglich sein Gedächtnis außerordentlich lückenhaft war. »Ich habe ihn vor zwei Wochen mit dir im Gespräch gesehen. In deinem eigenen Atrium. Du hast mich gesehen, und er hat mich gesehen. Er ist römischer Ritter und war bis vor kurzem in Alexandria Oberrichter des Kaisers.«

Maximus schüttelte gelassen den Kopf und sah sie freundlich an; jedoch war er auf der Hut, die Sehnen auf seinen Handrücken spannten sich. »Der Mann ist mir unbekannt. Wenn das deine einzige Frage war, entschuldige mich jetzt. Ich habe Verpflichtungen.«

Bemerkenswert, dachte Thalia. Während der Senator bereits auf dem Wege zur Tür war, sagte sie schnell: »Ich habe noch eine Bitte. Ich würde gerne die Herrin Corinna aufsuchen und mich vom Wohlergehen von Poseidonios und Europe überzeugen.«

»Es geht ihnen gut. Der bekannte Arzt Soranos von Ephesos hat sie in seine Obhut genommen und wird ihre ersten Jahre betreuen. Im Gegensatz zu ihnen ist die Herrin Corinna heute unpäßlich und empfängt keinen Besuch.« Die Tür fiel hinter ihm zu.

Der Sklavenjunge gab glucksende Geräusche von sich. »Das hat gesessen, was?« fragte er, als sie ihn strafend ansah. »Du bist hier nicht willkommen. Kapiert?«

Thalia atmete tief ein und schritt zur Tür, wo sie stehenblieb, bis der Junge sie hinausließ. Das Atrium durchquerte sie wie der Bauer den Acker auf einer geraden Spur. Klienten, die nicht ausweichen wollten, bekamen ihre Ellenbogen und Schuhe zu spüren. Am Gesicht des Hausherrn las sie ab, daß er mit sich selber stritt, ob er seine Sklaven rufen sollte.

Publius Dolabella Flavus Maximus entschied sich dafür, Aufsehen zu vermeiden. Thalia verließ unbehelligt die Halle mit den Ahnenbildern.

»Bei den Eiern meines unbekannten Vaters, die hat Stil«, murmelte der Sklavenjunge und blieb neben dem Pförtner stehen. Als Thalia sich umdrehte, um das Portal des Hauses zu betrachten, das sie nie wieder zu betreten wünschte, hob er seine Hand zum Gruß.

Thalia beachtete ihn nicht. Er schüttelte bewundernd den Kopf.

Die Hauswände in der *subura* waren vollgekritzelt. Thalia überging die unflätigen Schmierereien und las sorgfältig die Wohnungsangebote.

Das Zimmer in der *insula* neben Trajans neuer Latrine in der Straße zum Hügel Cispius gefiel ihr von der Beschreibung her am besten. Mit Ausblick auf die Wälder des Viminal und des Quirinal.

Der Ausblick und die Nähe zur Latrine waren in der Tat ausgezeichnet, jedoch lag das Zimmer im fünften Stockwerk. Sie selbst würde unendlich viel Zeit dafür aufbringen müssen, Wasser hoch- und Urin hinunterzutragen, ganz abgesehen davon, daß sie keiner Schwangeren die Treppen zumuten konnte. Mit Bedauern schlug sie das Angebot aus.

Den prachtvollen Raum für Verstümmelte ohne Beine lehnte sie ebenfalls ab, was nichts mit den Schreibfehlern des Angebots zu tun hatte. Es handelte sich um einen Lagerraum, zu dem eine steile Rampe hinunterführte, weniger um einen Wohnraum. Die Einwohner umliegender Häuser entsorgten hier ihren Abfall, und fauliger Gestank wehte in das Zimmerchen. Während ihres kurzen Aufenthalts steckten wenigstens fünf Kinder die Köpfe durch die große Wandöffnung und brüllten: »buh«.

»Nachts sind sie nie da«, versprach der Vermieter und hielt Thalia die Hand hin, um die Anzahlung entgegenzunehmen.

»Ich suche einen Wohnraum, keine Müllgrube«, sagte sie und ging.

Beim dritten Versuch wurde sie fündig. Eine sehr junge Frau vom Land, deren finanzkräftiger Liebhaber ihr genug Geld zugesteckt hatte, um zwei Zimmer zu mieten, wollte untervermieten, um Geld zu sparen. Sie war, den römischen Göttern Dank, schwanger. Sehr schwanger. Und Thalia sehr Hebamme.

Sie wurden sofort einig.

Claudia war Thalia sofort sympathisch. Sie war, was Thalia ohne das Schlafmittel und ohne das Verhütungsmittel auch hätte sein können: ein Mädchen, das einem beliebigen Mann als Lustobjekt gedient hatte – bis sie unansehnlich und wegen berechtigter Ansprüche unbequem geworden war. Sie war etwas jünger als Thalia, und natürlich war es ihr erstes Kind. Zu den Eltern in Kampanien würde sie nicht zurückgehen, soviel war sicher. Sonst war überhaupt nichts sicher. Aber wenigstens war jetzt Thalia da.

Thalia griff bedenkenlos zu Oliven, Käse und Brot, die Claudia großzügig zur Verfügung stellte. Erst als sie ihren wahnsinnigen Hunger gestillt hatte, fand sie Zeit, sich etwas zu genieren.

In der dritten Nacht machte sie alles wieder gut. Die Wehen zogen sich Stunde um Stunde hin. Sie massierte Claudias Beine nach den Krämpfen, sie lauschte an ihrem Herzen und an dem des Kindes, sprach ihr Mut zu, wischte den Schweiß von ihrer Stirn und atmete mit ihr.

Erst am hellen Tag kam das Kind, ein kleines Mädchen, trotz der langen Dauer der Geburt gesund und ein munteres Schreihälschen. Claudia war so glücklich, daß sie Thalia die Miete erlassen wollte. Thalia überlegte mehrere Stunden und schlug das Angebot schließlich aus. Aber sie nahm gerne das Angebot von Claudia an, sich für alle Zeiten um den gemeinsamen Haushalt zu kümmern. Dafür war Thalia bereit, sich um das gemeinsame Einkommen zu kümmern.

Die Geburt von Claudias Tochter stellte sich für Thalia als Glücksfall heraus. Innerhalb kurzer Zeit war sie in der Straße als Hebamme bekannt und Wochen später im ganzen Viertel. Irgendwie ist es wie in Alexandria, dachte sie versonnen und stellte einen Krug Wein auf den Tisch. Zu Anfang der Ruf als Hebamme, später erst als Ärztin. Aus fehlender Gelegenheit, nicht aus Mangel an Können. Männer riefen männliche Ärzte, wenn sie sich krank fühlten. Frauen hatten keine Zeit, sich krank zu fühlen.

»Ich will mich morgen von der Fortuna Virgo verabschieden und mich der *Mater Matuta* empfehlen«, sagte Claudia eine Woche nach der Geburt. »Kommst du mit zu ihrem Heiligtum?«

Thalia sah auf. Claudias rundes Gesicht strahlte das Glück wider, das sie durch ihre Tochter erfahren hatte. »Natürlich komme ich mit. Die *Mater Matuta* verdient ein Opfer, wenn sie bereit ist, sich um Philippa zu kümmern.«

»Nein, nein«, widersprach Claudia. »Mit Philippa hat das nichts zu tun, nur mit mir. Die Göttin der Jungfräulichkeit hat sich um mich nicht sonderlich gekümmert, wie wir beide wissen, obwohl ich ihr regelmäßig geopfert habe. Ich bin deshalb ganz froh, daß ich jetzt die *Mater Matuta* anrufen darf. Und die Matronenschaft, oder wie man das nennt, ist schließlich nichts, was verlorengehen kann. Selbst bei mir nicht.« Sie kicherte.

Thalia lachte mit. Claudia war herzerfrischend unkompliziert. Später kamen ihr Bedenken wegen der Möglichkeit, Leptinos zu begegnen, aber da wollte sie ihr Versprechen nicht mehr zurücknehmen.

Der kleine Fortunatempel direkt neben dem der *Mater Matuta* war an diesem Tag nicht besonders stark besucht; die meisten Jungfrauen der Stadt saßen wahrscheinlich im Theater des Flavius und verzehrten sich nach berühmten Gladiatoren, die den Auftrag hatten, Thraker zu metzeln. Thalia las die Ankündigungen, während sie vor dem Tempel auf Claudia wartete. Hegesippus aus Alexandria wurde als besonderer Leckerbissen für Kenner gepriesen. Sie fröstelte und hörte auf, die dummen Sgraffiti zu lesen. Um keinen Preis hätte sie sich freiwillig noch einmal in einen Circus begeben.

Auch der Viehmarkt war an diesem Tag leerer als sonst; die Tribünen für die Triumphzüge von ehedem waren abgebaut, und Thalia hatte freien Blick auf die Halle, in der sie noch vor kurzem praktiziert hatte. Die Tür zur *taberna medica* war merkwürdigerweise verschlossen. Aber daneben stand der Fischsaucenhändler und spähte mit der flachen Hand über den Augen zu ihr herüber. Wahrscheinlich hatte er sie erkannt.

Thalia seufzte und ging quer über den Platz zu ihm.

»Ich dachte mir doch, daß du es bist, Alexandrinerin«, sagte er grußlos, aber mit strahlendem Gesicht, und packte eine ihrer Hände mit seinen Pranken, um sie kräftig zu schütteln. »Wie geht es dir?«

»Nicht sehr gut«, bekannte Thalia ehrlich, »aber es könnte viel schlechter sein. Ich habe mein Auskommen an manchen Tagen und klage nicht. Wie geht es deiner Hand?«

»Oh, ausgezeichnet. Leptinos hat sie prächtig geflickt. Sieh her!«

Thalia betrachtete die schmale rote Narbe. Sie erkannte neidlos Leptinos' Können auf diesem Gebiet an.

»Bei Neptuns Dreizack, es ist ein Jammer, daß er fort ist.«

Thalia zog überrascht die Augenbrauen hoch.

»Fort«, bekräftigte der Fischer und wedelte mit seiner Hand ungezielt in der Luft herum. »Die Sklaven der Patrizierin, die immer am Tag des Jupiter opfert, haben ihm beim Umzug geholfen. Du weißt, die, mit der du die Auseinandersetzung hattest.«

»Moment mal«, sagte Thalia. »Kanntest du die Patrizierin schon vorher?«

»Sicher. Sie hat in die Sippe der Agricola eingeheiratet. Bester römischer Adel.«

»Das meinte ich nicht. Ich meine: Kommt sie regelmäßig?«

»Regelmäßig wie die Winterstürme«, bestätigte ihr ehemaliger Nachbar. »Wenn sie kommt, ist Donnerstag. Wenn nicht, liegt ein Fehler im Kalendarium vor.«

»So ist das also«, sagte Thalia nachdenklich und zeigte hinüber zum Tempel. »Meine Begleiterin ist fertig. Ich muß gehen. Ich besuche dich mal wieder. Ich wohne jetzt in der *subura*.«

»Ich weiß«, sagte der Fischsaucenverkäufer und riß Thalia

an sich, um ihr Küsse auf beide Wangen zu geben. »Komm bald.«

Während Claudia auf dem Heimweg munter schwatzte, gab Thalia nur einsilbige Antworten, die aber ausreichten, um den Redefluß in Gang zu halten. Es war Trimalchio gewesen, der Leptinos auf raffinierte Art nach Rom gelockt hatte; Lactucius hatte ihm, obwohl römischer Bürger, den für ein *iatreion* völlig ungeeigneten Viehmarkt empfohlen, den die vornehme Römerin Afrania regelmäßig aufsuchte. Trimalchio wollte sich an Afranias Schmerz weiden: Sie mußte Leptinos jede Woche zu Gesicht bekommen. Aber als Liebhaber fiel er aus. Sie konnte ihn nur noch um den Preis haben, sich als Hure registrieren zu lassen.

Der Oberrichter hatte einen einzigen Fehler begangen, den sich Afrania zunutze gemacht hatte. Unerwartet sah er sich durch einen Prozeß bedroht und mußte untertauchen. »So war das also«, sagte Thalia laut.

»Interessiert es dich nicht, was mein Bruder sagte?« fragte Claudia, ohne beleidigt zu sein.

»Doch, sicher. Mir kam nur zwischendrin die Idee, daß es bei mir das gleiche gewesen sein könnte wie bei dir. Nur waren es bei mir nicht zwei Brüder, sondern ein römischer Ritter und eine römische Patrizierin, die sich auf meinem Rücken ausgetobt haben.«

»Meine Güte, hast du vornehme Bekannte«, sagte Claudia ehrfürchtig. »Warum gibst du ihnen nicht eine auf die Nuß?«

»Wenn das so einfach wäre ...« Thalia kaute auf ihrer Unterlippe. Irgendwie befand sie sich in einer scheußlichen Situation. Die Römerin ging auf die Jagd wie Diana. Hatte sie vor, einen Feind nach dem anderen zu erlegen?

Die *insula* war ein Bienenkorb, was die Masse der Bewohner betraf. Thalia war überzeugt davon, daß sie die Leute niemals alle kennenlernen würde, die in ihm wohnten. Ganz im Gegensatz dazu Claudia, die es sich zur Gewohnheit machte, Thalia zu begleiten, damit sie sich in den Gängen und Treppenhäusern nicht verlief, wenn sie gerufen wurde. Die Zahl ihrer Patienten nahm auf diese Weise schnell zu, denn Claudia plauderte während der Behandlung mit allen in der Nähe erreichbaren Leuten und pries dabei Thalia zungenfertig an wie der Bauer die Kuh. Manchmal war es ihr schon peinlich.

An einem der sehr heißen Septemberabende stürmte Claudia plötzlich zur Tür herein. »Komm schnell«, rief sie Thalia zu, die mit Philippa schäkerte und sie an den Zehen kitzelte, »oben liegt ein Schwein und blutet! Ich meine, oben liegt einer und blutet wie ein Schwein! Der Nachbar meint, du sollst kommen, bevor die Blutströme den Vermieter alarmieren. Vielleicht hat er die Miete nicht bezahlt.«

Demeter, hilf! dachte Thalia und ergriff den Bereitschaftskorb. Claudia riß den Säugling hoch und rannte vorneweg. Sie waren beide außer Atem, als sie ganz oben angekommen waren. Der Nachbar, der das vordere Zimmer bewohnte, schob Thalia in den hinteren Raum und hielt Claudia zurück.

Die Hitze prallte Thalia entgegen. Auch der Blutgeruch und die Fliegen. »Wie lange liegt er schon so?« fragte sie.

»Keine Ahnung«, erwiderte der Römer, ein dürrer Kerl mit hohlen Wangen, und steckte den Kopf zur Tür herein. »Ich bin gerade aus dem Circus zurückgekommen. Dieser Hegesippus ist ja große Klasse! Woher hätte ich wissen sollen, daß ich zu Hause das gleiche vorgeführt bekommen kann?«

Thalia nickte und kniete sich neben den Verletzten, der auf dem Boden lag, aus zahllosen Stichwunden blutend. Während sie nach dem Puls suchte, betrachtete sie das merkwürdige Bild, das sich ihr bot. In allen Falten der Tunika befanden sich Getreidekörner, sie mischten sich sogar mit den Rinnsalen von Blut. »Ist es eine römische Sitte, über Verletzte Korn zu streuen?« fragte sie verunsichert.

»Die einzige Sitte ums Korn ist, es zu essen«, sagte Claudia fest, die sich neben den Mieter drängte und sich umsah. »Getreide, Getreide, Getreide. Sogar im Wasserbottich und im Pißpott schwimmen die Körner! So eine Verschwendung!«

Der Mitbewohner stimmte Claudia düster nickend zu. »Essen – wenn man es hat.«

Der Puls war sehr schwach. Thalia überprüfte die Augenschleimhäute des Verletzten. »Das ist ja Symmachus«, sagte sie entsetzt.

»Auch einer von deinen vornehmen Bekannten?« fragte Claudia, die allmählich richtig wütend wurde. »Kein Wunder, daß er sich erlauben konnte, Getreide zu horten. Wahrscheinlich lebte er hier unerkannt, um es von Zeit zu Zeit auszustreuen.«

Thalia ließ Claudia schimpfen und beobachtete den Prediger, dessen Wangen zuckten.

Symmachus blinzelte und sah jemanden über sich. »Ich kenne dich«, behauptete er mit schwächlicher Stimme.

»Gewiß, Symmachus. Aus dem Haus von Kleon in Alexandria. Du und deine Frau überlebtet die Cholera.« Den Sohn erwähnte Thalia lieber nicht, um keine Wunden aufzureißen.

Der Prediger riß seine Augen weit auf und ließ es zu, daß Thalia ihn hochstützte, indem sie einen Getreidesack unter seinen Nacken schob. Es fiel ihm danach leichter zu atmen, was ihr Gelegenheit gab, behutsam nach den Wunden zu sehen, die von der zerfetzten Kleidung verdeckt waren. Die Stichkanäle unterhalb des rechten Rippenbogens waren ihrer Ansicht nach die gefährlichsten. Wahrscheinlich blutete die Leber sogar in den Bauchraum hinein.

Als Thalia ihre Untersuchung beendet hatte, war sie sicher, daß Symmachus nicht zu retten war. Das Verbluten nach innen konnte nicht einmal Leptinos verhindern.

»Ich will nicht, daß du mich wieder behandelst«, flüsterte Symmachus. »Ich bin in des Herrn Hand.«

»Willst du da drin sterben?« fragte Claudia und rümpfte die Nase. »Und welchen von den vielen Herren meinst du eigentlich?«

»Er gehört zur christlichen Sekte der Juden«, antwortete Thalia leise.

Symmachus' Augen folgten Thalias Fingern, die sorgsam Getreidekörner fortstrichen und dafür sorgten, daß seine Blöße bedeckt war. Plötzlich merkte sie, wie der Mann sich versteifte und sich sein Gesicht verzerrte. »Weg mit dir!« keuchte er. »Dieser Fisch ist kein Zeichen des Bundes mit Gott. Du gehörst den Leuten an, die Baal anbeten!«

Mutumbals Ring!

Ein netter Fisch, hatte der Rothaarige gesagt, und Cornelius hatte ihm einen erfolgreichen Fischzug gewünscht. Jetzt erst verstand Thalia, daß Fische für die Christen eine besondere Bedeutung haben mußten. Deswegen hatte die Frau auf dem Marktplatz sie für eine Anhängerin ihres Propheten gehalten. Und sie lief nichtsahnend damit herum. Im gleichen Augenblick noch zog sie ihn vom Finger.

»Laß dir doch von einem Getreidehehler nicht befehlen, Thalia! Wenn du keinen Schmuck trägst, glauben die Leute nicht, daß du gut bist!«

Sie schüttelte den Kopf und lagerte Symmachus wieder anders. Aber es gab keine Hilfe mehr für ihn. Augenblicke später kippte sein Kopf zur Seite, und er hörte auf zu atmen.

Jetzt erst hatte Thalia Zeit, sich umzusehen. An der Wand unterhalb der Fensteröffnung standen mehrere Säcke, die aufgeschlitzt worden waren. Aus den Schnitten rieselten die Körner.

»Hunger hatte derjenige aber nicht, der den Getreidehehler und seine Säcke abgemurkst hat«, stellte Claudia fest.

Thalia sah zu ihr auf. »Meinst du?«

»Ganz sicher. Der Römer aus dem Volk muß erst noch geboren werden, der Korn nicht in Ehren hält; die Räuber der ganzen *subura* würden es mitgenommen haben, damit ihre Kinder zu essen haben. Wer das hier getan hat, kam nicht aus der *subura*. Er wollte nicht essen, sondern etwas *sagen*.«

Thalia sah zu dem Mann hinüber. Äußerlich wirkte er gleichmütig, trotzdem schien er unter einem inneren Druck zu stehen. Er war beunruhigt und versuchte, es zu überspielen.

Der Römer zupfte einen Fussel von der Lippe und nickte. »Auch meine Meinung. Rache oder Schutzgelderpressung.«

»Was ist das?«

»Schutzgelderpressung?«

»Ja.«

»O Ärztin! Gut, daß Claudia dich nicht frei herumlaufen läßt, bei so wenig Lebenserfahrung. Na, ich will's dir erklären. Das ist so: Wenn Symmachus regelmäßige Einnahmen gehabt hätte, in Bargeld oder in Getreide, das er zu Bargeld machen konnte, dann hätte sich bestimmt jemand brennend dafür interessiert. Der hätte ihm dann seinen Schutz anbieten können, gegen Räuber zum Beispiel oder gegen Hungrige, und dafür seinen Anteil verlangt. Ganz einfach. Und wenn nun Symmachus falsches Spiel gespielt hätte, hätte der Erpresser ein Zeichen gesetzt. Damit andere nicht auf den gleichen dummen Gedanken kommen.«

»Glaubst du, es war hier so?« fragte Thalia und sah den Toten plötzlich in einem ganz anderen Licht.

»Eher nicht. Der hätte Symmachus als Zeichen eine Handvoll Getreide an das Fußende gelegt und die Säcke abgeschleppt. Dieser Täter hat Korn nicht nötig. Vielleicht ißt er den ganzen Tag Straußenfleisch mit Dattelkernen oder gemästetes Böckchen mit Damaszenerpflaumen.«

»Du meinst also, er kommt aus der besseren Gesellschaft von Rom?«

»Entweder das oder der Mörder wurde fürstlich bezahlt. Unter der Bedingung, kein einziges Körnchen mitgehen zu lassen.«

»Einer von ganz, ganz oben, Thalia. Laß bloß die Finger von der Angelegenheit und bringe uns nicht in Gefahr! Du kennst Rom nicht.« Claudia betrachtete sie voll Angst und verschwand, um Philippa aufzunehmen, die im Hintergrund greinte. »Laß uns lieber schnell verschwinden!«

KAPITEL 20
DIE *SUBURA*

»Ich wette mit dir um zehn Asse, daß dieser Hegesippus bald im Bett einer vornehmen Dame liegt«, sagte Claudia und biß den Faden ab, nachdem sie den letzten Stich an einer Mütze für Philippa gemacht hatte.

»Lieber nicht. Ich brauche mein letztes Geld für eine Flasche guten Olivenöls.« Besorgt betrachtete Thalia ihre kargen Vorräte an Arzneimitteln. Am Ende würde sie noch auf die Urinsammelbehälter des Hauses zurückgreifen müssen. In den letzten Tagen waren die Hausbewohner gesund wie Fische im Wasser und sie fast ohne Barmittel. »Außerdem glaube ich dir ja.«

»Ist sie nicht schön?« fragte Claudia und hielt ihr Werk in die Höhe. »Und warm. Ich glaube, man muß sie Philippa bald aufsetzen. In so einen wie Hegesippus könnte ich mich auch verlieben. Aber da hast du keine Chance: Wenn so ein Luxusweib im Circus lässig mit dem Haarnetz winkt, kannst du sicher sein, daß sie den Rest auszieht, noch bevor sie ihn in ihr Bett gezerrt hat.«

Thalia ließ ihre Nase in einem Büschel Ysop verschwinden und atmete tief ein. »Ich glaube, dir hat dieser Hegesippus gefallen?«

»Und wie! Er ist breit wie drei Römer nebeneinander. Und die Narbe macht ihn sehr männlich.«

»Aber dein einer Römer hat dich doch schon sitzenlassen. Sind drei Römer da wirklich besser?« sinnierte Thalia, ohne auf eine Antwort zu warten. »Hegesippus gilt als gemein unter den Gladiatoren. Weil er mich ansah, mußte ein anderer Mann sterben. Der *lanista* hatte zur Bestrafung einen Kämpfer bestimmt, der überhaupt nichts getan hatte. Einen Augenblick später war der Stellvertreter tot.« Thalia fröstelte plötzlich.

Claudia starrte Thalia mit offenem Mund an. »Den kennst du auch? Warum hast du das nicht eher gesagt?«

»Es war einer der widerlichsten Tage meiner Zeit in Alexandria. Ich mußte die Gladiatoren im Circus betreuen.« Thalia schüttelte sich, während Claudia sie nur noch bewundernder ansah.

»Und so jemanden wie dich habe ich mir als persönliche Hebamme und Ärztin an Land gezogen! Das glaubt man mir zu Hause nie!« Sie sah überaus zufrieden aus.

Thalia seufzte. In den ersten Wochen ihrer Bekanntschaft hatte ihr Claudia stundenlang ihr Herz ausgeschüttet, ohne jemals zu ermüden und ohne großes Interesse an anderen Dingen als ihren eigenen Belangen. Aber es konnte nicht ausbleiben, daß sie selber nach und nach einiges von sich preisgeben mußte. »Ich muß das Öl heute noch kaufen. Und wenn mein letztes As dabei draufgeht.«

Claudia sprang unternehmungslustig auf. »Das machen wir anders. Wir suchen uns einen der Togaschwinger, die Ölmarken ausgeben. Ich werde ihn becircen: Mein Mann ist gerade gestorben oder beim Kaiser oder so. Aber natürlich ist er Römer mit Anspruch! Und bei der Gelegenheit kaufen wir ein Pfund Papyrus und Tinte. Meine Chancen sind ja jetzt enorm gestiegen!«

»Wozu brauchst du ein ganzes Pfund Papyrus? Willst du ein Buch schreiben?«

»Dann eben einen Bogen«, sagte Claudia fröhlich. »Und nicht ich werde schreiben, sondern du. Du wirst ihm das schönste Gedicht verfassen, das du dir ausdenken kannst. Unterschrift: *Deine Claudia, die mit bebenden Lippen auf dich wartet*. Er hat bestimmt so viel Geld verdient, daß er keine Patrizierin braucht. Das werde ich ihm sagen.«

»Claudia, du weißt ja nicht, auf was du dich einläßt«, sagte Thalia ärgerlich. »Mich warnst du, aber selber stürzt du dich in ein Abenteuer mit einem Mann, dessen Gewerbe es ist, täglich Menschen totzuschlagen. Der Mann ist gefährlich und unberechenbar.«

»Aber doch nicht für Frauen!«

»Doch. Auf einmal sitzt du mit zwei Kindern da. Und ohne einen einzigen Ehemann.«

»Wofür habe ich denn dich? Außerdem werde ich es dieses Mal schlauer anstellen.«

Claudia war offenbar nicht zu helfen. Thalia schüttelte ratlos den Kopf. Dann fiel ihr ein, daß sich das Problem wahrscheinlich von selbst erledigen würde. Ein Hegesippus hatte unter seinen Verehrerinnen längst eine ausgesucht, die ihm Chancen auf eine Karriere bot. Man mußte darauf vertrauen; Claudia etwas ausreden zu wollen war unmöglich.

Als sie auf die Straße traten, steckte Thalia die Nase in die Luft und sog sie tief ein. Sie war frisch und kühl, und ein Hauch von Herbst lag darin. Wie in den Bergen oberhalb von Side. Und ganz anders als in Alexandria. Schweigend ging Thalia neben Claudia, die einen forschen Schritt anschlug. Sie wußte, wo sie hinwollte. Die beiden mußten die ganze *subura* durchqueren, um in die Argiletum-Gasse zu den Buchhändlern und Papyrusverkäufern zu gelangen. Die meisten Ladenbesitzer öffneten gerade erst ihre Buden.

Der Papyrushändler zeigte sich anfangs etwas widerborstig, in der Meinung, er würde gefoppt. Echte Kundschaft bestand aus Männern, und diese pflegten erst am Nachmittag zu kommen. Thalia belehrte ihn hartnäckig; sie ließ sich verschiedene Sorten vorlegen und riet Claudia schließlich zu der feinen Qualität von gelber Farbe. »Noch nicht benutzt«, sagte sie bestimmt.

»Was denkst du denn von mir?« fragte der Römer verärgert. »Daß ich dir etwas andrehe?«

Claudia sagte: »Genau das«, aber Thalia erklärte versöhnlich: »Ich wollte dir damit sagen, daß es wirklich beste Ware sein soll. Ich bin sicher, du hast auch billigere.«

Der Mann grinste. »Ein Liebesbrief also«, erkannte er versöhnt. »Willst du Geheimtinte dafür haben?«

»Also, das mit dem Liebesbrief stimmt«, gab Claudia zu.

»Aber Geheimtinte geht nicht. Dann weiß er ja nicht, daß es ein Brief ist.«

Der Verkäufer machte eine kleine Verbeugung zu Claudia als Geste des Wohlgefallens. »Das ist richtig. Dann schlage ich rote Tinte vor. Die hebt sich und dich vom üblichen Schreibeinerlei ab und wird ihm imponieren.«

Claudia nickte begeistert. Nachdem sie ausgiebig gefeilscht und dann bezahlt hatte, fiel ihr noch etwas ein. »Weißt du, ob heute jemand Marken für Öl ausgibt? Natürlich auch beste Ware. Der Po meiner Kleinen verträgt keine schlechte Qualität.«

»Verstehe ich gut. Ich wurde als Säugling wahrscheinlich immer mit dem schlechtesten abgerubbelt. Oder mit Flußsand.« Er zeigte seine Handrücken vor. »Da kann man nichts machen. In meinem Alter hilft auch das beste Olivenöl nicht mehr«, sagte er resignierend.

Thalia hatte schon gesehen, daß seine Gesichtsfarbe einen ungesunden graugelben Schimmer besaß, genau wie die Hände und Arme. »Bist du häufig müde?« fragte sie. »Hast du gelegentlich Kopfschmerzen und oft träge Verdauung?«

»Eine Beschreibung, wie von meiner Aelia, wenn sie in Stimmung ist. Ich hoffe, du wirfst mir nicht auch noch Rollen an den Kopf.«

»Bestimmt nicht.« Thalia lächelte ihn an. »Aber darf ich dir einmal in den Mund blicken?«

»Du verwechselst mich zwar mit einem Pferd, aber ich finde, sie sind nette Tiere«, versetzte der Papyrushändler und sperrte gehorsam den Mund auf. Behutsam drückte Thalia seine Unterlippe nach unten.

Es war, wie sie vermutet hatte. Aber sie war doch erstaunt, wie ausgeprägt die schwarze Verfärbung des Zahnfleisches war. Gar nicht zu verkennen, wenn man Soranos' Werke gelesen hatte. »Du schreibst auch selber.«

»Ich habe es immer geheimgehalten! Und du kannst das an meinen Zähnen sehen?« Dem grauhaarigen Händler klopften die Schläfenadern vor Aufregung.

»Ich erzähle es niemandem«, versicherte Thalia hastig. »Ich finde Gedichte selber wunderschön. Nur solltest du ein

Schwämmchen benutzen, wenn du dich verschrieben hast, nicht die Zunge. Vor allem darfst du nie mehr an der roten Tinte lecken.«

Der Papyrushändler betrachtete Thalia zweifelnd.

»Also«, begann Claudia in energischem Ton, »ich hoffe auch, daß sie was von Gedichten versteht. Wenn nicht, wäre das eine persönliche Katastrophe für eine bestimmte Person. Über Krankheiten aber weiß sie alles, das schwör ich dir bei den Gebeinen meiner Ahnen. Hast du noch nie von der Alexandrinerin gehört? Das ist sie! Wenn sie also meint, daß du nicht mehr lecken sollst, dann laß das gefälligst, und du wirst dich am flüssigsten Dünnschiß erfreuen, den du dir wünschen kannst.«

»Meine Aelia schimpft, wenn ich so oft Wasser aus dem Vorrat hole«, erklärte der Händler verlegen. »Darum lecke ich.«

»Du wirst deine Aelia nicht mehr lange schimpfen hören, wenn du weiterhin Mennige schluckst«, sagte Thalia warnend. »Es ist tödlich. Die Männer, die Bleierz abbauen, leben alle nicht sehr lange.«

»Ich habe mich schon damit abgefunden, daß sie mich eines Tages erschlägt – das ist in Ordnung. Es wäre egoistisch, ihr dieses Vergnügen zu nehmen. Also keine Leckerei mehr«, erklärte der Händler entschlossen. »Ich verspreche es.«

»Da jetzt die Sache mit den Zungen und dem Wasser hinreichend geklärt ist...« sagte Claudia ungeduldig, »wie sieht es denn nun mit den Ölmarken aus? Hast du gehört, ob welche ausgegeben werden?«

»Heute bestimmt nicht. Die Leute stehen nur noch nach Marken für die Kämpfe an, an denen Hegesippus teilnimmt.«

Claudia schrak zusammen. »Und mindestens die Hälfte von ihnen sind Frauen. Komm jetzt, beeile dich, Thalia! Dann kann ich ihm das Gedicht noch heute zu Füßen legen. Heute haben sie Ruhetag.«

»Die Füße?« Thalia lachte und schüttelte den Kopf. Sie würde den Ölkauf auf später verschieben müssen.

Es war Schwerstarbeit, ein Gedicht nach Claudias widersprüchlichen und sprunghaften Vorgaben zu verfassen. Als

Claudia endlich zufrieden war, vertraute sie einer Nachbarin die Kleine an, beschrieb Thalia zwischen Tür und Angel den Weg zur nächsten Öltheke und rannte los.

Am liebsten würde sie sich selber dem Hegesippus zu Füßen legen, dachte Thalia und sah der verliebten jungen Frau nach, die mit wehendem Schal an verdutzten Straßenpassanten vorbeistürmte. Dann machte sie sich auf den Weg, merkte aber bald, daß in Claudias Beschreibung einige Straßen und Wohnblöcke verlorengegangen waren, jedenfalls war die Öltheke nicht, wo sie sein sollte.

Thalia sah sich um. Eine kleine Straßenschule, in der einige Jungen laut wiederholten, was ein alter Mann mit struppigen Haaren vorsprach, eine Schwade voll ranzigem Fett in der Luft und weder Latrinen noch Brunnen.

Wahrscheinlich war sie inzwischen mitten in der Suburana vom Mons Caelius gelandet. In dieser armseligen Gegend mit den uralten *insulae,* die wie Waben aneinanderklebten, war der Verfall mindestens so schlimm wie am *Kleinen Querkanal* in Alexandria. Der Boden unter ihren Füßen fühlte sich wie Treibsand an, er sackte weg und quietschte vor Nässe.

Aus dem Tor der nächstgelegenen *insula* rollte ein Kind wie ein Feuerrad heraus; als es eine Pause einlegte, erkannte sie, daß die Füße wie bei einer Ente am Bauch ansetzten. Sie holte tief Luft. Warum gab es diese bedauernswerten Geschöpfe in den Armenvierteln, aber nicht in reichen Häusern?

Das Mädchen legte den Zeigefinger auf sie an wie eine Lanze. »Spaltlippe, Hasenmaul«, rief sie und kugelte weiter.

Thalia schüttelte den Kopf und ging einem Hausbewohner nach, in der Hoffnung, daß man ihr Auskunft geben könnte. Der Mann war hinter einer Pforte verschwunden, die sie leise aufzog. Sie spähte in einen langen Raum ohne viel Licht und fuhr entsetzt zurück.

Eine lange Reihe von zerlumpten Lagerstätten zog sich an der Wand entlang, auf denen jeweils ein oder mehrere Kinder lagen, angebunden an einen Strick oder eine Kette. Die meisten starrten blicklos auf ihre Füße oder an die Decke und ließen ihre Körper hin und her pendeln. Einige waren nicht angebunden und liefen umher.

Eine Aufsichtsperson war nicht sichtbar. Thalia trat einfach ein. Sie mußte in Erfahrung bringen, was es hiermit auf sich hatte.

Die Kinder sahen nicht geradezu krank aus, waren aber blaß und hatten körperliche Gebrechen. Sie betrachtete zweifelnd die dilettantischen Versuche, gebrochene Beine oder Arme wieder in ihre gerade Stellung zu bringen; die hölzernen Schienen saßen merkwürdig falsch.

»Suchst du dir eins aus, schöne Frau? Oder möchtest du eins in Bestellung geben? Womit kann ich dir dienen?«

Thalia hatte niemanden kommen hören und fuhr herum. »Der Arzt der Kinder ist nicht gut«, sagte sie spontan und sah dem Mann mißbilligend ins Gesicht.

»O doch, er ist der beste. Er irrt sich fast niemals, und wir haben kaum jemals Ausfälle«, widersprach der Römer, ein eingetrockneter alter Mann mit Blasen von Speichel auf den Lippen.

Sein Lächeln war eigenartig. Besonders wenig gefiel Thalia, daß sein Blick aus kurzsichtigen Augen über ihr Gesicht und ihre Haare irrte und dann auf ihrem Mund liegenblieb. Er taxierte sie schließlich wie ein Käufer auf dem Sklavenmarkt.

»Welcher Arzt?«

»Was ist schon ein Name? Du kennst ihn ohnehin nicht, er heißt Soranos von Ephesos.«

»Was?« rief Thalia empört. »Nein! Das glaube ich nicht.«

»Ich sehe, du kennst dich doch aus. Konkurrenz von *trans Tiberim*, vom anderen Tiberufer, hm? Gesehen habe ich dich noch nie, obwohl ich ein gutes Auge für alle Arten von Gebrechen habe, nicht nur für lukrative.« Seine schmierige Freundlichkeit war wie weggewischt, als er Thalia humpelnd umkreiste.

Thalia drehte sich stumm um sich selber; diesen Kerl konnte sie bei Gefahr für ihr eigenes Leben nicht aus den Augen lassen. Ein Kind von etwa drei Jahren kam herbei; sein ungewöhnlich schmaler Schädel war zwischen zwei Bretter geklemmt, die mit Knebeln unter dem Kinn und über dem Haarschopf zusammengepreßt wurden, trotzdem gelang es ihm, einen Finger in den schnabelartigen Mund zu zwängen.

Mit einer vom Schnoddernäschen verschmierten Hand packte es Thalias Chlamys und sah ihr ins Gesicht.

»Laß die Finger von meinen Säuglingen«, drohte der Leiter des Kinderhauses verhalten. »Ich habe Verträge mit allen zuverlässigen Hebammen. Du wirst keinen einzigen von ihnen bekommen, außer ich hätte ihn vorher abgelehnt.«

»Du verwechselst mich«, stammelte Thalia, »ich bin nicht, was du denkst. Was meinst du mit den Ausfällen, die du nicht hast? Im übrigen wäre es mir angenehm, wenn das Kind die Finger von mir ließe.«

»Hä?« Sein Mißtrauen ging in Ratlosigkeit über. »Also, von hinten hatte ich dich für eine schöne, reiche Römerin gehalten, die sich ihr kleines Kuriosum selbst aussuchen kommt. Vorn siehst du allerdings eher aus wie jemand, der selbst Monster kauft und verkauft. Und jetzt behauptest du, du wüßtest von nichts. Willst du mich auf den Arm nehmen?«

»Nicht im geringsten«, bestätigte Thalia und schüttelte allmählich den ersten Schrecken ab. »Du mußt schon entschuldigen, wenn ich mich etwas unbeholfen ausdrücke. Ich bin noch nicht sehr lange in Rom. Aber ich bin durchaus auf der Suche.« Er mußte ja nicht erfahren, daß es sich nur um die Öltheke handelte. Sie war inzwischen entschlossen, der Sache auf den Grund zu gehen. »Erzähle mir, wie du dein Geschäft organisierst.«

Der Mann schwieg unschlüssig.

Ein älteres Kind kam herbei, dem aus dem Bauchnabel ein Hinterteil mit Füßen hing, ein Arm klammerte sich um seinen Hals. »Will sie mich mitnehmen?« fragte es hoffnungsvoll, ohne von ihr beachtet zu werden.

»Ich kaufe Neugeborene auf, ziehe sie groß und verkaufe sie wieder, entweder auf dem *Markt der Naturwunder* oder auf Bestellung.«

»Und Soranos?« fragte Thalia mühsam. Er hatte in wenigen Augenblicken alle ihre Achtung verloren. Seit Alexandria mußte er sich geändert haben. Vielleicht hatten sich auch von ihm die Gesetze entfernt.

»Soranos?« Der Mann fand die Unterhaltung ganz spaßig, nachdem ihm sicher schien, daß ihm weder eine Konkurrentin noch eine Spionin gegenüberstand. »Ich habe mich mit allen Hebammen geeinigt, daß sie mir Bescheid zukommen lassen, wenn die Neugeborenen einen schweren, aber nicht tödlichen Mangel entsprechend der Liste von Soranos aufweisen. Er hat meistens recht, wie ich schon sagte.«

»Er behandelt die Kinder also nicht?«

»Das fehlte mir noch!« empörte sich der Anstaltsleiter. »Glaubst du etwa, die Römer würden sie mir dann abnehmen? Sie wollen ja nicht solche wie dich mit kleinen Mängeln oder gar korrigierten Fehlern, sondern die großen, staunenswerten Wunder und Irrungen der Natur: Zentauren, zum Beispiel, oder Sirenen oder Zyklopen. Ganz unbehandelt.« Er kicherte und fügte hinzu: »Manchmal muß ich allerdings nachhelfen.«

Thalia atmete auf. Es wäre ihr entsetzlich gewesen festzustellen, daß Soran sich an dieser Mißhandlung von Lebewesen beteiligte. Ihr war jetzt klargeworden, daß er gar nichts davon wußte. »Ich habe im Hause von Dolabella Maximus, dem Flavier, ein Wesen mit drei Beinen gesehen ...«

»O ja. Dreibeinvierarm stammt von mir. Gut gelungen, nicht? Die Flavierfamilie und die Patrizier, die republikanisch denken, bezahlen hohe und höchste Preise für meine Kunst. Sie wissen sie noch zu schätzen.« Sein Stolz war unverkennbar, ebenso wie seine zunehmende Unsicherheit Thalia gegenüber. »Verzeih mir, wenn ich dich jetzt dreimal falsch eingeschätzt habe, ich konnte ja wirklich nicht ahnen, wer du bist. Ich hoffe, du bist nicht beleidigt, wenn ich dir empfehle, deine Sprachkenntnisse zu verbessern. Das Geschäft ist schwierig und das Leben hart. Komm mit, ich zeige dir, was ich vorrätig habe. Wenn du in den hohen Häusern einen Hinweis geben würdest, würde ich mich erkenntlich zeigen. Sehr erkenntlich.«

Seine langen Arme schwenkten an Thalia vorbei in die Richtung, die sie nehmen sollte. Entschlossen folgte sie ihm. Auch diese Anstalt gehörte zu Rom; wenn sie hier Ärztin sein wollte, durfte sie die Augen nicht vor den sumpfigen Niederungen verschließen.

Er ging vorneweg, während er unentwegt in lockerem Ton plauderte. »Leider erlaubt der Erhabene, Kaiser Trajan, die Ausbreitung der orientalischen Gebräuche mehr, als für Rom gut ist, wenn du mich fragst. Christen und kleine Alexandriner – was sollen diese albernen Moden? Das alte Rom hat eigene Werte in Hülle und Fülle, und wir sollten an ihnen festhalten.«

Thalia nickte kaum merklich. In Alexandria hatte sie sich über kleine Jungen empört, die zur Frühreife erzogen wurden. Aber sie bekamen einen geregelten Unterricht, lernten lesen und schreiben, Fremdsprachen... Als sie das Wimmern in unterschiedlichen Tonhöhen hörte, auf das der Anstaltsleiter zutrabte, wußte sie, wie hochmütig ihr Urteil gewesen war.

»Hier liegen unsere Neuzugänge«, erklärte er munter. »Bei größeren Kindern brechen wir dreimal, bei den kleineren nur zweimal.«

»Sehr zweckmäßig«, murmelte Thalia und blieb stehen. Der Uringestank wurde unerträglich, wo die Kinder mit den unnatürlich abstehenden, in Eisengestellen festgeschnallten Beinen lagen und unter sich urinierten.

»Und der hier ist fertig«, sagte der Mann und gab einem kümmerlichen Wesen mit flügelartig abstehenden Gliedmaßen einen Klaps auf den unterentwickelten Po. »Nicht alle erreichen den verkaufsfertigen Zustand. Manchmal denke ich, ich sollte mich von einem Arzt beraten lassen. Diese Kinder haben es schwerer als die, die schon so geboren werden. Ist dir zufällig einer bekannt?«

Nein, ich nicht, dachte Thalia nachdrücklich und schüttelte den Kopf. »Wenn ich etwas höre ...« sagte sie unbestimmt, um nachdrücklich fortzufahren. »Ich bin jetzt ausreichend informiert.«

»Hase, Häsin«, kreischte eine Kinderstimme.

»Nicht doch«, donnerte der Anstaltsleiter streng. »Ihr werdet keine Vermittlerin verärgern!« Und zu Thalia sagte er in schmeichelndem Ton: »Ich hoffe, du nimmst angenehme Erinnerungen an die Schule der Naturwunder mit dir. Dir noch einen schönen Tag.«

Thalia trat den Rückzug rückwärts an und versuchte den Kinderblicken zu entgehen, die sich auf ihrer Lippe festsaugten.

Aufgewühlt bis in die Haarspitzen, fand Thalia trotz der Dämmerung zurück in eine Gegend, in der sie sich traute, eine Römerin nach dem Weg zu fragen. Auf das Olivenöl verzichtete sie an diesem Tag endgültig und verspürte auch kein Bedürfnis, in den nächsten Tagen allein auszugehen.

Ungeduldig wartete sie darauf, daß Claudia die Tür öffnete. Licht schien durch die Türritzen, und hinter ihr waren Frieden, eine fröhliche junge Frau und ein gesunder Säugling.

Als Claudia sie endlich eingelassen hatte, ließ sich Thalia mit einem Seufzer der Erleichterung auf dem Binsenteppich nieder, wo Philippa lag. Sie stupste gegen die winzige Nase. »Wenn du wüßtest, was sie mit Säuglingen in ihrem Alter machen«, sagte sie schaudernd. »Ich glaube, ich brauche auf der Stelle einen Becher Wein, um mir die Urindämpfe aus dem Hals zu spülen.«

»Hier«, murmelte Claudia und schob ihr ohne hinzusehen einen Becher hin, aus dem sie sich gerade selber ausgiebig bedient hatte. »Ich spüle auch schon. Und wenn du miterlebt hättest, was es für freche Halbwüchsige gibt, deren Antworten ich schlucken mußte – ich glaube, du hättest die Praetorianergarden alarmiert.«

Thalia blickte ihr ins Gesicht. Claudia war aufgebracht. Sie hatte sie noch nie so gesehen, sie war immer die Ruhe selbst. »Warum hast du sie denn nicht gerufen?«

»Ach, du weißt, mit Worten bin ich nicht so flink wie du. Am Ende hätten sie mich festgenommen. Bei denen weiß man ja nie. Irrtümlich, würde es nach meinem Tod heißen.«

Thalia lachte, bis Claudia nicht mehr widerstehen konnte. Sie fielen sich gegenseitig in die Arme und brachen gemeinsam in Tränen aus.

»Es war so schrecklich«, schluchzte Claudia.

»Was denn?«

»Du weißt doch, ich war bei Hegesippus' Haus, auf dem Marsfeld, in der Nähe der Septa Julia. Ich hatte den Pförtner noch nicht erreicht, als mich ein kleiner Rüpel, braun wie eine Haselnuß, abfing. Er stieß Drohungen aus, schlimmer als ein Augur. Er wollte mich rösten wie die Katzen den Pavian, mir die Nägel einzeln ausreißen und mich anschließend gefesselt und geknebelt zum ehrenwerten Gnaeus Pulcher schleppen, Praetor für Hinrichtungen, Gebieter von Krokodilscharen und Löwenherden.« Sie runzelte ihre Stirn. »Ich habe gar nicht gewußt, daß es in Rom Krokodile gibt. Vielleicht in den Abwasserkanälen?«

»Was wollte der Rüpel denn?«

»Er verbot mir, das Haus von Hegesippus zu betreten. Ich konnte mein Gedicht nicht in seinen Händen liegen sehen, nicht die strahlend schöne Narbe ... Nicht einmal zum Wachhund ließ er mich vor.«

»Und dann?«

»Dann kam ein Römer, er sah sehr zuverlässig aus, ein Mann, vor dem auch der Rüpel Respekt hatte und im Gebüsch untertauchte. Dem habe ich den Brief mitgegeben.«

»Aha«, sagte Thalia nachdenklich. Hatte etwa Hegesippus einen Alexandriner als Leibwache? Kaum. Aber es konnte sehr wohl sein, daß Afrania den Gladiator mit Beschlag belegt hatte und durch ihren Schoßhund die Konkurrenz in die Flucht schlagen ließ. »Was verstehst du übrigens unter einem zuverlässigen Römer? Woher weißt du, daß er den Brief befördert hat?«

Claudia gab mit den Händen ein beträchtliches Maß für die Schulterbreite an. »Und er hatte ein Kinn! Gefurcht wie Philippas Popo, süß. Und sehr energisch«, fügte sie als Beweis hinzu. »Er war auf dem Weg ins Haus und hat ihn bestimmt abgeliefert. Ich bin sicher, Hegesippus duldet keine römischen Schlampereien.«

Es gab viele Männer mit Kerben im Kinn und breiten Schultern. Trotzdem schlug ein leises Alarmglöckchen in Thalias Kopf an, das jedoch durch Philippas Hungergeschrei übertönt wurde. Als sie still an der Brust ihrer Mutter lag, rief sich Thalia in Gedanken energisch auf den Boden der Realität zurück: Nein, es konnte ja gar nicht sein. »Hatte er einen Spitzbauch?« fragte sie.

»Ja, doch.« Claudia formte mit den Händen einen Kegel um sich herum. »Wie ein Zelt, ungefähr.«

Am nächsten Morgen stellten sie wie aus einem Mund fest, daß die Nächte schon kühler wurden. Philippa war in eine Wolldecke eingewickelt gewesen und schniefte trotzdem und schnorchelte beim Atmen.

»Aber wenn du sie vor Zug schützt, kannst du sie zum Markt mitnehmen«, sagte Thalia. »Luft ist gut für kleine Kinder. Schon der römische Feldherr Varro hat gesagt, daß nicht die Luft schlecht ist, sondern die Ansteckungsstoffe darin schädlich sind, die durch *bestiolae* übertragen werden, durch winzige Tierchen, die von Mücken verschleppt werden.«

»Den Feldherrn kenne ich nicht«, entgegnete Claudia, »und was die Tierchen betrifft, so wissen die Hirten bei uns schon seit je, daß Dreitagefieber durch Mücken kommt.«

»Wirklich?« Überrascht starrte Thalia ihren Rücken an.

Claudia spähte aus der schmalen Fensteröffnung hinaus in den Himmel. Ein scharfer Wind blies herein, und sie zog den Schal dichter um ihre Schultern. »Da steht er ja«, sagte sie erstaunt.

»Wer und wo?« fragte Thalia und war sofort neben ihr.

»Mein Briefbeförderer.«

Lactucius ließ den Hauseingang, den sie zu benutzen pflegten, nicht aus den Augen.

»Er wartet auf dich«, sagte Thalia mit einem Seufzer. »Er muß dir gefolgt sein.«

Claudia schüttelte entrüstet ihren Kopf. »Nein, das glaube ich nicht. Er versprach doch, den Brief hineinzubringen. Und danach war ich schon lange außer Sicht.« Nach kurzem Stocken fragte sie unsicher: »Oder wolltest du damit sagen, daß er sich für mich interessiert?«

»Ja. Aber anders.«

»Schade. Es hätte mein Selbstbewußtsein sehr gefördert zu wissen, daß die Männer hinter mir her sind wie die Bremsen hinter dem Vieh.«

»Brauchst du denn Blutsauger, um glücklich zu sein?« fragte Thalia abwesend, während sie Wange an Wange hinausspähten. Er war es also doch gewesen. Möglicherweise überwachte Lactucius Afrania und war auf Setums Spuren zu Hegesippus gelangt.

Claudia gluckste vor Lachen. »Gibt es auch andere Männer?«

»Was? Ach so! Sieh mal, wie der Mann aus Symmachus' Wohnung sich benimmt«, flüsterte Thalia aufgeregt.

Der Römer war schnellen Schrittes vor der gegenüberliegenden Häuserfront herangekommen, ein längliches Brot unter dem Arm. Plötzlich machte er kehrt, eilte mit tief gesenktem Kopf und in den Haaren vergrabener Hand schräg über die Straße und verschwand unterhalb ihres Blickfeldes.

»Ich wette mit dir, er wollte von Lactucius nicht erkannt werden und hat deswegen den anderen Hauseingang genommen.«

»Also, Feldherrn oder Blattsalate! Du kennst wohl die halbe Welt«, staunte Claudia. »Wer auch immer der Salat ist, ich wette mit dir um noch was: Der Hungerkünstler ist zu Geld gekommen, nachdem Symmachus tot war. Der hat nie etwas anderes als das Schmutzigdunkle gegessen, ich habe ihn doch jeden Morgen damit gesehen. Und jetzt plötzlich den *priapus* aus Weizenmehl. Den backt hier herum nur Curius, der Lahme, und der ist sowieso nicht billig.«

Thalia kaufte immer nur Brot der dritten Qualität und auch da meistens nur das steinharte billigste. Das obszöne Weizenbrot aus der Juxbäckerei hatte sie noch nie gekostet; es gehörte eher in die Luxusgegend des Marsfeldes. »Wir gehen zu ihm«, sagte sie entschlossen. »Irgendwie hängt das alles miteinander zusammen. Mit uns auch. Und ich will es jetzt wissen. Sonst würde ich mir dauernd Sorgen machen. Um dich und um mich.«

»Ich würde viel lieber auf den Markt gehen«, quiekte Claudia entsetzt. »Können wir nicht morgen …?«

»Markt? Um diese Zeit? Aber Claudia. Selbst die *Mater Matuta* schläft noch.« Thalia öffnete die Tür und wartete demonstrativ, daß Claudia nachgab.

»Als römische Matrone sollte ich auch noch im Bett liegen. Du und deine fremdländischen Sitten«, gab Claudia zurück und marschierte mit ihrer Tochter auf dem Arm hindurch. Sie kniff ein Auge zu und grinste. »Was ein Glück, daß ich mich noch ein bißchen wie eine Bäuerin aus Kampanien fühle.«

»Hast du so früh schon ein Saufgelage?« fragte Claudia wenig später, als sie die Tür zu Symmachus' ehemaliger Wohnung aufdrückte und ohne Aufforderung eintrat. Thalia schlüpfte hinter ihr her.

»Nein, ich bin allein«, antwortete der Römer mürrisch. »Und ich würde es auch gern bleiben.« Auf dem Tisch vor ihm standen ein Weinkrug sowie Schalen mit Oliven und Datteln. Ein runder Hartkäse und der Brotlaib waren angeschnitten.

»Mir läuft das Wasser im Mund zusammen«, sagte Claudia und setzte sich ihm gegenüber. »Ich habe noch nie ein männliches Glied gegessen. Willst du uns nicht einladen?«

»Danke, ich habe schon gegessen«, behauptete Thalia schnell. »Ich wollte dir nur einige Fragen stellen.«

»Oh, wir haben schon gegessen, schade«, wiederholte Claudia enttäuscht. »Oliven aber noch nicht. Jedenfalls nicht erste Qualität, vierzig Asse das Pfund. Ich wußte gar nicht, daß du sie dir leisten kannst.«

Sie plauderte wie üblich munter, während sie die Hand nach der Schüssel ausstreckte. Thalia sah, wie der Römer zusammenzuckte und seine Augen durch das Zimmer irrten.

»Wo hatte Symmachus eigentlich das ganze Getreide her, hast du dir darüber einmal Gedanken gemacht?«

Er zog seine Augenbrauen zu einem schwarzen Strich zusammen, aber aus irgendeinem Grund wagte er nicht, Thalia die Antwort zu verweigern. »Aus den Getreidespenden natürlich.«

»Natürlich. Aber warum denn so viel? Als unverheirateter Mann.«

»Es kommt doch nicht auf die Familie an, sondern auf die Zahl der Marken, die man hat. Er hatte mehrere, er bekam immer welche.«

»Weißt du, woher?«

»Wir waren nicht befreundet. Man kriecht zusammen, wo Wohnraum ist, mehr nicht. Aber auf eine hatte er Anspruch. Er war römischer Bürger.«

»Aber er kann doch noch gar nicht lange hiergewesen sein«, widersprach Thalia erstaunt.

Der Römer grinste. »Macht nichts. Er war schon römischer Bürger, bevor er kam.«

»Gab er das Getreide ab?«

Verachtung huschte über des kauenden Römers Gesicht. »Hältst du ihn für ein Pferd? Natürlich gab er ab.«

»An wen?« Nebenbei erheiterte es Thalia, wie oft mitten in Rom von Pferden die Rede war.

Der Römer zuckte mit den Schultern. »Ich kannte sie nicht. Verschiedene Leute. Immer neue.«

»Waren es Christen, denen er das Getreide verkaufte?« Wahrscheinlich war das die entscheidende Frage. Thalia stellte sie so unverfänglich wie irgend möglich.

»Ich habe nichts von verkaufen gesagt!« Der Römer fuhr hoch und setzte sich wieder. »Aber du hast recht. Er verkaufte es. Und es waren Christen, ja. Alles *peregrini.*«

Thalia blickte durch die offenstehende Tür in den Raum, in dem Symmachus gelegen hatte. Er schien leer und war sauber. »Dann müßte er doch eigentlich Geld angesammelt haben, oder?«

Der Römer zog gleichzeitig Augenbrauen und Schultern in die Höhe, um zu demonstrieren, daß er von gar nichts wußte.

»Gelten die Christen nicht als barmherzig?« warf Claudia ein. »Vielleicht hat er das Geld weitergegeben.«

»Vielleicht. Oder die Stadtwache hat's«, knurrte der Römer und blickte ihr auf die Finger. »Jetzt ist Schluß! Ich bin kein Christ.«

»Oh, schade«, sagte Claudia ohne Reue und leckte ihre Finger ab. »Deine Oliven sind sehr gut. Ich komme gerne einmal wieder auf einen Schwatz vorbei.«

Thalia war es recht, daß Claudia das Zeichen zum Aufbruch gab. Sie hatte eine Menge erfahren. Es blieb die Frage, ob Symmachus das Geld an die Gemeinden weitergereicht hatte, die sicherlich für ihre Tätigkeit Geld benötigten, vor allem für die Reisen der Boten. Oder hatte er das Geld für sich behalten?

Auf der Treppe, weit außer Hörweite des Römers, sagte Claudia zufrieden: »Hast du gemerkt, wie ich dir zugespielt habe? Und er ist in meine Falle getappt. Symmachus und das Geld weitergeben! Daß ich nicht lache. Für mindestens vier Asse von seinem Schatz habe ich eben Oliven gespeist. Wetten?«

»Nein«, antwortete Thalia. »Ich glaube dir schon wieder. Ich glaube noch etwas: Der Olivenspezialist hat gemerkt, daß Lactucius Symmachus beobachtet hat. Entweder ist Lactucius der Mörder, oder der Kerl da oben hat genügend Anlaß, es zu vermuten.«

»Jetzt sag doch endlich, wer Lactucius ist! Der Mann da draußen?« Claudia flüsterte nur noch. Aber es war zu spät.

Die Tür wurde aufgestoßen. Lactucius betrat das düstere Treppenhaus. Er kniff die Augen zusammen, um zu erkennen, wer ihm entgegenkam. Sein Gesicht zeigte Überraschung. »Sieh an«, sagte er, »du wohnst hier? Da bist du aber mit der Miete im Rückstand, ich habe dich noch nie gesehen.«

»Wer bist du denn?« fragte Claudia überrascht.

»Dein neuer Vermieter«, antwortete Lactucius und hielt die Hand auf.

Es war das erste Mal, daß Thalia Claudia verunsichert sah. Aber nur für einen Augenblick, dann sagte sie: »Warum nicht? Ich erlaube dir mitzukommen.«

Während Thalia hinter den beiden herging, ärgerte sie sich, daß Lactucius nun alles wieder durcheinandergebracht hatte. Ihre Logik war makellos gewesen, eine Zierde für jede Philosophenschule. Und plötzlich war alles ganz anders. Jedenfalls möglicherweise.

Lactucius zog seine Toga dicht an sich, als er mit mißbilligender Miene Claudias Wohnräume betrat. Aufgeräumt war es so früh in der Tat nicht, aber sauber und ohne bauliche Schäden, und es gab keinen Grund zum Mäkeln. Er drehte sich um. »So, so, die Verflossene von Leptinos. Behandelst du nur die Kleine, oder ...«

»Nein, ich wohne auch hier«, antwortete Thalia. »Etwas dagegen einzuwenden?«

Lactucius saugte an einem hohlen Zahn und betrachtete Thalia mißmutig. »Nein. Ich wüßte nur gerne Bescheid über meine Mieter und deren Untermieter.«

»Beobachtest du deshalb das Haus?« fragte Claudia spöttisch, und es war heraus, bevor Thalia sie daran hindern konnte.

Der Kopf des Vermieters schwenkte von Thalia zu Claudia. »Gehört ihr beide der christlichen Sekte an?«

Eiseskälte breitete sich über Thalias Rücken aus, die es ihr schwergemacht hätte zu antworten. Erleichtert stellte sie fest, daß Claudia mindestens genauso mißbilligend blicken konnte wie der Römer. »Ich weiß nicht, was diese Leute dir getan haben«, sagte sie schnippisch. »Ich weiß wenig von ihnen, und was ich weiß, ist weder schlecht noch gut. Was kümmerst du dich denn um sie?«

»Sie sind nicht zugelassen, und ich will keinen Ärger mit den Aedilen. Ganz einfach.«

»Ach so. Wir sind keine Christen«, erklärte Claudia unbefangen und zählte Lactucius die Münzen einzeln in die Hand. »Mein Vater hätte mich verdroschen ...«

»Nötig hättest du es gehabt«, sagte Lactucius mit einem bezeichnenden Seitenblick auf Philippa. »Ich nehme an, er war so vernünftig.«

»Bestimmt nicht. Mein Vater schlägt keine trächtigen Lebewesen. Er ist Bauer. Er hat mich nur vom Hof gejagt.«

Der Vermieter grinste spöttisch und verschwand. Kurze Zeit später hörte Thalia ihn pfeifend die Treppe hochstapfen.

»Stimmt das wirklich, Claudia?«

Claudia nickte. »Als ich merkte, daß ich ein Kind erwartete, bin ich nach Hause gereist. Dann wieder zurück nach Rom. Ich wußte nicht aus noch ein. Mein vornehmer Römer wurde erst nachdenklich, als ich drohte, die Wirkung der etruskischen Zaubermittel in seinem Speisezimmer vorzuführen. Eine Abtreibung während eines Gastmahls mit Freunden fand er nicht so lustig. Deshalb zog er es vor, mir Geld für eine Wohnung zu geben.«

»Du Ärmste«, sagte Thalia mitfühlend. Rom wimmelte von Frauen mit ähnlichem Schicksal – die ganze Welt eigentlich. Aber ihre Gedanken kehrten wie von selbst wieder zu Lactucius zurück. Sie war jetzt davon überzeugt, daß er in ständiger Verbindung mit Trimalchio stehen mußte. Aber wo war der Mann abgeblieben? Ließ er die Christen beobachten, obwohl er selber doch offenbar vom römischen Senat gesucht wurde?

Sie nagte auf ihren Lippen, während sie daran zurückdachte, wie der Oberrichter Leptinos gegenüber behauptet hatte, daß sie Christin sei. Er hatte nie mehr darüber gesprochen. Wenn er jetzt diese Leute ermorden ließ – war sie dann auch in Gefahr? »Weißt du was, Claudia? Ich würde heute gerne einen Berg von schwarzen Bohnen essen!« sagte sie aus vollem Herzen. »Und sie im ganzen Zimmer verstreuen.«

Claudia nickte düster. »Du hast ja so recht. Lemuren sind überall. Eben ist einer die Treppe hochgegangen.«

KAPITEL 21
ISIA

»O Thalia! Daß ich dich wiedergefunden habe«, rief Corinna Secunda mit strahlendem Gesicht. Sie trug eine hochgetürmte Lockenfrisur, war umgeben von einer Parfümwolke, die Thalia fast den Atem raubte, und sah doppelt so alt aus wie das Mädchen, das mit dem Löwen gespielt hatte. Seltsamerweise brachte sie es fertig, bei aller Begeisterung zu flüstern. »Komm, laß uns beiseite gehen, damit uns niemand sieht. Niemand, der bei Maximus verkehrt, meine ich.«

Sie befanden sich auf dem Forum, Thalia war auf dem Wege zum Getreidemarkt, wohin Corinna ganz sicherlich nicht wollte. Die Patrizierin war in Begleitung einer älteren Sklavin, die auf den Wink ihrer Herrin mit unwirschem Gesicht, aber gehorsam außer Hörweite trat. Corinna klemmte ihren Arm unter Thalias und zog sie in einen schmalen Gang zwischen zwei Tempeln. An einer plätschernden Quelle, deren Wasser sich in ein viereckiges Marmorbecken ergoß, machte sie halt.

»Man läßt dich nicht mehr zu mir«, sagte sie. »Weißt du das?«

»Ich wollte dich neulich besuchen. Maximus sagte, daß es dir nicht gut gehe.«

»So ein Unsinn! Ich bin munter wie ein Bulle im Gehege, und das weiß er auch.« Corinna beugte sich vor und ließ gedankenverloren Wasser in ihre hohle Hand sprudeln. »Mir ist oft langweilig, deswegen brauche ich dich! Die Damen der sogenannten Gesellschaft fürchten sich zu Tode vor Löwen, aber wenn ich sie auffordere, es zu beweisen, starren sie mich an wie ein Monster und wechseln das Thema.«

»Wie denn beweisen?«

»Na, indem sie tot umfallen, wenn ich Leo hereinbringen lasse. Das wäre mal eine Abwechslung! Aber sie tun's nie. Sie haben keinen Sinn für Effekte.«

»Ja, meine Erfahrungen sind auch nicht ausgesprochen angenehm. Versuch es mal mit Krokodilen. Die finden Römerinnen der besseren Gesellschaft sehr anregend«, schlug Thalia sarkastisch vor.

»Meinst du? Dazu brauche ich die Erlaubnis von Maximus.« Corinna trocknete ihre Hand ab und schlenderte um das Wasserbecken herum. »Glaubst du, daß ein Becken dieser Größe ausreichen würde? Und muß man zwei Krokodile haben, oder reicht eins?«

»Ein großes mit schönen kräftigen Zähnen«, antwortete Thalia fest. »Und zum Tag der Namengebung lädst du Afrania Agricola ein. Was sind das für Damen, die dich besuchen? Sie haben mich nie rufen lassen.«

»Fossile. Maximus läßt in den Ruinen der Republik nach ihnen graben und bringt sie dann zu uns. Vielleicht sind sie schon ausgeweidet und können gar nicht mehr krank werden. Tut mir leid, wenn ich falsche Hoffnungen bei dir geweckt habe.«

Thalia sah Corinna überrascht an. Gelegentlich konnte die Römerin sehr spitz sein. »Es müssen doch auch jüngere Frauen darunter sein«, sagte sie zögernd.

Corinna machte ihren Mund auf, als wolle sie ins Wasser speien. »Du hast mich falsch verstanden. Es gibt natürlich jüngere. Aber ihre Ansichten! Oh, du glaubst es nicht. Sie beschäftigen sich Stunden damit, ihr *lararium* zu beschreiben und wie sie den Hausaltar geschmückt haben, und was ihre Juno heute für ein Gesicht gemacht hat und so etwas. Du weißt schon.«

Thalia nickte, obwohl ihr das ganze Ausmaß eines römischen *so etwas* nicht bekannt war.

»Dabei gibt es doch auch Lustigeres als die Zeiten, in denen alles viel besser war. Den göttlichen Domitian können sie zwar alle miteinander nicht leiden, aber für Titus und Vespasian schwärmen sie, als hätten sie sie um ein Haar geheiratet. Leider nur verhinderten die unvernünftigen Umstände die vernünftigen Heiraten. Und sie wären heute Mütter von Kaisern. Flavischen Kaisern, wenn du verstehst, was ich meine.«

»Nein«, bekannte Thalia ehrlich. »Aber es interessiert mich brennend. Je mehr Andeutungen ich höre, desto unklarer wird mir, von wem Rom wirklich regiert wird.«

Corinna bespritzte Thalia mit Wasser. »Wirklich? Na, dann wird dich die perfekt informierte Ehefrau eines konservativen Senators wohl mal aufklären müssen. Also, unser jetziger oder zumindest zukünftiger Gott ist Trajan. Ich finde ihn ganz in Ordnung, obwohl er kein Flavier ist. Er sieht gut aus und ist tapfer, ein echter Held, immer unterwegs, ob er nun Kriege führt oder Straßen baut. Aber mein Ehemann und einige andere Senatoren halten ihn für zu schwach, um die Feinde im Inneren des Reiches zu bekämpfen: Philosophen, Juden und Christen, zum Beispiel. Und dazu kommen neue Moden wie Stiftungen, Bibliotheken und Schulen. Und zu große Getreidezuteilungen – das alles verweichlicht die Römer, meinen sie. Aber Trajan ist ja nun mal kein echter Römer, warum also soll er nicht neue Sitten einführen? Als Kaiser wollten sie ihn doch haben. Übrigens«, fuhr sie fort, »die Agricola sind stramme Anhänger des Kaisers. Afrania läßt sich in unserem Hause nicht sehen.«

»Sind sie mit deinem Ehemann verfeindet?«

»O ja, innig. Vor allem, wenn der Kaiser in Sichtweite ist. Sie wollen keinen Zweifel aufkommen lassen, für wen ihr Herz schlägt. Sie ziehen ja auch kräftig ihren Nutzen daraus, Legat in Hispania, Vizekönig von Ägypten ...« Sie kicherte ein wenig und sah zu Boden. Dann zog sie Thalia zu sich heran. »Ich wüßte zu gern, ob Afrania den Göttlichen schon in ihrem Bett gehabt hat. Versucht hat sie's bestimmt.«

»Aber er ist tapfer, wie du sagst.« Thalia blinzelte Corinna zu und drehte der Sklavin den Rücken zu. Es war kaum wahrscheinlich, daß sie über dem Geräusch des Wassers viel von ihrem Gespräch hören konnte, aber es war ersichtlich, daß sie es versuchte. »Kennst du zufällig einen Mann mit dem Namen Gaius Cornelius Trimalchio?«

»Ja, sicher«, sagte Corinna zu Thalias Überraschung. »Er gehört zur Klientel meines Ehemannes. Er wurde mir vorgestellt, bevor er nach Ägypten ging. Jetzt habe ich ihn schon lange nicht mehr gesehen.«

»Er war an Bord des Getreideschiffes und neulich auch in eurem Haus.«

»Wirklich? Ohne mir zu gratulieren? Na ja, Maximus hat seine kleinen Geheimnisse, vielleicht gehört Trimalchio auch dazu. Ich dachte, er wäre in Alexandria mit einem Auftrag.«

»Auftrag?«

Corinna schien etwas verlegen. »Ja, mein Mann gab ihm einen Auftrag. Am Anfang meiner Ehe war ich immer schneller in der Bibliothek als der Sklave, der mich anmelden sollte. So bekam ich es mit. Und dann schwatzten die Damen, die sich vor Leo zu Tode fürchten, vom Spieß in Poplicolas Hinterteil und von Afranias nächtlichen Schreikrämpfen, weil sie beinahe auch einen abgekriegt hätte ... Und davon, daß Trimalchio irgendwie darin verwickelt wäre. Nur ich wußte von nichts. Deshalb fragte ich Maximus. Nie wieder. Er kann sehr zornig werden.«

Ihre Augen folgten einigen Römern in Togen, die die Treppe zum Kaiserpalast auf dem Palatin hinaufstiegen, begleitet von Sklaven mit Aktenbündeln.

»Ich glaube, ich muß los«, sagte Corinna beunruhigt. »Wenn ich ohne Sklavin zurückkomme, fragt er mich, wo ich war. Daß ich bei Severus am Castortempel kein brauchbares Personal gefunden habe, würde er mir nicht glauben.«

»Ich begleite dich ein Stück«, sagte Thalia rasch. Sie überlegte, ob sie Corinna von dem schrecklichen Morgen erzählen sollte, an dem sie vergewaltigt worden war und sich anschließend zu Afrania geschleppt hatte. Die Römerin, der gar nichts passiert war, war vor Angst nicht ganz bei Sinnen gewesen. Doch dann verwarf sie es. Auch diese Frau hatte ein Recht auf ärztliches Schweigen. »Ist er ein schwieriger Ehemann?«

Corinna druckste ein wenig herum, bevor sie es zugab. »Er ist mißtrauisch«, flüsterte sie Thalia ins Ohr. »Er hat Angst vor Verschwörungen. Er versucht sich dagegen zu schützen, glaube ich. Manchmal kommen Boten ins Haus, die Nachrichten bringen. Deswegen hat er mir den Umgang mit dir verboten, aber das weiß *sie* nicht.« Corinnas Augen schweiften unmerklich zu ihrer Begleitung hinüber, die an einer Säule gelehnt hatte und sich ihnen nun anschloß.

»Hoffentlich ist die Versteigerung nicht schon zu Ende«, sagte sie laut und fing an zu laufen. Sie schlängelte sich zwischen den Passanten hindurch zum Forum, mit Thalia auf den Fersen. Die Sklavin gab einen entrüsteten Laut von sich und blieb zurück.

Das Handelshaus neben dem Castortempel war von ehrwürdigem Alter. Gewiß waren hier schon Tausende von Sklaven verkauft worden. Thalia hatte plötzlich Blei in den Füßen. Sie wollte dort nicht wie eine römische Käuferin stehen, aber Corinna zog sie an der Hand mit sich, bis sie unterhalb des Podiums angekommen waren. Dort wartete eine ansehnliche Gruppe von Sklaven auf den Verkauf; oben auf einem Gerüst war das augenblickliche Verkaufsobjekt ausgestellt.

Die Interessenten liefen um den nackten Mann herum, dessen geweißte Füße diejenigen von der Bühne fernhielten, die keinen Sklaven frisch aus Übersee haben wollten. Die sich davon nicht abschrecken ließen, lasen das Schild an seinem Hals, das die Angaben über Fähigkeiten und Alter enthielt, und kneteten seine Muskeln. Und betasteten anderes. Die Halsmuskeln des Unfreien wurden zu steifen Stricken, aber er beherrschte sich.

»Corinna, ich kann hier nicht stehen und schauen«, sagte Thalia gequält. »Ich muß weg.«

»Bitte, Thalia, bitte!« Corinna legte ihren Mund dicht an Thalias Wange. »Ich brauche eine vertrauenswürdige Sklavin. Hilf mir, sie auszusuchen. Ich glaube, Maximus läßt sogar mich überwachen.«

Seufzend gab Thalia nach. Als Herrin unter den Schikanen von Sklavinnen zu leiden, war vermutlich nicht wesentlich angenehmer als umgekehrt. Sie nickte und verschloß die Ohren vor den Geboten, die kurz danach abgegeben werden durften.

Statt dessen begann sie sich für eine Gruppe von drei Sklaven zu interessieren, denen man eine braune Filzkappe aufgestülpt hatte, ein Mann und eine Frau mit einem Kleinkind auf dem Arm. Die Frau betrachtete die römischen Käufer ohne Furcht, eher nachdenklich. Ganz sicher überlegt sie jetzt, wer am wenigsten widerlich von all den Gaffern sein könnte, dachte Thalia. Für einen winzigen Moment kreuzte sich ihr Blick mit dem der dunklen Augen.

Thalia stieß Corinna an und deutete mit dem Kinn hinüber.

»Nein«, flüsterte die Römerin entrüstet, »siehst du nicht, daß Severus keine Garantie übernimmt? Das sind Wilde. Damit wäre Maximus nicht einverstanden.«

»Eben. Zeig ihm, daß er mit dir nicht machen kann, was er will. Wenn die Frau in Ordnung ist, spricht nichts gegen sie. Laß uns mit ihr reden.«

Es stellte sich heraus, daß die junge Frau eine thrakische Kriegsgefangene war, minderwertig wegen eines Beinleidens. Sie zog das Bein auffällig nach, als sie zum Gerüst befohlen wurde.

»Nimm sie«, riet Thalia leise, »sie ist verständig und aus gutem Haus. Und alt genug, um verläßlich zu sein.«

»Und wenn sie lügt?« fragte Corinna.

»In perfektem Latein?«

Corinna gab nach und bot. Für die drei, die ohne Bürgschaft des Handelshauses verkauft wurden, gab es ohnehin nicht viele Interessenten. Sie bekam die Thrakerin billig.

»Dann laß mich jetzt noch nachsehen, ob ich ihr helfen kann«, schlug Thalia vor. »Danach muß ich dringend zum Getreidemarkt. Wir backen selbst, weil es billiger ist. Daß ich kein Getreide kaufen konnte, wird man mir nicht glauben.«

Corinna nickte, aber die neue Sklavin schüttelte den Kopf. »Ich danke dir, Griechin. Es ist eine Wunde von einem römischen Schwert, die auf der Wanderung erst richtig schlimm geworden ist. Ich könnte sie heilen, aber dazu brauche ich Knoblauch.« Sie seufzte leise. »Also Geld.«

»Knoblauch haben sie genug in ihren Vorräten. Woher kennst du das Rezept? Sag, behandelst du auch andere Krankheiten?« fragte Thalia gespannt und wurde gar nicht gewahr, daß Corinna sich übergangen fühlte und ein beleidigtes Gesicht machte.

Die Thrakerin nickte. »In meinem Heimatland war ich Heilerin.«

»Ich bin es auch.« Thalia lachte sie an. Die Augen der jungen Frau leuchteten auf. Ein Band zwischen zwei Heilkundigen war geknüpft.

Corinna starrte ihre neue Sklavin mit gerunzelter Stirn an. »Aber dann hättest du doch viel teurer verkauft werden müssen.«

»Ich bin nicht der Meinung, daß Menschen überhaupt verkauft werden dürfen. Du kannst dich bei eurem Philosophen Seneca überzeugen, daß dieser Gedanke auch schon Römern gekommen ist.« Die Thrakerin sprach langsam und in höflichem Ton, aber sie machte nicht den Eindruck, als ob man sie einschüchtern könnte.

Corinna merkte es auch. Sie schnitt ein Gesicht und sah Thalia beziehungsvoll an. »In manchen Dingen haben die Flavieranhänger wirklich recht, finde ich. Was Philosophen und Christen betrifft, bestimmt.« Sie wandte sich zum Gehen. »Wir bleiben in Verbindung«, murmelte sie über ihre Schulter, wesentlich kühler als bei ihrem Wiedersehen.

Thalia kaute auf der Innenseite ihrer Wange. Sie hatte die Thrakerin ungefähr richtig eingeschätzt, aber möglicherweise Corinna nicht. Sie wechselte einen bittenden Blick mit der Thrakerin, die beruhigend nickte. Wenigstens sie hatten sich verstanden.

»Stell dir vor, die Praetorianer haben ihn abgeholt!« berichtete Claudia aufgeregt, als Thalia in die Wohnung zurückkehrte. »Ich Dussel mußte doch gerade hoch, als sie ihn abführten, ich bin ja wirklich vom Pech verfolgt. Keinen Ehemann, der Anspruch auf Getreidemarken hat, und nun sind auch noch die Oliven fort! Alle weg, bis auf den letzten Kern. Die Leute haben aufgeräumt, das kannst du mir glauben.«

»Meinst du, sie verdächtigen ihn, Symmachus erstochen zu haben?« fragte Thalia erschrocken und ließ den Getreidesack auf den Boden gleiten.

»Keine Ahnung. Aber es kann schon sein. Jedenfalls werden sie ihn gründlich verhören.«

Thalia setzte sich neben den Sack, erleichtert um dreißig römische Pfund. »Von wem er wohl die Getreidemarken bekommen hatte?«

Claudia zog die Schultern hoch. »Auf jeden Fall von einem, der berechtigt ist, sie auszugeben. Ein christlicher Senator oder Aedil.«

»Ein solcher Senator könnte doch an keinem öffentlichen Kult teilnehmen. Oder einem Kaiser göttliche Verehrung entgegenbringen …«, dachte Thalia laut.

»Und wenn er nun vorne opfert, hinten zwei Finger kreuzt und im Kopf seinem Gott die ungünstigen Umstände erklärt? Warum denn nicht? Es gibt auch verständigere Götter als die Göttin der Jungfräulichkeit.«

Thalia lachte, ohne mit dem Herzen beteiligt zu sein. »Du brächtest es fertig, mit diesem Gott Bedingungen auszuhandeln. Vielleicht hast du recht. Wenn ihr Gott der einzige ist, den sie anerkennen, kann es ja keine Sünde sein, vor einem Standbild zwischen Säulen herumzustehen und zu warten, bis andere das Fleisch des Opfertieres ausgeben.« Plötzlich schlug sie ihre Hände vor das Gesicht und schluchzte.

Claudia sah bestürzt auf ihre Freundin hinunter und warf dann die Arme um sie. »Wein dich aus«, sagte sie nach einer Weile, »das braucht jeder Mensch von Zeit zu Zeit, und dann erzähl mir, was los ist.«

»Ich glaube, ich habe einige Rätsel geklärt«, schluchzte Thalia heraus. »Aber sie machen mir Angst.« Sie wischte sich die Tränen ab und räusperte sich. »Offenbar gibt es in Rom konservative Gegner des Kaisers, die in aller Heimlichkeit das tun, was er ihrer Meinung nach versäumt. Vor allem mögen sie die christliche Sekte nicht und lassen sie überwachen. Bei einem Mann wie Symmachus, der mit römischen Privilegien zugunsten der Christen Betrug begeht, scheuen sie auch vor Mord nicht zurück. Anscheinend steht der Senator Publius Dolabella Flavus Maximus im Mittelpunkt dieser konservativen Gruppe. Er ist der Auftraggeber; der römische Ritter, der in Alexandria Oberrichter war, organisierte dort die Spione, und jetzt hier. Aber er ist verschwunden …«

»Betrifft dich das irgendwie?«

Thalia schüttelte langsam den Kopf. »Aber ich weiß nicht, ob die das wissen … In Alexandria hatte der Oberrichter mich im Verdacht, der Sekte anzugehören. Und Lactucius, sein Jäger, lauerte vor diesem Haus herum. Bei der Predigt des Symmachus auf dem Markt sprach mich eine Frau wie eine Glaubensschwester an; Symmachus erschrak vor mir, weil er in mir eine Anhängerin des Baalskultes sah, du warst ja selbst dabei. Es hing mit dem Ring zusammen, den ich damals trug … Die Baalsanhänger sind wiederum Feinde des römischen Staates. Dein Olivenmann hat es gehört, und nun wird er von den Prätorianern verhört …«

Claudia öffnete den Mund und klappte ihn wieder zu. »Das heißt, die eine Seite oder die andere oder alle beide könnten hinter dir her sein?«

Thalia nickte.

Aber in den nächsten Wochen geschah nichts Außergewöhnliches. Außer daß Lactucius die Wohnung, in der Symmachus und der Olivenmann gewohnt hatten, vermietete.

Thalia beruhigte sich wieder, es war alles so normal. Ihr Ruf im Viertel wuchs. Sie galt als die Hebamme, die die größten Komplikationen bewältigte, ohne daß das Leben der Frauen in Gefahr geriet. Immer öfter brachte sie Zwiebeln, Getreide, Bohnen und Erbsen nach Hause. Aber mit den Arzneimitteln haperte es gewaltig. Bei Aulus Calpurnius Frugi, zu dem sie in ihrer Not ging, war sie bereits verschuldet.

Claudias Verliebtheit steigerte sich ins Unerträgliche. *Hegesippus* war an alle Wände geschmiert, die Platz boten, und Claudia sprach nur von ihm, während Thalia sie zu gerne veranlaßt hätte, sich auf den Märkten nach Leptinos umzuhören. Angeblich hatte er einen groben Fehler begangen, wodurch ein von ihm behandelter Senator gestorben war.

Aber Claudia winkte ab. »Was brauchen wir denn diese Leute?« fragte sie abfällig. »Je mehr er umbringt, desto besser.«

»Ich wüßte gerne, wie«, murmelte Thalia, die die Zwecklosigkeit ihrer Vorstöße erkannt hatte.

»Kennst du keine eigenen Methoden, jemanden umzubringen? Das erstaunt mich aber. Außerdem solltest du lieber an das Leben denken, an die Liebe!« Unter Thalias überraschten Augen stellte Claudia einen Fuß vor und schmetterte wie eine Schauspielerin in der Tragödie: *Ich bin Isis, ich bin die Göttin der Frauen. Ich bestimmte, daß Frauen von Männern geliebt werden sollten.* Das ist die Meinung der Göttin, und meine auch. Vielleicht schafft Isis es an ihrem Ehrentag, Hegesippus umzustimmen. Auf meinen Brief hat er nicht geantwortet! Aber ich möchte ihn wenigstens sehen. Und wenn's an seinem Fenster wäre. Gehst du mit zur Prozession?«

Die Spiele zu Ehren von Trajans Sieg gingen in diesen Tagen kurz vor der Isia, dem dreitägigen Herbstfest für Isis, zu Ende. Der Rauch der Feuer, in denen die letzten Leichen der zehntausend abgeschlachteten Thraker verbrannt wurden, schwelte manchmal für Stunden in den Straßen. Wahrscheinlich lag er auch über dem Marsfeld.

»Am liebsten nicht«, antwortete Thalia und dachte auch an das schlimme Ende des Gottesdienstes im Serapeion von Alexandria. Afrania würde bestimmt auch hier teilnehmen.

»Was soll dir da schon passieren?« fragte Claudia und breitete die Hände aus. »Da laufen weder Christen noch deren Verfolger umher, stimmt's?«

Dagegen vielleicht Leptinos. Irgendwie hing Thalia noch an ihm. Er war ihr Lehrer gewesen, und ein guter dazu. Unter Zögern sagte sie ja.

Die Frauen strömten aus der ganzen Stadt in festlicher Kleidung zum Marsfeld. Claudia hatte auf frühen Aufbruch gedrängt, um auf jeden Fall einen Platz direkt vor Hegesippus' Haus zu ergattern, aber da dieses nicht weit vom Isistempel entfernt lag, befanden sie sich unerwartet mitten in den Scharen von Gläubigen, die ebenfalls gute Plätze belegen wollten. An diesem Tag galten keine Standesunterschiede: Die Huren in Togen gingen Seite an Seite mit den Frauen der Senatoren in ihren kostbaren Schals.

Claudia zog Thalia am Isistempel vorbei. »Das Haus von Hegesippus steht auf dem halben Weg zum Tiber, und die Prozession führt daran vorbei«, erklärte sie.

Thalia nickte und sah zu den Eingeweihten hinüber; sie hatte kein Bedürfnis, sich besonders dicht beim Tempel aufzustellen. Auf seinem Gelände sammelten sich gerade die Priester und Priesterinnen, und fromme Frauen im Untergewand rutschten auf Knien um den Tempel. Manche von ihnen troffen vor Nässe, da sie kurz vorher in die Fluten des Tiber getaucht waren. Sie zitterten in der Kälte des letzten Oktobertages.

Seit ihrem Erlebnis mit Afrania im Serapeion von Alexandria war Thalia der Göttin aus dem Weg gegangen. Es ärgerte sie, daß Isis behauptete, gleichzeitig alle anderen Göttinnen zu sein; ihre Priester verkündeten sie als die All-Eine. Überhaupt stellte sie hohe Ansprüche an ihre Gläubigen, vor allem durch die täglichen Gottesdienste; aber daß die Frauen sich für Isis schwere Erkältungen holen mußten, fand Thalia ausgesprochen anmaßend.

Claudia machte halt und schob Thalia vor den Eingang eines stattlichen Hauses. Das Gedränge war hier kaum geringer als am Tempel.

»Hegesippus?«

»Ja«, sagte Claudia beglückt. »Hoffentlich taucht er auf. Und warum auch nicht. An so einem Tag guckt doch jeder.«

Thalia nickte zweifelnd und sah der Prozession entgegen, deren Spitze den Tempelbezirk soeben verließ.

Die emporgehaltenen Bilder von Isis und Osiris näherten sich langsam; sie waren in kostbare Gewänder gehüllt und mit Juwelen geschmückt. Dahinter gingen die Priester im weißen Leinenrock und schwarzen Mantel; der Oberpriester, der sie anführte, schwenkte ein Gefäß in den Händen, ein anderer trug den Rosenkranz, das Siegeszeichen des auferstandenen Osiris. Es folgten die Priesterinnen in Tuniken und Mänteln, die mit Fransen besetzt und vor der Brust mit dem Ankh-Zeichen für ein langes Leben geschmückt waren.

Thalia lächelte wehmütig; der Isisknoten war ihr in Alexandria überall begegnet. »Wie merkwürdig«, flüsterte sie in Claudias Ohr, »dies ist eigentlich der Glaube von Frauen an die Himmelskönigin, und trotzdem nehmen die Priester die vordersten Plätze ein, als hielten sie sich für besonders wichtig.«

Claudia nickte. »Man könnte sie gut entbehren. Aber die Frauen sind frommer«, flüsterte sie zurück, »sieh sie dir nur an! Und wenn im Frühjahr das Fest *Navigium Isidis* gefeiert wird, wirst du beim *Gebet für Kaiser und Reich* viel mehr Frauenstimmen als Männerstimmen hören.«

An die Priesterinnen schlossen sich die Eingeweihten an, inmitten vornehmer Römerinnen natürlich Afrania, um den entblößten Hals das Amulett des Mysten in Ankh-Form. Schon etwas faltig, dachte Thalia. So ganz jung war sie nicht, und bald würde sie es nicht mehr kaschieren können. Und wenn sie auch unheimlich fromm war, so war sie an diesem Tag heimlich unaufmerksam. Ihr Blick schweifte mehrmals verstohlen zu den Fenstern des Hauses des Gladiators hinüber.

Thalia wechselte ihr Standbein und sah sich dabei vorsichtig um. Das zweistöckige Atriumhaus von Hegesippus enthielt im ebenerdigen Geschoß zwei Ladengeschäfte, die an diesem Tag geschlossen waren. Im Obergeschoß nahm sie hinter einer Fensteröffnung eine Bewegung wie ein Winken wahr. Sieh an, sie kennen sich wirklich, dachte Thalia.

Danach verlor sie Afrania aus den Augen, weil alles sehr schnell ging.

Aus der Mitte der vornehmen Römerinnen in der Prozession kam ein anhaltender Schrei. Eine Lücke öffnete sich zufällig, durch die Thalia eine Frau erkennen konnte, die sich mit schmerzverzerrtem Gesicht krümmte. »Claudia, man braucht uns«, sagte sie.

Einige Römerinnen entschlossen sich, dem entschwindenden Prozessionszug nachzueilen, andere blieben stehen. Die Kampanerin, resolut wie immer, packte Thalias Korb und schob die Neugierigen auseinander. »Platz für eine Hebamme!«

Thalia legte die Hände um das Gesicht der wimmernden Frau und zwang sie, sie anzusehen. »Haben die Wehen bei dir eingesetzt?« fragte sie mit freundlicher Eindringlichkeit.

Ihre ruhige Entschlossenheit ging auf die junge Römerin über. Sie nickte und klammerte sich gefaßt an Thalias Arm, als die nächste Wehe sie überfiel.

»Wir brauchen unbedingt einen Raum, Claudia«, sagte Thalia drängend. »Und zwar schnell!«

»Aber sicher! Hegesippus hat Räume für zehn Gebärende!« rief Claudia fröhlich und trabte mit Thalias Korb davon. Als sich die Tür nach ihrem kräftigen Klopfen zögernd auftat, machte Thalia sich mit der Römerin und deren Sklavin auf der anderen Seite auf den mühseligen kurzen Weg, unterbrochen von Wehen und Atemnot.

Bis sie sich zwischen die Eingangssäulen gequält hatten, hatte Claudia den Sklaven bereits überredet, einen Raum zu öffnen und überflüssige Klinen beiseite zu räumen. Thalia hielt die Römerin im Arm und flüsterte ihr Mut zu, während die Haussklaven das Zimmer bereitmachten. Der Hausherr, den man um seine Genehmigung hätte bitten müssen, war trotz der Unruhe im Untergeschoß noch nicht erschienen.

Statt dessen kam eine vornehm gekleidete und verschleierte Römerin die Treppe herab. Thalia wollte Claudia gerade einen Wink geben; irgend etwas Bekanntes in der Kopfhaltung der Frau ließ sie innehalten – und dann erkannte sie Afrania.

Afrania nestelte an ihrem Schal, so daß ihr Gesicht fast verborgen war, und eilte an den aufgeregten Frauen im Atrium vorbei zur Außentür. Thalia war es recht. Es hätte einen Skandal gegeben, wenn jemand sie erkannt hätte.

Inzwischen war das Zimmer fertig. Ein älterer Sklave betrachtete die Schwangere besorgt und schob die Neugierigen auseinander, damit Thalia sie zur Kline bringen konnte. Die Römerin sank ächzend auf das weiße Leintuch.

Thalia schickte Claudia nach Wasser und anderem, ohne die Frauen zu beachten, die sich in das Zimmer hineindrängten. Sie brauchte nicht viel zu sagen; Claudia war einfach Gold wert. Und nichts wäre schädlicher gewesen, als laute und hektische Anweisungen.

Die Römerin war nicht mehr blutjung, also hatte sie wahrscheinlich bereits ein Kind, und sie war kräftig gebaut. Sie schloß ihre Hand um das Isisamulett und betete still. »Es geht gleich los«, flüsterte sie Thalia zu, als sie die Augen wieder aufschlug. »So ist es bei mir immer.«

Also mindestens schon zwei Kinder, dachte Thalia, während sie mit behutsamen, erfahrenen Griffen untersuchte, ob sich das Kind bereits gedreht und gesenkt hatte. »Ja, ganz richtig.

Und es ist alles in Ordnung. Du brauchst im Augenblick nur zu atmen und zu warten«, plauderte sie.

Danach ging es schnell; ein großer schwarzhaariger Junge glitt auf das weiße Tuch. Thalia gab dem Damm Schutz, aber sie konnte nicht verhindern, daß er einriß.

Während die Römerin sich glücklich ausruhte, ihren Sohn auf dem Bauch, fing Thalia die Nachgeburt auf und wusch sich danach die Hände sehr gründlich. Claudia öffnete bereits den Korb. Thalia warf das benutzte Handtuch in eine Zimmerecke, damit sie es nicht mit einem sauberen verwechselte, und begann ihre Instrumente auf einem weiteren Tuch auszubreiten.

»Ich glaube, du wirst die Nadelstiche noch nicht spüren«, sagte sie, während sie einen Faden in die Nadel einzog, »aber wenn es dir lieber ist, kann ich dir auch ein Schwämmchen mit einem schmerzstillenden Mittel geben.«

Die Römerin schüttelte den Kopf. »Es wird auch so gehen. Ich möchte keinen Augenblick meines einzigen Sohnes versäumen.«

Thalia lächelte sie verständnisvoll an, während sie in ihrem Rücken Bewegung und leichten Luftzug verspürte. Unwillig sah sie sich um und folgte mit den Augen der Festtoga eines Mannes bis zu seinem Gesicht.

Auf ihr ruhte der intensive Blick des Römers, dem sie in Afranias Haus begegnet war. »Ich freue mich, dich wiederzusehen«, sagte er leise.

Thalia nickte ungnädig. Sie freute sich weniger. Eher ärgerte es sie, daß sich ein Mann ungefragt Zutritt zu einem Geburtszimmer verschafft hatte. Selbst wenn er der Familie der jungen Mutter angehören sollte. Aber es hatte wenig Sinn, diesen unhöflichen Mann belehren zu wollen.

Umsichtig und sorgfältig nähte sie den Riß zu, einen sauberen Stich neben den anderen, und putzte schließlich die Blutgerinnsel mit einem duftenden Kamilleaufguß ab, bis der Geburtsweg ganz sauber war. Als letztes deckte sie die Römerin mit einer leichten Decke zu und strich ihr sanft die Haare aus den Augen und den Schweiß aus dem Gesicht. Ihre Patientin lächelte dankbar.

»Wirklich ganz ausgezeichnet«, lobte sie der Römer, der

immer noch hinter Thalia stand. »Bei welchem Lehrer hast du gelernt?«

Sie fuhr herum und starrte ihn verblüfft an. »Bei Leptinos von Alexandria«, antwortete sie ungnädig vor Verdruß, »der ein Schüler von Soranos von Ephesos ist. Bei den Hebammen von Alexandria, am meisten von Niunachte. Und vor allem aus den Schriften des Soranos. Wer bist du, daß du danach fragst?«

»Ich bin Soranos von Ephesos. Und du wirst die Alexandrinerin genannt, glaube ich.«

Thalia blieb für einen Augenblick der Atem weg, dann wäre sie am liebsten vor Scham in den Boden gesunken. Niemals hatte sie daran gedacht, daß sich ihre Wege kreuzen könnten, deshalb hatte sie sich den berühmten Arzt nicht einmal beschreiben lassen.

Und deshalb auch seine unverblümte Bemerkung in Afranias Haus. Ihre Finger stahlen sich an ihre gespaltene Lippe.

»Das Angebot gilt immer noch«, sagte Soran.

Thalia starrte ihn an. Viele Jahre hatte sie mit den griechischen Göttern gehadert, bis sie sich mit ihrer Hasenscharte abgefunden hatte. Und jetzt wußte sie plötzlich nicht, ob sie den Versuch überhaupt wagen wollte ... Würde er es können? Ihr Blick glitt von ihm ab. Würde überhaupt jemand eine solche Entstellung beseitigen können? »Ich muß es mir überlegen ...« sagte sie bittend und wußte selber nicht, warum sie plötzlich solche Angst vor dem Versuch hatte.

»Gib mir Nachricht«, sagte er. Er trat zu der Römerin und legte ihr die Hand leicht auf die Schulter. »Es war eine Fügung der Göttin, Aurelia, daß du heute gegen meinen Rat zur Prozession gegangen bist. Zweifellos möchte sie, daß Thalia von Alexandria deinen Sohn auch in Zukunft betreut. Ich weiß nicht, warum, aber sie hat sicher Besonderes mit ihm vor ...«

Aurelias Lippen streiften zärtlich den schwarzen Haarschopf. »Vielleicht möchte sie, daß er Oberpriester in ihrer *Heiligen Stadt* wird«, flüsterte sie hinein.

Soran nickte und breitete gleichzeitig seine Hände zum Zeichen seines Unwissens aus. »Thalia von Alexandria wird alles

Nötige veranlassen, denke ich. Zusammen mit ihrer tatkräftigen Helferin. Ich lasse dich jetzt mit ihnen allein.«

Claudia nickte zufrieden. Soran hatte sie mit einem einzigen Satz vor lauter Patrizierinnenohren zu einer unabkömmlichen Person gestempelt. Das machte vieles gut.

Sorans Blick fiel von ungefähr auf die noch nicht wieder verpackten Instrumente von Thalia. Er ging spontan in die Hocke und betrachtete sie näher, ohne sie anzurühren, vor allem das Messer, das Thalia nie benutzt hatte, das aber stets wie alle anderen Werkzeuge bereitlag.

»Mose aus Rhakotis hat es mir gegeben«, stammelte Thalia verunsichert. »Es gehört dir.«

Soran sah sie aufmerksam an. »Das glaube ich nicht. Es hätte mich ohne Schwierigkeiten erreicht, wenn Mose gewollt hätte. Mose ist ein Künstler und ein Zauberer mit den Händen. Er muß in dir etwas Besonderes gesehen und es dir deshalb anvertraut haben. Leptinos würde er es nicht gegeben haben, stimmt's?«

Thalia strich sich die Haare aus der Stirn, um ihn ihre Tränen nicht sehen zu lassen. Sie war verwirrt und glücklich. Sie nickte gequält. Soran verstand, in Seelen zu lesen. Wenn er nur endlich gehen würde.

Später erst begriff Thalia, was Soran für sie getan hatte. In den Köpfen der Römer hätte sich eine ganz andere Sicht der Dinge festsetzen können: Die Geburt des ersten Sohnes in einer alten römischen Familie ausgerechnet während der Isisprozession war ein außerordentlich glückverheißendes Omen. Und damit wirklich nichts schiefging, hatte die Göttin Soran hingeschickt, der die Geburt gut zu Ende gebracht hatte.

Statt dessen hatte Soranos dafür gesorgt, daß Thalias Name und Verdienst genannt wurden. Sie durfte Aurelias Sohn weiter betreuen und machte in den nächsten Tagen regelmäßig Besuche in ihrem Haus in der Nähe der Via Flaminia.

Erstmals erlebte sie, daß die Römer, die zum Morgenempfang im Atrium versammelt waren, ihre Gespräche einstellten, ihr höflich Platz machten und wußten, wer sie war. Der Sklave, der sie zur Hausherrin geleitete, nannte sie beim Namen.

Aurelia, eine leichte Decke über den Beinen und ein Wärmeöfchen neben sich, winkte ihr von der Terrassentür aus zu und freute sich, daß sie kam. »Dieser Leptinos, von dem alle sprechen«, sagte sie, »wie ist er?«

»Ein guter Arzt«, erklärte Thalia überzeugt. Sie setzte sich neben die Wöchnerin und genoß es, eine Helferin zu haben, der sie Arzneimittel und Instrumente anvertrauen konnte. Seitdem Soran sie so genannt hatte, interessierte sich Claudia brennend für alle diese Dinge. Jetzt wußte sie, wie es Leptinos gegangen sein mußte. Es war ein gewaltiger Unterschied zwischen einer Helferin und einem Handlanger.

»Und als Mann? Er soll schön wie ein Gott sein. Ein griechischer, natürlich. Warst du nicht mit ihm verheiratet?«

»Doch. Und er ist nicht nur schön, sondern auch unnahbar wie ein Gott.«

»Darum also. Es geht das Gerücht, daß er sich einen jungen Mann in sein Haus genommen hat. Und daß es zwei Tage später passierte, nachdem man Afrania aus dem Haus des Hegesippus hat kommen sehen. Man will da einen Zusammenhang sehen. Daß Afrania bei meiner Entbindung anwesend war, glaubt ihr kein Mensch. Ich auch nicht.«

»Ich sah sie die Treppe herunterkommen und hinausschleichen.« Aus den Augenwinkeln bemerkte Thalia, daß Claudias Hände ein wenig zitterten. Es war etwas grob, aber nun wußte sie Bescheid.

»Dachte ich mir«, sagte Aurelia. »Und Afrania schäumt. Ein Grieche hat sie zugunsten eines jungen Mannes verschmäht. Sie bringt es nicht mal fertig, darüber zu schweigen.«

»Das könnte schlecht für ihn ausgehen«, bemerkte Thalia sorgenvoll. Ein zweites Mal würde Afrania ihm nicht verzeihen, insbesondere weil sich die Schuld nicht auf jemanden anderen abwälzen ließ.

»Aber ganz bestimmt. Afrania ist sehr konsequent.«

Und tückisch und rachsüchtig und lebensgefährlich, dachte Thalia. Und Leptinos wird immer maßloser und gleichgültiger.

»Bei der Gelegenheit, mein Bruder Tullus bittet um deinen Rat«, fügte die Römerin hinzu, während sie ihre Aufmerksamkeit der Amme zuwandte, die ihren kleinen Sohn hereinbrachte. Gemeinsam mit Thalia betrachtete sie den verheilenden Nabel und bewunderte entzückt, daß er klein zu bleiben versprach.

Bevor Aurelia Thalia entließ, hielt sie sie mit plötzlich bekümmertem Gesicht zurück. »Die Familie macht sich große Sorgen um meinen Bruder. Wir hatten alle gehofft, daß er es einmal zum Konsul bringen würde. Aber irgend etwas ist mit ihm, er trägt einen Kummer mit sich herum, glaube ich. Niemand konnte ihm bisher helfen. Zwei Häuser weiter.«

Die Häuser auf dem Marsfeld waren alle miteinander elegant und großzügig gebaut, ungewohnt für eine Ärztin, die mehrere Monate in den ärmsten Vierteln von Rom praktiziert hatte. Zögernd betrat Thalia das Haus, das Aurelia ihr beschrieben hatte, inmitten des geschäftigen Kommens und Gehens verschiedener Leute, die anscheinend nicht alle zu den Hausbewohnern zählten. Sie schleppten zierliche Statuen und buschige Oleanderbäumchen, und niemand kümmerte sich um Thalia und Claudia.

Thalia beschloß, sich an den Mann zu wenden, der die Vorbereitungen beaufsichtigte, aber er nahm ihr die Worte aus dem Mund. »Was stehst du hier herum? Warum überhaupt kommst du so spät? Die übrigen Mißgeburten und Kuriositäten sind erheblich früher eingetroffen. Ich glaube nicht, daß die Herrin dir den vollen Lohn zahlen wird.«

Thalia holte tief Atem und betrachtete den Haushofmeister kühl. »Dein Herr Tullus hat bei seiner Schwester Aurelia um meinen Besuch bitten lassen, weil er einen ärztlichen Rat braucht.«

»O ihr Götter«, sagte der Haussklave zerknirscht. »Welch ein Mißverständnis von mir! Ich bitte dich um Verzeihung, Ärztin Thalia. Der Herr hatte dich sogar angekündigt. Aber dieses Fest! Meine Gedanken schweifen immer öfter ab.« Da er trotz seines erheblichen Alters Anstalten machte, sich auf die Knie hinunterzumühen, streckte Thalia schnell die Hand aus, um ihn daran zu hindern.

»Schon gut«, sagte sie spröde. »Römische Sitten sind mir zuweilen fremd, aber du hast sie nicht gemacht. Dort, wo ich bessere Sitten kennenlernte, sieht man besondere Merkmale von Menschen als Spuren der Götter an.«

»Eine großzügige Geste«, versetzte der Haushofmeister bitter. »Aber was ist mit denjenigen ohne Merkmal, die nicht einmal Menschen sind, sondern zu den Sachen gezählt werden? Müssen sie sich nicht von Menschen und Göttern verlassen fühlen? Dort wie hier?«

»Ich kann verstehen, wenn du mit dem Schicksal haderst«, sagte Thalia zögernd. »Die Götter sind wohl zu weit weg, um sich um unsere persönlichen Angelegenheiten zu kümmern. Das Äußerste, das wir erwarten dürfen, ist Trost, glaube ich, aber keine Hilfe. Viele Menschen finden den Trost in den Mysterien.«

Der Sklave stieß einen lauten Seufzer aus. »Ich werde deinen Rat überdenken. Bei den Christen habe ich es vergebens versucht. Sie bieten weder Hilfe noch Trost. Sie wollen, daß jeder sein Schicksal annimmt, als wäre es eine Entscheidung ihres Gottes.«

»Ich kann nicht glauben, daß es einen Gott gibt, der Sklaverei gutheißt«, sagte Thalia. »Was wäre das denn für ein Gott! Kannst du sie falsch verstanden haben?«

»Nein, bestimmt nicht. Sie halten die Einteilung in Kaiser, Patrizier, Bürger und Sklaven für eine göttliche Ordnung, die nicht gestört werden darf. Ein einzelner hat kein Recht, für sich eine Änderung zu erstreben.«

Thalia schüttelte ungläubig den Kopf. »Aber ich sollte jetzt deinen Herrn aufsuchen«, erinnerte sie den Haushofmeister.

»Er wird erst kurz vor Beginn des Festes zurückerwartet«, sagte er bedauernd. »Es handelt sich um ein Fest der Herrin. Vielleicht kannst du dann wiederkommen.«

»Besser erst nach dem Fest«, entschied Thalia. »Bitte teile ihm mit, daß ich hiergewesen bin und morgen nochmals kommen werde.« Sie spürte seine Augen in ihrem Rücken, als sie ging.

Schweigsam wanderte sie neben Claudia die Via Flaminia entlang bis zur Porta Sangualis. Auf der Kuppe des Kapitols leuchtete der Jupitertempel in der Abendsonne. Wenn dieser Mann auf Gottsuche recht hatte, würde irgendwann in nicht allzu ferner Zeit ein christlicher Tempel den Platz des Jupitertempels einnehmen.

Denn wem war am meisten daran gelegen, daß Kaiser und Patrizier die Plätze der göttlichen Ordnung beibehielten? Dem Kaiser und den Patriziern. Ein solches Versprechen eines Gottes mußte ihm die Herrschaft über alle anderen Götter eintragen. Und wenn Krates recht hatte, würde es den Christen nicht ausreichen, ihren Tempel neben den Jupitertempel zu bauen. Er würde auf den Trümmern der anderen stehen.

Thalia blieb stehen und drehte sich einmal um sich selber. Man konnte die Tempel auf den Hügeln und Abhängen Roms gar nicht zählen. Sie gehörten den Göttern und Göttinnen, die die Stadt und ihre Einwohner beschützten.

Würden sie alle abgerissen und durch christliche Tempel zugunsten eines Gottes ersetzt werden, den es genausowenig gab wie die anderen Götter? Sie seufzte leise. Ihr fehlten Pantanos und Krates sehr.

»Woran denkst du?« fragte Claudia, als das Kapitol schon hinter ihnen lag und sie in die schmalen Gassen der *subura* eintauchten.

»Ich frage mich, ob das Nähen der Lippenspalte sehr weh tut«, sagte Thalia düster. »Man hat mich für eine Vermittlerin von Monstren gehalten und jetzt auch noch für eine Gauklerin. Ich glaube, es wird Zeit für einen Berufswechsel.«

KAPITEL 22
DIE ENTMANNUNG

Der Senator Tullus war das Gegenteil seiner kräftigen, ruhigen Schwester. Auch er war groß, aber sein Rücken gekrümmt. Wenn er hustete, zog er die Schultern nach vorne. Im Unterschied zu den Senatoren, die Thalia bisher kennengelernt hatte, trug er keine Toga, sondern eine langärmelige Tunika. Sein Bartschnitt ähnelte dem von Leptinos in alexandrinischen Zeiten und gab ihm ein eher griechisches Aussehen.

»Dein Husten ist schmerzhaft, nicht wahr?« fragte Thalia mitfühlend, nachdem sie eine Weile mit ihm gesprochen und ihn beobachtet hatte. Eine Untersuchung hatte er abgelehnt, obwohl ihn weit mehr als ein Kummer drückte. »Wie lange hast du ihn?«

Tullus schüttelte den Kopf. »Ich weiß es nicht. Lange. Er begann, bevor ich alt genug war, Senator zu werden. Danach wurde es rasch schlimmer mit mir.«

Thalia sah die Schweißtropfen auf seiner hohen Stirn und die braunen feuchten Locken, die auf der Haut klebten, obwohl der Tag ziemlich kühl war. Schwäche; nicht unüblich, wenn er das hatte, was sie vermutete. »Dich belastet das Amt?«

Tullus' Augen wanderten in den Garten hinaus. »Ein Römer empfindet seine Tätigkeit im Senat als Ehre, aber auch als Verpflichtung, die ihm von seiner Familie in die Wiege gelegt wird. Für meinen Vater war es selbstverständlich, daß sein einziger Sohn höhere Ämter als er selber einnehmen würde.«

»Das Konsulat«, präzisierte Thalia.

»Der Vater meiner Frau war Konsul. Die Sitzungen, die obligatorischen Auftritte in den Tempeln, sie fallen mir immer schwerer. Alles wiederholt sich, die Sticheleien, die Witze. Ich sehe den Sinn darin nicht mehr.«

»Kannst du dein Amt nicht niederlegen, verehrter Tullus, und dich deiner Genesung widmen?«

»Unmöglich!« sagte Tullus mit einem Anflug von Energie. »Das kann ich meiner Familie nicht antun! Nein, ich werde weiter die Götter ehren und Getreidemarken verteilen... bis ich sterbe.«

Thalia schwieg. Es war nie einfach, mit einem Kranken über seinen Tod zu sprechen, auch wenn er ihn selbst voraussah. Abgesehen davon verblüffte sie seine Bemerkung über Götter und Getreidemarken. Die Hauptaufgabe eines Senators konnte es wohl kaum sein, sich damit zu befassen.

Die Stille wurde plötzlich durch eine verärgerte Stimme vor der Tür gebrochen. »Zieh gefälligst diese dreckbeschmierten Sandalen aus! Dieses Haus ist keine Gärtnerei!«

Der Haushofmeister. Thalia lächelte und begegnete dem erheiterten Blick des Senators. Er war von ganz anderer Art als die Senatoren, die sie bisher kennengelernt hatte; ihm fehlten das Machtbewußtsein und die Fähigkeit zur Selbstdarstellung.

»Was macht eigentlich ein Konsul?« fragte sie.

Tullus betrachtete seine gepflegten Fingernägel. »Seitdem wir einen Kaiser haben, ist eine seiner wesentlichen Aufgaben die Erforschung des Willens der Götter.«

»Das kann so schwierig nicht sein«, meinte Thalia. »Die Götter haben mehrere Jahrhunderte Zeit gehabt, sich an Rom zu gewöhnen.«

»Und auch, es einem Römer schwer zu machen.«

Die aufgebrachte Stimme des Haushofmeisters war immer noch zu hören. Thalia überschlug die Beobachtungen, die sie in diesem Haus gemacht hatte: Jemand hatte den Haushofmeister zu den Christen gebracht, und Tullus sah sein Leben durch die Götter Roms erschwert. Dazu gab es irgendwo in Rom einen Senator oder *Aedil*, der Christ sein mußte.

Ob es Tullus war? Thalia beschloß, ihrem Gefühl zu folgen. Ohne Zugang zu der Seele des Römers würde sie ihm so wenig helfen können wie seine römischen Ärzte.

»Tullus«, sagte sie entschlossen, »es gibt kein Arzneimittel, das deine Krankheit in Rom heilen könnte. Deine Familie wird ihre Hoffnungen mitsamt deiner Leiche einäschern müssen, wenn du hierbleibst. Wenn du aber Rom für einige Zeit verläßt, besteht Aussicht. Möglicherweise ändert sich Rom in deiner Abwesenheit. Man sagt mir, daß der Kaiser Trajan sehr tolerant sei.«

»Was meinst du damit?« fragte Tullus und wurde tiefrot. Gleich darauf packte ihn ein heftiger Hustenanfall.

»Geh nach Alexandria. Die trockene, warme Luft dort und die Quelle des Serapis werden dir helfen.«

»Serapis, nein.«

»Das Wasser ist heilkräftig, auch wenn man nicht an den Gott glaubt. Falls es dich interessiert«, fuhr Thalia fort, »Alexandria ist eine angenehme Stadt, es gibt viele Griechen dort – und viele von ihnen sind Christen. Wenn du das Museion durch den Nebeneingang betrittst, mußt du nicht einmal die Kaiserbüste ehren. Ich bin fast sicher, daß deine Lunge abheilen wird, wenn dein Gemüt sich erholt.«

Tullus verzog sein Gesicht wie im Schmerz. »Sieht man es mir an?« murmelte er.

»Nein«, sagte Thalia erleichtert, »sei unbesorgt, Senator. Ich hatte einen guten Lehrer.«

»Mir scheint, du warst eine gute Schülerin.« Tullus erhob sich und ging zu einer Truhe an der Wand, die er aufschlug. »Ich werde deinem Rat folgen. Trajan, wer weiß ...? Du hast möglicherweise recht.« Als er zurückkehrte, war sein Gesicht anders, entschlossener. Thalia stand auf. Die Konsultation war beendet.

Tullus drückte ihr etwas Rundes in die Hand. »Als Honorar für die Therapie eine Getreidemarke.«

Ja, dachte Thalia mit einem bitteren Geschmack auf der Zunge, mehr habe ich auch nicht verdient. Der erste Tag bei Leptinos hatte sich in ihr Gedächtnis eingebrannt. Beeindruckendes *Lykion* war wichtiger als schlichte Pfefferminze. Sie hatte weder das eine noch das andere, dafür aber einen Schuldenberg bei den Kräuterhändlern, der täglich wuchs.

Der Römer wartete geduldig. Thalia merkte plötzlich, daß

ihre Gedanken abgeirrt waren und daß er ihr noch etwas sagen wollte. »Als Dank für deinen Rat zehntausend Denare. Für deine Fähigkeit, den Hochverrat eines Senators als Glauben an den Herrn zu erkennen. Für dein Geschick, mir einen Wunsch zu erfüllen, den ich selber nicht kannte. Der Segen des Herrn sei mit dir.«

Thalia schloß die Augen und schlug sie wieder auf. Tullus war immer noch da, etwas gebeugt und melancholisch, aber mit einem Schimmer von Hoffnung im mageren Gesicht. »Kleon, der Wollarbeiter, ist Christ«, sagte sie überwältigt. »Er lebt in der Altstadt von Alexandria, in Rhakotis. Könntest du ihm Grüße von mir ausrichten und ihm mitteilen, daß er am Tod seiner Frau nicht schuld war? Es wird ihm vielleicht ein kleiner Trost sein. Die Spuren führen nach Rom.«

»Rom«, wiederholte Tullus bitter. »Ich fürchte, die Menschen kommender Jahrhunderte werden Rom vieler Dinge anklagen. So schuldig wie die Römer haben sich wenige Völker gemacht.«

Da hatte er ganz bestimmt recht, fand Thalia, als sie sich zum Mons Caelius aufmachte, aber als römischer Senator würde er nicht einmal von einem Bruchteil der Klagen Kenntnis haben. Alexandria würde ihm in jeder Hinsicht gut tun.

Die *taberna medica* von Soranos sah aus wie ein griechisches *iatreion* in einem römischen Palast. Thalia vergaß vorübergehend ihre Angst, als sie in einem kleinen Saal auf Soran wartete. Durch die offenen Türen sah sie schaukelnde und schwingende Patienten, betreut von jungen Mädchen oder Männern.

Soran eilte ihr mit wehender *palla* und ausgestreckten Händen entgegen. »Ich freue mich«, sagte er. »Komm, ich zeige dir die Einrichtung, vieles habe ich mir selber ausgedacht.«

Thalia erkannte staunend, daß Soran viel mit Wasser und raffinierten therapeutischen Geräten arbeitete, deren Nutzen er ihr ausführlich erklärte. Es gab eine richtige Therme und natürlich eine Bibliothek. Aber alles schien viel zu weitläufig, um von einem einzelnen Arzt betreut zu werden.

Ihr Rundgang endete in einem Raum mit Kline und Sessel, dessen Wände in griechischer Weise bemalt waren: Delphine tummelten sich in einem strahlend blauen Meer, umgeben von treibenden sattgrünen Wasserpflanzen, mitten darin ein braungelockter Schwimmer, der seine Arme in die Luft warf und vor Lebensfreude zu bersten schien.

»Ach, ist das schön hier!« rief Thalia aus.

Soran betrachtete die Wände mit sinnlichem Vergnügen und blickte dann in seiner nun schon gewohnten Art auf Thalia hinunter. »Nicht wahr? Es ist der Raum, in dem die Kranken nach der Behandlung ausruhen können. Wenn Drogenträume sie jagen, bitten wir unsere Delphine um Unterstützung. Sie fangen die Wankenden auf und helfen ihnen, wieder festen Boden unter die Füße zu bekommen.«

»Du willst damit sagen, daß ich hier aufwachen werde«, stellte Thalia fest und schluckte.

Soranos nickte.

»Wann?«

»Jetzt gleich«, sagte Soran. »Deine Angst wird morgen noch größer sein als heute.«

Thalia kam zu sich, weil ein junger Mann mit braunen Locken und einem zärtlichen Lächeln sich über sie beugte und sie überredete, mit den Delphinen zu spielen. Unter seiner Führung stürzte sie sich tollkühn in das Meer. Noch nie hatte sie die rauhe Haut dieser Fische unter den Händen gespürt, aber sie ergriff die Flossen und ließ sich durch das Wasser ziehen, zwischen den wedelnden Farnen und Algen der Tiefsee hindurch. Es ging auf und ab und war wundervoll.

Richtig erwachte sie erst, als jemand ihre Hände knetete und ihnen das Gefühl von Wärme gab. Thalia schlug die Augen auf und stieß einen tiefen Seufzer aus. Der Jüngling aus ihrem Traum war fort. Sie wußte nicht, warum sie sich so beunruhigt fühlte.

Aber während sie noch grübelte, erkannte sie das junge Mädchen, das sie mit einer Stickarbeit in den Händen bewachte, und den Mann, der auf der Kante ihrer Kline saß.

Soran sah sie erwartungsvoll an, und Thalia hatte das Gefühl, daß alles gut war.

Die nächsten Tage verbrachte sie in Sorans Palast, mit einem dicken Verband über der Oberlippe, der mit *mastix* festgeklebt war, was zuweilen unangenehm an der Haut zog. Dünnflüssige Gerstensuppe und Wein mit einem geschlagenen Ei durfte sie durch einen Strohhalm schlürfen, festeres Essen war ihr nicht erlaubt. Sie vergnügte sich in der Bibliothek und betätigte sich zuweilen als Helferin.

Da sie keine nennenswerten Schmerzen hatte, nahm Soran den Verband erst am fünften Tag ab. Er betrachtete sein Werk zufrieden. »Du wirst eine Schönheit sein, wenn die Rötung und die Schwellung in einigen Wochen verschwunden sind.«

»Nein, das glaube ich nicht!« widersprach Thalia, ohne die Oberlippe zu bewegen. Kein Arzt hatte das Recht, einen Ratsuchenden anzulügen. Aber die Helferin hielt ihr kurzerhand einen Bronzespiegel vor das Gesicht.

Thalia hielt den Atem an. Soran konnte das Äußere eines Menschen nach seinem Willen formen. Sie hatte es nicht für möglich gehalten. »Das Schlafmittel ... war es Alraune?«

»Alraune und Mohn, ja. Leptinos bedient sich ihrer auch, wie ich merke?«

Thalia nickte. »Ich hatte seltsame Träume. Ich habe sie vergessen, obwohl sie wichtig waren. Ich weiß nur, daß ich mich unbedingt an sie erinnern muß! Hast du einen Rat für mich, Soran?«

Er dachte einen Augenblick nach, während das junge Mädchen sich aus dem Raum stahl. »Ist es etwas, an das du dich schon länger zu erinnern versuchst?«

Thalia nickte beklommen.

»Die Priester des Asklepios versetzen die Kranken in einen tiefen Schlaf, der ihre Seele von einer Last befreit, die sie selber nicht kennen. Oftmals bedeutet dies die Heilung von der Krankheit. Es ist möglich, Thalia, daß jetzt ein oder zwei der Zwiebelschalen abgeblättert sind, die dich vor einer schlimmen Erinnerung bewahren.« Soran wartete mit fragendem Gesicht.

»Der Tod meiner Familie«, sagte Thalia tonlos.

»Das Abblättern ist der Beginn der Heilung. Vertraue auf Asklepios.«

»Auf den Gott?« fragte Thalia irritiert. Es widersprach allem, was sie von Soranos gelesen hatte. Sie wollte nicht doch noch entdecken müssen, daß er sich Moden oder Stimmungen unterwarf. Die Augenblicke in der Schule der Naturwunder waren beklemmend genug gewesen. »Sagen die Methodiker nicht ...«

Soran unterbrach sie schmunzelnd. »Bevor die Priester ihn zum Gott machten, war er Arzt.«

An dem Tag, an dem Soranos Thalia wieder unter die Menschen schickte, bat er sie morgens zu einem Gespräch in sein Arbeitszimmer. Schüchtern setzte Thalia sich auf die vordere Kante des Faltsessels und betrachtete seine privaten Buchrollen im Regal und das Werk auf seinem Tisch, an dem er gerade schrieb.

Sie nippte an einem Pfefferminzgetränk, während sie darauf wartete, was er ihr zu sagen hatte. Die Angst schnürte ihr fast die Kehle zu. Würde er sie bitten, Rom zu verlassen? Sie betätigte sich schließlich auf seinem Fachgebiet mit Hilfe seiner Kenntnisse.

Soran blies in den Becher und nahm einen Schluck. Dann lehnte er sich entspannt zurück. Sein Blick ging an die hohe Raumdecke, und seine breiten Fingerkuppen tupften aufeinander. Er war die Ruhe selbst, verläßlich und gleichmäßig liebenswürdig. Thalia mochte ihn gerne, vom ersten Augenblick an, weswegen bei der ersten Begegnung ihr Zorn auch größer als angemessen ausgefallen war.

»Die Römer«, sagte er, »leiden unter dem Verlust ihres Vertrauens zur Natur. Sie sind zwar im Herzen Bauern geblieben und haben deswegen ein ausgezeichnetes Wissen über Rinder- und Ziegenzucht – aber ihre Frauen haben Angst davor, Kinder zu bekommen. Die Römerinnen würden am liebsten das Gebären einstellen; das Stillen haben sie schon lange auf Ammen übertragen. Sie sind, mit anderen Worten, durch und durch städtisch geworden, die Verkörperung einer steinernen Konstruktion, was du auch an ihren steifen Locken ablesen kannst. Frage sie nach dem Aufbau eines Gewölbebogens mit wasserfestem Zement, und sie werden dir antworten, jedenfalls möglicherweise, aber nicht, wenn du etwas über Kinderkrankheiten wissen willst. Sie fürchten sich vor dem Leben.«

Thalia verbarg ihre Verwirrung, indem sie den Becher leerte. Etwa das gleiche hatte Trimalchio gesagt. Sie nickte.

»Der Kaiser weiß um die Gefahren für das künftige Rom, wie die Flavier vor ihm, und sie bedrücken ihn. Er und ich haben oft darüber debattiert, wie wir den Römerinnen das Vertrauen in ihre eigenen Kräfte zurückgeben könnten.« Soran lächelte heiter. »Der Kaiser, ein geborener Spanier, und ich, ein geborener Grieche. Was uns fehlte, war eine Hebamme und Ärztin wie du. Jetzt bist du da. Jetzt können wir anfangen.«

»Ja?« Thalia sah ihn ratlos an.

»Ein Mann genießt bei Frauenangelegenheiten wie Geburten nicht das gleiche Vertrauen wie eine Frau. Mir würden die Römerinnen gehorchen, aber nicht glauben. Dir werden sie nicht gehorchen, aber glauben. Wir sollten mit dem Kaiser sprechen«, schloß Soran und schlug die Handflächen auf die Tatzen des Löwen. »Ich gebe dir Bescheid, wenn er mir einen Zeitpunkt genannt hat.«

Thalia war erleichtert. Er wollte sie nicht fortschicken. Den Rest würde sie schon noch erfahren. »Glaubst du, daß man Knochenbrüche mit Zement ruhigstellen kann?« fragte sie ohne jeden Übergang. »Mit dem wasserfesten könnte man ja sogar in die Thermen gehen, um dort interessant auszusehen. Ich vermute, da würde mancher Römer sich gerne einmal die Knochen brechen.«

»Hm«, brummelte Soran und stützte sein Kinn nachdenklich auf die gefalteten Hände. »Man muß es erproben. Einen anderen Weg gibt es nicht.«

»Vielleicht sollte ich mich mit einer kinderlosen Römerin beraten?«

Er nickte erheitert, während er aufstand, um Thalia hinauszubringen. »Du wirst sie mit Fragen zermürben, bis sie sich entschließt, sich nur noch für Kinderkrankheiten zu interessieren.«

Thalia versuchte wegen der Lippe, ihr Gelächter zu unterdrücken. »Leptinos fand mich auch zu geschwätzig. Vor allem zur falschen Zeit. Ein Glück, daß du nicht aufgeschrieben hast, wie man Lippen zusammennäht. Er bedauerte sehr, daß er keine Anweisung dafür fand.«

Soranos nickte nachdenklich. Es war eine von Leptinos' großen Schwächen, keine eigenen Wege zu gehen. »Ehe ich es vergesse«, sagte er, als er Thalia auf den Stufen verabschiedete, »hättest du Lust, deine Tätigkeit künftig in diesem *iatreion* auszuüben? Es reicht leicht für Brot und Pfefferminztee von zwei, drei Ärzten außer mir. Und Wein, gelegentlich.«

»Veltliner«, stieß Thalia hervor und starrte ihn an.

Soran zog überrascht die Augenbrauen nach oben und lächelte ein wenig. »Wie ist es?«

»Ja, ja, ja«, sagte Thalia. »Ungeheuer gern.«

»Gut, dann ist es abgemacht. Ich werde hier noch ein paar Vorkehrungen treffen, die etwas Zeit brauchen.«

Claudia schlug die Hände zusammen, als sie die Tür geöffnet hatte. Dann ging sie prüfend um Thalia herum. »Bei den nackten Füßen meiner Mutter, jetzt sehe ich erst, wie vornehm du in Wirklichkeit bist«, sagte sie endlich verlegen.

»Aber immer noch dieselbe«, erklärte Thalia vergnügt und trat mit einem großen Schritt hinein in ihr altes Leben. »Hat jemand nach mir gefragt?«

Claudia winkte ab. »Jemand? Du wirst tagelang zu tun haben, um die Wünsche nach deiner geehrten Anwesenheit an den Krankenlagern Roms abzuarbeiten. Ich habe eine Liste anlegen müssen.«

Thalia starrte darauf, ohne zu lesen. Claudia konnte zwar nicht schreiben, aber sie hatte eine Wachstafel beschafft und jemanden gefunden, der Namen und Adressen notiert hatte. Erstmals hatte sie das Gefühl, daß die Not vorbei war. Das Geld des Senators – und jetzt Kranke, die bereit waren, auf sie zu warten. »Dann wollen wir uns mal an die Arbeit machen«, sagte sie zuversichtlich.

Die Arbeit bestand aus vielen Fällen, zu denen man Thalia sonst gar nicht gerufen hätte; sie kam zu dem Schluß, daß sie zuweilen nur besichtigt werden sollte. Aber: Die Besichtigungen wurden hoch dotiert. Auf dem Heimweg besorgten sie sich Falerner und Oliven für vierzig Asse.

Beim Essen kamen Thalia und Claudia gar nicht mehr aus dem Lachen heraus. Bis ein verstohlenes, fast bedrohliches Geräusch ihren ersten wirklich sorglosen Abend unterbrach.

»Hat es geklopft oder nicht?« fragte Thalia erschrocken.

»Und wie!« flüsterte Claudia. »Hoffentlich nicht die Stadtgarde, die uns holen kommt. Olivenklau und unrömische Ringe sind nicht gern gesehen, schätze ich.« Sie schlich zur Tür, lauschte und zog sie vorsichtig auf.

Zwei Männer drängten herein. Der eine war ein Bronzeputzer aus der Nachbarschaft, den Thalia wegen einer Verätzung behandelt hatte, der andere untersetzt und kahlgeschoren und ihr unbekannt. Der Kahle zog die Tür leise und sorgfältig zu. Obwohl sie unbewaffnet waren, ging etwas Unheimliches von ihnen aus.

»Wir bitten um deine Hilfe, Ärztin Thalia«, sagte der Bronzeputzer.

»Es eilt, und es steht mehr auf dem Spiel als ein Menschenleben«, unterbrach ihn der andere. »Soviel ich weiß, kennst du den Mann sogar, um den es geht, Gaius Cornelius Trimalchio ...«

Thalia nickte und warf sich ihren dunklen Umhang über. Claudia lief nach draußen, um eine Nachbarin zu holen, die auf die schlafende Philippa aufpassen würde.

Erst auf der Straße entdeckten sie die Reittiere. »Wo wollen wir denn hin? Ist es nicht verboten, im Stadtgebiet zu reiten?« fragte Thalia beunruhigt, während der Bronzeputzer Claudia auf einen kräftigen Esel schob und ihr die Zügel in die Hand drückte. Er war nach seinem ersten Auftritt nur noch Handlanger.

»Zum Vatikanum auf der anderen Tiberseite. Es wird gleich dunkel«, flüsterte der Kahlköpfige, der inzwischen eine Kapuze übergeworfen hatte.

Schweigend trabten sie die Straße am Marsfeld entlang, auf der ihnen in einer endlosen Reihe schon Wagen mit Waren für Rom entgegenkamen, die in der Nacht entladen werden würden. Thalia klammerte sich an Claudia, lauschte, das Gesicht an ihren Rücken geschmiegt, in den nächtlichen Lärm und dachte über das Vatikanum nach. Handelte es sich nicht um das alte kleine Heiligtum der Kybele? Ihre Priester waren Phryger, und der Kahlkopf hatte ein fremd klingendes Latein gesprochen.

Als das Holz der Brücke unter ihnen dröhnte, blickte Thalia über Claudias Schulter nach vorn. Der Vatikanhügel hob sich schemenhaft aus dem Dunkel ab. Kurze Zeit später ritten sie neben der hohen tiefschwarzen Wand eines Circus entlang.

Vor dem Tempel der Phryger hielten ihre Begleiter an und saßen ab. Wenige Fackeln erhellten den Eingang, aber gleichmäßiges Murmeln von vielen Stimmen deutete auf einen Gottesdienst.

»Beeilt euch«, flüsterte jemand, »ich glaube, er stirbt.«

Thalia und Claudia wurden vom Esel gehoben. Man schob sie in den Tempelvorraum und drückte Claudia den Korb in die Hand. Zwischen Säulen hindurch sahen sie auf eine lange Festtafel, an der Männer und Frauen feierlich speisten. Einige trugen die phrygische Mütze. Thalia machte Claudia mit dem Ellenbogen auf den alten Sklaven von Tullus aufmerksam, dann holte ein uralter Priester sie schon ab.

Er legte den Finger über seine Lippen und brachte sie schweigend in einen Raum weit entfernt vom Kultraum. Dort verneigte er sich höflich. »Ärztin Thalia, wir setzen unsere ganzen Hoffnungen auf dich, aus verschiedenen Gründen ... Versuche, diesen Mann zu retten.«

Auf einer Kline lag Gaius Cornelius Trimalchio, seine Toga war über der Mitte des Leibes blutdurchtränkt. Die Ränder der roten Flecken waren bereits eingetrocknet. Thalia deckte den Verletzten auf.

»Er hat sich entschlossen, sein zukünftiges Leben als *gallos* im Tempel zu verbringen, aber seine Lehrzeit war kurz und sein Gemüt nicht ausgeglichen ...«

Daß Angehörige dieser frommen Kaste sich zu entmannen pflegten, wußte Thalia, aber auf eine solche Zerfleischung war sie nicht vorbereitet. Aus einer Ader innerhalb des Gemächtstumpfes lief nur noch stoßweise ein wenig Blut. »Warum habt ihr mich denn so spät gerufen?« fragte sie entsetzt.

Da der Kybelepriester sie anscheinend nicht verstanden hatte, drehte sie sich zu ihm um. Ihm standen Schweißperlen in den buschigen weißen Augenbrauen, und sein Gesicht war vor Kummer verzerrt. »Die Römer erschweren uns unseren Kult«, sagte er gepreßt. »Alle Ärzte haben sich geweigert zu kommen. Es hat eine Weile gedauert, bis wir an dich gerieten...«

»Die Selbstentmannung ist verboten«, sagte Thalia mühsam. »Genau wie die Kastration von Sklaven. Das Verbot gilt nicht eurem Kult, sondern einer lebensgefährlichen Verstümmelung. Ich muß auch bekennen, daß ich mit dieser Art Verletzung keine Erfahrung habe. Spezialisiert darauf ist Leptinos aus Alexandria. Aber dafür ist es zu spät.«

»Wir haben Leptinos von Alexandria gebeten zu kommen. Er war schwierig zu finden, weil die Ärzte ihn aus ihrer Vereinigung geworfen haben und keiner wußte, wo er war.«

Thalia schnaubte und nahm die Nadel mit dem Faden, den Claudia inzwischen eingefädelt hatte.

»Wir sehen die Selbstentmannung nach dem Vorbild von Attis als einen Teil unseres Kults an«, beharrte der Priester. »Aber wenn Trimalchio stirbt, könnte es sein, daß der ganze Tempel dafür büßen muß...«

»Ich tue, was ich kann«, versprach Thalia tonlos. Es würde nicht viel sein.

Trimalchios Arm rutschte von der Kline ab. Mit einem feinen Klirren fiel die Klinge aus Obsidian auf den Boden, mit der er Hand an sich gelegt hatte. Thalia schob sie mit dem Fuß außer Sicht, beugte sich über Trimalchios Leiste und drückte den Gefäßstumpf zusammen. Ihr erster Stich holte ihn aus seiner Bewußtlosigkeit. Er öffnete die Augen und erkannte sie.

»Ich habe den Aufstieg nicht wirklich geschafft«, sagte er unvermittelt. »Unter Nero geboren zu sein brachte einem Mann aus Tarsos weniger Glück in Rom als unter Claudius. Meine Toga war ein Irrtum.«

Thalia sah auf. Er sprach mit ihr, als ob ihr letztes Gespräch in Alexandria nur für Minuten unterbrochen gewesen wäre. »Strenge dich nicht an, Trimalchio«, sagte sie sanft.

Ein flüchtiges Lächeln huschte über sein Gesicht. »Ich habe dir noch einiges zu sagen, Thalia. Gib die Toga Leptinos. Er wollte sie so brennend gerne haben und glaubte, ich wüßte es nicht. Aber ich weiß, wie jemand aussieht, der der römischen Vollbürgerschaft nachjagt. Du hast die Römer verachtet, Thalia, und damit nie hinter dem Berg gehalten. Du hast mir immer imponiert.« Er schöpfte Atem und fuhr mit letzter Kraft fort. »Ich plante, Leptinos in Rom zu vernichten. Sag ihm, daß er gewonnen hat. Genau wie die anderen, die versuchten, einem Mann Steine in den Weg zu legen, der als Sklave geboren wurde. Die unerträgliche Schwägerin des Vizekönigs zum Beispiel. Die Phönizier hatten mehr Glück mit ihrer Rache...«

»Und Hipparchia?« flüsterte Thalia.

»Ich tat es für Rom. Wie alles andere, ein Irrtum...« Seine Augen wurden starr, und sein Mund öffnete sich.

Thalia griff nach Trimalchios Handgelenk und suchte den Puls. Sie schüttelte den Kopf. Leptinos hatte nicht gewonnen, aber das konnte in diesem Leben dem Kilikier niemand mehr mitteilen. Welcher Einwohner des Römischen Reiches konnte schon echter Römer werden? Wahrscheinlich unterlagen alle diese Männer nur einer Illusion.

»Er ist jetzt mit Attis zur Mutter zurückgekehrt«, stellte der Priester feierlich fest. »An *Hilaria* werden wir seiner mit Freude gedenken.«

»*Sein* Leben wird sich nicht erneuern.« Thalia sah mit Verwunderung, daß die Sorge um den Tempel sich für den Augenblick bei ihm verflüchtigt hatte.

»Ich werde es den *Kybeboi* mitteilen, die sich nach dem Fasten im Augenblick am heiligen Mahl erfreuen«, fuhr der Priester mit glänzenden Augen fort, ohne ihren Einwurf zu beachten. »Eine größere Hingabe als die des Gaius Cornelius Trimalchio an Attis gibt es nicht. *Er wird zu Asche, Asche ist Erde, die Erde ist eine Göttin, also ist er nicht tot.*« Er schritt mit aneinandergelegten Händen aus dem Raum.

Claudia machte eine Grimasse. »Laß uns lieber gehen, Thalia. Die Leute sind mir unheimlich. Wer weiß, wieviel Asche er braucht.«

»Es tut mir leid um Trimalchio«, sagte Thalia nachdenklich, während sie ihm die Augen schloß und sein Kinn hochband. »Zuweilen entschied er sich für den besseren von zwei Wegen.«

»Mir würde es im Augenblick genügen, mich für zwei gute Esel zu entscheiden«, murrte Claudia, während sie hastig zusammenpackte. »Ich habe keine Lust, das ganze Ende zurückzulaufen.«

Thalia beeilte sich jetzt ebenfalls, Claudia hatte sie mit ihrer Nervosität angesteckt. Sie waren froh, als sie endlich die Vorhalle fanden, in der wie im ganzen Tempel absolute Stille herrschte. Das Kultmahl war beendet. Die Gläubigen standen an einer Öffnung im Boden und blickten gespannt nach unten.

Als der Myste endlich heraufstieg, setzten sie ihm einen Kranz auf den Kopf und klatschten vor Freude in die Hände.

Ihr Bote befand sich nicht unter den Gläubigen. Auch die Esel waren nicht mehr da.

Die Nacht war fast vorüber, als sie die *subura* erreichten, zu Fuß und todmüde. Immer noch war die Innenstadt wach und laut von Lastwagen, Müllwagen und Reisewagen. Und voll von allerhand Gesindel. Dem Raub ihres Korbes entgingen sie nur, weil Claudia den Dieb beherzt anbrüllte und einer der Abfallbeseitiger ihnen zu Hilfe kam.

Als Thalia Claudias Liste abgearbeitet hatte, setzte sie sich hin, um Barnabas, Händler in Alexandria am Sonnentor, einen Brief zu schreiben. Sie erklärte ihm die nicht ganz einfache Angelegenheit. Den gesiegelten Brief brachte sie zum Handelsbankier Caecilius Iucundus am Forum Romanum, der auch die finanziellen Transaktionen nach dem Verkauf des *iatreions* in Alexandria übernommen hatte. Sie hatte Glück, denn sein Kurier sollte in wenigen Tagen fahren.

Beschwingt machte sich Thalia auf den Heimweg. Zu ihrer Überraschung entdeckte sie Leptinos, der angeblich gar nicht mehr in Rom sein sollte, in einer Gruppe von Römern, die die Straße wie ein Pfropf versperrte.

Die Leute starrten in einen geöffneten Kanalschacht und nahmen lebhaft Anteil an etwas, das im Untergrund der Stadt vor sich ging. Thalia stellte sich dazu und sah über einige Schultern hinweg, daß die Kanalarbeiter sich mit einem sperrigen Gegenstand abrackerten, der im Schacht steckte.

»Glaubt ihr, daß der unten ertrunken ist, Tubero?«

Der Römer, ein dünner Mann mit einer markanten Vorwölbung seines Rückgrats, zerrte am Stoff einer Tunika, bis er riß und zwei fleischige, schwarzbehaarte Waden freigab. »Catinius, glauben wir, daß der Mann ertrunken ist?« gab er in den Schacht weiter.

»Darauf wette ich meinen Hungerlohn!« kam eine hohle Antwort. »Jetzt zieh, Tubero! Hau ruck!«

Tubero legte das Ende des Taus, dessen Anfang Catinius um die Hüften des Toten geschlungen hatte, über seine Schulter und zog. Der Tote rutschte mit einem makabren Knacken seiner Knochen aus dem Kanal; sein Gesicht und die nackten Arme trugen zahllose Schürfstellen.

»Er ist nicht ertrunken«, sagte Leptinos plötzlich. »Der Mann war tot, als er in den Schacht gestopft wurde.«

Tubero warf den Rest der Tunika über das geschundene Gesicht. »Jedenfalls ist er nicht mehr schön.«

»Natürlich ist er ertrunken! *Das Hinabsteigen in die Unterwelt ist leicht, aber die Rückkehr ist schwer.*« Entgegen dem, was er sagte, schwang sich Catinius leicht durch die Öffnung nach oben.

»Ist das nicht Bucca aus deiner Nachbarschaft, Catinius, mit dem du immer Streit hattest?« Die Frau neben Thalia machte eine höchst mißtrauische Miene.

»Der Mann war vorher tot«, wiederholte Leptinos. »Man muß den Fall einem Praetor melden.«

Thalia drängte sich nach vorne und beugte sich über den Leichnam. »Der Arzt Leptinos hat recht. Die Schürfwunden sind entstanden, als der Tote in den Schacht gedrückt wurde, nicht als er noch lebte und auch nicht eben.«

»Quatsch«, sagte Catinius verächtlich und setzte Thalia seine geballte Faust nachdrücklich unter die Nase. Sie fuhr entsetzt hoch. »Ich arbeite fünfzehn Jahre in den Kanälen Roms. Was weiß eine *peregrina* schon darüber? Und ein Grieche, hä? Leute, glaubt ihr, daß die mehr über einen römischen Kanal wissen als wir Römer?«

Die Stimmung der Umstehenden richtete sich gegen Thalia. Sie wechselte einen Blick mit Leptinos, der unauffällig den Kopf schüttelte.

»Der kommt in die Verrottungsgrube für Arme, fertig.« Tubero verpackte das Gesicht des Toten in den Tunikaresten und verschnürte ihn sorgfältig.

Die Menschenmenge zerstreute sich langsam, als die Kanalarbeiter den Toten davontrugen. Thalia sah ihnen nach. »Er war schon immer eine Kanalratte«, flüsterte die Frau, die den Toten erkannt hatte, in ihr Ohr. »Man schweigt besser.«

Der gewöhnliche Verkehr aus Fußgängern und Sänften begann wieder durch die Straße zu fluten. Thalia und Leptinos zogen sich an eine Hausmauer zurück. »Die haben ihn ermordet«, sagte Thalia und sah Leptinos ins Gesicht. Sie konnte Spuren künftiger Tränensäcke erkennen. Er trug wieder griechische Kleidung wie in Alexandria. »Wie geht es dir?«

Leptinos zuckte die Schultern. »Es geht so. Dir geht es gut, wie ich sehe.«

Mehr hatte er zu ihrem neuen Aussehen nicht zu sagen. Thalia verbarg ihre Enttäuschung. »Und Afrania?«

»Ich habe sie schon lange nicht mehr gesehen. Erinnerst du dich an Hegesippus? Sie hat ihn nach Rom geholt. Er und ich gleichzeitig … Daß sie mich zur Befriedigung ihrer Unersättlichkeit wie einen Sklaven benutzte, ging zu weit.«

»Mich hast du auch zur Benutzung ausgeliefert«, sagte Thalia.

»Das ist etwas anderes. Du warst Sklavin.«

»Dummkopf!« fauchte Thalia. »Es war auch eine Dummheit, ihr deine Wut auf diese Art zu zeigen. Afrania wird sich rächen.«

»Sie hat es schon getan. Man hat mir aus mehreren großen Häusern mitteilen lassen, daß meine Dienste nicht mehr erwünscht sind. Rom ist für mich sinnlos geworden. Ich gehe nach Ostia.«

»Und du glaubst, daß sie in Ostia niemanden kennt?«

»So dramatisch war meine kleine Geste nun auch wieder nicht«, sagte Leptinos abfällig.

»Hast du nicht immer gelehrt, daß man einem Kranken das geben muß, was ihm am wichtigsten ist? Einem Gesunden auch! Das hast du nie begriffen, Leptinos. Bei mir war es die Freiheit, bei Afrania ist es der Stolz. Und so gründlich wie du hat wohl noch keiner ihren Stolz beschädigt. In deiner Stelle wäre ich sehr beunruhigt, Leptinos. Leb wohl.«

Thalia fand, daß sie Leptinos jetzt nichts mehr schuldig war. Sie hatte versucht, ihn zu warnen. Unangenehm war nur, daß Afrania sich wahrscheinlich durch sie selber nicht weniger gekränkt fühlte.

Um sich die dummen Gedanken aus dem Kopf zu vertreiben, erstand sie an einer Theke in Honig eingelegte Feigen, die sie im Gehen aß. Sie beschloß, für den Abend Trüffeln zu kaufen. Und die Fischlake für die Trüffeln bei ihrem ehemaligen Nachbarn am Viehmarkt. Auch wenn es ein Umweg war.

Es dauerte einige Wochen, bis der Bote von Soranos kam. Thalia hatte bereits befürchtet, daß er sein Versprechen und sein Angebot weniger ernst nahm als sie. Aber als der junge Mann ihr ausrichtete, sie möge eine für den Palast angemessene Chlamys anziehen, war sie beruhigt. Und kurz danach so nervös, daß Claudia eingreifen mußte.

»Wer ist der Mann denn schon?« fragte sie. »Ein Gott wird er später. Jetzt ist er Soldat! Den kannst du doch um den Finger wickeln. Oder deklamiere ein kili ... na, du weißt schon, ein Gedicht, und er schmilzt dahin. Er schwärmt doch für alle Gebräuche des Ostens. Eine Kaiserin wäre viel gefährlicher, vor allem, wo du jetzt so gut aussiehst. Da geht es schnell um Leben oder Tod. Aber Trajan! Du darfst dich von ihm nur nicht küssen lassen.«

»Ja, die Narbe, ich weiß«, antwortete Thalia gedankenvoll und fuhr mit den Fingern an die Lippen. Sie spürte nur eine winzige Erhebung, die überhaupt nicht weh tat.

»Narbe, Quatsch! Wegen der Jungfräulichkeit und der *Mater Matuta*! So hat es bei mir auch angefangen. Ein gutaussehender Mann ...«

»Der Kaiser ist doch keine Gefahr!« unterbrach Thalia sie lachend. »Er will mit mir über die Steigerung der Geburtenrate bei den Römerinnen reden.«

Claudia stemmte die Arme in die Seite und sah sie kopfschüttelnd an. »Was? So unverblümt geht der vor? Da war ja noch der Meinige einfallsreicher. Der wollte sich meine Sammlung von Amuletten *für den Notfall* ansehen. Es ist wohl besser, ich gehe mit, damit sich keiner an dich ranmacht. Das fehlte noch, daß du mir plötzlich wieder abhanden kommst.«

»Ach, Claudia«, sagte Thalia liebevoll. Claudia war wie eine jüngere Schwester, die sie nie gehabt hatte. »Ich sollte mir wohl auch mal deine Sammlung ansehen. Was ist bei dir der Notfall, übrigens?«

»Schwangerschaft. Und mein Vater«, antwortete Claudia kurz und bündig. »Aber nun mach mich nicht sentimental, Alexandrinerin, ich muß sonst heulen. Dabei muß ich meine Gedanken für deine Ausstattung beisammenhaben.« Sie fing an, so energisch zu wirtschaften, daß Thalia sich mit gekreuzten Beinen auf einen Hocker zurückzog, um nicht im Wege zu sein, und zu lesen begann.

Thalias Gewand fiel in vorbildliche Falten. »Ist sie etwa nicht kaisergeeignet?« fragte Claudia Soran beifallheischend.

»Doch, unbedingt«, antwortete Soran und küßte seine Fingerspitzen. »Obwohl sie ihn ja nicht heiraten soll.«

»Nein, bewahre«, sagte Claudia und stapfte zufrieden die Treppe zwischen Mons Caelius und Palatin hoch. Soran bot Thalia an der steilsten Stelle den Arm.

Der Empfang war eine Privataudienz, weil sich ein Gespräch über Geburten nicht für die Allgemeinheit eignete. Claudia zupfte Thalia ein letztes Mal mit nervösen Fingern die Falten zurecht; dann wurde sie neben einer Palastwache zurückgelassen, die ihrerseits streng verwarnt wurde für den Fall, daß Claudia verlorenging.

Soran und Thalia wurden in einen kleinen, karg möblierten Raum geführt, den Trajan einige Augenblicke später eilig betrat. Er gab sich wie ein Soldat; seine Gesichtszüge waren scharf und das Kinn glattrasiert. Unter seiner Toga wurden Ledergurte sichtbar. Thalias alte Angst wurde wach, und Sorans Worte rauschten eine Weile an ihren Ohren vorbei, bis sie sich in verständliche Sätze auflösten.

»Thalia aus Alexandria hat einen guten Namen bei den jungen Römerinnen. Sie hat bisher weder ein Kind noch eine Mutter verloren, und das will etwas heißen.«

Trajans verbeulte Nase schwenkte herum, und er betrachtete Thalia forschend. »Bei vielen jungen Frauen ist die Angst größer als die Vernunft, ich weiß.«

»Soldatische Tapferkeit kann man nicht erwarten, wenn die Gewißheit, bei der Geburt zu sterben, größer ist als die Hoffnung davonzukommen, *Prinzeps*.«

Trajan ließ Thalia nicht aus den Augen. »Wenn ich meine Legionen davon überzeugen kann, daß wenigstens die Hälfte von ihnen überlebt, sind sie schon zufrieden und kämpfen gut.«

»Die Frauen auch«, sagte Soran. »Aber ihre Chancen sind geringer. Thalia erhöht die Chancen beträchtlich.«

»Aber sie kann unmöglich alle Römerinnen betreuen, oder?«

Man redete hier über ihren Kopf hinweg. Soran hatte nichts von einem Dialog zwischen zwei Männern gesagt. »Mußt du den Gegner eigenhändig totschlagen, *Prinzeps*? Ich kann Hebammen ausbilden«, warf Thalia ein. »Die Gefahren von Geburten gehen ja nicht von den Müttern aus, sondern von der schlechten Ausbildung der Hebammen.«

Trajan warf sich in seinem Sessel herum, daß er knackte. »Weiter.«

Thalia flog plötzlich mit den Schwingen der Zuversicht dahin. »Eine Hebammenschule würde alle Ängste der Patrizierinnen aus der Welt schaffen können. Soran als Leiter und Lehrer, ich als Lehrerin für die praktischen Handgriffe. Und bald haben wir die ersten Frauen geschult, die selber Unterricht geben können. Und soviel ich weiß, hast du sehr viele Stiftungen gegründet, *Prinzeps*.«

Trajan verzog sein Gesicht zu einem breiten Lächeln. »Das ist die Strategie eines Feldherrn! Von deiner Thalia könnte mancher Heerführer lernen, Soran. Ich habe immer gedacht, daß Frauen höchstens Taktik beherrschen.«

Soran lächelte still, während der Kaiser mit einem Fingerschnalzen einen Sklaven mit einer Schreibtafel an seine Seite rief. Der *Prinzeps* diktierte ihm seinen Beschluß, der sich auf die Höhe der Stiftung, die Bezahlung der Lehrer und die Aufnahmebedingungen für die Schülerinnen bezog. »Zufrieden?«

Thalia nickte hingerissen. Der erste Soldat, dessen Waffen etwas taugten. Und endlich ein Mann, der Taktik nicht als hausfrauliche Details abtat. Nach Corinnas Schilderung hatte sie einen ganz anderen Kaiser erwartet, zumindest einen anderen Mann. Und er sah nicht aus, als ob er je in Afranias Schlafzimmer landen würde.

»Ein Gebäude. Wir brauchen ein Gebäude«, erinnerte Soran, während Trajan bereits halb aus dem Raum war.

»Ich kümmere mich darum«, hörten sie ihn sagen, aber da eilte er bereits mit klappernden Sandalen zu seiner nächsten Besprechung.

»Ist er verläßlich?« Thalia wagte noch nicht, einfach an das Glück zu glauben.

Soranos nickte. »Ich denke, ja.«

Über Thalias Wangen liefen ein paar Tränen der Erleichterung. »Es ist seltsam«, sagte sie, »obwohl ich aus einer angesehenen Familie stamme, hat man mich zur Sklavin gemacht. Trotzdem sitze ich jetzt hier und gebe dem Kaiser des Römischen Reichs Ratschläge.«

»Vielleicht ist es gar nicht entscheidend, ob jemand Sklave oder frei ist.«

Thalias Herz hämmerte plötzlich. »Das sagen die Christen. Aber Sklavin zu sein ist eine unendliche Erniedrigung, die ein ganzes Leben währt, selbst wenn man irgendwann freigelassen wird. Es kann einfach nicht sein, daß ein Gott, der seine Gläubigen liebt, die Existenz von Sklaven duldet!«

Soran nickte geduldig beim Zuhören. »Ich meinte etwas anderes. Ich wollte sagen, daß die meisten Menschen Sklaven ihrer Gedanken, ihrer Erziehung, ihrer Welt sind. Frei ist nur, wer sich frei fühlt.«

»Seltsam. So ungefähr muß Djeballah es gemeint haben. Er ist ein sehr kluger Mann aus Numidien«, setzte sie rasch hinzu, bevor Soran fragen konnte.

»Ah so«, sagte er. »Nein, ich bin kein Christ. Für mich ist der Gott, dem ich die Existenz zubillige, ein fernes Wesen, das sich um den Menschen nicht kümmert. Ein Gott, der wie ein Echo der Wünsche einiger weniger daherkommt, ist mir verdächtig. Ich nehme an, daß die Römer nie für diesen Gott ihre römischen Götter aufgeben werden. Allerdings …« Er zögerte. »Die römischen Kaiser sind Realisten. Mit Hilfe eines einzigen

Gottes könnte ein Kaiser die Welt leichter beherrschen…« Er sprang auf. »Machen wir uns an die Arbeit.«

Thalia starrte erschrocken auf den Boden. Sie hatte gerade einen solchen Kaiser kennengelernt. »Dann muß man wahrscheinlich hoffen, daß die Kaiser so realistisch sind, daß sie sich nicht von dem obersten Priester dieses Gottes beherrschen lassen«, sagte sie leise, aber Soran war bereits in die Halle zu Claudia gegangen.

»Ein Haus für Frauen wie mich ohne Ehemann, aber mit Kind, wird gebraucht«, warf Claudia auf dem Rückweg resolut in das Gespräch ein. »Ohne Thalia wäre ich jetzt vielleicht im Hades, mitsamt meiner Philippa. Stell dir vor, Thalia, meine Philippa ein Gerippe! Oder ein Monster! Seid ihr einmal auf dem Markt der Etrusker gewesen? Zaubermittel und Gifte gegen unerwünschte Kinder, daß es einen grausen kann. Und wenn man sich in der Menge irrt, müssen ja Doppelköpfe und Fischschwänze herauskommen…«

Thalia blieb stehen. »Die Schule der Naturwunder! Soran, läßt sich dieses gräßliche Gewerbe nicht verbieten?«

»Auch das ist Rom«, sagte Soran. »Rom versammelt sämtliche Laster und Verbrechen, die von Menschenhand begangen werden. Die Römer haben es immer als ihr Recht angesehen, sich überflüssiger Mädchen zu entledigen und natürlich erst recht mißgebildeter Säuglinge. Ich habe ihre Befürchtungen eingeschränkt… Meine Absicht war nicht, Säuglinge für den Markt der Naturwunder freizugeben. Darum wird sich der Senat kümmern müssen.«

»Wäre ich als Tochter eines Römers geboren…« Thalia schnitt ein Gesicht. »Ich wäre jetzt nicht hier.«

»Leider wird man es den Römern nicht begreiflich machen können, daß es ein angenehmeres Schicksal als das des römischen Geburtsrechts gibt.« Soran, den Thalia nur als gleichbleibend freundlich kannte, sah unerwartet mißmutig drein. »Rom ist der Nabel der Welt. Ich frage mich, wie lange er es bleiben wird. Oder was die Kaiser tun werden, damit er es weiterhin bleibt.«

Den einen Gott einführen, dachte Thalia.

Als die Frauen die *insula* betraten, fiel ihnen die Stille im Haus auf, das normalerweise vor Unruhe summte. Während Claudia die Wohnungstür öffnete, sah Thalia im Treppenschacht nach oben. Er war seltsam leer; heute machten keine Kinder Wettspringen über die Stufen.

Fünf Soldaten erwarteten sie in Claudias Wohnung. Einer zog seine Hand vom Mund der Nachbarin, die Philippa auf dem Schoß hatte und vor Angst zitterte. »Sie kamen gleich, nachdem ihr fort wart. Seitdem bin ich hier eingesperrt; sie haben mich nicht gehen lassen«, jammerte sie.

»Jetzt hau ab«, sagte einer der Soldaten träge und schob die Frau mit der Schwertspitze aus der Tür hinaus. »Wir sollen nur Thalia von Alexandria holen, genannt die Alexandrinerin.«

Die Bewaffnung der Männer aus der Stadtkohorte war beeindruckend, ganz abgesehen davon, daß sie mit der ganzen Autorität des römischen Senats und ihres Kaisers auftraten.

»Ja«, sagte Thalia und mit Nachdruck zu Claudia, die zu ihrem Erstaunen kesse Blicke mit dem Anführer wechselte: »Bitte benachrichtige den Mann, der mir als einziger jetzt noch helfen kann.«

»Ich wüßte nicht, wer das sein könnte«, antwortete Claudia, »besonders, weil du doch *peregrina* bist. Du wirst dich auf eine Untersuchung gefaßt machen müssen. Aber keine Angst: In Rom geht es gerecht zu. Du bist bestimmt bald wieder da, wenn du unschuldig bist.«

»Wenn…« sagte der Soldat und grinste Claudia an, während er Thalias Arm ergriff. Sie drückte den Busen vor und blinzelte ihm zu.

Unter dem Schutz der früh einfallenden Dunkelheit wurde Thalia abgeführt und in ein Verlies gebracht, von dem sie nicht einmal eine Ahnung hatte, wo es sich befinden könnte.

KAPITEL 23
Die Hebammenschule

Thalia wälzte in ihrem Kopf sämtliche Gründe für ihre Verhaftung, aber zu einem richtigen Schluß kam sie in den Wochen ihrer Gefangenschaft nicht. Ihre Wärter waren nicht willens oder in der Lage, Auskunft zu geben; einmal am Tag schleuderten sie einen unappetitlichen Brei durch die spaltbreit geöffnete Tür. Die Männer lösten einander ab; ihre Gesichter waren brutal und bei einigen durch Schlägereien verunstaltet. In der Nachbarschaft waren manchmal Rufe zu hören.

Alles in allem schien es Thalia sicherer, sich nicht bemerkbar zu machen. Vermutlich machte sich niemand Gedanken, wenn ein Gefangener in diesem Verlies zu Tode kam. Nicht einmal im Verlies von Alexandria hatte sie sich so einsam gefühlt.

Bitter war die Enttäuschung über Claudias herben Verrat. Thalia konzentrierte sich schließlich darauf, in diesem Vegetieren trotz allem Ordnung zu halten. Wenn im Gang vor ihrem Gefängnis die Fackeln angezündet wurden, war es Tag. Bis sie gelöscht wurden, repetierte sie Sorantexte.

Dann kam der Augenblick, den sie am meisten gefürchtet hatte. Sie wurde herausgeholt und ans Tageslicht geführt; es dämmerte erst. Die letzten Karren verschwanden nach der Nacht rumpelnd aus der Stadt. Thalia hätte etwas darum gegeben, mit ihnen fahren zu können.

Nach einem langen und verwirrenden Marsch durch Rom lieferten die beiden Legionäre sie auf dem Forum ab. Sie schöpfte einen Hauch von Hoffnung, als den beiden Soldaten schriftlich das Eintreffen einer Gefangenen bestätigt wurde. Sie war ein Verwaltungsakt; den konnte man nicht stillschweigend beseitigen.

In einem spärlich erhellten Raum hieß man sie warten, bewacht von zwei anderen Soldaten mit verschlossenen Gesichtern. Während die Düsterkeit des Raums sich allmählich aufhellte und draußen das zunehmende Gelärme einen ganz gewöhnlichen Tag für Rom signalisierte, sank Thalias Stimmung auf einen Tiefpunkt. Für sie würde es kein gewöhnlicher Tag werden. Vermutlich hatte Gnaeus Flaccus Pulcher, sachverständiger Senator für Angelegenheiten von *peregrinae*, vor allem in der Toga von Huren, in der Zwischenzeit ausreichende Beweismittel gesammelt, um sie aus Rom auszuweisen.

Dann wurde sie in einen Raum geschoben, in den durch schmale, vergitterte Fenster helles Licht fiel, das sich in den Marmorplatten des Bodens spiegelte. An drei Seiten waren Reihen von Stühlen aufgestellt, die ein U bildeten. Einige von ihnen waren besetzt. Die Männer in Togen drehten ihr zum Teil den Rücken zu und waren in Gespräche über die Bankreihen hinweg vertieft. Schallendes Gelächter bewies jedermann, mit welchem zweifelhaften Ernst sie auf einen Prozeß warteten.

In der letzten Reihe meinte Thalia, einen Mann von Sorans Statur und Körperhaltung zu erkennen, aber es war wohl nur ein letzter Schimmer unvernünftiger Hoffnung, der ihr ein Trugbild vorgaukelte. Der Senator in der Toga, der mit einer aufgerollten Schriftrolle im Halbrund stand, erzwang ihre ungeteilte Aufmerksamkeit.

Gnaeus Flaccus Pulcher war er nicht; dieser Mann war jung und entscheidungsfreudig. Er hatte die Hilfe seines Sekretärs, der neben ihm stand, nicht nötig, um sich in der Anklageschrift zurechtzufinden. Thalias Herz sackte hinunter bis zu ihren verdreckten Füßen. Was sollte sie einem mit allen Wassern gewaschenen Juristen auf der Karriereleiter entgegenhalten? Er sah ihr unter schwarzen, dicken Augenbrauen entgegen.

»Du bist des Hochverrats beschuldigt worden, Thalia von Alexandria; der Beteiligung an einem Aufstand der Phönizier gegen den Kaiser, der in der Ermordung des Vizekönigs von Ägypten mündete. Als Beweisstück wurde aus deinem Besitz ein Ring mit phönizischer Inschrift gesichert.«

Der Ring. Thalia erbleichte, als sie auf den Ring blickte, den der Sekretär zwischen zwei Fingern in die Höhe hielt, sichtbar für jedermann. Vorübergehend nahmen die Geräusche ab, Füße scharrten auf dem Boden, und Togen raschelten, als die Senatoren ihre Gespräche unterbrachen und sich umdrehten.

»Ist dies dein Ring?«

»Er gehört mir«, bestätigte Thalia. »Der Phönizier Mutumbal hat ihn mir für einen Dienst geschenkt.«

»Ganz recht. Mutumbal Barkas steht auf dem Rand«, sagte der Senator. »Bei der Untersuchung, die der Senat durchgeführt hat, wurden als Zeugen vernommen: Afrania aus dem Hause Agricola; Krates von Alexandria, Pantanos von Alexandria, Krescens von Ephesos, Hegesippus von Alexandria und der Arzt Leptinos von Alexandria, damals in Ostia tätig, inzwischen verstorben. Gaius Cornelius Trimalchio, der vom Kaiser wegen Unregelmäßigkeiten bei der Amtsführung seines Amtes enthoben wurde, ist weiterhin verschwunden und konnte nicht vernommen werden.«

Thalia unterbrach ihn erbittert. »Die Phönizier haben sich in alle Winde verstreut, Trimalchio ist verschwunden. Nur ich bin da, die einzige, die Poplicola ermordet haben könnte. Willst du mir das zu verstehen geben?« Sie war fest entschlossen, Unruhe und Zweifel in diese Gerichtsversammlung zu bringen und den Römern so viele Schwierigkeiten zu bereiten wie möglich. Sie beabsichtigte nicht, würdevoll in den Tod zu gehen. Sie holte Luft. »Ich habe es nicht getan, aber verdient hat er es. Er und seinesgleichen saugen Ägypten aus.«

Der junge Senator hob den Kopf von den Papieren. Seine Wangenmuskeln über den Jochbögen bewegten sich im Morgenlicht und gaben seiner Haut eine bronzefarbene Tönung.

Thalia hätte ihn sich gut als Befehlshaber im Schlachtfeld vorstellen können. Als Taktiker. Ihr Herz stolperte. »Ist eine Beschuldigung etwas anderes als eine Anklage?«

Er verzog die Lippen anerkennend. »Es liegt keine offizielle Anklage vor, Thalia von Alexandria.«

Was wollte er ihr damit zu verstehen geben? Daß eine Verteidigung verkehrt wäre? Sie biß verwirrt die Zähne zusammen. Im Hintergrund hörte sie wieder das Geschwätz der Zuschauer.

»Alles in allem haben die Nachforschungen ergeben, daß Gaius Cornelius Trimalchio mit den Phöniziern gemeinsame Sache gemacht haben muß. Sein ehemaliger Herr im kilikischen Tarsos gab zu Protokoll, daß Trimalchio an einem Aufstand der Juden gegen den Christen Paulus beteiligt gewesen war.«

»Hört, hört!« rief jemand.

»Nicht schon wieder!« protestierte ein anderer. »Wir haben die Christengefahr so oft durchgesprochen, daß bereits mein Papagei artig von ihr redet.«

»Chaire, ein Christ!« krächzte einer mit verstellter Stimme.

»Wen grüßt dein Papagei, Galba, Schmerbäuchelchen? Maximus, Tullus, Lento? Oder dich selbst, wenn du nach Hause kommst?«

Thalia drehte sich im allgemeinen Gelächter um. Inzwischen waren mehr Männer anwesend als bei ihrer Ankunft. Sie saßen in lockerer Verteilung einzelner Gruppen, die leere Stühle zwischen sich gelassen hatten. Vielleicht Senatoren mit ihren Anhängern. Aber wozu saßen sie hier, wenn dies keine Gerichtsverhandlung war?

»Trimalchio ist ein Unruhestifter. Er hat Rom in jeder Hinsicht getäuscht«, fuhr der Senator fort, ohne sich von den Zwischenrufen beeindrucken zu lassen. »Dir kann allenfalls eine Mitwirkung am Rande vorgeworfen werden.«

Während der Senator die Rolle zusammenrollte und dem Sekretär übergab, wagte Thalia kaum zu atmen. Es war viel einfacher gewesen: Trimalchio hatte die Christen bekämpft und sich ohne jeden Zusammenhang damit an einem Römer gerächt, der seine Karriere zerstört hatte.

Eine Öllampe knisterte, und Geräusche wie von einer größeren Menschenmenge drangen von der Straße herein.

»Die Sitzung des Senats beginnt gleich«, verkündete eine laute Stimme hinter Thalia mahnend, was den geräuschvollen Aufbruch der Männer in Togen zur Folge hatte.

Der junge Senator rückte einen Schritt an Thalia heran, um sich trotz des Lärms verständlich zu machen. »Der *Prinzeps*, als Mitglied des römischen Senats, ist sogar der Auffassung, daß deine Tätigkeit im Dienst der kaiserlichen Gladiatorenschule dich geradezu notgedrungen mit den Feinden des Reiches zusammenführen mußte. Er geht davon aus, daß du den Ring als Bezahlung für ein Arzneimittel oder etwas Ähnliches erhalten hast. Du hast es vorhin selbst bestätigt. Weder der Kaiser noch der Senat interessieren sich für ärztliche Honorare. Als Beweis für deine Treue zum Römischen Reich führt der Erhabene deine Bereitschaft an, eine Schule für Hebammen zu betreuen. Seine Beweisführung ist für den Senat entscheidend gewesen, von der offiziellen Anklage wegen Hochverrats abzusehen.«

Der Römer verzog seinen Mund zu einem geschäftsmäßigen Lächeln, überreichte Thalia den Ring und entfernte sich mit dem Sekretär an seiner Seite, der ihm eine andere Rolle übergab. Durch die weit offenen Türflügel sah sie, daß er sich den übrigen Senatsmitgliedern anschloß, die geschlossen zu einer Sitzung im benachbarten Gebäude strebten.

Thalia stieß einen Seufzer der Erleichterung aus, während zwei Arme sie von hinten umfingen. Claudia. Und neben ihr Soran. Er strahlte. Jetzt wußte sie, daß der Alptraum wirklich zu Ende war.

»Ach, Thalia«, schluchzte Claudia. »Es ging nicht schneller. Sie mußten alle diese schrecklichen Befragungen durchführen. Diese Afrania ist ein Ungeheuer! Als sie dich verhafteten, hatte ich solche Angst, sie würden mich mitnehmen. Dann hätte keiner den ehrenwerten Soran benachrichtigen können. Es gab keinen Weg, dich zu beruhigen…«

Thalia konnte kein Wort sagen vor Scham über ihren Irrtum.

»Immerhin«, sagte Soran, »ist es nicht wahrscheinlich, daß sich eine solche heimliche Verhaftung wiederholt. Dein neuer Leibwächter ist gerade eingetroffen. Der kluge Numidier.« Er hob seinen Arm und winkte. Aus dem Schatten einer Säule löste sich ein großer schwarzer Mann und kam herbei.

»Djeballah«, flüsterte Thalia überwältigt und umarmte ihn. Sie konnte nicht verhindern, daß er ihre Hand küßte.

»Gebieterin Thalia.«

»Nein, nein«, sagte Thalia energisch. »Ich hoffe doch sehr, daß Barnabas dir deine Freilassungsurkunde sofort ausgehändigt hat.«

»Das hat er, Gebieterin.«

»Dann ist es gut, Djeballah.« Stumm ließ Thalia es zu, daß ihr ein dünner Mantel umgehängt wurde, und entdeckte staunend, daß in der Welt draußen der Frühling angebrochen war. Er roch nach Erde wie zu Hause in Kilikien, und irgendwo mußten Blüten ihre Knospen geöffnet haben. Die Bienen flogen schon.

»Sie suchen immer noch nach diesem Trimalchio«, erzählte Soran beiläufig am nächsten Tag, während sie auf der Serpentinenstraße zur Kuppe des Mons Caelius emporstiegen. Er hatte einen Sklaven in Claudias Wohnung geschickt, um beide Frauen abzuholen. Soran blieb stehen und zeigte auf eine Gruppe von Bäumen. »Da unten ist mein *iatreion*. Nicht sehr weit, vorausgesetzt, man ist eine Amsel. Es könnte also sein, daß du erneut belastet wirst, Thalia, wenn man Trimalchio findet.«

»Er ist tot«, sagte Thalia mit einem Seufzer und sah sich auf der Höhe um, die sie fast erreicht hatten. »Ich hätte nichts dagegen, in einer so schönen Gegend von Rom eine Amsel zu sein. Wohin führst du uns, Soran?«

»Ja, alles sehr gepflegt und grün hier, auch in der heißesten Zeit«, sagte er zufrieden. »Was Trimalchio betrifft, dachte ich es mir. Hilfe war von ihm ohnehin nicht zu erwarten. Ich glaube übrigens nicht, daß Afrania aufgeben wird. Sie wird nach Zeugen suchen, die dich belasten können. In den Salons der Patrizierinnen ist es Tagesgespräch, daß sie mit ihrem Rachefeldzug um einen Tag zu spät kam. Man fängt an, es als einen Wettkampf zwischen ihr und dir anzusehen. Es gibt Römer, die ihr gönnen, daß sie nicht gewonnen hat.« Soran blieb vor einem geschlossenen Tor stehen. Am Ende eines Kiesweges lag ein kleiner, guterhaltener Palast. Ein Sklave trabte herbei.

»Ich wünsche nur, von ihr in Ruhe gelassen zu werden«, murmelte Thalia gequält. »Ich werde ihr aus dem Wege gehen.«

»Das reicht nicht, leider.«

Thalia fuhr zusammen. Er sah ausgesprochen sorgenvoll aus. »Soran, weißt du etwa Näheres über den Tod von Leptinos?«

»Ja«, bekannte er. »Ich kannte ihn gut, wie du weißt. Vier Jahre war er mein Schüler, begabt, ehrgeizig... Er hatte seine Grenzen, aber er war trotzdem ein fähiger Arzt. Ich hätte nie gedacht, daß er jemals seinem Leben selber ein Ende setzen könnte. Er hat sich von den Klippen bei Ostia ins Meer gestürzt.«

»Afrania«, stellte Thalia entgeistert fest. Sie war trotz allem traurig.

»Ja«, sagte Soran. »Sie hat ihn in die Enge getrieben, bis er keinen Ausweg mehr sah. Deshalb meine Sorge wegen dir. Die Todesstrafe ist für dich abgewendet, leider nicht die Ausweisung. Wenn es ihr also gelingt, im Senat erneuten Zweifel zu erwecken...«

Thalia schob erbittert Erde mit der Sandale zu einem Hügelchen zusammen. »Ich bekomme keine Ruhe hier. Nach dem Gespräch mit dem *Prinzeps* hatte ich die Hoffnung, daß ich endlich meine ganze Kraft auf die wichtigen Dinge konzentrieren könnte. Auf die, von denen ich etwas verstehe...«

Soran nickte dem jungen Mann zu, der das Tor für sie aufzog, und schritt hindurch. Plötzlich drehte er sich um. Sein Gesicht strahlte. »Ja, nicht wahr? Zum Beispiel auf die Ausbildung von Hebammen. In unserer neuen Hebammenschule. Gefällt sie dir?«

Claudia sperrte den Mund auf. Die ganze Zeit war sie der Überzeugung gewesen, die Schulung würde in einem Hinterhof in der *subura* stattfinden. So wie für andere Römer ohne Geld und ohne gute Familie. Ungläubig schüttelte sie den Kopf.

Soran zog Thalias Arm unter seinen. »Du sagst ja gar nichts. Wird es dir keine Freude machen, hier zu arbeiten?«

Thalia nickte und blickte überwältigt auf die Eingangsstufen, die eine dunkelhaarige junge Frau herabstieg. Damals hatte die lange Wanderung von Thrakien nach Rom an ihr gezehrt. Jetzt waren ihre Wangen rundlich und gesund gefärbt, und keine Spur des Hinkens war zurückgeblieben. Der Junge an ihrer Hand hatte einen Finger im Mund; er legte den Kopf schief und grinste verschmitzt.

»Ich dachte, ich sollte dir noch einige Wochen helfen, Thalia von Alexandria, bevor ich nach Thrakien zurückkehre. Die Römerin Corinna aus dem Hause Dolabella Flavus hat sich entschlossen, wie ihre ganze hochadelige altrömische Familie, mehr auf Urin, Kohl und Beschwörungen zu vertrauen, als auf griechische Medizin. Und die stattliche Summe für eine ausgebildete Heilerin konnte sie gut gebrauchen.«

»Zum Kauf von Kohl«, rief Claudia und lachte schallend.

Soran schob die Frauen schmunzelnd in die Halle.

»Alles für mich und Philippa?« Claudia lief von einem Raum zum anderen im obersten Stockwerk des Palastes und konnte gar nicht glauben, daß sie hier wohnen sollte. Und nebenan war das Reich von Thalia. Die Räume waren gerade frisch hergerichtet worden und rochen noch nach Farbe. Die Möbel waren zusammengeschoben worden, um den Malern nicht im Wege zu sein.

Claudia schwatzte munter mit Djeballah, der ihr still und aufmerksam folgte und sich ihre Wünsche für die Möblierung merkte. Dann lief sie nach unten, wo zu ebener Erde Soran und Thalia umherwanderten und die Einteilung der Schulräume beratschlagten. »Hier werden wir ja Hebammen für die halbe Welt ausbilden können«, rief sie überschäumend vor Freude.

Soran drehte sich um. »Warum nicht? Und wir werden diese ganz neue Art von Schulung angemessen feiern. Meine Frau erwartet uns in meinem Palast.«

Thalia sah ihn überrascht an. Sie hatte seine Frau noch nicht kennengelernt. Es war ein wenig wie in Alexandria gewesen: strikte Trennung von *iatreion* und Wohnhaus. Und jetzt wollte er sie aufheben.

Während sie den Serpentinen wieder nach unten folgten, beschlossen Thalia und Claudia, schon am nächsten Tag umzuziehen. Soran wanderte schweigsam neben ihnen her.

Seine Frau erwartete sie bereits an einem Seiteneingang. Cynthia war einen Kopf kleiner als Thalia; sie reckte sich, um Thalia wie eine Verwandte auf beide Wangen zu küssen.

Obwohl eine kleine Gesellschaft von Gästen versammelt war, widmete sich Cynthia hauptsächlich der jungen Ärztin, die nun demnächst im *iatreion* ihres Mannes tätig sein würde. Thalia fand den intensiven Blick ihrer großen braunen Augen beinahe beängstigend, obwohl sie sich sicher war, daß mit der Narbe alles in Ordnung war.

Erleichtert sah sie, daß Soran, der die Runde bei seinen übrigen Gästen gemacht hatte, wieder zurückkam. Cynthia nickte ihm zu.

Soran fing lächelnd einen der kleinen Sklaven ein und flüsterte ihm etwas ins Ohr. Der Kleine schoß davon. Als er zurückkam, gefolgt von drei Sklaven mit versiegelten Weinkrügen, schwieg die ganze Gesellschaft wie auf ein geheimes Zeichen hin.

Soran ließ sich aus einem der gerade geöffneten Krüge einschenken und trat mit dem grünschimmernden Wein in die Mitte seiner Gäste. »Ich weiß nicht, ob euch dieser Wein, der Veltliner aus den Bergen Galliens, etwas bedeutet«, sagte er. »Für meine Frau und mich hat er eine besondere Bedeutung, die ich nicht näher erläutern werde. Auch dieser Tag ist ein besonderer. Dabei meine ich gar nicht mal die Tatsache, daß wir heute gewissermaßen die Arbeit in der neuen Hebammenschule aufgenommen haben. Nein, viel wichtiger. Ich werde Vater.«

Während ein leises, erstauntes Raunen unter den Gästen einsetzte, griff Cynthia nach Thalias Hand und trat mit ihr zu Soran.

»Meine Cynthia und ich sind kinderlos geblieben, wie ihr wißt. Wir haben uns entschlossen, Thalia aus Alexandria zu adoptieren. Darauf möchte ich mit euch eine Schale leeren.«

Die Römer umringten Soran, Cynthia und Thalia und stießen mit ihnen an. Thalia war zu überwältigt, um etwas zu sagen. Von allen Seiten gratulierte man ihr, Hände strichen über ihre Wangen; sie wurde geküßt und gab Küsse zurück.

Dann fühlte sie Sorans Arm um ihre Schultern. Er faßte ihr Kinn zwischen zwei Fingern und sah ihr in die Augen. »Die

Hebammenschule unter der Leitung von Soranos von Ephesos und seiner Adoptivtochter Thalia wird im ganzen Römischen Reich bekannt und ein Vorbild für andere im Land werden. Ich denke, du weißt, daß eine Ausweisung für eine Römerin aus einer so im Rampenlicht stehenden Familie ausgeschlossen ist.«

Die neue Hebammenschule wurde schnell bekannt. Allein die Tatsache, daß der *Prinzeps* einen Privatpalast zur Verfügung gestellt hatte, weckte die Aufmerksamkeit der Patrizier. Gelegentlich besuchte Trajan sogar das Haus und ließ sich von Soranos erklären, wie die Gelder der Stiftung verwendet wurden.

Thalia organisierte den Unterricht für die sechs jungen Frauen, die sich auf den Anschlag am Forum hin gemeldet hatten; sie unterwies sie in den praktischen Handgriffen bei Geburten und brachte ihnen die Veränderungen des Frauenkörpers während der Schwangerschaft bei. Soran kam, wenn sie ihn rufen ließ oder zwischenzeitlich aus Neugier.

Am Unterricht der Thrakerin nahm Thalia als Schülerin teil. Sie merkte schnell, daß die junge Frau mehr über die Anwendung von Kräutern wußte als sie selbst. Thracia teilte bereitwillig alle ihre Kenntnisse mit Thalia. Nur über sich selbst sprach sie nie. Der Name, den die Römer ihr gegeben hatten, war ganz gewiß nicht ihr richtiger. Ein Geheimnis umgab sie.

Claudia war für den Betrieb des Hauses verantwortlich; sie kommandierte zehn Sklaven wie eine Gänseherde in Kampanien. Und das ist nicht die schlechteste Art, mit Sklaven umzugehen, dachte Thalia, als sie hörte, wie Claudia einem vorwitzigen Jungen befahl, den Schnabel zu halten und sich die Füße zu waschen, damit er nicht den Gartendreck auf die Mosaike trug. Denn natürlich war die Schule so makellos aufgeräumt und sauber wie Claudias damalige Wohnung. Im übrigen rissen sich die Jungen darum, persönliche Aufträge für sie zu erledigen.

Zufrieden ging Thalia in ihr Arbeitszimmer zurück, das hauptsächlich der Verwaltung diente. Urkunden und Rechnungen von Lieferanten stapelten sich auf zwei Tischen; allmählich bekam sie ein Gefühl für den Rhythmus und die Mengen von Lebensmitteln, die für neunzehn Erwachsene und zwei Kinder zu ordern waren. Es machte ihr Freude, wenn die Schule wie am Schnürchen lief.

Außerhalb der Unterrichtszeiten war sie bei Soran im *iatreion,* um zu behandeln und zu lernen. Dies war im guten Sinn die aufregendste Zeit ihres bisherigen Lebens. Nur der Gedanke an die Römerin Afrania verursachte immer noch ein warnendes Kribbeln in ihrem Nacken. Ganz traute sie dem Frieden nicht, obwohl Djeballah jetzt immer an ihrer Seite war, wenn sie durch die Straßen Roms ging.

Als sie aus der Tür in den Garten blickte, sah sie ihn mit Philippa und Thracias Sohn im Gras spielen.

»Auf den Markt der Etruskerinnen, du lebendes Unglück! Beeile dich!«

»Aber es ist zu spät für dich, Herrin«, jammerte Afranias Leibsklavin, Vertraute für alles Leibliche. »Du wirst dich umbringen. Und uns alle mit dir.« Sie duckte sich, um der griechischen Vase zu entgehen, die Afrania ihr an den Kopf warf, und rannte schluchzend hinaus.

Afrania trippelte hochgradig nervös durch ihren Salon, während sie wartete. Sie trommelte mit den Händen an ihren eingeschnürten Bauch und lauschte vergebens nach einem beginnenden Schmerz. Dieser dämliche Grieche! Oder war es der Athlet? Warum hatten sie nicht aufpassen können? Sie selber war gar nicht auf den Gedanken gekommen, sie könne noch fruchtbar sein, und hatte auch keine Vorsichtsmaßnahmen ergriffen. Und nun dies! Der ehrenwerte Legat war in Hispania, als es passiert sein mußte, kein Gedanke, ihm das Kind in die Schuhe zu schieben. Es mußte weg, bevor jemand ihren Zustand bemerkte! Und bevor ihr Ehemann aus Hispania zurück war. Er wurde in Rom erwartet.

Als die Sklavin nach Stunden mit einem grauen Pulver zurückkehrte, riß Afrania ihr das eingewickelte Päckchen aus der Hand, lehnte es barsch ab, die Anweisungen der etruskischen Zauberin zu befolgen, und schickte ihre Sklavin aus dem Raum. »Wer mich stört, bevor ich rufe, wird ins Bergwerk verkauft«, drohte sie als letztes.

Die Sklavin dämpfte ihren entsetzten Aufschrei und ließ sich vor Afranias Tür niedersinken, um Wache zu halten. Große Hoffnung, lebend davonzukommen, hatte sie nicht. Was immer schiefging, die Herrin würde es ihr anlasten.

Über Stunden drangen kaum Geräusche aus Afranias Raum außer dem ruhelosen Klappern ihrer Sandalen; gegen Morgen ging sie anscheinend ins Bett. Die Sklavin ließ sich erleichtert an die Wand sinken und schloß ihre Augen.

Und dann fuhr sie hoch und legte zitternd das Ohr an die Tür. Afrania stöhnte. Die Lemuren mußten die Herrin im Griff haben. Aber kein Ruf nach ihr.

Thalia saß grübelnd am Schreibtisch, vor sich Unterlagen für einen Plan, von dem sie einstweilen niemandem erzählte: einen künftigen Bereitschaftsdienst von Hebammen der Schule für ganz Rom. Dazu mußte ein Benachrichtigungssystem entwickelt werden, mit dem eine Hebamme angefordert werden konnte, wo auch immer die Bedürftige sich befand.

Es klopfte, und Claudias besorgtes Gesicht erschien im Türspalt. »Da ist eine Sklavin aus dem Haus Agricola, die mit dir reden möchte, ganz, ganz dringend, sagt sie. Sei bloß vorsichtig! Vielleicht soll sie dich eigenhändig abmurksen. Soll ich bei dir bleiben?«

Agricola, das war Afrania. »Nicht nötig. Danke, Claudia.« Thalia rollte das Papyrus zusammen und wappnete sich innerlich.

Die Sklavin hatte ein zerfurchtes Gesicht, das grau und alt aussah. Ihre Oberlippe zitterte, und es war unverkennbar, daß sie Angst hatte. »Afrania braucht deine Hilfe, Herrin. Es ist sehr dringend!«

Thalia sah die Leibsklavin abweisend an, während sie an die Begegnung mit ihr in Alexandria zurückdachte. »Afrania hat meine Hilfe noch nie gebraucht. Soranos ist der Arzt des Hauses Agricola. Weißt du, wo du ihn findest? Wenn nicht, kann der Gärtnerjunge dich zu ihm bringen.«

Die Sklavin schüttelte verzweifelt den Kopf. »Nein, Herrin. Bitte komm. Nur du kannst sie noch retten. Afrania läßt folgendes ausrichten: Sie sei sicher, daß sämtliche Ärzte der Welt in diesem Fall versagen würden. Sie sagt, du wüßtest dann Bescheid.«

Thalia stand widerwillig auf. Oh, sie wußte noch sehr gut, was die Römerin damals gesagt hatte. Und auch, daß sie kein Mittel scheuen würde, ihre Todfeindin in eine Falle zu locken.

Die Leibsklavin deutete auf die Tür. Thalia hörte Stöhnen, unterbrochen von Schreien. »Dort ist sie. Sie hat ein Mittel genommen, weil ihre Regel ausblieb«, flüsterte sie und machte auf den Hacken kehrt.

Thalia erwischte sie am Arm. »Wie lange blieb ihre Regel aus?«

»Vier Monate«, hauchte die Sklavin und verschwand.

Im gewöhnlichen Sprachgebrauch hieß so etwas meistens Schwangerschaft. Und die Mittel waren häufig tödlich. Thalia trat leise ein.

Afrania wälzte sich auf ihrem Bett. Die leichte Tunika wölbte sich nur wenig über ihrem Leib. Ein strenger Geruch lag im Raum. Thalia schnüffelte ein wenig. Das Herz der Bubastis, angenehm für die Nase, aber nicht für ungeborene Kinder.

»Wann kommt sie denn?« keuchte Afrania mit geschlossenen Augen.

»Ich bin hier«, sagte Thalia beruhigend, zog einen Hocker ans Bett und fühlte nach dem Puls. Er ging schnell und hart. Afrania entspannte sich für einen kurzen Augenblick, bevor eine neue Welle von Schmerz sie überfiel. »Du hast Wermut eingenommen?«

»Ich weiß nicht. Ein graues Pulver. Tu etwas! Nimm die Schmerzen von mir!«

Thalia mußte sich anstrengen, um Afrania zu verstehen. Ihre Kräfte erschöpften sich bereits. Sie überlegte, was es gewesen sein konnte. Wahrscheinlich Wermut mit Helleborus oder Kastorion versetzt, eine der Mischungen, die die Etruskerinnen verkauften. Der Ausgang war immer ungewiß. Ein Zuviel konnte die Frau töten; zu wenig brachte Wehen, aber nicht unbedingt den Tod der Frucht.

Es gab nichts zu tun, außer zu warten und Afranias Zuversicht zu stärken. Man mußte sie ablenken, um die Krämpfe zu lösen. Thalia begann mit leiser Stimme, Gedichte und Heldengesänge aufzusagen. *Die Mutter bringt, was uns ihr Kind heißt, nicht hervor. Sie ist nur frischgesäten Keimes Nährerin. Der sie befruchtet, zeugt.* Ja, dachte sie, wer hat das Kind gezeugt? Der Legat war ihres Wissens nicht in Rom gewesen, als die großen Spiele zu Ende gingen. Ungefähr zu dieser Zeit mußte es passiert sein.

In diesem Augenblick bäumte Afrania sich auf und begann inmitten eines Schwalls von Blut die Frucht auszustoßen. Als sie zwischen ihre Beine glitt, weiteten sich Thalias Augen vor Überraschung. »Ein Junge«, sagte sie.

»Ich will nichts davon hören.« Afrania drehte den Kopf weg und schloß ihre Augen.

»Er ist der Sohn eines Schwarzen. Hegesippus, nicht wahr?«

Afrania warf sich herum. »Wie kannst du es wagen?« Sie preßte die Hände auf den Bauch und krümmte sich. »Gib mir jetzt etwas gegen die Schmerzen!«

Thalia nickte bedächtig. »Versuche dich wieder zu entspannen, während ich ein Arzneimittel zubereite. Du bleibst nur einen Augenblick allein.«

Die Römerin warf ihr einen Blick zu, der eine Mischung von Mordgelüsten und Hoffnung auf das Ende der Schmerzen enthielt. Aber sie nickte.

Noch war sie schwach.

Vor der Tür von Afranias Schlafzimmer schwatzte Djeballah mit Setom. »Habt ihr einen Schreiber?« fragte sie den Spottknaben. »Schnell, deine Herrin verlangt nach Papier und Feder.«

»Steht es so schlecht um sie?« fragte Setom erschrocken. »Werden wir jetzt alle gefoltert?« Thalia hielt ihn fest, bevor er entwischen konnte.

»Nein«, sagte sie, »Afrania muß an den Gott Anubis schreiben. Es geht ihrem Hund schlecht.«

»Oh, oh«, rief Setom. »Dann komm schnell!«

Er entlockte dem Schreibsklaven alles, was Thalia brauchte, und trug ihr die Sachen vor die Tür. »Warte hier«, befahl Thalia und schlüpfte leise in den Salon zurück.

Afrania dämmerte vor sich hin. Thalia brauchte nicht lange, um das Dokument aufzusetzen. Danach weckte sie die Römerin.

»Afrania«, sagte sie, »ich habe hier ein Schreiben, das du unterzeichnen wirst. Ich werde es noch heute bei den Priestern des Castor- und Polluxtempels deponieren, und danach wird nie mehr ein Wort darüber fallen. Es sei denn, du würdest mir zu schaden versuchen. Beim kleinsten Anlaß zu einer solchen Vermutung wird das Dokument dem *Prinzeps* und dem Senat vorgelegt werden. Es wird also in deinem eigenen Interesse sein, mich in Zukunft zu unterstützen. In jeder Hinsicht.«

Afrania stützte sich ächzend auf die Ellenbogen. Ihr Blick ging zur Tür.

»Aber Afrania«, sagte Thalia vorwurfsvoll. »Sklaven, die bezeugen würden, daß du einen schwarzen Sohn geboren hast? Möchtest du das wirklich? Trauerst du nicht vielmehr um deinen Hund?«

Die Römerin ließ sich auf den Rücken sinken. »Lies vor!« krächzte sie.

»*Ich bestätige, daß ich am heutigen Tage, den Iden des März im neunten Regierungsjahr von Trajan, im fünften Monat nach der Zeugung ein totes Kind mit schwarzer Hautfarbe geboren habe. Das Kind abzutreiben geschah ohne Wissen oder Einverständnis einer Hebamme.*«

Thalia brachte es fertig, kühl zu wirken, während sie las, eine geschäftliche Transaktion wie andere. Aber ihr Herz klopfte heftig. »Sobald du unterzeichnet hast, gebe ich dir ein Mittel gegen den Schmerz.«

»Gib her!« fauchte Afrania.

Thalia prüfte die Unterschrift, siegelte mit Afranias Ring, dann verabreichte sie ihr eine große Dosis Schlafmohn. Die Leibsklavin schoß zur Tür herein, kaum daß sie nach ihr gerufen hatte. Thalia wunderte sich nicht, daß die Sklaven Bescheid wußten; dazu war sie selber zu lange Sklavin gewesen. Sie übergab ihr das verpackte und versiegelte Bündel. »Die Herrin ist durch den Tod ihres Hundes sehr mitgenommen«, erklärte sie. »Du trägst gemeinsam mit Setom dafür Sorge, daß er auf dem Friedhof für Tiere dem Gott Anubis übergeben wird.«

»Die Herrin Afrania hat viele ägyptische Sitten angenommen«, murmelte die Leibsklavin mit niedergeschlagenen Augen. »Wer hätte je gedacht, daß sie sich so um einen Hund sorgen würde.«

»Ägypten verändert die Menschen«, sagte Thalia.

Thalia wartete, bis Afrania in tiefen Schlaf gefallen war, damit die Römerin ihr keine bewaffneten Sklaven nachschicken konnte. Dann eilte sie zusammen mit Djeballah zum Castortempel, das Dokument an die Brust gepreßt. Als sie es den Priestern übergeben, die Übernahme bestätigt bekommen und die Jahresgebühr bezahlt hatte, gaben ihre Knie nach.

Man brachte ihr besorgt Wasser und einen Hocker. Thalia schaffte es nicht, die freundliche Fürsorglichkeit der Priester abzuwehren. Schließlich erklärte sie ihre Schwäche verzweifelt mit einem Übermaß an Arbeit. Niemand würde ihr glauben, daß bei ihr die Erleichterung ihren Sitz in den Knien hatte.

»Ich weiß. Mit Trajans Hebammenschule«, nickte der Priester.

Thalia starrte überrascht zu ihm hoch.

»Wir sind alle voll Bewunderung für dein Werk, Thalia von Alexandria. Rom ist voll Bewunderung.«

Bei den Damen der römischen Gesellschaft galt allerdings die Bewunderung hauptsächlich Soran, vor allem, wenn der *Prinzeps* gerade mit ihm plauderte. Gelegentlich hörte Thalia mit halbem Ohr Bemerkungen darüber, daß Sorans Helferin eine Hure gewesen sein sollte, aber sie trug den Kopf hoch.

Habt ihr eine Ahnung vom Leben, dachte sie, ihr römischen Steinbüsten. Einen Tag Schnodder wischen in der Schule der Naturwunder würde euch lehren, wie schwierig es ist, sein Leben zu bewältigen, wenn man nicht in einem Palast lebt. Sogar, daß man Hure aus Not sein kann, ohne seine Würde zu verlieren. Nur wer mit einem Diadem auf dem Kopf zur Welt kommt und trotzdem hurt, hat nie Würde besessen.

Thalia lächelte einem der beliebig oft vorhandenen Lockenköpfchen entgegen, ohne sich um den Namen der Patrizierin zu scheren, und trank ihr höflich zu. Als sie den Becher abgesetzt hatte, bemerkte sie den ehrfürchtigen Gesichtsausdruck der Römerin und spürte gleichzeitig eine harte Hand auf ihrer Schulter.

»Ich grüße dich, Thalia. Ist alles zu deiner Zufriedenheit in eurer Schule? In unserer Schule?« fragte der Kaiser.

»Ich grüße dich auch, *Prinzeps*«, murmelte Thalia. »Doch, alles. Danke.«

»Aber?« Trajan konnte sehr hellhörig sein, wenn er guter Laune war. Er sah sie neugierig an.

Jetzt oder nie. »Könntest du mir wohl einen Offizier zur Verfügung stellen, der sich mit Nachrichtensignalen auskennt?«

Der *Prinzeps* schaute sehr verdutzt. »Aber meine Palastgarde möchtest du noch nicht übernehmen?« fragte er und lachte schallend.

Thalia konnte seiner Heiterkeit nicht widerstehen und lachte mit, während sich die römische Gesellschaft mit fragenden Blicken um sie drängte. »Ich brauche ein Benachrichtigungssystem für Hebammen«, erklärte sie schließlich. »Was nützt eine gute Hebamme, wenn sie zu spät ankommt?«

»Mein Ehemann hat einen seiner Kriegstribunen mit nach Rom gebracht; sein Dienst ist beendet, aber Signalgebung wird seine Leidenschaft bleiben«, sagte eine Frauenstimme im Hintergrund.

»Das ist richtig, Afrania«, meinte Trajan. »Stellen wir also Publius Porcio vorübergehend in den Dienst der Hebammenschule. Er wird hellauf begeistert sein. Wir werden ihm versprechen müssen, daß er dort etwas über strategische Kriegsführung lernen kann.« Er blinzelte Thalia zu.

Ausnahmsweise hielten ihre Knie ihrer Erleichterung stand, als Afrania kam, um dem Kaiser und ihr die Glückwünsche des Hauses Agricola für die erfolgreiche Tätigkeit der Hebammenschule zu überbringen.

Ein halbes Jahr nach ihrer Eröffnung verließen die ersten ausgebildeten Hebammen die Schule. Die Frauen der Senatoren lieferten bald Beweise der umsichtigen Innenpolitik des *Prinzeps*: Gleich mehrere von ihnen sahen ihrer Niederkunft zuversichtlich entgegen.

Und der Ankunft von kleinen Löwen, wahlweise von großen Krokodilen, dachte Thalia, selber überrascht von ihren bitteren Gedanken. Sie hätte allen Grund zur Freude gehabt, und trotzdem gab es einen leeren Platz in ihrem Herzen, einen blinden Fleck. Jetzt, wo die Sorge um den nächsten Tag nicht mehr bestand, gab es anderes, das sie beunruhigte. Sie dachte öfter an Side zurück.

Dann kam der Tag, an dem Thracia ihren Aufbruch ankündigte. Thalia hatte gehofft, daß sie bleiben würde...

Eine Woche später standen Soran und Thalia auf der Treppe, um Thracia zu verabschieden. Die Thrakerin faßte Thalia bei beiden Händen und sah ihr in die Augen. Sie war so groß wie die Sideterin, aber dunkel mit geraden schwarzen Augenbrauen und braunem Haar, das inzwischen nachgewachsen war. Endlich machte sie einen frohen Eindruck.

»Ich danke dir, Thalia, daß du im Triumphzug meinem Bruder einen würdigen Tod ermöglicht hast. Im tullianischen Kerker hingerichtet zu werden, hätte ihn erniedrigt, wie es seine Offiziere erniedrigt hat. Ich wünschte, die Römer hätten sie alle unter freiem Himmel bei ihrem Gebet getötet.«

»Der Thraker, der Vortänzer, war dein Bruder?« fragte Thalia und wurde blaß vor Entsetzen.

»Mein Bruder, ja. Wie auch Decebal, der König.«

Thalia verschlug es die Sprache. »Ich hoffe, ich habe dich nicht gekränkt, indem ich an deinem Kauf Anteil hatte«, meinte sie schließlich.

»Du bist diejenige, die dem thrakischen Volk die Hoffnung zurückgegeben hat. Mit deiner und Sorans Hilfe war es mir möglich, meinen kleinen Sohn zu retten und einen Boten nach Hause zu schicken. Ich möchte, daß mein Sohn die Thraker noch einmal zum Kampf sammelt. Zum Sieg gegen die Römer.«

Thalia sah auf den kleinen Jungen hinunter, der reisefertig neben seiner Mutter stand. »Alle meine Gedanken werden bei ihm sein. Vielleicht ist er derjenige, der die Römer im Namen der Völker in ihre Schranken weist. Und ich wüßte so gerne den Namen seiner Mutter, die ihn zum König erziehen wird.«

»Bendis, nach einer thrakischen Göttin. Bitte verzeih mir, daß ich dich in Unkenntnis gelassen habe, Thalia. So war es sicherer für meinen Sohn. Ich hatte die Hoffnung nie aufgegeben zurückzukehren. Meine Gebete sind erhört worden.«

Thalia erschrak. »Corinna! Wenn sie es erfahren hätte, wer bei ihr im Hause lebt. Sie hat den angeborenen Instinkt der Patrizier gegen alles, was Rom schaden kann.«

Bendis nickte. »Ich habe es gemerkt.«

»Ich ahnte noch auf dem Forum, daß es schiefgehen würde. Aber einen anderen Weg wußte ich nicht«, sagte Thalia. »Demeter und alle Göttinnen mögen euch behüten. Aber ihr Kampf gegen die männlichen römischen Götter wird schwer werden.«

»Ja«, sagte die Thrakerin und seufzte. »Asklepios, der Gott der Heimatstadt meiner Mutter, wird uns beistehen. Thalia, ich habe eine Liste von Pflanzen für dich angefertigt mitsamt ihrer Anwendung. Einige Namen kenne ich nur in thrakischer Sprache, aber meistens steht der griechische Name daneben. Möglicherweise sind hier nicht alle Pflanzen erhältlich. Dann mußt du kommen und sie bei mir abholen.« Sie umarmte Thalia fest.

»Ich verspreche es.« Thalia sah Bendis nach, trotz ihrer Trauer wegen des Abschiedes erleichtert und plötzlich zuversichtlich. Die Thrakerin schritt mit dem Kind auf der Hüfte und einem kräftigen, bewaffneten Mann in ihrer Begleitung den Hügel hinunter. »Wer ist er?« fragte sie.

»Bis zu seinem Kauf ein thrakischer Sklave«, antwortete Soran. »Ich hoffe, du prüfst die Rechnungen des Hauses nicht allzu genau. Er war ziemlich teuer, weil er sich auf mehrere Handwerke versteht. Sie werden ihn beim Aufbau ihres Landes gut brauchen können.«

»Wir werden die Ausgaben unter: *Kauf einer Schrift über Arzneimittel* abbuchen«, sagte Thalia heiter.

Arm in Arm kehrten sie in die Schule zurück.

EPILOG

Thalia hatte seit dem Fest ihrer Adoption einen Wunsch offen. Den Gedanken an die Eleusinien hatte sie immer gemieden; sie waren ein Teil ihres früheren Lebens, aber jetzt plötzlich gegenwärtiger denn je. Soran war mit einer Reise nach Eleusis einverstanden.

Drei Wochen vor Beginn der großen Mysterien verließen Thalia und Soran mit Djeballah und einem jungen, kräftigen Haussklaven Rom, um nach Griechenland überzusetzen. Bendis, die Mutter des künftigen thrakischen Königs, hatte ihre verwüstete Heimat sicher erreicht, schrieb sie. Und Claudia würde es Freude machen, die Schule eine Zeitlang in eigener Verantwortung zu führen. Man konnte die Römerinnen in ihrer und in der Obhut der ausgebildeten Hebammen eine Weile allein lassen.

Rechtzeitig zum Ende des September erreichten Thalia und Soranos Eleusis.

Dort anzukommen, im Tempelbezirk umherzugehen, das Opferferkel auszusuchen – Thalia kostete jede einzelne Handlung aus. Zu Soran, der sie begleitete, wie es ihrem Vater oder einem Bruder zugekommen wäre, sagte sie: »Ich dachte auf der Herfahrt, daß ich mein Leben jetzt noch einmal anfangen könnte. Wie damals, als ich mit meiner Mutter meine erste Einweihung erlebte. Ich hatte mir sogar vorgestellt, daß ich alles vergessen würde, was zwischen den kleinen und den großen Mysterien passiert ist.«

Soran blieb unter dem Schirm eines hohen Nadelbaums stehen. Er nahm einen Zapfen auf, roch an ihm und rollte ihn zwischen den Händen. »Und?« fragte er.

Thalia schüttelte den Kopf. »Nein, ich werde nichts vergessen. Hier ist mir wieder bewußt geworden, daß Tod und Leben zusammengehören. All die vielen kleinen Tode, die ich gestorben bin, waren nötig, um das Leben zu finden, das mir bestimmt ist.«

»Riechst du den Duft Griechenlands, der auch der Duft von Ephesos und Side ist?« fragte Soran unvermittelt und sah in die Krone hoch. »Was den Kreislauf des Lebens betrifft, so kann man ihn auch mit dem göttlichen Kind beschreiben, das ein neues Leben von der Gottheit erhält. Ebenso wie mit der Mutter, die sich in der Tochter erneuert, mit dem Wiederfinden von Mutter und Tochter ...«

»Ja«, sagte Thalia glücklich. »Ich wußte nicht, daß du auch eingeweiht wurdest. Du hast davon nichts gesagt ...« Sie sah fragend zu ihm auf.

Soran schüttelte den Kopf. »Ich wurde nie in Mysterien eingeweiht. Bei mir ist alles mehr auf das Praktische ausgerichtet, auf das Handgreifliche, wie du weißt. Sieh dich um.«

Eine ältere Frau mit vornehmem Gesicht und ungewöhnlich ausholenden Schritten kam zielstrebig auf die Kiefer zu, begleitet von einem jungen Mann in griechischer Chlamys.

Thalia schirmte ihre Augen gegen die Sonne ab. »Mutter wurde erschlagen ...« sagte sie ungläubig und doch hoffnungsvoll. »Aber ...«

»Sie war nicht tot, und sie wurde gesund gepflegt«, erzählte Soran verhalten. »Deine Mutter lebt in ihrem Haus in Side; es war nicht schwierig, sie zu finden.«

»Und er? Mir ist, als müßte ich ihn kennen.«

»Man sagte mir, daß sie einen jungen Arzt wie einen Sohn aufgenommen hat. Auch seine Familie fiel Seeräubern zum Opfer.«

Doch Thalia hörte nicht mehr hin. Sie flog mit ausgebreiteten Armen auf ihre Mutter zu.

Zwischen den Tränen und den Küssen tauchte aus dem grauen Schleier ihrer Erinnerung an den schrecklichsten Tag ihres Lebens das Haus ihrer Eltern auf, das benachbarte Haus, die

Straße. Alle Häuser brannten. Und sie hatte geglaubt, Takis in Flammen aufgehen zu sehen, Takis, dem sie versprochen war und den sie liebte.

»Er ist der Herr der Delphine«, rief sie Soran zu, und er verstand sie, obwohl sie möglicherweise flüsterte oder sogar nur dachte. Takis hatte mit den Delphinen gespielt, bis ihm die Haare geflogen waren. Seine hellgrauen Augen strahlten, als Thalia ihm entgegenging.

»Asklepios, Lehrer, Arzt und Gott«, murmelte Soranos. »Möglicherweise wirst du in diesem Augenblick auch zum Ehestifter. Wie könnten die Menschen ohne deine Weisheit auskommen?«

NACHWORT

Alexandria war zu Beginn des 2. Jahrhunderts n. Chr. eine durch römische Truppen besetzte Stadt, die dem Kaiser persönlich gehörte wie ganz Ägypten. Die Verwaltungsstruktur des Landes wurde weitgehend belassen und war deshalb nicht identisch mit der des senatorischen Rom.

Die Kultur von Alexandria war griechisch und ägyptisch geprägt; unter anderen Wissenschaftlern und Denkern lebten, lernten und lehrten hier viele Ärzte, deren Namen uns bis heute ein Begriff sind: Herophilos, Eristratos, Serapion, Soran, Rufos.

Soranos von Ephesos, dem berühmtesten Arzt der sogenannten Methodischen Schule, ist dieses Buch gewidmet. Er brachte die Medizin auf einen nie vorher erreichten Stand an Exaktheit der Diagnostik; seine erhaltenen gynäkologischen Schriften haben ihn fälschlich zum Frauenarzt reduziert, aber er war weit mehr. Soran verlegte seine Tätigkeit von Alexandria nach Rom als »Großstadtarzt«. Ein Teil seines Erfolges ist sicherlich darauf zurückzuführen, daß er es verstand, die griechische Heilwissenschaft an die römischen Befindlichkeiten anzupassen, ohne der römischen Volksmedizin zu widersprechen.

Alexandrias Bevölkerung setzte sich hauptsächlich aus Griechen, Juden und Ägyptern zusammen; mit Ausnahme der Römer zahlten alle Einwohner Kopfsteuern, die als Beutegut nach Rom gingen und ebenso wie die Getreidelieferungen eine zunehmende Ausplünderung der Stadt und des Landes bedeuteten. Entsprechend häufig gab es kleinere und größere Aufstände.

Den Aufstand wegen eines Widders habe ich allerdings aus einer früheren Zeit, die Sitte des Tanzens und Feierns in trockenen Kanälen von einem anderen Ort (Kairo) nach Alexandria transferiert.

Viele Völker und Religionen trafen in Alexandria aufeinander. Die Römer waren in religiöser Hinsicht tolerant, es gab eine Vielfalt von Mysterien und Kulten, die als *religio licita* offiziell anerkannt wurden. Allein die Christen, deren Glaube zu der damaligen Zeit noch als Sekte des jüdischen Glaubens galt, weigerten sich, die Spielregeln der Römer anzuerkennen. Und so gab es unter den Hunderttausenden, wenn nicht sogar mehreren Millionen Kriegsgefangenen aus gallischen, germanischen, thrakischen, afrikanischen, vorderasiatischen und anderen Ländern, die als Gladiatoren bei römischen Circusspielen abgeschlachtet wurden, auch einige Christen.

Sobald ihr Glaube als Religion anerkannt war, wurden die Christen schnell intolerant. Sie definierten Häretiker und grenzten sie aus (unter Aurelian, 270–275), bestraften Andersgläubige mit dem Tod, zerstörten philosophische Akademien und Glaubensformen (unter Justinian I., 527–565) und löschten im Konsens mit weltlichen Herrschern nicht-katholische christliche Völker (z. B. die arianischen Wandalen) aus.

In der Anfangszeit dieser Entwicklung, einer sehr bewegten und im Rückblick ungemein interessanten Epoche, ist dieser Roman angesiedelt.

Kari Köster-Lösche, April 1998

PERSONEN

Hauptpersonen:

THALIA: junge vornehme Frau aus Side/Kleinasien, Sklavin
LEPTINOS: Arzt der Methode in Alexandria
LUCIUS VALERIUS POPLICOLA: römischer Vizekönig von Ägypten
AFRANIA: seine Schwägerin, Römerin aus der Familie der Agricola
GAIUS CORNELIUS TRIMALCHIO: römischer Oberrichter von Alexandria
KRATES: Präsident des Museions von Alexandria, Museionspriester
CLAUDIA: junge Frau aus Kampanien
SORANOS VON EPHESOS: bekannter Arzt der Antike, »Großstadtarzt« von Rom

Nebenpersonen in Ägypten:

CORNELIA TERTIA: Schwester von Trimalchio
SUILLIUS CLODIUS FLACCUS: Chef der kaiserlichen Gladiatorenschule in Alexandria
PRIMUS REGULUS LACTUCIUS: Zeltfabrikant
TJELPTAH: ägyptischer Sklave von Leptinos
WERNERO: seine Mutter, Köchin
KRESCENS: griechischer Spion für die Römer

Pantanos: Rhetor und Philosoph im Museion
Barnabas: Händler von Sklaven und Säuglingen in Alexandria
Algasia: Sklavin von Leptinos
Niunachte: Hebamme
Hent: ägyptischer Priester
Chai: alexandrinischer Spottknabe
Setom: ebenso
Mose: Handwerker
Djeballah: Sklave von Leptinos
Kleon: Wollhändler in Alexandria
Hipparchia: seine Frau
Symmachus: Presbyter in Alexandria und Rom
Perpetua: seine Frau
Mutumbal: Phönizier
Philon: Ringkämpfer
Pisulum, Erbschen: römischer Legionär

Nebenpersonen in Rom:

Publius Dolabella Flavus Maximus: römischer Senator
Corinna Secunda: seine Frau
Heron: Schiffsführer eines Getreideschiffes
Aulus Calpurnius Frugi: römischer Arzt
Gnaeus Flaccus Pulcher: römischer Senator
Aurelia: römische Patrizierin
Tullus: ihr Bruder
Trajan: römischer Kaiser
Thracia: thrakische Sklavin, richtiger Eigenname: Bendis

WORTERKLÄRUNGEN

Alabastron, pyxis, aryballos: unterschiedliche griechische Salbgefäße

Albata: weiße Partei beim Wagenrennen

Amphidromion: Tag der Namensgebung

Angareb: Bett zum Schlafen oder Sitzen, Nubien

Archiater: Amtsbezeichnung der beamteten Gemeindeärzte in Ägypten

Caldarium: Heißbad

Chiton, Chlamys: griechische Gewänder

Empiriker: Ärzteschule, der die Erfahrung mehr galt als theoretische Überlegungen

Eristratos: bedeutender Arzt in Alexandria, ca. 310–300 v. Chr.; Begründer der Ärzteschule der Eristrateer

Galloi: im Kult der Kybele Berufene; erbringen das Opfer der völligen Hingabe durch Entmannung

Gymnasium: Komplex von Sportgebäuden aus palästra, Rennbahn und Spielfeldern

Hilaria: 25. März, Tag der Freude im Kybelekult (Große Mutter); später Mariae Verkündigung (Christentum)

Hinterste, das: den Frauen vorbehaltener Raum des ägyptischen Hauses

Hippokratiker: Ärzteschule, für die die Beobachtung des Einzelfalls wichtiger war als die Krankheitslehre

Hýe: regne! Anrufung des Himmels in Eleusis

Hyes, Attes: kultischer Ausruf bei den Sabazios-Mysterien

Iatreion: Arztpraxis (griechisch)

Inspectio, palpatio, percussio: diagnostische Methoden (Betrachtung, Tasten, Resonanz erzeugen)

Insula: römisches Mietshaus

Irkabi: Menschenfresser, Nubien, Mahasi-Dialekt

Isia: Fest der Isis vom 29. Oktober bis 2. November zur Wiederauffindung des Osiris

Itkal: menschenfressender Dämon, Nubien, Dongolawi-Dialekt

Kahen: Priester der dunkelhäutigen Juden

Kernos: Opferschale

Kitharoede: Musiker auf der Kithara, dem beliebtesten Saiteninstrument

Kybeboi: Anhänger des Kultes der Kybele

Kyniker: philosophische Schule

Lanista: Inhaber einer Gladiatorenschule

Lararium: Kapelle für die Verehrung der Laren, der römischen Hausgeister

Lupanarium: Bordell

Lykion: Arzneimittel (Kreuzdorn, Färberwegdorn oder Berberitze)

Manus-Klausel: die Eigentumsrechte des Vaters einer Tochter werden auf den Ehemann übertragen

Mastix: klebender Pflanzenextrakt

Methodiker: durch Themison ausgebaute und Thessalos von Tralles weiterentwickelte Heilmethode des Asklepiades (90 v. Chr.); bedeutendster Vertreter: Soranos von Ephesos (Beginn 2. Jahrhundert n. Chr.)

Mitra: phrygische Mütze des Mithraskultes, hergestellt aus dem getrockneten Hodensack von Stieren. Ursprünglich allgemeines Kennzeichen von Personen orientalischer Herkunft; heute Kopfbedeckung des Papstes im Gottesdienst

Myrmillo: Gladiator mit dem Abzeichen eines Meeresfisches auf dem Helm

Mystagoge: geistlicher Führer, »Pate« des Adepten bei der Einweihung in das Mysterium

Navigium Isidis: die Seefahrt der Isis; Wiederaufnahme der Schiffahrt nach der Winterpause am 5. März

Nganga: heilkundige Frau, Nubien

Nomenklator: souffliert Namen und Titel
Palästra: Trainingseinrichtung für Kampfsportarten
Peregrini: Fremde, Nicht-Römer
Peristyl: Säulenhof
Persa: fünfter Grad der Mithrasgläubigen
Phlebotom: Messer
Priapus: obszöne Brotform der Luxusbäckerei
Regio libertinorum: Stadtteil der Freigelassenen in Rom
Retiarier: Gladiator mit Netz und Dreizack
Russata: rote Partei beim Wagenrennen
Salutatio: morgendlicher Empfang in vornehmen römischen Häusern
Samnit: Gladiator mit Langschild und kurzem Schwert
Signa passionis: entscheidende Symptome der Erkrankung
Signifer: römischer Unteroffizier, Träger von Feldzeichen
Sistrum: Musikinstrument
Sonnenläufer, Heliodromus: sechster Grad der Mithrasgläubigen
Spina: Mittelbarriere der Rennbahn
Styli: Arzneiform
Subura: Innenstadt von Rom, Armenviertel
Taberna medica: Arztpraxis (römisch)
Thraker: Volk; als Gladiator Kämpfer mit Krummschwert und Dolch
Triclinium: römisches Speisezimmer
Triga: Gespann mit drei Pferden
Venuswurf: bestes Ergebnis beim Würfelspiel